한국 판소리 정수

김현룡 약력

경남 진주시 대곡면 월암리 신촌 출생(1935).

초등학교 후 3년간 농업 종사, 서당수업.

건국대학교 국어국문학과 학사, 석사.

중국(대만) 유학 연구.

건국대학교대학원 국어국문학과 문학박사.
〈논문: 太平廣記 비교연구〉

건국대학교 문과대학 국어국문학과 교수.

정년퇴직 후 동 대학교 명예교수.

대표저서: 『한국문헌설화』 전 7권.

한국 판소리 정수(Ⅰ)

초판 인쇄 2019년 7월 15일
초판 발행 2019년 7월 19일

지은이 김현룡
펴낸이 박찬익
펴낸곳 ㈜ **박이정** ┃ **주소** 서울시 동대문구 천호대로 16가길 4
전화 02) 922-1192~3 ┃ **팩스** 02) 928-4683 ┃ **홈페이지** www.pjbook.com
이메일 pijbook@naver.com ┃ **등록** 1991년 3월 12일 제1-1182호

ISBN 979-11-5848-521-4 (93810)
ISBN 979-11-5848-520-7 (세트)

＊책값은 뒤표지에 있습니다.

박이정출판사 창립 30주년 기념

춘향가

적벽가

수궁가

흥보가

심청가

한국 판소리 정수

김현룡 지음

I

춘향가 · 흥보가

(주)박이정

일 러 두 기

◇ 이 책에는 판소리 여섯 바탕이 다음 같이 구성되어 있다.
  제Ⅰ권에는 김세종제 『춘향가』와 박녹주제 『흥보가』, 제Ⅱ권에
  는 김소희제 『춘향가』와 박초월제 『수궁가』, 제Ⅲ권에는 박유전
  제 『심청가』와 박봉술제 『적벽가』가 교주되어 실렸다.

◇ 판소리는 구연(口演)예술이어서, 소리하는 사람이 사설 내용을
  잘 알고 감정이입을 할 때에 큰 감동을 준다. 감상하는 사람 역
  시 사설 내용을 숙지하고 감상할 때 진정한 감동을 받게 된다.
  이 책은 이런 문제에 역점을 두고, 이해하기 쉽게 교주하였다.

◇ 먼저, 판소리 본문은 글자를 크게 하여 읽기 편하게 하였고,
  한자로 된 낱말은 모두 본문 밑에 한자를 부기(附記)하여, 본문
  내용을 정확하게 이해하는 데에 도움 되게 하였다.

◇ 판소리 본문 내용 중 이해에 어려움이 있는 낱말은 모두 '＊'표
  시를 하여 바로 앞면에 주를 놓아서 자세히 교주하였다. 특히
  한문 숙어(熟語)와 고사(故事)에 큰 비중을 두어 풀이했다.

◇ 본문에 인용된 한시(漢詩) 시구는 단순하게 그 시구만을 해석
  해서는 내용 이해에 어려움이 있다. 그래서 그 시구의 앞뒤 구
  절을 통하여 내포된 참된 의미를 알 수 있도록 설명했다.

◇ 인용된 시구에서 시 전체를 이해할 필요가 있는 경우, '참고'표
  시로 원시(原詩)를 인용 해석했다. 나아가 자세한 내용설명이 더
  필요한 고사(故事) 역시 별도로 '참고'표시해 상세히 설명했다.

◇ 한자 낱말에서, 단어에 따라 같은 글자의 음을 다르게 읽는 경우가 있어 이해에 혼란을 일으킨다. 이런 경우는 그 주석 끝에 한자의 음이 훈(訓; 뜻)에 따라 달라짐을 밝혀 놓았다.

◇ 우리말로 표현된 부분일지라도 판소리 사설의 특성상, 뒷부분 말을 생략했거나 전체 문맥에 조화되지 않는 표현을 한 경우가 많다. 이런 부분을 문맥에 맞게 자세히 풀이해 밝혔다.

◇ 판소리에는 현대에 보기 드문, 옛날 습속에 따른 여러 가지 기구(器具)들이 많이 등장한다. 설명만으로 이해가 쉽지 않은 여러 기구들은 그림이나 사진을 '참고'표시로 올려서 이해를 도왔다.

◇ 여러 낱말과 고사, 또는 시구를 교주하면서, 앞에서 설명한 것들이 재차 등장하는 경우, 모두 다시 거듭 설명하여 앞의 주석을 일일이 찾아보는 번거로움이 없게 배려했다.

◇ 본문 표기는 방언과 고어 표현을 최대한으로 살려 실었으며, 띄어쓰기와 문장부호는 저자 자의로 조정하였다. 목차와 편장 구분도 저자가 적의 조정하여 구성하였다.

◇ 이 책에서 대상으로 한 여섯 바탕 판소리 내용에서, 현재까지 밝혀지지 않았거나 잘못 이해되어온 내용을, 일일이 고증하여 바르게 정정하는 일에 많은 힘을 쏟아, 상당부분 바로잡았다.

머 리 말

이 책의 저자는 대학에서 국어국문학과 소속으로 교수생활을 하다가 19년 전에 정년퇴임을 하였습니다. 교수 재직 동안에 고전소설(古典小說)과 문헌설화(文獻說話)를 전공으로 연구하고 강의하면서, 오로지 고전과 한문학(漢文學)에만 고집스럽게 정렬을 쏟았으며, 다른 분야는 깊이 연구하지 않았습니다. 더구나 예능체육 계통에는 완전한 손방이어서 그 분위기를 항상 피하기만 하고 아예 접근을 하지 않았었는데, 이렇게 살아온 사람이 인생의 느지막 즈음에 특이한 계기로 판소리에 관심을 갖게 되었고, 마침내 판소리 사설을 교주하여 이와 같이 저서까지 내게 되어 큰 기쁨을 느낍니다.

이 저서는 판소리 여섯 바탕을 3권에 실었습니다. 김세종 바디 『춘향가』와 박녹주 바디 『흥보가』를 제Ⅰ권으로 구성하여 전체 428면이며, 김소희 바디 『춘향가』와 박초월 바디 『수궁가』를 제Ⅱ권에 실어 총 434면입니다. 그리고 제Ⅲ권에는 박유전 바디 『심청가』와 박봉술 바디 『적벽가』를 실어 총 376면입니다. 이와 같이 짝을 지어 분책한 것은 판소리 내용이나 각기 작품에 대한 사회적인 관심 비중과는 상관이 없습니다. 단순히 면 수 분량을 고려하여 출판 편의상 이렇게 조정하여 성책하였습니다.

대학생활 동안 판소리에 크게 마음을 쏟지 않았던 사람으로서, 여든하고도 반 십년을 넘기려는 이때에, 새삼스럽게 판소리에 몰입하여 저서를 내게 된 데에는 특별한 사연이 내재되어 있습니다.

저자가 대학에서 정년퇴임을 한 것은 2천년 8월이며, 이후 집으로 찾아오는 대학원생들과 1주일에 한 번씩 한문서적 강독시간을 가져왔습니다. 그러는 동안, 2010년부터 한국문화재재단 특별기획 행사로 국가무형문화재 제5호 판소리 예능보유자 '득음지설(得音知說)' 공연이 매년 개최되면서, 『열여춘향슈절가』를 오래 강의한 경력으로 춘향가 예능보유자이신 신영희 명창 공연에 2년간 해설을 맡았습니다.

　　이때 한문연구생들이 함께 공연감상을 하면서, 판소리 사설 학습의 필요성을 제기했습니다. 이에 학습교재 선택에 있어서, 공연 해설을 하는 동안 판소리 국가무형문화재로 지정되신 명창 사설을 많이 접했으므로, 현재 또는 최근 판소리 예능보유자이신 명창 분 사설을 중심으로 교재제작에 착수하였습니다. 이후 5년간 교재를 제작하면서 순차적으로 겨울 방학에 판소리강의를 하였으며, 이 강의에 판소리 이수자이신 소리하는 선생님과, 국악전공 여러분이 함께 와서 학습하게 되어 큰 보람을 느꼈습니다. 이렇게 구성된 교재가 본 저술의 내용입니다.

민혜성 교수 판소리 공연

고수 김병태 선생

   판소리 사설에는 한시(漢詩)와 중국 고사(故事)들이 많이 나타나 있고, 또 우리말에는 많은 한자어가 혼입되어 있는데, 현재 전하는 판소리 사설 대본들이 모두 한글로만 표기되어 전해져, 내용 이해에 큰 어려움이 있었습니다. 이런 점을 고려해 좀 특이한 구성을 생각하게 되었습니다. 곧 모든 한자(漢字) 단어에 한자를 병기하였으며, 고사(故事)나 특수 사항 설명을 따로 '참고'로 길게 설명하였고, 또한 본문에 등장하는 시구들의 원시(原詩) 전편을 최대한으로 인용하여 해석해 실었습니다. 깊이 생각해본 결과, 이렇게 하는 것이 본문을 올바르게 이해하는 데에 큰 도움이 될 것으로 확신하였기 때문입니다.

   끝으로 책을 출판한 도서출판 박이정 박찬익 사장께 축하와 함께 감사를 드립니다. 박이정 출판사는 금년이 창사 30주년을 맞는 해로, 그 기념행사를 준비하고 있습니다. 저자는 박이정 출판사와 깊은 인연이 있는 사람으로서, 이 작은 저서를 '박이정 출판사 창설 30주년 기념 출판'으로 간행하게 된 데 대하여 크나큰 기쁨을 느낍니다. 진정 괄목할 발전을 해온 박이정 출판사와 함께 커다란 영광이라 하겠습니다.

2019년 6월.   海川 金鉉龍 識

赤壁歌 沈淸歌 水宮歌 春香歌 興甫歌

한국 판소리 정수

[I]

김세종제   박녹주제
춘향가 · 흥보가
(春香歌)   (興甫歌)

김세종제 춘 향 가

우리 판소리는 신재효(申在孝; 1812-1884) 선생에 의하여, 이전의 12바탕 등 확실성이 부족했던 판소리 사설이 여섯 바탕으로 완전하게 정립되었다. 그 후 제자 김세종(金世宗) 정춘풍(鄭春風) 등의 광대를 통하여 계승발전 되어왔고, 광복 이후 새로운 전기를 맞아 내용에 음담이 심한 '가루지기타령'을 제외한 5바탕이 자리 잡히었다.

이 중 특히 '춘향가'는 인간 생활의 가장 중요한 관계인 애정결연을 통하여, 어떤 힘의 압력에 당할 수밖에 없었던 슬픔과 고통, 나아가 고진감래(苦盡甘來) 의식에 바탕 한 환희 결말 등, 비통과 희열이 조화롭게 구성되어, 한(恨) 많은 민중에게 위안을 주기에 충분하여 큰 호응을 받아왔다. 이렇게 '춘향가'가 발전되어 오는 동안, 많은 기여를 하신 분이 김세종 선생이시다. 김세종 선생은 신재효 선생으로부터 전수받은 사설을 나름대로 다듬고 재정비하여, 새로운 바디를 정립시키셨다.

근래에 김세종 바디 '춘향가'를 크게 발전시킨 분은 성우향 명창이시다. 성우향 명창은 보성소리의 대가 정응민 선생에게서 김세종제 '춘향가'를 전수 받으시어, 2002년 2월 국가무형문화재로 지정되시었다. 그리고 오랜 동안 많은 제자를 길러내시면서 꾸준히 발전시키시어, 오늘날 김세종제 '춘향가'가 우리 국악계의 대표적인 판소리로 자리 잡히는 일에 크게 공헌하시었다.

목 차 —[김세종 바디 춘향가]

제 1 장

제 2 장

제 3 장

제 4 장

제 5 장

*帶方國(대방국): 전라북도 남원(南原)의 옛 이름. 『신증동국여지승람(新增 東國輿地勝覽)』에 의하면, 본래는 백제 고룡군(古龍郡)이었고 중국 후한 말기 '대방군(帶方郡)'이 설치되었으며, 신라 신문왕(神文王) 때는 소경(小 京)이 설치되고 경덕왕(景德王) 때 남원소경(南原小京)으로 변경되었음.
*地理山(지리산): 경상남도와 전라북도 사이에 있는 산.
*赤城江(적성강): 남원 서쪽 '적성'지역을 지나 섬진강으로 들어가는 강.
*南積江盛(남적강성): 남쪽은 큰 강과 언덕이 많음. '盛'은 '제방(堤防)'의 뜻.
*北通雲巖(북통운암): 북쪽은 구름 위로 솟은 높은 암벽으로 통함.
*錦繡江山(금수강산): 비단에 수를 놓은 것 같은 아름다운 강과 산.
*繁華勝地(번화승지): 만물이 번성하는 화려하고 아름다운 지역.
*男女間 一色(남녀간 일색): 남자 여자 할 것 없이 얼굴이 아름다움.
*萬古忠臣(만고충신): 영원한 역사에 길이 빛날 충성스러운 신하.
*關王廟(관왕묘): 중국 삼국시대 촉한(蜀漢) 장수 관우(關羽)의 사당. 임진왜 란 때 왜적을 물리친 것은 관우의 정기를 받음이라 하여 세워졌음.
*堂堂(당당)한 忠烈(충렬): 위풍이 늠름한 충신과 지조 굳은 열사(烈士).

[상감청자무늬, 국립중앙박물관 소장]

1. 초입, 이도령 등장―남원경개

〈아니리〉 호남의 남원이라 하는 고을이 옛날 대방국이
湖南 南原   *帶方國
었다. 동으로 지리산 서로 적성강, 남적강성하고 북통운암
東   *地理山 西 *赤城江 *南積江盛   *北通雲巖
허니, 곳곳이 금수강산이요 번화승지로구나.   산 지형이
      *錦繡江山   *繁華勝地   山 地形
이러허니 남녀간 일색도 나려니와, 만고충신 관왕묘를
      *男女間   一色   *萬古忠臣 *關王廟
모셨으니 당당한 충렬이 아니 날 수 있겠느냐?
      *堂堂한 *忠烈

*肅宗大王(숙종대왕): 조선 제19대 왕, 재위 46년(1674-1720).

*卽位初(즉위초): 임금 자리에 오른 초기 무렵.

*사또子弟(자제): '사또'는 백성이나 하관(下官)이 관장을 일컫는 말로, 사도 (使道; 임금이 파견한 명령 집행자)에서 온 말. '자제'는 남의 아들 존칭.

*도련님: 총각인 시동생을 일컫는 말이나, 보통 미성년 남자를 일컬음. 총각 의 높임말인 '도령(道令)'에, 존대의 뜻으로 '님'을 붙여 이루어진 우리말.

*年光(연광): 젊은 사람의 나이.

*耳目淸秀(이목청수): 귀와 눈 등 얼굴 생김이 맑고 빼어남.

*擧止賢良(거지현량): 일상 행동이 어질고 온순함.

*塵世間(진세간) *奇男子(기남자): 인간 세상에서 기이하게 뛰어난 남자.

*和暢(화창): 온화하고 맑으며 부드럽게 펼쳐진 모습.

*房子(방자): 지방 관아에서 심부름을 하는 하인. 정식 관직 명칭이 아님.

*分付(분부): 아랫사람에게 내리는 명령. '吩咐'로도 씀.

*골: 지방 관아가 있는 곳인 '고을'의 준말. / *數三朔(수삼삭): 두세 달.

*景致(경치): 산과 물 등의 아름다운 자연환경.

*勝地(승지): 풍경이 아름다운 지역. / *自古(자고): 옛날부터.

*文章豪傑(문장호걸): 아름다운 문장을 잘 짓기로 이름난 뛰어난 인물.

*大文章(대문장): 글을 잘 짓기로 크게 이름난 위대한 문사(文士).

*到處(도처)마다: 이르는 곳마다. / *글귀: 시문(詩文)이나 문장 구절.

*箕山潁水別乾坤(기산영수별건곤): 중국 하남성(河南省)에 위치한 '기산' 속 의 '영수'는, 고대 요(堯)임금 때 은사(隱士)인 허유(許由)와 소부(巢父)가 은거(隱居)했던 곳으로, 특이한 신선세계를 이루고 있다는 뜻.

*巢父許由(소부허유): 고대 요(堯)임금 때 은사(隱士). 요임금이 허유를 불러 벼슬 주려하니 받지 않아, 이어 왕위를 물려주려 하니까 더러운 소리를 들 었다고 영수(潁水)에 와서 귀를 씻었음. 이때 송아지에게 물을 먹이려 왔 던 소부가 그 애기를 듣고, 더러운 소리 들어 귀를 씻은 그 물을 내 송아 지에게 먹일 수 없다고 하고, 상류로 끌고 가서 물을 먹였다는 고사(故事).

*采石江明月夜(채석강명월야) *李謫仙(이적선): '이적선'은 당(唐) 시인 이태 백(李太白). 하늘 신선이 이 세상으로 귀양 왔다는 뜻으로 '적선'이라 함. 이태백이 채석강 달밤 배안에서 술에 취해 물에 비친 달을 희롱하다 빠져 죽었는데, 곧 고래를 타고 하늘로 올라갔다는 고사를 말한 것임.

숙종대왕 즉위초에 사또자제 도련님 한 분이 계시되, 연광
*肅宗大王 *卽位初   *사또子弟 *도련님   *年光

은 십육 세요, 이목이 청수허고 거지현량 허니, 진세간 기
   十六 歲   *耳目   淸秀   *擧止賢良   *塵世間 *奇

남자라. 하루난 일기 화창하야 사또자제 도련님이 방자 불
男子   日氣 *和暢   *房子

러 분부허시되, "이애 방자야! 내 너의 골 내려온 지 수삼
   *分付   房子   *골   *數三

삭이 되었으나, 놀기 좋은 경치를 몰랐으니 어디어디가 좋
朔   *景致

으냐?" 방자 여짜오되, "공부허시는 도련님이 승지는 찾어
       房子   工夫   *勝地

뭐 허시라오?" "니가 모르는 말이로다. 자고로 문장호걸들
                          *自古   *文章豪傑

이 승지강산을 구경허고 대문장이 되었느니라. 승지라 허
  勝地江山   *大文章   勝地

는 것은 도처마다 글귀로다. 내 이를 데니 들어봐라."
       *到處마다 *글귀

<중중모리>   "기산영수별건곤 소부허유 놀고, 채석강
                *箕山潁水別乾坤 *巢父許由   *采石江

명월야에 이적선도 놀아있고,
明月夜   *李謫仙

◇참고: 송(宋) 매성유(梅聖兪)의 '채석월증곽공보(采石月贈郭功甫)' 시 첫 부분

채석강 달밤에 이태백을 방문하니,   (采石月下訪謫仙; 채석월하방적선)
밤에 비단도포 펼치고 낚싯배에 앉았네. (夜披錦袍坐釣船; 야피금포좌조선)
술 취해 강물 아래 비친 달 사랑하여, (醉中愛月江底懸; 취중애월강저현)
손으로 달 희롱타 몸 뒤집혀 빠졌도다. (以手弄月身翻然; 이수농월신번연)
굶주린 용의 입안 들어가기가 싫어서, (不應暴落飢蛟涎; 불응폭락기교연)
의젓이 고래 타고 맑은 하늘로 올랐네. (便當騎鯨上晴天; 편당기경상청천)

*赤壁江秋夜月(적벽강추야월) *蘇東坡(소동파): '소동파'는 송(宋) 문인으로 이름은 '식(軾)', 자(字)는 '자첨(子瞻)', 호(號)가 동파거사(東坡居士)임. 중국 삼국시대 오(吳)·촉한(蜀漢)에게 조조(曹操)가 크게 패한 적벽강에, 소동파가 뱃놀이 하며 옛날을 회상해 '적벽부(赤壁賦)'를 지은 사실을 말함.

*柴桑里(시상리) *五柳村(오류촌) *陶淵明(도연명): '도연명'은 중국 진(晉) 때 강서성(江西省) '시상리'에 살았으며, 이름은 '잠(潛)', 자(字)가 '연명'임. 집 앞에 다섯 그루의 수양버들을 심고 살아 '오류선생(五柳先生)'이라 불리어, 그 마을이 '오류촌'으로 여기에서 시를 지으며 살았던 사실을 말함.

*商山(상산) *바돌 뒤던 *四皓先生(사호선생): '사호선생'은 중국 진시황(秦始皇)의 폭정을 피해 섬서성 '상산'으로 들어가 숨어살았던, 동원공(東園公)·하황공(夏黃公)·녹리선생(甪里先生)·기리계(綺里季) 등 4노인을 일컬음. 이들 노인은 한(漢)나라가 건국된 뒤에도 나오지 않고 숨어 살아 세상에서 은사(隱士)로 추앙을 받았고, 머리와 수염이 모두 하얗게 세어서 '사호(四皓)'라 불리었음. 후대 사람들이 이 4노인의 바둑 두는 모습 그림을 상상(想像)으로 많이 그렸음. '바돌 뒤던'은 '바둑 두던'의 방언임.

*豪俠士(호협사): 작은 일어 얽매이지 않고 소탈하며 의협심이 강한 사람.

*東園桃李片時春(동원도리편시춘): "동쪽 정원 복숭아꽃 오야 꽃도 짧은 봄 한 철이라." 당(唐) 시인 왕발(王勃)의 '임고대(臨高臺)' 시 속 시구(詩句). 아름다운 젊은 시절도 빨리 지나감을 비유해 나타낸 말임.

*잔말 말고: 쓸데없이 여러 가지 구실을 붙여 늘어놓는 말 하지 말고.

*東門(동문): 남원고을 성곽 동쪽 대문. 동·서·남·북 4대문이 있었음.

*禪院寺(선원사): 남원고을 동쪽 8리에 위치한 백공산(百工山) 속의 절 이름.

*關王廟(관왕묘): 중국 촉한(蜀漢) 장수 관우(關羽)를 모신 사당.

*萬古英雄(만고영웅): 영원히 오래 추앙받을, 출중하여 큰 공을 이룬 인물.

*어제런 듯: 세월이 많이 흘렀지만 어제의 일인 듯이 씩씩하고 늠름함.

*蛟龍山城(교룡산성): 남원고을 서북쪽 7리에 위치한 산.

*大福菴(대복암): 교룡산의 밀덕봉(密德峰)·복덕봉(福德峰)에 있는 암자 이름.

*廣寒樓(광한루): 남원의 아름다운 누각. 조선 세종(世宗) 초 귀양 온 황희(黃喜)가 처음 세울 때는 이름이 광통루(廣通樓)였음.

*瀛洲閣(영주각): 광한루에 부속된 누각. '영주'는 삼신산(三神山) 중의 하나.

*三南 第一樓(삼남 제일루): 경상·전라·충청 3도 중 가장 으뜸가는 누각.

적벽강추야월에 소동파도 놀고, 시상리 오류촌 도연명도
*赤壁江秋夜月　*蘇東坡　　*柴桑里 *五柳村 *陶淵明

놀아있고, 상산에 바돌 뒤던 사호선생이 놀았으니, 내 또
*商山　*바돌 뒤던 *四皓先生

한 호협사라, 동원도리편시춘 아니 놀고 무엇허리? 잔말
*豪俠士　*東園桃李片時春　　　　　　　*잔말

말고 일러라."
말고

<아니리>　"도련님 말씀 그리 허옵시면 대강 아뢰옵지요.

동문 밖 나가오면 선원사 좋사옵고, 서문 밖 나가오면 관
*東門　　　　　*禪院寺　　　　西門　　　　　*關

왕묘를 모셔있어 만고영웅이 어제런 듯하옵고, 북문 밖 나
王廟　　　　*萬古英雄 *어제런 듯　　　　北門

가오면 교룡산성 대복암이 좋사오며, 남문 밖을 나가오면
　*蛟龍山城 *大福菴　　　　　　南門

광한루 영주각이 삼남 제일루로소이다."
*廣寒樓 *瀛洲閣　*三南　第一樓

◇참고: 영주각과 관왕묘

영주각(瀛洲閣)　　　　　　관왕묘(關王廟)
　　　　　　　　　　　　　〈편액(扁額)이 탄보묘(誕報廟)임〉

*나귀鞍裝(안장): '나귀'는 말처럼 생겼지만 몸집이 작고 귀가 길고 뾰족함. '안장'은 말의 등에 얹어 사람이 편히 탈 수 있게 가죽으로 만든 기구.

*分付(분부): 아랫사람에게 내리는 명령. '吩咐'로도 씀.

*나귀廳(청): 나귀를 넣어 기르는 공간.

*西産(서산)나귀: 중국에서 들여온 나귀로 보통 나귀보다 크고 힘이 셈.

*솔질: 나귀 털을 솔로 문질러 털 결이 곱고 빛이 나게 다듬는 일.

*갖은: 여러 가지 장식들이 조화롭게 빠짐없이 잘 갖추어짐.

*紅纓紫鞦珊瑚鞭 玉鞍錦韂黃金勒(①홍영②자공③산호편 ④옥안⑤금천⑥황금륵): 당(唐) 시인 잠삼(岑參)의 '위절도적표마가(衛節度赤驃馬歌)' 시 속의 두 구절. "①붉은 배띠, ②자주색 굴레, ③산호장식 채찍, ④옥 장식의 안장, ⑤비단 언치(안장 밑에 까는 천), ⑥황금 장식의 재갈(말 입에 물리는 쇠막대)."

*靑紅絲(청홍사): 푸르고 붉은 색의 아름다운 색실로 꼰 끈.

*굴레: 말과 소의 목에서 고삐에 연결된 여러 가지 얼개.

*象毛(상모) 물려: 깃대 꼭대기에 새 꼬리 깃으로 장식하는 것이 '상모'임. 말굴레와 갈기에도 이런 상모를 장식한 것을 말함. '물려'는 연결함의 뜻.

*덥벅 달아: 더부룩하게 매달아. / *層層(층층): 여러 층을 이룬 모습.

*다래: 말굽에서 튀는 진흙을 막는, 배 양쪽에 늘어뜨린 가죽. 장니(障泥).

*銀葉(은엽): 은의 한 조각. '葉'은 얇은 것을 세는 단위.

*鐙子(등자): 말 탈 때 밟고 오르는 고리. 말을 탄 뒤 이것을 밟아 힘을 줌.

*虎皮(호피) 돋움: 털 달린 호랑이 가죽으로 된, 안장 위에 얹어 까는 깔개.

*豪奢(호사): 호화롭고 사치스러움. / *身手(신수): 사람의 용모와 풍채.

*粉洗手(분세수): 세수하여 잘 씻고 분을 발라 아름답게 꾸밈.

*淨(정): 깨끗하고 정결함. / *甘苔(감태): 김. 김처럼 검고 윤기 있음.

*채진: 한 묶음이 되어 길게 늘어뜨려진 모습.

*冬柏(동백)기름: 동백나무 열매 기름. / *光(광): 번질번질 빛나는 모습.

*甲紗(갑사)댕기: 땋은 머리에 넣어 엮는, 얇은 갑사비단으로 된 좁은 띠.

*雙紋綃(쌍문초): 대칭의 무늬가 새겨진 비단. / *진: 길이가 '긴'의 방언.

*동옷: 동의(胴衣). 남자들의 저고리나 조끼. 웃옷보다 길이가 긴 덧옷임.

*靑(청)중초막: 푸른색 중치막. '중치막'은 넓은 소매에 4폭의 옆 터진 겉옷.

*받쳐: 겉옷에 조화를 이루어 안에 겹으로 입는 옷.

*粉紅(분홍) 띠: 옅은 붉은색의, 허리에 두르는 끈. 양끝에 술이 달려 있음.

2. 나귀 안장―광한루 당도

<아니리>   "이애 방자야! 니 말로 듣더라도 광한루가
房子   廣寒樓
제일 좋을 듯싶구나. 광한루 구경 가게 나귀안장 지어라."
第一   廣寒樓   *나귀鞍裝
"예이!"

<자진모리>   방자 분부 듣고 나귀청으로 들어가 서산
房子 *分付   *나귀廳   *西産
나귀 솔질하여 갖은 안장을 짓는다. 홍영자공산호편 옥안
나귀 *솔질   *갖은   *紅纓紫韆珊瑚鞭 玉鞍
금천황금륵, 청홍사 고운 굴레 상모 물려 덥벅 달아 앞뒤
錦韉黃金勒 *靑紅絲   *굴레 *象毛 물려 *덥벅 달아
걸쳐 질끈 매, 칭칭 다래 은엽 등자, 호피 돋움이 좋다.
         *層層 *다래 *銀葉 *鐙子   *虎皮 돋움
도련님 호사헐 제, 신수 좋은 고운 얼굴 분세수 정히 허고,
     *豪奢   *身手   *粉洗手 *淨
감태같은 채진 머리 동백기름 광을 올려 갑사댕기 들여두
*甘苔   *채진   *冬柏기름 *光   *甲紗댕기
고, 쌍문초 진 동옷 청중추막을 받쳐 분홍 띠 눌러 띠고,
  *雙紋綃 *진 *동옷 *靑중초막   *받쳐 *粉紅 띠

◇참고: 말굴레와 안장

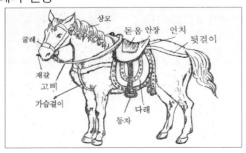

*萬鳥唐鞋(만석당혜): '만석'은 아름다운 신이란 뜻. '당혜'는 신의 깊이가 깊고 코가 낮으며 코와 뒤꿈치 부분에 무늬가 있는 고급 가죽신.

*通引(통인): 관아 관장 돕는 아전. / *黃鶴(황학): 신선이 타는 노란 학.

*灑金唐扇(쇄금당선): 황금가루 물로 선을 둘러 꾸민, 중국서 수입한 부채.

*피어: '펴'의 방언. 펼치어. / *日光(일광): 햇빛.

*官道城南(관도성남): 관아에서 닦은 성 남쪽 넓은 길.

*豪氣(호기): 호방하고 활달한 기운.

*鳳凰(봉황)의 나는 티껄: '티껄'은 '티끌'의 방언. 아름답게 꾸민 나귀를 봉황에 비기어, 나귀가 달리니까 봉황이 날 때처럼 먼지가 일어난다는 뜻.

*狂風(광풍) 조차: 미친 듯이 사납게 부는 바람을 따라 일어남.

*桃花點點(도화점점) 붉은 꽃: 복숭아꽃 한 점 두 점 떨어지는 빨간 꽃송이.

*步步香風(보보향풍): 걸음에 따라 일어나는 향기로운 바람.

*雙玉蹄蹯(쌍옥제번): 한 쌍의 아름다운 옥 같이 뒤집혀지는 말발굽.

*上香(상향): 향기가 피어오름.

*一團旋風桃花色(일단선풍도화색): "한 무리 이는 회오리바람은 복사꽃 빛깔이로다. 말의 붉은색에 비치어 주변이 붉게 보임을 뜻함. 당(唐) 시인 잠삼(岑參)의 '위절도적표마가(衛節度赤驃馬歌)' 시의 한 구절.

*衛節度(위절도): 당(唐) 시대 형남절도사(荊南節度使)인 위백옥(衛伯玉).

*赤驃馬(적표마): 털이 붉은 빛을 띤 천리마. / *이에서: 이것보다.

*項將帥(항장수): 진(秦) 멸망 후 한초전(漢楚戰) 때 초장(楚將) 항우(項羽).

*烏騅馬(오추마): 항우가 타던 말. 흰 털에 검푸른 색 무늬가 있는 천리마.

*서부렁섭적: 가볍게 계단을 밟으며 오르는 모습.

*赤城(적성)의 아침 날: '적성'은 전북 순창군에도 있지만, 여기서는 당(唐) 시인 왕발(王勃)이 광동성에 위치한 '임고대(臨高臺)'를 읊은 시 속의 구절인, "적성에 아침 해 비침(赤城映朝日; 적성영조일)"을 풀어 나타낸 것임.

*綠樹(녹수)의 저문 봄은 *花柳東風(화류동풍) 둘렀난듸: 위 왕발의 '임고대' 시 구절을 이은, "푸른 나무는 봄바람에 흔들림(綠樹搖春風; 녹수요춘풍)" 글귀를 풀이해, "바람에 날리며 둘러서 있는 버들"을 표현했음.

*瑤軒綺構何崔嵬(요헌기구하최외): 훤한 추녀 아름다운 건물 어찌 그리도 높고 높은고? 다음 구절과 함께 왕발(王勃)의 '임고대(臨高臺)' 시 속 구절임.

*紫閣丹樓紛照耀(자각단루분조요): 붉은색 단청 누각 호화롭게 빛나도다.

만석당혜를 좔좔 끌어, "방자! 나귀 붙들어라." 등자 딛고
*萬舃唐鞋   房子   *鐙子

선뜻 올라,   통인 방자 앞을 세우고 남문 밖 나가실 제,
        *通引 房子   南門

황학의 날개 같은 쇄금당선 좌르르 피어 일광을 가리우고,
*黃鶴   *灑金唐扇   *피어 *日光

관도성남 너른 길 호기 있게 나가실 제, 봉황의 나는 티끌
*官道城南   *豪氣   *鳳凰의 나는 티끌

광풍 조차 펄펄 날려, 도화점점 붉은 꽃 보보향풍 뚝 떨어
*狂風 조차   *桃花點點   *步步香風

져, 쌍옥제번 네 발굽에 걸음걸음이 상향이라. 일단선풍도
  *雙玉蹄翻   *上香   *一團旋風桃

화색 위절도 적표마가 이에서 더하오며, 항장수 오추마가
花色 *衛節度 *赤驃馬 *이에서   *項將帥 *烏騅馬

이에서 더 할쏘냐? 서부렁섭적 걸어 광한루 당도허여.
              *서부렁섭적   廣寒樓 當到

3. 적성가—춘향 등장 추천

<아니리>   도련님이 광한루 위에 올라서서 사면 경치를
              廣寒樓   四面 景致

바라보실 적에.

<진양조>   "적성의 아침 날에 늦은 안개 띠어 있고,
            *赤城의   아침 날

녹수의 저문 봄은 화류동풍 둘렀난디.   요헌기구하최외난
*綠樹   *花柳東風 둘렀난듸   *瑤軒綺構何崔嵬

임고대를 일러 있고,   자각단루분조요난 광한루를 이름
*臨高臺   *紫閣丹樓紛照耀   廣寒樓

*烏鵲橋(오작교): 광한루 옆의 다리. 음력 칠월칠석날 밤, 하늘의 은하수(銀
  河水)에 견우·직녀를 만나게 하려고 까치들이 날개 펼쳐 놓아준다는 다리.
*牽牛織女(견우직녀): 은하수 서쪽의 견우성과 은하수 동쪽의 직녀성 두 별.

> 직녀성은 천제(天帝)의 딸이었는데, 선녀들 옷감인 운금(雲錦) 비단을 너무 열
> 심히 짜서 천제가 가상히 여겨 서쪽의 견우성과 혼인시켜 주었음. 직녀성이
> 결혼 후 애정에 빠져 비단 짜기를 게을리 하니, 천제는 화를 내고 둘을 은하
> 수 양편에 떼어놓고 1년에 한 번씩만 만나게 했다고 전해짐.

*花林 中(화림중): 꽃이 만발한 숲 속.
*三生緣分(삼생연분): 전생(前生)·차생(此生)·후생(後生)에서 숙명적으로 반
  드시 맺어지게 되어 있는 인연.
*上下同樂(상하동락): 위아래 구분 없이 함께 즐김. / *年齒(연치): 나이.
*後陪使令(후배사령): 관아에서 윗사람을 뒤따르며 명령을 받는 아전.
*낫살: 나이 몇 살 정도. / *藥酒(약주): 보통 술. 약초를 넣어 담근 술.
*二三杯(이삼배): 두석 잔. / *醉興滔滔(취흥도도): 취한 흥취가 넘쳐남.

◇참고: 왕발(王勃)의 '임고대(臨高臺)' 시 중 많이 인용되는 구절.

> 임고대여! 높은 대 멀리 아련히 떠 있어,
>   (臨高臺, 高臺迢遞絶浮埃: 임고대, 고대초체절부애)
> 훤한 추녀 아름다운 구성 어찌 그리 높은고?(瑤軒綺構何崔嵬: 요헌기구하최외)
> 붉은 건물 단청 누각 요란하게 눈부시고,   (紫閣丹樓紛照耀: 자각단루분조요)
> 아름답게 꾸민 건물들 서로 비쳐 영롱하네.(璧房錦殿相玲瓏: 벽방금전상영롱)
> 동쪽에는 장락궁이 아련히 보이고,   (東彌長樂觀: 동미장락관)
> 서쪽에는 미앙궁 저 멀리 우뚝 섰네. (西指未央宮: 서지미앙궁)
> 적성에는 아침 햇빛 맑게도 비치는데, (赤城映朝日: 적성영조일)
> 푸른 나무 봄바람에 흔들거려 춤추네. (綠樹搖春風: 녹수요춘풍)
> 은빛 안장, 수 무늬 수레통, 풍성하고 화려해. (銀鞍繡轂盛繁華: 은안수곡성번화)
> 가련한 몸 오늘밤은 기녀 집에 가 잠자리니, (可憐今夜宿娼家: 가련금야숙창가)
> 젊고 고운 기녀들아 부디 싫은 얼굴 말아다오.(娼家少婦不須嚬: 창가소부불수빈)
> 동쪽정원 복숭아 오야 꽃도 짧은 봄 뿐이니라.(東園桃李片時春: 동원도리편시춘)

이로구나. 광한루도 좋거니와 오작교가 더욱 좋다. 오작교
　　　　　廣寒樓　　　　　　　　*烏鵲橋　　　　　　　　　烏鵲橋

가 분명허면 견우직녀 없을쏘냐? 견우성은 내가 되려니와
　　分明　　　*牽牛織女　　　　　　牽牛星

직녀성은 뉘라서 될꼬? 오늘 이곳 화림 중에 삼생연분
織女星　　　　　　　　　　　　　*花林　中　　*三生緣分

만나볼까."

<아니리>　　"좋다! 좋다. 과연 호남의 제일루라 허겠구나.
　　　　　　　　　　　　果然　湖南　　第一樓

이애 방자야! 오늘같이 좋은 경치 중에 술이 없어 쓰겠느
　　　房子　　　　　　　　　　景致　中

냐? 술 한상 가져오너라."방자 술상을 드리니 도련님이
　　　　　　　　　　　　房子

좋아라고, "오늘 술은 상하동락허여 연치 찾아 먹을 데니,
　　　　　　　　　*上下同樂　　*年齒

너희 둘 중에 누가 나이를 더 먹었느냐?""도련님 말씀 그
　　　　中

리 하옵시면 아마도 저 후배사령이 낫살이나 더 헌 듯허
　　　　　　　　　　*後陪使令　　*낫살

나이다.""그럼 그 애부터 부어주어라."후배사령 먹은 후
　　　　　　　　　　　　　　　　後陪使令　　　　　後

에 방자도 한잔 먹고, 도련님도 못 자시는 약주를 이렇듯
　　房子　　　　　　　　　　　　　　　*藥酒

이삼배 자셔놓니 취흥이 도도허여.
*二三杯　　　　　*醉興　滔滔

*八道江山(팔도강산): 우리나라 전국. 조선시대 행정구역이 8개 도(道)였음.

*樓臺景槪(누대경개): 다락으로 된 건물과 높은 지역 돈대의 아름다운 경치.

*長城一面溶溶水 大野東頭點點山(장성일면용용수 대야동두점점산): "긴 성 곽의 한 면으로는 출렁이는 강물 흐르고, 넓은 들판 동쪽 머리에는 점점 이 산이로구나." 고려시대 시인 김황원(金黃元)이 평양의 부벽루에서 대 동강을 바라본 경치를 읊은 시. 이 두 구절을 읊고는 그 아름다운 경치를 도저히 더 표현할 수가 없어, 끝내 나머지 구절을 완성하지 못하고 통곡 을 하며 내려왔다는 이야기. 평양의 승경(勝景)을 말하려고 인용했음.

*平壤監營(평안감영): 평안도 관찰사가 머물러 업무를 보는 관아.

*浮碧樓(부벽루) 練光亭(연광정): 평양 대동강 변에 있는 누각과 정자.

*珠簾翠閣(주렴취각): 구슬을 엮어 만든 발이 드리워진 아름다운 누각.

*碧空(벽공): 구름 없이 맑은 아름다운 푸른 하늘.

*繡戶紋窓(수호문창): 수놓아 꾸민 아름다운 무늬가 새겨진 출입문과 창문.

*瀛州閣(영주각): 광한루에 부속된 누각.

*武陵桃源(무릉도원): 진(晋) 때 시인 도연명(陶淵明)의 '도화원기(桃花源記)' 에 표현된 신선세계. '무릉' 지역 어부가 복숭아꽃 떠내려 오는 강을 따 라 상류로 올라가, 굴속의 별천지를 만나고 나온 이야기에서 유래됨.

*고물고물: 한 곳에 어울려 아련하게 보이는 모양.

*丹靑(단청): 집의 벽·기둥·천정 등에 여러 가지 빛깔로 무늬를 새긴 것.

*柳幕黃鶯喚友聲(유막황앵환우성): 수양버들 가지 늘어진 속의 노란 꾀꼬리 울음은 벗 부르는 소리로다. 꾀꼬리 울음을 벗 부르는 소리로 의인화함.

*黃蜂白蝶雙雙飛(황봉백접쌍쌍비): 누런 벌 흰 나비 쌍을 지어 날아다님.

*銀河水(은하수): 하늘에 남북으로 길게 강물처럼 무리를 이룬 별무리.

*壯觀 玉京(장관 옥경): 매우 아름다운 광경이 신선 사는 하늘나라 같음.

*月宮姮娥(월궁항아): 달나라 선녀인 항아. '항아'는 요(堯)임금 때 예(羿)의 아내로, 남편이 얻어놓은 불사약을 훔쳐 먹고 가서 달나라 신선이 되었음.

*白白紅紅爛漫中(백백홍홍난만중): 희고 붉은 꽃들이 불타듯 활짝 핀 속.

*저와 같은: 자신과 비슷한 또래. / *綠林(녹림): 무성한 푸른 숲.

*碧桃(벽도): 푸른색의 복숭아. 신선이 먹는 복숭아.

*纖纖玉手(섬섬옥수): 부드럽고 고운 손. / *兩(양): 두 줄로 된 그네 줄.

*앞이 번뜻 높았고: 그네가 흔들리어 앞으로 높이 솟아오르는 모습.

<중중모리>   앉었다 일어서 두루두루 거닐며, 팔도강산
                                                *八道江山

누대경개 손꼽아 헤아릴 제, "장성일면용용수 대야동두점
*樓臺景槪   *長城一面溶溶水   大野東頭點

점산 평양감영은 부벽루 연광정 일러있고, 주렴취각은 벽
點山 *平壤監營   *浮碧樓   練光亭   *珠簾翠閣   *碧

공에 늘어져 수호문창은 덩실 솟아, 앞으로는 영주각 뒤로
空   *繡戶紋窓   *瀛州閣

는 무릉도원, 흰 백 자 붉을 홍은 송이송이 꽃 피우고, 붉
   *武陵桃源   白 字   紅

을 단 푸를 청은 고물고물이 단청이라. 유막황앵환우성은
   丹   靑 *고물고물   *丹靑   *柳幕黃鶯喚友聲

벗 부르는 소리요, 황봉백접쌍쌍비는 향기 찾는 거동이라.
             *黃蜂白蝶雙雙飛   香氣   擧動

물은 보니 은하수요 산은 장관 옥경이라. 옥경이 분명허
       *銀河水   *壯觀 玉京   玉京   分明

면 월궁항아 없을쏘냐."
   *月宮姮娥

<중중모리>   백백홍홍난만중 백백홍홍난만중, 어떠한
                 *白白紅紅爛漫中   白白紅紅爛漫中

미인이 나온다. 해도 같고 달도 같은 어여쁜 미인이 나온
美人   美人

다. 저와 같은 계집아이와 함께 그네를 뛰랴 허고, 녹림
   *저와 같은   *綠林

숲속을 당도허여 휘늘어진 벽도 가지의 휘휘칭칭 그네 매
       當到   *碧桃

고, 섬섬옥수를 번뜻 들어 양 그네 줄을 갈라 쥐고 선뜻
   *纖纖玉手   *兩

올라 발구를 제, 한 번을 툭 구르니 앞이 번뜻 높았고,
                            *앞이 번뜻 높았고

*爛漫桃花(난만도화): 찬란하게 불타듯 활짝 핀 복숭아 꽃.

*소소리쳐: 위로 솟구쳐 힘차게 오르는 모습.

*春風吹花落紅雪(춘풍취화낙홍설) 杏花襲衣亂紅舞(행화습의난홍무): 봄바람이 꽃을 날리니 붉은 눈발 휘날리듯 하고, 살구꽃 옷에 스치니 붉은 꽃잎 춤추듯 어지럽도다. 『전등신화(剪燈新話)』 속의 소설 '위당기우기(渭塘奇 遇記)'에, 벽에 걸린 율시(律詩)의 첫째와 둘째 구절로 나타나 있는데, 시 작자를 미상이라 했음.

*瑤池皇母(요지황모): '요지'는 중국 서역의 곤륜산(崑崙山) 아래에 있는 못. '황모'는 곤륜산에 살고 있는 선녀 서왕모(西王母). 주(周) 목왕(穆王)이 곤 륜산에 갔을 때, 서왕모가 목왕을 초빙해 요지에서 잔치를 베풀어 주었음.

*月宮姮娥(월궁항아): 달나라 궁궐의 선녀인 항아. '항아'는 본래 요(堯)임금 때 예(羿)의 아내였음. 항아는 남편이 얻어놓은 불사약(不死藥)을 훔쳐 먹 고 신선이 되어 달나라로 날아 올라가서 선녀가 되었다고 함.

*노리개: 금·은·옥·산호 등으로 모양을 만들고 끈을 달아 차게 만든 패물.

*鳳(봉): 상서로운 상상의 새인 '봉황(鳳凰)'. 수컷을 봉, 암컷을 '황'이라 함. 오동나무에 깃들고, 예천(醴泉)의 물을 마시며, 대나무 열매만 먹음. 그래 서 배가 고파도 곡식을 쪼아 먹지 않는다고 '기불탁속(飢不啄粟)'이라 함.

*秦樓 弄玉(진루 농옥): 춘추시대 진(秦)나라 목공(穆公)이, 통소로 봉(鳳)의 소리를 내는 소사(蕭史)에게 딸 '농옥'을 시집보냈음. 소사와 농옥이 늘 함 께 통소로 봉황 소리를 내고 노니, 지붕에 봉황이 날아와 앉기에 진루(秦 樓, 곧 鳳樓)를 지어주었음. 뒤에 부부는 봉황을 타고 하늘로 날아갔음.

*陽臺 巫山仙女(양대 무산선녀): 전국시대 초(楚) 회왕(懷王)이 무산의 고당 (高唐)에 유람해 낮잠을 자니, 꿈에 '무산(巫山) 선녀'가 나타나 함께 잠 자리를 하며 즐겼음. 선녀가 떠나면서 자신은 '아침에 구름<朝雲>'이 되고 '저녁에 비<暮雨>'가 되어 '양대(陽臺)'에 내린다고 한 고사를 인용했음.

*樣(양): 모습. 모양.

*燕蹴飛花落舞筵(연축비화낙무연): 제비는 발길질해 꽃을 날려 춤추는 자리 에 떨어뜨리네. 당(唐) 시인 두보(杜甫)의 '성서파범주(城西陂泛舟)' 시 8 행 중 제6행의 시구로, 나는 제비와 함께 떨어져 날리는 꽃잎을 읊었음.

*心思(심사): 마음속 생각. / *散亂(산란): 안정되지 못하고 혼란스러움.

*綠林(녹림): 나무들이 무성한 푸른 숲.

두 번을 툭 구르니 뒤가 번뜻 솟았네. 난만도화 높은 가지
*爛漫桃花

소소리쳐 툭툭 차니 춘풍취화낙홍설이요 행화습의난홍무
*소소리쳐   *春風吹花落紅雪   杏花襲衣亂紅舞

라. 그대로 올라가면 요지황모를 만나볼 듯, 그대로 멀리
*瑤池皇母

가면 월궁항아 만나볼 듯, 입은 것은 비단이나 찬 노리개
*月宮姮娥   *노리개

알 수 없고, 오고간 그 자취 사람은 사람이나 분명한 선녀
                                        分明   仙女

라. 봉을 타고 내려와 진루의 농옥인가? 구름 타고 올라간
*鳳   *秦樓   弄玉

양대의 무산선녀, 어찌 보면 훨씬 멀고 어찌 보면 곧 가까
*陽臺   巫山仙女

워, 들어갔다 나오는 양 연축비화낙무연, 도련님 심사가
                  *樣 *燕蹴飛花落舞筵   *心思

산란허여.
*散亂

4. 이도령이 춘향을 물음─방자의 춘향 설명

<아니리>   "이애 방자야!" "예이!" "저 건너 녹림 숲속에
              房子   *綠林

울긋불긋 오락가락 허는 게 저게 무엇이냐?" "아니, 무얼

보란 말씀이오?   소인 놈 눈에는 아무 것도 안 보이오."
            小人

*부채발: 접이 부채를 접어 쥐고 무엇을 가리킬 때, 부채의 죽 벋은 끝부분.
*彌勒(미륵)님 발: '미륵'은 '돌부처'와 '미륵보살' 두 가지 의미를 지님. 여기
　에서는 '돌부처'를 뜻하며, '부채발'로 잘 보라고 한 말을 '부채'와 발음이
　비슷한 '부처'를 연관시켜 '돌부처인 미륵의 발'을 끌어와 해학적으로 나타
　낸 표현. '미륵보살'은 불교에서, 도솔천(兜率天)에 올라가 있으면서 중생
　을 극락세계로 인도(引導)하는 보살임.
*금매: '글쎄'의 방언. 부정이나 의문의 뜻을 나타낼 때 감탄하듯 내는 소리.
*子時(자시): 한밤중. 23시부터 다음날 1시 사이. '자세히'란 말을 방언으로
　'자시'라 함. 그와 동일한 발음인 '자시(子時)'를 연관시켜 해학적으로 표현
　한 말임. 그런데 본문에서 '자세히'로 표기해놓고 '자시'를 끌어와 표현한
　것은 양반인 이도령이 한문 단어로 '자세히'라 했지만, 방자가 방언인 '자
　시'로 받아들여 나타낸 해학 표현임.
*丑時(축시): '자시(子時)' 다음 시각인, 새벽 1시에서 3시 사이. 옛날에는 시
　각을 간지(干支)의 '지지(地支)' 12개 글자로 다음같이 지정하여 나타냈음.
　자시(子時)-23시～1시, 축시(丑時)-1시～3시, 인시(寅時)-3시～5시,
　묘시(卯時)-5시～7시, 진시(辰時)-7시～9시, 사시(巳時)-9시～11시,
　오시(午時)-11시～13시, 미시(未時)-13시～15시, 신시(申時)-15시～17시,
　유시(酉時)-17시～19시, 술시(戌時)-19시～21시, 해시(亥時)-21시～23시.
*솔갱이: 날쌔고 용맹한 새인 '솔개'의 방언.
*깃 다듬느라고: 날짐승들이 앉아 날개깃을 부리로 문지르는 행동을 말함.
*움쭉움쭉: 펴졌다 오므라졌다 하는 모습. ／ *수탕나귀: 당나귀의 수컷.
*똑똑히 *저릅대 똑똑: '똑똑히'는 '분명하게'의 뜻. '저릅대'는 '겨릅대'의
　방언. '겨릅대'는 껍질을 벗긴 삼대. 삼베 옷감을 만들 때, 삼대를 잘라 단
　으로 묶어 증기로 쪄서 껍질을 벗겨 잘게 쪼개 실로 만들어 베로 짠 것이
　삼베임. 그리고 삼대의 껍질 벗긴 속대가 '겨릅'인데, 흰색의 사각형 막대
　로 속이 비어 부러뜨리면 '똑똑' 소리를 내면서 연하게 잘 부러짐. '똑똑
　히' 보라는 말의 '똑똑'을 겨릅대 부러뜨리는 소리인 '똑똑'에 결부시켜 해
　학적으로 나타냈음. '춘향가' 사설 전본에 따라 '절구대'로 표기된 경우가
　있으나, '겨릅'을 잘 모르는 현대인의 음운 혼란에 의한 오류 표기임.
*貪心(탐심): 재물이나 음식 같은 것에 크게 애착을 가지고 좋아하는 마음.
*金(금)이 化(화)하여: 황금이 조화를 부려 움직이는 물체로 보이는가의 뜻.

"네 이놈, 이리 가까이 와서 내 부채발로 보아라." "부채발

이요? 도련님 부채발은 말고요, 미륵님 발로 보아도 안 보
*부채발
*彌勒님 발

이요." "네 이놈, 자세히 보아라." "아, 금매, 자시는 말고
仔細   *금매 *子時

축시에 보아도 안 보인단 말이요." "옳지, 저기 올라간다 올
*丑時

라가, 내려온다 내려와." "아 도련님, 그것이 다른 것이 아

니오라, 병든 솔갱이가 깃 다듬느라고 두 날개를 척 벌리고
病   *솔갱이   *깃 다듬느라고

움쪽움쪽 허는 걸, 그걸 보고 말씀이요?" "네 이놈, 내가
*움쪽움쪽

병든 솔갱이를 모르겠느냐? 어서 똑똑히 보아라. 옳지, 저
病

기 들어간다 들어가, 나온다 나와." "도련님, 저것이 다른

것이 아니라, 오늘 아침에 우리 수탕나귀 고삐를 길게 매
*수탕나귀

났더니 저 건네 암탕나귀를 보고 이리 뛰고 저리 뛰고 허

는 걸, 그걸 보고 말씀이시오?" "네 이놈, 내가 당나귀

를 모를까? 어서 똑똑히 아뢰어라." "아 금매, 저릅대 똑
*똑똑히   *저릅대 똑

똑 두 번 분질러도 안 보인단 말이요." "그래? 그러면, 내
똑

눈에는 보이고 니 눈에는 안 보일진대, 내가 탐심이 없어
*貪心

금이 화하여 보이는 게로구나." "허허 도련님! 아 소인 놈이
*金 化   小人

*金出之來歷(금출지내력): 금이 세상에 나타나게 된 유래.

*텡게: '터이니까'의 방언. / *當(당)치 않소: 합당하지 않습니다.

*楚漢(초한)적: 중국 진(秦)이 망한 직후, 항우(項羽)와 유방(劉邦)이 8년 전쟁을 한 시기. 항우는 '초' 사람이며 유방은 '한'을 세운 한태조(漢太祖)임.

*六出奇計(육출기계): 6가지 기이한 계책을 생각해낸 진평(陳平)의 지략.

*陳平(진평): 여섯 가지 기이한 계책을 써서 항우를 속여, 곤경에 처한 한 고조 유방을 구한 장수. 그의 '육출기계' 중 한 가지가 황금 이용 계책임.

*范亞父(범아부): 항우의 유일한 부하인 책사(策士) 범증(范增). 항우가 '부친에 버금가는 분'이라고 높이어 '아부(亞父)'라 칭했음.

*黃金 四萬斤(황금 사만근) *楚軍中(초진중): 진평(陳平)의 '육출기계' 중에, '청연금행반간(請捐金行反間; 황금으로 간첩을 사서 이용할 것을 요청)' 계책을 말한 것임. 항우(項羽)에게는 충성스러운 신하가 오직 책사(策士)인 범증 한 사람 뿐이었음. 진평이 유방에게 요청하기를, "황금 4만금을 주시면 반간(反間; 간첩)을 사서 범증이 항우를 배반하려 한다는 유언비어를 초(楚) 진중에 퍼뜨려, 의심 많은 항우가 범증을 내쫓게 하겠습니다."라고 간청했음. 이에 유방은 그 큰돈을 의심 없이 내어주니 진평은 곧 반간계책을 시행, 마침내 항우는 범증을 의심해 내쫓았고, 그 결과 패망했음.

*火焚空山(화분공산) *玉石이 모두 다 탔으니: 텅 빈 산에 불이 붙어, 산 속의 귀중한 옥이 돌멩이와 함께 다 타버렸다는 뜻. 선악(善惡)이 구분 없이 함께 피해를 당하는 것을 비유한 관용어임.

*쪽: 쪼개진 물건의 한 부분. 곧 한 조각.

*海棠花(해당화): 장미과에 속하는 꽃나무. 가시가 많으며 잎 뒷면에는 잔털이 있고, 5월에 향기 짙은 진홍색 꽃이 아름답게 피며 모래땅에 잘 자람.

*明沙十里(명사십리): 함경남도 원산에 있는, 십리나 멀리 뻗친 모래톱. 곱고 부드러운 모래가 아득히 깔려 있고, '해당화'가 아름답게 피는 해수욕장임.

*大明天地(대명천지): 밝고 밝은 대낮 세상.

*沓沓(답답): 숨이 막힐 것 같은 괴로운 마음.

*下情(하정) *道理(도리): 아랫사람의 마음가짐에 있어서 합당한 도덕 원칙.

*웃 兩班(양반): 서열상으로 윗자리에 있는, 지체 높은 상류계급 사람.

*이 골 退妓(퇴기): 이 고을 관기(官妓)였다가 기생을 면하고 물러난 여인.

*道高(도고): 윤리 도덕의 마음가짐이 매우 강함.

금출지내력을 아뢸 텡게, 자세히 들어보쇼 잉."
*金出之來歷   *텡게   仔細

<중중모리>   "금이란 말씀 당치 않소. 금은 옛날 초한적
            金   *當치 않소   金   *楚漢적

육출기계 진평이가 범아부를 잡으려고 황금 사만 근을 초
*六出奇計 *陳平   *范亞父   *黃金 四萬 斤 *楚

군중에 흩었으니 금이 어이 되오리까?""그러면 저게 옥이
軍中   金   玉

냐?""옥이란 말씀 당치 않소 화분공산 불이 붙어 옥석이
      玉   當   *火焚空山   *玉石이

모두다 다 탔으니 옥 한 쪽이 있으리까?""그러면 저것이
모두다 다 탔으니 玉   *쪽

해당화란 말이냐?""해당화란 말씀 당치 않소. 명사십리가
*海棠花   海棠花   當   *明沙十里

아니거든 해당화 어이 있소이까?""그러면 저것이 귀신이
        海棠花   鬼神

냐?""귀신이란 말씀 당치 않소. 대명천지 밝은 낮에 귀신
      鬼神   當   *大明天地   鬼神

이 어이 있으리까."

<아니리>   "그럼, 금도 옥도 귀신도 아니라면 저게 무엇
            金   玉   鬼神

이란 말이냐? 답답하여 못살겠구나. 어서 건너가 보고오너
        *깝깝

라." 방자 생각하되, 하정의 도리로 웃 양반을 너무 속이는
    房子   *下情 *道理 *웃 兩班

것이 도리가 아니었다. "예이! 저게 다른 것이 아니오라,
    道理

이 골 퇴기 월매 딸이라 하옵난디, 본시 제 몸 도고허여
*이 골 退妓 月梅   *道高

*妓生(기생)구실: 관아에 소속되어 남자를 접대해야 하는 기생의 업무수행.

*百花春葉(백화춘엽): 온갖 꽃이 만발하는 봄철 무렵.

*글자나 생각: 학문에 뜻을 두고 열중한다는 뜻.

*女功姿色(여공자색): 여자로서 해야 할 바느질과 길쌈 등의 일과, 아름답게 생긴 자태와 미모의 얼굴을 모두 가지고 있음.

*文筆(문필): 문장을 짓는 능력과 글씨를 쓰는 재능.

*兼(겸): 모두 합쳐 가짐. '여공'과 '자색'과 '문필'을 모두 갖추었다는 뜻.

*五月端五日(오월단오일): 음력 5월5일. 우리 민속(民俗)의 '설날·단오·추석·동지' 사명절(四名節) 중의 하나. 조상 묘에 성묘도 하고, 그네뛰기 씨름 등 놀이를 하며, 여인들은 창포(菖蒲) 물에 머리를 감는 풍습이 있었음.

*閭閻(여염): 신분이 천하지 않은 보통 백성들의 집안.

*鞦韆(추천): 그네. / *事情(사정): 어떤 일의 속 내용. 곡절(曲折).

*雪膚花容(설부화용): 눈같이 흰 피부와 꽃같이 아름다운 얼굴.

*南方(남방): 우리나라 남쪽 지역인 경상도 전라도 충청도 지방.

*莊姜 色(장강 색): 춘추시대 위(衛) 장공(莊公)의 부인인 '장강'처럼 아름다운 얼굴. '장강'은 백성들의 칭송을 받았으나 아들이 없어서 버림받았음.

*李杜(이두): 중국 당(唐) 때 시인 이백(李白)과 두보(杜甫).

*太姒(태사) *和順心(화순심): 중국 주(周) 문왕(文王)의 부인이며 무왕(武王)의 어머니로 현모양처의 표본인, '태사' 같은 부드럽고 온순한 마음가짐.

*二妃(이비) *貞烈行(정렬행): 중국 요(堯)임금의 두 딸이며 순(舜)임금의 두 아내로, 남편의 사망에 소상강(瀟湘江) 절벽에서 피눈물을 뿌리고 자결한 아황(娥皇)·여영(女英) 같은, 정조와 절개를 지키는 열녀의 행실.

*胸中(흉중): 가슴 속. 마음 속.

*今天下之絶色(금천하지절색): 오늘날 세상에서 가장 뛰어난 아름다운 여인.

*萬古女中君子(만고여중군자): 온 세상에 영원히 빛날, 여자 중 출중한 인물.

*惶悚(황송): 두렵게 느끼는 마음.

*呼來斥去(호래척거): 위력으로 불러오고 강제로 내쫓음.

*荊山白玉(형산백옥): 중국 호북성 형산에서 나는 질 좋은 하얀 옥.

*麗水黃金(여수황금): 중국 운남성을 흐르는 강인 여수에서 생산되는 황금.

*物各有主(물각유주): 사물에는 각기 주인이 따로 있음.

*잔말: 여러 변명을 늘어놓는 군소리.

기생구실 마다허고 백화춘엽에 글자나 생각허며, 여공자색
*妓生구실　　　　*百花春葉　*글자나 생각　　　　*女功姿色

과 문필을 겸하였으며, 오월 단오일마다 여염집 아이들과
　*文筆　*兼　　　　*五月　端午日　　*閭閻

저곳에 나와서 추천하는 춘향이로소이다.""이애, 그럼 기생
　　　*鞦韆　　春香　　　　　　　　　妓生

의 딸이란 말이로구나. 내 한번 못 불러볼까?""그렇지 못

할 사정이 있사옵니다.""그래? 무슨 사정이란 말이냐?"
　*事情　　　　　　　　　　事情

"소인 놈이 낱낱이 아뢸 테니 들어보시오."
　小人

<중중모리>"춘향의 설부화용 남방의 유명키, 장강의 색과
　　　　　　春香　*雪膚花容　*南方　有名키　*莊姜　色

이두의 문필과 태사의 화순심과 이비의 정열행을 흉중에
*李杜　文筆　*太姒　*和順心　*二妃　*貞烈行　*胸中

품어 있어, 금천하지절색이요 만고여중에 군자오니 황송한
　　　　*今天下之絶色　　*萬古女中　君子　*惶悚

말씀으로 호래척거는 못허리다."
　　*呼來斥去

5. 방자의 춘향 초래—춘향의 거절

<아니리>　"이애, 니가 무식허구나. 형산백옥과 여수황금
　　　　　　　　無識　　*荊山白玉　*麗水黃金

이 물각유주라. 임자가 각각 있는 법이니 잔말 말고 빨리
　*物各有主　　　　各各　　法　*잔말

불러오도록 허여라.""예이!"

*分付(분부): 아랫사람에게 명령을 내림. '吩咐'로도 씀.

*건거러지고: '건드러지고'의 방언. 멋이 있고 사근사근하며 부드러운 모습.

*세수 없고: '채신없다'의 방언. 말과 행동이 경솔하여 위신이 없는 모습.

*발랑거리고: 몸이 가볍고 행동이 민첩하여 경솔하게 보이는 모습.

*우멍스런: '의뭉스런'의 방언. 겉으로 어리석어 보이지만 마음이 엉큼함.

*西王母 瑤池宴 便紙 傳(서왕모 요지연 편지 전)턴 靑鳥(청조): 중국 서역의 곤륜산(崑崙山)에 살고 있는 선녀 '서왕모'가, 순행(巡幸) 나온 주(周) 목왕(穆王)에게 곤륜산 아래 연못 '요지에서 잔치'를 베풀 때, 초청하는 '편지'를 파랑새인 '청조'를 시켜 전했다는 이야기. 이후 편지에 청조가 결부됨.

*쇠털 벙치: 소의 꼬리털로 장식한, 군인·하인들이 쓰는 갓 모양인 벙거지. 검고 두꺼운 모직 천으로 만들며, 모자 위가 둥글고 둘레의 전은 평평함.

*宮綃(궁초) 갓끈: 얇고 빳빳한 궁초비단을 접어 만든 갓의 끈.

*成川 胴衣紬(성천 동의주): 평안도 '성천'에서 생산되는, '동의'의 재료로 사용하는 곱고 튼튼한 옷감. '동의'는 남자들의 조끼 또는 저고리.

*겹저고리: 안에 한 겹의 천을 더 받쳐 넣어 이중으로 만든 저고리.

*三乘(삼승)버선: 몽고에서 생산되는, 3겹 실로 짠 베인 '삼승' 무명베로 기운 버선. '삼승'은 천이 두껍고 결이 고운 무명베임.

*六(육)날 신: 날줄을 6개의 날로 삼은 짚신. 4날 짚신보다 볼이 넓음.

*手指(수지) 빌어: 손가락의 힘을 이용했다는 말.

*곱들메고: 신에 끈을 얽어매어 벗어지지 않게 단단히 동여 묶는 일.

*靑(청)창옷: 푸른색 창옷. '창옷'은 소매가 좁고 겨드랑이 밑이 터진 겉옷.

*잦혀: 뒤쪽으로 쏠리게 함. / *잡어 매고: 단단히 붙잡아 동여맴.

*충충충충거리고: 땅을 구르듯 힘차게 걸음. / *조약돌: 자잘한 둥근 돌.

*후여쳐: '후여' 하면서 멀리 쫓음. / *長松(장송): 키가 큰 소나무,

*竹杖(죽장): 대나무 지팡이. / *바드드드득: 틈이 없이 밀착되는 상태.

*건혼이 뜨게: '건혼나게'의 방언. 갑자기 깜짝 놀라 혼이 나가게 되는 상황.

*落傷(낙상): 높은 데에서 떨어지거나 넘어져 몸에 부상을 입는 일.

*四書三經(사서삼경): 유학(儒學)의 기본경전(經典). 논어(論語)·맹자(孟子)·대학(大學)·중용(中庸) 등 사서와, 시경(詩經)·서경(書經)·역경(易經) 등 삼경.

*쫄쫄이 文字(문자): 채신없이 까불기만 하는 소견 좁은 사람의 언어습관.

*落胎(낙태): 임신하여 달이 차기 전에 죽어나오는 태아.

<중중모리> 방자 분부 듣고 춘향 부르러 건너간다. 건거러
房子 *分付 春香 *건거러

지고 맵시 있고 태도 고운 저 방자, 세수 없고 발랑거리고
지고 態度 房子 *세수 없고 *발랑거리고

우멍스런 저 방자, 서왕모 요지연의 편지 전턴 청조처럼,
*우멍스런 房子 *西王母 瑤池宴 便紙 傳턴 靑鳥

말 잘하고 눈치 있고 영리한 저 방자, 쇠털 벙치 궁초 갓끈
怜悧 房子 *쇠털 벙치 *宮綃 갓끈

맵시 있게 달아 써. 성천 동우주 겹저고리, 삼승버선 육날
*成川 胴衣紬 *겹저고리 *三乘버선 *六날

신에 수지 빌어 곱들메고, 청창옷 앞자락을 뒤로 잦혀 잡
신 *手指 빌어 곱들메고 *靑창옷 *잦혀 *잡

어 매, 한발 여기 놓고 또 한발 저기 놓고 충충충충거리고
어 매 *충충충충거리고

건너간다. 조약돌 법석 집어 버들에 앉은 꾀꼬리 툭 쳐 후
*조약돌 *후

여쳐 날려보고, 장송가지 뚝 꺾어 죽장 삼어서 좌르르 끌어
여쳐 *長松 *竹杖

이리저리 건너가, 춘향 추천허는 앞에 바드드드득 들어서
春香 鞦韆 *바드드드득

춘향을 부르되 건혼이 뜨게, "아나 옜다, 춘향아!"
春香 *건혼이 뜨게

<아니리> 춘향이 깜짝 놀라 그네 아래 내려서며, "하마터
春香

면 낙상할 뻔하였구나." "허허! 아, 나 사서삼경 다 읽어도
*落傷 *四書三經

이런 쫄쫄이 문자 처음 듣겠네. 인제 열대여섯 살 먹은 처
*쫄쫄이 文字 處

녀가 뭣이 어쩌? 낙태 했다네?" 향단이 썩 나서며, "언제
女 *落胎 香丹

*日氣 和暢(일기 화창): 날씨가 따뜻하고 온화하며 활짝 개여 맑음.

*子弟(자제): 남의 아들을 높여 일컫는 말. '弟'는 '어리다'는 뜻의 접미어.

*擧動(거동): 사람의 움직이는 행동.

*春香(춘향)이니 蘭香(난향)이니: 춘향의 일신상 이야기를 이러쿵저러쿵 들춰
　이야기하는 것. '난향'은 의미 없이 '춘향'이란 발음에 맞추어 끌어온 말.

*妓生(기생)이니 非生(비생)이니: 기생이라고도 하고 기생이 아니라고도 하면
　서 떠들어대며 화제로 삼음. '비생'은 '비기생(非妓生)'을 줄여 쓴 것임.

*종조리 새 열씨 까듯: '종조리 새'는 '종달새'의 방언. '열씨'는 '삼<대마(大
　麻)>'의 씨. 삼을 씨를 받기 위해 여름 동안 밭에 세워두면 가을에 삼씨
　열매가 맺어져 익음. 이 삼씨 열매는 크기가 쌀알 정도의 크기로 겉면이
　매끈매끈하며 매우 딱딱함. 이것을 미처 거두기 전 밭에 서 있는 삼대 위
　에 여러 마리의 종달새가 와서 까먹으면서 '딱딱딱' 하며 소리를 냄. 이
　소리처럼 남의 험담을 시끄럽게 떠들며 이야기 하는 것을 나타낸 속담임.

*새앙쥐 씨나락 까듯: '새앙쥐'는 어린 쥐인 '생쥐'의 방언. '씨나락'은 벼를
　추수하여 충실한 낟알을 가려서 종자로 삼으려고 간수해 둔 볍씨. 이 볍씨
　를 가마니에 담아 광 속에 보관해 두면 쥐가 와서 구멍을 뚫어 흘러나오
　게 해 껍질을 까고 쌀알을 먹는데, 이빨로 벼 껍질을 까는 소리가 제법 크
　게 '따닥따닥' 하고 들림. 이 소리처럼 남의 험담을 떠들며 늘어놓음을 나
　타내는 속담임.

*똑똑 꼬아: 진실과 거짓을 섞어, 매우 단단하게 새끼 꼬듯 얽어 연결한다는
　말. 사람들이 큰 관심을 갖도록 이야기를 부풀려 꾸며 구성한다는 뜻.

*쥐구멍으로 쏙 빠질 녀석: 남을 헐뜯어 고통을 주면서도 교활하여 큰 비난
　을 잘 피해. 작은 쥐구멍도 빠져 나올 정도의 매끄러운 사람을 비꼬는 말.

*욕 공부(辱 工夫): 욕설(辱說)에 대한 학습을 했다는 말.

*고삿이 휜 허시그려: '고삿'은 '고살(故殺)'의 방언. '허시그려'는 '하시구려'
　의 방언. '고살'은 화가 치밀어 진위를 가리지 않고 고의로 사람을 죽이는
　행동. 곧 춘향이 자기에 대한 말을 도련님에게 고해바쳤다고 단정하여, 확
　인하지도 않고 내뱉은 욕설은 너무 지나쳐, 분명 재앙이 될 수 있다는 말.

*處事(처사): 어떤 일을 처리하여 매듭지은 결과.

*이를 테니: 이야기를 해 줄 터이니.

*그르단: 그르다는. 잘 못이라는 뜻.

우리 아씨가 낙태라드냐? 낙상이라고 했지.""그래, 그건
　　　　　　落胎　　　　　　　落傷

잠시 농담이고, 향단이 너도 밥 잘 먹고 잠 잘 잤더냐? 그
暫時　弄談　　　　　　香丹

런데 큰일 났네. 오늘 일기 화창하여 사또 자제 도련님이
　　　　　　　　　　　*日氣　和暢　　　　　　*子弟

광한루 구경 나오셨다, 자네들 노는 거동을 보고 빨리 불러
廣寒樓　　　　　　　　　　　　　　　*擧動

오라 하시니, 나와 같이 건너가세.""아니, 엊그제 오신 도

련님이 나를 어찌 알고 부르신단 말이냐? 네가 도련님 턱

밑에 앉어서 춘향이니 난향이니 기생이니 비생이니 종조리
　　　　　　*春香이니　蘭香이니　*妓生이니　非生이니　*종조리

새 열씨 까듯 새앙쥐 씨나락 까듯, 똑똑 꼬아 바치라더냐?
새　열씨 까듯 *새앙쥐 씨나락　까듯 *똑똑　꼬아

이 쥐구멍으로 쏙 빠질 녀석아.""허허, 춘향이 자네 글공부
*이 쥐구멍으로　쏙　빠질 녀석　　　　　　　春香

만 헌 줄 알았더니 욕 공부도 담뿍 했네 그려. 아니, 자네
　　　　　　　　　*辱 工夫

욕은 고샅이 훤 허시그려."
辱　　*고샅이　훤 허시그려

6. 방자의 인걸과 산세 설명─춘향 설득과 위협

<아니리> "그러나 자네 처사가 그르제.""아니, 내 처사가
　　　　　　　　　　　*處事　　　　　　　　　　　處事

뭐가 그르단 말이냐?""내 이를 테니 들어보아라."
　　　　　　　　　　　　　　*이를 테니

*니: '네, 너'의 방언.
*그런 來歷(내력): '그런'은 '그른', 곧 '옳지 못함'의 방언. 네가 잘 못된 행
  동을 한 것에 대한 자세한 내용 이야기.
*行實(행실): 일상 하는 행동의 품행(品行).
*樣(양): 모양. 어떤 일의 구체적인 겉모습.
*後園(후원): 집 안채 뒤편에 있는 정원.
*慇懃(은근)히: 은밀하고 겸손한 태도를 가짐.
*論之(논지): 논의하여 따져봄. / *머잖은: '멀지 아니 한'의 준 말.
*綠陰(녹음): 푸른 나무가 우거져 그늘을 이루고 있는 숲.
*芳草(방초): 아름다운 푸른 풀.
*靑布帳(청포장): 푸른색의 천으로 둘러 친 휘장.
*柳綠帳(유록장): 옅은 녹색인 연두색 천으로 둘러 친 휘장.
*찢어지고: 잎들이 무거워, 나무 가지의 둥치에 붙은 부분이 벌어진 상태.
*春飛春興(춘비춘흥): 녹음들이 봄바람에 날리며 일고 있는 봄철의 흥취.
*외씨 같은: 오이 씨 같은 작고 갸름한 유선형의 예쁜 모습.
*白雲間(백운간)에가: 하늘의 하얀 구름 사이에서. '가'는 강조하는 접미어.
*횟득: '회득'의 방언. 여러 빛깔 속에 뒤섞여 흰 빛이 잠시 얼른거려 보임.
*紅裳(홍상)자락: 붉은색 치마의 늘어진 옷깃.
*햇득: '해뜩'의 방언. '회득'의 작은 동작 표현.
*선웃음: 우습지 않은 데도 능청스럽게 싱긋 웃는 웃음.
*잔말: 여러 가지 이유를 붙여 변명하여 해명하는 말.
*漸漸(점점): 조금씩 차츰차츰 더해감.
*미치는구나: 사리에 맞지 않는 일을 억지를 부려 우기는 행동.
*微賤(미천): 신분이 낮은 보잘 것 없는 존재.
*妓案着名(기안착명)헌: '기안'은 기생의 명부. 기생 명부에 이름을 올린일.
*閭閻(여염)집: 신분이 천하지 않은 보통 백성들의 살림집.
*初面男子(초면남자): 처음으로 얼굴을 대하는 남자.
*傳喝(전갈): 어떤 일을 간접적으로 부르는 행위.
*萬無(만무): 결코 그런 일은 없음.
*時乎時乎不再來(시호시호부재래): 매우 좋은 시기는 두 번 다시 오지 않음.
*郞君(낭군): 젊은 아내가 자기 남편을 사랑스럽게 부르는 말.

<중중모리> "니 그런 내력을 니 들어 보아라. 니 그런
*니 *그런 來歷

내력을 니 들어 보아라. 계집아이 행실로, 여봐라! 추천을
來歷 *行實 鞦韆

헐 양이면, 너의 집 후원의 그네를 매고 남이 알까 모를까
*樣 *後園

허여 은근히 뛸 것이지, 또한 이곳을 논지허면 광한루 머잖
*慇懃히 *論之 廣寒樓 *머잖

은 곳, 녹음은 우거지고 방초는 푸르러 앞내 버들은 청포장
은 *綠陰 *芳草 *靑布帳

두르고, 됫 내 버들은 유록장 둘러, 한 가지는 찢어지고 또
*柳綠帳 *찢어지고

한 가지는 늘어져, 춘비춘흥을 못 이기어 흔들흔들 너울너
*春飛春興

울 춤을 출 제, 외씨 같은 두 발 맵시는 백운간에가 횟득,
*외씨 같은 *白雲間에가 *횟득

홍상자락은 펄렁, 잇속은 햇득, 선웃음 방긋, 도령님이 너를
*紅裳자락 *햇득 *선웃음

보시고 불렀지, 내가 무슨 말을 허였단 말이냐? 잔말 말고
*잔말

건너가세."

<아니리> "이애가 점점 더 미치는구나. 내 아무리 미천하
*漸漸 *미치는구나 *微賤

나 기안착명헌 일 없고, 여염집 아이로서 초면남자 전갈 듣
*妓案着名헌 *閭閻집 *初面男子 *傳喝

고 따라가기 만무허니 너나 어서 건너가거라." "여보게 춘
*萬無

향이! 오늘 이 기회가 시호시호부재래라. 낭군을 얻으려면
期會 *時乎時乎不再來 *郎君

*무지랭이: '무지렁이'의 방언. 어리석고 무식한 사람을 일컫는 말.

*人傑(인걸): 특별히 뛰어난 재주와 능력을 지닌 사람.

*地靈(지령): 땅의 신령스런 정기(精氣). / *山勢(산세): 산의 생긴 형세.

*雄壯(웅장): 생긴 모습이 거룩하여 장엄함.

*矗(촉)허기로: 곧고 뾰족하게 생김. / *順順(순순): 부드럽고 온순함.

*漢陽(한양): 조선시대의 수도(首都) 서울.

*慶雲洞(경운동): 창본에 따라 '천운봉·경운동·갱운대·절운동' 등으로 나타나 있으며 미상(未詳)임. 도성(都城) 안에는 현재 '경운동'이 있고, 또 덕수궁 (德壽宮)의 옛 이름이 경운궁(慶雲宮)이니, '경운(慶雲)' 경운(景雲)이 상서 로움을 뜻하므로, 궁궐이 자리 잡은 지역들을 뜻하는 것으로도 추정됨.

*白雲臺(백운대): 서울 북쪽 삼각산(三角山) 속의 제일 높은 봉우리.

*三角山(삼각산): 북한산(北漢山)의 다른 이름으로, 백운대(白雲臺)·인수봉(仁 壽峰)·국망봉(國望峰) 등 세 봉우리가 삼각을 이루어 붙여진 이름.

*세 가지: 세 갈래 봉우리. / *北主(북주): 도성 북쪽의 중심 산.

*仁王山(인왕산): 서울 도성 서북쪽 성곽 바깥에 접해 있는 산.

*主山(주산): 풍수지리설에서 집터나 묘지, 또는 도읍 터전 뒤편에 있는 산 으로, 그 터전의 운수 기운이 거기에 매여 있다고 하는 중요한 산.

*終南山(종남산): 서울 남쪽의 남산인 목멱산(木覓山).

*案山(안산): 풍수설에서 집터나 묘지 도읍 등의 터전 앞쪽에 있는 산. 주산 (主山)과, 동쪽 산인 청룡(靑龍), 서쪽 산인 백호(白虎)와 함께, 그 터전의 4대 요소임.

*銅雀(동작): 한강에서 남쪽 지방으로 통하는 나루가 있는 동작강.

*水口(수구): 터전의 내명당(內明堂) 안에서 흐르는 물인 득(得)이 나가는 곳.

*別惡之象(별악지상): 유별나게 악독한 행동을 하는 모습.

*兩班 根本(양반 근본): 높은 신분인 양반이 되어 있는 바탕.

*府院君 大監(부원군 대감): 왕비의 부친이나 또는 정일품 공신이 갖는 직품.

*吏曹判書(이조판서): 조정육조(朝廷六曹) 중 이조(吏曹)의 우두머리 벼슬.

*同姓 祖父(동성 조부): 동일한 성씨인 조부, 곧 친할아버지.

*時卽 南原府使(시즉 남원부사): 현재 곧 부임해 있는, 사또인 남원부 부사.

*당신 어르신: 도련님의 부친. '당신'은 웃어른의 존칭인 '그분'.

*朝仕(조사): 아랫사람이 아침에 관장께 인사드리고 지시를 받는 관아행사.

뚜렷한 서울낭군을 얻지, 시골 무지랭이를 얻으려는가?"
　　　　　郎君　　　　　　　　　　*무지랭이

"허허 미친 녀석, 낭군도 시골 서울이 다르단 말이냐?""그
　　　　　　　　郎君

렇지야. 인걸은 지령이라, 사람도 산세 따라 나는 법이다.
　　*人傑　*地靈　　　　　　*山勢

내 이를 데니 들어보아라."

<자진모리> "산세를 이를 게 니 들어라, 산세를 이를 게
　　　　　　山勢　　　　　　　　　　　山勢

니 들어. 경상도 산세는 산이 웅장허기로 사람이 나면 정직
　　　　慶尙道 山勢　 山 *雄壯　　　　　　　　正直

허고, 전라도 산세는 산이 촉허기로 사람이 나면 재주 있
　　　　全羅道 山勢　 山 *矗허기로

고, 충청도 산세는 산이 순순허기로 사람이 나면 인정 있
　　忠淸道 山勢　 山 *順順　　　　　　　　　　人情

고, 경기도를 올라 한양 터를 보면 경운동 높고 백운대 떴
　　京畿道　　 *漢陽　　　　 *慶雲洞　　*白雲臺

다. 삼각산 세 가지 북주가 되고, 삼각산이 떨어져 인왕산
　　*三角山 *세 가지 *北主　　　 三角山　　　　　*仁旺山

이 주산이요, 종남산이 안산인디 동작이 수구를 막기로, 사
　　*主山　　 *終南山　 *案山　 *銅雀 *水口

람이 나면 선할 때 선하고, 악하기로 들면 별악지상이라.
　　　　　　 善　　 善　　　惡　　　　　 *別惡之象

양반 근본을 니 들어라. 부원군 대감이 자기 외삼촌이요,
*兩班 根本　　　　　　 *府院君　 大監　　 自己　 外三寸

이조판서가 동성 조부님이요, 시즉남원부사 당신 어르신이
*吏曹判書　 *同姓 祖父　　　　 *時卽南原府使 *당신　 어르신

라. 니가 만일 아니 가고 보면, 내일 아침 조사 끝에 너의
　　　 萬一　　　　　　　　　　　　　　　 *朝仕

*册房(책방): 지방 고을의 관장이 사사로이 임용해 개인적인 업무를 돕게 하던 사람. 또는 그 '책방'이 거처하는 사랑방을 뜻함.

*短墻(단장): 낮고 작은 담. 흔히 '담장'을 한자로 이렇게 쓰기도 함.

*亂杖刑罰(난장형벌): 형벌을 가할 때 일정한 수의 매를 때리는 것이 아니고 어지러이 마구 매를 때리는 형벌.

*주릿대 방망이: 죄인을 심문할 때 두 발목을 합쳐 묶고, 두 사람이 양쪽에 서서 막대기를 다리 사이에 끼워 엇비슷이 비트는 형벌이 '주리'임. 이 '주리' 형벌에 사용되는 긴 막대기가 '주릿대'인데, 곧 난장형벌에서 '주릿대'로 매를 때리므로 '주릿대 방망이'라 한 것임.

*얼게미: '어레미'의 방언. 둥근 통에 망을 붙여 가루를 흘러내리게 하는 '체'의 일종으로, 바닥 망 구멍이 보통 체보다 커서 굵은 알갱이도 흘러내림.

*채궁기: '채'는 '체'의 방언. '궁기'는 '구멍'의 방언. 체에 붙은 망의 구멍들.

*眞(진)가리 새듯: '가리'는 '가루'의 방언. '진'은 순수함의 뜻. 맷돌에서 갈아진 고운 가루가 어레미 구멍으로 잘 빠져나가는 것 같이 된다는 표현. 형벌의 매를 맞아 으스러진 뼈 가루가, 보통 때 어레미 구멍에서 고운 가루 흘러나오듯, 몸체에서 술술 모두 빠져나오게 된다는 과장 표현임.

*살살 샐 것이니: 술술 잘 빠져 새어나가게 됨.

*떨떨거리고: '떨뜨리고'의 방언. 위세를 부리며 거만한 모습을 취하는 행동.

*雁隨海 蝶隨花 蟹隨穴(안수해 접수화 해수혈): 기러기가 바다를 따르고, 나비가 꽃을 따르며, 게가 굴을 따라 들어감. 곧 남자가 여자를 찾아가야지, 여자가 남자를 찾아가는 것은 도리에 맞지 않다는 비유임.

*충충: 땅을 구르듯 힘차게 빨리 걷는 걸음.

*금매: '글쎄'의 방언.   /   *그렇게: '그러니까'의 방언.

*헌게: '하니까' '했는데도'의 방언. 안 가겠다고 말 했는데도 보냈다는 뜻.

*뭐시드라마는: '무엇이라 말 하더라마는'의 방언. 기억을 더듬는 의문 표현.

*按酒(안주): 술을 마실 때 곁들여 먹는 음식. 어려운 한자 말 '안수해'를 알아 듣지 못하여 비슷한 발음의 말을 결부시켜 해학적으로 표현한 것.

*접시: 음식을 담는 굽이 낮은 납작한 그릇. 역시 한자어 '접수화'와 유사한 발음의 말을 끌어와 해학 표현한 것임.

*咳嗽病(해수병): 기침을 심하게 하는 병. 역시 '해수혈'과 유사한 발음의 말을 끌어온 것임.

노모를 잡어다가 책방 단장아래 난장형벌에 주릿대 방망이,
老母　　　　　*冊房 *短墻　　*亂杖刑罰　　*주릿대　방망이

굵은뼈 부러지고 잔뼈 으스러져, 얼게미 채궁기 진가리 새
　　　　　　　　　　　　　　*얼게미 *채궁기　*眞가리　새

듯 아조 살살 샐 것이니, 갈라거든 가고 말라면 마라. 떨떨
듯　　*살살 샐 것이니　　　　　　　　　　　　　*떨떨

거리고 나는 간다.”
거리고

7. 춘향의 암시 문구─방자의 춘향 집 설명

<아니리> 허고 방자가 돌아가니, 춘향이가 어리석어 잠깐
　　　　　　　　房子　　　　　　春香

속은 듯이, “글쎄 방자야, 꽃이 어찌 나비를 따라간단 말이
　　　　　　　　房子

냐? 너나 어서 건너가 도련님 전 ‘안수해 접수화 해수혈’이
　　　　　　　　　　　　前　雁隨海　蝶隨花　蟹隨穴

라 여쭈어라.” 방자 충충 건너오니 도련님이 화가 나서, “네
　　　　　　　房子 *충충

이놈 방자야, 내가 춘향을 데리고 오라 했지 누가 쫓고 오
　　　房子　　　春香

라더냐?” “금매, 쫓기는 누가 쫓아요. 그렇게 소인 놈이 안
　　　　*금매　　　　　　　　　*그렇게　小人

간다고 안 간다고 헌게, 도련님이 가라고 가라고 허시더니,
　　　　　　　　*헌게

춘향이가 절더러 욕을 담뿍 헙디다.” “그래 춘향이가 무슨
春香　　　　　　辱　　　　　　　　　春香

욕을 허드란 말이냐?” “거 뭐시드라마는, 옳제! 안주에다
辱　　　　　　　　　*뭐시드라마는　　　*按酒

접시에다 받쳐서 술 한 잔 잡수시고, 그냥 해수병 걸리라
*접시　　　　　　　　　　　　　　　　*咳嗽病

*或是(혹시): 만일에. 어떤 경우에.

*退令(퇴령): 관아 관장이 사령(使令)과 이속(吏屬)에게 물러가 쉬라는 명령.

*揚揚(양양)헌 香風(향풍): 떨치어 일어나는 향기로운 봄바람.

*琪花瑤草(기화요초): 구슬 같이 아름다운 꽃과 고운 풀이 우거져 있는 모습.

*仙境(선경): 신선이 사는 지경. 신선지경 같이 아름다운 지역.

*豪奢(호사)를 자랑헌다: 호화롭고 사치스럽게 노는 모습을 보임.

*玉洞桃花萬樹春(옥동도화만수춘): 신선 사는 현도관(玄都觀) 복숭아꽃은 온통 나무마다 봄빛임. 현도관 복숭아꽃을 나타내려고 창작한 글귀임.

*劉郎(유랑)의 심은 것 *玄都觀(현도관): 당(唐) 시인 유우석(劉禹錫; 유랑)이 심은 '현도관'의 복숭아나무. 본문에 이렇게 표현했으나 잘못임. '현도관'의 복숭아나무는 유우석이 심지 않았음. 유우석이 관료들의 참소로 지방으로 좌천되었다가 10년 만에 돌아오니, 자기가 떠난 뒤에 어떤 도사(道士)가 장안현(長安縣) 남쪽의 도교(道敎) 전당(殿堂)인 '현도관'에 많은 복숭아나무를 심어, 꽃구경 가는 사람들이 줄을 잇고 있었음. 이를 보고 '희증간화제군자(戲贈看花諸君子)'란 시를 지어, 자신을 참소한 관료들을 비꼬아 비난했음. 이로 인해 다시 좌천당해, 14년이 지나고 돌아오니 현도관의 복숭아나무는 모두 베어지고 한 그루도 없었음. 이에 또다시 시 한 수를 더 지었음. 그런데, 위 '玉洞桃花萬樹春' 글귀는 유우석이 지은 앞뒤 두 편 시 속에 나타나 있지 않음. 아래에 참고로 그 첫 번째 시를 인용함.

> 교외의 붉은 먼지 얼굴에서 떨치고 돌아오니, (紫陌紅塵拂面來: 자맥홍진불면래)
> 꽃을 보려 돌아왔느냐고 모두들 말을 하네.　(無人不道看花回: 무인부도간화회)
> 현도관 속 일천 그루 복숭아나무는,　　　　　(玄都觀裏桃千樹: 현도관리도천수)
> 모두다 이 유우석이 떠난 뒤에 심은 것이로다. (盡是劉郎去後栽: 진시유랑거후재)

*形形色色(형형색색): 온갖 모양과 여러 가지 색채들의 아름다운 모습.

*異香(이향) *大路雨(대로우): 기이한 향기가, 큰길에 내려 퍼지도다.

*細柳枝(세류지) *有絲無絲楊柳絲(유사무사양류사): 가느다란 수양버들 가지. 그 가지 늘어진 줄기 있건 없건 모두다 버드나무의 늘어진 실가지로다.

*들충: 깊은 산속에 사는 활엽 떨기나무인 '들쭉나무'.

*側柏(측백): 상록 침엽 교목으로 원추형을 이루는 나무.

*휘휘칭칭 얼크러져서: 서로 얽히고 감기어 한 덩어리로 뭉쳐 있는 모습.

헙디다.” “뭣이? 안주에 접시?”
　　　　　　　按酒

<창조>　안수해 접수화라.
　　　　雁隨海　蝶隨花

<아니리>“이애 방자야, 저 혹시 춘향이가 ‘안수해 접수화
　　　　　　　房子　　　*或是　春香　　　雁隨海　蝶隨花

해수혈’이라 아니 허드냐?” “예, 맞습니다. 도련님, 그게 무
蟹隨穴

슨 욕이다요?” “그게 욕이 아니니라. ‘기러기는 바다를 따르
　　辱　　　　　　　　辱

고 나비는 꽃을 찾는다.’ 그러니 날더러 저를 찾아오라는

뜻이니라. 방자야, 오늘 퇴령 후에 춘향 집을 찾어갈 것이
　　　　　房子　　　　*退令 後　春香

니, 춘향 집이 어딘지 가르쳐다오.” “방자 좋아라고 손을 들
　　春香　　　　　　　　　　　　　房子

어 춘향 집을 가리키는디.”
　　春香

<진양조>　“저 건너 저 건너, 춘향 집 보이는디, 양양헌
　　　　　　　　　　　　　　春香　　　　　　*揚揚헌

향풍이요. 점점 찾어 들어가면 기화요초는 선경을 가리우
香風　　　　　　　　　*琪花瑤草　　*仙境

고, 나무나무 앉은 새는 호사를 자랑헌다. 옥동도화만수춘
　　　　　　　　　　*豪奢를　자랑헌다　*玉洞桃花萬樹春

에 유랑의 심은 것과 현도관이 분명허고, 형형색색 화초들
　*劉郎의　심은　것　*玄都觀이　分明　　*形形色色　花草

은 이행이 대로우허고, 문 앞에 세류지난 유사무사양유사
　*異香　*大路雨　　　　　　　*細柳枝　*有絲無絲楊柳絲

요. 들총 측백 전나무는 휘휘칭칭 얼크러져서 담장 밖에
　*들총 *側柏　　　　*휘휘칭칭　얼크러져서

*數三層(수삼층) *花階上(화계상): 이삼층으로 이루어진 꽃 계단 위.

*牧丹(모란): 작약과에 속하는 낙엽 활엽 관목의 꽃나무. 5월에 홍색의 여러 겹으로 된 아름다운 꽃이 핌. 한자로 '목단'이라 쓰고 '모란'으로 읽음.

*芍藥(작약): 작약과에 속하는 꽃나무로 여러 색깔의 꽃이 아름답게 핌.

*映山紅(영산홍): 석남과에 속하는 관목. 5-6월에 담홍색 꽃이 모여 핌.

*疊疊(첩첩)이: 겹겹이 쌓인 모습.

*松亭(송정): 소나무가 무성해 정자처럼 그늘을 이룬 솔숲. 소나무 속 정자라는 뜻도 있으나 여기에서는 맞지 않음.

*竹林(죽림): 대나무 숲. / *牆垣 淨潔(장원 정결): 담장이 깨끗하고 고움.

*松竹 鬱密(송죽 울밀): 소나무와 대나무 숲이 빽빽하여 울창함.

*余已知節槪(여이지절개): 내 이미 그 곧고 굳은 절조를 알았음.

*冊室(책실): 글공부하는 방. / *等身(등신): 몸체뿐인 넋 나간 사람.

*노루글로 뛰어: 노루가 잘 뛰는 것처럼, 책을 띄엄띄엄 건너 뛰어 읽음.

*孟子見梁惠王(맹자견양혜왕): 맹자가 위(魏)나라 서울 대량(大梁)에 가서 위나라 혜왕을 만나봄. 『맹자(孟子)』의 제1권 첫째 구절임.

*王曰 叟不遠千里而來(왕왈 수불원천리이래): 왕이 가로되, 어르신께서 멀고 먼 천리 길을 멀다 않고 오시었으니.

*亦將有以利吾國乎(역장유이리오국호): 역시 장차 우리 위나라를 이롭게 할 방도가 있으십니까?

*大學: 유학(儒學) 사서(四書) 중 하나. 공자 제자 증자(曾子)의 편찬.

*大學之道 在明明德 在親民(대학지도 재명명덕 재신민): 대학의 중심 내용은 사람의 밝은 덕을 밝게 펼치는 데에 있으며, 백성들을 새롭게 흥기(興起)시키는 데에 있음. '親'은 주자(朱子) 해석에 의하여 '신(新)'으로 읽음.

*在止於至善(재지어지선): 최고 진리에 도달하여 멈추는 데에 있음.

*南昌故郡 洪都新府(남창고군 홍도신부): 중국 강서성 남창현의 '남창'은 옛날 한(漢) 때 설치된 고을이고, 역시 남창현의 '홍도'는 뒤에 수(隋)나라 때 '홍주(洪州)'로 새로 설치된 고을이다. 당(唐) 시인 왕발(王勃)의 '등왕각서(滕王閣序)' 첫째 구절임.

*洪都(홍도): 위 '등왕각서'의 '홍도신부'라는 글귀에서, 땅이름 '홍도'를 여자 이름으로 가정하여, '신부(新府)'와 음이 같은 '신부(新婦)'로 바꾸어서 해학적으로 표현한 것임.

솟아있고, 수삼층 화계상에 모란 작약 영산홍이 첩첩이
*數三層 *花階上 *牧丹 *芍藥 *映山紅 *疊疊이

쌓였난디, 송정 죽림 두 사이로 은근히 보이는 것이, 저게
*松亭 *竹林 慇懃

춘향의 집이로소이다."
春香

<아니리> "좋다좋다! 장원이 정결허고 송죽이 울밀허니
*牆垣 淨潔 *松竹 鬱密

여이지절개로다. 이애 방자야, 책실로 돌아가자."
*余已知節槪 房子 *冊室

8. 이도령 천자뒤풀이—하인 물리라는 퇴령 명령

<아니리> 도련님이 책실로 돌아와서 글을 읽되, 혼은 벌써
冊室 魂

춘향 집으로 건너가고 등신만 앉어 노루글로 뛰어 읽것다.
春香 *等身 *노루글로 뛰어

<창조> "맹자견양혜왕허신디, 왕왈 수불원천리이래허시니,
*孟子見梁惠王 *王曰 叟不遠千里而來

역장유이리오국호이까?"
*亦將有以利吾國乎

<아니리> "이 글도 못 읽것다. 대학을 들여라."
*大學

<창조> "대학지도는 재명명덕허며, 재신민허며, 재지어
*大學之道 在明明德 在親民 在止於

지선이니라. 남창은 고군이요 홍도난 신부로다. 홍도 어이
至善 *南昌 故郡 洪都 新府 *洪都

*新婦(신부) 되리 우리 春香(춘향)이 新婦(신부): 앞에서 설명한 왕발(王勃)의 '등왕각서(滕王閣序)'에서 '홍도신부(洪都新府)'의 고을 이름 '홍도'를 여자 이름으로 가정하고, 음이 같은 '신부(新婦)'로 바꾸어서, 오늘밤 춘향 집을 찾아가면 춘향이 바로 나의 신부가 될 터인데, 어찌 홍도라는 여자가 내 신부가 되겠느냐고 해학적으로 표현한 말임.

*太古天皇氏(태고천황씨): 오랜 옛적 전설상의 황제인 천황씨. 형제 12인이 각각 1만 8천세를 살았다함.

*以(이)쑥떡 王(왕):『사략(史略)』제일 권의 첫 구절에, '태고천황씨이목덕왕(太古天皇氏 以木德王)'이라 나타나 있는 부분의, '목덕(木德)'을 '쑥떡'으로 바꾼 해학 표현임. "금목수화토(金木水火土) 오행(五行) 중 목(木)인 나무의 덕목(德目)으로 백성을 다스려 훌륭한 황제가 되었다." 라는 뜻인데, '목덕'의 '덕'을 '떡'으로 바꾸어 '나무 떡'으로 보아, '쑥떡'으로 대체하여 사람들을 웃기는 재간 표현임.

*以木德(이목덕): 오행(五行) 중 목(木; 나무)의 덕목으로써 왕이 됨.

*今始初聞(금시초문): 지금 처음 들음.

*木(목)떡: 딱딱한 나무로 빚은 떡이라고 지어낸 말.

*孔子(공자): 중국 춘추시대 노(魯)나라 대성(大聖)으로 유학(儒學)의 비조(鼻祖)임. 이름은 구(丘), 자는 중니(仲尼)임.

*後世(후세): 뒷날 세대 사람들. / *校佚(교일): 바르게 교정하여 고침.

*明倫堂(명륜당): 성균관 안에 설치된 유학(儒學) 강론(講論)의 강당(講堂).

*現夢(현몽): 죽은 사람이나 신령이 꿈에 나타나 어떤 이야기를 일러주는 일.

*千字(천자):『천자문(千字文)』. 중국 양(梁)나라 주흥사(周興嗣)가 사언(四言) 글귀 250구(句)를 지어 엮은 책. 1천 자 속에 두 번 들어간 글자가 없음.

*배: '바'의 방언. 한자 '소(所; 바 소)'와 같음. 어구(語句) 아래 붙어서 어떤 방법이나 수단을 나타내는 뜻.

*七書(칠서): 유학(儒學)의 기본 경전인 사서삼경(四書三經). 곧 논어(論語) 맹자(孟子) 대학(大學) 중용(中庸) 시경(詩經) 서경(書經) 역경(易經).

*本文(본문): 근본이 되는 문장.

*天地憂樂將幕(천지우락장막): 우주에서의 하늘과 땅, 인간에서의 괴로움과 즐거움, 전쟁에서의 계책 세우는 장수와 직접 전투하는 장병인 막하(幕下).

*千字(천자)뒤풀이: 천자문의 글자를 풀어 뜻에 맞춰 해석하는 타령(打令).

신부 되리? 우리 춘향이 신부 되지. 태고라 천황씨는 이쑥
*新婦 되리　우리　春香　新婦　　　*太古　天皇氏　*以쑥

떡으로 왕 했것다."
떡　　　王

<아니리>　　방자 곁에 섰다 허허 웃고, "아니, 여보시오
　　　　　　房子

도련님, 태고라 천황씨 때는 이목덕으로 왕 했단 말은 들었
　　　太古　　天皇氏　　　*以木德　　　王

어도 쑥떡으로 왕 했단 말은 금시초문이요.""니가 모르는
　　　　　　　王　　　　*今始初聞

말이로다. 태고라 천황씨 때는 선비들이 이가 단단허여 목
　　　太古　　天皇氏　　　　　　　　　*木

떡을 자셨거니와, 지금 선비야 어찌 목떡을 자시겄느냐?
떡　　　　　　只今　　　　*木떡

그러기에 공자님이 후세를 위하여 물씬물씬한 쑥떡으로 교
　　　*孔子　*後世　爲　　　　　　　　　*校

일허시고 저 명륜당에 현몽 허셨느니라.""허허 도련님, 아
佚　　　　*明倫堂　*現夢

거 하느님이 들으면 깜짝 놀랄 거짓 말씀이오.""이애 방자
　　　　　　　　　　　　　　　　　　　　　　房子

야, 천자를 드려라.""도련님, 일곱 살 자신 배 아니신디, 천
　　*千字　　　　　　　　　　　　　　*배　　　千

자는 드려서 뭣 허시랴오?""니가 모르는 말이로다. 천자라
字　　　　　　　　　　　　　　　　　千字

허는 것이 칠서의 본문이라. 새겨 읽으면 그 속에 천지우락
　　　　*七書　*本文　　　　　　　　　　*天地憂樂

장막이 다 들었느니라." 도련님이 천자를 들여 놓고 천자
將幕　　　　　　　　　　　　千字　　　　　*千字

뒤풀이를 허시는디.
뒤풀이

*子時生天(자시생천): 한 밤중 자정(子正)에 하늘이 생성됨.

*不言行四時(불언행사시): 아무 지시 명령을 하지 않아도 4계절이 운행됨.

*悠悠彼蒼(유유피창): 아득하게 먼 저 푸른 하늘.

*丑時生地(축시생지): 새벽 2시 무렵(1시~3시)에 땅이 생성됨.

*金木水火(금목수화): 오행(五行)중 '토(土; 中央·黃·宮)'인 땅이 맡고 있는, 금(金; 西·白·商), 목(木; 東·靑·角), 수(水; 北·黑·羽), 화(火; 南·赤·徵).

*養生萬物(양생만물): 모든 생물을 출생시켜 자라게 함.

*幽玄微妙黑正色(유현미묘흑정색): 아득하고 오묘해 신비로운 순수 검정색.

*北方玄武(북방현무): 북쪽 상징의, 거북·뱀을 합친 모습인 상상 동물 현무.

*宮商角徵羽 東西南北(궁상각치우 동서남북) *中央土色(중앙토색): 음악의 오음(五音) 중, 4방향을 나타내는 상(商; 서쪽)·각(角; 동쪽)·치(徵; 남쪽)·우(羽; 북쪽) 등과, 중앙을 나타내는 궁(宮)인 흙 색깔인 황색(黃色).

*厦樓廣闊(하루광활): 커다란 누각이 툭 트여 넓음.

*連代國朝 興亡盛衰 往古來今(연대국조 흥망성쇠 왕고내금): 대를 이은 국가 조정의, 흥성함과 쇠망이 반복되는 동안, 옛것은 가고 새로운 오늘이 왔음.

*禹治洪水(우치홍수): 중국 옛날 하(夏)를 세운 우(禹)임금이 홍수를 다스림. 그때 낙수(洛水)에서 거북의 등에 무늬가 새겨져 나왔는데 이를 낙서(洛書)라 함. 이 '낙서'가 중국 정치 기본인 '홍범구주(洪範九疇)'의 바탕임.

*箕子推衍(기자추연): 은(殷)나라 끝 임금 주(紂)의 신하 '기자'는 왕의 폭정을 간하다 구금됨. 은이 망하고 주(周)의 건국에 풀려나, 주 무왕(武王)에게 '낙서(洛書)'를 추연(推衍; 풀어서 뜻을 확대함)하여 해석해 드렸음.

*洪範九疇(홍범 구주): 널리 정치의 규범이 되는 9개 항목. '기자'가 무왕에게 '낙서'를 '9개 항목'으로 추연(推衍)하여 설명한 정치 규범 9가지.

*田園將蕪胡不歸(전원장무호불귀): 전원이 장차 황폐해지는데 어찌 돌아가지 않으리? 진(晋) 도연명(陶淵明)의 '귀거래사(歸去來辭)' 속의 한 구절.

*三徑就荒(삼경취황): 세 갈래 길이 황폐해졌도다. 역시 도연명의 '귀거래사' 속 구절로, '삼경'은 자기 집 정원에 세 갈래로 벌어지게 설치된 길.

*堯舜天地(요순천지): 요임금과 순임금의 시대와 같은 태평한 천하.

*就之如日(취지여일): 백성들이 요임금 우러러 받들기를 태양같이 한 일.

*億兆蒼生擊壤歌(억조창생격양가): 요임금 때 많은 백성들이, '발로 땅을 구르며<擊壤>' 성덕(聖德) 찬양 노래인 '격양가'를 부르며 행복해 한 일.

<중중모리> "자시에 생천허니 불언행사시, 유유피창에 하
　　　　　　*子時　生天　　　*不言行四時　*悠悠彼蒼

늘 천. 축시에 생지허여 금목수화를 맡았으니, 양생만물 따
　　天 *丑時　生地　　*金木水火　　　　　*養生萬物

지. 유현미묘흑정색 북방현무 검을 현. 궁상각치우 동서남
地　*幽玄微妙黑正色 *北方玄武　　　玄　*宮商角徵羽　東西南

북 중앙토색의 누를 황. 천지사방이 몇 만리 하루광활 집
北 *中央土色　　　黃　天地四方　　　萬里 *廈樓廣闊

우. 연대국조 흥망성쇠 왕고래금 집 주. 우치홍수 기자추연
宇 *連代國朝　興亡盛衰　往古來今　　宙 *禹治洪水 *箕子推衍

홍범이 구주 넓을 홍. 전원이 장무호불귀라 삼경이 취황 거
*洪範　九疇　　　洪 *田園　將蕪胡不歸　*三徑　就荒

칠 황. 요순천지 장헐시구 취지여일 날 일. 억조창생격양가
荒　*堯舜天地　壯　*就之如日　　日 *億兆蒼生擊壤歌

◇참고: 하도낙서(河圖洛書)와 홍범구주(洪範九疇)

　　중국 고대 우(禹)임금은 홍수를 잘 다스려, 순(舜)임금으로부터 왕위를 이어받
아 하(夏)나라를 세웠음. 우임금이 홍수를 다스릴 때 낙수(洛水)에서 거북이 등
에 무늬를 새기고 나왔는데 이것을 낙서(洛書)라고 함. 그리고 더 옛날 복희씨
(伏羲氏) 때 황하(黃河)에서 용마(龍馬)가 등에 새기고 나온 무늬를 하도(河圖)
라 하며, 이것은 『주역』 팔괘(八卦)의 기본으로서, 중국 철학의 바탕이 되었음.
은(殷)나라 말기 '기자(箕子)'는 주(紂)의 신하로 왕의 포악한 정치를 간(諫)하다
가 구금되었었는데, 은이 망하고 주(周)가 건국되자 풀려나, 주 무왕(武王)을 도
와 낙서(洛書) 무늬를 9개 장(章)으로 나누어 풀이해, 곧 추연(推衍)해 설명해
드렸음. 이 9개의 정치 기본 규범을 '홍범구주(洪範九疇)'라 함.

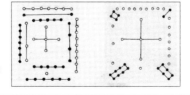

하도(河圖)　　　　　　　　　　　　　　낙서(洛書)

*康衢煙月(강구연월): 사면팔방 길거리의 안개 낀 달밤. 요임금의 미행(微行).

*五車詩書(오거시서): 다섯 수레에 실을 만큼 많고 많은 책.

*百家語(백가어): 여러 가지 학설을 저술한 제자백가(諸子百家)들의 이론서.

*積案盈箱(적안영상): 책상 위에 쌓이고 상자에 가득함.

*日中卽昃(일중즉측): 해가 중천에 올랐다가는 곧 서쪽으로 기울어짐.

*二十八宿(이십팔수): 해와 달이 지나 는 길에 배치되어 있는 28개의 별자리.

*河圖洛書(하도낙서): 황하의 용마와, 낙수의 거북이 새기고 나온 점무늬.

*陳于天江(진우천강): 하늘의 은하수(銀河水; 天江)에 널리 펼쳐져 있음.

*可憐今夜宿娼家(가련금야숙창가): 가련한 오늘밤은 창기(娼妓)의 집에서 잠을 자리로다. 당(唐) 시인 왕발(王勃)의 시 '임고대(臨高臺)' 속 구절.

*鴛鴦衾枕(원앙금침): 암수 금슬이 좋은 원앙새를 수놓은 이불과 베개.

*絕代佳人(절대가인) 좋은 風流(풍류): 미인미녀들이 펼치는 좋은 노래와 춤.

*羅列樽酒(나열준주): 일 년 내내 죽 펼치어 늘어놓은 술독의 술.

*依稀月色(의희월색) *三更夜(삼경야): 으스름 달빛 아래의 은은한 한 밤중.

*耽耽情懷(탐탐정회): 즐겁고 애틋한 정다운 마음속 품은 생각.

*布衣寒士(포의한사): 삼베옷 입은 가난한 선비.

*南方千里 不毛之地(남방천리 불모지지): 먼 남쪽 지역 일천리 황무지의 땅.

*春去夏來(춘거하래): 봄 가고 여름 옴. / *孔夫子(공부자): 공자의 존칭.

*旣往之事(기왕지사): 이미 지난 일. / *霜聲(상성): 서리가 내렸다는 소식.

*秋序方至(추서방지) *草木黃落(초목황락): 가을철 되니 풀과 나뭇잎 떨어짐.

*少年風度(소년풍도): 젊을 시절의 아름답고 고운 풍채.

*落木寒天(낙목한천): 나뭇잎 지고 찬바람 부는 겨울철.

*白雪江山(백설강산): 흰 눈 내린 강과 산.

*寤寐不忘(오매불망): 항상 못 잊음. / *閨中深處(규중심처): 안방 깊은 곳.

*芙蓉芍藥細雨中(부용작약세우중): 부용과 작약 꽃에 가랑비 뿌리는 속.

*旺顔玉態(왕안옥태): 풍만한 얼굴 모습과 구슬 같이 아름다운 자태.

*千事萬事(천사만사): 많은 일. / *不知歲月(부지세월): 세월 가는 줄 모름.

*糟糠之妻(조강지처): 술지거미와 겨를 먹고 살던, 어려움을 함께 겪은 아내.

*大典通編(대전통편): 조선 정조 임금 때 왕명으로 편찬한 법률관계 책.

*呂 字(여 자): '呂'자 생긴 모습을 통한 재담임. 사각형을 '입 구(口)'자로 보면 입이 둘 합쳐진 모습이며, 형태로 보면 몸뚱이 둘이 겹쳐진 모습임.

강구연월 달 월. 오거시서 백가어 적안영상 찰 영. 이 해가
*康衢煙月　　月　*五車詩書　*百家語　*積案盈箱　　盈

어이 이리 더디 진고 일중직책의 기울 측. 이십팔수 하도낙
　　　　　　*日中즉昃　　　昃　*二十八宿　*河圖洛

서 진우천강 별 진. 가련금야숙창가라 원앙금침 잘 숙. 절
書　*陳于天江　　辰　*可憐今夜宿娼家　*鴛鴦衾枕　宿　*絶

대가인 좋은 풍류 나열준주 버릴 열. 의희월색 삼경야의
代佳人　좋은　風流　*羅列樽酒　　列　*依稀月色　*三更夜

탐탐정회 베풀 장. 부귀공명 꿈밖이라 포의한사 찰 한. 인
*耽耽情懷　　張　富貴功名　　　　*布衣寒士　　寒　人

생이 유수같아 세월이 절로 올 래. 남방천리 불모지지 춘거
生　流水　　歲月　　　來　*南方千里　不毛之地　*春去

하래 더울 서. 공부자 착한 도덕 기왕지사의 갈 왕. 상성이
夏來　　暑　*孔夫子　　道德　*既往之事　　往　*霜聲

추서방지의 초목이 황락 가을 추. 백발이 장차 오거드면 소
*秋序方至　*草木　黃落　　秋　白髮　將次　　　　*少

년풍도 거둘 수. 낙목한천 찬바람에 백설강산에 겨울 동.
年風度　　收　*落木寒天　　　*白雪江山　　겨울　冬

오매불망 우리 사랑 규중심처 감출 장. 부용작약의 세우중
*寤寐不忘　　　　*閨中深處　　藏　*芙蓉芍藥　細雨中

에 왕안옥태 부를 윤. 저러한 고운 태도 일생 보아도 남을
　*旺顔玉態　　潤　　　　　　　態度　一生

여. 이 몸이 훨훨 날아 천사만사 이룰 성. 이리저리 노닐다
餘　　　　　　　　*千事萬事　　成

가 부지세월 해 세. 조강지처는 박대 못 허느니 대전통편의
　*不知歲月　　歲　*糟糠之妻　薄待　　　　*大典通編

법중 율. 춘향과 날과 단둘이 앉어 법중 여 자로 놀아보자.
律　春香　　　　　　　　　　　*呂　字

<아니리>　　하고, 소리를 크게 질러놓니 사또 들으시고,

*册房(책방): 글공부하는 방. 또 다른 뜻으로는 지방 고을 관장이 사사로이 임용하여 개인적인 업무를 자문하거나 돕게 하던 사람, 또는 그의 처소.

*擾亂(요란): 시끄럽고 어지러움. / *査實(사실): 실제 상황을 살피어 밝힘.

*通引(통인): 지방관아 관장에 딸리어 관장의 잔심부름을 하는 아전.

*쉬: 조용히 하라는 소리. / *耳聾症(이롱증): 귀가 들리지 않는 병.

*年滿(연만): 나이가 많은 것을 존대하여 이르는 말.

*니 거짓말 내 거짓말: 네가 지어내는 거짓말과, 내가 지금 하는 이 거짓말.

*莊子篇(장자편): 중국 전국시대 사상가인 장자(莊子; 이름은 周)가 저술한 『장자(莊子)』 속의 내용.

*北海鯤(북해곤): 북쪽 바다 북해에 산다고 하는 '곤'이라는 큰 물고기.

*南溟(남명): 남쪽에 있다는 큰 바다. 이 부분은 『장자』 제1권 '소요편(逍遙篇)'에 나오는 첫 구절로, '북명(北溟)'에 곤(鯤)이라는 큰물고기가 있어서 조화를 부려 '붕(鵬)'이란 큰새가 되어 장차 '남명'으로 날아갈 것이라고 표현한 내용을 인용한 것임. 큰 포부와 웅지(雄志)를 나타내는 말.

*樣(양): 모습. 모양. / *興趣(흥취): 마음이 끌릴 만큼 좋은 멋이나 감흥.

*大笑(대소): 큰 소리를 내어 기쁘게 웃음.

*龍生龍 鳳生鳳(용생용 봉생봉): 용이 새끼로 용을 낳고, 봉이 새끼로 봉을 낳음. 곧 훌륭한 부모가 뛰어난 아들을 낳는다는 뜻.

*下人(하인) 물리라: 밤에 관장이 문 앞에서 명령을 기다리고 있는 하인들에게 물러가 쉬라고 하는 '퇴령(退令)' 명령의 소리.

*退令(퇴령): 관아 관장이 사령(使令)과 이속(吏屬)에게 물러가 쉬라는 명령.

*靑紗초籠(청사초롱): 밤에 나들이할 때 길을 밝히는 등불인 '등롱(燈籠)'으로, 둘레에 푸른색 운문사(雲紋紗) 얇은 비단을 두른 것을 말함. 안에 초를 넣어 불을 켜므로 '초롱(籠)'이라 하며, '촉롱(燭籠)'에서 변한 말임.

*狹路塵間(협로지간) 너른 길: 좁은 길 먼지 이는 사이의 넓은 도로. 중간중간 먼지 자욱한 좁은 길이 옆으로 나 있는 넓은 도로.

*雲間月色 戲弄(운간월색 희롱): 구름 속으로 들어갔다 나왔다 하며 놀고 있는 것 같은 달빛. 단옷날 밤중에 달빛이 없음. 고전 작품에는 이와 같이 실제 상황과 다른 표현이 많음. 이러한 흥취표현을 그대로 이해해야 함.

*花間(화간) 푸른 버들: 꽃 사이 끼어 있는 푸른 색 수양버들 늘어진 가지.

*景致(경치): 아름다운 풍경. / *壯(장)히: 매우 거룩하고 웅장함.

"이리 오너라! 책방에서 무슨 소리가 저렇게 요란헌지, 빨
　　　　　 *冊房　　　　　　　　　　　　　 *擾亂

리 사실 알아 들여라." 통인이 내려와서, "쉬, 도련님 무슨
　 *査實　　　　　 *通引　　　　　 *쉬

소리를 지르셨간디 사또께서 들으시고 빨리 사실하라 하나
　　　　　　　　　　　　　　　　　　　　 査實

이다." "사또께서 들으셨단 말이냐? 다른 집 노인들은 이롱
　　　　　　　　　　　　　　　　　　 老人　　 *耳聾

증도 있건마는, 우리 집 어른은 연만허실수록 귀가 점점 더
症　　　　　　　　　　　　 *年滿

밝아지시는구나. 이애! 들어가서 여쭈되, 니 거짓말 내 거짓
　　　　　　　　　　　　　　　　 *니 거짓말　 내 거짓

말 합하여, 도련님이 장자편을 읽으시다 북해곤이 새가 되
말 合　　　　　 *莊子篇　　　　　 *北海鯤

어 남명으로 날아가는 양을 보고, 흥취로 소리가 높았다고
　 *南溟　　　　　 *樣　　　 *興趣

여쭈어라." 통인이 들어가 그대로 여쭈어 놓니 사또 대소
　　　　　 通引　　　　　　　　　　　　　　 *大笑

허시며, "용생용이요 봉생봉이로다. 하인 물려라." "예이!"
　　　 *龍生龍　　 鳳生鳳　　　 *下人 물리라

9. 춘향 집 행차─월매의 이도령 맞음

<진양조>　　 퇴령소리 길게 나니 도련님이 좋아라고, "이애
　　　　 *退令

방자야!" "예이!" "청사초롱 불 밝혀 들어라. 춘향 집을 어서
房子　　　　　 *靑紗초籠　　　　　　　 春香

가자." 방자를 앞세우고 춘향 집을 건너 갈 제, 협로진간
　　 房子　　　　　 春香　　　　　　　 *狹路塵間

너른 길에 운간월색 희롱허고, 화간의 푸른 버들 경치도 장
너른 길 *雲間月色　 戱弄　　 *花間　 푸른 버들 *景致　 *壯

*當到(당도): 어떤 지점에 바로 지금 이르러 도착함.

*靑松(청송): 푸른 소나무.

*綠竹(녹죽): 녹색의 대나무.

*庭下(정하): 뜰아래. 대뜰 아래 마당임. 추녀물이 떨어지는 안쪽의 댓돌이 놓인 길고 좁다란 대뜰 아래 넓은 마당이란 뜻.

*盤松(반송): 키가 작고 밑둥치에 가지가 옆으로 우묵하게 많이 번은 소나무로, 위 부분이 평평하게 된 소나무.

*狂風(광풍): 여러 방향으로 휘몰아치는 바람.

*老龍(노룡): 늙은 용.

*굼니난듯: 꿈틀거려 기어오르는 것 같은 모습.

*뜰 지키는 白(백)두룸: 뜰에서 누가 오면 소리하여 알려주는 하얀 두루미. 두루미는 몸체가 백색이나 머리 정수리에 '단정(丹頂)'이란 붉은 살이 노출되어 있고, 날개깃의 끝부분이 검정색임. 백학(白鶴), 선금(仙禽).

*사람자취: 사람이 나타난 흔적.

*지르르르르: 두루미가 날개를 땅에 닿게 펼쳐 끌며 걸어가는 모습.

*뚜루루루루 낄룩: 두루미의 우는 소리.

*징검징검: 긴 다리로 보폭을 넓게 하여 걷는 걸음모습.

*臥龍城(와룡성): 와룡강(臥龍岡). 중국 하남성 남양현(南陽縣) 서남에 있는 제갈량(諸葛亮)이 은거하던 산. 창본에 따라 '알연성'으로 나타나 있음. 문맥으로 보아 '와룡성' 표기를 따랐음.

*거의허구나: 매우 흡사함. / *충충: 땅을 구르듯 힘차게 걷는 걸음.

*物色(물색): 사물의 색채. 곧 세상 돌아가는 상황이나 사정의 내용.

*怨讐(원수) 년의 달: 원한 맺힌 세월을 살아온 이 여인을 평생 밝혀온 달. '년'은 자신을 낮춰 일컬을 말. 여기서도 단옷날에 안 맞는 달이 등장함.

*내 當年(당년)의 달: 내가 살아오는 긴긴 세월 무심한 듯 계속 밝혀온 달빛.

*少時(소시) 적: 젊은 시절. 달은 옛날 같이 밝은데, 사람은 늙었다는 한탄.

*南原邑(남원읍): 남원 고을. '읍'은 행정단위인 '읍'이 아니고 옛날에 각 지방 관장이 머무르던 도시 지역을 일컫는 말임.

*月梅月梅(월매월매) 이르더니: 유명한 기생 월매를 모두 칭송했다는 말.

*歲月(세월)이 如流(여류): 흘러가는 시간이 물과 같이 빠르게 흐름.

*春顔老骨(춘안노골): 봄같이 화사하고 풍만하던 얼굴이 늙어 뼈만 앙상해짐.

히 좋다. 춘향 집을 당도허니 좌편은 청송이요 우편은 녹죽
春香 *當到 左便 *靑松 右便 *綠竹

이라. 정하의 섰는 반송 광풍이 건듯 불면 노룡이 굼니난
*庭下 *盤松 狂風 *老龍 *굼니난

듯, 뜰 지키는 백두룸은 사람자취 일어나서, 나래를 땅에
듯 *뜰 지키는 白두룸 *사람자취

다 지르르르르 끌며 뚜루루루루 낄룩 징검징검, 와룡성이
*지르르르르 뚜루루루루 낄룩 *징검징검 *臥龍城

거의허구나.
*거의허구나

<아니리> 도련님과 방자가 춘향문전에 당도허여, "좋다
房子 春香門前 當到

좋다. 이애 방자야, 어서 들어가서 내가 왔다는 말이나 하

여라." 방자 충충 들어서니, 이때의 춘향 모친은 물색도 모
房子 *충충 春香 母親 *物色

르고 이렇듯 함부로 말을 허고 나오는디.

<중중모리> "달도 밝고 달도 밝다. 원수 년의 달도 밝고,
*怨讐 년의 달

내 당연의 달도 밝다. 나도 젊어 소시 적, 남원읍에서 이르
*當年의 달 *少時 적 *南原邑

기를 월매월매 이르더니, 세월이 여류허여 춘안노골이 다
*月梅月梅 이르더니 *歲月이 如流 *春顔老骨

되었다. 늙은 것이 한이로다."
恨

<아니리> 이러고 나오다 방자하고 꽉 마주쳤것다. "게 뉘
房子

냐?" "예, 방자요 방자." "방자? 너 어찌 왔냐?" "도련님
房子 房子 房子

*미련헌: 미련한. 어리석고 판단력이 둔함.

*子息(자식): 남자를 낮추어 일컫는 말. 보통은 '아들과 딸'이란 뜻.

*連通(연통): 살짝 연락해 통지함. / *그랬느냐: 그렇게 연락 없이 왔느냐?

*貴重(귀중): 존귀하고 중요함. / *陋地(누지): 누추한 곳. 자기 집을 낮춤.

*千萬意外(천만의외): 결코 생각할 수 없는 뜻밖의 일.

*座(좌)를 틀어: 앉을 자리 방향을 알맞게 조절하여 앉음.

*奢侈(사치): 분수에 맞지 않게 지나치게 호사롭고 아름다움.

*柱聯(주련): 벽과 기둥에 세로로 써 건 글씨. / *東壁(동벽): 동쪽의 벽.

*周(주)나라: 중국 은(殷)나라를 이어 문왕(文王)·무왕(武王)이 건국한 나라.

*姜太公(강태공) *文王(문왕) *渭水邊(위수변) 낚시질: '태공'은 조부(祖父)란
뜻. '강태공'은 성명이 여상(呂尙)임. 은(殷)나라 말 '위수(渭水)' 강변에서
낚시하며 세월을 보내고 있을 때, 주(周) 문왕(文王)이 사냥 나갔다가 만
나, "옛날 조부 '태공(太公)'께서 바라고 바라던 현인(賢人)"이라 말하고
모시고 와 아들 무왕(武王)의 스승으로 삼았음. '여상'의 본 성씨는 '강씨
(姜氏)'였으나, 그 선조가 '여(呂)'지역에 봉(封)해져 '여씨(呂氏)'로 바뀌었
으므로, 뒷사람들이 강씨로 하고. 태공께서 '바라고 바라던 분'이라고 '강
태공망(姜太公望)'이라 일컬었으며, '망'을 생략해 '강태공(姜太公)'이라 함.

*擧動(거동): 몸을 움직이는 행동. / *西壁(서벽): 서쪽의 벽.

*商山四皓(상산사호): 옛날 진시황(秦始皇)의 폭정을 피하여, 동원공(東園公)·
하황공(夏黃公)·녹리선생(角里先生)·기리계(綺里季) 등 네 노인이 섬서성의
'상산'으로 들어가 숨어 살았음. 이들 네 노인은 한(漢)이 건국된 뒤에도
머리와 수염이 하얗게 된 채 나오지 않았으므로, 세상에서 '상산사호선생'
이라 부르며 추앙했음. 이 네 노인의 바둑 두는 모습을 그린 그림.

*바돌판: 바둑판. / *黑碁(흑기) *白碁(백기): 검정 바둑돌과 흰 바둑돌.

*大馬相覇數(대마상패수): 바둑을 둘 때, 대마(大馬; 중요 위치의 바둑돌)끼
리 서로 상대하여, 이기려고 치열하게 다투는 계책을 일컬음.

*요만허고: 멀리만치 떨어져 방관하는 모습.

*靑藜杖(청려장): 명아주나무를 깎아 만든 지팡이.

*白羽扇(백우선): 하얀 새의 깃털로 만든 부채.

*굽어보며: 내려다보며. / *訓手(훈수): 장기나 바둑을 옆에서 가르쳐 줌.

*責望(책망): 꾸짖음. / *無顔色(무안색): 부끄러워하는 모습의 얼굴 빛.

모시고 왔나이다." "아이고 이 미련헌 자식아! 도련님을 모
　　　　　　　　　　　　　*미련헌　*子息

시고 왔거든 미리 나한테 연통이나 허지 그랬느냐? 아이고
　　　　　　　　　　　*連通　　　　*그랬느냐

귀중허신 도련님이 누지에 오시기는 천만의외올시다. 어서
*貴重　　　　　　　*陋地　　　　　*千萬意外

방으로 들어 가옵시다."
房

10. 춘향 방 서화 감상—춘향의 절개 감지

<아니리> 도련님이 방으로 들어가서 좌를 틀어 앉은 후에,
　　　　　　　　　　房　　　　　*座를 틀어　　　後

방안을 잠깐 살펴보니 별로 사치스러운 것은 없으나 뜻 있
房　　　　　　　　*奢侈

는 주련만 걸려 있것다.
　　*柱聯

<세마치>　동벽을 바라보니 주나라 강태공이 문왕을 만나
　　　　　*東壁　　　　　*周나라 *姜太公　　*文王

려고 위수변 낚시질 허는 거동 뚜렷이 걸려있고, 서벽을
　　*渭水邊　낚시질　　*擧動　　　　　　　*西壁

바라보니 상산사호 네 노인이 바돌판을 앞에 놓고, 어떠한
　　　　*商山四皓　　老人　*바돌판

노인은 흑기를 들고 또 어떤 노인은 백기를 손에 들고, 대
老人　*黑碁　　　　　　老人　*白碁　　　　　　*大

마상패수를 보랴 허고 요만허고 앉어 있고, 어떤 노인은
馬相覇數　　　　　*요만허고　　　　　　　老人

청려장 짚고 백우선 손에 들고, 요만허고 굽어보며 훈수 허
*靑藜杖　*白羽扇　　　　　　　*굽어보며 *訓手

다가 책망 듣고 무안색으로 서있는 거동 뚜렷이 걸렸구나.
　　*責望　　*無顔色　　　　擧動

*南壁(남벽): 방 남쪽에 있는 벽.

*關羽 張飛 兩將帥(관우 장비 양장수): 중국 삼국시대 촉한(蜀漢)의 유비(劉備) 휘하 두 장군인 관우와 장비.

*長弓(장궁): 길고 큰 활. / *鐵箭(철전): 끝에 쇠 화살촉을 붙인 화살.

*非丁非八(비정비팔): 활쏘기 때 발모양이 '丁'자처럼 두 발이 직각으로 되어도 안 되며, 또 '八'자처럼 뒤는 합쳐지고 앞이 벌어져도 안 된다는 뜻.

*胸虛腹實(흉허복실): 가슴속은 텅 비우고 아랫배에 힘을 준다는 뜻.

*좀통: 줌통. 활 몸체 한가운데의 주먹으로 쥐는 부분.

*앞뒤 꾸미 노잖게: 줌통 쥔 손바닥 앞뒤의 잡은 부분이 움직이지 않게 함.

*擡頭(대두) 뻣뻣 머리 숙여: 위로 뻗친 머리를 뻣뻣하게 힘을 준 채 숙임.

*깍짓손: 활시위를 잡아당기는 '깍지'낀 오른손. '깍지'는 뿔로 만든 대롱 모양의 기구로, 활시위를 잡아당기는 손 엄지손가락 아래 마디에 끼움.

*살대 수루루루루 떠: 활시위에서 떠난 화살대가 떠서 날아가는 모습.

*北壁(북벽): 방 북쪽에 있는 벽.

*瀟湘江(소상강): 중국 호남성을 지나 동정호(洞庭湖)로 들어오는 강. 순(舜) 임금의 두 부인 아황(娥皇) 여영(女英)이 남편 사망을 슬퍼해 피눈물을 뿌리며 이 강에 투신 자결했음. 이 강 언덕에 두 부인의 사당인 황릉묘(皇陵廟)와, 피눈물이 묻어 얼룩진 무늬 있는 대나무 반죽(斑竹) 숲이 있음.

*洞庭湖(동정호): 호남성에 있는 중국 제일의 호수. 소상강이 흘러들어옴.

*隱隱(은은)한 竹林(죽림): 아련하고 그윽한 무늬 있는 반죽 대나무 숲.

*白衣(백의) *두 夫人(부인): 흰옷을 입은 아황과 여영 두 부인의 혼백.

*二十五絃(이십오현): 25개 줄의 현악기. 아황과 여영 두 부인이 퉁기는 거문고 소리를 상상하여 읊은, 당(唐) 시인 전기(錢起)의 '귀안(歸雁)' 시 중 '이십오현탄야월(二十五絃彈夜月)' 시구에서 온 말임.

*書案(서안): 책상. / *一夫從死(일부종사): 한 남편을 죽을 때까지 섬김.

*帶雨春風竹 焚香夜讀書(대우춘풍죽 분향야독서): 빗방울 머금은 대나무 봄바람에 흔들릴 때, 밤이면 향 피우고 앉아 글만 읽도다.

*王羲之 筆法(왕희지 필법): 중국 진(晉) 때 명필인 왕희지의 글씨체.

*말 궁기: 말을 못 하다가 어렵게 처음 여는 말문. '궁기'는 '구멍'의 방언.

*黙黙(묵묵)히: 말이 없는 모습. / *알심 있는: 능력과 지략을 갖춘 마음속.

*樣(양): 모양. 모습. / *陋地(누지): 누추한 곳. 자기 집을 낮추는 말.

남벽을 바라보니 관우 장비 양장수가 활 공부 힘써 헐 제
*南壁   *關羽 張飛   兩將帥

나는 기러기 쏘랴 허고, 장궁 철전 먹여 들고 비정비팔로
              *長弓 *鐵箭   *非丁非八

흉허복실허여, 주먹이 톡 터지게 좀통을 꽉 쥐고 앞뒤 꾸미
*胸虛腹實   *좀통   *앞뒤 꾸미

노잖게 대두 뻣뻣 머리 숙여 깍짓손을 뚝 떼는 듯, 번개 같
노잖게 *擡頭 뻣뻣 머리 숙여 *깍짓손

이 빠른 살이 살대 수루루루루 떠 들어가, 나는 기러기 절
              *살대 수루루루루 떠

컥 맞어 빙빙 돌아 떨어지는 거동 뚜렷이 걸렸구나. 북벽을
                    擧動   *北壁

바라보니 소상강 밤비 개고 동정호 달 오른디, 은은한 죽림
          *瀟湘江   *洞庭湖   *隱隱한 竹林

속에 백의 입은 두 부인이 이십오현을 앞에다가 놓고 스리
      *白衣   *두 夫人   *二十五絃

렁 둥덩 타는 거동 뚜렷이 걸렸구나. 서안을 살펴보니 춘향
          擧動   *書案   春香

이 일부종사 허랴 허고 글을 지어 붙였으되, 대우춘풍죽이
    *一夫從死   *帶雨春風竹

요 분향야독서라. 왕희지 필법이로구나.
    焚香夜讀書   *王羲之 筆法

11. 이도령의 결연 요청—백년언약 맺음

<아니리>   그때여 도련님이 처음 일이라, 말 궁기가 막혀
                                  *말 궁기

묵묵히 앉었을 제, 알심 있는 춘향 모친 도련님 말 궁기를
*默默히   *알심 있는   春香 母親

열 양으로 "아이고 이애 향단아! 귀중허신 도련님이 누지에
    *樣   香丹   貴重   *陋地

*酒案床(주안상) 봐오너라: 술과 안주를 갖춘 술상을 마련해 오너라.

*薄酒(박주)허나마: 좋지 못한 술이지만. / *藥酒(약주): 일반 술을 지칭.

*日氣 和暢(일기 화창): 하늘이 맑게 개여 날씨가 온화함.

*因緣(인연)에 中媒(중매): 어떤 사실에 연관이 생겨 그것이 중간 매개가 됨.

*百年言約(백년언약): 한 평생을 함께 살기로 맹세하는 약속.

*一喜一悲(일희일비): 한 편으로는 기쁘지만 또 한 편으로는 슬퍼하는 생각.

*灰洞(회동): 서울 종로구 재동(齋洞). 단종(端宗) 1년 한명회(韓明澮) 일파가
  단종 신하들을 유인, 여기서 죽여 마을이 온통 피로 물들어서 재로 덮었으
  므로, '재마을' 즉 '회동(灰洞)'이라 일컬었고, '齋(재)'는 한자 취음(取音)임.

*成參判(성참판): 성씨(成氏) 성을 가진 참판(종2품) 벼슬.

*令監(영감): 나이 많은 남편이나 노인을 높여 부르는 칭호. 원래 뜻은 정3
  품과 종2품 벼슬에 있는 사람을 일컫는 말임.

*南原府使(남원부사): 남원 고을 관장인 남원도호부사(南原都護府使, 종3품).

*一等名妓(일등명기): 최고의 명성과 인기를 가진 기생.

*守廳(수청): 기생으로서 관아의 관장을 모시고 잠자리를 하면서 받드는 일.

*兒(아): 아이. / *吏曹(이조): 조정 6조(曹) 중 관리 임용을 맡은 부서.

*陞差(승차): 승진(陞進)되어 임명됨. / *內職(내직): 정부 조정안 벼슬자리.

*運數 不吉(운수 불길): 운명이 좋지 않음. / *喪事(상사): 죽어 장례 치름.

*四書(사서): 송(宋)나라 주희(朱熹)가 규정한 유학(儒學)의 기본 경전(經典).
  곧 논어(論語)·맹자(孟子)·중용(中庸)·대학(大學).

*宰相家 不當(재상가 부당): 이품이상 집안과는 격이 높아 합당하지 않음.

*士庶人 不足(사서인 부족): 선비나 일반 가문은 격이 낮아 만족하지 못함.

*上下不及(상하불급): 상류 계층과 하루 계층 모두 연계되기 어려움.

◇참고: 서울 회동(灰洞)의 위치(타원표시)[대동여지도,국립도서관 장]

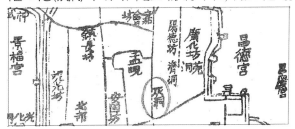

오셨는디, 무얼 대접한단 말이냐? 어서 주안상 봐오너라.”
待接 *酒案床 봐오너라

향단이 술상을 드려놓으니, 춘향 모친이 술 한 잔 부어들고
香丹 床 春香 母親 盞

“도련님, 박주허나마 약주나 한잔 드시지요.” 그제야 도련님
*薄酒허나마 *藥酒 盞

이 말 궁기가 열리는디 “오늘 저녁 온 뜻은 무슨 술을 먹

으로 온 것이 아니라, 오늘 일기 화창하야 광한루 구경 나
*日氣 和暢 廣寒樓

갔다가, 춘향 노는 거동을 보고 인연에 중매되어 나왔으니,
春香 擧動 *因緣에 中媒

춘향과 날과 백년언약이 어떻것소?” 춘향모 이 말 듣고
春香 *百年言約 春香母

일희일비로 말을 허는디.
*一喜一悲

<엇중모리> “회동 성참판 영감께옵서 남원부사로 오셨을
*灰洞 *成參判 *令監 *南原府使

제, 일등명기 다 버리고 못난 저를 수청케 허여 저 아를 아
*一等名妓 *守廳 *兒

니 낳소? 이조참판 승차허여 내직으로 올라가시더니, 그
*吏曹參判 *陞差 *内職

댁 운수 불길허여 영감께서 상사허신 후, 내 홀로 길러내어
宅 *運數 不吉 令監 *喪事 後

칠세부터 글을 읽혀 사서가 능통허니 누가 내 딸이라 허오
七歲 *四書 能通

리까? 재상가는 부당허고 사서인은 부족하와 상하불급의
*宰相家 不當 *士庶人 不足 *上下不及

혼인이 늦어가와 주야 걱정은 되오나, 도련님 허신 말씀
婚姻 晝夜

*丈前(장전): 어른이 되기 전. 곧 장가들기 전.

*不忠不孝(불충불효): 임금에게 충성과 부모에게 효도를 다하지 못할 형편. 나라에 죄를 지어 형벌을 받거나 부모보다 일찍 죽는 일.

*夢兆(몽조): 꿈을 통한 징조(徵兆)나 예언. 월매 꿈속에 황룡이 벽도지(碧桃池) 못에 서려 보였음을 말한 것임.

*配匹(배필): 짝. 부부.   /   *裏面 許諾(이면 허락): 혼자 마음속으로 허락함.

*婚書紙(혼서지): '혼서'는 혼인 때 신랑 집에서 신부 집으로 예단과 함께 보내는 편지. 이 '혼서'를 쓴 종이가 혼서지임.

*四柱單子(사주단자): 혼인을 정하고 신랑 집에서 신부 집으로 신랑의 출생에 관한, 연월일시(年月日時) 사주를 적어 보내는 편지. '단자'는 편지임.

*證書(증서): 어떤 사실을 증명하는 문서.   /   *글랑은: 그와 같은 사실은.

*紙筆墨(지필묵): 종이와 붓과 먹, 곧 필기도구(筆記道具).

*一筆揮之(일필휘지): 단숨에 힘차게 거침없이 글을 써내려가는 동작.

*天長地久(천장지구): 하늘과 땅이 영원히 변함없는 것과 같은 굳은 마음.

*海枯石爛(해고석란): 바닷물이 마르고 돌멩이가 썩어 문드러지는 일이 결코 없는 것처럼 굳은 마음.

*天地神明(천지신명): 하늘과 땅을 맡아 있는 신령.

*共證此盟(공증차맹): 모두 함께 이 맹세를 증명함.

*慶事酒(경사주): 경축할 만한 일이 있을 때 축하로 마시는 술.

*流水(유수): 흐르는 물. 다시 돌아오지 못하는 물과 같이 허무함.

*無男獨女(무남독녀): 슬하에 아들이 없고 오직 외동딸 하나만 있음.

*鳳凰(봉황): 상서(祥瑞) 조짐을 상징하는 상상의 새로, 닭의 머리에 뱀의 목, 제비의 턱에 거북의 등, 물고기 모양의 꼬리를 하고 있으며, 몸과 날개는 오색(五色)이 찬란하고 오음(五音)의 소리를 낸다고 함. 대 열매<竹實>만 먹으며 오동(梧桐)나무에만 깃들고 예천(醴泉) 물만 마심. 수컷이 봉이며 암컷이 황인데, 아름다운 일이 있을 때 그 모습을 나타낸다고 함.

*六禮(육례): 혼인절차 6가지. 납채(納采; 신랑 집에서 혼인 청함)·문명(問名; 신랑 집에서 신부모친 성씨 물음)·납길(納吉; 신랑 집에서 혼인날 보냄)·납폐(納幣; 신랑 집에서 청색과 홍색 비단 보냄)·청기(請期; 신랑 집에서 보낸 혼인날의 가부를 물음)·친영(親迎; 신랑이 신부를 직접 맞이해 옴).

*여우자: '여의고자'의 방언. 딸을 시집보내는 일을 '여의다'라고 함.

장전의 말씀이니, 그런 말씀 말으시고 잠깐 노시다가 가옵
*丈前

소서."

<아니리> 도련님이 이말 들으시고, "불충불효허기 전에는
                              *不忠不孝   前

잊지 않을 테니 어서 허락하여 주소." 춘향모 생각허니 간
              許諾   春香母

밤에 몽조가 있난지라. 꿈 몽 자, 용 룡 자, 분명 이몽룡이
   *夢兆   夢 字 龍龍 字 分明 李夢龍

가 배필이라 생각허고 이면에 허락허였구나. "도련님 그러
  *配匹   *裏面 許諾

면 혼서지 사주단자 겸하여 증서나 한 장 써 주시옵소서."
  *婚書紙 *四柱單子 兼 *證書   張

"글랑은 그리 허게." 지필묵을 드려놓니 일필휘지 허였으되,
*글랑은   *紙筆墨   *一筆揮之

천장지구에 해고석란이요 천지신명은 공증차맹이라. "자,
*天長地久   *海枯石爛   *天地神明 *共證此盟

이만 허면 어떻소?" 춘향모 받어 간수허고 춘향 모친 술
            春香母   春香 母親

한잔 부어들고, "도련님 약주나 한잔 드시지요." "이 술은
   盞   藥酒   盞

경사주니 장모가 먼저 드시게." 춘향 모친 술잔 들고 한숨
*慶事酒 丈母   春香 母親 盞

쉬며 허는 말이.

<중모리> "세월도 유수 같다. 무남독녀 너 하나를 금옥
            歲月 *流水   *無男獨女   金玉

같이 길러내어, 봉황 같은 짝을 지어 육례 갖춰 여우자
            *鳳凰   *六禮 *여우자

*事此不避(사차불피): 일이 이렇게 피하지 못하게 됨.

*八字(팔자): 사주팔자(四柱八字). 사람이 태어난 연(年)·월(月)·일(日)·시(時)에 해당하는 간지(干支) 여덟 글자를 가지고 사람의 길흉(吉凶)과 타고난 운수(運數)를 점치는 음양가(陰陽家) 이론임. 특히 혼인에서 남녀 두 사람 사주를 대조 결합하여 부부 궁합(宮合)의 길흉(吉凶)을 많이 따지고 있음.

*誰怨誰咎(수원수구): 누구를 원망하고 누구를 허물하겠는가? 모든 결과가 자신의 타고난 운명에 따라 결정되었다는 뜻.

*七十當年(칠십당년): 70세 나이가 됨. / *依託(의탁): 의지해 도움을 받음.

*虛妄(허망): 허황되고 미덥지 않음. 믿었던 바와는 달라 실망스러움.

*三從之法(삼종지법): 유학(儒學)에서 규정하고 있는 여성에 대한 생활규범 중 하나. 여자는 자율권이 없고 세 가지에 의지해 살아야 한다는 규정임. 곧, 시집가기 전 친부모 밑에 있을 때는 부친의 명령에 따라 살아야 하고<在家從父; 재가종부>, 출가하게 되면 남편 명령에 따라서 살아야 하며<適人從夫; 적인종부>, 남편이 사망하면 아들의 명령에 따라 살아야 함<夫死從子; 부사종자>. 춘향이 이 법도에 의하여 이도령을 따라 출가하고 나면 자신은 외톨이 신세가 된다는 한탄임.

　　※여성의 생활규범에는 '삼종지법'과 함께, 결혼해 7가지 결함이 있으면 쫓겨난다는 '칠거지악(七去之惡)' 규정이 명시되어 있음. 곧, 시부모를 공경하지 않거나<不順舅姑: 불순구고>, 아들을 못 낳거나<無子: 무자>, 음탕한 행실이 있거나<淫: 음>, 질투 하거나<妬: 투>, 나쁜 병이 있거나<有惡疾: 유악질>, 말썽을 일으키거나<多言: 다언>, 도적질을 함<竊盜: 절도>.

*身世(신세): 한 몸이 현재 처해진 처지. 흔히 가련하게 된 경우를 일컬음.

*말게: 하지 않도록 말리는 말의 낮춤말. 장모에게 사위가 낮춤말을 쓰면 안 되지만, 양반(兩班)이기 때문에 하천(下賤)인 월매에게 말을 높이지 않음.

*返杯(반배): 함께 술을 마실 때 받은 술잔을 되돌려 권하는 일.

*자리보전: 잠자리에 필요한 요나 이불을 펼침. '보전'은 '보진'의 방언. 한자어 '포진(鋪陳)'에서 음이 변하여 이루어진 말로 함께 사용되는 표준어임.

*情談(정담): 애정에 관계된 이야기.

*書不盡兮(서불진혜): 글로 쓰려고 해도 너무 간절하여 다 기록하지 못함.

*言不盡兮(언불진혜): 말로 표현하려 해도 다 말할 수 없음. 너무나 곡진하고 정도가 깊음을 뜻하는 말.

허였더니, 오늘밤 이 사정이 사차불피 이리되니 이게 모두
事情　　　＊事此不避

니 팔자라, 수원수구 어이 허리? 너의 부친 없는 탓이로구
＊八字　　＊誰怨誰咎　　　　　　　　　　父親

나. 칠십당년 늙은 몸을 평생 의탁 허자더니 허망이 이리
＊七十當年　　　　　平生　＊依託　　　＊虛妄

되니, 삼종지법을 쫓자 허면 내 신세를 어쩔거나.”
　＊三從之法　　　　　　　　＊身世

<아니리>　“장모! 오늘같이 즐거운 날 너무 서러워 말게.”
　　　　　丈母　　　　　　　　　　　　　　　　　＊말게

춘향 모친 술 한 잔 받고, 그 때여 도련님과 춘향이도 이렇
春香　母親　　　　　　　　　　　　　　　　　　春香

듯 반배를 허는디, 알심 있는 춘향 모친 그 자리에 오래 앉
　＊返杯　　　　　　　　　　春香　母親

어 있을 수 있겠느냐? 향단이 불러 자리보전 시키고 춘향
　　　　　　　　　　　香丹　　　＊자리보전　　　　春香

모친과 향단이는 건넌방으로 건너갔구나.
母親　　　香丹

12. 이도령과 춘향이 단둘이 앉음–긴 사랑가

<아니리>　춘향과 도련님 단둘이 앉았으니, 그 일이 어찌
　　　　　春香

될 일이냐. 그날 밤 정담이야말로 서불진혜요 언불진혜로
　　　　　　　　情談　　　　＊書不盡兮　　＊言不盡兮

다. 하루 가고 이틀 가고 오륙일이 되어가니, 나이 어린 사
　　　　　　　　　　五六日

람들이 부끄러움은 훨씬 멀리 가고 정만 담뿍 들어, 하루는
　　　　　　　　　　　　　　　　情

안고 누워 뒹굴면서 자연히 사랑가로 즐기난디.
　　　　　　　　自然　　　歌

*萬疊靑山(만첩청산): 매우 많이 겹겹이 싸여 있는 푸른 산.

*덥쑥: '덥석'의 방언. 어떤 상황이 한꺼번에 왈칵 일어나는 모습.

*넘노난듯: 왔다 갔다 하면서 어르며 함께 즐기는 행동.

*丹山 鳳凰(단산 봉황) *竹實 梧桐(죽실 오동): 단산의 봉황이 대나무 열매를 물고 오동나무 속에서 놀고 있음. 옛 기록에, 단혈(丹穴) 산에서는 붉은 물 단수(丹水)가 흘러나오며, 이 산에는 '봉황'이란 새가 있어 모습이 닭과 같고 오채(五彩) 무늬가 있다고 했음. 또 『시전(詩傳)』에 "봉황은 신령스런 새로 수컷이 봉 암컷은 황이며, 오동나무가 아니면 깃들지 않고 대나무열매가 아니면 먹지 않음"이라는 기록에서 유래된 내용임.

*北海 黑龍(북해 흑룡): 북해에 사는 검정색 용.

*如意珠(여의주): 지니고 있으면 모든 소원이 이루어진다는 구슬.

*彩雲間(채운간): 아름다운 색채를 띤 구름 사이.

*九曲靑鶴(구곡청학): 아홉 구비 깊은 산 속의 아름답고 신령스런 학. 『시경』 '학명(鶴鳴)' 시의, "학이 아홉 겹 언덕에서 우니, 그 소리는 들에서도 들림(鶴鳴于九皐 聲聞于野; 학명우구고 성문우야)"이라는 구절의 변형임.

*松柏間(송백간): 소나무와 측백나무 사이. / *衎衎(간간): 화락하게 즐김.

*目落無邊水如天(목락무변수여천): 끝이 안 보이는 수평선을 목격하니 하늘과 맞닿아 물과 하늘 구분이 없음.

*滄海(창해): 푸른 바다. / *生前(생전) 사랑: 이 세상에서의 사랑.

*死後期約(사후기약): 죽은 뒤에 저세상에서 다시 만나 살 약속.

*碧桃紅(벽도홍): 신선이 먹는 푸른 복숭아의 붉은 꽃.

*三春花(삼춘화): 봄 석 달 동안에 피는 아름다운 꽃.

*花老 蝶不來(화로 접불래): 꽃도 늙어 시들면 나비가 오지 않음.

*새 꽃 찾아가니: 나비들이 늙어 시든 꽃을 버리고 새로 핀 꽃을 찾아감.

*人定(인정): 밤 이경(二更; 밤 10시)에 사람 다님을 금하여 28번 치던 종로의 종. 새벽에 통행을 개시하는 종인 파루(罷漏)는 33번을 침.

*人定(인정)마치: 종을 치기 위해 종 옆에 매달아 놓은 나무막대기 망치.

*二十八宿(이십팔 수): 하늘의 해와 달이 지나가는 황도(黃道)를 따라, 천구(天球)를 28개로 구분해 놓은 별자리. 여기에 근거하여 인정을 28번 침.

*三十三天(삼십삼천): 불교에서 욕계(欲界; 세상) 하늘인 도리천(忉利天)의 33개 하늘. 중앙 제석천(帝釋天)과 사방 8개씩의 하늘을 합쳐 33개임.

<진양조>　　만첩청산 늙은 범이 살진 암캐를 물어다 놓고,
*萬疊靑山

이는 다 덥쑥 빠져 먹든 못허고 으르르르르 어헝 넘노난
*덥쑥　　　　　　　　　　　　　　　　*넘노난

듯, 단산 봉황이 죽실을 물고 오동 속을 넘노난 듯, 북해
듯 *丹山 鳳凰　　*竹實　　　　梧桐　　　　　　　　　*北海

흑룡이 여의주를 물고 채운간을 넘노난 듯, 구곡청학이 난
黑龍　　*如意珠　　　*彩雲間　　　　　　　　*九曲靑鶴　　蘭

초를 물고 송백간을 넘노난 듯. "내 사랑, 내 알뜰 내 간간
草　　　　*松柏間　　　　　　　　　　　　　　　*衎衎

이지야. 어허 둥둥, 니가 내 사랑이지야. 목락무변수여천에
　　　　　　　　　　　　　　　　　*目落無邊水如天

창해같이 깊은 사랑, 생전 사랑이 이러허면 사후기약이 없
*滄海　　　　　　*生前　사랑　　　　　　　*死後期約

을소냐? 너는 죽어 꽃이 되되 벽도홍 삼춘화 꽃이 되고,
　　　　　　　　　　　　*碧桃紅 *三春花

나도 죽어 범나비 되어 니 꽃 보고 좋아라고, 두 날개를 쩍

벌리고 너울너울 춤추거드면 니가 날인 줄 알려무나." "화
　　　　　　　　　　　　　　　　　　　*花

로허면 접불래라, 나비 새 꽃 찾어가니 꽃 되기 내사 싫
老　　　蝶不來　　*새 꽃 찾어가니

소." "그러면 죽어 될 것 있다. 너는 죽어 종로 인정이 되
　　　　　　　　　　　　　　鍾路 *人定

고, 나도 죽어 인정마치가 되어, 밤이면 이십팔수 낮이면
　　　*人定마치　　　　　　　　*二十八宿

삽십삼천, 그저 댕 치거드면 니가 날인 줄 알려무나." "인정
*三十三天

되기도 내사 싫소." "그러면 죽어 될 것 있다. 너는 죽어 글

자가 되되, '따 지, 따 곤, 그늘 음, 아내 처, 계집 여'자
　　　　　　地　　坤　　　陰　　　妻　　　女 字

*奇特(기특) 奇(기): 특별히 기이하게. '奇'는 짝수의 대칭인 '홀수'를 뜻하며 남자 상징 양(陽)의 수를 나타내는 글자임. 여기에서는 뒤의 '子' 글자를 강조하는, '기특(奇特)하게 특별히 조화를 부리는'으로 해석함이 합당함.

*不吉(불길): 어떤 재앙이 생기는 것과 같은 좋지 않은 일.

*死後(사후): 사망한 뒤.

*情談(정담): 애정에 관계된 이야기.

*웃봉지: 위쪽의 꼭지 달린 부분. 수박의 이 꼭지부분을 칼로 둥글게 오려 내고, 그 속의 붉은 살이 보이게 하는 것임.

*江陵 白淸(강릉 백청): 강릉에서 생산되는 자연산 벌꿀.

*씰랑: '씨는'의 뜻으로, 특별히 강조하여 일컫는 말.

*발라버리고: 필요 없는 부분(씨)을 가려내 제거해버림.

*斑簡珍匙(반간진수): 중국 소상강(瀟湘江) 가의 무늬 있는 대인 '반죽(斑竹)'을 쪼개 깎아 만든 값진 숟가락. '값진 숟가락'의 뜻인 '진시(珍匙)'가 우리말로 음이 바뀌어 '진수'로 된 것임. 숟가락과 젓가락이 한자말로 '시저(匙箸)'인데 우리말로 '수저'가 된 것과 같음. 소상강 가의 '반죽'은 순(舜)임금의 두 부인 아황(娥皇) 여영(女英)이 순임금 사망에 절개를 지키어 소상강 언덕에서 강물에 몸을 던져 자결할 때, 뿌린 피눈물이 묻어 무늬가 생긴 대로, 계속하여 무늬가 없어지지 않아 사람들이 매우 값지게 여김.

*앵두: 낙엽 활엽 관목인 앵두나무의 열매. 4월에 꽃이 피어 6월에 핵이 있는 작은 열매 앵두가 빨갛게 익음. 집 우물가에 자라고 정원수로도 심음.

*葡萄(포도): 낙엽 활엽의 덩굴식물인 포도나무 열매.

*橘餠(귤병): 떡을 꿀이나 사탕에 졸여 만든 꿀떡.

*砂糖(사탕): 설탕을 끓여서 여러 가지 모양으로 만든 과자.

*醯化糖(혜화당): 엿. 식혜(食醯; 단술)를 졸여 조청(造淸)으로 만든 다음, 그 조청을 여러 번 늘어뜨려 공기가 포함되게 하면 단단하게 굳은 하얀 '엿'으로 변함. 이 엿을 한자어로 '혜화당'이라 함.

글자가 되고, 나도 죽어 글자가 되되, '하늘 천, 하늘 건, 날
天   乾

일, 별 양, 지아비 부, 사나이 남, 기특 기, '아들 자' 자 글
日   陽   夫   男   奇特 *奇   子 字

자가 되어, '계집 여' 변에 똑같이 붙어서 '좋을 호' 자로 놀
女 邊   好 字

아보자."

13. 자진 사랑가—업고 노는 장면

<아니리>　　"도련님은 어찌 불길허게 사후 말씀만 하나이
*不吉　　　*死後

까?""오! 그럼, 우리 정담도 허고 업고도 한 번 놀아보자."
*情談

<중중모리>　　"이리 오너라 업고 놀자. 이리 오너라 업고

놀자. 사랑 사랑 사랑 내 사랑이야, 사랑 사랑 사랑 내 사

랑이지.　이히 이히 이히 내 사랑이로다. 아마도 내 사랑아,

니가 무엇을 먹으랴느냐? 둥글둥글 수박 웃봉지 떼뜨리고,
*웃봉지

강릉백청을 따르르르르 부어, 씰랑 발라버리고 붉은 점 움
*江陵白淸   *씰랑 *발라버리고

푹 떠, 반간진수로 먹으라느냐?""아니 그것도 나는 싫소."
*斑簡珍羞

"그러면 무엇을 먹으랴느냐? 앵두를 주랴? 포도를 주랴?
*앵두   *葡萄

귤병 사탕의 혜화당을 주랴?""아니, 그것도 나는 싫소."
*橘餠 *砂糖   *醯化糖

*당동지: 긴 물체의 끝이 뾰족하지 않고 몽땅하게 뭉쳐진 모습.

*지루지허니: 기다랗게 생긴 모습.

*외: 오이.

*가지: 가지과에 속하는 일년초인 가지나무에 열리는 자주색의 길쭉한 채소.

*시금 털털: 신맛과 떫은맛이 함께 섞인 맛을 말함.

*단참외: 단맛이 나는 참외.

*개살구: 낙엽 활엽 교목인 개살구나무의 열매. 열매는 과일인 살구보다 좀 작으며 6월에 황색으로 익어도 맛이 시고 떫음.

*작은 李道令(이도령) 서는 데: 춘향이 임신을 하였을 때. 아이 임신하는 것을 '아이 선다'라고 말하며, 이때 임신한 부인은 입맛이 신 음식을 좋아하기 때문에 한 말임. 곧, 이도령이 자신은 장성한 이도령이고, 자신의 아이를 임신하게 되는 춘향의 뱃속 아이는 작은 이도령이란 뜻임.

*뒤態(태): 뒤쪽의 모습.

*앞態(태): 앞쪽의 모습.

*아장아장: 어린 아이나 키 작은 사람이 보폭을 작게 하여 천천히 귀엽게 걷는 걸음 모습.

*잇속: 입속의 이가 나열된 모습.

*아마도: 틀림없이. 추측을 나타내는 부사 '아마'의 강조어가 아니고, 확신을 나타내는 '아무렴'의 뜻임.

*널다려: 너에게.

*兩(양)팔: 두 팔.

*징검징검: 보폭을 띄엄띄엄 넓게 하여 걷는 모습.

*天地憂樂將幕(천지우락장막): 우주에서의 하늘과 땅, 인간에서의 괴로움과 즐거움, 전쟁에서의 계책 세우는 장수와 직접 전투하는 장병인 막하(幕下). 곧 우주와 인간세상의 모든 일들.

*破怯(파겁): 익숙해져 두려움이나 부끄러움이 없음.

*마구: 조심성 없이 아무렇게나.

*郎君 字(낭군 자): 남편인 '낭군'이란 단어를 사용한다는 말.

*놀것다: 노는 것이었다.

"그러면 무엇을 먹으랴느냐? 당동지 지루지허니 외 가지
*당동지 *지루지허니 *외 *가지

단참외 먹으랴느냐? 시금 털털 개살구 작은 이도령 서는
*단참외 *시금 털털 *개살구 *작은 李道令 서는

데 먹으라느냐?" "아니, 그것도 나는 싫소." "저리 가거
데

라, 뒤태를 보자. 이리 오너라, 앞태를 보자. 아장아장 걸어
*뒤態 *앞態 *아장아장

라, 걷는 태를 보자. 방긋 웃어라, 잇속을 보자. 아마도 내
態 *잇속 *아마도

사랑아!"

<아니리> "이애 춘향아, 나도 너를 업었으니 너도 날 좀
春香

업어다오." "도련님은 날 가벼워 업었지만 나는 도련님을

무거워 어찌 업는단 말이오?" "내가 언제 널다려 무겁게
*널다려

업어달라더냐? 내 양팔만 니 어깨 위에 얹고, 징검징검
*兩팔 *징검징검

걸어 다니면 그 속에 천지우락장막이 다 들었느니라." 춘향
*天地憂樂將幕 春香

이가 도련님을 업고 노는디, 파겁이 되어 마구 '낭군'자로
*破怯 *마구 *郎君 字

업고 놀것다.
*놀것다

<중중모리> "둥 둥 둥 내 낭군, 어허 둥둥 내 낭군, 둥둥
郎君 郎君

둥둥 어허 둥둥 내 낭군! 도련님을 업고 보니 '좋을 호'자가
郎君 好

제1장 77

*芙蓉(부용): 물속의 연(蓮)꽃. 한편 정원수인 '목부용(木芙蓉)'을 일컫기도
함. '목부용'은 키가 작은 낙엽관목, 초가을에 흰 빛 또는 담홍색 꽃이 핌.

*芍藥(작약): 참작약. 6월에 꽃잎 8개인 흰색의 탐스러운 꽃이 핌.

*牧丹花(모란화): 5월에 붉은색의 큰 꽃이 곱게 피는 낙엽 활엽 관목, 중국
에서는 '모단(牡丹)'인데, 우리는 '목단(牧丹)'이라 쓰고 '모란'이라 읽음.

*探花蜂蝶(탐화봉접): 꽃을 탐내고 좋아하는 벌과 나비.

*瀟湘洞庭 七百里(소상동정 칠백리): 중국 호남성 구의산(九疑山)에서 출원한
소강(瀟江)이 상강(湘江)을 합쳐 동정호로 들어오기까지의 7백리를 말함.

*澹澹長江水 悠悠遠客情(담담장강수 유유원객정): 맑게 흘러가는 긴 강물에
는, 집 떠난 나그네 마음 은근히 잠겨 있구려. 당(唐) 시인 위승경(韋承慶)
의 '남행별제(南行別第)' 시 첫 두 구절.

*河橋不相送 江樹遠含情(하교불상송 강수원함정): 황하 다리에 올라 전송하
지 못하는 마음, 강가 나무들이 멀리 슬픔을 품는구나. 당(唐) 시인 송
지문(宋之問)의 '별두심언(別杜審言)' 시 끝 두 구절.

*送君南浦不勝情(송군남포불승정): 그대를 보내는 남포에 슬픈 마음 이기지
못하노라. 당(唐) 시인 무원형(武元衡)의 '악저송우(鄂渚送友)' 시 끝 구절.

*無人不見送我情(무인불견송아정): 사람 없어 안 보이니 내 마음만 보낸다.

*河南太守 喜雨亭(하남태수 희우정): 송(宋) 때 하남성 봉상부(鳳翔府) 태수
(太守) 소동파(蘇東坡)가 지은 '희우정' 정자. 소동파가 이 정자를 지어 낙
성하니, 가물던 하늘에서 비가 쏟아져 백성들이 좋아하며 찬양했음. 이에
'희우정'이라 이름하고, 그 내력을 기술한 '희우정기(喜雨亭記)'를 지었음.

*三台六卿(삼태육경): 조정의 세 정승(政丞)과 6조(曹)의 여섯 판서(判書).

*百官朝廷(백관조정): 많은 대신(大臣)들과 나라 임금이 집무하는 나라 정부.

*주어 人情(인정): 서로 마음을 주어서 상호간에 애정이 생김.

*福(복) 없어 방정: 복을 달아나게 하는 경망스러운 행동.

*一情(일정): 한결같은 마음. / *實情(실정): 거짓 없는 착실한 마음.

*論情(논정): 정에 대한 논의. / *一片丹情(일편단정): 외곬의 굳은 애정.

*元亨利貞(원형이정): 『주역(周易)』에서 규정한 천도(天道)의 네 가지 원리.

*兩人心情(양인 심정): 두 사람의 마음. / *託情(탁정): 정을 굳게 의탁함.

*破情(파정): 파괴된 애정. / *腹痛絶情(복통절정): 가슴 아픈 애정의 단절.

*眞情(진정) *完情(완정): 참된 애정으로, 두 사람의 정을 완전무결하게 함.

절로 나. 부용 작약의 모란화, 탐화봉접이 좋을시고. 소상동
　　　 *芙蓉 勺藥　　*牧丹花 *探花蜂蝶　　　　　　*瀟湘洞

정 칠백리 일생을 보아도 '좋을 호'로구나.　둥둥 둥둥 어허
庭 七百里　一生　　　　　　好

둥둥 내 낭군!" 도련님이 좋아라고, "이애 춘향아, 말 들어
　　　 郎君　　　　　　　　　　　　春香

라. 너와 나와 유정허니 '정 자' 노래를 들어라. 담담장강수
　　　　　　有情　　　情 字　　　　　　　*澹澹長江水

유유원객정,　하교불상송허니　강수원함정.　송군남포불승정,
悠悠遠客情　*河橋不相送　　　 江樹遠含情　 *送君南浦不勝情

무인불견송아정, 하남태수의 희유정, 삼태육경의 백관조정,
*無人不見送我情 *河南太守　 喜雨亭 *三台六卿　 *百官朝廷

주어 인정, 복 없어 방정, 일정 실정을 논정허면, 니 마음
*주어 人情　*福 없어 방정 *一情 *實情　 *論情

일편단정, 내 마음 원형이정, 양인 심정이 탁정타가 만일
*一片丹情　　　 *元亨利貞 *兩人 心情 *託情　　　 萬一

파정이 되거드면 복통절정 걱정되니, 진정으로 완정허잔
*破情　　　 *腹痛絶情　　　 *眞情　　 *完情

그 '정 자' 노래라."
　情 字

<아니리>　"아이고 우리 도련님 말씀도 잘도 허시네."

14. 이도령의 '궁'자 노래—둘의 잠자리

<아니리>　　"어디 그 뿐이랴? '궁'자 노래를 또 들어 봐라.
　　　　　　　　宮 字

*常(상)스럽기는: 고상하지 못한 저속(低俗)한 내용이 있음.

*初分天地 開坼後(초분천지 개탁후): 하늘과 땅이 처음 분리되어 열린 뒤.

*雄壯(웅장): 위대하고 장엄한 모습.

*昌德宮(창덕궁): 서울 종로구 원서동에 있는 궁궐. 조선 초기에 지어져 역대 임금이 정치하던 대궐임.

*姜太公(강태공): 성명은 여상(呂尙), 본래 성씨는 강씨(姜氏). 그 선조가 순(舜)임금의 신하로 우(禹)의 치수(治水)를 도와 공적이 커 여(呂)지방에 봉(封)해져 여씨(呂氏)로 되었음. 주(周) 문왕(文王)이 천하 통일의 뜻을 품고 위수(渭水) 근처로 사냥 가면서 점을 치니, "오늘 얻는 것은 용·이무기·호랑이·곰 등 동물이 아니고 패왕 보필의 신하를 얻을 것"이란 점괘를 얻었음. 그리고 사냥을 가서 청빈하게 낚시질을 하고 있는 여상을 만나, "조부 태공(太公)께서 만나려고 열망하던 그분<太公望>"이라 말하고 함께 와 스승으로 삼았음. 뒷사람들은 '망(望)'자를 빼고 성씨를 붙여 '강태공(姜太公)'이라 불렀으며, 낚시하다가 왔기 때문에 낚시를 상징하게 되었음.

*造作宮(조작궁): 제작한 방앗간. 우리나라에서는 예부터 디딜방아 몸체 옆쪽에 "경신년경신월경신일 강태공조작(庚申年庚申月庚申日 姜太公造作)"이라 써 붙이고, 이 글 위와 아래에 '용(龍)'자와 '귀(龜)'자를 썼음. 이 전설에 의하여 강태공이 방아를 조작(造作)하여 만든 것으로 알려져 있음.

*秦始皇 阿房宮(진시황 아방궁): 중국 전국시대 6국을 통일한 진시황(秦始皇)이 위수(渭水) 남쪽인, 섬서성 서안부(西安府) 장안현(長安縣)에 크고 화려한 궁궐 '아방궁'을 건립해, 화려한 궁궐의 상징으로 일컬어졌음.

*津津(진진): 물이 넘쳐 질펀함. 또는 매우 풍성하고 흥미 있음.

*鴻門宴(홍문연) *樊噲子宮(번쾌자궁): 중국 진(秦)나라 말기 유방(劉邦)과 항우(項羽)가 합심하여 진나라를 멸망시킨 뒤, 항우가 유방을 죽이려고 홍문(鴻門)에서 잔치를 베풀었을 때, 유방 신하 '번쾌'가 유방의 위태함을 감지하고 잔치 장소로 밀치고 들어가 항우를 위협한 위력의 이야기. 존칭으로 '자(子)'를 넣었으며 '궁'은 집의 뜻. '번쾌'의 용감한 행동을 나타냄.

*속적삼: 저고리 안에 받쳐 입는, 얇은 천으로 기운 속저고리.

*呂(려): 글자 모양을 이용한 재담. 두 몸뚱이가 포개진 모습을 나타냄.

*樵童(초동): 땔나무 하는 아이.   /   *兩脚(양각): 두 개의 다리.

*우그로: '위쪽으로'의 방언.   /   *擾亂(요란): 매우 어지럽고 혼란스러움.

이 노래는 조금 상스럽기는 허나, 너와 나와 둘이 있는디,
　　　　　　　＊常스럽기는
무슨 노래를 못 부르것느냐?"

<자진모리>　　"궁 자 노래를 들어라. 궁 자 노래를 들어
　　　　　　　宮 字　　　　　　　　宮 字
봐라. 초분천지 개탁 후 웅장허다고 창덕궁, 강태공의 조작
　　＊初分天地　開坼 後 ＊雄壯　　＊昌德宮　＊姜太公 ＊造作
궁, 진시황의 아방궁. 진진허구나 홍문연을 들어간다 번쾌
宮 ＊秦始皇　阿房宮 ＊津津　　＊鴻門宴　　　　　＊樊噲
자궁. 이 궁 저 궁을 다 버리고, 이애 춘향아, 이리 오너라
子宮　　　宮　　　宮　　　　　　　　　春香
밤이 깊어간다. 이리 와 어서 벗어라." "아이고, 부끄러워

나는 못 벗겄소." "아서라 이 계집, 안 될 말이로다, 어서

벗어라 잠자자." 와락 뛰어 달려들어 저고리 치마 속적삼
　　　　　　　　　　　　　　　　　　　＊속적삼
벗겨 병풍 위에 걸어 놓고, 덩 뚱 땅 '법중 여'로다. 초동
　　屛風　　　　　　　　　　　＊呂　＊樵童
아이 낫자루 잡듯, 우악한 놈 상투 잡 듯, 양각을 취어드니
　　　　　　　　　　　　　　　　　＊兩脚
베개는 우그로 솟구치고, 이불이 벗겨지며 촛불은 제대로
　　　＊우그로
꺼졌구나. 병풍이 우당퉁탕.
　　　　屛風

<단중모리>　　이리 한참 요란헐 제, 말하지 않더라도 알리
　　　　　　　　　＊擾亂
로다.

*好事多魔(호사다마): 좋은 일에는 좋지 못한 재앙도 많이 곁들어짐.

*同副承旨(동부승지): 승정원(承政院)에 소속된 정삼품(正三品) 벼슬.

*堂上(당상)하여: 당상관(堂上官)이 되어. 정3품 벼슬 중에 당상관과 당하관
(堂下官)이 있어, 정삼품 당상관이 되었다는 말.

*內職(내직): 나라 조정안의 여러 부서 벼슬.

*하릴없이: 영락없이. 어쩔 수 없이.

*離別 次(이별 차): 이별을 하기 위하여. '차'는 일이나 시간이나 절차.

*大路邊(대로변): 사람이 많이 다니는 큰 길 주변.

*어안이 멍멍: 기가 막혀 어리둥절하여 말이 안 나옴. '어안이 벙벙'과 같은
뜻이지만, 정신적인 충격이 더 큼을 나타낸 말임.

*胸中(흉중): 가슴속. 마음속.

*沓沓(답답): 가슴속에 무엇이 맺힌 것 같이 갑갑하고 괴로움.

*하염없는: 끝을 맺을 길이 없이 계속되는 상태.

*설움: 서러움. 슬픈 마음.

*肝腸(간장): 간과 창자. 애가 타는 속마음.

1. 호사다마―이별초두 내는 장면

<아니리> 이렇듯이 사랑가[歌]로 세월[歲月]을 보낼 적에, 호사다마[*好事多魔]
라. 뜻밖에 사또께서 동부승지[*同副承旨] 당상[*堂上]하여 내직[*內職]으로 올라가
시게 되었구나. 도련님이 부친[父親] 따라 아니 갈 수 없어 하릴[*하릴]
없이 춘향[春香] 집으로 이별[*離別] 차[次] 나가시는디.

<느린중모리>　점잔허신 도련님이 대로변[*大路邊]으로 나가시면
서 울음 울 리[理] 없지마는, 춘향[春香]과 이별[離別] 헐 일을 생각허니
어안이 멍멍[*어안이 멍멍], 흉중[*胸中]이 답답[*沓沓]허여, 하염없는[*하염없는] 설움[*설움]이 간장[*肝腸]에서

*하: 매우 많이.

*處事(처사): 일을 처리하는 모습. 어떤 일에 부딪쳐 처리하는 기본자세.

*應當(응당): 마땅히. 당연히.

*自決(자결): 자기 목숨을 자신이 끊어 죽음.

*事勢 難處(사세 난처): 사건의 형세가 복잡하고 미묘하게 얽히어 처리하기
  가 매우 어려움.

*길 걷는 줄 모르고: 길을 가고 있으면서, 정신이 다른 데에 집중되어 길가
  는 자체를 의식하지 못함.

*妖艶纖纖(요염섬섬): 교묘하게 아름답고 가냘프며 예쁘게 생긴 손.

*花階上(화계상): 꽃이 피어 있는 계단 위.

*鳳仙花(봉선화): 일년생 식물로 2자 정도 크기의 줄기에 가지가 없이 잎이
  촘촘히 나, 줄기와 잎 사이에 적색·백색·황색·분홍색의 꽃이 2·3씩 7~10
  월 사이에 계속 핌. 꽃이 화려하거나 요염하지 않아 우리나라 여인들이
  매우 친근하게 여겨 정원에 많이 심었으며, 꽃잎으로 손톱에 물을 들였음.

*前(전)에는: 지난 앞날에는. 예전에는.

*曳履聲(예리성): 걸을 때 신이 끌리는 소리. 곧 걷는 발자국 소리.

*門(문): '대문'을 뜻함.

*놀래시랴고: 놀라게 해주려고.

*밤참: 밤에 자기 전 시장하여 먹는 음식. / *장만: 만들어 마련하는 일.

*恨(한): 마음이 아프고 한탄스러움.

*衙子弟(아자제): 관아 관장의 아드님.

*兄弟(형제)분만 되면: 형과 아우 두 사람만 되어도.

*데릴사위: 사위를 아들처럼 한 집에 데리고 거처함.

*한 분 되니: 형제가 없고 외동아들이니.

*錦囊(금낭): 비단 두루주머니. 비단 천으로 사각형 모양의 주머니를 기워
  아가리에 주름을 잡고, 그 주름에 나란히 2개의 구멍을 뚫어, 주머니 끈을
  두 구멍에 꿰어 여닫게 되어 있는 주머니. 아가리를 닫아 끈을 매었을 때
  아래가 둥글게 되어 '두루주머니'라 하며, '염낭(囊)' 또는 '협낭(夾囊)'이라
  고도 함.

*繡(수): 여러 가지 색실로 비단 천에 아름다운 모양의 그림을 떠서 새기는
  일. 두루주머니 양 옆에 아름답게 수를 놓는다는 뜻임.

솟아난다. 두고 갈까? 다려 갈까? 하 서러우니 울어볼까?
*하

저를 다려 가자 허니 부모님이 꾸중이요, 저를 두고 가자
父母

허니, 그 마음 그 처사에 응당 자결을 헐 것이니 사세가
*處事　*應當 *自決　　　　　　　*事勢

난처로구나. 길 걷는 줄 모르고 춘향 문전을 당도허니.
難處　　　　*길 걷는 줄 모르고 春香 門前　　當到

<중중모리>　그때여 향단이 요염섬섬 화계상에 봉선화에
　　　　　　　　香丹　*妖艶纖纖　*花階上　*鳳仙花

물을 주다 도련님을 얼른 보고 깜짝 반겨 일어서며, "도련

님, 이제 오시니까. 전에는 오시라면 담 밑에 예리성과 문
　　　　　　　　　*前에는　　　　　　　　　　*曳履聲　*門

에 들면 기침소리 오시는 줄을 알것더니, 오늘은 누구를

놀래시랴고 가만가만 오시니까?" 그때여 춘향 모친 도련님
*놀래시랴고　　　　　　　　　　　　　　春香 母親

드리랴고 밤참을 장만허다 도련님을 얼른 보고 손뼉 치고
　　　　*밤참　*장만

나오면서, "허허, 우리 사위 오시네. 남도 사위가 이리 어

여쁜가.　밤마다 보건마는 낮에 못 보아 한이로세. 아자제
　　　　　　　　　　　　　　　　　*恨　　　*衙子弟

가 형제분만 되면 데릴사위 내가 꼭 정허제. 한 분 되니
　*兄弟분만　되면 *데릴사위　　　　　　定　*한 분 되니

헐 수 있나." 도련님 아무 대답 없이 방문 열고 들어가니,
　　　　　　　　　　　　　對答　　　房門

그때여 춘향이는 도련님을 드리랴고 금낭에 수를 놓다,
　　　　春香　　　　　　　　　　*錦囊　*繡

*丹脣皓齒(단순호치): 붉은 입술과 하얀 치아. 미인의 아름다운 입모양.

*반기허여: 반가워하여. 매우 다정한 모습으로 반갑게 맞이하는 모습. 고소
설에는 '단순호치 반개하여(丹脣皓齒 半開하여; 붉은 입술 하얀 이빨 반쯤
열어)'로 많이 쓰이는 말임.

*쌩긋 웃고: 쌩긋 웃고. 소리 없이 귀엽게 살짝 눈웃음을 치며 반기는 모습.

*玉手(옥수): 아름다운 손. 미인의 손을 아름답게 표현한 말.

*愁色(수색)이 滿面(만면): 근심스러운 빛이 온 얼굴에 가득함.

*벌써 괴로워: 만난 지 얼마 되지 않았는데, 벌써 만나는 일을 힘들어함.

*害談(해담): 좋지 않게 험담하거나 비난하는 말.

*藥酒(약주): 여러 가지 약재를 넣어 담근 술. 그러나 '보통 술'을 말함. 민
간에서는 일반 술을 공대(恭待)하여 일컫는 말로 사용하고 있음.

*過飮(과음): 지나치게 많이 마심. 자기 주량에 넘쳐 취하게 마시는 술.

*精神 昏迷(정신 혼미): 사람 마음속이 멍청하고 흐릿해 사리분별을 못함.

*無色(무색): 부끄러워 상대할 수가 없음.

*兩班(양반): 조선시대 신분이나 지체가 높은 상류 계급의 사람. 세습에 의
하여 문반(文班)과 무반(武班)이 될 자격이 있는 문벌(門閥) 집안의 사람.

*賤人(천인): 양반 신분이 아닌 하천(下賤) 신분의 백성.

*坐定(좌정): '자리를 차지해 앉음'의 공대말. 어떤 존귀한 지위에 오름을
나타내는 말로서, 곧 남편 자리에 올라 있음의 뜻.

*속 모르는: 깊은 마음속을 알지 못함.

*이 계집: 여자가 자기 자신을 낮추어 일컫는 말.

*외즐거움: 상대방의 마음과는 상관없이 혼자의 생각으로 즐거워함.

*오죽: 얼마나. 매우 많이.

*바드드드득: 어떤 동작을 할 때 매우 힘들게 움직이는 모습.

*氣(기)가 막혀: 숨 쉴 때 나오는 기운이 막히어 답답해짐.

*부여잡고: 붙들어 단단히 잡음.

*속을: 마음속을 괴롭혔다는 말.

단순호치 반기허여 쌍긋 웃고 일어서며 옥수 잡고 허는
*丹脣皓齒 *반기허여 *쌍긋 웃고 *玉手

말이, "수색이 만면허니 이게 웬 일이요? 편지 일장 없었
*愁色이 滿面 便紙 一張

으니 방자가 병들었소? 어디서 손님 왔소? 벌써 괴로워
房子 病 *벌써 괴로워

이러시오? 누가 내 집에 다니신다 해담을 들으셨소? 약주
*害談 *藥酒

를 과음허여 정신이 혼미헌가." 뒤로 돌아가 겨드랑이 손
*過飮 *精神 昏迷

을 대고 꼭 꼭 꼭 찔러 보아도 몸도 꼼짝 아니 허니.

<중모리> 춘향이가 무색허여 뒤로 물러나 앉으며, "내
春香 *無色

몰랐소, 내 몰랐소. 도련님 속 내 몰랐소. 도련님은 양반이
*兩班

요 춘향 저는 천인이라, 잠깐 좌정 허였다가 버리는 게
春香 *賤人 *坐定

옳다 허고 나를 떼랴고 허시는디, 속 모르는 이 계집은 늦
*속 모르는 *이 계집

게 오네, 편지 없네, 짝사랑 외즐거움 오죽 보기가 싫었섰
便紙 *외즐거움 *오죽

소? 듣기 싫어 허는 말은 더 허여도 쓸 데가 없고, 보기

싫어 허는 얼굴 더 보아도 병 되느니, 나는 건넌방 어머니
病

에게 가지." 바드드드득 일어서니, 도련님 기가 막혀 가는
*바드드드득 *氣가 막혀

춘향을 부여잡고, "게 앉거라, 게 앉거라. 니가 미리 속을
春香 *부여잡고 *속을

*지르기로: 귀에 거슬리는 말을 해 화를 돋움.

*속 모르면: 마음속 자세한 내용을 알지 못함.

*잠속: 잠을 자는 동안의 일.

*沓沓(답답): 병이나 근심으로 가슴속이 막힌 듯 갑갑하게 느껴짐.

*同副承旨(동부승지): 승정원(承政院)에 소속되어 공방(工房)의 일을 맡은 정
  3품 벼슬. 승정원의 여러 승지 중 제일 끝자리임. 승정원에는 '이·호·예·
  병·형·공(吏·戶·禮·兵·刑·工)' 등 육방(六房)의 업무부서가 각각 있었음.

*堂上(당상)하여: 당상관(堂上官)에 올라서. '당상관'은 정3품 벼슬 중에서,
  문관의 명선대부(明善大夫) 봉순대부(奉順大夫) 통정대부(通政大夫)와, 무
  관의 절충대장(折衝大將) 이상 벼슬을 일컫고, 같은 정3품이라도 그 아래
  벼슬은 당하관(堂下官)임.

*內職(내직): 조정안 각 부서 벼슬. / *宅(댁): 남의 집을 존대해 일컬음.

*慶事(경사): 축하할 만한 좋은 일. / *옳체: '옳지'의 방언. 알겠다는 뜻.

*念慮(염려): 근심하고 걱정함.

*女必從夫(여필종부): 여자는 남편을 따라 살아야 함. 유학(儒學)에서 규정한
  여성에 대한 생활규범인 '삼종지도(三從之道)' 중 두 번째 조항임. 시집가
  기 전 친부모 밑에 있을 때는 부친의 명령에 따라 살아야 하고<在家從父;
  재가종부>, 시집가면 남편 명령에 따라 살아야 하며<適人從夫; 적인종부>,
  남편이 사망하면 아들 명령에 따라 살아야 함<夫死從子; 부사종자>이라는
  3조항임. '여필종부'는 '적인종부'를 다르게 표현한 말임.

*內衙(내아): 지방 관아에서 관장의 가족이 생활하는 안채.

*니 事情(사정): 너에 관한 내용. 곧 춘향에 대한 이도령 자신과의 관계.

*稟告(품고): 웃어른에게 어떤 일을 여쭈어 아룀.

*未丈前(미장전): 정식 혼례를 치러 아내를 맞지 아니한 그 이전.

*外房作妾(외방작첩): 기생집을 드나들어 기녀를 첩으로 들이는 일.

*遠近(원근): 먼 곳과 가까운 곳. 멀고 가까운 생활 주변 지역 사람들.

*狼藉(낭자): 어지럽게 널려 있거나 소문이 멀리 퍼짐.

*祠堂 參禮(사당 참례): 조상 신주를 모신 가묘(家廟) 배례(拜禮)에 참여함.

*한 場(장): 한 번 과거를 보는 일.

*老道令(노도령): 늙은 총각을 대접해 일컬음. '도령'은 장가 안 간 총각을
  대접하여 일컫는 말.

지르기로 내가 미처 말을 못허였다. 속 모르면 말을 마라."
*지르기로   *속 모르면

<창조> "속 모르면 말 말라니, 그 속이 잠속이요? 꿈속이
                                    *잠속

요? 말을 허오 말을 허여! 답답허여 못 살겄소."
                    *깜깜

<아니리>   "이애 춘향아, 사또께서 동부승지 당상하여
            春香   *同副承旨 *堂上하여

내직으로 올라가시게 되었구나." "아이고 도련님, 댁에는
*內職   *宅

경사났소 그려."
*慶事

<중중모리> "옳체, 인제 내 알았소. 도련님 한양을 가시면
            *옳체   漢陽

내 아니 갈까 염려시오? 여필종부라 허였으니 천리만리라
            *念慮   *女必從夫   千里萬里

도 도련님을 따라가지."

<아니리>   "속 모르는 소리 점점 더 허는구나. 내아에 들
                        漸漸   *內衙

어가 니 사정을 품고허니, 미장전 아이가 외방작첩 허였단
    *니 事情 *稟告   *未丈前   *外房作妾

말이 원근에 낭자허면.
    *遠近   *狼藉

<창조>   "사당 참례도 못허고, 과거 한 장도 못 해보고,
            *祠堂 參禮   科擧 *한 場

노도령으로 늙어 죽는다 허니."
*老道令

*將次(장차): 앞으로 장래.

*離別(이별): 서로 떠나 헤어짐. 여기에서는 영원히 작별하여 다시 만나지 않는 남남이 된다는 뜻으로 한 말임.

*暫時(잠시): 잠간 동안.

*後期約(후기약): 뒷날 다시 만나기로 약속함.

*누르락푸르락: 울화가 치밀어 얼굴빛이 핏기 없이 노랗게 변했다가, 또한 이어 너무나 기가 막혀 파랗게 질리며 의식을 잃는 모습.

*離別 初頭(이별 초두): 이별에 대한 내용의 첫머리 이야기.

*弄談(농담): 실없이 놀려주려고 하는 우스운 말.

*五月端午夜(오월단오야): 음력 5월5일인 단옷날 밤. '단오'는 우리나라 사대 명절(四大名節), 곧 설·단오·추석(秋夕)·동지(冬至) 중의 하나로, 옛날은 풍작을 비는 제사를 모시는 날이었음. 후대로 오면서 농촌에서 씨름을 하거나 부인들은 그네를 뛰고 창포(菖蒲) 물에 머리를 감는 등 놀이를 하며 즐기는 날로 변했음. 수릿날, 천중절(天中節), 중오절(重五節).

*小女(소녀): 여자가 어른 앞에서 자신을 낮추어 일컫는 말.

*나와겨: '나오시어'를 더 존대하는 말로 표현한 말. '나오셔서 와 계시어'.

*山海(산해)로 맹세: 변하거나 마르지 않는 산과 바다를 두고 굳게 다짐하여 약속을 함. '맹세'는 우리말이며 한자어로는 '맹서(盟誓)'임.

*日月(일월)로 證人(증인): 춘향과 평생 함께 하겠다고 맹세할 때, 해와 달을 증인으로 삼았다는 말.

*桑田碧海(상전벽해): 육지의 뽕나무 밭이 푸른 바다로 변하는 일. 결코 변하지 않는다는 약속을 비유적으로 하는 말.

*週一年(주일년): 만 1년의 주기.

*公然(공연)한 사람: 아무 일 없이 조용히 잘 지내는 사람.

*上上(상상)가지: 나무의 제일 높은 꼭대기 가지.

*마나님: 나이 많은 부인의 존칭. 곧 춘향의 모친을 말함. 춘향 자신이 직접 모친을 '마나님'이라 부를 수는 없으며, 향단에게 시키면서 '너의 마나님'이라 일컬은 간접 표현임.

*死生決斷(사생결단): 죽고 삶을 딱 잘라 결판을 냄.

*헐란다: '하려고 한다'의 방언.

\<아니리\> "이를 장차 어쩔거나?" "아니 그럼, 이별허잔
　　　　　*將次　　　　　　　　　　　　　*離別

말씀이요?" "이별이야 될 수 있것느냐마는, 잠시 후기약을
　　　　　離別　　　　　　　　　　　　　*暫時 *後期約

둘 수밖에는 없구나." 춘향이가 이 말을 듣더니, 어여쁜 얼
　　　　　　　　　　春香

굴이 누르락푸르락 허여지며, 이별 초두를 내는디.
　　　*누르락푸르락　　　　*離別 初頭

\<진양조\> 와락 뛰어 일어서더니, "여보시오 도련님, 여보

여보 도련님! 지금 허신 그 말씀이 참말이요? 농담이요?
　　　　　　　　　　　　　　　　　　　*弄談

이별 말이 웬 말이요? 답답허니 말을 허오. 작년 오월단오
離別　　　　　　　　답답　　　　　　　昨年 *五月端午

야의 소녀 집을 나와겨,　 도련님은 저기 앉고 춘향 저는
夜　*小女　*나와겨　　　　　　　　　　　　春香

여기 앉어 무엇이라 말하였소? 산해로 맹세허고 일월로
　　　　　　　　　　　　　　*山海로 맹세　　　*日月로

증인을 삼어, 상전이 벽해가 되고 벽해가 상전이 되도록
證人　　　　*桑田　碧海　　　　碧海　桑田

떠나 살지 말자 허였더니마는, 주일년이 다 못되어 이별
　　　　　　　　　　　　　*週一年　　　　　　離別

말이 웬 말이요? 공연한 사람을 상상가지에 올려놓고, 밑
　　　　　　　*公然한　사람　*上上가지

에서 나무를 흔드네 그려. 향단아!" "예!" "건넌방 건너가
　　　　　　　　　　香丹

서 마나님을 오시래라. 도련님이 떠나신단다. 사생결단을
　*마나님　　　　　　　　　　　　　　　*死生決斷

헐란다, 마나님을 오시래라."
*헐란다

*物色(물색): 사건의 까닭이나 자세한 형편.

*울음 밑: 울음을 우는 끝. 울음을 그치지 않고 길게 우는 것.

*將次(장차): 앞으로 계속.

*動靜(동정): 어떤 상태나 행동이 진행되어가는 상황.

*霜草머리: 서리 맞은 풀잎처럼 누렇고 더부룩한 머리. 본문에 '상추'표기는
  음운 혼란에 의한 오류임. 늙은이 머리 모양은 '상치'와도 맞지 않음.

*행주치마: 부엌일을 할 때 치마가 더러워지지 않게 덧입는 앞치마.

*模樣(모양)이 없이: 맵시가 곱지 않고 아무렇게나 된 모습.

*映窓(영창): 방을 밝게 하기 위하여 방과 마루 사이에 낸 미닫이문.

*丁寧(정녕): 꼭 틀림없이. / *어간마루: 방과 방 사이에 있는 큰 마루.

*섭적: '서부렁섭적'의 준말. 높은 곳이나 사이가 뜬 곳을 가볍게 딛고 올라
  서거나 건너는 모습.

*한 初喪(초상): 한 사람이 죽어 장례지내는 일.

*세 初喪(초상): 세 사람이 한꺼번에 죽어 장례 치름. 월매와 춘향과 향단이
  함께 죽겠다는 말.

*雙窓門(쌍창문): 네 짝 문으로 된 미닫이문으로, 가운데 두 짝을 벌려 열게
  되어 있는 문. 닫을 때도 이 두 짝 문을 끌어당겨 맞닿게 하여 닫는 문임.

*겨누며: 목적물이 있는 곳으로 주시하여 손으로 지적하는 동작.

*日常(일상): 보통 매일 살아가는 동안.

*後悔(후회)되기 쉽것기에: 일이 잘못 되어 뒤에 뉘우치고 한탄하게 될 여지
  가 매우 많을 것으로 생각되어서.

*太過(태과)헌 맘: 분수에 넘치는 지나친 생각.

*閭閻(여염): 보통 일반 서민가정집.

*헤아려: 잘 계획하고 깊이 생각함.

*지체: 대대로 전해오는 집안의 지위나 문벌.

*鳳凰(봉황) 같은 짝: 암수 봉황새가 다정하게 어울려 노는 것 같은 부부의
  화목한 한 쌍. '봉황'은 상서로운 새로 그 모습은 닭과 비슷하며 아름다운
  오색 무늬가 있고, 수컷인 '봉'과 암컷인 '황'이 항상 짝을 지어 나타남. 봉
  황의 성품은 오동나무에만 깃들고, 대나무열매가 아니면 먹지 않으며, 예
  천(醴泉) 물이 아니면 마시지 않음. 그래서 '기불탁속(飢不啄粟; 배가 고파
  도 인간이 먹는 곡식을 쪼아 먹지 않음)'이라 일컬어지고 있음.

2. 춘향 모친 탄식―춘향 모친 안방으로 건너감

<아니리>　　그때여 춘향 모친은 아무 물색도 모르고 초저
　　　　　　　　春香　母親　　　　*物色　　　　　　初
녁 잠 실컷 자고 일어나보니 건너 춘향 방에서 울음소리가
　　　　　　　　　　　　　　　　　　春香

나거늘, "아이고 저것들, 또 사랑싸움 허나보다." 울음 밑
　　　　　　　　　　　　　　　　　　　　　　　　　　*울음 밑

이 장차 길어지니 춘향 모친이 동정을 살피러 나와 보는디.
　*將次　　　　　　　春香　母親　*動靜

<중중모리>　　춘향 모친이 나온다, 춘향 모친이 나온다.
　　　　　　　　春香　母親　　　　　　春香　母親

허든 일 밀쳐놓고 상추머리 행주치마 모양이 없이 나온다.
　　　　　　　　*霜草머리　*행주치마　*模樣이 없이

춘향방 영창 앞에 가만히 올라서 귀를 대고 들으니, 정녕
春香房　*映窓　　　　　　　　　　　　　　　　　　*丁寧

한 이별이로구나. 춘향 모친 기가 막혀 어간마루 섭적 올
한　離別　　　　　　春香　母親　氣　　　*어간마루　*섭적

라 두 손뼉 땅땅, "어허 별일 났네. 우리 집에 별일 났어.

한 초상도 어려운 디, 세 초상이 웬일이여?" 쌍창문 번쩍
*한　初喪　　　　　　　　*세　初喪　　　　　　*雙窓門

열고 방으로 뛰어 들어가 주먹 쥐어 딸 겨누며, "야 요년
　　　房　　　　　　　　　　　　　　*겨누며

아! 썩 죽어라. 내가 일상 말허기를 무엇이라고 이르더냐?
　　　　　　　　　*日常

후회되기 쉽겄기에 태과헌 맘 먹지 말고, 여염을 헤아려
*後悔되기　쉽겄기에　*太過헌 맘　　　　　　*閭閻　*헤아려

지체도 너와 같고 인물도 너와 같은, 봉황 같은 짝을 지어,
*지체　　　　　　　　　　　　　　　*鳳凰 같은 짝

*樣(양): 모양. 모습. / *滔滔(도도): 세찬 물결처럼 매우 왕성한 위세.

*別(별)로: 특별히. 유난스럽게.

*잘 되었다: 잘못 된 것을 반어(反語)로 비꼬아 나무라는 말.

*人物(인물): 사람의 얼굴 모습. / *不遜(불손): 겸손하지 못한 행동.

*雜(잡)스럽고 兇(흉): 난잡하고 도리에 벗어난 행동을 하여 흉측함.

*路柳墻花(노류장화): 길가에 있는 버들과 담장 아래에 피어 있는 꽃. 임자
  없어 아무나 꺾어 가질 수 있다는 뜻으로 기생(妓生)을 말함.

*淫亂(음란): 남녀 간 애정 관계에 절제가 없이 서로 자유롭게 접함.

*逢變(봉변): 뜻밖에 남으로부터 모욕을 당함.

*君子(군자): 학식과 덕행이 높은 사람. 아내가 자기 남편을 일컫는 말.

*七去之惡(칠거지악): 시집간 여자가 지켜야 할 7가지 도덕률. 시부모를 공
  경하지 않거나<不順舅姑; 불순부모>, 아들을 못 낳거나<無子; 무자>, 음탕
  한 행실이 있거나<淫行; 음행>, 질투를 하거나<妬; 투>, 나쁜 병이 있거나
  <有惡疾; 유악질>, 말썽을 일으키거나<多言; 다언>, 도둑질을 하는<竊盜;
  절도> 경우 등 7가지.

*犯(범)찮으면: 어기지 아니 하면. / *暫時(잠시): 짧은 시간 동안.

*晝夜長川(주야장천): 밤낮으로 항상 계속됨.

*어루다: 어르다가. 귀엽게 다루며 함께 즐기는 행동.

*楊柳千萬(양류천만)산 들: '楊柳千萬絲(양류천만사)인 들'. 수양버들 실가지
  가 천개만개나 많이 늘어졌더라도.(그 가지로 가는 세월을 동여매지 못함).

*落花後 綠葉(낙화후 녹엽)이 진들: 꽃이 떨어진 뒤 푸른 잎이 무성해짐.

*花容身(화용신): 꽃같이 아름다운 얼굴과 몸매.

*不得長春(부득장춘): 봄철 같은 아름다운 젊음을 영원히 가지지는 못함.

*紅顔 白首(홍안 백수): 아름답던 얼굴이 늙어 머리가 하얗게 됨.

*時乎時乎不再來(시호시호부재래): 지나간 시절은 두 번 다시 오지 않음.

*임 그릴 제: 남편을 못 잊어 그리워할 때.

*月淸明夜三更(월청명야삼경): 달빛이 맑고 밝은 깊은 밤 한 밤중.

*疊疊愁心(첩첩수심): 겹겹이 쌓인 근심과 괴로운 마음.

*家君(가군): 자기 '부친'이나 '남편'을 일컫는 말.

*草堂前 花階上(초당전 화계상): 작은 별당 앞의 꽃핀 계단 위.

*푸어: 피어. 담배에 불을 붙여 입에 문 동작.

내 눈앞에 노는 양은 너도 좋고 나도 좋지야. 마음이 너무
*樣

도도허여 남과 별로 다르더니, 오! 그일 잘 되었다." 도련님
*滔滔　　　　　*別로　　　　　　　　*잘 되었다

앞에 달려들어, "여보시오 도련님! 나하고 말 좀 허여보세.

내 딸 어린 춘향이를 버리고 간다 허니, 인물이 밉던가?
　　　　春香　　　　　　　　　　　*人物

언어가 불손턴가? 잡스럽고 흉하던가? 노류장화가 음란헌
言語　*不遜　　　*雜스럽고 兇　　*路柳墻花　*淫亂

가? 어느 무엇이 그르기로 이 봉변을 주랴시오? 군자 숙
　　　　　　　　　　　　　　*逢變　　　　　　*君子 淑

녀 버리는 법 칠거지악에 범찮으면, 버리는 법 없는 줄을
女　버리는 法　*七去之惡　*犯찮으면　　　　　法

도련님은 모르시오? 내 딸 춘향 사랑헐 제, 잠시도 놓지
　　　　　　　　　　　　春香　　　　　　*暫時

않고 주야장천 어루다 말경에 가실 때는 뚝 떼어 버리시
　　*晝夜長川 *어루다　末境

니, 양류천만산들 가는 춘풍을 잡어 매? 낙화후 녹엽이 진
　*楊柳千萬산들　　　春風　　　　*洛花後　綠葉이 진

들 어느 나비가 돌아와? 내 딸 옥 같은 화용신 부득장춘
들　　　　　　　　　　　　玉　　　*花容身 *不得長春

절로 늙어, 홍안이 백수 되면 시호시호부재래라 다시 젊지
　　*紅顏　白首　　　*時乎時乎不再來

못 하느니, 내 딸 춘향 임 그릴 제, 월청명야삼경 창전에
　　　　　　春香 *임 그릴 제　*月淸明夜三更　窓前

돋은 달 온 천하가 밝아, 첩첩수심이 어리어 가군 생각이
　　　　天下　　*疊疊愁心　　　　*家君

간절, 초당전 화계상에 담배 푸어 입에 물고 이리 저리
懇切　*草堂前　花階上　　　*푸어

*시름相思(상사): 근심에 싸여 임을 그리워하는 마음.

*郎君(낭군): 젊은 아내가 자기 남편을 사랑스럽게 일컫는 말.

*꼬이나: '괴이나'의 방언. '사랑하는가?'의 옛말로 '귀여워하고 사랑하는가?'
의 뜻. 현대어 '꼬이다'의 뜻인 '남을 속여 자기를 따르게 유인하다'라고
보면, 문장 전체의 뜻에 맞지 않음.

*꼬염: '꾐'의 방언. 거짓으로 유인하여 나쁜 곳으로 인도하는 속임수.

*永離別(영이별): 다시는 만나지 못하도록 영원히 떠나 헤어짐.

*여영: '영영'의 방언. 영원히. 아주 완전하게.

*一張手書(일장수서): 손으로 직접 쓴 한 장의 편지.

*頓絕(돈절): 소식이 아주 완전히 끊어짐.

*腸(장) 끊는: 애를 너무 태워 창자가 끊어지는 것 같음. 단장(斷腸).

*哀怨(애원): 슬픔에 싸여 원망함.

*끌끌: 끙끙거리며 우는 소리. / *속: 마음속. 가슴속.

*鬱火(울화): 불길이 타오르는 것 같이 울분이 치솟는 가슴속.

*寃痛(원통): 분하고 억울하여 몹시 원망스러운 마음.

*七十 當年(칠십 당년): 70세를 바로 지금 당하고 있음.

*地理山(지리산): 전라도와 경상도 사이에 있는 산으로, 우리나라 삼신산(三
神山) 중 하나이며, 본래 이름은 '지이산(智異山)'임.

*갈가마귀: 보통 까마귀보다 몸이 작고 가슴에 흰 점이 있으며, 몽고 시베리
아에서 번식하여 가을에 떼 지어 우리나라에 왔다가 봄에 돌아가는 철새.

*게발 물어 던진 듯이: 외롭고 가엾게 된 신세를 비유한 속담. 갈가마귀가
바닷가에서 게를 물고 와, 게의 속살은 다 파먹고 딱딱한 다리껍질만
아무데나 떨어뜨려 놓은 것 같은, 돌아보는 사람 없는 외로운 신세란 말.

*孑孑單身(혈혈단신): 아무도 돌보아줄 사람이 없는 외로운 혼자의 몸.

*依支(의지): 누구에게 기대거나 도움을 받음.

*已往(이왕): 이미 결정된 일. / *마저: 모두다. 남김없이 모두.

*갔제: 갈 수가 있지. 그대로는 못 간다는 뜻을 강조할 때 쓰는 말.

*兩班(양반): 조선시대 신분이나 지체가 높은 상류 계급의 사람. 세습에 의
하여 문반(文班)과 무반(武班)이 될 자격이 있는 문벌(門閥) 집안 사람.

*藉勢(자세): 자기나 또는 남의 세력을 믿고 빙자하여 위력을 과시함.

*身世(신세): 한 몸이 현재 당하고 있는 가련한 처지나 형편.

거닐다, 불꽃같은 시름상사 심중에 왈각 나면 손들어 눈물
　　　　　*시름相思　　心中

씻고 북녘을 가리키며, 한양 계신 우리 낭군 날과 같이 그
　　　北　　　　　漢陽　　　　*郎君

립는가? 내 사랑 옮겨다가 다른 임을 꼬이나? 뉘 년의 꼬
　　　　　　　　　　　　　　　　*꼬이나　　　　　*꼬

염을 듣고 영이별이 되랴나? 아주 잊고 여영 잊어 일장수
염　　　*永離別　　　　　　　　*여영　　　*一張手

서가 돈절허면, 긴 한숨 피눈물은 장 끊는 애원이라. 방으
書　*頓絶　　　　　　　　　*腸 끊는 *哀怨

로 뛰어 들어가 입은 옷도 아니 벗고, 외로이 베개 위에

벽만 안고 돌아누워 주야 끌끌 울 제, 속에 울화가 훨훨,
壁　　　　　　　晝夜 *끌끌　　*속 *鬱火

병이 아니고 무엇이요? 늙은 어미가 곁에 앉어 아무리 좋
病

은 말로 달래고 달래어도, 시름상사 깊이 든 병 내내 고치
　　　　　　　　　　相思　　　　　病

든 못 허고 원통히 죽게 되면, 칠십 당년 늙은 년이 딸 죽
　　　*寃痛　　　　　　*七十 當年

이고 사위 잃고, 지리산 갈가마귀 게발 물어 던진 듯이,
　　　　　　　*地理山 *갈가마귀　*게발 물어　던진　듯이

혈혈단신 이내 몸이 뉘를 의지 허오리까? 이왕에 가실 테
*孑孑單身　　　　　　*依支　　　　　*已往

면 춘향이도 죽이고 나도 죽이고 향단이까지 마저 죽여,
　　春香　　　　　　　　　香丹　　　*마저

삼식구 마저 죽여 방에 묻고 가면 갔제, 살려 두고는 못
三食口　　　　　　房　　　　　　*갔제

가느니. 양반의 자세 허고 몇 사람 신세를 망치랴오? 마오
　　　*兩班 *藉勢　　　　　*身世　　亡

마오, 그리 마오.”

*腰輿(요여): 가마채를 두 사람이 앞뒤에서 허리만큼 올려 메고 가는 간소하게 생긴 가마.

*陪行(배행): 행차의 후미에서 보호해 따르는 사람.

*神主(신주): 죽은 사람 영혼을 모신 나무 패. 밤나무를 다듬어 영혼 관련 글을 새기고, 윗부분은 둥글고 아래는 모나게 받침을 붙여 서 있게 한 패.

*道袍(도포): 남자가 예복으로 입는 겉옷. 소매가 넓고 등 뒤에는 딴 폭을 대어 기웠으며, 가슴에 술띠를 둘러맴.

*소매에 모시고: 소매 속에 넣는다는 말을 경칭(敬稱)으로 한 말.

*헐라든가: '하겠는가?'의 방언.

*沓沓(답답): 숨이 막힐듯하여 몹시 괴로운 상태.

*憫憫(민망): 답답하고 딱하여 매우 걱정스러움.

*妄言(망언): 조리에 맞지 않고 떳떳하지 못한 망령된 말.

*兩班(양반): 동반(東班) 서반(西班)을 일컫는 본뜻과는 달리, 상대방을 대접하여 불러주는 명칭.

*肝腸(간장): 간과 창자. 가슴속.

*角(각)을 짓고: 딱 잘라 모난 듯이 확실한 결정을 내린다는 뜻. 창본에 따라 '곽'으로 표기되기도 하나, 관곽을 만들고 보내라는 말은 맞지 않음.

*女必從夫(여필종부): 여자는 반드시 남편을 따라야 한다는, '삼종지도(三從之道)' 윤리 규범 중 하나.

*書房(서방): 남편을 일컬음.

◇요여(腰輿)와 남여(籃輿)

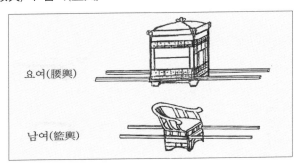

요여(腰輿)

남여(籃輿)

<아니리> 도련님 기가 막혀, "장모, 좋은 수가 있네. 춘향
　　　　　　　氣　　　　　丈母　　　　　　　　　　春香
만 데려가면 그만 아닌가. 내일 요여 배행 시에 신주는 내
　　　　　　　　　　　　　　*腰輿 *陪行　時　*神主
도포 소매에 모시고, 춘향이를 요여 안에 태우고 가면, 누
*道袍 *소매에 모시고　　春香　　　腰輿
가 요여 안에 춘향이 태우고 간다 헐라든가?"
　　腰輿　　　春香　　　　　　　*헐라든가

<창조> "아이고 어머니, 도련님 너무 조르지 마오. 오죽

답답허고 민망허여야 저런 망언을 허오리까. 어머니는 건
*沓沓　　*憫惘　　　　　　　*妄言

넌방으로 가시오. 도련님과 저는 밤새도록 울음이나 실컷

울고, 내일은 이별 헐라요."
　　　來日　　離別

<중모리> 춘향 모친 기가 막혀, "못 허지야, 못 허지야!
　　　　　春香 母親　氣
니 맘대로는 못 허지야. 저 양반 가신 후로 뉘 간장을 녹
　　　　　　　　　　　　*兩班　　　後　　*肝腸
이랴느냐? 보내어도 각을 짓고, 따라가도 따라가거라. 여필
　　　　　　　*角을 짓고　　　　　　　　　*女必
종부라 허였으니, 너의 서방님을 따라가거라. 나는 모른다.
從夫　　　　　　　*書房
너희 둘이 죽든지 살든지 나는 모른다. 나는 몰라."

*慟(통)울음: 큰소리로 통곡을 하며 섧게 우는 울음.

*一切痛哭(일절통곡): 온몸에 사무치도록 소리 내어 슬프게 우는 울음.

*哀怨聲(애원성): 슬퍼하고 원망하며 서럽게 우는 소리.

*斷腸曲(단장곡): 비통함을 못 이기어 창자를 끊는 것 같은 슬픈 음악 곡조.

*名門貴族(명문귀족): 대대로 명성 높은 가문과 존귀한 지위의 집안.

*宰相家(재상가): 임금을 보필하고 조정 관리들을 지휘 감독하는 2품 이상
  의 벼슬아치. 곧 조정의 3정승(政丞) 6판서(判書).

*窈窕淑女(요조숙녀): 말과 행동이 얌전하고 정숙하며 아름다운 여자.

*正室(정실): 본처(本妻). 정식으로 혼례식을 올리고 맞이한 아내.

*少年及第(소년급제): 젊은 나이에 대과(大科) 과거에 합격함.

*立身揚名(입신양명): 과거에 급제하여 조정 관리가 되고, 큰 공적을 세워
  세상에 이름을 드날리는 영광. 옛날 유학(儒學)의 궁극 목표이며 출세의
  표본으로 남자들의 이상(理想)이었음.

*靑雲(청운): 푸른 하늘 구름 속으로 오르는 것 같은, 입신출세(立身出世).

*晝夜(주야)호강: 낮이나 밤이나 늘 호사와 향락을 누리는 생활.

*賤妾(천첩): 미천한 신분의 이 여자. '첩'은 여자가 남편에게 자신을 낮추
  어 이르는 말.

*요만큼: 요것만 하게 작은 것. 보통 매우 작은 것을 나타내기 위하여 손가
  락 끝으로 작은 부분을 표시해 보이면서 하는 말.

*金剛山 上上峰(금강산 상상봉): 강원도에 위치한 아름다운 산인 금강산의
  제일 높은 봉우리. 금강산은 우리나라 삼신산(三神山)의 하나임.

*馬頭角(마두각): 뿔 없는 동물인 말머리에 뿔이 남. 불가능함을 일컫는 말.

*烏頭白(오두백): 본래 검정색인 까마귀 머리가 희어짐. 불가능을 일컫는 말.

*雲從龍 風從虎(운종룡 풍종호): 용이 날아가는 데는 구름이 따르고, 호랑이
  가 달리는 데는 바람이 따름. 항상 떠나지 않고 함께 따른다는 뜻.

*今日送君(금일송군): 오늘 그대를 전송해드림. 당(唐) 시인인 가지(賈至)의
  '송이시랑부상주(送李侍郎赴常州)' 시, "오늘 그대를 보내드리오니 술이나
  잔뜩 취하십시오, 내일 아침에 서로 그리워할 때 길이 매우 멀고 아득함을
  느끼게 될 것입니다.(今日送君須盡醉, 明朝相憶路漫漫)"에서 인용했음.

*百年少妾(백년소첩): 한 평생 받들어 모실 이 못난 여자인 당신의 아내.

3. 일절통곡, 이별가(1)―정표 교환

<아니리> 춘향(春香) 모친(母親)은 건넌방으로 건너가고, 춘향(春香)과 도련님 단둘이 앉아 통울음으로 울음을 우는디.
*慟울음

<중모리> 일절통곡(一切痛哭) 애원성(哀怨聲)은 단장곡(斷腸曲)을 섞어 운다. "아이고, 여보 도련님! 참으로 가시랴오? 나를 어쩌고 가시랴오? 도련님은 올라가면 명문귀족(名門貴族) 재상가(宰相家)의 요조숙녀(窈窕淑女) 정실(正室) 얻고, 소년급제(少年及第) 입신양명(立身揚名) 청운(靑雲)에 높이 올라 주야호강(晝夜호강) 지내실제, 천리(千里) 남원(南原) 천첩(賤妾)이야 요만큼이나(요만큼) 생각허리? 인제 가면 언제 와요? 올 날이나 일러주오. 금강산(金剛山) 상상봉(上上峰)이 평지(平地)가 되거든 오시랴오? 동서남북(東西南北) 넓은 바다 육지(陸地)가 되거든 오시랴오? 마두각(馬頭角) 허거든 오시랴오? 오두백(烏頭白) 허거든 오시랴오? 운종용 풍종호(雲從龍 風從虎)라 용(龍)가는 데는 구름 가고, 범이 가는 데는 바람이 가니, 금일송군(今日送君) 임 가신 디 백년소첩(百年少妾) 나도 가지." 도련님이 기(氣)가 막혀, "오냐 춘향(春香)아, 우지 마라.

*吳(오)나라 征婦(정부) *各分東西(각분동서) *閨中深處(규중심처): 남편을 '변방 수자리 보낸 부인'인 정부(征婦)들이 오나라에 홀로 남아, 서로 동·서로 각기 떨어져 그리워하며, 안방에 틀어 박혀 슬픔으로 세월을 보냄. 당(唐) 시인 왕가(王駕)의 '고의(古意)' 시, "남편은 서쪽 소관(蕭關)에 수자리 가고, 나는 오(吳) 땅에 남아서(夫戍蕭關妾在吳; 부수소관첩재오), 서풍이 내 몸에 스치니 나는 남편 걱정뿐이로다(西風吹妾妾憂夫; 서풍취첩첩우부)." 하고 읊은, 두 구절 내용을 풀어서 구성했음.

*共問寒江千里外(공문한강천리외) *關山月夜(관산월야) 높은 節行(절행): 정부(征婦)들이 차가운 강에서 천리 밖 남편 있는 곳 함께 물으면서, 남편 간 관산(關山: 국경지대의 산) 달밤을 생각하는, 그 높은 절개의 행실.

*秋月江山寂寞(추월강산적막) *蓮(연)을 캐며 相思(상사)허니: 달 밝은 가을 강산 적막한데, 연뿌리 캐며 수자리 간 남편을 그리워함. 위 구절과 함께, 당(唐) 왕발(王勃) '채련곡(採蓮曲)'의 다음 구절들을 종합한 것임. "연꽃 핀 포구에 밤에 배회하며 상봉하는(裵回蓮蒲夜相逢; 배회연포야상봉), 오·월 부인들 어찌 그리 고운고(吳姬越女何丰茸; 오희월녀하봉용). 차가운 강 천리 밖 임 계신 곳 서로 묻는구나(共問寒江千里外; 공문한강천리외), 수자리 간 관산 길 몇 겹이나 멀고먼지를(征客關山路幾重; 정객관산노기중)."

*쇠끝같이: 쇠 송곳 끝처럼 날카로움, / *紅爐(홍로): 빨간 불 타는 화로.

*松竹(송죽): 겨울에도 잎이 지지 않는 소나무와 대나무 같은 절개.

*失性發狂(실성발광): 이성을 잃고 미친 듯이 몸을 함부로 움직임.

*五里亭(오리정): 남원 북쪽 산 고개에 있는 지역 쉼터 이름.

*內行次 陪行時(내행차 배행시): 부인들의 행차를 뒤에서 보호해 따를 때.

*六房官屬(육방관속): 관아 여섯 부서인 6방(房)에 소속된 아전들.

*廉恥(염치): 부끄러움을 아는 마음. / *體面(체면): 남에게 떳떳한 얼굴.

*臥床(와상): 누울 수 있는 넓은 평상. / *已往(이왕): 이미 결정된 일.

*勸君更進一杯酒(권군갱진일배주): 중국 악부시(樂府詩)의 최고봉인, 당 왕유(王維)의 '송원이사안서(送元二使安西)' 시 셋째 구절. 시 전체를 인용함.

> 위성의 아침 비 가벼운 먼지 적시는데,   (渭城朝雨浥輕塵; 위성조우읍경진)
> 객사의 푸르고 푸른 버들 그 빛이 새롭네. (客舍靑靑柳色新; 객사청청류색신)
> 그대에게 한잔 술을 다시 더 권하노니,   (勸君更進一杯酒; 권군갱진일배주)
> 서쪽 양관에 나가면 옛 친구도 없으리라. (西出陽關無故人; 서출양관무고인)

오나라 정부라도 각분동서 임 그리워 규중심처 늙어있고,
*吳나라 　征婦　　*各分東西　　　　　　*閨中深處

공문한강천리외의 관산월야 높은 절행 추월강산이 적막헌
*共問寒江千里外　　*關山月夜　높은 節行 *秋月江山　　寂寞

디 연을 캐며 상사허니, 너와 나와 깊은 정은 상봉헐 날이
　*蓮을 캐며 相思허니　　　　　　　　情　相逢

있을 테니, 쇠끝같이 모진 마음 홍로라도 녹지 말고, 송죽
　　　　*쇠끝같이　　　*紅爐　　　　　　　松竹

같이 굳은 절개 니가 날 오기만 기다려라." 둘이 서로 꼭
　　　　節槪

붙들고 실성발광으로 울음을 운다.
　　　*失性發狂

<아니리> 그때여 춘향이가 오리정으로 나갔다 허되, 그럴
　　　　　　春香　　*五里亭

리가 있었느냐? 내행차 배행시에 육방관속이 오리정 삼로
理　　　　　　*內行次 陪行時　*六房官屬　五里亭 三路

네거리에 늘어서 있는디, 염치 있고 체면 있는 춘향이가
　　　　　　　　*廉恥　　*體面　　　春香

퍼버리고 앉어 울 수가 없제.

<창조> 꼼짝달싹 못 허고, 은근히 저희 집 담장안의 이별
　　　　　　　　　懃懃　　　　　　　　　　離別

을 허는디.

<진양조> 와상 우에 자리를 펴고, 술상 채려 내어 놓으
　　　　*臥床

며, "아이고, 여보 도련님! 이왕에 가실 테면 술이나 한잔
　　　　　　　　　　*已往

잡수시오." 술 한 잔을 부어 들고 "권군갱진일배주허니,
　　　　　　　　　　　　　　*勸君更進一杯酒

*慰勞(위로): 고달픔에 대하여 따뜻하게 말해주어 괴로움을 잊게 함.

*江樹青青(강수청청) *遠含情(원함정): 강가에 나뭇잎 나 푸르고 푸르거든, 멀리 가 있는 이 사람의 옛정을 생각하리. 당(唐) 시인 송지문(宋之問)의 '별두심언(別杜審言)' 시 끝 구절인 "강수원함정(江樹遠含情)"을 풀어썼음.

*馬上(마상): 말 위에 타고 있는 몸. / *勞困(노곤): 힘들고 피곤함.

*念慮(염려): 근심 걱정. / *行裝(행장): 여행에 필요한 여러 준비물.

*收拾(수습): 물건이나 서류 등을 빠짐없이 잘 챙겨 거두어 정돈함.

*合歡酒(합환주): 혼례 때 교배(交杯) 술잔. / *根本(근본): 기본인 본바탕.

*河梁落日愁雲起(하량낙일수운기): 하수(河水) 다리에 해가 지니 이별의 슬픈 구름 이는구나. 한(漢) 장군 이릉(李陵)과 중랑장(中郎將) 소무(蘇武)가 각각 흉노(匈奴)에 잡혀 구금되었음. 흉노왕의 협박에 이릉은 항복하고 소무는 굴복하지 않아 변방으로 쫓겨나 19년 동안 고생했음. 뒤에 흉노와 화친이 이루어져 소무가 귀국할 때, 이릉이 황하 다리 위에서 작별하며 읊은 송별 시, "손을 잡고 황하 다리에 올라(攜手上河梁; 휴수상하량), 떠나는 그대 날 저문데 어디로 가는고?(遊子暮何之; 유자모하지)"라는 구절을 이용해 만든 글귀임. 이 시구로 '하량(河梁)'이 '이별'을 뜻하는 말로 되었음.

*蘇通國 母子離別(소통국 모자 이별): 위 이릉과 소무 얘기에서, 소무가 변방에 구금되었을 때 그를 돌봐준 흉노 여인이 있어, 소무와의 사이에 아들 '소통국'이 태어났음. 뒤에 소통국이 부친 병간호를 위해 한나라로 귀화할 때, 모친과 하량에서 이별한 장면을, 이릉과 소무 이별에 결부시킨 표현임.

*龍山 兄弟離別(용산 형제이별): 중국 용산에서의 형제 이별. '용산'은 중국 산동성 역성현(山東省 歷城縣)에 있는 산 이름. '형제이별'과 관련된 당(唐) 시인 왕유(王維)의 '억산동형제(憶山東兄弟)' 시, "두루 형제 수대로 머리에 수유(茱萸)를 꽂을 때에 한 사람이 부족하겠지(偏揷茱萸少一人; 편삽수유소일인)"라는 끝구절과 연관된 표현인데, 이 시구를 생략했음.

*西出陽關無故人(서출양관무고인): 서쪽 양관에 나가면 친구가 없으리. 당(唐) 시인 왕유(王維)의 '송원이사안서(送元二使安西)' 시의 끝 구절.

*錦囊(금낭): 비단으로 기운 주머니. / *秋月(추월): 가을의 밝은 달.

*玳瑁石鏡(대모석경): 대모거북 껍질로 된 거울. / *丈夫(장부): 어른 남자.

*저 꼈던 *玉指環(옥지환): 자기가 손가락에 끼고 있던. 옥으로 된 가락지.

*바드드드득: 힘을 주어 뽑아내는 모습. / *指環(지환) 빛: 옥가락지 빛깔.

권할 사람 뉘 있으며, 위로헐 이 뉘 있으리? 이 술 한 잔
勸 *慰勞 盞

을 잡수시고 한양을 가시다가, 강수청청 푸르거든 원함정
漢陽 *江樹靑靑 *遠含情

을 생각허고, 마상에 노곤허여 병이 날까 염려오니, 행장
*馬上 *勞困 病 *念慮 *行裝

을 수습허여 부디 평안히 행차허오."
*收拾 平安 行次

<중모리> "오냐 춘향아, 우지 마라. 너와 나와 만날 때는
春香

합환주를 먹었거니와, 오늘날 이별주가 이게 웬 일이냐?
*合歡酒 離別酒

이 술 먹지 말고 이별 말자. 이별 근본 니 들어라. 하량낙
離別 離別 根本 *河梁落

일수운기는 소통국의 모자이별, 용산의 형제이별, 서출양
日愁雲起 *蘇通國 母子離別 *龍山 兄弟離別 *西出陽

관무고인이라 이런 이별 많건마는, 너와 나와 당한 이별
關無故人 離別 當 離別

만날 날이 있을 테니 설워 말고 잘 있거라." 도련님이 금
*錦

낭속에서 추월 같은 대모석경 춘향 주며 허는 말이, "이애
囊 *秋月 *玳瑁石鏡 春香

춘향아, 거울 받어라. 장부의 밝은 마음 거울 빛과 같은지
春香 *丈夫

라. 날 본 듯이 내어보아라." 춘향이 그 거울 간수허고, 저
春香 *저

쩠던 옥지환을 바드드드득 빼어내어 도련님 전 올리면서,
쩠던 *玉指環 *바드드드득 前

"옜소! 도련님, 지환 받으오. 여자의 굳은 절개 지환 빛과
指環 女子 節槪 *指環 빛

같사오니, 이걸 깊이 두었다가 날 본 듯이 두고 보소서."

*彼此(피차): 너와 나 모두. / *情表(정표): 애정을 표시하는 물건.

*內行次(내행차): 부인들이 탄 말이나 수레의 행렬.

*나오렬 제: 나오려고 할 때. 출발하려고 할 무렵.

*雙轎(쌍교): 두 필의 말이 앞뒤에서 각각 가마채를 싣고 가는 가마.

*어루거니: 어우르거니. 연관된 것들을 한데 합치고 모아 짜 준비하는 동작.

*獨轎(독교): 한 필의 말이나 소가 싣고 가는 가마.

*兵房羅卒(병방라졸): 지방관아 여섯 부서인 이·호·예·병·형·공(吏·戶·禮·兵·刑·工) 육방(六房) 중 '병방'에 소속된 호위 병졸.

*紛紛(분분): 어지럽게 움직임. / *찾삽기로: 찾으시옵기로. 찾으시기로.

*말은 가자 네 굽을: 말이 달리고자 네 발굽으로 땅을 구르는 모습. 우리 고가(古歌)에 "백마는 가자 울고 내 님은 이별 섧다 옷을 잡네(白馬欲去長嘶青娥惜別牽衣; 백마욕거장시 청아석별견의)"라는 노래가 전하고, 조선 순조(純祖) 때 시인 신위(申緯)의 소악부(小樂府) '백마청아(白馬青娥)'에, "가고자 길게 우는 낭군의 말 백마인데, 소매 잡고 이별 섧다는 여인 청춘 미녀로다(欲去長嘶郎馬白 挽衫惜別小娥青; 욕거장시낭마백 만삼석별소아청)라는 구절이 있어, 옛날부터 전해오는 노래 구절을 인용한 것임.

*하릴없어: 어쩔 도리 없어. / *정마: '견마(牽馬)'의 방언. 말고삐.

*鐙子(등자): 말을 탈 때 발을 꿰어 딛는 반원으로 생긴 쇠고리.

◇참고: 쌍교·독교·사인교

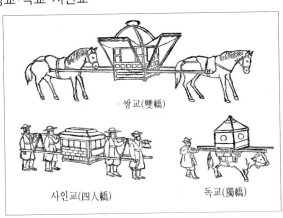

쌍교(雙轎)

사인교(四人轎)

독교(獨轎)

피차 정표 헌 연후에 떨어지지를 못 허는구나.
*彼此 *情表   然後

4. 방자 독촉―이도령 작별, 춘향 탄식, 이별가(2)

<자진모리>   내행차 나오렬 제, 쌍교를 어루거니 독교를
          *內行次 *나오렬 제   *雙轎   *어루거니 *獨轎

어루거니 병방나졸이 분분헐 제, 방자 겁을 내어 나귀 몰
       *兵房羅卒   *紛紛   房子

고 나온다. 다랑다랑 다랑다랑 춘향 문전 당도허여, "어허
                      春香 門前 當到

도련님! 큰 일 났소. 내행차 떠나시며 도련님을 찾삽기로,
              內行次   *찾삽기로

먼저 떠나셨다 아뢰옵고 왔사오니, 어서 가옵시다. 이별이
                                離別

라 허는 게, 너 잘 있거라, 나 잘 간다. 이것 분명 이별이
                              分明   離別

제, 웬놈의 이별을 이리 뼈가 녹도록 헌단 말이요? 어서
        離別

가옵시다."

<중모리>   말은 가자 네 굽을 치는디, 임은 꼭 붙들고 아
         *말은 가자 네 굽을

니 놓네. 도련님 하릴없어 나귀 등에 올라 앉이며, "춘향아
        *하릴없어   春香

잘 있거라. 장모도 평안히 계시오. 향단이도 잘 있거라."
        丈母   平安   香丹

춘향이 기가 막혀, 도련님 앞으로 우루루루루 달려들어,
春香   氣

한 손으로 나귀정마 쥐어 잡고, 또 한 손으로 도련님 등자
        *정마   *鐙子

*디딘: 발로써 밟고 있는. 말안장에 달린 등자를 밟고 있는 모습.

*半負擔(반부담): 여행에 필요한 기물(器物)을 작은 상자에 넣어 말을 타고 가면서 말 위에 함께 얹어가는 짐.

*워러렁 추렁청: 움직이는 것에 매달려 떨어질 것 같이 흔들리는 모습.

*정마: '견마(牽馬)'의 방언. 말고삐.

*채질: 말을 잘 달리게 하는 채찍질.

*飛虎(비호): 나는 듯이 빨리 달리는 호랑이.

*靑山綠水(청산녹수): 푸른 산과 푸른 물. 주변의 아름다운 자연환경.

*모롱: 산모롱이, 튀어나온 산줄기를 빙 돌아가는 길.

*十五夜(십오야): 음력 15일 날 밤. 보름달을 지칭함.

*떼구름: 많은 무리를 이룬 구름 뭉치.

*博石峙(박석치): 남원고을의 향교(鄕校) 뒤편에 있는 산 고개. '박석티'의 '티'는 '산마루'인 '치(峙)'를 고어(古語) 발음으로 한 것임.

*虛妄(허망): 거짓되어 어이없고 허무함.

*하릴없어: 영락없어. 어쩔 수 없어.

*寢房(침방): 잠을 자는 침실.

*萬事(만사): 주변의 모든 일들.

*정황: '경황(景況)'의 방언. 흥미를 가질 만한 여유나 형편.

*觸目傷心(촉목상심): 눈에 닿아 보이는 것마다 마음을 괴롭게 함. 마음 속에 오직 한 가지 외곬으로 생각하는 것이 깊이 맺혀, 보이는 모든 것이 연관되어 슬픔을 일으킨다는 뜻.

*발 걷고: 문 앞에 드리워져 있는 가림 휘장인 발을 말아 위로 걷어 올려 묶어 고정한다는 뜻.

*春夢(춘몽): 봄철 노곤하게 잠들었을 때 꾸는 꿈. 봄철에는 온화한 일기 때문에 피곤을 많이 느끼어 낮잠을 자주 자게 됨.

*夢中(몽중): 꿈속.

디딘 다리 잡고, "아이고 도련님, 여보 도련님! 날 다려 가
*디딘

오. 여보 도련님, 날 다려 가오. 쌍교도 싫고 독교도 나는
　　　　　　　　　　　　　　　雙轎　　　　　獨轎

싫소. 걷는 말께 반부담 지어서 워러렁 추렁청 날 다려 가
　　　　　　　*半負擔　　　　　*워러렁　추렁청

오." 방자 달려들어 나귀 정마 쥐어 잡고 채질 툭 쳐 돌려
　　　房子　　　　　　　*정마　　　　　*채질

세우니, 비호같이 가는 말이 청산녹수 얼른얼른 한 모롱
　　　*飛虎　　　　　　　*靑山綠水　　　　　　　*모롱

두 모롱을 돌아드니, 춘향이 기가 막혀 가는 임을 우두커
　　　　　　　　　　春香　　氣

니 바라보니, 달만큼 보이다 별만큼 보이다가 나비만큼 보

이다가, 십오야 둥근달이 떼구름 속에 잠긴 듯이 아조 깜
　　　　　*十五夜　　　　　*떼구름

빡 박석티를 넘어가니, 춘향이 그 자리에 법석 주저앉어,
　　*博石峙　　　　　　　　春香

"아이고 허망허네. 가네가네 허시더니 이제는 참 갔구나."
　　　*虛妄

<아니리> 이렇듯이 도련님은 서울로 떠나고, 춘향이 하릴
　　　　　　　　　　　　　　　　　　　　　春香　*하릴

없이 향단으게 붙들리어 자기 방으로 들어가는디.
없어　香丹　　　　　　　　　　房

<진양조> 향단에게 붙들리어 자던 침방 들어올 제, 만사
　　　　　　　香丹　　　　　　　　*寢房　　　　*萬事

가 정황이 없고 촉목상심 허는구나. "여보아라 향단아, 발
　　*정황　　　　*觸目傷心　　　　　　　香丹　　*발

걷고 문 닫어라. 춘몽이나 이루어서 알뜰한 도련님을 몽중
걷고　　　*春夢　　　　　　　　　　　　*夢中

*꿈에 와 보이는 임: 이 표현은 옛날 기생인 '명옥(明玉), 또는 매화(梅花)'의 작품으로 되어 있는 고시조(古時調)에서 끌어왔음. 현대 표기로 인용해 봄.

> 꿈에 뵈는 임이 신의(信義) 없다 하건마는,
> 탐탐(貪貪)이 그리울 제 꿈 아니면 어이 보리.
> 저 임아 꿈이라 말고 자로자로 뵈시쇼.
> <탐탐: 매우 욕심냄. 자로자로: 자주자주. 뵈시쇼: 보여주십시오>.

*信義(신의): 신용과 의리. / *그럴진데: 그리워 할 때에는.

*天地(천지) 삼겨: 하늘과 땅이 생기어 난 다음에.

*내잖거나: 내어놓지 아니하거나. 내놓지 말거나.

*空房寂寂對孤燈(공방적적대고등): 고요하고 쓸쓸한 텅 빈 방안에 홀로 외로운 등불만 마주 대하고 있음.

*바랠 望 字(망 자)가 念慮(염려): 바라는 희망이 없을 것을 걱정함.

*行宮見月傷心色(행궁견월상심색) *夜雨聞鈴斷腸聲(야우문령단장성): 임금 피난처 '행궁'에서 보는 달은 이 마음 아픈 형상이며, 비 내리는 밤 군영에서 들려오는 방울소리 창자를 끊는 소리로다. 다음 '추우오동(秋雨梧桐)' 구절과 함께 당(唐) 시인 백낙천(白樂天)의 '장한가(長恨歌)' 속 시구임.

*秋雨梧桐葉落時(추우오동엽낙시): 가을 비 젖은 오동잎이 우수수 떨어질 때. 당(唐) 현종(玄宗)이 안록산(安祿山)의 난에 촉(蜀)으로 피난 가다가 마외역(馬嵬驛)에서 총애하는 양귀비(楊貴妃)를 죽게 하고, 난리가 평정된 뒤에 돌아와 양귀비를 그리워하며 몹시 슬퍼했음. 이 현종과 양귀비의 이야기를 뒷날 시인 백낙천(白樂天)이 장편 서사시 '장한가(長恨歌)'로 읊었음.

*原巖山(원암산): 평평한 두둑을 이루고 있는 바위산.

*老松亭(노송정): 오래된 큰 소나무의 가지가 넓게 그늘을 이루어, 마치 정자(亭子) 구실을 하는 소나무를 일컬음.

*雙飛雙雙(쌍비쌍쌍): 짝을 지어 나르는 쌍쌍의 새.

*뻐꾹새: 뻐꾸기. 두견이과에 속하는 철새. 두견이와 비슷하게 생겼지만 몸집이 더 크며, 5월쯤 날아와 10월까지 머물며, 다른 새 집에 알을 낳음.

*食不甘味(식불감미): 음식을 먹어도 맛이 없어 먹지 못함.

*寢不安席(침불안석): 잠자리에 누워도 마음이 편치 못해 잠을 못 이룸.

*모진 肝腸(간장): 강하게 다짐하고 살아가는 한 맺힌 마음속.

에나 다시 보자. 예로부터 이르기를 꿈에 와 보이는 임은
　　　　　　　　　　　　　　*꿈에　와　보이는　임

신의 없다 일렀으되, 답답이 그럴진데 꿈 아니며는 어이
*信義　　　　　　　　　沓沓　*그럴진데

허리. 천지 삼겨 사람 낳고 사람 생겨 글자 낼 제, '뜻 정'
　　　*天地　삼겨　　　　　　　　　　　　　　　　情

자 '이별 별'자는 어느 누가 내셨던고? '이별 별'자를 내셨
　　　別 字　　　　　　　　　　　　別 字

거든 '뜻 정'자 내잖거나, '뜻 정'자 내셨거든 '만날 봉'자를
　　　情 字　*내잖거나　　情 字　　　　　　　　逢 字

내잖거나, 공방적적대고등허니 '바랠 망'자가 염려로구나."
　　　　　　*空房寂寂對孤燈　　　*바랠 望 字　　念慮

<중모리>　　"행군견월상심색허니 달만 비쳐도 임의 생각,
　　　　　　*行宮見月傷心色

야우문령단장성에 비만 많이 와도 임의 생각, 추우오동엽
*夜雨聞鈴斷腸聲　　　　　　　　　　　　*秋雨梧桐葉

락시에 잎만 떨어져도 임의 생각, 원암산 노송정에 쌍비쌍
落時　　　　　　　　　　　*原巖山 *老松亭　　*雙飛雙

쌍 저 뻐꾹새 이리로 가면서 뻑꾹 뻑뻑꾹, 저리로 가면서
雙　*뻐꾹새

뻑꾹 뻑뻑꾹뻑꾹 울어도 임의 생각이 절로 나네. 식불감미
　　　　　　　　　　　　　　　　　　　　　　　*食不甘味

밥 못 먹고 침불안석 잠 못 자니 이게 모두 다 임 그리운
　　　　　*寢不安席

탓이로구나. 앉어 생각 누워 생각, 생각 그칠 날이 전혀

없어, 모진 간장 불이 탄들 어느 물로 이 불을 끌거나." 이
　　　*모진 肝腸

리 앉어 울음을 울며 세월을 보내는구나.
　　　　　　　　　歲月

*舊官(구관): 이전에 부임해 있던 관장. / *新官(신관): 새로 부임하는 관장.

*紫霞(자하)골: 서울 도성 서북쪽 성문인 창의문(彰義門) 근처 마을.

*卞學字道字(변학자도자): 변학도(卞學道) 이름을 한 자씩 일컫은 존대표현.

*兩班(양반): 점잖은 사람을 일컫는 말. / *好色(호색): 여색(女色)을 좋아함.

*密陽 瑞興(밀양 서흥) 마다 허고: 이름난 밀양과 서흥 관장자리를 사양함.

*南原府使(남원부사): 남원도호부사(南原都護府使). 종3품 벼슬.

*新延下人 待令(신영하인 대령): 새 관장 맞을 하인이 대기해 명령을 기다림.

*出行(출행): 행차의 출발. / *到任次(도임차): 새 근무지로 출발하는 일.

*新延節次(신연절차): 새 관장을 맞을 여러 순서. / *맞어: 맞이함.

*別輦(별연): 쌍교(雙轎)와 구조는 같지만 조금 크고 장식이 더 있는 가마.

*壯(장)히: 매우 웅장한 모습. / *모란 새김: 나무로 모란꽃을 조각한 장식.

*卍字窓(완자창): 창살이 만(卍)자 모양으로 된 창문. '卍'은 속음이 '완'임.

*네 활개 쩍 벌려: 가마의 네 면 포장이 위로 들려 날개처럼 벌어진 모습.

*一等馬夫(일등마부): 말을 제일 잘 모는 하인.

*留糧達馬(유량달마): 야외나 군대주둔지에서 양식을 실어 나르는 힘센 말.

*덩 덩그렇게: 높이 위로 들린 모습. / *使令(사령): 관아에서 일하는 아전.

*靑(청)창옷: 푸른색인, 소매가 넓고 뒤 솔기가 벌어진 아전들의 겉옷.

*뒤채잡이: 행차 뒤를 책임진 병사. / *左右山川(좌우산천): 주위의 산과 내.

*花爛春城 萬化方暢(화란춘성 만화방창): 활짝 꽃핀 봄, 만물이 번창하는 때.

*洞雀(동작): 한강을 건너는 나루 있는 동작강.<옛날에는 '洞雀'이라 썼음>.

*僧坊(승방)골: 서울 사당동 남쪽의 마을. 지금 '승방길' 도로가 있음.

*南太嶺(남태령): 경기도 과천 북편 고개. / *中火(중화): 점심을 먹음.

*發行(발행): 행차가 출발함.

*兵房執事(병방집사): 관아 육방(六房) 중 병방의 실무를 맡은 아전.

*외올網巾(망건): 한 가닥으로 엮어 짠 바탕 고운 망건. '망건'은 망으로 된
앞쪽이 이마를 덮어 뒤로 돌려 끈으로 매는, 넓적한 띠 모양의 관(冠).

*추어 맺어: 위로 밀어 올려서 단단하게 묶어 맴.

*玉貫子(옥관자): 옥으로 된 관자. '관자'는 귀 윗부분의 망건에 붙이는 단추
모양 장식으로, 망건 줄 꿰는 구멍이 뚫려 있음.

*眞絲(진사)당줄: 고운 명주실로 엮어 만든, 망건을 머리에 고정시키는 끈.

*細毛笠(세모립): 매우 가느다란 말총으로 매끈하게 잘 짜서 만든 갓.

5. 신관이 났는데―신연맞이 행차

<아니리> 그때여 구관은 올라가고 신관이 났는디, 서울
*舊官 　　　　　 *新官

자하골 사는 변 '학'자 '도'자 쓰는 양반이라. 호색하기 짝
*紫霞골 　　 *卞 學字 道字 　　 *兩班 　　 *好色

이 없어 남원의 춘향소식 높이 들어 밀양 서흥 마다 허고
南原 　*春香消息 　　　　*密陽 瑞興 마다 허고

간신히 서둘러 남원부사 허였제. 하루는 신연하인 대령하
*南原府使 　　　　 *新延下人 待令

여 출행 날을 급히 받어 도임차로 내려오는데, 신연절차가
*出行 　　　 *到任次 　　　 *新延節次

이렇것다.

<자진모리> 신연 맞어 내려온다. 별연 맵시 장히 좋다.
新延 *맞어 　　 *別輦 　　 *壯히

모란 새김 완자창 네 활개 쩍 벌려, 일등마부 유량달마
*모란 새김 *卍字窓 *네 활개 쩍 벌려 　 *一等馬夫 *留糧達馬

덩 덩그렇게 실었다. 키 큰 사령 청창옷 뒤채잡이에 힘을
*덩 덩그렇게 　　　 *使令 *靑창옷 *뒤채잡이

주어 별연 뒤 따랐다. 남대문밖 썩 나서 좌우산천 바라봐,
別輦 　　　　 南大門 　　 *左右山川

화란춘성 만화방창 버들잎 푸릇푸릇, 백사 동작 얼핏 건너
*花爛春城 萬化方暢 　　　　　 白沙 *洞雀

승방골을 지내어, 남태령 고개 넘어 과천읍에 가 중화허고
*僧坊골 　　 *南太嶺 　　　 果川邑 　　 *中火

이튿날 발행 헐 제. 병방집사 치레 봐라, 외올망건 추어
*發行 　　　 *兵房執事 　　　 *외올網巾 *추어

맺어 옥관자 진사당줄 앞을 접어 빼어 쓰고, 세모립의
맺어 *玉貫子 *眞絲당줄 　　　　　　　 *細毛笠

*錦貝(금패)갓끈: 노랑 빛깔의 투명 보석인 호박(琥珀)을 꿰어 연결한 갓끈.
*虎鬚笠飾(호수입식): 무장(武將)의 붉은색 갓으로, 위로 솟은 모자 주위에
　흰색 깃털 4개를 꽂아 장식한 갓.
*諸法(제법) 붙여: 모든 장식을 법식에 맞게 붙여 꾸밈.
*꽤알宕巾(탕건): 게알탕건. 게의 알 같이 영롱하고 아름다운 탕건. '탕건'은
　옆으로 둘러 퍼진 양과 날개 등이 없고, 모자는 앞이 낮고 뒤가 높은 관.
*眞藍亢羅(진남항라) 자락: 얇고 고운 진한 남색인 항라 비단 옷의 끝부분.
*철릭: 옷의 목 부분 깃이 직령으로, 소매가 넓고 허리에 주름이 잡힌 무관
　의 공복(公服).
*眞紫朱帶(진자주대) 곧 띠어: 진하고 고운 자주색 띠를 허리에 똑바로 두름.
*傳令牌(전령패) 비쓱 차: '傳令' 글자가 새겨진 패를 비스듬히 허리에 참.
*靑坡驛馬(청파역마): 서울 청파 역에서 제공된, 관원들이 이용하는 역말.
*갖은 負擔(부담): 잘 갖추어 준비한, 말에 함께 얹어가는 작은 짐 상자.
*虎皮(호피) 돈음: 안장 위에 까는 호랑이 가죽.　/　*羅卒(나졸): 호위 병졸.
*日傘驅從(일산구종): 햇볕 가리는 양산을 들고 따르는 병사.
*前後陪(전후배): 앞과 뒤의 호위 병사.　/　*太古(태고) 적: 아주 먼 옛적.
*堯舜時(요순시): 중국 고대 요임금과 순임금 때 같은 태평 시절.
*뒤채잡이: 가마나 들것의 뒤채를 잡는 사람. 또 행차 후미를 따르는 병사.
*니 말이~낫다 말고: 자기가 모는 말이 더 좋다는 자랑을 하지 말하는 뜻.
　말 모는 마부들이 자기 말이 좋다고 서로 떠들다가 실수함을 깨우치는 말.
*牽馬(견마) 손: 말고삐 잡은 손.　/　*지울잖게: 옆으로 기울어지지 않게.
*고루 저었거라: 조심하여 채찍 든 팔을 규칙적으로 바르게 잘 저으라는 뜻.
*저롭섭다: 두렵고 무섭다.　/　*新延及唱(신연급창): 새 관장 맞는 청령하인.
*怜悧(영리): 똑똑함.　/　*石城網巾(석성망건): 충청도 석성에서 만든 망건.
*玳瑁貫子(대모관자): 바다거북 껍질인 대모로 만든, 망건 양옆의 둥근 장식.
*眞絲(진사)당줄: 고운 명주실로 엮어 만든, 망건에 붙은 아래 위 끈.
*가는 양태: 갓의 옆으로 둘러 퍼진 평면인 양태가 넓지 않고 좁음.
*平布笠(평포립): 모자 윗부분이 평평한 갓으로 겉면을 삼베로 둘러싼 갓.
*甲紗(갑사): 얇은 비단 이름.　/　*한 옆 지울게: 한쪽 옆으로 기울어지게 함.
*비쓱 쓰고: 비스듬히 씀.　/　*보라水紬(수주): 보라색의 수아주 비단.
*方牌(방패)철릭: 무관 공복(公服)인 철릭을 입고 네모난 패를 찬 모습.

금패갓끈 호수립식 제법 붙여 꽤알탕건을 받쳐 써, 진남항
*錦貝갓끈 *虎鬚笠飾 *諸法 붙여 *꽤알宕巾 　　　　　*眞藍亢

라 자락 철릭, 진자주대 곧 띠어, 전령패 비쓱 차고. 청파
羅 자락 *철릭 *眞紫朱帶 곧 띠어 *傳令牌 비쓱 차 　*靑坡

역마 갖은 부담 호피 돋음을 얹어 타고, 좌우로 모신 나졸,
驛馬 *갖은 負擔 *虎皮 돋음 　　　　　　　左右 　　*羅卒

일산구종의 전후배, 태고 적 밝은 달과 요순시 닦은 길로,
*日傘驅從 　*前後陪 　*太古 적 　　　　　*堯舜時

뒤채잽이가 말을 타고 십리허의 닿았다. "마부야! 니 말이
*뒤채잡이 　　　　　　十里許 　　　　　馬夫 　*니 말이

좋다 말고, 내 말이 낫다 말고, 정마 손에다 힘을 주어 양
　　　　　　　낫다 말고 *牽馬 손 　　　　　　　兩

옆이 지울잖게 마상을 우러러 보며 고루 저었거라. 저롭섭
옆 　*지울잖게 馬上 　　　　　*고루 저었거라 *저롭섭

다." 신연급창 거동 보소, 키 크고 길 잘 걷고 어여쁘고 말
다 *新延及唱

잘하고 영리한 저 급창, 석성망건 대모관자 진사당줄을 달
　　*怜悧 　　　　及唱 *石城網巾 *玳瑁貫子 *眞絲당줄

아 써, 가는 양태 평포립 갑사갓끈을 넓게 달아 한 옆 지
　　*가는 양태 *平布笠 *甲紗 　　　　　　*한 옆 지

울게 비쓱 쓰고, 보라수주 방패철릭, 철릭자락을 각기 접어
울게 *비쓱 쓰고 *보라水紬 *方牌철릭

◇참고: 갓·망건·탕건 각부 명칭

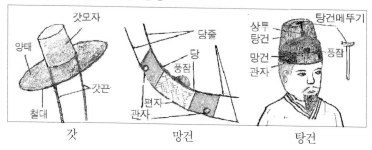

갓　　　　　망건　　　　　탕건

*緋緞(비단)쌈지: 비단으로 기운, 돈이나 연초를 넣고 두 번을 접어서 덮게 되어 있는 장방형(長方形)의 장신구.

*천주머니: 비단이나 무명천으로 기운 주머니.

*銀粧刀(은장도): '장도'는 칼집이 있는 작은 칼. 칼집과 손잡이를 은으로 아름답게 장식한 장도가 은장도임.

*四(사)날 草(초)신: 4개 날줄로 삼은 보통 짚신. 발바닥이 넓은 사람은 볼이 넓은 6날 짚신을 신음.

*저름저름: 절름절름. 한쪽 다리에 힘을 주어 저는 것처럼 걷는 빠른 걸음.

*양유지: 장유지(壯油紙): 여러 겹 붙인 두꺼운 한지에 들기름을 입힌 종이.

*초록 다님: 초록색의 대님. '조롱대님'을 발음 혼동에 의해 잘못 쓴 것임. 빳빳한 장유지로 정강이 옷 위를 둘러싸고, 발목과 무릎 밑 두 부분을 대님으로 묶어, 중간이 볼록하게 보이는 '조롱 대님'을 말한 것임.

*靑帳(청장)줄: 별연(別輦)에 드리워진 푸른색 휘장의 줄.

*충충걸음: 땅을 힘껏 밟아 걷는 걸음. / *나지 마라: 앞에 나오지 말라.

*前陪羅將(전배나장): 맨 앞에서 행진하는 장수.

*統營(통영)갓: 통영에서 생산된 질 좋은 갓.

*王字(왕자) 덜거리 方(방): '왕(王)'자가 새겨진 사각형의 패.

*찌루거: '잡된 것들'이라고 외치는 소리.

*着戰笠(착전립): 벙거지를 씀. / *馬上態(마상태): 말을 탄 늠름한 모습.

*고뿐이로다: 그것뿐이로다. 매우 보기 좋은 것을 나타내는 말.

*忠淸兩都(충청양도): 충청도의 옛날 두 도읍 도시 공주(公州)와 부여(扶餘).

*全羅監營(전라감영): 전라도 관찰사(觀察使)가 집무하는 곳인 전주(全州).

*巡相前(순상전) *延命(연명): 먼저 감영의 객사에 모신 궐패(闕牌: 임금 상징 패) 앞에 가서 고하는 '연명'을 하고, 이어 관찰사를 알현했다는 말.

*爐口(노구)바우: 임실(任實)과 만마관(萬馬關) 사이에 있는 노구암(爐口巖).

*五里亭(오리정): 남원 동북에 있는 지명. '송객정(送客亭)'이라고도 함.

*六房官屬(육방관속): 이·호·예·병·형·공(吏·戶·禮·兵·刑·工) 6방 소속관원.

*秩廳頭目(질청두목): 아전들이 집무하는 '길청'의 우두머리. 곧 이방(吏房).

*人物(인물)차지 戶長(호장): 관아 얼굴 인물 예쁜 기생들을 관장하는 책임자인 호방(戶房)을 다르게 일컫는 말.

*帳籍(장적)빗: 장부처리를 맡은 부서. '빗'은 관아 '부서'를 뜻하는 '색(色)'.

뒤로 잦혀 잡어 매, 비단쌈지 천주머니 은장도 비쓱 차고,
*緋緞쌈지 *천주머니 *銀粧刀

사날 초신을 넌짓 신고 저름저름, 양유지 초록 다님을 잡
*四날 草신 *저름저름 *양유지 *초록 다님

어매고, 청창줄 검쳐 잡고 활개 훨훨 충충걸음 걸어, "에라
*靑帳줄 검쳐 잡고 *활개 훨훨 *충충걸음

이놈! 나지 마라." 전배나장 거동 보소. 통영갓에다 흰 깃
*나지 마라 *前陪羅將 *統營갓

꽂고 왕자 덜거리 방을 차, 일산에 갈라서서 "에이 찌루거,
*王字 덜거리 方 日傘 *찌루거

이 놈 저 놈 게 앉거라." 통인 한 쌍 착전립 마상태 고뿐
通引 *着戰笠 *馬上態 *고뿐

이로다. 충청 양도를 지내어 전라감영을 들어가, 순상전
이로다 *忠淸 兩都 *全羅監營 *巡相前

연명허고 이튿날 발행헐 제, 노구바우 임실 숙소, 호기
*延命 發行 *爐口바우 任實 豪氣

있게 내려올 제, 오리정 당도허니 육방관속이 다 나왔다.
*五里亭 當到 *六房官屬

질청두목 이방이며, 인물차지 호장이라. 호적차지 장적빗과,
*秩廳頭目 吏房 *人物차지 戶長 戶籍 *帳籍빗

◇참고: 조롱대님 설명

먼 길을 가는 역졸들은 무릎아래 부분을 펄럭이지 않게 하기 위해 단단히 묶음. 곧 기름 묻힌 빳빳한 종이인 장유지로 정강이 부분을 둘러싸고 그 아래위를 대님으로 묶음. 이때 그 모습이 중간이 볼록하고 아래위가 묶여져 조롱박처럼 보이므로, 민간에서는 '조롱대님'이라 일컬음. 그리고 무릎의 아래에 매는 대님을 '중(中)대님' 또는 '웃대님'이라 함.

중(中)대님
<웃대님>

*數(수) 잘 놓는: 숫자 계산을 잘 한다는 말.

*都書員(도서원): 지방관아 서리(胥吏) 밑에서 일하는 관원의 우두머리.

*兵署(병서): 병사에 관한 업무를 담당하는 부서.

*日署(일서): 천문이나 일기, 책력(冊曆) 등을 담당하는 부서.

*都執事(도집사): 관아 집사들의 우두머리.

*勸馬聲(권마성): 말을 잘 달리게 격려하여 모는 소리.

*千把摠(천파총): 정3품 무관 장관직 천총(千摠)과, 종4품 무관인 파총(把摠).

*哨官(초관): 순찰하여 도적 잡는 초(哨) 병력을 거느리는 종9품 무관.

*떼 기러기 소리: 많은 기러기 울음소리 같은 음성을 내어 위엄을 나타냄.

*六角(육각): 북·피리·장구·해금에 태평소 한 쌍 등 6개 악기 연주. 여기에 '거문고·가야금·향비파' 등 세 현악기를 합치면 '삼현육각(三絃六角)'이 됨.

*紅(홍)철릭: 홍색 철릭. '철릭'은 소매가 넓고 허리에 주름 있는 무관 공복.

*藍戰帶(남전대): 군인이 허리에 두르는 남색 띠.

*젓대: 옆으로 부는 목관악기. / *營所(영소): 군대 주둔지, 곧 관아(官衙).

*守城將 賀問(수성장 하문): 성문 지키는 장수가 하례(賀禮)하여 문안드림.

*千摠(천총): 훈련도감·어영청 등의 정3품 무관. / *領率(영솔): 거느림.

*淸道旗(청도기): 행군 때 앞에 들고 나가는 많은 깃발들.

*淸道(청도기): 행군 때 여러 깃발 앞에 들고 나가는 '淸道' 써진 삼각 깃발.

*紅門(홍문): 청도기와 함께 들고 나가는 깃발.

*朱雀 南東角 南西角(주작 남동각 남서각): 정문 및 남동과 남서 표시 깃발.

*紅綃 南門(홍초 남문): 붉은 색 바탕의 남쪽 표시 깃발.

*白虎(백호): 백호기. 흰 바탕에 백호가 그려진 서쪽 상징의 의장(儀仗) 깃발.

*玄武 北東角 北西角(현무 북동각 북서각): 북문 및 북동과 북서 표시 깃발.

*黑綃(흑초): 검정색 바탕의 북쪽 표시 깃발.

*관원수 망원수 왕영관 오는수: 미상(未詳). 관아의 어떤 특수 임무를 맡은 군관(軍官)이거나, 또는 어떤 특수한 위치를 표시하는 깃발로 추정됨.

*綃練緞 豹尾(초련단 표미): 잘 다듬은 고운비단에, 표범꼬리를 그린 군기(軍旗)인 표미기(豹尾旗). 표기 혼란으로 '초련'이 '초현'으로 표기되었음. '표미기'는 비단 천을 일곱 자씩 다섯 폭 잘라, 이어 붙여 5각형의 자루처럼 만들고, 그 겉면에 두 면에 걸치게 표범꼬리를 꺾어 그려, 여러 장식을 붙여 꾸민 군기임. 이 깃발이 세워진 곳에는 사람들의 출입을 엄금함.

수 잘 놓는 도서원,   병서 일서 도집사 급창, 형방 옹위
*數 잘 놓는 *都書員 *兵署 *日署 *都執事 及唱 刑房 擁衛

하여 권마성이 진동허며 거덜거리고 들어간다. 천파총 초
　　*勸馬聲　　震動　　　　　　　　　　　*千把摠 *哨

관 집사 좌우로 늘어서고, 오십 명 군로 사령 두 줄로 늘
官　執事　左右　　　　　　　五十　名　軍奴　使令

어서 떼 기러기 소리허고.   삼십 명 기생들은 갖은 안장
　　*떼 기러기　소리　　　　三十　名　妓生　　　　　鞍裝

착전립 쌍방이 늘어서, 갖은 육각 홍철릭 남전대 띠를 잡어
着戰笠　雙方　　　　　　　*六角 *紅철릭 *藍戰帶

매고 북 장구 떡쿵 붙여, 군악 젓대 피리소리 영소가 진동
　　　　　　　　　　　　　　　軍樂 *젓대　　　*營所　　震動

헌다. 수성장 하문이라.
　　*守城將　賀問

〈휘모리〉 천총이 영솔하여 청도기 벌렸난디, 청도 한 쌍,
　　　　　*千摠　*領率　*淸道旗　　　　　*淸道　雙

홍문 한 쌍, 주작 남동각 남서각 홍초 남문 한 쌍, 백호
*紅門　　雙 *朱雀 南東角　南西角 *紅綃 南門　　雙 *白虎

현무 북동각 북서각 흑초 관원수 망원수 왕영관 오는수,
*玄武 北東角　北西角 *黑綃 *관원수 망원수　왕영관　오는수

초현단 표미,
*綃練緞 豹尾

　◇참고: 육각연주와 춤
　　　　〈김홍도그림, 국립중앙박물관 장〉

*金鼓(금고): 금고기. 군대 군악 지휘하는, '金鼓' 글자 새겨진 삼각형 깃발.

*號銃(호총): 먼 곳에 신호할 때 쓰는 총.

*鑼(라): 징. / *저: 적(笛), 옆으로 부는 목관악기.

*哱喇(바라): 놋쇠로 된 둥근 두 짝을 양손에 잡고 치는 타악기.

*細樂(세악): 장구·북·피리·저·깡깡이<해금> 등으로 연주하는 군악(軍樂).

*鼓(고): 큰북.

*軍奴 直列(군노 직렬): 줄지어 늘어선 군대와 관아의 노비들 행렬.

*座馬獨存(좌마독존): 행차에 예비로 따라 다니는 말은 짐 없이 홀로 있음.

*欄後 親兵(난후 친병): 맨 뒤에 따라오는, 지휘관의 직접 명령을 받는 군사.

*教師(교사): 군대 교관(教官). / *塘報(당보): 적 동태를 살펴 알리는 병사.

*고동: 대롱 끝에 벌어진 통을 붙여, 입으로 불어서 큰 소리를 내는 악기.

*喇叭(나발): 길고 가느다란 대롱 끝에 넓게 벌어진 통을 붙인 금관악기.

*에꾸부: 애꾸눈.

*숨은 돌에 종종종: 잘 안 보이는 돌멩이에 자주자주 사고가 생김.

*내문 돌에 걷잡혀: 뾰족하게 내 밀고 있는 돌멩이에 걸려 채여 넘어짐.

*무삼 失足(실족): 어떤 때 걸음걸이를 실수해 넘어짐.

*險路(험로): 거칠고 험한 길.

*後陪使令(후배사령): 뒤에서 따르는 사령.

*채비: 차비(差備). 방비하는 책임을 맡은 사람.

*썩 禁(금)치: 매우 잘 독촉하여 주의시킴.

*척척 바우어: 이리저리 지시하여 독려하라는 말.

*下馬砲(하마포): 말에서 내리라는 신호의 대포.

*二三承(이삼승): 두세 번 정도 이어짐.

*一邑(일읍) 잡고 흔드난 듯: 한 고을 전체를 붙잡고 흔들어 놓은 것 같이 웅장하고 큰 소리가 울려 퍼짐.

*客舍 延命(객사 연명): 고을 객사에는 임금을 상징하는 전패(殿牌)를 모셔 놓았음. 지방에 가는 관원이 이 전패 앞에 가서 배례하고 고하는 일.

*東軒(동헌): 지방 관아 관장의 업무 수행하는 정당(正堂).

*坐起(좌기): 관장이 자리 잡고 앉아 업무를 처리함.

*大砲手(대포수): 대포 책임자.

*放砲一聲(방포일성): 대포 한번 쏘는 소리.

금고 한 쌍, 호총 한 쌍, 라 한 쌍, 저 한 쌍, 바래 한 쌍,
金鼓   雙 *號銃   雙 *鑼 雙 *저 雙 *哱喇   雙

세악 두 쌍, 고 두 쌍, 군로 직열 두 쌍, 좌마 독존이
*細樂   雙 *鼓 雙 *軍奴 直列   雙 *座馬 獨存

오, 난후 친병 교사 당보 두 쌍으로, 퉁 캥 차르르르르르
   *欄後 親兵 *敎師 *塘報   雙

나누나 지루나, 고동은 뛰, 나발은 홍앵 홍앵. "에꾸부야,
              *고동   *喇叭   *에꾸부

숨은 돌에 종종종, 내문 돌에 걷잡혀 무삼 실족 험노허나
*숨은 돌에 종종종 *내문 돌에 걷잡혀 *무삼 失足 *險路

니. 어허어 어허어 후배사령!" "예이!" "좌우 채비를 썩 금
              *後陪使令   左右 *채비   禁

치 못 헌단 말이냐? 척척 바우어!"하마포 이삼승 일읍 잡
              *척척 바우어 *下馬砲 *二三承 *一邑 잡

고 흔드난 듯, 객사에 연명허고 동헌에 좌기허여, "대포수!"
고 흔드난 듯 *客舍 延命 *東軒 *坐起   *大砲手

"예이!" "방포일성 하라!" 쿵.
          *放砲一聲

*坐起初(좌기초): 관장이 도임하여 처음 업무를 시작함.

*三行首(삼행수): 지방 관아 관속들의 세 우두머리. 집사(執事), 수노(首奴), 행수기생(行首妓生).

*行首軍官 入會(행수군관 입회): 관아에서 군사 일을 맡은 우두머리들이 관장 앞에 들어와 인사 올림.

*六房下人 現身(육방하인 현신): 지방 관아의 이(吏)·호(戶)·예(禮)·형(刑)· 병(兵)·공(工) 6부서 소속 하인들이 관장 앞에 나아와 절을 올림.

*到任床(도임상): 관장이 부임하여 처음 받는 큰상차림의 음식상.

*자고 자고 *第三日(제삼일): 하룻밤 자고 하룻밤 더 자, 삼일 째 되는 날.

*戶長(호장): 지방 관아의 기생을 관장하는 호방(戶房).

*妓生 點考(기생 점고): 기생들을 명부에 적힌 이름과 실제 인물을 대조해 이름 위에 점을 찍으면서 나와 인사하게 하는 점검의 일.

*映窓(영창): 방을 밝게 하기 위하여 방과 마루 사이에 낸 미닫이 문.

*妓案(기안): 기생 이름을 적은 명부.

*오던 날 綺窓前(기창전) *娟娟玉骨(연연옥골): 떠나던 날 비단휘장 드리운 창문 앞 아름다운 매화나무. '옥골'은 '매화나무'를 뜻하는 숙어. 당(唐) 시인 왕유(王維)의 '잡시삼수(雜詩三首)' 3편 중 둘째 시 제3행을 인용했음.

> 그대 고향으로부터 왔으니,　　　　(君自故鄕來; 군자고향래)
> 응당 고향의 일 알리로다.　　　　(應知故鄕事; 응지고향사)
> 떠나던 날 비단휘장 드리운 창 앞에, (來時綺窓前; 내시기창전)
> 차가운 매화꽃 아직 피지 않았던가요? (寒梅著花未; 한매착화미)

*雪行(설행): 기생 이름으로, '눈 속을 행진함'의 뜻. 위 왕유의 시에서 아직 매화꽃이 활짝 피지 않은, 눈이 남아있는 겨울과 연관시킨 표현임.

*人物 歌舞(인물 가무): 얼굴 생김새며 노래하고 춤추는 기능.

*아장아장: 보폭을 작게 하여 천천히 귀엽게 걷는 걸음걸이 모습.

*等待(등대) 나오: "명령을 기다렸다가 지금 나갑니다." 하고 대답하는 말.

*點考(점고)를 맞고: 점고의 절차를 모두 마침.

*左部進退(좌부진퇴): 왼편 자리로 걸어 나옴.

1. 기생점고—춘향 호래 명령

<아니리>　좌기초 허신 후에, 삼행수 문안 받고 행수군관
　　　　　*坐起初　　　　後　*三行首　問安　　　*行首軍官

입회 받고, 육방하인 현신 후에 도임상 물리치고, 자고 자
入會　　　*六房下人　現身 後　*到任床　　　　　　*자고 자

고 나니 제삼일이 되었구나. 호장이 기생 점고를 허랴 허
고　　*第三日　　　　　　*戶長　*妓生 點考

고, 영창 앞에 기안을 펼쳐들고 차례로 부르는디.
　　*映窓　　*妓案

<세마치>　"오던 날 기창전에 연연옥골 설행이!" 설행이
　　　　　*오던 날　綺窓前　*娟娟玉骨 *雪行　　雪行

가 들어온다. 설행이라 허는 기생은 인물 가무가 명기로서,
　　　　雪行　　　　　妓生　*人物 歌舞　名妓

걸음을 걸어도 장단을 맞추어　아장아장 들오더니, "예,
　　　　　　　長短　　　　*아장아장

등대 나오." 점고를 맞고 일어서더니 좌부진퇴로 물러난다.
*等待 나오　*點考를 맞고　　　　　　*左部進退

*借問酒家何處在 牧童遙指 杏花(차문주가하처재 목동요지 행화): "주막이 어디 있느냐고 물으니, 목동은 멀리 살구꽃 마을<杏花村> 가리키네." 당(唐) 시인 두목(杜牧)의 '청명(淸明)' 시 끝 두 구절로, '행화촌(杏花村)에서 '촌(村)'자만 제하고 기생 이름 '행화(杏花)'에 맞추었음.
*紅裳(홍상)자락: 붉은 치마의 늘어진 끝. / *거둠거둠: 걷어 올리는 모습.
*胸膛(흉당): 가슴 부분. / *大明堂(대명당): 임금이 조회 받는 중앙 궁궐.
*대들보: 기둥 사이를 가로 질러 받치는 크고 튼튼한 나무.
*명매기: 칼새. 제비와 비슷한 새. / *찌긋거려: 몸을 흔들며 걷는 걸음.
*右部進退(우부진퇴): 오른편 자리로 나옴. / *마고 포개: 많은 것을 겹침.
*넉 字 話頭(자 화두): 권위 있게 말하려고 4자의 수식어를 앞에 붙이는 말.
*朝雲暮雨 陽臺仙(조운모우 양대선): 중국 초(楚) 회왕(懷王)이 고당(高唐)에 유람해 꿈에 무산(巫山) 선녀와 즐겼음. 선녀가 떠나면서 아침에 구름<朝雲>이 되고 저녁엔 비<暮雨> 되어 양대(陽臺)에 내린다는 말에 연관 지음.
*雨鮮柳枝 春興(우선유지 춘흥): 비에 씻긴 깨끗한 버들가지에 앉아 봄을 즐기는 꾀꼬리의 '봄 흥취(興趣)', 곧 기생이름 '춘흥'을 결부시켰음.
*思君不見 半月(사군불견 반월): 그대를 생각하나 못 보는 '반월'. 당(唐) 시인 이백(李白)의 '아미산월가(蛾眉山月歌)' 시, "아미산 달이 반달인 가을에(蛾眉山月半輪秋)……그대를 생각하나 보지 못하고 투주로 내려가노라(思君不見下渝州)"의 구절을 혼합하여 '반월'과 연관 지었음.
*獨坐幽篁 琴香(독좌유황 금향): 홀로 깊숙한 대나무 숲속에 앉아 거문고 퉁기는 금향(琴香). 당(唐) 시인 왕유(王維)의 '죽리관(竹里館)' 시, "홀로 깊숙한 대나무 속에 앉아(獨坐幽篁裏), 거문고를 퉁기다가 다시 길게 휘파람을 부는구나(彈琴復長嘯)"라는 구절을 혼합하여 '금향' 이름을 도출했음.
*喃喃枝上(남남지상): 나뭇가지 위에서 재잘거리는. 창본에 따라 '枝上'을 '기상(奇相; 기이한 모습)', '지성(之聲; 그런 소리)' 등으로 표기되기도 함.
*頡之頏之 飛燕(힐지항지 비연): 오르락내리락 날고 있는 제비 모습 '비연'.
*八月芙蓉 君子容(팔월부용 군자용): 팔월의 연꽃, 곧 '부용'은 군자 모습임.
*滿塘秋水 蓮花(만당추수 연화): 가을 물 가득 찬 연못의 연꽃 즉 '연화'.
*朱紅唐絲(주홍당사) 벌매듭: 고운 주홍색 실로 맺은, 벌 모양의 매듭장식.
*錦囊(금낭): 비단 주머니, 기생 '금낭'. / *紗窓(사창): 비단휘장 장식한 창.
*纖纖影子 秋月(섬섬영자 추월): 가느다란 그림자 비친 가을 달, 기생 '추월'.

"차문주가하처재요 목동요지 행화!" 행화가 들어온다. 행화
*借問酒家何處在　　牧童遙指　杏花　杏花　　　　　　杏花

라 허는 기생은 홍상자락을 거둠거둠 흉당에 걷어 안고,
　　妓生　　*紅裳자락　*거둠거둠　*胸膛

대명당 대들보 밑에 명매기 걸음으로 아장아장 찌긋거려,
*大明堂 *대들보　　*명매기　　　　　　　　　　*찌긋거려

"예, 등대 나오." 점고를 맞고 일어서더니 우부진퇴로 물러
　　等待　　　　點考　　　　　　　　　　*右部進退

나는구나.

<아니리> "여봐라! 기생점고를 이리 허다가는 몇 날이 될
　　　　　　　　　妓生點考

줄 모르겠구나. 한꺼번에 둘씩 셋씩 마고 포개 불러들여
　　　　　　　　　　　　　　　　　*마고　포개

라." 호장이 멋이 있어 넉 자 화두로 불러들이는디.
　　　戶長　　　　　　　*넉 字 話頭

<중중모리>　　　"조운모우　양대선이!　우선유지　춘흥이!"
　　　　　　　　*朝雲暮雨　陽臺仙　　*雨鮮柳枝　春興

"나오."

<느린중중모리>　　"사군불견　반월이! 독좌유황의　금향이
　　　　　　　　　*思君不見　牛月　*獨坐幽篁　琴香

왔느냐?" "예, 등대허였소." "남남지상의 봄바람 힐지항지
　　　　　　　等待　　　　*喃喃枝上　　　　*頡之頏之

비연이 왔느냐?" "예, 등대허였소." "팔월부용의 군자용 만
飛燕　　　　　　　　等待　　　*八月芙蓉　君子容 *滿

당추수의 연화가 왔느냐?" "예, 등대허였소," "주홍당사 벌
塘秋水　蓮花　　　　　　　等待　　　*朱紅唐絲　벌

매듭 차고 나니 금낭이, 사창에 비추었다 섬섬영자 추월이
매듭　　　*錦囊　*紗窓　　　　　　*纖纖影子　秋月

*眞珠 明珠(진주 명주): 조개에서 생산된 보석. '명주'는 두만강 대동강의 조개에서 생산 되며 빛이 더 영롱하고 아름다움.

*第一(제일)보배 珊瑚珠(산호주): 가장 으뜸가는 보석, 산호충(珊瑚蟲)에서 만들어지는 '산호보석'의 이름을 가진 기생 '산호주'.

*廣寒樓上 明月夜(광한루상 명월야) *四時長天 明月(사시장천 명월): 광한루 위 달 밝은 밤, 사계절 언제나 환하게 비치는, 밝은 달 이름 가진 '명월'.

*獨釣寒江雪(독조한강설): 당(唐) 시인 유종원(柳宗元)의 '강설(江雪)' 시 넷째 시구. "온 산에는 나는 새 없고(千山鳥飛絶), 모든 길에는 사람자취 없구려(萬逕人蹤滅). 외로이 도롱이 삿갓 쓰고 배에 앉은 늙은이(孤舟簑笠翁), 차가운 눈 내리는 강에 홀로 낚싯줄 드리웠네(獨釣寒江雪)."

*千絲萬絲 李花(천사만사 이화): 천만 가닥으로 얽힌 고목나무 가지에 핀 오야 꽃 '이화'. 눈 속 강물 위에 홀로 앉은 어옹의 얽힌 시름을 결부시켰음.

*六角三絃(육각삼현): '북·장구·해금·피리·태평소 1쌍'의 여섯 악기와, '거문고·가야금·향비파'의 3종류 현악기가 어우러져 울리는 풍악.

*長衫(장삼)소매 떠들어 메고: 넓은 소매에 길이가 긴 스님 옷을 입고, 소매를 떨치어 어깨 위에 걸쳐 얹으며 빙글빙글 돌아 춤추는 모습.

*저정거리던 舞仙(무선): 작은 걸음 사푼사푼 옮겨 춤추는 선녀 같은 '무선'.

*丹山梧桐(단산오동): 붉은 물이 나오는 단혈(丹穴) 산에 있는 오동나무.

*文王(문왕) 어루던 彩鳳(채봉): 주(周)나라 문왕 때 출현하여 문왕을 즐겁게 해주던 아름다운 색채를 지닌 봉황(鳳凰)새. 봉황은 '단혈산'에 살면서 성군(聖君)이 났을 때 나타남. 대나무 열매만 먹고 오동나무에만 깃들고, 아름다운 다섯 채색 무늬가 있음. 그 아름다운 새 이름인 '채봉'.

*楚山 明玉(초산 명옥) *水原 明玉(수원 명옥) *兩明玉(양명옥): 초산의 맑고 아름다운 옥인 '명옥'과 수원의 명옥인 두 기생 '명옥'.

*本是(본시): 본래부터. / *退妓(퇴기): 기생으로 있다가 물러난 여인.

*着名(착명): 명부에 이름이 올림.

*百年佳約(백년가약): 부부 되어 한 평생 함께 살기를 약속함.

*守節(수절): 절개를 지킴. / *宅(댁) 마마: 사대부 집안의 안방 부인.

*壯版房(장판방): 들기름을 묻힌 두꺼운 한지인 장지(壯紙)를 바른 방바닥.

*腰折(요절): 너무 웃어 허리가 부러짐. / *地境(지경): 경우. 처지.

*잔말 말고: 여러 가지 이유를 붙여 설명하는 일을 그침.

왔느냐?" "예, 등대허였소." "진주 명주 자랑마라 제일보배
*等待 *眞珠 明珠 *第一보배

산호주가 왔느냐?" "예, 등대허였소." "광한루상 명월야의
珊瑚珠 等待 *廣寒樓上 明月夜

사시장천 명월이 왔느냐?" "예 등대허였소." "독조한강설허
*四時長天 明月 等待 *獨釣寒江雪

니 천사만사 이화, 육각삼현을 딱쿵 치니 장삼소매를 떠들
*千絲萬絲 李花 *六角三絃 *長衫소매 떠들

어 메고 저정거리던 무선이 왔느냐?" "예, 등대허였소."
어 메고 *저정거리던 舞仙 等待

"단산오동의 그늘 속에 문왕 어루던 채봉이 왔느냐?" "예,
*丹山梧桐 *文王 어루던 彩鳳

등대허였소." "초산 명옥이, 수원 명옥이, 양명옥이가 다
等待 *楚山 明玉 *水原 明玉 *兩明玉

들어왔느냐?" "예, 등대 나오."
等待

<아니리> "기생점고 다 헌 줄로 아뢰오." "여봐라! 너희
妓生點考

고을에 춘향이가 있다지? 어찌 춘향은 이 점고에 불참이
春香 春香 點考 不參

되었는고?" "예이! 춘향은 본시 퇴기 월매 딸이오나 기안
春香 *本是 *退妓 月梅 妓案

착명이 안 되었고, 올라가신 도련님과 백년가약을 맺었기
*着名 *百年佳約

로, 지금 수절을 허고 있나이다." "무엇이? 춘향이가 수절
*守節 春香 守節

을 허면 댁 마마께서는 장판방에 딱 요절을 헐 지경이로
*宅 마마 *壯版房 *腰折 *地境

구나. 잔말 말고 빨리 불러들여라." 다른 사람 같고 보면,
*잔말 말고

*使令(사령): 지방 관아에서 명령에 따라 심부름하는 관속.

*過去 體面(과거 체면): 지난날 맺어진 여러 가지 인간관계인 안면. 곧, 구관 사또 자제와 백년가약 인연을 맺은 그 지위와 체모(體貌).

*行首妓生(행수기생): 기생을 통괄하는 우두머리 기생.

*大路邊(대로변): 인마(人馬) 왕래가 빈번한 큰길가.

*貞烈夫人(정렬부인) 아기씨 *守節夫人(수절부인) 마누라: 한 남편만을 섬기는 정조관념 강한 부인인 아가씨, 절개를 지키는 부인인 마나님. 기생의 딸로서 절개를 지키겠다고 우기는 춘향의 행동을 비꼬아 비웃어 외친 말. '아기씨'는 시집갈 나이가 된 처녀나 갓 시집온 젊은 여자를 일컬음.

*니만헌 貞烈(정렬): 절개를 지키겠다는 마음이 너 정도 되는 사람.

*六房(육방): 지방 관아의 여섯 업무부서. 곧 이방(吏房)·호방(戶房)·예방(禮房)·병방(兵房)·형방(刑房)·공방(工房).

*竦動(송동): 두려워 어쩔 줄 모르고 허둥댐.

*各廳 頭目(각청 두목): 관아 아전들이 일보는 각 부서 우두머리.

*嫌疑(혐의): 서로 싫어하고 미워하며 의심하는 사이.

*火(화)젓가락: 화롯불을 다독거리는 쇠로 만든 젓가락인 '부젓가락'.

*끝마디 틀 듯: 손잡이 끝부분을 나사처럼 비틀어 꼬아 만든 '부젓가락'처럼, 말을 빙빙 둘려 비꼬아 비난함을 뜻함. 쇠 부젓가락 손잡이 부분은 좀 굵게 만들어 불에 달구어 나사처럼 틀어서 손에 잡을 때 미끄러지지 않게 해 놓았음. 이것처럼 말을 돌려 듣기 거북하게 함을 비유한 속담임.

*念慮(염려): 근심 걱정.

*措置(조치): 일이 순조롭게 풀리도록 미리 손을 써서 잘 처리해 둠.

*東軒(동헌): 지방 관아 관장이 업무처리 하는 중심 정당(正堂).

*먹기로 드는디: 벌레가 나뭇잎을 갉아먹는 것처럼 남을 해치기 시작한다는 뜻. 여기의 '먹는다'는 말은 톱이 나무를 잘 자르는 모습을 뜻함. 통나무를 세로로 잘라 판자를 만들 때, 톱날이 연하게 잘 잘라지는 것을 '잘 먹는다'라고 표현함.

*大(대)톱 以上(이상)으로 먹것다: 큰 세로톱인 '대톱'이 통나무를 연하게 세로로 잘 자르는 모습보다도 더 심하게 사람을 훼손시켜 해치려 한다는 뜻.

*使令(사령): 관아에서 명령을 집행하는 사람.

사령이 나갈 일이로되, 춘향은 과거 체면이 있는지라, 행
*使令   春香   *過去 體面   *行

수기생을 보내는디.
首妓生

2. 행수기생이 나감―군노 사령이 나감

<중모리> 행수기생이 나간다. 행수기생이 나간다. 대로변
           行首妓生   行首妓生   *大路邊

으로 나가면서 손뼉을 땅땅 두드리며, "정열부인 아기씨!
                              *貞烈夫人 아기씨

수절부인 마누라야, 니만헌 정열이 뉘 없으며, 니만헌 수절
*守節夫人 마누라   *니만헌 貞烈   니만헌   守節

이 뉘 없으랴! 널로 하여금 육방이 손동, 각청 두목이 다
                    *六房 *竦動 *各廳 頭目

죽어난다. 들어가자 나오너라!" 춘향이 기가 막혀, "아이고,
                           春香 氣

여보 행수형님! 형님과 나와 무슨 혐의가 있어, 사람을 부
      行首兄   兄   *嫌疑

르면 조용히 못 부르고 화젓가락 끝마디 틀 듯, 뱅뱅 틀어
                    *火젓가락 *끝마디 틀 듯

부르는가? 마소마소, 그리 마소."

<아니리> 행수기생이 춘향을 대면허여서는, "여보소 춘향
         行首妓生   春香 對面   春香

동생, 염려 말게. 내가 들어가서 다 조치험세." 이렇듯 말허
     *念慮   *措置

여 놓고 동헌을 들어가서는 춘향을 먹기로 드는디, 대톱
      *東軒   春香 *먹기로 드는디 *大톱

이상으로 먹것다. "사또가 부르시면 사령이 나올 텐디,
以上으로 먹것다   使令

*令(령): 명령. / *忿(분): 마음속에 일어나는 강한 노여움.

*妖妄(요망)헌: 요사스럽고 이치에 맞지 않게 당돌함.

*軍奴使令(군노사령): 관아의 하예(下隸). / *山獸(산수)털: 산짐승의 털가죽.

*벙거지: 전립(戰笠). 군인이나 하예(下隸)들이 쓰는 관(冠). 검정색 모직이나 털 달린 얇은 산짐승 가죽으로 만들며, 위로 둥글게 솟은 '모자'는 주위에 '운월(雲月)무늬'가 새겨지고, 옆으로는 퍼진 '전'이 둘려졌음. 모자 꼭대기에는 품계에 따라 금·은·옥·석 등으로 된 증자(鏳子)가 얹히고, 증자 끝에 상모(象毛; 깃털 장식)가 달림. 또 옥을 연결한 갓끈 패영(貝纓)이 달림.

*藍日光緞(남일광단) *안을 올려: 남색의, 반질반질 빛이 나는 비단인 일광단 비단으로 겹이 되게 안을 받쳐 넣음.

*勇字(용자) 떡 붙여: 사각형 주석 판에 '勇'자를 새겨, 벙거지의 앞쪽 위로 말려진 전 뒤의 모자에 반듯이 붙인 것을 말함.

*늦게 차고: 허리에 늘어뜨려 참. / *충충거리고: 땅을 힘껏 굴리는 걸음.

*金 番手(김 번수): 김씨 성을 가진 당번 사령. / *뉘기가: 누구. 누가.

*제길 붙고 발기 갈 년: 불량한 행동으로 몸이 찢기는 형벌 받을 여자란 욕.

*兩班書房(양반서방): 양반 신분의 남편. / *草履(초리): 짚신.

*唐鞋(당혜): 울이 깊은 가죽신으로 앞뒤에 당초문(唐草紋) 무늬가 있는 신.

*驕慢(교만): 교활하고 거만함. / *吩咐(분부): 아랫사람에게 내리는 명령.

*안올림 벙치: 벙거지의 모자 안쪽에 안감을 넣은 고급 제품의 전립(戰笠).

*재쳐 쓰고: 뒤로 많이 기울어지게 씀.

*소소리 狂風(광풍): 이른 봄 살 속을 기어드는 것 같은 음산한 회오리바람.

*걸음制(제): 걸음걸이에 있어서 정해진 어떤 규칙.

*어칠비칠: 어깨를 흔들며 걷는 모습. / *툭툭거려: 땅을 굴리며 걷는 걸음.

◇참고: 벙거지<전립(戰笠)> [뒷모습]

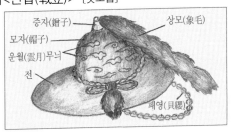

어찌 자네가 나왔는가? 허고, 목을 싹 비어 갔으면 갔지,

영으로는 못 간다 허옵디다." 사또 분을 내어, "어허 그런
*令　　　　　　　　　　　　　　　　　　　　　　*忿

요망헌 년이 있더란 말이냐? 잔말 말고 빨리 잡어들여라."
*妖妄헌

이제는 사령이 나가는디.
　　　　使令

<중중모리> 군로사령이 나간다. 사령군로가 나간다. 산수
　　　　　　*軍奴使令　　　　　使令軍奴　　　　　*山獸

털 벙거지 남일광단 안을 올려 '날랠 용'자 떡 붙여, 늘어
털 *벙거지 *藍日光緞 *안을 올려　　*勇字 떡 붙여

진 쇠사슬을 허리 아래다가 늦게 차고 충충거리고 나간다.
　　　　　　　　　　*늦게 차고 *충충거리고

"이애, 김 번수야." "왜야." "이애, 박 번수야." "왜 부르느
　　*金 番手　　　　　　　朴 番手

냐?" "걸리었다 걸리어." "게 뉘기가 걸려야?" "춘향이 걸
　　　　　　　　　　*뉘기가　　　　　春香

렸다." "옳다, 그 제길 붙고 발기 갈 년, 양반서방을 허였
　　　　*제길 붙고 발기 갈 년 *兩班書房

다고 우리를 보면 초리로 알고, 당혜만 짤짤 끌고 교만이
　　　　　　*草履　　　*唐鞋　　　　　　*驕慢

너무 많더니, 잘 되고 잘 되었다. 사나운 강아지 범이 물

어가고, 물도 가득 차면 넘느니라." 두 사령이 분부 듣고
　　　　　　　　　　　　　　　　　使令　*吩咐

안올림 벙치를 재쳐 쓰고, 소소리 광풍 걸음제를 걸어, 어
*안올림 벙치 *재쳐 쓰고 *소소리 狂風 *걸음制　　*어

칠비칠 툭툭거려　춘향 문전을 당도허여, "이애 춘향아,
칠비칠 *툭툭거려　春香 門前　當到　　　　　春香

*遠近山川(원근산천): 멀고 가까운 곳의 산과 내.

*떵그렇게: 산울림이 울릴 정도의 큰소리치는 모습.

*至嚴(지엄): 지극히 엄격하고 무서움.

*遲滯(지체): 시간이 지연되는 것.

*아무런 줄: 무슨 일이 일어났는지의 상황 판단.

*수여 넘고: 쉬어 넘고. 단숨에 못 넘고 쉬면서 넘어가야 함.

*手陳(수진)이: 수지니. 잘 길들여져 사냥을 잘 하는 매. 수진(手陳)매.

*날진이: 날찐. 길들여지지 않은 야생의 사나운 매.

*海東靑(해동청): 송골(松鶻)매. 우리나라에 사는 사나운 매로 길들이면 사냥
  을 잘 함. 길들인 지 1년 된 것을 '갈지개', 2년 된 것을 '초지니', 3년 된
  것을 '삼지니'라 함.

*보라매: 태어난 지 채 1년이 안 된 새끼 매를 잡아 길들이어 사냥에 사용
  하는 매. 육지니.

*洞仙嶺(동선령): 황해도 봉산군(鳳山郡)에 있는 높고 험준한 산 고개. 봉산
  과 황주(黃州) 경계에 동선관행성(洞仙關行城)이 있으며, 길이 비탈져 말을
  몰고 걷기가 힘 드는 고개임. 본문에 '동설령'이라 표기된 것은 발음현상
  에 의한 것임.

*織女星(직녀성): 은하수(銀河水) 동쪽에 있는 별. 음력 7월7일 밤 까치가 놓
  아주는 오작교(烏鵲橋) 다리에서, 은하수 서쪽에 있는 견우성(牽牛星)과 1
  년에 한 번 만난다는 전설이 있음.

*銀河水(은하수): 밤하늘 한복판에 남북으로 길게 강물처럼 보이는 별무리.

*一年 一度(일년 일도): 한 해에 꼭 한 번씩.

*막혔간디: '막혔기에'의 방언.

*三月東風(삼월동풍): 음력 3월 따뜻한 봄날의 시원하고 훈훈한 바람.

*燕子(연자): 제비.

*萬端情懷(만단정회): 마음속에 맺힌 수없이 많은 그리움과 회포.

*꼬염: '꾐'의 방언. 거짓으로 유인하여 나쁜 곳으로 인도하는 행위.

*여영: '영영'의 방언. 영원히.

나오너라!" 부르는 소리 원근산천이 떵그렇게 들린다. "사
*遠近山川   *떵그렇게

또 분부가 지엄허니 지체 말고 나오너라!"
吩咐   *至嚴   *遲滯

3. 춘향의 애원, 갈까보다—사령의 돈타령

<창조> 그때여 춘향이는 사령이 오는지 군로가 오는지,
春香   使令   軍奴

아무런 줄 모르고 울음을 우는디.
*아무런 줄

<중모리> "갈까보다 갈까보다, 임 따라서 갈까보다. 바람

도 수여 넘고 구름도 수여 넘는, 수진이 날진이 해동청
*수여 넘고   *手陳이 *날진이 *海東靑

보라매 다 수여 넘는 동설령 고개라도 임 따라 갈까보다.
*보라매   *洞仙嶺

하늘에 직녀성은 은하수가 막혔어도 일년 일도 보련마는,
*織女星   *銀河水   *一年 一度

우리 님 계신 곳은 무슨 물이 막혔간디 이다지도 못 보는
*막혔간디

고? 이제라도 어서 죽어 삼월동풍 연자 되어, 임 계신 처
*三月東風 *燕子

마 끝에 집을 짓고 노니다가, 밤중이면 임을 만나 만단정
中   *萬端情

회를 허여볼까. 뉘 년의 꼬염을 듣고 여영 이별이 되라는
懷   *꼬염   *여영 離別

가? 어쩔거나 어쩔거나, 아이고 이를 어쩔거나." 아무도 모

르게 설리 운다.

*惹端(야단): 떠들썩하고 어지러운 일이 벌어짐. 원래, 옳고 그름의 근원을 끌어 일으켜 밝힌다는 숙어 '야기요단(惹起鬧端)'에서 온 말.

*長房廳(장방청): 지방 관아에서 서리(胥吏)가 일보는 처소(處所).

*동동이: 무리를 지어 이어 나오는 모습. '동'은 묶어서 한 덩어리를 만든 묶음. 곧 몇 사람씩 뭉쳐 이어 나오는 모습.

*第三日 點考(제삼일 점고): 새 관장이 부임하여 3일째 되는 날 시행하는 인원 점검. '점고'는 명부와 대조하여 인원이 모두 있는지를 하나하나 점을 찍으며 점검하고, 관장 앞에 나아와 인사를 올리는 행사임. 부임 3일째 되는 날은 기생 점고가 있는 날임.

*前日(전일): 지난 날.

*番手(번수): 관아 소속 이속(吏屬)들은 차례를 정하여 교대로 관아에 출근해 근무를 하는데, 그 근무하는 날에 해당되어 나와 일보는 사람이란 뜻.

*혼초리: 잘못에 대한 벌로 혼나는 회초리를 맞는다는 말. 곧 벌 받음의 뜻.

*梯子(제자)다리 걸었던: '제자'는 옷을 걸도록 만든, 양쪽에 다리가 달려 세워 두는 횃대. 횃대 양쪽 두 다리에 박힌 못에 걸어 놓았던 것이란 뜻.

*有紋紙油絲(유문지유사): 무늬가 새겨진 '지유사' 끈. '지유사'는 여러 겹 붙인 두꺼운 한지에 들기름을 칠하여 말려, 납작하고 긴 띠 모양이 되게 잘라 만든 끈. 옛날에는 정중한 선물 상자나 일용품을 묶을 때 이 끈을 많이 사용했음. 부인들이 집안일을 할 때 흘러내리는 머리를 묶는 데도 이 끈을 사용했기 때문에, 횃대 다리에 걸린 지유사 끈으로 머리를 묶었다는 말.

*바드득: 빠드득. 끈을 단단하게 잡아당겨 동여매는 모습.

*둘리러: 따돌리려고. 그럴듯하게 꾀어 속이는 일.

*新延(신연): 지방 관아의 새 관장을 맞이하는 일.

*路毒(노독): 먼 길을 걸어 피곤해 생기는 병.

*政事(정사): 백성을 다스리는 업무 형태.

*右手(우수): 오른편 손.

*부여잡고: 반갑게 붙들어 잡음.

*左手(좌수): 왼편 손.

*躊躇(주저): 결정을 신속하게 하지 못하고 망설임.

*春三月(춘삼월): 봄철의 3개월 동안.

<아니리> 이렇듯 울고 있을 적에 향단이 들어오며.
香丹

<창조도섭> "아이고 아씨! 야단났소. 장방청 사령들이
*惹端 *長房廳 使令

동동이 늘어서, 오느냐 가느냐 야단났소." 춘향이 그제야
*동동이 惹端 春香

깜짝 놀라 나오는디.

<단중모리> "아차, 아차아차 내 잊었네. 오늘이 제삼일 점
*第三日 點

고 날이라더니 무슨 야단이 났나보다. 내가 전일에 장방청
考 惹端 *前日 長房廳

번수에게 인심을 많이 잃었더니 혼초리나 받으리다." 제자
*番手 人心 *혼초리 *梯子

다리 걸었던 유문지유사로 머리를 바드득 졸라매고, 나간
다리 걸었던 *有紋紙油絲 *바드득

다 나간다 사령을 둘리러 나가는구나. "허허 김 번수 와 겨
使令 *둘리러 金 番手

시오? 이번 신연에 가셨더라더니 노독이나 없이 다녀오며,
*新延 *路毒

새 사또 정사가 어떠허오?" 우수를 번뜻 들어 김 번수 손
*政事 *右手 金 番手

길을 부여잡고, 좌수를 번뜻 들어 박 번수 손길 잡고 "이리
*부여잡고 *左手 朴 番手

오오, 이리와. 뉘 집이라고 아니 들어오고 문밖에 서서
門

주저만 허는가? 들어가세, 들어가세. 내 방으로 들어가세."
*躊躇 房

<아니리> 사령들이 춘향 손이 몸에 오니, 마음이 춘삼월
使令 春香 *春三月

*츠르르르르: 주르르. 경사진 곳에 물체가 힘차게 흘러내리는 모습.

*놓아두소: 손을 잡지 말고 놓으라는 뜻.

*각시: 시집간 젊은 여자를 일컬음.

*忿(분): 마음속에 화가 치밀어 오름.

*六房(육방): 지방 관아의 여섯 업무부서. 곧 이방(吏房)·호방(戶房)·예방(禮
房)·병방(兵房)·형방(刑房)·공방(工房).

*竦動(송동): 놀라서 어쩔 줄 모르고 허둥댐.

*身世(신세): 한 몸이 처한 사정. 흔히 가난하거나 외롭거나 가련한 경우.

*석 兩(냥): 3냥. '냥'은 화폐(貨幣)의 단위. 구리나 놋쇠로 둥글고 납작하게
만들어져 가운데 사각형 구멍이 뚫린 엽전(葉錢) 1개를 '한 잎'이라고
하며 곧 '1푼'임. 그리고 10푼이 '1돈'으로 '1전(錢)'이라고도 하며, '10돈'
이 '1냥'임. 엽전 1백 개인 '1냥'을 끈에 꿰어 묶은 것을 '1꿰미'라 하고,
10꿰미를 묶어 싼 것이 '1쾌(10냥)'임. 부잣집에서는 쾌로 묶어 보관함.

*酒債(주채): 외상으로 술을 먹어 빚진 술값. 곧 술값이란 뜻임.

*有錢 可使鬼(유전 가사귀): 돈이 있으면 귀신도 불러 부릴 수 있음. '사귀전
(使鬼錢)'이란 숙어에서 온 말.

*한 門間(문간) 구실: 같은 관아 관할 안인 한 고을에서 함께 살아간다는 말.
'구실'은 관아에서 맡은 직무나 또는 자기의 맡은 일을 수행한다는 뜻임.

*遺錢(유전): 돈을 끼쳐 안겨 줌.

*들여놓소: 내놓은 돈을 도로 거두어 들여놓으란 말.

*半(반) 뼘씩: '뼘'은 주먹을 쥐고 엄지와 인지(人指)와 장지(長指) 세 손가락
만 쫙 펴서 땅을 짚었을 때, 엄지와 장지 사이의 거리가 1뼘임. '반 뼘'은
곧 한 뼘의 반에 해당하는 길이임.

*五(오) 뼘씩: 다섯 뼘의 길이. 즉 춘향 앞으로는 반 뼘인 짧은 거리를 내밀
었다가, 자기 앞으로는 그 10배 거리를 잡아당긴다는 말임.

*댕기것다: 당기는 것이었다. 앞으로 끌어 잡아당긴다는 뜻.

*아따: 매우 놀라운 일이 있거나 못마땅할 때 내는 소리.

*첫 마수 부침: 영업이나 장사에서, 처음 개시 때나 또는 당일 첫 번째 손님
에게 물건을 파는 운수를 '마수'라 함. '붙임'은 '붙여진 시작'이라는 뜻임.
곧 첫 번째로 연결된 좋은 기회란 뜻.

얼음 녹듯 츠르르르르 풀렸구나. "놓아두소 들어감세." 춘

*츠르르　　　　　　　　　　　　*놓아두소　　　　　　　春

향이 들어가 술 한 상 채려 내노니, 한 잔씩 썩 잘 먹었구

香　　　　　　　　床　　　　　　　　盞

나. "여보게 춘향 각시! 사또께서 분을 내어 육방이 손동되

　　　　　　春香 *각시　　　　　　*忿　　　　*六房　*竦動

었으니, 자네가 아니 들어가고 보면, 우리 사령들 신세가

　　　　　　　　　　　　　　　　　使令　*身世

말이 아닐세." 춘향이 이 말 듣고 돈 석 냥씩 내어 주며.

　　　　　　春香　　　　　　　*석 兩

\<창조\> "내가 가기는 같이 갈 터이니, 한 때 주채나 허

　　　　　　　　　　　　　　　　*酒債

사이다."

\<아니리\> 박 번수가 돈을 보더니.

　　　　朴 番手

\<중모리\> "여보소, 이 돈이 웬 돈인가? 여보소, 이 돈이

웬 돈인가? 유전이면 가사귀란 말은 옛글에도 있거니와,

　　　　　*有錢　　可使鬼

자네와 우리가 한 문간 구실허며 유전이라니 웬 말인가?

　　　　　　*한 門間 구실　　*遺錢

들여놓소, 들여놓소. 들여노라면 들여놓소."

*들여놓소

\<아니리\> 춘향 앞으로는 반 뼘씩 나가고, 지 앞으로는 오

　　　　春香　　　*半 뼘씩　　　　　　　　*五

뼘씩 바싹바싹 긁어 댕기것다. 김 번수가 박 번수 귀에 대

　　　　　　*댕기것다　金 番手　　朴 番手

고, "아따, 새 사또 첫 마수 부침이니, 그대로 뒤에 차게."

　　*아따　　　*첫 마수 부침

*꿰미: 돈꿰미. 엽전(葉錢) 1백 개를 끈에 꿰어 한 덩이로 만든 1냥 꿰미.

*잘난 사람은 더 잘난 돈: 존귀한 지위에 있는 사람이 돈이 있으면 쉽게 출세하여 더 잘난 사람인 높은 지위에 오른다는 뜻.

*못난 사람도 잘난 돈: 신분이 미천한 사람도 돈이 있으면 그 돈을 이용해 출세하여 높은 지위에 올라 잘난 사람이 된다는 뜻.

*孟嘗君(맹상군) *수레바퀴: 중국 전국시대 제(齊)나라 사람 맹상군이 타고 다니던 수레의 바퀴. 힘차게 달려도 잘 견디며 둥글단 뜻으로 인용했음.

*生殺之權(생살지권): 사람을 살리고 죽이고 하는 권한.

*富貴功名(부귀공명): 부자며 높은 벼슬을 하여 큰 공을 세워 이름을 날림.

*아나: '여봐라' 하고 부르는 소리. / *하릴없이: 영락없이. 어쩔 수 없이.

*八字(팔자): 생년월일시(生年月日時)로 추정하는 사람의 타고난 운명.

*三台六卿(삼태육경): 조정의 가장 높은 지위인 세 정승과 여섯 판서.

*富貴榮華(부귀영화): 부자와 존귀한 벼슬자리들의 영광스럽고 호화로운 삶.

*地境(지경): 처지 형편. / *國穀偸食(국곡투식): 나라 곡식을 훔쳐 먹음.

*父母不孝(부모불효): 어버이에게 효도를 다하지 않음.

*兄弟不睦(형제불목): 형과 아우가 서로 화목하지 못함.

*殺人强盜(살인강도): 사람을 죽이고 남의 것을 강제로 빼앗음. '국곡투식'부터 네 가지 범죄는 조선시대 민간의 대표적인 4대 범죄에 해당함.

◇참고: 맹상군(孟嘗君) 이야기

맹상군은 이름이 전문(田文)이며, 설(薛)지역에 자리하여 도피해온 죄인과 불량배를 수용해 식객(食客)이 수천 명이었음. 진(秦) 소왕(昭王)이 초빙해 구금하고 죽이려 하니, 부하 시켜 소왕의 후궁에게 석방 교섭을 했음. 소왕 후궁은 호백구(狐白裘-여우 겨드랑 밑 흰털가죽으로 만든 갓옷)를 주면 가능하다 했음. 그러나 호백구는 이미 소왕에게 선물로 준 뒤여서, 부하 중에 구도(狗盜; 개 위장 도둑)가 있어 궁중 창고에 잠입해 호백구를 훔쳐 내와 바치고 밤중에 석방되었음. 맹상군은 소왕이 후회해 추격할 것을 믿고, 부하를 거느리고 밤새 수레를 달려 국경문인 진관(秦關), 즉 함곡관(函谷關)에 이르니 관문이 아직 닫혔음. 새벽 첫닭이 울어야 관문이 열리므로, 부하 중 닭울음소리 내는 사람이 있어서 닭장 아래에서 닭울음소리를 내니, 모든 닭이 따라 울어 관문이 열리고 맹상군은 무사히 탈출했음. 이렇게 밤새 힘차게 달려도 안전한 크고 둥근 수레바퀴라고 인용한 것임.

두 사령들이 돈 한 꿰미씩을 들고 돈타령을 허지.
    使令   *꿰미

<중중모리> "돈봐라, 돈봐라. 잘난 사람은 더 잘난 돈, 못
                        *잘난 사람은   더 잘난 돈 *못

난 사람도 잘난 돈, 맹상군에 수레바퀴처럼 둥글둥글 생긴
난 사람도 잘난 돈   *孟嘗君   *수레바퀴

돈, 생살지권을 가진 돈, 부귀공명이 생긴 돈, 이놈의 돈아,
    *生殺之權   *富貴功名

아나 돈아! 어디 갔다 이제 오느냐? 얼씨구 절씨구 얼씨
*아나

구 절씨구 지화자 좋네, 돈돈돈 돈 봐라."

4. 춘향의 등청—수청 거절, 태장 명령

<아니리>   이리허여 춘향이 하릴없이   사령 뒤를 따라
                    春香   *하릴없이   使令

가는디.

<세마치> 사령 뒤를 따라 간다. 울며불며 건너 갈 제, "아
            使令

이고 아이고, 내 신세야! 어떤 사람 팔자 좋아 삼태육경
                身世   *八字   *三台六卿

좋은 집에 부귀영화로 잘 사는디, 내 신세는 어이허여 이
        *富貴榮華   身世

지경이 웬 일이여. 국곡투식 허였느냐? 부모불효를 허였는
地境   *國穀偸食   *父母不孝

가?   형제 있어 불목을 허였는가?   살인강도 아니거든,
        *兄弟   不睦   *殺人強盜

*鐘樓(종루): 종을 매단 누각. 관아 정문인 삼문(三門) 위 문루(門樓)를 말함.
*재촉聽令使令(청령사령): 독촉 명령을 받은 관아 일 보는 사람들.
*동동: 몇 사람씩 무리지어 뭉쳐 나오는 모습.
*新到之初(신도지초): 관장이 부임한 초기. 곧 많이 긴장되는 시기를 뜻함.
*오죽: 얼마나. 매우 많이. / *山獸(산수)털: 산에 사는 짐승의 털가죽.
*戰笠(전립) *雲月(운월) *鐺子(증자) *彩象毛(채상모) *勇字(용자): '전립'은
  검고 두꺼운 모직이나 얇은 산짐승 가죽으로 만든 군인들이 쓰는 번거지.
  둥근 모자 둘레에는 구름무늬 '운월(雲月)'이 새겨지며, 모자 꼭대기에는
  금·은·옥·석 등으로 된 꼭지인 '증자(鐺子)'가 붙고, 증자 끝에 여러 색채
  의 새 깃털로 된 '채상모(彩象毛)'가 달려 늘어뜨려짐. 그리고 둥근 모자
  정면에는 '용(勇)'자가 새겨진 사각형 주석 판을 붙임.
*한 죽은 느리치고 *제쳐: 옷자락 한쪽은 밑으로 처지고 한쪽은 걷어 올림.
*소소리 狂風(광풍): 음산하게 옷 속을 스며드는 회오리바람.
*걸음制(제): 걸음의 형식. / *어칠비칠: 옆으로 다리를 저으며 걷는 모습.
*툭툭거러: 발을 땅에 던지듯이 밟아 투덕투덕 걷는 걸음걸이.
*藍戰帶(남전대): 허리에 두른 남색 띠. / *파르르르르: 바람에 날리는 모습.
*將士臺(장사대): 장교와 병사들이 전면을 살피는 높은 망루.
*嚴命 至嚴(엄명 지엄): 엄한 명령이 지극히 두렵고 위협적임.
*제 郎君(낭군): 자기의 남편. / *上房(상방): 관아의 관장처소(官長處所).
*蛾眉(아미): 미인의 눈썹. / *추듯: 추켜올려 찬양하는 것처럼 함.
*沈魚落雁(침어낙안): 미인의 미모에, 물고기가 숨고 기러기가 내려 떨어짐.
*過(과)히 춘줄: 지나치게 과장하여 찬양한 것으로 생각함.
*閉月羞花(폐월수화): 너무 아름다워, 달이 빛을 잃고 꽃이 부끄러워 함.
*薛濤文君(설도문군): 당(唐)나라 명기(名妓)인 미인 설도. '문군'은 이름 밑
  에 붙으면 '미인'이란 뜻이 됨. 그리고 따로 사용되면 한(漢)나라 미인으로
  사마상여(司馬相如)의 거문고에 유혹된 탁문군(卓文君)을 뜻함.
*益州刺史(익주자사) *三刀夢(삼도몽): 중국 진(晋) 때 왕준(王濬)이 사천성
  익주 관장을 원했는데, 꿈에 들보에 칼 세 자루가 걸리더니 곧 한 자루가
  더 걸렸음. 아랫사람 이의(李毅)가 해몽하기를, "칼<刀> 셋이면 '도(刀)'자
  가 셋으로 '주(州)'자이고, 하나를 더했으니<益> '익주(益州)'입니다. 곧 익
  주 자사(刺史) 될 꿈입니다."라고 말했는데, 과연 그렇게 되었다는 고사임.

이 지경이 웬 일이여!" 종루를 당도허니 재촉청령사령들이
地境　　　　　　*鐘樓　　當到　　*재촉聽令使令

동동이 늘어서서, 신도지초라 오죽 떡 벌렸겄나. 산수털
*동동　　　　　*新到之初　*오죽　　　　　　*山獸털

전립, 운월 증자 채상모, '날랠 용'자 떡 붙이고, 한 죽은
*氈笠　*雲月 *鏳子 *彩象毛　　*勇字　　　　　*한 죽은

느리치고 한 죽 제쳐, 소소리 광풍 걸음제를 걸어 어칠비
느리치고　　　　*제쳐　*소소리　狂風　*걸음制　　　*어칠비

칠 툭툭거려, "오느냐?" 남전대 띠가 파르르르르. 장사대가
칠 *툭툭거려　　　　*藍戰帶　　　*파르르르르　*將士臺

꼿꼿, 종루가 울긋불긋, 엄명이 지엄허니 춘향이 기가 막
　　　鐘樓　　　　　*嚴命　至嚴　　　春香　氣

혀, "아이고 내 신세야, 제 낭군 수절헌 게 그게 무슨 죄가
　　　　　　身世　*제 郎君 守節　　　　　　　　罪

되어, 이 지경이 웬 일이란 말이냐?" 울며불며 들어간다.
　　　地境

<아니리>　　춘향이 상방에 들어가 아미를 단정히 숙이고
　　　　　春香　*上房　　　*蛾眉　端整

앉었을 제, 사또가 춘향이를 보더니 촌농부 좋은 곡식 추
　　　　　　　春香　　　　　村農夫　　　　*추

듯 허는구나. "어디보자. 그것 잘 되었다, 어여쁘다 어여뻐.
듯

계집이 어여쁘면 침어낙안 헌단 말은 과히 춘 줄 허였더니,
　　　　　　*沈魚落雁　　　*過히　춘 줄

폐월수화 허던 태도 오늘 너를 보았구나. 설도문군 보랴허
*閉月羞花　　　態度　　　　　　*薛濤文君

고 익주자사 자원허여 삼도몽을 꾼다더니, 나도 니 소문이
　*益州刺史　自願　*三刀夢　　　　　　所聞

*하 壯(장)허여: 매우 많이 웅장하게 널리 알려짐.

*密陽瑞興(밀양서흥): 이름난 고을인 경상도 밀양과 황해도 서흥 관장자리.

*艱辛(간신): 힘 드는 어려움을 겪음. / *一色(일색): 아름다운 얼굴.

*封紙(봉지)는 떠었으나: 봉한 딱지가 떼어짐. 남자에게 몸을 허락함의 뜻.

*綠葉盛陰子滿枝(녹엽성음자만지) *湖州歎花(호주탄화) *杜牧之(두목지): "꽃
은 없고 푸른 잎 무성한 가지에 열매<자식>만 가득함"이라고 한탄하며,
중국 섬서성 '호주'에서 '탄화<꽃을 탄식함>' 시를 읊은 당(唐) 시인 '두
목'. 두목(杜牧)은 자(字)가 '목지(牧之)'임. 이 시구는 '탄화' 시 끝 구절임.

*比(비): 비교. / *古書(고서): 옛날의 서적.

*蜀國夫人(촉국부인) *楚王 妾(초왕 첩): 중국 춘추시대 주(周)의 제후국인
'식(息)'나라가 촉(蜀) 지역에 위치하여, 그 왕 부인을 '촉국부인'이라 했음.
초(楚)나라 왕이 '식국'을 멸망시키고, 왕의 부인 '식규(息嬀)'를 첩으로 삼
아 아들 둘을 낳았으나, 식부인(息夫人)은 말을 한 마디도 안 했음. 초왕이
물으니, "두 남편을 섬기니 죽지 못했을망정 어찌 말까지 하겠습니까?"
라고 대답했음. 다른 기록에는 식부인이 자결한 것으로 나타나 있음.

*范臣 豫讓(범신 예양) *智伯(지백) *豫讓忠(예양충): 중국 춘추시대 진(晋)나
라 범중행씨(范中行氏)의 신하였던 '예양'이 자기를 알아주지 않는 범중행
씨를 떠나 '지백'의 신하가 되어 크게 총애를 입었음. 그때 '지백'이 조양
자(趙襄子)와 싸워 패해 잡혀 죽으니, '예양'은 상전인 '지백'의 원수를 갚
으려고 몸에 칠을 해 변장하고 숯불을 머금어 벙어리가 되니 그 아내도
알아보지 못했음. 이렇게 변장하고 조양자의 변소 일꾼으로 들어갔다가 발
각되었으나 조양자는 의인(義人)이라고 하며 놓아주었음. 예양은 또다시
조양자가 지나다니는 다리 밑에 숨어 있다가 갑자기 나와 습격했지만 역
시 실패하여 잡혔음. 이때 '예양'은 조양자에게, 웃옷을 벗어주면 그 옷에
복수하고 죽겠다고 했음. 곧 웃옷을 벗어주니 칼로 옷을 3번 내리치고 자
결했음. 곧 두 번째 주인을 위한 '예양의 충절'을 강조해 인용한 것임.

*舊官子弟(구관자제): 떠나간 옛날 관장의 아들 이몽룡.

*머리를 얹혔기로: 땋은 머리를 올려 비녀를 꽂음. 결혼했다는 뜻.

*靑春空房(청춘공방): 젊은 여인이 남편 없이 혼자 빈 방을 지키는 외로움.

*愛夫(애부): 사랑하는 남자. / *官屬(관속): 관아에 소속되어 일하는 사람.

*閑良(한량): 떠돌며 노는 사람. / *乾達(건달): 난봉을 부리며 노는 사람.

하 장허여, 밀양서흥 마다허고 간신히 서둘러 남원부사
*하 壯허여   *密陽瑞興   *艱辛   南原府使

허였제. 너 같은 저 일색을 봉지는 띠었으나 녹엽성음자만
                    *一色   *封紙는 띠었으나   *綠葉成陰子滿

지가 아직 아니 되었으니, 호주탄화 헌단 말은 두목지에
枝   *湖州歎花   *杜牧之

비하면 내겐 다행이다. 니가 고서를 읽었다 허니, 옛글을
*比   多幸   *古書

들어 보아라. 촉국부인은 초왕의 첩이 되고, 범신 예양은
              *蜀國夫人 *楚王 妾   *范臣 豫讓

지백을 섬겼으니, 너도 나를 섬겼으면 예양충과 같을지라.
*智伯   *豫讓忠

올라가신 구관자제 도련님이 니 머리를 얹혔기로, 청춘공
          *舊官子弟   *머리를 얹혔기로 *青春空

방 헐 수 있나? 응당 애부가 있을 데니 어디 관속이냐?
房   應當 *愛夫   *官屬

한량이냐? 건달이냐? 어려워 생각 말고 바른대로 일러라."
*閑良   *乾達

◇참고: 두목(杜牧)의 '탄화(歎花)' 시

> 두목이 호주(湖州)에서 청루(靑樓)로 떠돌며 놀 때 10세 소녀를 만나, 그 미모에 매혹되어 소녀 모친을 만나 딸을 사랑하나 너무 어려, 10년 후 호주자사(湖州刺史)가 되어 딸을 데려가겠노라 약속하고 많은 폐백을 드렸음. 그 후 뜻대로 되지 않아 14년이 지나고 호주자사가 되어 왔음. 소녀 모친을 찾으니 늦게 왔음을 한탄하며, "약속한 10년에 1년을 더 기다리고 나이 때문에 혼인시켜 아들이 셋인 남의 부인이 되어 있노라."라고 했음. 이에 두목은 소녀를 '꽃'에 비겨, '탄화' 시를 읊어 탄식했음. 스스로 한탄하노니 꽃 찾아 도착함이 너무나 늦었구려(自恨尋芳到已遲; 자한심방도이지), 지난날은 너무 일러 꽃이 미처 덜 핌을 보았었는데(往年曾見未開時; 왕년증견미개시). 지금은 바람에 휩쓸린 꽃잎이 온통 질펀하게 널리고(如今風擺花狼藉; 여금풍파화낭자), 푸른 잎이 무성해 그늘지고 가지엔 열매만 가득하네(綠葉成陰子滿枝; 녹엽성음자만지). 이렇게 자식까지 있음을, 꽃 진 가지에 주렁주렁 매달린 열매에다 비기어 한탄하며 읊었음.

*無心(무심): 생각이 없음. 약속을 잊어버리고 지키지 않음.

*設令(설령): 가령. 혹시 그렇다고 하더라도.

*班婕妤(반첩여) *玉窓螢影(옥창형영): 반씨 성을 가진 첩여(궁녀 직분 명칭)의 아름다운 궁전 창에 비치는 반딧불. '반첩여'는 한(漢) 성제(成帝) 후궁으로 현숙하여 왕의 총애를 입었는데, 조비연(趙飛燕) 자매가 궁녀로 입궁함에 총애를 잃어 장신궁(長信宮)에서 황태후를 모시며, '자도부(自悼賦)' '원가행(怨歌行)' 등의 시를 지어 슬퍼했음. 뒷날 당(唐) 시인 왕유(王維)의 '반첩여(班婕妤)' 시에서, "아름다운 창문에 반딧불 그림자 지나가고(玉窓螢影度), 궁전에는 사람 소리 끊겨졌구려(金殿人聲絶)" 하고 읊은 구절에서 그 외로운 모습을 인용했음.

*皇陵廟(황릉묘) *二妃魂靈(이비혼령) *斑竹枝(반죽지) *蒼梧山(창오산): 고대 중국 순(舜)임금이 남쪽 순시 도중 사망하니, 그의 두 부인<二妃> 아황(娥皇)과 여영(女英)이 창오산(蒼梧山)에 장례를 치르고는, 소상강(瀟湘江) 절벽에서 피눈물을 뿌리며 강물에 빠져 자결했음. 후대 사람들이 열녀로 추앙해 소상강 가에 사당 황릉묘(皇陵廟)를 지어 혼령을 모셨는데, 두 부인이 자결할 때 흘린 피눈물이 근처 대나무에 묻어 무늬가 생겼고, 그 무늬가 후대에도 남아 '반죽(斑竹)'이라 하며, 이 반죽 가지가 '반죽지'임.

*小女(소녀): 여자가 자기를 낮추어 일컬음.

*官村 無事(관촌 무사): 관아와 민간에 아무 일이 없이 평온함.

*절字(자): '절'이라는 글자가 들어가는 말.

*얼러 보는디: 좋은 말로 달래어 봄. / *이런 時節(시절): 이와 같은 세상.

*吩咐 拒絶(분부 거절): 윗사람이 시키는 일을 거부하여 따르지 않음.

*間夫私情 懇切(간부사정 간절): 샛서방과의 사사로운 정이 깊어 잊지 못함.

*必隱曲折(필은곡절): 반드시 숨기는 어떤 사유. / *所爲(소위): 하는 행동.

*切切可痛(절절가통): 매우 절실하고 통탄스러움.

*刑杖(형장): 형벌의 매를 맞음. / *속절없제: 어쩔 수 없고 가엾어짐.

*惡情(악정): 모질게 발악하는 마음.

*忠臣不事二君(충신불사이군): 충신은 두 임금을 섬기지 않음.

*烈女不更二夫節(열녀불경이부절): 열녀는 두 남편을 바꾸지 않는 절개.

*亂世(난세): 난리가 나 어지러운 세상. / *敵下(적하): 적국대장 아래에서.

*賤妓子息(천기자식): 신분이 미천한 기생의 자녀.

<창조> 춘향이 이 말 듣고, "올라가신 도련님이 무심허여
　　　　　春香　　　　　　　　　　　　　　　　　　*無心

설령 다시 안 찾으면, 반첩여의 본을 받어 옥창형영 지키
*設令　　　　　　　*班婕妤　　本　　　　　*玉窓螢影

다가, 이 몸이 죽사오면 황릉묘를 찾어가서 이비혼령 모시
　　　　　　　　　　　*皇陵廟　　　　　　*二妃魂靈

옵고, 반죽지 저문 비와 창오산 밝은 달에 놀아볼까 허옵
　　　*斑竹枝　　　　　*蒼梧山

난디, 관속 한량 애부 말씀 소녀에게는 당치 않소." 사또
　　　官屬　閑良　愛夫　　　*小女　　　當

이 말 들으시고 기특타 칭찬 후에 내 보냈으면, 관촌 무사
　　　　　　　　奇特　稱讚　後　　　　　　*官村　無事

좋을 텐디, 생긴 것이 하 어여쁘니 '절'자 하나를 가지고
　　　　　　　　　　　　　　　　　*절 字

얼러 보는디, "어허 이런 시절 보소.　내 분부 거절키는
*얼러 보는디　　*이런　時節　　　　　*吩咐　拒絶

간부사정이 간절허여　필은곡절이 있는 터이니, 니 소위
*間夫私情　　懇切　　　*必隱曲折　　　　　　*所爲

절절가통. 형장아래 기절허면 니 청춘이 속절없제." 춘향이
*切切可痛　*刑杖　　氣絶　　　　　　青春　*속절없제　春香

이 말 듣고 악정으로 아뢰는디.
　　　　　*惡情

<단중모리> "여보 사또님 듣조시오. 여보 사또님 듣조시

오. 충신은 불사이군이요 열녀불경이부절을 본받고자 허옵
　　*忠臣　　不事二君　　*烈女不更二夫節

난디, 사또도 난세를 당하면 적하에 무릎을 꿇고 두 임금
　　　　　*亂世　　當　　*敵下

을 섬기리까? 마오 마오, 그리 마오. 천기자식이라 그리
　　　　　　　　　　　　　　　　.　*賤妓子息

*忿(분): 화가 치미는 격한 감정. / *妖妄(요망): 요사스럽고 망령된 마음.

*골房(방): 깊숙하게 뒤편에 치우친 방. 관아에서 기생이나 통인, 관노들이 관장 명령을 기다리며 대기하는 방.

*隨廳通引(수청통인): 관아에서 관장 명령을 기다리며 대기하는 곳이 '수청 (隨廳)'이며, '통인'은 관장 심부름하는 하인임. 기생이 관장과 잠자리를 함께 하며 모시는 '수청(守廳)'과는 다른 말임.

*商廛市井(상전시정): 상점 전포들이 나열해있는 시장바닥.

*連(연)줄: 연결된 끈. 물건 동여매는 줄을 손에 감아 힘껏 잡아당김의 뜻.

*八寶緋緞(팔보비단): 여러 무늬를 새긴 중국에서 수입한 질 좋은 비단 천. 이 비단 천을 둥글게 감을 때 팽팽하게 마주 잡고 힘주어 당기는 모습.

*四月八日 燈(사월팔일 등)대: 사월초파일 절에서 등을 달 때, 당간(幢竿)장 대를 눕히고 당간 꼭대기에 여러 줄을 연결한 다음, 줄에 등을 촘촘히 매 달고 당간을 세워 고정함. 그리고 등들이 줄에 매달리게 하여 줄들을 잡아당겨 주변 추녀 끝에 연결하는데, 줄이 무거워 힘껏 잡아당겨야 함.

*五月端午(오월단오): 음력 오월오일 단옷날. 설날·추석·동지와 함께 4명절 (名節) 중의 하나. 옛날에는 풍년을 비는 제사를 올리고 조상 무덤에 성묘를 했으며. 여자들은 창포물에 머리를 감고 그네를 뛰고 놀았음. 지금은 여러 놀이를 하면서 즐겁게 노는 날로 되어 있음. 천중절(天中節), 수릿날.

*그네 줄: 옛날에는 크고 높은 나무의 옆으로 벌어진 가지에 두 가닥 그네 줄을 매달았는데, 그 줄이 튼튼하고 굵은 줄이어서 큰 나무 가지에 동여 맬 때에 힘껏 당겨 여러 번 감아 매어야 했으므로 매우 힘이 들었음.

*에후리쳐: 아무렇게나 휘둘러 잡아당기는 동작.

*길 너룬: 한 길이 넘는. 사람 키 한 길보다 더 높은 추녀 밑 대뜰 공간.

*層階(층계): 층을 이룬 계단. 마당에서 추녀 밑 대뜰로 오르는 계단.

*동댕이쳐: 집어던져 힘껏 팽개치는 동작.

*刑吏(형리): 지방 관아의 형방(刑房) 소속 아전. 우두머리인 '형방'을 뜻함.

*待令(대령): 관장 명령을 기다리며 대기함.

*守廳(수청): 지방 관아 기생이 관장과 잠자리를 함께하며 모시는 일.

*逆謀(역모): 국가에 대하여 반역을 꾀하는 일.

*다짐 받어: 죄인에게 형벌이나 사형을 집행할 때, 그 죄목을 기록하여 죄인 앞에서 읽어주고, 죄인의 직접 서명을 받는 일.

마오. 어서 급히 죽여주옵소서.”
　　　　急

<아니리> 사또 이 말 듣고 분을 내어, “허허 이런 요망헌
　　　　　　　　　　*忿　　　　　　　　　　　　*妖妄

년이 있더란 말이냐. 여봐라! 이 년을 빨리 끌어내어라.”

“예이.”

<휘모리> 골방의 수청통인 우루루루루 달려들어, 춘향의
　　　　　　*골房　*隨廳通引　　　　　　　　　　　　春香

머리채를 주루루루루 감어 쥐고, “급창.”“예이.”“춘향 잡
　　　　　　　　　　　　　　　　及唱　　　　　　春香

어내리라신다.”“예이.”“사령.”“예이.”“춘향 잡어내리라신
　　　　　　　　　　　　使令　　　　　　春香

다.”“예이.” 뜰 밑 아래 두 줄 사령 벌떼같이 달려들어, 춘
　　　　　　　　　　　　　使令　　　　　　　　　　　　春

향의 머리채를 상전시정 연줄 감듯, 팔보비단 감듯, 사월
香　　　　　　*商廛市井　連줄　　　*八寶緋緞　　　　*四月

팔일 등대 감듯, 오월단옷날 그네 줄 감듯, 에후리쳐 감아
八日 燈대　　　　*五月端午　*그네 줄　　　*에후리쳐

쥐고 길 너룬 층계 아래 동댕이쳐 내어 끌며, “춘향 잡어
　　*길 너룬 *層階　　*동댕이쳐　　　　　　春香

내렸소.”

<아니리> “여봐라 형리 부르라!”“예, 형리 대령이오.”“형
　　　　　　　　*刑吏　　　　　　刑吏 *待令　　　　刑

리 들어라. 저년이 하 예쁘게 생겼기로 수청들라 허였더니
吏　　　　　　　　　　　　　　　　　*守廳

나를 역모로 모는구나. 여봐라! 춘향이 다짐 받어 올려라.”
　　*逆謀　　　　　　　　　　春香 *다짐 받어

*刑吏(형리): 지방 관아 육방(六房)의 우두머리 중에 형방(刑房). '형방'은 지방 관아 부서(府署)이름 중 하나이지만, 여기처럼 관직이름으로도 쓰임.

*다짐事緣(사연): 죄인에게 읽어주고 서명 받는, 범죄 내용을 기록한 글.

*吩咐(분부) 뵈어라: 분부를 보아드리어라. 높은 사람 명령을 받들어보라는 말인데, 보는 행위를 높은 사람이 보시게 해드리라는 존대 표현임.

*白等(삷든): 아뢰면. 말할 것 같으면.<관아에서 쓰던 이두문(吏讀文)임>.

*汝矣等(너의들): 너희들.<이두문(吏讀文)임>.

*娼家 小婦(창가 소부): 기녀 집안의 보잘 것 없는 여자.

*不從官長之嚴令(부종관장지엄령): 관장의 엄한 명령을 따르지 아니 하고.

*凌辱尊前(능욕존전): 존귀한 관장 앞에서 업신여기며 모욕을 줌.

*罪當萬死(죄당만사): 그 죄가 일만 번 죽어도 마땅함.

*붓대를 들고: 서명하기 위해 붓을 잡음. / *四肢(사지): 두 팔과 두 다리.

*七十 當年(칠십 당년) *老母(노모): 70세에 도달한 연세 많은 모친.

*一身 手足(일신 수족): 온몸과 함께 손과 발. 곧 전신이란 뜻.

*一字 心字(일자 심자) 드르르르르 긋고: 다짐 글을 쓴 종이에 붓으로 확인하는 서명을 하면서, '일심(一心)' 두 글자를 흘림글씨인 초서(草書)처럼 붙여서 죽 내리 그었다는 뜻.

*요만허고: 멀리만치에서 무관심한 듯 바라보는 모습.

*동틀: 장판(杖板). 죄인에게 매를 치기 위해 엎쳐 눕히는 형벌기구. 나무로 발이 3개 달린 '정(丁)'자 모양의 틀임.

*달아라: 묶어 매달란 뜻. / *軟(연)헌 弱質(약질): 부드럽고 허약한 체질.

*바지가래 훨씬 걷어: 바지의 가랑이를 위쪽으로 걷어 올려 살이 나오게 함.

*동틀 다리 壓約(압약)해: 동틀 긴 막대 부분에 몸을 단단히 눌러 밀착시켜 묶음. 연결발음에 의하여 '암양'으로 표기되었음.

◇참고: 장판(杖板)과 곤장(棍杖)

동틀<장판(杖板)>　　　　　　　곤장(棍杖)

형리가 들어서 다짐사연 쓴 연후에, "춘향이! 다짐사연 분
*刑吏   *다짐事緣   然後   春香   다짐事緣 *吩

부 뵈어라. 살등 네의등이 창가의 소부로 부종관장지엄령
附 뵈어라 *白等 *汝矣等 *娼家 小婦   *不從官長之嚴令

허고 능욕존전 허였으니 죄당만사라." 급창 불러 던져주며,
     *凌辱尊前   *罪當萬死   及唱

"춘향이 다짐 받어 올려라." 춘향이 붓대를 들고 사지를
  春香   春香 *붓대를 들고 *四肢

벌벌벌 떨며 아뢰는디, 사또가 무서워 떠는 것도 아니요,

죽기가 서러워 떠는 것도 아니요. 한양 서방님 못 보고
                            漢陽 書房님

죽을 일과, 칠십 당년 늙은 노모 두고 죽을 일을 생각허여
        *七十 當年   *老母

일신 수족을 별벌벌벌 떨며, '한 일'자 '마음 심'자로 드르
*一身 手足   *一字   心字   드르

르르르 긋고.
르르르 긋고

<진양조> 붓대를 땅에다 내던지더니, 요만허고 앉었구나.
                            *요만허고

5. 십장가─집장사령과 남원 한량 분노

<아니리> 급창이 다짐 받어 올리니 사또 보시고, "오냐,
           及唱

니년의 일심이 얼마나 굳은지 한번 두고 보자. 여봐라! 저
      一心

년을 동틀 위에 엎어 달아라." 춘향이 연헌 약질을 동틀
   *동틀   *달아라 春香 *軟헌 弱質

위에 올려 매고, 바지가래 훨씬 걷어 동틀 다리 암양해
           *바지가래 훨씬 걷어 *동틀 다리 壓約해

*執杖使令(집장사령): 직접 형장(刑杖) 매를 잡고 때리는 동작을 하는 사령.

*吩咐(분부) 매워라: 분부 뫼어라. 윗사람 명령을 받들어 모시어라. '매워라' 는 '뫼어라'의 방언임.

*一毫私情(일호사정): 한 털끝만큼이라도 사사로운 인정을 개입시키는 일.

*朱杖(주장)대: 죄인을 심문할 때 사용하는, 붉은 칠을 한 막대기. 주릿대.

*恪別(각별): 특별히 정성을 쏟음. / *저만헌: 저와 같은. 저러한.

*대매: 매를 때리는 형벌에서 처음 한 번 때리는 매.

*뼈를 빼: 매를 맞아 몸이 허물어져서 뼈가 살에서 분리되어 나온다는 뜻.

*刑杖(형장): 매를 치는 형벌에 사용하는 막대기.

*한 아름: 두 팔을 앞으로 내밀고 두 손을 맞잡은 안쪽의 팔과 가슴 사이.

*덥쑥: 덥석. 급하게 힘껏 안아 쥐는 모습.

*좌르르르르: 여러 개로 된 것을 한꺼번에 쏟을 때 나는 소리.

*이놈도 잡고 느끈능청: 시골 관아에서의 보통 죄인에게는 곤장(棍杖)을 치 는데. 곤장은 손잡이 부분이 둥글고 몸에 맞는 부분은 납작함. 손잡이 부 분을 잡고 상하로 흔들어보아 힘주기 좋은 것을 가리는 동작임.

*등심 좋은 놈: 중간 부분이 빳빳하게 힘이 있는 곤장을 말함.

*嚴命 至嚴(엄명 지엄): 엄격한 명령이 지극히 두렵고 존엄함.

*갓을 숙이어: 머리에 쓴 갓을 앞으로 숙여 얼굴이 당상에 보이지 않게 함.

*臺上(대상): 동헌(東軒)에 관장이 좌정한 대청마루 위.

*속말: 다른 사람에게는 들리지 않게 하는 소곤대는 말.

*넘겨 치마: 매를 치는 곤장이 엎친 몸을 넘어 장판(杖板) 나무 턱 부분에 닿게 넘기어 친다는 말. 이렇게 치면 몸에는 적게 닿고 곤장이 부러짐.

*딱: 매를 한 차례 치는 소리.

*부러진 刑杖(형장)가지: 매를 친 막대기가 부러져 날아간 나무토막 개비.

*피르르르르: 부러진 막대기 개비가 날아가는 모습의 형용.

*대뜰: 추녀 물이 떨어지는 위치와 마루 사이에 높게 쌓은 기다란 뜰.

*吐心(토심): 마음에 맞지 않아 불쾌하고 아니꼬운 심정.

*一字(일자): '한 일(一)' 글자. '일'자가 들어가는 말로 심경을 토로함.

*一片丹心(일편단심): 한 조각 시뻘겋게 굳건한 마음.

*一夫從事(일부종사): 한 남편만을 평생 받들어 섬김.

*二夫不更(이부불경): 두 남편을 바꾸지 않는다는 열녀의 굳은 절개.

묶은 후에, "집장사령 분부 매워라! 일호사정 두었다가는
*執杖使令 *吩咐 매워라 *一毫私情

주장대로 찌를 테니 각별히 매우 치렸다." "예이, 저만헌
*朱杖대 *恪別 *저만헌

년을 무슨 사정을 두오리까. 대매 뼈를 빼 올리리다."
私情 *대매 *뼈를 빼

<진양조> 집장사령 거동을 보아라. 형장 한 아름을 덥쑥
執杖使令 擧動 *刑杖 *한 아름 *덥쑥

안어다가 동틀 밑에다 좌르르르르 펼쳐놓고 형장을 고르는
*좌르르르르 刑杖

구나. 이놈도 잡고 느끈능청, 저놈도 잡고 느끈거려, 그 중
*이놈도 잡고 느끈능청 中

에 등심 좋은 놈 골라 쥐고, 사또 보는 데는 엄명이 지엄허
*등심 좋은 놈 *嚴命 至嚴

니, 갓을 숙이어 대상을 가리고 춘향다려 속말을 헌다. "이
*갓을 숙이어 *臺上 春香 *속말

애 춘향아, 한두 대만 견디어라. 내 솜씨로 넘겨 치마. 꼼
春香 *넘겨 치마

짝꼼짝 마라! 뼈 부러지리라." "매우 쳐라!" "예이!" 딱. 부
*딱 *부

러진 형장가지는 공중으로 피르르르르 대뜰 위에 떨어지
러진 刑杖가지 空中 *피르르르르 *대뜰

고, 동틀 위에 춘향이는 토심스러워 아프단 말을 아니 허고
春香 *吐心

고개만 빙빙 두르며, "'일자'로 아뢰리다. 일편단심 먹은
*一字 *一片丹心

마음 일부종사 허랴는디, 일개형장이 웬일이오. 어서 급히
*一夫從事 一介刑杖 急

죽여주오." "매우 쳐라!" "예이!" 딱. "둘이요." "이부불경
*二夫不更

*二君不事(이군불사): 두 임금을 섬기지 않는다는 충신의 군은 충절.

*二妃事績(이비사적): 고대 순(舜)임금의 두 부인 아황(娥皇)과 여영(女英)이 순임금 사망에 소상강(瀟湘江) 언덕에서 남편 따라 자결한 절행의 일.

*可望(가망): 희망하여 바람. / *無可奈(무가내): 어찌할 수가 없음.

*삼가히 操心(조심): 근신하여 몸가짐을 잘 하라는 당부.

*三生佳約(삼생가약): 전생 차생 후생을 함께 하기로 맹세한 아름다운 약속.

*三從之法(삼종지법): 여자는 시집가기 전에는 부친을 따르고, 시집가면 남편을 따르며, 남편 사망 후에는 아들을 따른다는 윤리도덕 규범.

*三月花柳(삼월화류): 춘삼월 봄철의 꽃과 버들. 곧 뭇 남자를 따르는 기녀.

*四字(사자) 낱을 딱 부쳐놓니: 네 번째 매를 딱 붙여 때림.

*士大夫(사대부): 벼슬이나 문벌(門閥)이 높은 문무(文武) 양반(兩班) 사람.

*事其事(사기사): 모든 일은 그 일의 순리에 따라 정당하게 행해야 함.

*五馬(오마): 5열로 행군하는 기마병의 '오마작대(五馬作隊)' 행렬 위엄.

*五倫(오륜): 유학(儒學)의 5가지 윤리. 아비와 자식 사이의 친함<부자유친(父子有親)>, 임금과 신하 사이의 의리<군신유의(君臣有義)>, 부부 사이의 분별<부부유별(夫婦有別)>, 어른 아이 사이의 서열<長幼有序(장유유서)>, 친구 사이의 믿음<붕우유신(朋友有信)> 등 관계를 강조한 윤리 조항.

*四肢(사지): 두 팔과 다리. / *寤寐不忘(오매불망): 자나 깨나 잊지 못함.

*六腑(육부): 사람 몸속의 여섯 내장. 곧 위·쓸개·대장·소장·방광(膀胱)·삼초(三焦). '삼초'는 소화 흡수 배설을 맡은 기관으로, 위(胃) 상부의 상초(上焦), 위 내부의 중초(中焦), 방광 상부의 하초(下焦) 등을 모두 포함함.

*戮屍(육시): 죽어 매장한 시체를 꺼내 목을 치는 참형(斬刑).

*七尺長劍(칠척장검): 일곱 자의 긴 칼. / *동갈라도: 토막을 내어 죽여도.

*八方不當(팔방부당): 뺑 둘러 8개 방향 어느 지역에도 합당한 곳이 없음.

*威力勸獎(위력권장): 위압과 폭력으로 누르고 유도해 권하여 장려함.

*고만허고: 그만하고. / *九曲肝腸(구곡간장): 아홉 굽이 윈한 맺힌 마음속.

*九死一生(구사일생): 아홉 번 죽을 고비에 한 번 살아남는 고통.

*舊官子弟(구관자제): 임기를 마치고 떠나간 지난날 관장의 아드님.

*十杖歌(십장가): 열 대의 매를 맞으며 칠 때마다 울부짖은 한탄의 노래.

*十室(십실) 적은 고을: 사람 사는 집이 열 집 밖에 안 되는 조그마한 마을.

*忠烈(충렬): 충신과 열녀. / *烈行(열행): 열녀의 행실.

이내 마음 이군불사 다르리까? 이비사적을 알았거든 두
*二君不事　　　　　　　　*二妃事績

낭군을 섬기리까? 가망 없고 무가내요.” “매우 쳐라!” “예
郞君　　　　　　*可望 없고　*無可奈

이!” 딱. “삼가히 조심 하라 삼생가약 맺은 언약, 삼종지법을
*삼가히 操心　　*三生佳約　　　言約　*三從之法

알았거든 삼월화류로 알지 말고, 어서 급히 죽여주오.”
*三月花柳　　　　　　　　　　　　急

“매우 쳐라!” “예이!” 딱. ‘사자’ 낱을 딱 부쳐놓니, “사대부
*四字　낱을 딱　　　　*士大夫

사또님이 사기사를 모르시오. 사지를 찢더라도 가망 없고
*事其事　　　　*四肢　　　　可望

무가내요.” ‘오자’ 낱을 딱 부쳐놓니, “오마로 오신 사또 오
無可奈　　五字　　　　　　*五馬　　　　*五

륜을 밝히시오. 오매불망 우리 낭군 오실 날만 기다리오.”
倫　　*寤寐不忘　　　郞君

‘육자’ 낱을 딱 부쳐놓니, “육부의 맺은 마음 육시를 허여도
六字　　　　　　*六腑　　　　*戮屍

무가내요.” ‘칠자’ 낱을 딱 부쳐놓니, “칠척장검 높이 들어
無可奈　　七字　　　　　　*七尺長劍

칠 때마다 동갈라도 가망 없고 무가내요.” ‘팔자’ 낱을 딱
*동갈라도　可望　　無可奈　　八字

부쳐놓니, “팔방부당 안 될 일을 위력권장 고만허고 어서
*八方不當　　　*威力勸奬　*고만허고

급히 죽여주오.” ‘구자’ 낱을 딱 부쳐놓니, “구곡간장 맺은
急　　　　九字　　　　　　*九曲肝腸

언약 구사일생을 헐지라도 구관자제를 잊으리까? 가망 없
言約　*九死一生　　　*舊官子弟　　　　可望

고 무가내요.” ‘십자’를 부쳐놓니, “십장가로 아뢰리다. 십실
無可奈　　十字　　　*十杖歌　　　　*十室

적은 고을도 충렬이 있삽거든, 우리 남원 너른 천지 열행이
적은 고을　*忠烈　　　　南原　　天地　*烈行

*十盲一杖(십맹일장): 열 사람 소경에 하나의 지팡이. 매우 소중한 존재.

*魂飛中天(혼비중천): 죽어 영혼이 하늘 한복판을 둥둥 떠 날아다님.

*窓前(창전) *破夢(파몽): 창문에서 소리쳐 꿈꾸고 있는 잠을 깨움.

*斟酌(짐작): 어림쳐서 헤아려 생각함.

*三十度(삼십도) *猛杖(맹장): 30대나 매를 치는 무서운 장형을 시행함.

*玉淚化淵(옥루화연): 눈물이 흘러내려 땅이 연못으로 변화함.

*鎭定(진정): 눌러 진압해 안정시킴.

*玉(옥) 같은: 둥근 구슬과 같은. / *流水(유수): 흘러가는 물.

*庭畔(정반): 펼쳐진 뜰 바닥.

*鎭靜(진정): 가득 채워져 고요하게 가라앉음.

*엎졌던: 엎드리고 있던. 허리를 굽히고 옆에서 감독하던 동작을 말함.

*刑房(형방): 지방관아 여섯 부서인 육방(六房) 중 형방(刑房)의 우두머리.

*道袍(도포) 자락: 통상 예복으로 입는 겉옷인 도포의 아래로 드리운 언저리.
 ‘도포’는 소매가 넓고 뒤에 딴 폭을 댄 긴 겉옷으로 허리에 술띠를 두름.

*발 툭툭 구르며: 발로 땅을 여러 번 차며 못마땅해 하는 모습.

*官門出入(관문출입): 관아에 출근해 일을 함. / *光景(광경): 펼쳐진 모습.

*門前乞食(문전걸식): 남의 집 대문 앞을 집집마다 돌면서 밥을 빌어먹음.

*구실: 관아에서 일을 맡아보는 직무수행.

*閑良(한량): 멋을 부리면서 하는 일 없이 떠돌며 노는 사람.

*擧動(거동): 행동. / *設令(설령): 가령. 혹시 그러할지라도.

◇참고: 장형(杖刑) 장면

없으리까. 나죽기는 섧지 않으나 십맹일장 날만 믿는 우리
　　　　　　　　　　　　　　　　　*十盲一杖

모친이 불쌍허오. 이제라도 어서 죽어 혼비중천 높이 떠서,
*母親　　　　　　　　　　　　　　　*魂飛中天

도련님 잠든 창전에 가 파몽이나 허고지고.
　　　　　*窓前　　　*破夢

<중모리>　열을 치고 그만 둘까? 스물을 치고 짐작 헐까?
　　　　　　　　　　　　　　　　　　　　　*斟酌

삼십도를 맹장 허니, 옥루화연 흐르는 눈물 진정헐 수 바
*三十度　*猛杖　　*玉淚化淵　　　　　　　*鎭定

이없고, 옥 같은 두 다리에 유수같이 흐르는 피는 정반의
　　　　*玉 같은　　　　　*流水　　　　　　　*庭畔

진정이라. 엎졌던 형방도 눈물짓고, 매질허던 집장사령도
*鎭靜　　*엎졌던　*刑房　　　　　　　　執杖使令

매 놓고 돌아서며, 도포자락 끌어다 눈물 흔적 씻으면서
　　　　　　　　*道袍자락　　　　　痕迹

발 툭툭 구르며, "못 보것네 못 보것네, 사람의 눈으로 못
*발 툭툭 구르며

보것네. 삼십년간 관문출입 후에 이런 광경은 첨 보았네.
　　　三十年間　*官門出入　後　　　*光景

내일부터는 나가 문전걸식을 허드레도, 아서라 이 구실은
來日　　　　　*門前乞食　　　　　　　　*구실

못 허것네."

<단중모리>　남원 한량들이 구경을 허다, "아서라, 춘향이
　　　　　　　南原 *閑良　　　구경　　　　　　　春香

매 맞는 거동, 사람 눈으로 못 보것네. 어린 것이 설령 잘
　　　*擧動　　　　　　　　　　　　　　　*設令

못헌들 저런 매질이 또 있느냐? 집장사령 놈을 눈 익혀
　　　　　　　　　　　　　執杖使令

*三門(삼문): 셋으로 된 관아나 궁궐의 정문. 중앙에 큰 문이 있고 좌우에 작은 협문이 있어 합하여 세 개 문임.

*急煞(급살): 갑자기 죽음. 민간 풍습에서 운수가 매우 사납거나 남에게 큰 피해를 끼쳤을 때, 하늘이 내리는 무서운 죽음의 벌(罰)로 인식했음.

*골: 고을. 지방 행정단위에 속하는 한 지역.

*떨떨거리고: 팔을 휘저으며 거리낌 없이 걷는 모습.

*큰칼: 죄인을 옥에 가둘 때, 긴 판자 끝에 구멍을 뚫어 죄인의 목에 끼우고 고정시켜 잠가, 몸 움직임을 구속 하는 형벌기구. 항쇄(項鎖), 경가(頸枷).

*長房廳(장방청): 지방관아에서 아전들이 머물러 일보는 처소(處所).

*失聲發狂(실성발광): 너무 슬퍼 소리도 내지 못하고 미친 듯 날뛰는 행동.

*氣絶(기절): 숨이 막혀 의식을 잃음.

*南原 四十八面(남원 사십팔면): 남원도호부(南原都護府)에 속하는 지역 향청(鄕廳)이 48개란 뜻. '향청'은 관장 지시를 받는 자치조직으로 좌수(座首)가 우두머리이며, 그 밑에 몇 명의 별감(別監)이 있었음.

*질廳(청): 길청. 지방 관아에서 아전들이 집무하는 곳.

*上典(상전): 종들이 주인을 일컫는 말.

*將廳(장청): 지방 관아 장교(將校)들 집무하는 장소.

*나리: 아랫사람이 지체 높은 사람을 높여 부르는 말.

*제 郞君 守節(낭군 수절): 자기 남편을 위해 절개를 지키는 일.

*생죽음: 자기 명(命)대로 살지 못하고 잘 못 된 일로 죽음을 당함.

◇참고: 삼문(三門)

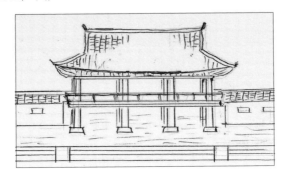

두었다가 삼문 밖을 나가면 급살을 주리라. 저런 매질이 또
*三門　　　　　　　　*急煞

있느냐? 모지도다 모지도다, 우리 골 사또가 모지도다. 저
　　　　　　　　　　　　　　　　　*골

런 매질이 또 있느냐? 간다간다, 떨떨거리고 내 돌아간다.
　　　　　　　　　　　　　　　*떨떨거리고

6. 월매의 통곡─기생들 한탄, 춘향 하옥

<아니리>　춘향을 큰칼 씌워 장방청에 내쳐 놓니, 그때여
　　　　　春香　*큰칼　　　*長房廳

춘향 모친이　춘향이 매를 맞아　죽게 되었단 말을 듣고,
春香　母親　　春香

실성발광으로　들어오는디.
*失聲發狂

<자진중중모리> 춘향 모친이 들어온다. 춘향 모친이 들어
　　　　　　　　春香　母親　　　　　　　　春香　母親

온다. "춘향이가 죽다니? 춘향이가 죽었다네." 장방청 들어
　　　　春香　　　　　　　春香　　　　　　　長房廳

가니 춘향이 기절허여 정신없이 누었구나. 춘향 모친 기가
　　　春香　*氣絶　　精神　　　　　　　　春香　母親　氣

막혀 그 자리 엎드러지더니, "아가 춘향아, 이 주검이 웬
　　　　　　　　　　　　　　　　　　春香

일이냐? 남원 사십팔면 중에 내 딸 누가 모르는가. 질청의
　　　　*南原　四十八面　中　　　　　　　　　　　*질廳

상전님네, 장청의 나리님네, 내 딸 춘향 살려주오. 제 낭군
*上典　　　*將廳　*나리　　　　　春香　　　　　*제　郞君

수절헌 게 그게 무슨 죄가 있어, 생죽음을 시키시오? 나도
守節　　　　　　　　罪　　　*생죽음

*如狂如醉(여광여취): 미치광이 같이, 또는 술에 취한 것처럼 울고 날뜀.

*목제비질: 목접이질. 목이 접힐 정도로 굽혔다 폈다 하며 휘돌림.

*내리둥굴 치둥굴며: 몸을 아래로 굽혔다 위로 폈다 하며 뒹구는 동작.

*作定(작정): 어떤 일을 하려고 확실히 결정함.

*長房廳(장방청): 지방관아 아전들이 머물러 일보는 처소(處所).

*서로 부르며: 서로서로 불러 연락함. / *아짐: '아주머니'의 방언.

*불쌍허고: 곤경에 처한 모습이 가엽고 애처로움.

*淸心丸(청심환): 몸속 열을 풀어 안정시키는, 덩어리로 된 한약.

*갈아라: 덩어리인 청심환을 물에 묻혀 먹 갈듯이 갈아 액체로 만드는 일.

*同志(동지): 서로 뜻이 맞는 사이의 사람.

*天方地軸(천방지축): 너무 다급하여 방향을 잡지 못하고 함부로 날뜀.

*선춤: 격식에 맞지 않고 서툴게 아무렇게나 몸을 움직여 추는 춤.

*어이없어: 어처구니없어. 너무나 기가 차는 일을 당한 상황.

*嫌惡(혐오): 싫어하고 미워함. / *重杖(중장): 매우 심한 매를 맞는 형벌.

*晉州(진주) *義巖夫人(의암부인): 경상도 진주의 논개(論介). 임진왜란 때에 진주성이 함락되니, 왜적 장군이 논개를 데리고 촉석루 앞쪽 성문 밖 비스듬한 바위를 따라 내려가 강물 가운데 따로 떨어져 있는 바위에 올라 희롱했음. 이때 논개가 왜장을 안고 물에 빠져 함께 죽었음. 뒤에 그의 충절을 기려 바위 이름을 '의암'이라 했고, 이 바위 이름이 바로 논개의 호(號)로 사용되었으므로 '의암부인'이라 한 것임.

◇참고: 촉석루와 의암(義巖)

마저 죽여주오.” 여광여취 울음 울 제, 목제비질을 절컥,
*如狂如醉   *목제비질

내리둥굴 치둥굴며 죽기로만 작정허는구나.
*내리둥굴 치둥굴며   *作定

<아니리> 그때여 장방청 여러 기생들이 이 소문을 듣고
              *長房廳   妓生   所聞

서로 부르며 들어오는디.
*서로 부르며

<단중모리> 여러 기생들이 들어온다. 여러 기생들이 들어
              妓生   妓生

온다. 서로 부르며 들어오는디, “아이고 형님, 아이고 아짐,
                                      兄   *아짐

동생 춘향이가 매를 맞고 생죽음을 당했다네. 아이고 불쌍
      春香   *불쌍

허고 아까워라. 어서 가서 청심환 갈아라.” 끼리끼리 동지
허고   *淸心丸 *갈아라   *同志

끼리 천방지축에 들어올 제, 또 어떠한 기생 하나는 선춤
      *天方地軸   妓生   *선춤

을 추면서 들어오는구나.

<중중모리> “얼씨구나 절씨구, 얼씨구나 절씨구. 얼씨구

좋구나 지화자 좋네. 얼씨구나 절씨구.” 여러 기생들이 어
                                      妓生   *어

이없어, “아이고, 저년 미쳤구나. 춘향과 너와 무슨 혐오
이없어   春香   *嫌惡

있어, 저 중장을 당했는디 춤을 추니 웬 일이냐?” “너의
      *重杖   當

말도 옳거니와 이내 말을 들어봐라. 진주에 의암부인 나고,
                              *晉州 *義巖夫人

*平壤 月仙夫人(평양 월선부인): 평양기생 계월향(桂月香). 임진왜란 때 왜장 소서행장(小西行長)이 평양을 점령했을 때, 그의 친척 소서비(小西飛)가 부장(副將)으로 함께 와 계월향을 첩으로 삼고자 했음. 계월향이 거절하다가 마음을 바꾸어 첩이 되어 마침내 소서비를 죽이고, 자신도 몸이 더럽혀졌다고 하여 자결했음. 뒤에 평양기생들이 의열사(義烈祠)를 세워 매년 제사를 올렸음. 한편 당시 평안도 방어사(防禦使) 김경서(金景瑞; 일명 應瑞)가 계월향의 친척이라 속이고 잠입해 소서비 목을 잘라 나오니, 계월향이 따라 나오려 하므로, 역시 기생의 목도 베고 도망쳤다는 설화도 있음.

*安東妓生 一枝紅(안동기생 일지홍): 안동의 기생으로 첩이 되어 남편을 위해 절행(節行)을 지킨 것으로 나타나 있으나 전하는 기록이 분명치 않음.

*산 烈女門(열녀문): 원래 열녀문은 남편을 위해 목숨을 바쳐야 세워지는데, 죽지 않고 살아 있는 동안에 열녀문이 세워졌다는 내용임.

*千秋遺傳(천추유전): 영원한 세월 동안 계승되어 이어 전해짐.

*宣川妓生(선천기생): 평안도 선천의 동기(童妓). 남원(南原) 선비 노진(盧稹)이 편모슬하에 가난하여 선천군수인 당숙에게 결혼비용을 얻고자 갔는데, 관아 문지기들이 출입을 막아 길에서 서성이니, 한 동기가 물어 사실을 말하니까 저녁때 자기 집으로 오라면서 집을 일러주었음. 근근이 사정해 당숙을 뵈니 여유가 없다고 거절함. 저녁에 동기 집을 찾아가 대접을 받고 동침을 한 다음. 도련님은 장래 큰 인물이 될 것이라면서, 몸을 깨끗이 하고 기다리겠다고 약속하고, 많은 돈과 말을 주며 돌아가라 했음. 4,5년 후 관서암행어사가 되어 가서 찾아 데리고 와 첩으로 삼았다는 설화가 전함.

*兒孩(아해): 미성년인 어린 사람.

*七去學問(칠거학문): 아내를 내보내는 7개 조항인 '칠거지악(七去之惡)' 내용을 이해하는 학문. 그러나 '부모 불경·무자(無子)·질투·음탕함·도적질·악한 병·말이 많음' 등 칠거지악(七去之惡)은 깊이 있는 학문이 아니어서, 아마도 사서삼경(四書三經)인 '칠서학문(七書學問)'으로 의심됨.

*淸州妓生 花月(청주기생 화월): 자세한 행적을 알 수 없음.

*三層閣(삼층각): 삼층으로 된 정문(旌門) 건물.

*大都管內(대도관내): 큰 도시 안 사람들. / *忠烈(충렬): 충신과 열녀.

*懸板(현판) 감: 열녀 표창 정문(旌門)에 사적을 기록한 현판으로 붙일 대상.

*鎖匠(쇄장): 옥 지키는 책임자. / *칼머리: 큰칼의 길게 드리운 끝부분.

평양에 월선부인 나고, 안동기생 일지홍 산 열녀문 세워
*平壤　　月仙夫人　　　*安東妓生　一枝紅　*산 烈女門

있어 천추유전 허여 있고, 선천기생 아해로되 칠거학문 들
　　*千秋遺傳　　　　　*宣川妓生　*兒孩　　*七去學問

어 있고, 청주기생 화월이는 삼층각에 올랐으니, 우리 남
　　　*淸州妓生　花月　　*三層閣　　　　　　　　南

원 대도관내 충렬이 없삽다가, 춘향이가 열녀 되어, 우리
原 *大都管內　*忠烈　　　　　　春香　　　烈女

도 이번 남원 좋은 골에 현판 감이 생겼으니, 어찌 아니 좋
　　南原　　　　　　*懸板 감

을쏘냐? 노모신세는 불쌍허나 죽을 테면 꼭 죽어라. 얼씨
　　　　老母身世

구나 좋을씨구, 지화자 좋을씨구."

<중모리>　사정이는 춘향을 업고, 향단이는 칼머리 들고,
　　　　*鎖匠　　春香　　　香丹　　*칼머리

춘향 모친 여러 기생들은 뒤를 따라 옥으로만 내려 갈 제,
春香 母親　　　妓生　　　　　　*獄

◇참고: 큰칼(경가; 頸枷)과 씌운 모습

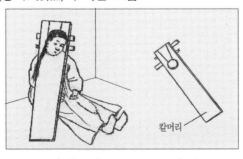

큰칼 쓴 모습　　　큰칼 구조

*獄(옥): 죄인을 가두는 감옥.

*身世(신세): 일신(一身)에 닥치고 있는 가련한 형편.

*我哭 汝哭(아곡 여곡)헐다: 나의 주검 앞에서 나를 위해 네가 곡을 하고 울어야 할 터인데.

*汝哭 我哭(여곡 아곡): 네가 울어야 할 곡을 내가 곡을 하며 울고 있음.

*내 울음을 누가 울며: 내 주검 앞에서의 곡은 누가 울어줄 것이며.

*我葬 汝葬(여장 아장)헐다: 내가 죽어 시체를 거두는 장례를 네가 치러주어야 할 터인데.

*汝葬 我葬(여장 아장): 너의 죽은 장례를 내가 치르고 있음.

*내 葬事(장사)를 누가 헐거나: 내 죽음의 장례를 누가 치러줄 것이냐?

※이상 '아곡 여곡'부터의 내용은, 조선 중기 시인 송순(宋純)이 아들의 죽음을 슬퍼해 지은 '곡자문(哭子文)'에서, "너를 위한 울음을 내가 곡하니, 나를 위한 울음은 누가 울어줄 것이냐?(汝哭我哭 我哭誰哭: 여곡아곡 아곡수곡)" 하고 슬퍼한, 가슴 아픈 구절을 더욱 자세히 풀어서 인용한 것임.

*怨讐(원수): 원한이 맺혀 몹시 미운 대상.

*尊卑貴賤(존비귀천): 사회적인 신분에 존귀하고 미천한 규정을 설정해 놓은 제도. 곧 양반이 상인(常人)을 천대하는 신분제도.

*萬一(만일): 만에 하나라도. 혹시.

*七十當年(칠십당년): 70세 나이에 해당하고 있음.

*獄門間(옥문간): 감옥의 출입문 입구.

*當到(당도): 바로 지금 도착해 닿음.

*獄鎖(옥쇄): 감옥 문을 잠근 자물쇠.

*절컥절컥: 쇠로 된 물건이 서로 부딪쳐 나는 소리. 곧 자물쇠를 잠가 채우면서 내는 소리.

*十五夜(십오야): 음력 십오 일 밤의 밝은 달.

*떼구름: 뭉게구름. 많이 몰려 뭉쳐 있는 검은 구름.

춘향 모친 기가 막혀, "아이고, 내 신세야! 아곡을 여곡헐
春香 母親 氣 *身世 *我哭 汝哭헐

디, 여곡을 아곡허니 내 울음을 누가 울며, 아장을 여장헐
디 *汝哭 我哭 *내 울음을 누가 울며 *我葬 汝葬헐

디, 여장을 아장허니 내 장사를 누가 헐거나. 원수로다 원
디 *汝葬 我葬 *내 葬事를 누가 헐거나 *怨讐 怨

수로다 존비귀천이 원수로구나. 니가 만일 죽게 되면 칠십
讐 *尊卑貴賤 怨讐 *萬一 *七十

당년 늙은 내가 누구를 믿고 살으라고?" 그렁저렁 길을 걸
當年

어 옥문간 당도허니, 사정이 춘향을 옥에 넣고 옥쇄를 절
*獄門間 *當到 鎖匠 春香 獄 *獄鎖 *절

컥절컥 채워 놓니, 십오야 둥근달이 떼구름 속에 잠겼구나.
컥절컥 *十五夜 *떼구름

*獄房(옥방): 감옥의 방안.

*身世 長歎(신세 장탄): 자신이 처한 일신의 가엾은 형편을 생각하여 오래 동안 길게 탄식함.

*險(험)탄: '험하다는'의 준말. 어지럽고 불결하다는 말.

*險(험)궂고: 어지럽고 더러움.

*緋緞(비단): 명주실로 짠 광택이 나는 고운 피륙.

*보료: 앉을 자리에 항상 깔아두고 사용하는, 솜을 두껍게 넣어 만든 요.

*헌 空石(공석): 짚을 엮어 10 말<斗> 들이로 만든 곡식 담는 용기가 '섬'임. 오래 된 빈 섬을 양쪽을 터서 땅에 까는 자리로 만든 거적을 말함.

*鴛鴦衾枕(원앙금침): 원앙새를 수놓은 비단이불과 베개.

*짚토매: '짚 토막'의 방언. 볏짚의 묶음, 곧 짚단.

*천지(天地) 삼겨: 하늘과 땅이 생겨난 다음에.

*내인: '낸'의 방언. 만들어 내 놓은.

*百年 怨讐(백년 원수): 한 평생 잊을 수 없는 원한 맺힌 관계.

1. 춘향 옥중 자탄─쑥대머리

<아니리> 그때여 춘향모친과 향단이는 여러 기생들 앞세
　　　　　　春香母親　　香丹　　　　　　　妓生

워 집으로 돌아가고, 춘향이 홀로 옥방에 앉아 신세 장탄으
　　　　　　　　春香　　　*獄房　　　*身世　長歎

로 울음을 우는디.

<세마치> "옥방이 험탄 말은 말로만 들었더니, 험궂고
　　　　　獄房　　*險탄　　　　　　　　　　　*險궂고

무서워라. 비단 보료 어디 두고 헌 공석이 웬 일이며, 원앙
　　　　*緋緞 *보료　　　　*헌 *空石　　　　　*鴛鴦

금침 어디 두고 짚토매가 웬일인고? 천지 삼겨 사람 낳고
衾枕　　　　　*짚토매　　　　　*天地　삼겨

사람 삼겨 글자 낼 제, '뜻 정'자 '이별 별'자는 어느 누가
　　　　　　　　　　情 字　　　別 字

내셨던고. 이 두 글자 내인 사람은 날과 백년 원수로다."
　　　　　　　*내인　　　　　　　*百年　怨讐

*忽然(홀연): 문득. 갑자기.

*莊周蝴蝶(장주호접) *蝴蝶莊周(호접장주): 중국 전국시대 장주(莊周; 莊子)가 잠들어 자신이 나비가 된 꿈을 꾸고 깨어, "장주인 내가 나비가 된 것인지, 나비가 장주인 나로 된 것인지" 알 수 없다고 토로한 말에서 유래된 것으로, 보통 꿈을 꾼 것을 나타내는 말임.

*翩翩(편편): 날개를 펼쳐 훨훨 나는 모습.

*斑斑血淚(반반혈루) 竹林(죽림): 아롱아롱 피눈물의 무늬 있는 대숲. 중국 고대 순(舜)임금의 두 부인 아황(娥皇) 여영(女英)이 남쪽 지역 순회 도중 사망한 남편 장례를 마치고, 소상강(瀟湘江) 언덕에서 피눈물을 뿌리면서 강에 떨어져 자결한 후, 주위 대나무에 묻은 피눈물 자국이 뒤에 나는 대나무에 계속 무늬로 남아, '반죽(斑竹; 무늬 있는 대)'이라 일컫게 된 유래.

*杜鵑(두견): 소쩍새. 중국 촉(蜀) 망제(望帝)의 영혼이어서 슬피 운다고 함.

*坐林(좌림): 대숲으로 내려와 앉음. / *寂寂(적적): 고요하고 쓸쓸함.

*隱隱(은은): 아득히 흐릿함. / *黃金大字(황금대자): 황금으로 쓴 큰 글자.

*萬古烈女皇陵廟(만고열녀황릉묘): 영원히 사라지지 않을 열녀인, 순임금 두 부인 아황 여영 혼령을 모신 사당 황릉묘. 소상강(瀟湘江) 가에 있음.

*恍惚(황홀): 눈이 부셔 정신이 아찔함. / *門前(문전): 대문 앞.

*徘徊(배회): 오락가락 어물댐. / *綠衣(녹의): 녹색 옷을 입은 여인.

*女童(여동): 심부름하는 여종. / *娘娘(낭랑): 왕비나 귀족 부인의 높임말.

*微賤(미천): 지위가 낮고 천함. / *內殿(내전): 왕비가 거처하는 전각.

*霧廈雲窓(무하운창): 안개와 구름이 자욱한 큰 건물과 아름다운 창문.

*白衣(백의): 흰옷. / *두 夫人(부인): 순 임금 두 왕비 아황 여영의 혼령.

*반기허여: 반가이 맞아하여. / *女(여)잘망정: '女子(여자)일망정'의 준말.

*古今史蹟(고금사적): 예와 지금의 역사흔적. / *通達(통달): 모두 잘 통함.

*堯女舜妻(요녀순처): 아황 여영은 요임금 두 딸로서 순임금의 두 부인임.

*瀟湘江(소상강): '소강' '상강'이 합류해 호남성 동정호(洞庭湖)로 들어옴.

*東西廟(동서묘): 동쪽과 서쪽에 따로 있는 사당(祠堂).

*千萬古(천만고): 영원한 세상. / *節行(절행): 절개를 지키는 행실.

*壯(장): 위대하고 웅장하여 모범이 됨.

*民間富貴(민간부귀): 세상에서 누리는 부자와 존귀한 지위에 오르는 행복.

*빈轎(교): 비어 있는 가마. 가마처럼 둘레가 막힌 빈 의자.

울며불며 홀연히 잠이 들어, 장주가 호접되고 호접이 장주
*忽然　　　　　　　莊周　　蝴蝶　　*蝴蝶　　莊周

되어 편편히 날아가니, 반반혈루 죽림 속에 두견이 오락가
*翩翩　　　　　　*斑斑血淚　竹林　　　*杜鵑

락, 귀신은 좌림허고 적적한 높은 집에 은은히 보이난디,
　　鬼神　*坐林　　*寂寂　　　　　　　*隱隱

황금대자로 새겼으되 만고열녀황릉묘라 둥두렷이 걸었거
*黃金大字　　　　　*萬古烈女皇陵廟

늘, 이 몸이 황홀허여 문전에 배회헐 제 녹의 입은 두 여동
　　　　*恍惚　　*門前　*徘徊　　　*綠衣　　*女童

이 문 열고 나오며 춘향전 예하여 여짜오되, "낭랑께서 부
　　　　　　　　　春香前　禮　　　　　　*娘娘

르시니 나를 따라 가사이다." 춘향이 여짜오되, "미천한 사
　　　　　　　　　　　　春香　　　　　*微賤

람으로 우연히 이곳에 와 지명도 모르난디, 어떠허신 낭랑
　　　偶然　　　　　　地名　　　　　　　　　娘娘

께서 나를 알고 부르리까?" "가서 보면 알 것이니 어서 급
　　　　　　　　　　　　　　　　　　　　　　　　急

히 가사이다." 여동 뒤를 따라 내전에 들어가니, 무하운창
　　　　　　女童　　　　　*內殿　　　　　*霧廈雲窓

높은 집에 백의 입은 두 부인이 문 열고 나오며 춘향 보고
　　　*白衣　　　*두　夫人　門　　　　　　春香

반기허여, "니 비록 여잘망정 고금사적 통달허여, 요녀순처
*반기허여　　　　*女잘망정　*古今史蹟　*通達　　*堯女舜妻

아황여영 우리 형제 있는 줄을 너도 응당 알리로다. 이 물
娥皇女英　　兄弟　　　　　　　　應當

은 소상강, 이 숲은 반죽이요, 이 집은 황릉묘라. 동서묘의
　*瀟湘江　　　　斑竹　　　　　皇陵廟　　*東西廟

앉은 부인 천만고 효부열녀로다. 너도 절행이 장허기로 민
　　夫人 *千萬古　孝婦烈女　　　*節行　*壯　　　*民

간부귀 시킨 후에, 이리 다려 올까 허여 서편의 빈교가 너
間富貴　　　後　　　　　　　　　　西便　*빈轎

*軟弱(연약): 무르고 단단하지 못함. / *凶事(흉사): 좋지 못한 일을 당함.

*可憐(가련): 신세가 딱하고 불쌍함.

*구완차: 구제하여 도와주기 위함. '구완'은 한자어 '구원(救援)'의 우리말.

*杖毒(장독): 형벌의 매를 맞아 근육과 피부가 부어올라 벌겋게 되었거나 피부가 터져 상처가 생긴 곳.

*吩咐(분부): 아랫사람에게 내리는 명령.

*四拜 下直(사배 하직): 네 번 절하여 인사 올리고 작별함.

*地境(지경): 사정의 형편. 어떤 지역의 경계. / *形狀(형상): 모습. 모양.

*쑥대머리: 쑥이 자라서 바람에 나부낄 때 뒤집어지면서 허옇게 보이는 쓸쓸한 모습처럼, 머리털이 손질이 안 되어 뒤엉켜 어지러운 모습. 임방울 명창이 가엾게 된 옥중의 춘향 모습을 구성하여 표현하면서 붙인 명칭임.

*鬼神形容(귀신형용): 귀신처럼 머리를 풀어 늘어뜨린 모습.

*寂寞獄房(적막 옥방): 적적하고 음산하여 쓸쓸한 감옥 방안.

*찬 자리: 싸늘한 자리. / *漢陽郎君(한양낭군): 서울에 있는 남편.

*情別(정별): 정을 맺은 사람과의 이별. / *一張書(일장서): 한 장의 편지.

*宴爾新婚(연이신혼): 너의 새로운 혼인 즐거움에 빠져<나를 버렸나?>.『시경(詩經)』 '패풍(邶風)', 남편 버림을 받은 여인 시 '곡풍(谷風)'의 한 구절.

*琴瑟友之(금슬우지): 거문고와 비파가 조화를 이룸, 부부가 조화를 이루어 화목하게 잘 지냄.『시경(詩經)』 '국풍(國風)', '관저(關雎)' 시 한 구절.

*桂宮姮娥(계궁항아): 계수나무 있는 달나라 선녀인 항아. '항아'는 예(羿)의 아내였는데, 남편의 불사약(不死藥)을 훔쳐 먹고 달나라 선녀가 되었다 함.

*莫往莫來(막왕막래): 가지도 못하고 오지도 못함.

*鸚鵡書(앵무서): 앵무새를 통해 전하는 편지. 당(唐) 시인 잠삼(岑參)의 '부북정도롱사가(赴北庭度隴思家)' 시에, "농산의 앵무새 능히 말을 하니(隴山鸚鵡能言語; 농산앵무능언어), 고향집 사람들에게 몇 가지 사연 편지로 부쳐 보내리(爲報家人數寄書; 위보가인수기어)"라고 읊은 것에서, 앵무새가 편지와 연관을 맺게 되었음.

*輾轉反側(전전반측): 잠을 이루지 못하고 엎치락뒤치락 함.

*蝴蝶夢(호접몽): 꿈을 뜻함. 중국 춘추시대 장주(莊周; 莊子)가 자신이 나비가 된 꿈을 꾸고 깨어, "장주인 내가 나비가 된 것인지 나비가 장주인 나로 된 것인지" 알 수 없다고 토로한 말에서, 꿈과 호접이 결부되었음.

앞을 자리로구나. 오늘 너를 청하기는 연약한 너의 몸에 흉
　　　　　　　　　　　請　　　*軟弱　　　　　　　　*凶

사가 가련키로, 구완차 불렀노라. 이것을 먹으면 장독이 풀
事　*可憐　　*구완차　　　　　　　　　　*杖毒

리고 아무 탈이 없으리라." 술 한 잔 과실 안주 여동 시켜
　　　　　　　　　　　　　　　　　果實　按酒　女童

주시거늘, 돌아 앉어 먹은 후에 낭랑이 분부허시되, "너의
　　　　　　　　　　　後　　娘娘　*吩咐

노모 기다리니 어서 급히 나가보아라." 춘향이 사배 하직허
老母　　　　　　急　　　　　　　　春香　*四拜　下直

고 깜짝 놀라 깨달으니, 황릉묘는 간 곳 없고 옥방에 홀로
　　　　　　　　　　皇陵廟　　　　　　　　獄房

누웠구나. "이럴 줄 알았으면 두 부인 모시고 황릉묘나 지
　　　　　　　　　　　　　　　夫人　　　　皇陵廟

킬 것을, 이 지경이 웬 일이여."
　　　　*地境

<중모리>　춘향 형상 가련허다. 쑥대머리 귀신형용, 적막
　　　　　　春香　*形狀　可憐　　*쑥대머리　*鬼神形容　*寂寞

옥방의 찬 자리에 생각나는 것은 임뿐이라. 보고지고 보고
獄房　　*찬 자리

지고, 한양낭군을 보고지고. 서방님과 정별 후로 일장서를
　　　*漢陽郎君　　　　　　　　　書房　　*情別　後　　*一張書

내가 못봤으니, 부모봉양 글공부에 겨를이 없어서 이러는
　　　　　　　　父母奉養　　工夫

가? 연이신혼 금슬우지 나를 잊고 이러는가? 계궁항아 추
　　*宴爾新婚　*琴瑟友之　　　　　　　　　　*桂宮姮娥　秋

월같이 번듯이 솟아서 비치고져. 막왕막래 막혔으니 앵무
月　　　　　　　　　　　　　　　*莫往莫來　　　　*鸚鵡

서를 내가 어이 보며, 전전반칙 잠 못 이루니 호접몽을 꿀
書　　　　　　　　*輾轉反側　　　　　　*蝴蝶夢

*事情(사정)으로 便紙(편지): 내가 처한 자세한 일을 내용으로 편지를 씀.
*肝腸(간장): 간과 창자, 곧 마음속. / *畫像(화상): 사람 얼굴을 그린 그림.
*梨花一枝春帶雨(이화일지춘대우): 배꽃 핀 한 가지 봄비 맞아 젖어 있구려.
*夜雨聞鈴斷腸聲(야우문령단장성): 밤비에 들리는 방울소리 창자를 끊어내네.
  위 두 구절은 당(唐) 현종(玄宗)이 안록산(安祿山) 난에 촉(蜀)으로 피난
  가다가 마외역(馬嵬驛)에서 양귀비(楊貴妃)를 죽게 하고, 돌아와 늘 슬퍼한
  내용을, 뒷날 백낙천(白樂天)이 읊은 '장한가(長恨歌)' 속 시구들임.
*綠水芙蓉 採蓮女(녹수부용 채련녀): 연꽃 핀 푸른 물에서 연뿌리 캐는 여인.
  당(唐) 시인 왕발(王勃)의 '채련곡(採蓮曲)'에서 인용한 내용임.
*提籠忘采葉(제롱망채엽): 광주리 끼고 있지만 뽕 딸 생각 잊음. 당(唐) 시인
  장중소(張仲素)의 '춘규사(春閨思)' 시 제3행으로, 제4행의 "간밤 꿈에 만
  난 수자리 간 어양(漁陽) 땅 남편 생각 때문이로다(昨夜夢漁陽)"에 이어짐.
*八字(팔자): 타고난 운명. / *獄中孤魂(옥중고혼): 옥에서 죽은 외로운 넋.
*相思木(상사목): 중국 전국시대 위(魏)의 한 남자가 전쟁에 나가 돌아오지
  않으니, 그 아내가 남편을 기다리다 죽어 땅에 묻었음. 곧 그 무덤 위에
  나무가 나 가지와 잎이 모두 남편 간 곳을 향해 뻗었다는 무덤 위의 나무.

> 또, 옛날 송(宋) 강왕(康王)이 신하 한빙(韓憑) 처를 뺏으니, 한빙이 항의해
> 구금되었다가 자결했음. 이에 한빙 처도 높은 대에서 떨어져 자결하니, 두 무
> 덤을 나란히 묻어주었음. 곧 두 무덤에서 나무가 나 크게 자라, 가지가 서로
> 연결되고 뿌리 또한 연결되었으며, 암수 한 쌍의 원앙새가 와서 앉아 목을 꼬
> 고 늘 슬피 울었음. 송나라 사람들이 이 나무를 '상사수(相思樹)'라 일컬었음.

*望夫石(망부석): 중국 호북성 무창(武昌)의 북산 위에 있는 돌. 한 열녀가
  수자리 간 남편을 이 산에서 기다리다 죽어 된 돌이라 함. 또, 신라 눌지
  왕 때 박제상(朴堤上)의 아내가, 일본에서 왕자를 구출하고 잡혀 죽은 남
  편을 기다리며, 올라서 울던 치술령(鵄述嶺)의 바위도 '망부석'이라 함.
*生前死後(생전사후): 이세상과 저승. / *放聲痛哭(방성통곡): 큰 소리로 욺.
*春秋(춘추): 공자 저술의 역사책. / *史略(사략): 간략히 쓴 중국 역사책.
*通史記(통사기): 중국 역사책인 『자치통감(資治通鑑)』과 『사기(史記)』.
*四書三經(사서삼경): 『중용(中庸)』·『대학(大學)』·『논어(論語)』·『맹자(孟子)』
  등 사서와 『시경(시경)』·『서경(書經)』·『역경(易經)』 등 삼경.
*百家語(백가어): 많은 학자들의 저술.

수 있나. 손가락에 피를 내어 사정으로 편지허고, 간장에
　　　　　　　　　　　*事情으로　便紙　　　*肝腸

썩은 눈물로 임의 화상을 그려볼까. 이화일지춘대우로 내
　　　　　　　　*畫像　　　　　　*梨花一枝春帶雨

눈물을 뿌렸으니, 야우문령단장성에 비만 많이 와도 임의
　　　　　　　*夜雨聞鈴斷腸聲

생각, 녹수부용 채련녀와 제롱망채엽의 뽕따는 여인네들도
　　*綠水芙蓉　採蓮女　*提籠忘採葉　　　　女人

낭군 생각 일반이라, 날보다는 좋은 팔자. 옥문 밖을 못 나
郞君　　　一般　　　　　　　　　　*八字　獄門

가니 뽕을 따고 연 캐겠나? 내가 만일에 도련님을 못 보고
　　　　　　　　　　　萬一

옥중고혼이 되거드면, 무덤 근처 섰는 나무는 상사목이 될
*獄中孤魂　　　　　　　近處　　　　　　*相思木

것이요, 무덤 앞에 있는 돌은 망부석이 될 것이니, 생전사
　　　　　　　　*望夫石　　　　　　*生前死

후 이 원통을 알아줄 이가 뉘 있드란 말이냐? 방성통곡의
後　　冤痛　　　　　　　　　　　　　*放聲痛哭

울음을 운다.

2. 장원 급제―암행어사 행차, 어사 행장

<아니리>　　이렇다시 세월을 보낼 적에.
　　　　　　　　　歲月

<자진모리>　　그때여 도련님은 서울로 올라가 글공부 힘을
　　　　　　　　　　　　　　　　　　　　工夫

쓸 제, 춘추 사략 통사기 사서삼경 백가어를 주야로 읽고
　　*春秋 *史略 *通史記 *四書三經 *百家語　晝夜

*董仲舒聞見(동중서문견): 중국 한(漢) 때 학자 동중서의 넓은 지식.
*白樂天繼受(백락천계수): 당(唐)나라 말기 시인 백낙천의 학문을 이어 받음.
*錦繡江山(금수강산): 비단 수처럼 아름다운 산천. / *胸中(흉중): 가슴 속.
*風雲月露(풍운월로) *戲弄(희롱): 날리는 구름, 달빛 속 이슬을 글로 나타냄.
*國家 泰平(국가태평): 나라가 평온함. / *慶科(경과): 경사 때 시행 과거.
*場中(장중): 과거시험 장소. / *白雪白木(백설백목): 하얀 눈 같은 무명베.
*遮日帳幕(차일장막): 햇볕을 가리는 휘장.
*御榻仰面(어탑앙면): 임금 자리를 우러러 봄.
*紅日傘(홍일산): 붉은 색 천으로 된 햇빛 가리는 덮개.
*紅陽繖(홍양산): 붉은 색 양산으로서 둘레를 천으로 가려 장식한 덮개.
*鳳尾扇(봉미선): 자루가 길게 달리고 봉황새 꽁지 모양인 의장용 부채.
*完然(완연): 매우 뚜렷함. / *侍衛(시위): 주위에서 모시고 호위하는 사람.
*兵曹判書(병조판서): 조정 여섯 부서인 6조 중 '병조'의 우두머리(종1품).
*奉命記(봉명기): 임금 명령을 적은 기록.
*都摠管(도총관): 오위도총부(五衛都摠府; 中·左右·前後衛)의 우두머리 무관.
*別營軍官(별영군관): 조선시대 친군영(親軍營)에 소속된 별영군(別營軍)의
   우두머리. '친군영'은 고종 때 설치된 전국 군대를 통솔하는 군대조직.
*承史閣臣(승사각신): 승지(承旨)와 사관(史官), 및 규장각(奎章閣)의 관원.
*御營大將(어영대장): 어영청(御營廳)의 우두머리 대장(종2품).
*先廂(선상): 왕의 행차에 선두에서 호위하는 군관.
*訓練大將(훈련대장): 훈련도감(訓練都監)의 우두머리 대장(종2품).
*都監中軍(도감중군): 훈련도감(訓練都監)의 오군(五軍) 중에서 중군(中軍).
*三營軍(삼영군): 훈련도감(訓練都監)·어영청(御營廳)·금위영(禁衛營)의 군사.
*자개槍(창): 자개 장식의 창. / *戲弄(희롱): 반사된 햇빛에 눈이 부심.
*億兆蒼生(억조창생): 많은 백성. / *御樂風流(어악풍류): 임금 앞 연주음악.
*앵무새 춤추는 듯: 앵무새가 춤추는 것 같이 보임. 과거장에는 새 모양의
   깃옷을 입어 날개를 펄럭이며 어악풍류에 맞춰 춤추는 광대가 있었음.
*大提學(대제학): 홍문관(弘文館)과 예문관(藝文館)의 우두머리 벼슬(정2품).
*擇出(택출): 가려 뽑아 내놓음. / *御題(어제): 임금이 내린 글 제목.
*都承旨(도승지): 승정원의 으뜸 승지. / *布帳(포장): 늘어뜨린 천 휘장.
*글題(제): 과거의 시험제목, 곧 어제(御題)임.

쓰니, 동중서문견이요 백낙천계수로다. 금수강산을 흉중에
　　*董仲舒聞見　　　　*白樂天繼受　　　　*錦繡江山　　*胸中

품어두고 풍운월로를 붓끝으로 희롱헐 제, 국가 태평하여
　　　　　*風雲月露　　　　　　*戱弄　　　*國家　泰平

경과 보실 적에 이도령 거동보소. 장중에 들어가니 백설백
*慶科 보실 적에　　　　　　　擧動　　*場中　　　　　*白雪白

목 차일장막 구름같이 높이 떴다. 어탑을 앙면허니 홍일산
木 *遮日帳幕　　　　　　　　　*御榻　仰面　　*紅日傘

홍양산 봉미선이 완연허구나. 시위를 바라보니 병조판서
*紅陽繖 *鳳尾扇　*完然　　*侍衛　　　　　*兵曹判書

봉명기, 도총관 별련군관 승사각신이 늘어섰다. 중앙의 어
*奉命記 *都摠管 *別例軍官 *承史閣臣　　　　　　中央　*御

영대장 선상의 훈련대장, 도감중군 칠백 명, 삼영군의 자개
營大將 *先廂　*訓練大將　都監中軍 七百　名　*三營軍　*자개

창 일광을 희롱헐 제 억조창생 만민들 어악풍류 떡쿵, 나누
槍　日光　*戱弄　　*億兆蒼生　萬民　*御樂風流

나 지누나, 앵무새 춤추는 듯. 대제학 택출허여 어제를 내
　　　　　*앵무새 춤추는 듯　*大提學 *擇出　　*御題

리시니, 도승지 모셔내어 포장 위에 번듯. 글제에 허였으되,
　　　*都承旨　　　　*布帳　　　　*글題

◇참고: 일산·양산·봉미선

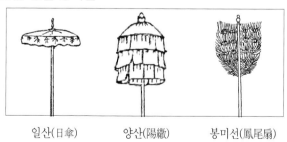

일산(日傘)　　　　양산(陽繖)　　　봉미선(鳳尾扇)

*日重光·月重輪·星重熙·海重潤(일중광·월중륜·성중희·해중윤): 해는 거듭 빛
  을 내고 달은 거듭 둥글며, 별은 거듭 반짝이고 바닷물은 거듭 윤택함.
*試題(시제): 과거시험 제목. / *解題(해제): 제목의 글을 해석해 풀이함.
*龍池硯(용지연): 용을 새긴 벼루. / *唐黃毛(당황모): 고급 족제비 털의 붓.
*無心筆(무심필): 억센 털로 심을 박지 않은, 부드러운 털만으로 만든 붓.
*一筆揮之(일필휘지): 글씨를 거리낌 없이 능숙하게 잘 써내려가는 모습.
*一天(일천)에 先場(선장): 과거장에서 답안을 맨 먼저 제출하고 나옴.
*上試官(상시관): 시험관의 우두머리. / *文案(문안): 글제를 해석한 기초.
*字字批點(자자비점): 글자마다 잘 썼다고, 글자 옆에 찍은 붉은 점.
*귀귀마다 貫珠(관주): 글귀마다 매우 좋다고 붉은 색으로 표시한 둥근 원.
*壯元及第(장원급제): 과거에 1등 합격. / *榜(방): 알리는 글을 게시함.
*新來(신래): 처음 급제한 사람. / *政院使令(정원사령): 승정원의 관원.
*靑(청)철릭: 푸른색 무관 공복(公服). '철릭'은 직령(直領)으로 허리에 주름
  이 잡히고 소매가 넓음. 당상관(堂上官)은 청색, 당하관은 적색임.
*앞에 치고: 철릭 앞자락을 늘어뜨려 바지가 가려지게 함을 말함.
*자세치: 한 자<尺> 3치<寸>. / *활개를 쳐: 두 팔을 벌려 휘젓는 모습.
*場苑(장원) 연못: 과거 시험장 옆의 연못. 곧 창경궁의 춘당(春塘) 연못.
*참나무 쟁이를 뒤엎쳐: 참나무를 잘라 쌓아놓은 무더기 위에 올라선 모습.
  사람들이 모두 볼 수 있게 임시로 마련한 조금 높은 단에 올라선 것임.
*場中(장중): 과거 시험장 안.
*春塘臺(춘당대): 창경궁(昌慶宮) 안 춘당(春塘) 연못 옆의 조금 높은 봉우리.
  조선 선조 때부터 임금이 직접 실시하는 경과(慶科)는 여기서 실시했음.
*仙風道骨(선풍도골): 준수하고 깨끗한 풍채에 인품 있는 얼굴을 가진 남자.
*道袍(도포) 떨어: 선비 겉옷인 도포의 먼지를 떨어 깨끗이 해 입음.
*扶腋(부액): 겨드랑이를 잡고 부축하여 함께 걸어 들어감.
*新來進退(신래진퇴): 장원급제한 사람이 임금 앞에 나아와 알현하는 절차.
*御酒三杯(어주삼배): 임금이 내리는 술 석잔. / *惶悚(황송): 두렵고 떨림.
*天恩(천은) 拜謝(배사): 임금 은혜에 감사하는 절. / *階下(계하): 계단아래.
*御賜花(어사화): 급제자에게 왕이 내리던 꽃. 두 가닥의 대에 각각 푸른색
  종이를 감으면서, 종이꽃 무궁화를 끼어 넣어 만든 조화.
*靑袍黑帶(청포흑대): 푸른색 도포에 검정색 띠를 두름.

'일중광 월중윤 성중희 해중윤'이라 둥두렷이 걸었거늘,
*日重光 月重輪 星重熙 海重潤

이도령 거동 보소, 시제를 펼쳐 놓고 해제 생각허여, 용지
擧動 *試題 *解題 *龍池

연에 먹을 갈아 당황모 무심필 일필휘지 지어 내어 일천에
硯 *唐黃毛 *無心筆 *一筆揮之 *一天에

선장허니, 상시관이 글을 보시고 칭찬허여 이른 말이 "문안
先場 *上試官 稱讚 *文案

도 좋거니와 자자비점이요 귀귀마다 관주로다." 장원급제
*字字批點 *귀귀마다 貫珠 *壯元及第

방 내거니, "이몽룡! 신래이 신래이." 정원사령이 나온다, 정
*榜 李夢龍 *新來 新來 *政院使令 政

원사령이 나와! 청철릭 앞에 치고, 자세치 긴 소매를 보기
院使令 *靑철릭 *앞에 치고 *자세치

좋게 활개를 쳐, 장원 연못가에 참나무 쟁이를 뒤얹쳐,
*활개를 쳐 *場苑 연못 *참나무 쟁이를 뒤얹쳐

"이준상 자제 이몽룡! 이몽룡!" 이렇듯 외는 소리 장중이 뒤
李俊相 子弟 李夢龍 李夢龍 *場中

집혀 춘당대 떠나간다. 선풍도골 이몽룡 세수를 다시 허고,
*春塘臺 *仙風道骨 李夢龍 洗手

도포 떨어 다시 입고, 정원사령 부액허여 신래진퇴 헌 연
*道袍 *떨어 政院使令 *扶腋 *新來進退 然

후, 어주 삼배 내리시니 황송이 받아먹고, 천은을 배사허고
後 *御酒 三杯 *惶悚 *天恩 拜謝

계하로 나가실 제, 머리 위에 어사화요 몸에는 청포흑대,
*階下 *御賜花 *靑袍黑帶

◇참고: 어사화(御賜花)

*左手玉笏(좌수옥홀): 왼손엔 옥으로 된 홀<손에 드는 길쭉한 판>을 가짐.

*右手紅牌(우수홍패): 오른 손에는 대과급제자의 성명과 급제 등급 등을 붉은 종이에 써서 패(牌) 모양으로 접은 납작한 첩자(帖子)를 가짐.

*錦衣花童(금의화동): 비단옷 입고 꽃으로 장식한 아이.

*雙制(쌍제): 한 쌍이 격식에 맞게 조화를 이룬 모습.

*樓下門(누하문): 대궐문이나 관아 정문처럼 문루(門樓) 아래에 있는 대문.

*靑(청)노새: 털이 푸른 노새. / *비껴 타고: 멋을 부려 비스듬히 탄 모습.

*長安大道上(장안대도상) *이리가락 저리가락: 서울 큰길 위를 이곳저곳으로 돌아다님. 곧 3일간 서울 거리를 순행하는 '삼일유가(三日遊街)' 행사임.

*路柳墻花(노류장화): 아무나 접할 수 있는 기생을 일컫는 말.

*處處(처처)에 자났는디: 여기저기 많이 나와 몸을 낮춰 구경하고 있음.

*告祠堂 參謁(고사당 참알): 집안 조상 사당에 배례하고 급제사실을 고함.

*榮華(영화)허니: 영화를 안겨드림. / *初入仕(초입사): 처음 오른 벼슬자리.

*翰林主事(한림주사): 예문관(禮文館)의 검렬(檢閱; 정9품)벼슬.

*待敎(대교): 예문관 수찬(修撰)벼슬. / *儆年(경년): 흉년 등 재앙이 든 해.

*入侍(입시): 임금을 알현함. / *封書(봉서) 한 벌: 온전히 봉한 편지 하나.

*秘封(비봉)에 湖南(호남): 남이 못 보게 봉한 겉봉에 '호남'이라 쓰어 있음.

*史策(사책): 역사를 기록한 책. 임금 왕계(王系) 계보를 상세히 기록한 책.

*鍮尺(유척): 놋쇠로 만든 자. 검시(檢屍) 할 때나 정확한 치수를 잴 때 사용.

*馬牌(마패): 관원이 공무(公務)로 지방을 나갈 때 역마(驛馬)를 징발할 수 있는 표. 말이 새겨진 둥근 구리쇠 패. 어사는 인장 대용으로도 사용함.

*繡衣(수의): 수를 놓은 옷. 암행어사의 옷 / *本宅(본댁): 자기 집.

*七牌 八牌(칠패 팔패): 서울 남대문 밖 북편에 있던 마을 이름. 어영청 주변 7번 8번째 구역이란 뜻. 지금 칠패길 옆에 칠패 장터 표시가 있음.

*靑坡(청파)배다리: 서울 남대문과 청파 사이의, 배를 띄워 만든 주교(舟橋). '배다리'는 각 지역에 있어서, 그 지역 이름을 앞에 붙여 일컬음.

*애고개: 서울의 이태원으로 넘어가는 고개.

*洞雀江 越江(동작강 월강): 서울 이태원에서 배로 한강<동작강>을 건너감.

*沙斤(사근)내: 수원 북쪽 30리에 있는 사근천(沙斤川). 대천(大川)에 합류함.

*彌勒堂(미륵당)이: 경기도 과천 북쪽 15리의 미륵원(彌勒院) 지역.

*골사그내: 경기도 광주 서쪽 55리, 원(院)이 있던 사근내(沙斤乃) 마을.

좌수 옥홀이요 우수 홍패로다. 금의화동은 쌍제를 띠었난
*左手　玉笏　　　　右手　*紅牌　　　　*錦衣花童　　*雙制

디, 누하문 밖 나가실 제 청노새 비껴 타고 장안대도상으로
　　*樓下門　　　　　　*靑노새 *비껴 타고 *長安大道上

이리가락 저리가락, 노류장화는 처처에 자잤는디, 고사당
*이리가락 저리가락　　*路柳墻花　*處處에　자잤는디　*告祠堂

참알허고 부모 전 영화허니, 세상의 좋은 것은 과거밖에 또
參謁　　　父母 前 *榮華허니　世上　　　　　　科擧

있느냐? 초입사 한림주사 대교로 계실 적에, 그때 나라
　　　　　*初入仕 *翰林主事 *待敎

경연 들어 전라어사로 보내시는구나. 이몽룡 입시시켜
*徹年　　　　全羅御使　　　　　　李夢龍 *入侍

봉서 한 벌 내어주시니 비봉에 호남이라. 사책 유척 마패,
*封書 한 벌　　　　*秘封에　湖南　　*史策 *鍮尺 *馬牌

수의를 몸에 입고, 본댁에 하직허고 전라도로 내려온다.
*繡衣　　　　　*本宅　下直　　　全羅道

<휘모리> 남대문밖 썩 내달아, 칠패 팔패 청패배다리 애고
　　　　　南大門　　　　　*七牌 八牌 *靑坡배다리 *애고

개 얼른 넘어 동작강 월강, 사근내 미륵당이 골사그내를
개　　　　*洞雀江 越江 *沙斤내 *彌勒堂이 *골사그내

◇참고: 칠패 시장터 표시(현존)

[서울중구봉래동1가, 칠패길 북변 소재]

*上柳川 下柳川(상류천 하류천): 수원(水原) 남쪽의 '세류동(細柳洞)'에 큰 내 둘이 나란히 남서쪽으로 흐름. 이 두 내를 차례로 건넜다는 뜻.

*大皇橋(대황교): 수원 남쪽 15리 건릉(健陵; 正祖陵) 영내에 있는 다리.

*떡점거리: 수원 남쪽 병점(餠店)으로, 떡 파는 집이 있던 지역.

*梧木(오목)장터: 수원 남쪽 15리 대황교(大皇橋) 동쪽 큰길 목의 장터.

*칠원: 갈원(葛院). 옛 진위현(振威縣) 남쪽 20리에 있는 지역.

*素沙(소사): 갈원과 성환(成歡) 사이에 있는, 소사평(素沙坪) 지역.

*廣程(광정): 공주(公州) 북쪽 45리, 옛날 관정역(廣程驛) 지역.

*활원: 궁원(弓院). 공주 북쪽 40리, 옛날 숙소인 원(院)이 있던 곳.

*毛老院(모로원): 공주 북쪽 26리, 옛날 숙소인 원(院)이 있던 곳.

*公州(공주): 충청도 금강(錦江) 근처에 있는, 옛날 백제의 수도.

*錦江(금강) *越江(월강): 충청도 중앙을 흐르는 금강을 건넘.

*높은 한질: 산등성이를 지나는 대로(大路). '한질'은 '큰길'인 '한길'의 방언.

*널데: 널치, 곧 판치(板峙). 공주 동남쪽 31리에 있는 판현(板峴) 고개.

*무넘이: 공주군 계룡 지역에 있는 산 고개

*魯城(노성): 충청도 옛 이산현(尼山縣) 북쪽 5리, 노산성(魯山城) 근처마을. 본문의 '뇌'표기는 '노'에 딴이(ㅣ)를 붙인 방언 발음임.

*풋개: 초포(草浦). 충청도 옛 연산현(連山縣) 서쪽 20리에 있는 강의 나루.

*닥다리: 사제(沙梯). 옛 연산현 서쪽 26리 포천원(布川院), 일명 사제원(沙梯院)임. '닥다리'는 '사닥다리'이며 '제(梯; 사다리)'의 뜻. '沙'는 취음임.

*皇華亭(황화정): 전라도 여산군(礪山郡) 북쪽 11리에 있는 정자.

*지아미고개: 여산군(礪山郡) 북쪽 11리에 있는 산 고개인 '지애미 고개'.

*礪山邑(여산읍): 전라도 옛 여산군의 관아가 있던 고을.

*胥吏 驛卒(서리 역졸): 어사를 따르는 아전과 청파역에서 파견된 병졸.

*分發(분발): 임무를 맡겨 나누어 보냄. / *右道(우도): 서쪽 지역.

*廉問(염문): 염탐해 물어 살핌. / *康海南(강해남): 강진(康津), 해남(海南).

*珍水營(진수영): 진도(珍島) 및 수영(水營; 전라도 우수영의 병영).

*午時(오시): 정오. 낮 12시. / 待令(대령): 나아와 명령을 기다림.

*國穀偸食(국곡투식): 나라 곡식을 훔쳐 사욕(私慾)을 채움.

*醉酒雜談(취주잡담): 술에 취하여 잡스러운 이야기를 멋대로 지껄임.

*避色(피색)을 犯(범): 피해야 하는 여색을 조심 없이 무례하게 침범함.

지내어, 상유천 하유천 대황교 떡점거리 오목장터를 지내
*上柳천 下柳川 *大皇橋 *떡점거리 *梧木장터

어, 칠원 소사 광정 활원 모로원 공주 금강을 월강허여, 높
*칠원 *素沙 *廣程 *활원 *毛老院 *公州 *錦江 *越江   *높

은 한질 널데 무넴이 뇌성 풋개 닥다리 황화정이 지아미고
은 한질 *널데 *무넴이 *魯城 *풋개 *닥다리 *皇華亭   *지아미고

개를 얼른 넘어, 여산읍을 당도허였구나.
개   *礪山邑   當到

<아니리> 그때여 어사또는 여산이 전라도 초입이라. 서리
          御史또   礪山   全羅道 初入   *胥吏

역졸을 각처로 분발헐 제.
驛卒   各處로 *分發

<자진모리> "서리!""예이.""너희들은 예서 떠나 우도로
            胥吏   *右道

염문허되, 예산 익산 함열 옥구 김제 태인으로 돌아, 내월
*廉問   禮山 益山 咸悅 沃溝 金堤 泰仁   來月

십오일 오시 남원 광한루로 대령하라.""예이, 그리 하오리
十五日 *午時 南原 廣寒樓 *待令

다.""역졸!""예이.""너희들은 예서 떠나, 고산 금산 무주
     驛卒   高山 錦山 茂朱

용담 진안 장수 운봉으로 돌아, 광양 순천 흥양 낙안 보성
龍潭 鎭安 長水 雲峰   光陽 順天 興陽 樂安 寶城

장흥 강해남 진수령을 넘어, 영암 나주 무안 함평 화순
長興 *康海南 *珍水營   靈巖 羅州 務安 咸平 華順

동복 광주로 염문허되, 국곡투식 허는 놈, 부모불효 허는
同福 光州 廉問   *國穀偸食   父母不孝

놈, 형제화목 못 허는 놈, 술 먹고 취주잡담 피색을 범하는
     兄弟和睦   *醉酒雜談 *避色을 犯

자, 낱낱이 적발허여 내월 십오일 오시 남원 광한루로 대령
者   摘發   來月 十五日 午時 南原 廣寒樓   待令

하라.""예이, 그리 하오리다."

*左右道(좌우도): 동쪽 지방과 서쪽 지방.

*御史行裝(어사행장): 암행어사의 변장 차림. / *過客(과객): 지나는 길손.

*질 너룬: 바탕이 넓은. 곧, 갓양태 부분이 넓은. 양반임을 과시하려는 것임.

*濟涼(제량)갓: 제주도 생산의 질 좋은 말총으로 엮어 만든 고운 갓.

*竹纓(죽영) 갓끈: 가는 대를 토막으로 잘라 실에 꿰어 만든 장식 갓끈.

*살춤 높은: '살춤'은 망건의 당. 망건 폭이 넓어 머리까지 덮임을 뜻함.

*金堤網巾(김제망건): 전라도 김제에서 만든 바탕이 고운 망건.

*唐八絲(당팔사): 색깔과 바탕이 고운 고급 비단 실 8가닥을 꼬아 만든 끈.

*당줄: 망건의 위아래 당에 달려 망건을 머리에 고정시키는 줄.

*뒤통 나게: 두통(頭痛)이 날 정도로 힘껏 당겨 맴. 전본(傳本)에 따라 '뒤통
   나잖게<두통이 나지 않게>'로도 표현되고 있으나, 후대 잘못 바꾼 표현임.

*수수한: 꾸밈없는 검소한 모습.

*道服(도복): 도포(道袍). 소매가 넓고 뒤쪽에 딴 폭을 댄, 선비들의 긴 겉옷.

*分合帶(분합대): 납작하고 좁게 짠, 도포 위 허리에 둘러 띠는 술 달린 띠.

*사날초신: 날줄을 4개로 하여 삼은 짚신. 볼 넓은 '6날 초신'도 있음.

*길보선: 먼 길 갈 때 신는, 바닥을 두껍게 덧붙여댄 버선.

*고운 때: 때가 약간 묻은 것. / *細(세)살 부채: 살이 자잘하게 많은 부채.

*진짜 蜜花(밀화): 질이 좋은, 누른빛이 나는 밀화보석.

*扇錘(선추): 접는 부채의 손잡이 부분 살 고정 못에 끈으로 매다는 장식.

*功名 下直(공명 하직): 공을 세워 이름이 드러남을 포기하고 초야에 묻힘.

*人寂寂 路中(인적적 노중): 고요하여 사람이 안 다니는 소로(小路) 길.

*馬上(마상): 말에 올라타고 감. / *廣野(광야): 시야가 넓은 들판.

*行路(행로): 사람통행이 많은 큰길.

*人馬(인마): 호위하여 따르는 사람과 말 / *緩步(완보): 느린 걸음걸이.

*全羅監營(전라감영): 전라도 관찰사(觀察使)가 주재하는 전주(全州).

*宣化堂(선화당): 각도 관찰사가 집무하는 정당(正堂).

*南原 主人(남원 주인): 남원에서 파견된 영주인(營主人). 지방 관아와의 연
   락을 위해 감영 근처에 파견되어 머물던 아전이 '영주인'이며, 중앙정부와
   의 연락을 위해 서울에 파견되어 머물던 아전을 '경주인(京主人)'이라 함.

*從頭至尾(종두지미): 처음부터 끝까지의, 남원에서 일어난 모든 일들.

*爐口(노구)바위: 남원 북쪽에 있는 바위.

<중모리> 좌우도로 분발허고 어사행장을 차리는구나. 과객
　　　　＊左右道　　分發　　＊御史行裝　　　　　　＊過客

맵시를 차리는구나. 질 너룬 제량갓에 죽영 갓끈을 달아 쓰
　　　　　　　　　　＊질 너룬 ＊濟涼갓　＊竹纓　갓끈

고, 살춤 높은 김제망건 당팔사 당줄을 달아서 뒤통 나게
　＊살춤　높은 ＊金堤網巾 ＊唐八絲 ＊당줄　　　　＊뒤통　나게

졸라매고, 수수한 삼배 도복 분합대를 눌러 띠고, 사날초신
　　　　＊수수한　삼베 ＊道服 ＊分合帶　　　　　＊사날초신

길보선에, 고운 때 묻은 세살부채, 진짜 밀화 선초를 달아
＊길보선　　＊고운 때　　＊細살부채 ＊진짜　蜜花 ＊扇錘

서 횡횡 두르며 내려올 제, 어찌 보면 과객 같고, 또 어찌
　　　　　　　　　　　　　　　　　過客

보면 공명을 하직허고 팔도를 두루 다니면서 친구를 사귀
　　　＊功名　　下直　　　八道

랸 듯. 썩 몰라보게 꾸몄난디, 인적적 노중에는 마상으로
　　　　　　　　　　　　　＊人寂寂　路中　　＊馬上

오시다가, 광야 너룬 행로에는 인마는 뒤에 세우고 완보로
　　　　　＊廣野　　＊行路　　＊人馬　　　　　　＊緩步

내려올 제, 전라감영을 들어가 선화당 구경허고, 남원 주인
　　　　　＊全羅監營　　　　＊宣化堂　구경　　　＊南原 主人

을 찾어 가서 종두지미를 안 연후에, 임실읍을 얼른 넘어
　　　　　　＊從頭至尾　　　　然後　　任實邑

노구바위를 올라서서 보니, 여기서부터는 남원 땅이라.
＊爐口바위　　　　　　　　　　　　　　　　南原

◇참고: 망건의 구조

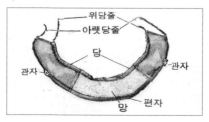

*農繁時節(농번시절): 농사 일이 한창인 여름 계절.

*各宅(각댁) 머슴: 각각 여러 집의 삯을 받고 일정기간 일을 해주는 일꾼.

*麥飯 麥酒(맥반 맥주): 보리쌀로 지은 밥과 보리쌀로 담근 술.

*상사소리: 한 사람이 앞소리를 메기고 여러 사람이 뒷소리로 '얼럴럴 상사
 뒤야' 하는 소리로 맞아, 주고받는 형식으로 부르는 노래.

*맞아가며: 상대방의 노래를 서로 잘 받아 호응해 노래함의 뜻.

*두리둥둥: 북을 쳐 울리는 소리. / *깨갱매: 꽹과리를 두드리는 소리.

*神山(신산)이 비친: 신선이 사는 산의 정기가 뻗쳐 내려온 곳.

*메기면서: 주고받는 노래에서 상대방이 맞아 받아 노래할 수 있게 먼저
 노래함의 뜻. '먹이다' '매기다' 등은 '메기다'의 방언.

*저정거리고 더부렁거리네: 흥에 겨워 흥얼거리고 규칙 없이 거드럭거림.

*모포기를 *兩(양)손에 갈라 쥐고: 모내기 할 때 한 손에는 한 주먹의 많은
 모포기를 쥐고, 다른 손에는 한 지점에 꽂아 심을 4·5 줄기를 쥐고 손가락
 끝으로 보호해 땅에 꽂는데, 땅에 꽂기 전 서있는 모습을 말한 것임.

*神農氏(신농씨): 중국 고대 전설상의 황제. 농기구를 만들고 농사법을 창시
 해 가르쳤다고 전해짐.

*쟁기: 소가 앞에서 줄을 매어 끌어 땅을 일구는 농기구.

*고은 소: 일 잘 하는 좋은 소, '좋은 소'로 표기된 사설도 있음.

*上下坪(상하평): 위와 아래에 있는 들판.

*后稷(후직): 중국 고대 순(舜)임금의 신하로 농사 관계 업무를 맡아 있었음.

*本(본)을 받어: 본보기로 삼아 이어 받음. / *百穀(백곡): 온갖 곡식.

*容成(용성): 중국 고대 황제(黃帝)의 신하로, 책력을 만들었다고 전해짐.

*冊曆(책력): 지구, 해, 달 등의 움직임과 연관시켜, 1년 동안의 일출 월출
 시각이며 일식 월식 24절기 등, 기상 상황을 날짜 따라 기록한 책.

*夏時節(하시절): 여름 계절. / *香氣(향기): 아름답게 느껴지는 냄새.

*이른: 땅이 파져 일구어지는. / *댕기 댕기 댕기: 일어나는 덩어리마다.

*黃金(황금): 누른 금덩어리 같이 값진 존재.

*갈미峰(봉): '갈미'는 '갈모<갓모>'의 방언으로 비올 때 갓 위에 쓰는 기구.
 '갈모' 같이 생긴 위가 뾰족하고 가파른 산봉우리.

*雨裝(우장): 비 올 때 옷 위에 덧입는, 짚을 엮어 만든 우비(雨備)인 도롱이.

*삿갓: 갈대나 얇게 쪼갠 대를 엮어 만든, 비 올 때 머리에 쓰는 기구.

3. 농부가(1)—농부가(2)

<아니리> 이때는 어느 땐고 허니, 오뉴월 농번시절이라.
*農繁時節

각댁 머슴들이 맥반 맥주를 배불리 먹고, 상사소리를 맞아
*各宅 머슴 　　*麥飯 麥酒 　　　　　　*상사소리 　　*맞아

가며 모를 심는디.
가며

<중모리> 두리둥둥 두리둥둥, 깨갱매 깽매깽매. "어럴럴럴
　　　　*두리둥둥 　　　　　*깨갱매

상사뒤어. 어여 여여루 상사뒤어." 전라도라 허는 데는 신
　　　　　　　　　　　　　　　全羅道 　　　　　*神

산이 비친 곳이라. 저 농부들도 상사소리를 메기면서, 각기
山이　비친 　　　　　農夫 　　　　　*메기면서 　各其

저정거리고 더부렁거리네. "어여 여여루 상사뒤어." 한 농부
*저정거리고　더부렁거리네 　　　　　　　　　　　　農夫

가 썩 나서더니, 모포기를 양손에 갈라 쥐고 엉거주춤 서서
　　　　　　　*모포기를 *兩손에 갈라 쥐고

메기는구나. "신농씨 만든 쟁기 고은 소로 앞을 세워 상하
　　　　　*神農氏 　*쟁기 *고은 소 　　　　　　　*上下

평 깊이 갈고, 후직의 본을 받어 백곡을 뿌렸더니, 용성의
坪 　　　　*后稷 *本을 받어 *百穀 　　　　　*容成

지은 책력 하시절이 돌아왔네." "어여 여여루 상사뒤어" "이
　　*冊曆 *夏時節

마 우에 흐르는 땀은 방울방울 향기 일고, 호미 끝에 이르
　　　　　　　　　　　*香氣 　　　　　　*이르

난 흙은 댕기 댕기 댕기 황금이로구나." "어여 여여루 상사
　　　*댕기 댕기 댕기 *黃金

뒤어." "저 건너 갈미봉에 비가 묻어 들어온다. 우장을 허리
　　　　　*갈미峰 　　　　　　　　*雨裝

두르고 삿갓을 써라." "어여 여여루 상사뒤어." "여보시오
　　*삿갓

*등에 실코: 등에 싣고. 엎드려 농사일 하는 농부의 등에 달과 해가 비침.

*우리 보배: 우리 농부들의 매우 귀중한 재물.

*千里乾坤 太平時(천리건곤 태평시): 넓고 넓은 세상이 편안하고 화평한 때.

*道德(도덕) 높은 우리 聖君(성군): 훌륭한 인격을 지니신 우리 성스런 임금.

*康衢微服 童謠(강구미복 동요) 듣던, 堯(요)임금의 聖君(성군)일내: 옛날 중국 '요'임금이 백성들 생활을 살피려고, 신분을 숨기고 평복으로 밤에 4면 8방으로 통하는 큰길에 나가, 백성들 노래를 들었음. 우리 임금이 그 요임금과 같은 덕(德)과 성스러움을 지녔다는 뜻.

*仁政殿(인정전): 서울 창덕궁(昌德宮) 안의, 왕이 집무하던 정전(正殿).

*世宗大王(세종대왕): 조선시대 제4대 임금.

*놀음: 어떤 일을 하는 동작(動作). 즐겁게 노는 '유희(遊戲)'의 뜻이 아니고, 손발을 놀려(움직여) 어떤 일을 하는 동작을 나타내는 말.

*鶴氅衣(학창의): '창의'는 소매가 넓고 뒷솔기가 터진 겉옷으로 벼슬아치들의 평상복이며, '창의'의 옷자락 가장자리에 좁고 검은 천을 빙 둘려 붙인 옷이 '학창의'임. '학창의' 입은 것처럼 날개 끝만 까만 '학'을 말한 것임.

*山神(산신): 산을 지키는 신령.

*오뉴월: 음력 5·6월의 더운 농사철.

*當到(당도): 어떤 곳이나 일에 닿아 이름.

*農夫 時節(농부 시절): 농부들이 한창 활동하는 계절이란 뜻.

*패랭이: 잘게 쪼갠 대를 엮어 만든 갓으로, 모자 윗부분이 둥글게 생겼음.

*假花(가화): 종이를 오려 만든 꽃인 조화(造花). '계화(桂花)'로 표기된 사설도 있으나, 종이꽃인 '가화'가 농부들 패랭이에 합당함.

*마구잡이 춤: 규칙 없이 몸을 아무렇게나 흔들어 놀리며 추는 춤.

*雲淡風輕近午天(운담풍경근오천): 옅은 구름이 떠 있고 가벼운 바람 부는 한낮 가까운 시간. 중국 송(宋)나라 유학자 정호(程顥; 明道先生)의 '우성(偶成)' 시 첫 구절이며, 둘째 구절을 풀어 쓴 것이 다음의 구절임.

*訪花隨柳 前川(방화수류 전천)으로 내려간다: 아름다운 꽃과 늘어진 수양버들을 따라 구경하며 집 앞 내를 지나감. 원 시구의 '訪花隨柳過前川(꽃을 보며 버들을 따라 앞내를 지나감)'에서, '過前川(과전천)'을 '前川으로 내려간다'라고 풀어서 쓴 것임.

농부님네, 이 내 말을 들어보소.   어화 농부들 말 들어요.
農夫   農夫

돋는 달 지는 해는 벗님의 등에 실코, 향기로운 이 내 땅
*등에 실고   香氣

에 우리 보배를 가꾸어 보세." "어여 여여루 상사뒤어."
*우리 보배

"천리건곤 태평시의 도덕 높은 우리 성군, 강구미복 동요
*千里乾坤 太平時 *道德   *聖君 *康衢微服 童謠

듣던 요임금의 성군일내." "어여 여여루 상사뒤어." "인정전
듣던 堯임금의 聖君일내   *仁政殿

달 밝은 밤 세종대왕 놀음이요, 학창의 푸른 솔은 산신님
*世宗大王 *놀음   *鶴氅衣   *山神

의 놀음이요, 오뉴월이 당도허니 우리 농부 시절이로다.
*오뉴월 *當到   *農夫 時節

패랭이 꼭지에다 가화를 꽂고서 마구잡이 춤이나 추어 보
*패랭이   *假花   *마구잡이 춤

세." "어여 여여루 상사뒤어."

<아니리> "여보시오, 여러 농부들! 이렇게 모를 심다가는
農夫

몇 날이 걸릴지 모르것으니, 조금 자주자주 심어 봅시다."

"그래 봅시다."

<중중모리> "어화 여여루 상사뒤어." "운담풍경근오천
*雲淡風輕近午天

에 방화수류허여 전천으로 내려간다." "어화 여여루 상사뒤
*訪花隨柳   前川으로 내려간다

어." "여보소 농부들 말 듣소. 어화 농부 말들어. 돌아왔네
農夫   農夫

*豊年時節(풍년시절): 비가 때맞추어 내려 곡식이 잘 자라 수확이 많은 해.

*望月(망월)달: 음력 보름밤의 둥근달.

*禪院寺(선원사): 남원 동쪽 백공산(百工山)에 있는 절.

*百工峰(백공봉): 남원 동쪽 8 리에 있는 산봉우리.

*서마지기 논배미: 3말<斗> 볍씨를 뿌려서 가꾼 모를 심을 만한 넓이의 논.

*半(반)달만큼: 한쪽이 기울어진 반달처럼 크지 않은 것을 뜻함.

*初生(초생)달: 초승달. 음력 3·4일 쯤에 뜨는 눈썹 같은 달.

*皇皇(황황)히: 무성하여 아름다운 모습.

*우걱지걱: 움켜쥐고 잡아당기고 하는 동작.

*가상질 탕탕: '가상'은 '개상'의 방언으로, 4·5개 통나무 토막을 연결해 고
정하고 밑에 나지막한 발을 붙인 틀. '질'은 행동을 나타내는 말. 곧 볏단
을 잡아 어깨 위까지 올렸다가 '개상'위에 힘껏 내리쳐 벼 낱알을 떠는
작업. 이때 덜 떨어진 낱알은 따로 집개 모양의 '벼훑이'로 훑어 떨어냄.

*垂揚水出(수양수출): 물이 높은 곳에서 아래로 떨어져 내림. 곧 물레방아.

*땡끄덩떵: 물레방아가 돌아 방아 고를 아래로 떨어뜨려 곡식을 찧는 소리.

*上爲父母 下爲妻子(상위부모 하위처자): 위로는 부모를 위하여 봉양하고,
아래로는 처자를 위하여 잘 보호해 기름.

*含哺鼓腹(함포고복): 입에 고기를 씹으면서 부른 배를 두드리고 행복해 함.
옛날 요(堯)임금 때의 태평하던 시대 백성들 모습을 나타낸 말.

*各宅(각댁): 제 각기 자기의 집.

*단 된장: 맛이 달고 좋은 된장.

*거적 이불: 여름이니까 짚을 엮어 만든 거적을 이불삼아 덮는다는 뜻.

◇참고: 벼 타작 기구(개상·벼훑이)

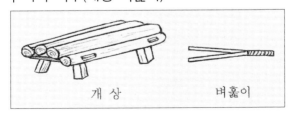

개 상   벼훑이

돌아와, 풍년시절이 돌아와. 금년정월 망월달 선원사로 높
*豊年時節　　　　　今年正月 *望月달 *禪院寺

이 떠 백공봉에 솟았구나.”“어화 여여루 상사뒤어.”“다
*百工峰

되었네 다 되어, 서마지기 논배미가 반달만큼 남었네. 니가
*서마지기　논배미　　*半달만큼

무슨 반달이냐? 초생달이 반달이로다.”“어화 여여루 상사
半　　　　　　*初生달　　半

뒤어.”“이 모 심어 다 끝나면 황황히 익은 후에, 우걱지걱
　　　　　　　　　　　*皇皇히　　　　　後　*우걱지걱

거둬 들여 가상질 탕탕 허여 물 좋은 수양수출 떡꼬덩떵
*가상질　탕탕　　　　　*垂揚水出 *떡꼬덩떵

찧어다가, 상위부모 하위처자 함포고복의 놀아보세.”“어화
*上爲父母　下爲妻子 *含哺鼓腹

여여루 상사뒤어.”“내렸다네 내렸다네. 아니, 무엇이 내려

야? 전라어사 내렸다네. 전라어사가 내렸으면 옥중춘향
全羅御史　　　　　　全羅御史　　　　　　獄中春香

이 살았구나.”“어화 여여루 상사뒤어.”

<자진모리>　　“다 되어 간다, 다 되어 간다.”“어럴럴럴

상사뒤어.”“이 논배미를 어서 심고.”“어럴럴럴 상사뒤

어.”“각댁 집으로 돌아가서.”“어럴럴럴 상사뒤어.”“풋고
*各宅

추 단 된장에 보리밥 쌀밥 많이 먹고.”“어럴럴럴 상사뒤
*단　된장

어.”“거적 이불을 흠뻑 쓰고, 이러고저러고 어쩌고저쩌고,
*거적　이불

*새끼 農夫(농부): 농부의 자식들. 부부 잠자리를 하여 아이를 낳는다는 뜻.

*어사또: '암행어사'를 높여 일컬음. '어사(御史)'와 '사또'가 합쳐져 이루어진 말. '어사'는 왕명(王命)으로 특수 임무를 띠고 지방으로 파견되는 임시직 관리이며, '사또'는 '사도(使道)'를 강하게 발음한 말로, 백성들이나 하리(下吏)가 관장을 높여 일컫는 말임.

*當到(당도): 어떤 장소나 일에 닿아 이름.

*座上(좌상): 여러 사람이 모인 자리에서 으뜸 되는 사람.

*宅(댁): 집이란 뜻인데, 상대방을 높여 일컫는 말로 쓰임.

*居住姓名(거주성명): 사는 곳과 성씨와 이름.

*李書房(이서방): 이씨(李氏) 성을 가진 남자를 높여 이르는 말. '서방'은 남편이나 또는 벼슬 없는 사람 성씨 아래 붙여 높이는 말로 사용하는 말. 여기서 자신을 일컫고 있는데, 남들이 부르는 말로 나타낸 간접 표현임.

*太書房(태서방): 태씨 성을 가진 남자.

*晋陳方太(진진방태): 남원에 예부터 많이 사는, 진씨(晋氏)·진씨(陳氏)·방씨(方氏)·태씨(太氏) 등 4개 성씨.

*四妄(사망): 4가지의 망령된 행동.

*물밀듯 헌다: 물이 밀려오는 것 같이 매우 왕성한 모습.

*員(원)님: 지방 고을 관장을 아랫사람들이 높여 부르는 말.

*酒妄(주망): 술을 절제 없이 마셔 방탕한 행동을 하는 망령행동.

*衙前(아전): 지방 관아에 소속되어 업무를 수행하는 사람.

*賭妄(도망): 도박을 너무 즐기는 망령행동.

*冊室(책실): 지방 관아에서 관장을 개인적으로 자문하여 돕는, 관장 개인이 고용한 사람으로 관속(官屬)이 아님.

*老妄(노망): 나이 많아 정신이 흐려져 주책없는 행위를 하는 망령행동.

*怨望(원망): 마음에 불평을 품고 미워함.

*政事(정사): 백성을 다스리는 정치 형태.

*已往(이왕): 이미 지나간 과거.

새끼농부가 또 생긴다.""어럴럴럴 상사뒤어.""어화 어화
*새끼農夫

여루 상사뒤어.""쉬세."

4. 어사또 농부와 대화—방자 만남, 춘향 편지

<아니리> 어사또가 그곳에 당도허여, "여러 농부들 수고들
　　　　　*어사또　　　　　　*當到　　　　　農夫

허시오. 농부 중 좌상이 뉘시오?"한 농부 썩 나서며, "좌
　　　農夫 中 *座上　　　　　農夫　　　　　　座

상 찾으셨소? 내가 좌상이오만, 댁 거주성명은 무엇이오?"
上　　　　　　座上　　　*宅 *居住姓名

"예, 이리저리 떠도는 과객이 무슨 거주가 있으리오마는 그
　　　　　　　　過客　　　　居住

저 이서방이라 허오. 좌상 성명은 무엇이오?""나요? 나는
　　*李書房　　　座上 姓名

태서방이오."어사또 들으시고, "그렇지, 남원에는 진진방태
*太書房　　　　　　　　　　　南原　　　*晋陳方太

가 많이 살것다. 그럼 이 고을 일도 잘 아시것소 그려.""우

리네 농부가 뭣을 알 것이오마는 들은 대로 말을 허자
　　　農夫

면 우리 고을은 사망이 물밀듯 헌다 헙디다.""아니, 어찌
　　　　　　　　　*四妄　　*물밀듯　헌다

하여 그렇단 말이오?""원님은 주망이요, 아전은 도망이요,
　　　　　　　　　　*員님　*酒妄　　　*衙前　*賭妄

책실은 노망이요, 백성은 원망이라. 이리 해서 우리 고을은
*冊室 *老妄　　　百姓　*怨望

사망이 물밀 듯헌다 헙디다.""예, 이 고을 정사도 말이 아
四妄　　　　　　　　　　　　　　　　*政事

니구려. 이왕에 말이 났으니 한 가지만 더 물어 봅시다.
　　　*已往

*地境(지경): 경우, 당하고 있는 형편.

*舊官 子弟(구관 자제): 임기를 마치고 교대하여 떠나간, 이전 관장 아들.

*百年佳約(백년가약): 남녀가 한 평생을 함께 살기로 맹서한 아름다운 약속.

*守節(수절): 남편 위해를 절개 지킴. / *新官(신관): 새로 부임한 관장.

*守廳(수청): 지방 관아 기녀가 관장 옆에서 잠자리를 받들며 보좌하는 일.

*重杖(중장): 매우 무서운 장형(杖刑). / *本官(본관): 해당 지방 관아 관장.

*急(급)했다는 듯이: 중요한 일로 시간이 촉급한 상황을 만난 것처럼 함.

*作別(작별): 서로 헤어져 이별함. / *모롱이: 산모퉁이가 휘어 빙 둘린 곳.

*獄房(옥방): 감옥 방안. / *血淚便紙(혈루편지): 피눈물을 흘리며 쓴 편지.

*持子(지자): 지방 관아에서 공문이나 물건을 가져다 날라주던 심부름꾼.

*二八靑春(이팔청춘): 꽃다운 젊은 나이. 16세 정도 되는 젊은 사람.

*總角(총각): 결혼할 나이가 되었는데도 아직 결혼을 하지 않은 남자.

*時節歌(시절가): 그 시절에 유행하는 노래. 그 시절을 읊은 노래.

*漢陽 城中(한양 성중): 조선시대 수도 서울인 한양 성곽 안.

*子龍(자룡): 중국 삼국시대 촉한(蜀漢) 장수 조운(趙雲). 자룡은 그의 자(字)임. 『삼국지연의(三國志演義)』에서, 유비(劉備) 휘하 장수로 위(魏) 조조(曹操) 군사와 맞서 싸워 큰 공적을 이룬 것으로 기술하고 있음.

*越江(월강): 강을 뛰어 건넘. 적벽대전이 끝난 한참 뒤, 중국 중원(中原) 지역을 차지하려고 위(魏)·촉한(蜀漢)이 다툴 때, 사천(四川)을 지키던 조자룡이 관우(關羽)가 매우 어려움에 처한 꿈을 꾸고, 천기(天氣)를 살피니 촉한 군이 위험하기에 달려왔음. 이때 조조(曹操) 모사(謀士) 정욱(程昱)이 역시 천기를 보고 조자룡이 오는 것을 알고는 산양수(山陽水) 강의 배를 모두 없앴음. 조자룡이 강가에 도착, 배가 없어 하늘을 향해 기도하고 청총마(靑驄馬)를 채찍질해 넓은 산양수 강을 뛰어 건너 달려가서 포위당한 관우와 마초(馬超)를 구해낸 이야기. 이 얘기는 『삼국지연의』에는 없고, 우리나라 구활자본 고소설인 『산양대전(山陽大戰)』『조자룡전(趙子龍傳)』 등에 나타나 있음. '산양'은 장안(長安) 남산인 목멱산(木覓山)과 태화산(太華山)남쪽 지역, 즉 양자강 북쪽과 한수(漢水) 유역임. 두 고소설은 1916년 이후 간행으로, 완전 허구 구성 얘기지만 우리 민간에서는 널리 읽었음.

*靑驄馬(청총마): 말갈귀와 꼬리가 푸른색을 띤 천리마로 조자룡이 타던 말.

*八字(팔자): 음양오행가(陰陽五行家)들이 말하는 사람의 운수.

남원의 성춘향이가 어찌 되었는지?" "예, 성춘향이로 말
南原   成春香   成春香

헐 것 같을 지경이며는, 구관자제 도련님과 백년가약을
            *地境   *舊官子弟   *百年佳約

맺은 후에 지금 수절을 허고 있는디, 뜻밖에 신관 사또가
        後   *守節   *新官 *사또

내려와서 수청 아니 든다 허여 중장을 때려 옥에 가뒀는디,
          *守聽   *重杖   獄

내일 본관 생신 잔치 끝에 춘향을 올려다 죽인다고 협디
來日 *本官 生辰   春香

다." 어사또 들으시고 깜작 놀라, 춘향 일이 급했다는 듯이
                              春香   *急했다는 듯이

농부들과 작별허고 한 모롱이를 돌아드니.
農夫   *作別   *모롱이

<창조> 그때여 춘향이는 옥방에 홀로 누워 한양으로 혈루
            春香   *獄房   漢陽   *血淚

편지 한 장 써서 지자 시켜 보내는구나.
便紙   *持子

<진양조> 이팔청춘 총각 아이가 시절가 부르며 올라온다.
          *二八靑春 *總角   *時節歌

"어이 가리 너, 어이를 갈거나? 한양 성중을 어이 가리? 오
                            漢陽 城中

늘은 가다가 어디 가 자며, 내일은 가다 어디 가서 잠을 잘
                      來日

거나? 자룡 타고 월강허던 청총마나 있거드면 이날 이시로
      *子龍   *越江   *靑驄馬   時

가련마는, 몇 날을 걸어서 한양을 가리? 어이 가리 너, 어
                      漢陽

이 가리 너, 어이 가리 한양 성중을 어이 가리? 내 팔자도
                  漢陽 城中   *八字

*奇薄(기박): 특이하게 나쁜 운수를 타고남.

*길 품팔이: 먼 곳에 편지나 물건을 전해주고 보수를 받아 살아가는 사람.

*春香 身世(춘향 신세): 춘향이 현재 당하고 있는 불행한 형편.

*可憐(가련): 불쌍하고 가없음. / *無罪(무죄)한: 아무런 죄가 없음.

*命在頃刻(명재경각): 거의 죽게 되어 목숨이 얼마 남지 않은 상태.

*어쩨: 어찌하여. 무슨 이유로 왜.

*다 죽고: 부모나 형제가 모두 사망하고 가족 중에는 혼자 남았다는 말.

*南原(남원): 이도령이 방자 말을 듣고 '남원' 산다는 것을 알게 된 것은, 앞
   에서 방자가 '나 혼자'라고 한 말을, 곧 '나 혼자만'의 줄임말인 '나만'으로
   들었기 때문에, 소리의 유사함을 추리해 '남원'이라고 알아낸 것임.

*산디 사요: 내가 살고 있는 곳에 산다는 말로, 거만하게 대답한 것임.

*알아맞히기는: 말 안한 일을 추리하여 잘 알아낸다는 뜻.

*오뉴월 쉬파리 똥 속: 한창 더운 음력 5·6월에 쉬파리는 멀리 있는 것까지
   냄새를 맡아, 더러운 것이 있는 곳은 잘 찾아다니는 것처럼, 남의 말을
   잘 추리하여 말 하지 않은 내용도 잘 알아맞힌다는 뜻.

*고얀 놈: 고약한 놈. 언행이나 태도가 사납고 버릇없는 사람을 지칭함.

*말이 났응게: '말이 났으니까'의 방언. 이미 이야기되어 알려졌음.

*묵은 宅(댁): 오래된 옛날 집. 곧 교대하고 떠난 옛 관장의 집.

*어긋지기는: 똑 바르지 아니하고 옆으로 벗어나 사리에 맞지 않음.

*猪足(저족): 돼지의 발. 돼지 엄지발톱은 다른 발톱에 나란히 조화되어 있
   지 않고, 훨씬 위쪽에 따로 붙어 있어서, 정상(正常)에서 벗어나 건방지게
   행동하는 것을 비유해 '돼지 엄지발톱 같다'라고 하는 속담을 말한 것임.

*以上(이상): 그것 보다 더 위. '돼지발톱'보다 더 많이 정상에서 벗어남.

*舊官宅(구관댁): 교대하고 서울로 올라간 지난번의 관장 집.

*七八月(칠팔월) 귀뚜라미 속: 음력 7·8월이 되어 초가을 바람이 불기 시작
   하면 가장 먼저 계절을 알고 귀뚜라미 울음소리가 들리므로, 어떤 사정을
   잘 헤아려 아는 것을 비유하여 일컬은 말.

기박허여 길 품팔이를 허거니와,   춘향 신세도 가련허네.
*奇薄   *길 품팔이   *春香 身世   *可憐

무죄한 옥중 춘향이 명재경각이 되었는디, 올라가신 구관
*無罪한 獄中 春香   *命在頃刻   舊官

자제 이몽룡씨 어찌 허여 못 오신고."
子弟   李夢龍氏

<아니리>   어사또가 이 말을 들으시고, 저애가 춘향 편지
                                              春香 便紙

가지고 한양 가는 방자 놈이로구나. 어사또가 부채로 얼굴
          漢陽   房子

을 가리고, "얘야, 이리 좀 오너라." 아이가 돌아다보며,

"아니, 바쁘게 가는 사람 어째 부르요?" "이애, 너 이리 좀
                          *어째

오너라. 너 지금 어디 사느냐?" "나요? 나 다 죽고 나 혼자
                                    *다 죽고

산디 사요." "허허 그럼, 너 남원 산단 말이로구나." "허허,
*산디 사요   *南原

그 당신 알아맞히기는 오뉴월 쉬파리 똥 속이요." "네 이놈,
          *알아맞히기는 *오뉴월 쉬파리 똥 속

고얀 놈이로고! 그래 너 지금 어디 가느냐?" "허허, 말이
*고얀 놈   *말이

났응게 말이지마는, 남원에 성춘향 편지 가지고 한양 묵은
났응게   南原 成春香 便紙   漢陽 *묵은

댁 찾아가요." "허허 그 놈, 어긋지기는 제족 이상이로고.
宅   *어긋지기는 *猪足 *以上

너 한양 구관댁 간단 말이로구나." "허허, 그 당신 알아 맞
  漢陽 *舊官宅

히기는 바로 칠팔월 귀뚜라미 속이시그려." "네 이놈, 고얀
          *七八月 귀뚜라미 속

놈이로고. 이애 그럼 너 가지고 가는 그 편지 내가 좀 보면
                                        便紙

*隱書(은서): 비밀 편지. / *大路邊(대로변): 사람이 많이 다니는 큰길 가.

*이 兩班(양반)아: 이 사람아. '양반'을 상대 높임의 대명사로 사용했음.

*復恐恩恩說不盡　行人臨發又開封(부공총총설부진　행인임발우개봉):　바쁘고 바빠 할 말을 다 못 썼는지 걱정되어, 편지 전하는 사람 출발에 임박해 또 한 열어 보도다. 당(唐) 시인 장적(張籍)의 '추사(秋思)' 시 끝 두 구절임.

*봉(封): 풀로써 붙임. / *꼴不見(불견): 모습이나 짓이 흉해 볼 수 없음.

*껍딱: 껍데기인 딱지, 겉모습. / *말 속: 말하는 내용.

*文字(문자) 속: 한문 글귀 응용 능력. 　/ *奇特(기특): 기이하고 특이함.

*別後 光陰(별후 광음): 이별한 뒤로 흘러간 세월.

*于今三載(우금삼재): 오늘날에 이르기까지 3년이란 세월이 흐름.

*尺書 頓絕(척서 돈절): 짤막한 편지 한 장마저 완전히 끊어짐.

*弱水三千里(약수삼천리): 매우 멀리 떨어진 곳. '약수'는 중국 서부 곤륜산 (崑崙山) 아래를 흘러 서해로 들어간다는 강. 길이가 3천리나 된다고 함.

*靑鳥(청조): '소식전함'을 뜻하는 파랑새. 중국 곤륜산에 사는 여자신선 서왕모(西王母)가 주(周) 목왕(穆王)을 잔치에 초빙할 때와 한(漢) 무제(武帝)를 방문할 때, 모두 '청조'가 연락을 전하여 '소식전함'의 뜻으로 되었음.

*北海萬里 鴻雁(북해만리 홍안): 한(漢)나라 중랑장(中郎將) 소무(蘇武)가 흉노(匈奴)에 사신 가, 구금되어 19년 동안 먼 '북쪽변방'에 갇혔음. 화의가 성립된 후 소무를 죽었다고 말하면서 돌려보내주지 않았음. 이때 한나라 사신이 가서, "기러기 발목에 소무의 편지가 묶여 있었으니 소무를 돌려보내라" 하고 거짓 이야기를 꾸며내 추궁하니, 흉노왕은 놀라고 마침내 소무를 돌려보냈음. 이 일로 기러기가 편지 전함을 뜻하는 말로 되었음.

*없어매라: 없어서입니다. 없어서 그렇게 되었습니다.

*望眼 欲穿(망안 욕천): 애타게 바라는 눈은 뚫어지려고 함.

*雲山 遠隔(운산 원격): 구름 끼어 아득한 산은 멀리 떨어져 막혀 있음.

*心腸 俱裂(심장 구열): 마음과 창자가 모두 함께 찢어짐.

*梨花(이화)에 *杜鵑(두견) 울고: 배꽃이 만발한 이른 봄 달밤에 두견새는 슬피 울고. 곧 임 없는 텅 빈 방안 외로움을 더해주는 요소들임. 두견새는 옛 중국 촉국(蜀國)의 쫓겨난 망제(望帝) 영혼이어서 슬피 운다고 전해짐.

*梧桐(오동)의 밤비: 가을밤 오동잎에 떨어지는 빗방울 소리의 처량함.

*寂寞(적막)히: 고요한 밤의 쓸쓸하고 적적함.

안 되겠느냐?" 방자(房子) 기(氣)가 막혀, "뭐요? 여보시오, 아니 남

의 남자(男子) 편지(便紙)도 함부로 못 볼 텐디, 남의 여자(女子) 은서(*隱書)를 함부

로 이 대로변(*大路邊)에서 보잔 말이요? 예끼 여보시오 이 양반아(*이 兩班아)!"

"네 이놈! 니가 모르는 말이로다. 옛글에 허였으되, 부공총(*復恐悤)

총설부진(悤說不盡)허여 행인(行人)이 임발우개봉(臨發又開封)이라 허였으니, 잠깐 보고

봉(*封)해주면 안 되겠느냐?" "허허 이사람 보소. 아 꼴불견(*꼴不見)일세.

껍딱(*껍딱) 보고 말 속(*말 속) 들어보니 문자(*文字) 속이 기특(*奇特)허네 그려. 내가

꼭 안 보여 줄라고 했는디, 당신 문자(文字) 속이 하도 기특(奇特)허여

보여주는 것이니,   얼른 보고 봉(封)해주시오."   어사또 편지(便紙)

받어 들고, "네 이놈, 너는 저만치 한쪽에 가만히 있거라."

그 편지(便紙)에 허였으되.

<창조>   별후(*別後) 광음(光陰)이 우금삼재(*于今三載)에 척서(*尺書)가 돈절(頓絶)키로, 약수(*弱水)

삼천리(三千里)에 청조(*靑鳥)가 끊어지고 북해만리(*北海萬里)에 홍안(鴻雁)이 없어매라(*없어매라).

천리(千里)를 바라보니 망안(*望眼)이 욕천(欲穿)이요, 운산(*雲山)이 원격(遠隔)허니 심장(*心腸)

이 구열(俱裂)이라. 이화(*梨花에)에 두견(*杜鵑) 울고 오동(*梧桐)의 밤비 올 제, 적막(*寂寞히)히

제4장   195

*相思一念(상사일념): 오직 임 그리는 깊은 생각만이 한 마음으로 가득함.

*地荒天老(지황천로): 오랜 세월. 땅이 거칠어 꺼지고 하늘이 낡아 없어짐.

*此恨 難絶(차한 난절): 이 사무치는 원한은 끊어지기 어려움.

*無心(무심): 아무 생각이 없는. 어떤 일에도 생각이 없어 텅 빈 마음.

*蝴蝶夢(호접몽): 꿈. '호접'은 나비. 중국 전국시대 장주(莊周; 莊子)가 잠들어 자신이 나비가 된 꿈을 꾸고 깨어, "장주인 내가 나비로 된 것인지 나비가 장주인 나로 된 것인지 알 수 없다."라고 토로한 말에서 유래됨.

*千里(천리)애 오락가락: 꿈속에서 먼 천리 길을 순식간에 왕래함을 뜻함.

*情不止抑(정불지억): 그리워하는 애정은 그치거나 억제할 수가 없음.

*悲不自省(비불자성): 슬픔은 스스로 살피어 제어할 수가 없음.

*嗚泣長歎(오읍장탄): 슬피 흐느껴 울며 길게 탄식함.

*花朝月夕(화조월석): 꽃피는 아침 달뜨는 저녁. 외로움을 돋우는 아침저녁.

*新官(신관)사또: 새로 온 관장. / *到任後(도임후): 근무지에 도착한 뒤.

*守廳(수청): 관기(官妓)가 관장과 잠자리를 함께 하며 받드는 일.

*抵死謀避(저사모피): 죽음으로 저항하여 회피할 계책을 도모함.

*惡刑(악형): 악독한 형벌. / *未久(미구): 오래지 않아 곧.

*杖下之魂(장하지혼): 매를 맞는 형벌로 인해 죽어 혼백이 됨.

*書房(서방): 자신의 남편.

*萬鍾祿(만종록): 많은 녹봉(祿俸)을 받아 행복을 누림. '1종(鍾)'은 '8섬'임.

*此生 未盡恨(차생 미진한): 이 세상에서 행복을 다 누리지 못한 원한.

*後生(후생): 죽은 뒤의 저세상.

*아자 밑에 고자: '아' 밑에 '고'를 붙임, 곧 '아고'. '아이고' 하면서 한탄함.

*無名指(무명지) 가락: 장지(長指)와 새끼손가락 사이 손가락.

*平沙落雁(평사낙안): 평평한 모래밭에 기러기가 가볍게 내려앉음. 중국 송(宋) 화가 송적(宋迪)이 호남성의 동정호(洞庭湖)로 흘러들어오는 소상강(瀟湘江) 근처 풍경을 8폭 그림으로 그린 '소상팔경(瀟湘八景)' 중의 하나.

*格(격): 격식. 그와 같은 형식. / *血書(혈서): 피를 흘리어 쓴 피 글씨.

*讀書堂 工夫(독서당 공부): 글공부하는 방에서의 학문 연마 노력. 조선 초기 조정에서 설치한 '독서당(讀書堂)'이 아님.

*不遠千里(불원천리): 천리 길을 멀다 하지 않고 곧장 달려옴.

*放聲痛哭(방성통곡): 크게 소리 내어 가슴이 찢어지듯 우는 모습.

홀로 누워 상사일념이 지황천노라도 차한은 난절이라.
　　　　　*相思一念　　　*地荒天老　　　*此恨　　難絶

무심한 호접몽은 천리에 오락가락, 정불지억이오 비불자성
*無心　　*蝴蝶夢　*千里애　오락가락　*情不止抑　　*悲不自省

이라. 오읍장탄으로 화조월석을 보내더니, 신관사또 도임
　　　*嗚泣長歎　　　*花朝月夕　　　　　　*新官사또　*到任

후에 수청 들라 허옵기에, 저사모피 허옵다가 모진 악형을
後　*守廳　　　　　　*抵死謀避　　　　　*惡刑

당하여 미구에 장하지혼이 되겠사오니, 바라건대 서방님은
當　　*未久　*杖下之魂　　　　　　　　*書房

길이 만종록을 누리시다, 차생에 미진한을 후생에나 다시
　　*萬鍾祿　　　　　*此生　　未盡恨　*後生

만나 이별 없이 사사이다.
　　　離別

<중모리> 편지 끝에다 '아'자를 쓰고 '아'자 밑에다 '고'자를
　　　　　　　　　　　　　　　*아자　밑에　　　고자

쓰고, 무명지 가락인지 아드드드득 깨물어서 평사낙안 기
　　*無名指　가락　　　　　　　　　　*平沙落雁

러기 격으로 혈서를 뚝 뚝 뚝 찍었구나. "아이고 춘향아!
　　格　　*血書　　　　　　　　　　　　　春香

수절이 무슨 죄가 되어, 니가 이 지경이 웬 일이냐? 나도
守節　　　　罪　　　　　　　　地境

너와 작별허고 독서당 공부허여 불원천리 예 왔는디, 니가
　　作別　　*讀書堂　工夫　　*不遠千里

이 지경이 웬일이냐?"편지를 두 손으로 움켜쥐고, "아이고
　地境　　　　　　便紙

춘향아! 이를 장차 어쩔거나."방성통곡으로 울음을 운다.
春香　　　　將次　　　　*放聲痛哭

<아니리>　그때여 방자가 어사또를 몰라봤다 허되, 그럴
　　　　　　　房子

*冊房(책방): 독서하는 글방.

*大監(대감)마님: '대감'은 원래 정이품(正二品) 이상의 벼슬아치를 높여 이르는 말이지만, 민간에서는 나라 대신(大臣)이나 지위 높은 관리에 대한 존칭으로 사용함. '마님'은 존귀한 사람에 대한 존칭으로 '대감'이나 '영감' 밑에 붙여 사용하는 말.

*行次 後(행차 후): 먼 길인 한양으로 떠나가신 뒤. '행차'는 지체 높은 사람이 먼 길 가는 것을 높여 이르는 말임.

*氣體(기체): 어른의 건강상태를 높여 이르는 말. '기체후·체후(氣體候·體候)'

*路毒(노독): 너무 먼 길을 걸어서 지치고 시달리어 생기는 병.

*忠婢(충비): 주인을 충심(忠心)으로 섬기는 여자 종. 여기에서는 '노비(奴婢; 남녀 종)'라는 뜻으로 사용했음.

*官(관)물을 오래 먹어: 관아(官衙)에 오래 몸담아 생활함을 뜻함.

*非常(비상): 보통이 아니고 매우 뛰어남.

*天機漏泄(천기누설): 하늘의 기밀사항 같이 중요한 비밀을 널리 퍼뜨림. 이 도령이 암행어사 되어 내려온 소문을 널리 퍼뜨릴까 염려한 것임.

*雲峰營將(운봉영장): '운봉'은 전라도의 작은 고을 '운봉현(雲峰縣)'. '영장'은 조선시대 군사적 요지(要地)에 설치했던, 감영(監營) 병령(兵營) 수영(水營)에 딸린 '진영(鎭營)'의 우두머리 무관(武官) 진영장(鎭營將; 종4품). 무관(武官)으로서 그 주둔 고을 관장을 겸했으므로 운봉고을 관장인 셈임.

*맥이기는: 먹이기는. 음식을 잘 먹여주어 편하게 있게 함.

◇참고: 송적(宋迪)의 '소상팔경(瀟湘八景)' 그림 제목

平沙落雁(평사낙안):	평평한 모래밭에 사푼히 내려앉는 기러기.
遠浦歸帆(원포귀범):	멀리 강어귀로 돌아드는 돛단배.
山市晴風(산시청풍);	산에서 불어오는 맑고 시원한 바람.
江天暮雪(강천모설);	강물 위 가만가만 소리 없이 내리는 저녁 눈.
洞庭秋月(동정추월);	동정호에 비치는 은은한 가을 달빛.
瀟湘夜雨(소상야우);	소상강 강물 위에 고요히 뿌리는 밤비.
煙寺晩鐘(연사만종);	연기 어린 먼 산 절에서 들리는 저녁 종소리.
漁村夕照(어촌석조);	어촌을 비치는 늦은 오후의 저녁 햇빛.

리가 있었느냐? 자세히 살펴보니 책방에서 모시고 있던
理 　　　　　 仔細 　　　　　 *冊房

서방님이 분명쿠나. 그 일이 어찌 되었느냐?
書房 　　 分明

<창조> "아이고 서방님!"
　　　　　　　　　 書房

<단중모리> "소인 방자 놈 문안이요! 대감마님 행차 후에
　　　　　　 小人 房子 　　 問安 　　 *大監마님 *行次 後

기체 안녕허옵시며, 서방님도 먼먼 길에 노독이나 없이 오
*氣體 安寧 　　　　　 書房 　　　　　　 *路毒

시었소. 살려주오 살려주오, 옥중 아씨를 살려주오."
　　　　　　　　　　　　　　　 獄中

<중모리> "오냐 방자야 우지 마라. 내 모양이 이 꼴은
　　　　　　　 房子 　　　　　　　 模樣

되었으나 설마 너의 아씨 죽는 꼴을 보것느냐? 우지 말라

면 우지를 마라. 충비로다, 충비로구나. 우리 방자가 충비로
　　　　　　　 *忠婢 　 忠婢 　　　　　 房子 　 忠婢

구나."

<아니리> 어사또 생각허기를 저 놈이 관물을 오래 먹어
　　　　　 御史 　　　　　　　　　 *官물을 오래 먹어

눈치가 비상헌지라, 천기누설 될까 허여 편지 한 장 얼른
　　　 *非常 　　 *天機漏泄 　　　 便紙 　 張

써서, "이애 방자야, 너 이 편지 가지고 운봉영장 전 빨리
　　　　　 房子 　　 便紙 　　 *雲峰營將 前

올리고 오도록 허여라." 허고 보냈는디, 편지 내용인 즉은
　　　　　　　　　　　　　　 便紙 內容 卽

이놈을 맥이기는 잘 맥여주되, 며칠 붙들어 놓으란 내용이
　　 *맥이기는 　　　　　　　　　　　　　　 內容

*博石(박석)티: 박석치(博石峙), '티'는 고어 발음. 남원 북쪽의 박석고개.

*左右山川(좌우산천): 주위 산과 내. / *帶方國(대방국): 남원의 옛 이름.

*놀던 데: 활동하던 곳. '놀림'에서 온 말로, 손발을 놀려 활동한다는 뜻임.

*同樣物色(동양물색): 옛날이나 지금이나 같은 모습의 아름다운 경치.

*前度劉郎今又來(전도유랑금우래): 앞서 거쳐 간 유우석이 지금 또 왔음. 당
  (唐) 시인 유우석(劉禹錫)이 10년간 좌천되었다 돌아와, 장안(長安) 현도
  관(玄都觀) 복숭아꽃놀이를 보고 시를 지었음. 그리고 또 좌천되었다가
  14년 후에 돌아와 지은 두 번째 시 '재유현도관(再遊玄都觀)'의 끝 구절임.

*玄都觀(현도관): 중국 장안현(長安縣) 남쪽에 있는 도교(道敎) 신전(神殿).

*遐鄕桃李(하향도리): 먼 시골 아름다운 복숭아꽃과 오야 꽃의 아름다움.

*潘岳(반악): 중국 진(晋) 때 문장이 뛰어나고 잘 생겨, 부녀들이 과일을 던
  지며 환호했던 그 반악 같이, 뛰어난 재능을 가진 자기가 다시 왔다는 뜻.

*烏鵲橋(오작교): 남원 광한루(廣寒樓) 근처에 있는 다리이름.

*欄干(난간): 다락마루의 가장자리에 둘러 설치된 낮은 나무막대 막이.

*風月(풍월): 문장과 시를 짓고 즐기는 일.

*花林中 鞦韆美色(화림중 추천미색): 꽃 수풀 속에서 그네 뛰던 미인 여자.

*羅衫(나삼): 연두색 비단으로, 자주색 깃을 달고 색동 소매를 한 여자 겉옷.

*淚垂作別(누수작별): 눈물을 흘리며 서로 이별함.

*瀛洲閣(영주각): 남원 광한루에 부속된 건물.

*不改淸陰(불개청음): 맑은 그늘 바꾸지 않음. 중국 당(唐) 시인 전기(錢起)
  의 '모춘귀고산초당(暮春歸故山草堂)' 시 끝 구절인, "맑은 그늘 바꾸지 않
  고 내 돌아옴을 기다리네(不改淸陰待我歸)"에서 앞 일부분을 인용했음. 곧
  꽃은 다 지고 푸른 대숲만 남아 그늘을 이루어 기다리고 있다는 표현임.

*蝴蝶(호접): 나비. / *아끼난 듯: 애석하게 여기는 듯함.

*손의 愁心(수심) 자아낸다: 찾아온 손님의 괴로운 마음만 빚어내게 함.

*黃昏(황혼)이 乘時(승시): 해 진 뒤의 시간을 틈타서 행동함.

*몸채 꾀를 벗고: 집 안채는 벽에 바른 흙이 모두 떨어져서 벗은 모습이 됨.

*行廊(행랑): 집의 대문 안에 바로 있는 사랑 채.

*立春大吉 忠孝門(입춘대길 충효문): "입춘 계절 새해 큰 행운이 오는 충신
  효자 집 대문"이라고, 입춘 때에 대문에 자신이 써 붙인 축원의 글.

*中字(중자) *心字(심자): 충(忠)자에서 위 '中'은 없고 아래 '心'만 남았음.

었다. 방자를 보낸 후에.
房子　　　　　　後

5. 박석티―춘향 집 당도

<진양조> 박석티를 올라서서 좌우산천을 바라보니, "산도
　　　　　*博石티　　　　*左右山川　　　　　　　山

옛 보던 산이요 물도 옛 보던 물이로구나. 대방국이 놀던
　　山　　　　　　　　　　　　　　　*帶方國　*놀던

데가 동양물색이 아름답다. 전도유랑금우래의 현도관이 여
데　*同樣物色　　　　　*前度劉郞今又來　　　*玄都觀

기련만, 하향도리 좋은 구경 반악이 두 번 왔네. 광한루야
　　　　*遐鄕桃李　　　　*潘岳　　　　　　廣寒樓

잘 있으며 오작교도 무사터냐. 광한루 높은 난간 풍월 짓던
　　　　*烏鵲橋　　無事　　廣寒樓　　*欄干 *風月

곳이로구나. 저 건너 화림 중에 추천미색이 어디를 갔느냐?
　　　　　　　*花林　中　　鞦韆美色

나삼을 부여잡고 누수작별이 몇 해나 되며, 영주각이 섰는
*羅衫　　　　　*淚垂作別　　　　　　*瀛洲閣

데는 불개청음을 허여 있고, 춤추던 호접들은 가는 춘풍을
　　　*不改淸陰　　　　　　　*蝴蝶

아끼난 듯, 벗 부르는 저 꾀꼬리 손의 수심을 자어낸다."
*아끼난 듯　　　　　　　*손의　愁心　　자아낸다

황혼이 승시허여 춘향 집을 당도허니, "몸채는 꾀를 벗고
*黃昏이　乘時　　春香　　　當到　*몸채　꾀를 벗고

행랑은 찌그러졌구나. 대문에 입춘대길 충효문이라 내 손
*行廊　　　　　　　　大門　*立春大吉　忠孝門

으로 붙였더니, '가운데 중'자는 바람에 떨어지고 '마음 심'
　　　　　　　　*中 字　　　　　　　　　　　*心

심'자만 뚜렷이 남았구나."
字

*隱身(은신): 몸을 숨김.

*動靜(동정): 몸을 움직여 어떤 일을 하고 있는 모습.

*壇(단)을 묻고: 신을 모실 제단을 높게 쌓아올려 조성(造成)함.

*北斗七星(북두칠성): 북쪽 하늘의 대웅좌(大熊座) 별자리에서 가장 뚜렷하게 보이는 국자 모양으로 배치된 7개의 별. 옛날에는 인간 화복(禍福)과 풍흉(豊凶)·전쟁·질병 등을 관장하는 신령(神靈)으로 생각하여 받들어 빌었음.

*子夜半(자야반): 한 밤중인 밤 12시 무렵. 한밤중이란 뜻의 '자여(子夜)'와 '야반(夜半)이 합쳐져 이루어진 말임.

*돋워 켜고: 불심지를 높여 불을 밝게 켬.

*井華水(정화수): 새벽에 남들이 길어가지 않은 첫 번째의 샘물을 뜻함. 보통 치성 드릴 때 상에 올려놓는 물로, 새벽 일찍 우물에서 길어온 물.

*舊官子弟(구관자제): 임기를 마치고 교대해 간 옛 관장의 아들.

*全羅監事(전라감사): 전라도의 관찰사(觀察使).

*全羅御史(전라어사): 왕명으로 특수한 사명을 띠고 전라도 방면으로 파견되는 임시직 암행어사. 주로 백성들의 원성이 높은 지역에 파견되었으며, 관장의 비위 사실을 밝혀 시정하고 임금에게 보고하는 임무를 띠었음.

*兩端間(양단간): 둘 중에 한 가지. / *수이: 쉽게. 지체 하지 않고 빨리.

*家長(가장): 한 집안의 살림을 책임지고 있는 어른. 곧 남편.

*壇上(단상): 높이 쌓은 제단의 위. / *갈아라: 새롭게 교체해 놓으란 뜻.

*至誠 神功(지성 신공): 정성을 다 바쳐 신령께 소원을 비는 일,

*법석: 힘없이 털썩 주저앉는 모습

*明天 感動(명천 감동): 밝은 하느님께서 치성에 감응하여 영험을 보임.

◇참고: 북두칠성 신령 설명

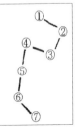

① 천추(天樞), 천(天)상징, 양덕(陽德: 혜택)을 맡음.
② 선(璇), 지(地)상징, 음형(陰刑: 형벌)을 맡음.
③ 기(璣), 인(人)상징, 장해(戕害: 죽임)를 맡음.
④ 권(權), 시(時)상징, 벌무도(伐無道: 불법 처벌)를 맡음.
⑤ 형(衡), 음(音)상징, 주살(誅殺: 악인 죽임)을 맡음.
⑥ 개양(開陽), 율(律)상징, 오곡(五穀: 곡식 자람)을 맡음.
⑦ 요광(搖光), 성(星)상징, 전쟁(戰爭: 서로 다툼)을 맡음.

6. 춘향 모친 치성—어사와 장모 상봉

<아니리> 어사또 문전에 은신허여, 가만히 동정을 살펴
御史   門前   *隱身   *動靜
보니.

<세마치> 그때여 춘향모친은 후원의 단을 묻고, 북두칠성
春香母親   後園 *壇을 묻고 *北斗七星
자야반의 촛불을 돋워 켜고 정화수를 받쳐 놓고, "비나이다
*子夜半   *돋워 켜고 *井華水
비나이다 하느님전 비나이다. 올라가신 구관자제 이몽룡씨
前   *舊官子弟 李夢龍氏
전라감사나 전라어사로나 양단간에 수이 허여 옥중춘향을
*全羅監事   *全羅御史   *兩端間   *수이   獄中春香
살려주시오. 내 딸이 죄가 없소. 부모에게는 효녀요 가장
罪   父母   孝女   *家長
에게 열녀노릇을 허는디, 효자충신열녀부터는 하느님이 아
烈女   孝子忠臣烈女
시리다. 향단아, 단상에 물 갈어라. 비는 것도 오늘이요 지
香丹   *壇上   *갈아라   *至
성 신공도 오늘밖에는 또 있느냐." 향단이도 설어라고 정화
誠 神功   香丹   井華
수 갈아 받쳐놓고 그 자리 법석 주저앉어, "아이고 하느님!
水   *법석
아씨가 무슨 죄가 있소. 명천이 감동허여 옥중아씨를 살려
罪   *明天 感動   獄中
주오." 춘향모 더욱 기가 막혀 우는 향단을 부여안고, "우
春香母   氣   香丹
지 마라 향단아, 우지를 마라. 니 눈에서 눈물이 나면 내
香丹

*마님: 존귀한 사람에 대한 존칭으로, '대감(大監)'이나 '영감(令監)' 아래에 붙여 사용하는 말인데, 민간에서는 일반적으로 지체 높은 집안 부인(夫人)에 대한 존칭으로 사용해 왔음. 원래 한자말은 '말루하주(抹樓下主)'로, 우리말로 변하면서 '마나님, 마님'으로 부르고 있음.

*挽留(만류): 어떤 일을 하지 못하게 말리는 것.

*人倫(인륜): 사람이 살아가는 떳떳한 도리.

*先塋 德(선영 덕): 돌아가신 조상 신령이 도와주신 덕분.

*折半(절반): 둘로 똑 같이 나눈 그 반쪽.

*상추쌈을 當(당)할: 매우 심한 압박을 받음. 상추쌈을 쌀 때, 처음 펼쳐진 것을 오므려 싸서 완전히 뭉치게 하므로, 그처럼 압박하여 위협한다는 말.

*弄(롱): 실제 마음이 아니고 놀려주려고 일부러 거짓 꾸며 하는 행동.

*성주 祖上(조상): 성주신령과 가문대대로 이어진 할아버지 신령. '성주'는 집을 지키는 신령으로, 한자말 '성조(成造)'가 변한 말임. 성주 모시는 방법은 지역 따라 약간의 차이가 있음. 보통은 집을 지을 때 상량식(上梁式) 하는 날, 넓은 한지 종이에 상량하는 날짜와 성주신령 모시는 글을 쓰고, 폭이 4·5치쯤으로 길게 접어 동자기둥 오목하게 파진 틈에 끼우고 그 위에 대들보를 얹어 고정함. 부엌에서 쳐다보면 동자기둥에 끼여 늘어진 종이가 보임. 또 다른 방법은, 자기가 지은 집이 아닐 때는 성주 신령 종이를 납작하게 접어서 안방 앞 대들보 밑의 기둥에 안방을 향하게 하여 높게 붙여 끈으로 동여맴.

*發動(발동): 온통 일어나 어지럽게 움직임.

*土(토)담 무너지는 소리: 흙을 이겨 돌을 넣어가며 쌓은 담이 무너지는 큰 소리. 보통 시골집 담이 토담으로서, 큰 비가 내릴 때 젖어 잘 무너짐.

*悤悤(총총): 바쁘고 바쁘게. 급히.

*여쭈어라: '말씀 드려라'를 공대(恭待)로 하는 말.

*정황이 없는디: '정황'은 '경황(景況)'의 방언으로, '볼만한 흥미 있는 일'의 뜻임. '경황이 없다'는 말은 곧 분주하고 마음이 상하여 아무 것에도 흥미가 없다는 뜻임.

눈에서는 피가 난다." 향단이는 마님을 붙들고 마님은 향단
香丹　　*마님　　　　　　　　香丹

이 목을 꼭 붙들고, 서로 붙들고 울음을 울고 붙들고 만류
　　　　　　　　　　　　　　　　　　　*挽留

허고 울음을 우는 모양, 사람의 인륜으로 볼 수가 없네.
　　　　　　　模樣　　*人倫

<아니리>　　그때여 어사또 이 거동을 보시고, "허허 내가
　　　　　　　　　　　　　　擧動

어사 헌 것이 선영 덕으로 알았더니, 여기 와서 보니 우리
御史　　　　*先塋　德

장모와 향단이 덕이 절반이 넘는구나. 내가 이 모양으로 들
丈母　　香丹　德　*折半　　　　　　　　　　模樣

어갔다가는 저 늙은이 성질에 상추쌈을 당할 테니, 잠시 농
　　　　　　　　　性質　*상추쌈을　當할　　暫時 *弄

을 청할 수밖에 없구나." 허고, "이리 오너라, 게 아무도 없
　請

느냐? 이리 오너라, 이리 오너라!" 춘향모 깜짝 놀래. "아이
　　　　　　　　　　　　　　春香母

고 얘 향단아! 너의 아씨 생목숨이 끊게 되어 그러는가?
　　香丹

성주 조상이 모도 발동을 허였는가? 바깥에서 오뉴월 장마
*성주 祖上　　　*發動

에 토담 무너지는 소리가 나는구나. 어서 나가 보고 오너
　*土담　무너지는　소리

라." 향단이 총총 나가더니, "여보시오, 거 누구를 찾으시
　香丹　*悤悤

오?" "거 너의 마님 좀 잠깐 나오시라고 여쭈어라." "마님,
　　　　　　　　　　　　　　　　*여쭈어라

어떤 거지같은 분이 마님을 잠깐 나오시라고 여쭈래요."

"내가 이렇게 정황이 없는디, 어떻게 손님을 맞이할 수가
　　　　　*정황이　없는디

*따 보내라: 여러 핑계를 대어 설득하여 따돌려 보내라는 말.

*急煞(급살): 민속에서 말하는, 가장 큰 재앙을 일으키는 별. 이 별의 기운인 '살'이 내리면 운수 사나운 사람은 그 기운을 먼저 맞아 즉사하게 됨.

*形勢(형세): 살아가는 사정과 형편.

*嘲弄(조롱): 사람을 웃음거리로 만들어 놀림.

*홧김: 울화 치미는 일을 당한 그 여파가 다른 일에 미침.

*物色(물색): 만물의 형태. 어떤 일의 겉에 나타난 상황.

*알심 없는: 생각의 깊이가 없고 사리 판단에 어두움.

*府中(부중): 남원 도호부(都護府) 고을 안. 남원이 도호부(都護府)였음.

*城內城外(성내성외): 한 고을의 성곽 안과 성곽 바깥.

*身數 不吉(신수 불길): 몸에 당한 운수가 좋지 못한 상황.

*無男獨女(무남독녀): 슬하에 아들이 없고 오직 딸 하나만 있는 처지.

*金玉(금옥)같이: 값진 황금과 아름다운 옥처럼 소중하게 여기는 대상.

*命在頃刻(명재경각): 살아 있을 시각이 매우 짧은 순간에 처함.

*情(정): 사정과 형편.

*동냥: 거지가 먹을 음식이나 돈을 비는 것. 또는 거지에게 음식이나 돈을 주는 것. 불교 스님의 경우, 부처님께 공양할 시주(施主)를 얻는 일.

*妄靈(망령): 늙거나 정신이 흐려져 말과 행동이 정상에서 벗어난 상태.

*박짝: 바가지. 박을 한가운데를 켜 두 쪽을 내고, 박 안살을 긁어낸 다음 삶아 말려서 물건을 담게 만든 그릇.

*格(격): 격식. 해당되는 구조.

*驅迫出門(구박출문): 억지로 몰아내어 핍박해 대문 밖으로 내쫓음.

*經世又經年(경세우경년): 세월이 경과되고 또한 햇수가 여러 해 지남.

*자네: 손아래 상대방을 가리키어 일컫는 말.

있겄느냐? 너 나가서 마님 안 계신다고 따 보내라.""여보
*따 보내라

시오, 우리 마님이 안 계신다고 따 보내래요.""어허, 따라

는 말까지 다 들었으니, 뭐 그렇게 딸 것 없이 잠깐 나오시

라고 여쭈어라.""마님, 그 사람이 따란 말까지 다 들었으니

딸 것 없이 잠깐 나오시래요." "아, 이 급살 맞을 년아!
*急煞

니가 그 사람더러 따라는 말까지 다 했으니, 그 사람이 갈

리가 있겄느냐?"춘향모친 이 말을 듣더니 형세가 이리 되
理   春香母親   *形勢

니 저런 걸인들까지도 조롱을 허는가 싶어, 홧김에 걸인을
         乞人   *嘲弄   *홧김   乞人

쫓으러 한번 나가보는디.

<중중모리> "허허 저 걸인아, 물색 모르는 저 걸인, 알심
                乞人   *物色   乞人 *알심

없는 저 걸인! 남원 부중 성내성외 나의 소문을 못 들었나?
없는   乞人 南原 府中 *城內城外   所聞

내 신수 불길허여 무남독녀 딸 하나 금옥같이 길러내어,
  *身數 不吉   *無男獨女   *金玉같이

옥중에 넣어두고 명재경각이 되었는디, 무슨 정에 동냥?
獄中   *命在頃刻   *情 *동냥

동냥 없네, 어서 가소 어서 가!""허허 늙은이 망령이여. 허
                              *妄靈

허 늙은이가 망령. 동냥은 못 주나마 박짝조차 깨는 격으
         妄靈   *박짝   *格

로, 구박출문이 웬일이여. 경세우경년허니 자네 본 지가
   *驅迫出門   *經世又經年   *자네

*歲去人頭白(세거인두백): 세월이 흘러가서 사람 머리털이 하얗게 셈.

*말 아닐세: 사정이나 형편이 곤란에 처해 고통을 말로 표현하기 어려움.

*姓不知名不知(성부지명부지): 성씨도 모르고 이름도 알지 못함.

*李哥(이가): 성씨(姓氏)가 이씨(李氏)인 사람. '가(哥)'는 형(兄)을 뜻하는 글자지만, 우리나라에서 성씨(姓氏)를 나타내는 뜻으로 씀.

*李(이)간 줄: 이가(李哥)인 줄. 성씨가 이씨(李氏)라는 사실.

*인제: 이제야. 방금 지금.

*군목질: 판소리 창법에서 흥이 날 때 한 번 굴려서 내는 목소리.

*一手(일수): 어떤 방면에 뛰어난 기능을 가지고 있음.

*아림아림: 어릿어릿. 바보처럼 힘없이 계속 움직여 재주부리는 모습. 연극이 시작되기 전 무대에 나와 사람들을 웃겨 바람을 잡는 광대인 '어릿광대'의 재주부리는 모습을 표현한 말.

*李閑良(이한량): 이씨 성을 가진 한량. '한량'은 무인(武人)으로서 무과(武科) 급제를 못한 사람. 또는 돈 잘 쓰고 멋있게 놀기만 잘하는 사람.

*誤入(오입)장이: 놀아나는 여자들과 어울려 술 마시고 난잡하게 노는 남자.

*아니꼽고: 말이나 행동이 눈꼴사나와 불쾌함.

*碌碌(녹녹)허대: 보잘 것 없고 의젓하지 못함.

*換腸(환장): 마음이 아주 흡족하게 달라져서 너무 좋아함.

*居住(거주): 사는 곳.

오래여. 세거인두백허니 백발이 완연허여 자네 일이 허허
*歲去人頭白　　　白髮　完然

말 아닐세. 내가 왔네 내가 왔네. 자네가 나를 몰라!" "나라
*말 아닐세

니 누구여? 해는 저물어지고 성부지명부지 헌디 내가 자네
*姓不知名不知

를 알 수 있나? 자네는 성도 없고 이름도 없는 사람인가?"
姓

"내 성이 이가라 해도 날 몰라?" "이가라니 어떤 이가여?
姓　*李哥　　　　李哥　　　李哥

성안성외 많은 이가, 어느 이간 줄 내가 알어? 옳체, 인제
城안城外　　李哥　　*李간 줄　　　*인제

내 알았네. 자네가, 자네가 군목질도 일수 허고 아림아림
*군목질　*一手　*아림아림

멋도 있는, 동문 안 이한량이 아닌가." "아아아 아니, 그 이
東門　*李閑良　　　　　　李

서방 아니로세." "그러면 자네가 누구여?" "허허, 장모 망령
書房　　　　　　　　　　　　丈母 妄靈

이여. 우리 장모가 망령! 장모 장모, 장모라 해도 날 몰라?"
丈母　妄靈 丈母 丈母 丈母

"장모라니, 장모라니 웬 말이여! 남원읍내 오입쟁이들 아니
丈母　　丈母　　　南原邑內 *誤入쟁이 *아니

꼽고 녹녹허대. 내 딸 어린 춘향이가 양반서방을 허였다고,
꼽고 *碌碌허대　　　春香　兩班書房

공연히 미워허여 내 집 문전을 다니며 인사 한마디는 아니
公然　　　　門前　　　人事

허고 빙글빙글 비웃으며, 여보게 장모! 에이, 장모라면 환장
丈母　　　丈母라면 *換腸

헐 줄로? 보기 싫네, 어서 가소 어서 가!" "허허 장모, 망령
丈母 妄靈

이여! 우리 장모가 망령. 장모가 나를 모른다고 허니 거주
丈母　妄靈 丈母　　　　　　　　*居住

*三淸洞(삼청동): 서울 경복궁(景福宮) 동쪽에 위치한 지명. '삼청'은 도교(道敎)에서 말하는 세 하늘로, 옥청(玉淸) 상청(上淸) 태청(太淸) 세 하늘을 일컬음. '옥청'에는 옥황상제가 거처하는 곳으로 성인(聖人)이 죽어 갈 수 있는 곳이며, '상청'은 옥청 다음의 하늘로 진인(眞人)이 죽어 가는 곳임. 그리고 '태청'은 또 그 아래 하늘로 신선(神仙)이 올라가 사는 하늘임. 서울 삼청동에는 조선 초기에 도교의 신(神)인 하늘과 땅과 별의 신령에게 나라에서 제사를 모시는 제단과 함께, 도교 신을 받드는 도사(道師)들이 상주하던 소격서(昭格署)가 있어서 국가에서 인정하는 도교 중심지였음. 소격서는 임진왜란 이후 완전히 폐지되었음.

*더디 春風(춘풍): 계절보다 늦게 불어오는 봄바람.

*여영: 영영. 완전히.

*便紙 一張(편지 일장): 편지 한 장.

*頓絶(돈절): 완전히 딱 잘라 끊어짐.

*野俗(야속): 인정 없고 쌀쌀함. 버릇없고 제 멋대로 행동하는 오랑캐들의 풍속이란 말에서 유래되었음.

*夏雲 多奇峰(하운 다기봉): 여름 구름은 기이한 봉우리가 많다. 중국 진(晋)나라 때 도연명(陶淵明; 이름은 潛, 字가 淵明임)이 사계절(四季節)의 풍경 특징을 읊은 '사시(四時)' 시에서, 여름 풍경을 읊은 둘째 구절임. 첫째 구절도 뒤에서 인용하고 있으므로 시 전체를 옮김.

> 봄철 물은 사방의 연못에 가득히 차고,   (春水滿四澤; 춘수만사택)
> 여름철 구름은 기이한 봉우리가 많도다.   (夏雲多奇峰; 하운다기봉)
> 가을철 달빛은 밝은 빛 떨치어 휘황하고, (秋月揚明輝; 추월양명휘)
> 겨울철 산봉우리엔 외로운 솔 청청하도다. (冬嶺秀孤松; 동령수고송)

*狂風 大作(광풍 대작): 미친 듯 부는 바람이 크게 일어나 불어옴.

*春水 滿四澤(춘수 만사택): 봄철 물은 사방의 연못에 가득히 참. 위 도연명의 '사시(四時)' 시 첫째 구절.

*躊躇(주저): 어떤 일을 가감하게 결행하지 못하고 어물거림.

성명을 일러주지. 서울 삼청동 사는 춘향 서방 이몽룡! 그
姓名　　　　　　　　*三淸洞　　　春香　書房　李夢龍

래도 자네가 날 몰라?"춘향모친 이 말을 듣고, 우루루루루
　　　　　　　　　　　春香母親

달려들어 사위 목을 부여안고, 아이고 이게 누구여! 아이고

이 사람아, 어찌 이리 더디 오나."

<느린중중모리> "왔구나! 우리 사위 왔네, 반갑네 반가워,

더디 춘풍이 반가워.　가더니마는 여영 잊고 편지 일장이
*더디　春風　　　　　　　　　　　　*여영　　　　*便紙　一張

돈절키로, 야속허다고 일렀더니 어디를 갔다가 이제 오나?
*頓絶　　　*野俗

하늘에서 떨어졌나, 땅에서 불끈 솟았나? 하운이 다기봉터
　　　　　　　　　　　　　　　　　　*夏雲　　多奇峰

니 구름 속에 쌓여왔나, 광풍이 대작터니 바람결에 날려
　　　　　　　　　　　　*狂風　　大作

와? 춘수는 만사택이라더니 물이 깊어서 이제 왔나? 뉘 문
　　*春水　　滿四澤　　　　　　　　　　　　　　　　門

전이라고 주저를 허며, 뉘 방이라고서 아니 들어오고 문밖
前　　*躊躇　　　　　　房　　　　　　　　　　　　門

에 와서 주저만 허는가? 들어가세, 내 방으로 들어가세."
　　　躊躇　　　　　　　　　　　房

7. 향단이 문안—어사의 식사

<아니리> "이애 향단아, 서울 서방님 오셨다. 어서 나와
　　　　　　　　香丹　　　　書房

인사 드려라."
人事

*小女(소녀): 시집 안 간 처녀가 어른 앞에서 자기를 낮추는 말.
*大監(대감)마님: 서울로 올라가신 전 관장인 이도령 부친을 말함. '대감'은 원래 정이품(正二品) 이상의 관원을 높여 이르는 말인데, 민간에서는 나라 대신(大臣)이나 지위 높은 관리에 대한 존칭으로 사용함. '마님'은 존귀한 사람에 대한 존칭으로 '대감'이나 '영감'에 붙여 이르는 말로 사용됨. 그리고 또 일반적으로 지체 높은 집안 부인(夫人)에 대한 존칭으로 사용함.
*問安(문안): 웃어른에게 인사를 드리고 안부를 물음.
*行次後(행차후): 먼 길을 떠나 한양으로 가신 뒤. '행차'는 지체 높은 사람이 먼 길 가는 것을 높여 이르는 말임.
*氣體(기체): 어른의 기운과 건강상태를 높여 이르는 말. <氣體候, 體候>
*書房(서방)님: 남편을 일컫는 말인데, 처가에서 사위를 성씨 밑에 붙여 부르는 말로 쓰임. 여기 향단이도 춘향과 월매를 모시는 여종이므로 '서방님'이라 일컫은 것임.
*路毒(노독): 먼 길을 여행한 피로로 생기는 병.
*이 꼴: '이런 형편'을 낮추어 한 말. 이렇게 잘못 된 모습이란 뜻. '꼴'은 사물의 됨됨이나 모습을 나타내는 말.
*설마: 아무리 그러하기로서니. 아무리 그렇더라도 결코.
*시장허다: 매우 배가 고파 음식을 먹고 싶은 마음이 간절함.
*한술: 한 숟갈. 적은 양의 밥을 나타내는 말.
*닭 잡고: 닭을 잡아 삶아 반찬으로 만드는 일. 옛날에는 집집마다 닭을 기르고 있었고, 반찬거리를 살 시장이나 점포가 멀리 있었기 때문에, 귀한 손님이 오면 의례히 집의 닭을 잡아 반찬이나 술안주를 만들었음.
*饌需(찬수): 밥과 함께 먹는 반찬거리.
*장만허고: 갖추어 마련하는 일.
*大丈夫(대장부): 건장하고 씩씩하며 마음속이 넓은 남자.
*속이 넉넉허여: 마음속이 넓고 작은 일에 얽매이지 않음.
*烈女春香 書房(열녀춘향 서방): 절개를 지키어 온갖 고초를 무릅쓰고 옥에 갇혀 있는 훌륭한 열녀 춘향에 비하여, 아무 힘도 없는 걸인이 되어 내려온 춘향의 남편이라고 멸시하여 일컫은 말.

<중모리> "소녀 향단이 문안이요. 대감마님 행차후에 기체
　　　　 *小女　香丹　*問安　　　　*大監마님 *行次後　*氣體

안녕허옵시며, 서방님도 먼먼 길에 노독이나 없이 오시었
安寧　　　　　　 *書房님　　　　　　 *路毒

소. 살려 주오 살려 주오. 옥중 아씨를 살려주오." "오냐,
　　　　　　　　　　　　　 獄中

향단아 우지마라. 내 모양이 이 꼴은 되었으나 설마 너의
香丹　　　　　　　　 模樣　 *이　꼴　　　　 *설마

아씨 죽는 꼴을 보겠느냐? 우지 말라면 우지를 마라."

<아니리> "이애 향단아 시장허다. 밥 있으면 밥 한술 가져
　　　　　　　香丹　 *시장허다　　　　　　 *한술

오너라." 춘향모친 이 말 듣더니, "이애 향단아, 어서 닭 잡
　　　　 春香母親　　　　　　　　　 香丹　　 *닭 잡

고 찬수 장만허고 더운밥 지어라. 오 참, 촛불이 급허구나."
고 *饌需 *장만허고　　　　　　　　　　　　　 急

"장모! 촛불은 뭣 헐라는가?" "수년 동안 사위 얼굴을 못
丈母　　　　　　　　　　　　 數年

봤으니, 사위 얼굴 좀 봐야겠네." "내일 밝은 날 보소."
　　　　　　　　　　　　　　 來日

<창조> "자네는 대장부라 속이 넉넉허여 그러지마는, 나는
　　　　　　*大丈夫　 *속이 넉넉허여

밤낮 주야로 기다리고 바랬으니, 사위 얼굴 좀 봐야겠네."
　　　 晝夜

<아니리>　향단이 촛불을 들여놓으니 춘향모친이 촛불을
　　　　　 香丹　　　　　　　　　 春香母親

들고 사위 얼굴을 물끄러미 바라보더니, "허허! 열녀춘향
　　　　　　　　　　　　　　　　　　　 *烈女春香

서방 꼴 좀 보소."
書房

*잘되었네: 잘못 된 일을 반어법(反語法)으로 잘 되었다고 표현하여, 매우
  잘못 된 것을 비꼬며 한탄하는 말.
*身世(신세): 가련하거나 외롭고 슬프게 된 몸의 처지.
*冊房(책방): 젊은이가 독서하는 글방.
*貴骨(귀골): 귀하게 생겨 훌륭하게 될 사람으로 보이는 얼굴과 풍채.
*년: 여자를 멸시하거나 하대(下待)하여 일컫는 말인데, 여자가 자기 자신의
  행동이나 처지가 잘못 되어 반성하고 한탄하면서 자기를 일컫는 말.
*물마를 날이 없이: 여자들이 천지신령이나 조상에게 치성을 드릴 때, 정성
  을 쏟는 재계(齋戒)의 의미로 빌기 직전에 반드시 찬물에 머리를 감아 단
  정히 함. 이렇게 정성 드리는 일을 자주 하게 되니까 머리를 자주 감아 머
  리 물이 마를 겨를이 없어 젖어 있다는 뜻임.
*全羅監事(전라감사): 전라도의 각 고을을 감독하는 관찰사(觀察使). 관찰사
  는 종이품 벼슬아치를 각도에 1명 임명했음.
*全羅御史(전라어사): 전라도를 순방하여 관장들의 비위 사실과 백성들의 원
  성을 탐문하여 처리하고 보고하는, 특수 임무 수행 관직인 암행어사.
*兩端間(양단간): 두 가지 중에 어느 하나.
*晝夜 祝手(주야 축수): 밤낮으로 쉬지 않고 두 손 모아 비는 일.
*姑捨(고사)허고: 그만 두고. 말할 것 없이 제쳐둠.
*上乞人(상걸인): 거지 중에서 우두머리 거지.
*後園(후원): 집 뒤편에 있는 정원.
*井華水(정화수): 제단에 올려놓는 물. 새벽에 아무도 길어가지 않은 우물물.
  보통 아침 일찍 우물에서 갓 길어온 깨끗한 물을 뜻함.
*시내 江邊(강변): 시내의 양쪽 언덕. 빌었던 신령이 효험이 없다고 하여 제
  단에 올려놓은 물을 쏟아버려 질펀한 강 언덕처럼 되었다는 말.
*어쩔거나: "어떻게 하면 좋겠느냐?" 하고 한탄하는 소리.
*放聲痛哭(방성통곡): 크게 소리 내어 슬피 우는 행동.
*날로 보고: 나의 얼굴을 보아서 용서하는 마음을 가짐.
*옷에 풀해 입고: 여름철 홑옷은 빨래한 다음, 끓인 풀이나 또는 밥을 천에
  싸서 물에 담가 문질러 불린 묽은 풀물에 넣었다가 널어 말리는 일을
  말함. 이렇게 풀을 먹여 다리미로 다려야 옷이 빳빳해 몸에 붙지 않음.
*憫惘(민망): 답답하고 딱하여 걱정스러움.

〈중모리〉 들었던 촛불을 내던지며 "잘되었네, 잘되었네,
　　　　　　　　　　　　　　　　　　*잘되었네

잘 되었네. 열녀춘향 신세 잘 되었네. 책방에 계실 때는 보
　　　　　烈女春香 *身世　　　　　*冊房

고보고 또 보아도 귀골로만 생겼기로 믿고믿고 믿었더니,
　　　　　　　　　　*貴骨

믿었던 일이 모두 다 허사로구나. 백발이 휘날린 년이 물
　　　　　　　　　虛事　　　　白髮　　　　　*년 *물

마를 날이 없이 전라감사나 전라어사나 양단간에 되어 오
마를 날이 없이 *全羅監事　*全羅御史　*兩端間

라 주야 축수로 빌었더니, 어사는 고사허고 팔도 상걸인이
　　*晝夜 祝手　　　　　　御史　*姑捨허고　八道 *上乞人

다 되었네." 후원으로 우루루루루 쫓아 들어가, 정화수 그
　　　　　*後園　　　　　　　　　　　*井華水

릇을 번뜻 들어 와그르르르르 탕탕 부딪치니 시내 강변이
　　　　　　　　　　　　　　　　　　*시내 江邊

다 되었네. 춘향모친 기가 막혀 그 자리에 주저앉어, "죽었
　　　　春香母親　氣

구나 죽었구나 내 딸 춘향이는 영 죽었네. 아이고 이를 어
　　　　　　春香　　　　　　　　　　　*어

쩔거나, 이를 장차 어쩔거나?" 방성통곡에 울음을 운다.
쩔거나　　　將次　　　　*放聲痛哭

〈아니리〉 "여보게 장모, 날로 보고 참소. 그러고 나 시장
　　　　　丈母 *날로 보고

허네, 밥 있으면 밥 한술 주소." "뭣이 어쩌? 자네 줄 밥

없네. 자네 줄 밥 있으면 내 옷에 풀해 입고 살겠네." 향단
　　　　　　　　　　*옷에 풀해 입고　　　　香丹

이 곁에 섰다 민망허여,
　　　　　*憫惘

*情曲(정곡): 깊고 간절한 애정.

*不遠千里(불원천리): 천릿길을 멀게 여기지 않고 찾아옴.

*對面薄待(대면박대): 얼굴을 상대하여 박절하게 냉대함.

*저리김치: 절이 김치, 겉절이. 무 배추를 절이어서 무쳐 금방 먹는 김치.

*진지: 밥의 높임 말. 한자로 '進支'라 쓰기도 하나 취음(取音)임.

*于先(우선): 먼저. 어떤 일에 앞서.

*療飢(요기): 배고픔을 잠시 면함.

*휘모리: 휘몰이 장단. 판소리 장단의 하나로, 처음부터 빠른 속도로 급박하게 휘몰아 가는 장단.

*따르르르르르: 밥과 반찬을 한 데 섞으며 급하게 먹느라고 밥그릇과 숟가락이 다른 그릇과 상에 부딪치어 나는 소리.

*長短(장단): 노래나 춤, 풍류의 길고 짧은 박자.

*遠山(원산): 먼 데 있는 산.

*地理山(지리산) 넘듯: 높은 지리산을 단숨에 넘어가는 것처럼 급하게 행동함. '지리산'은 전라도와 경상도 사이의 산으로, 한라산 금강산과 함께 우리 나라 삼신산(三神山)의 하나임. 별칭으로 '도류산(頭流山)' '방장산(方丈山)'이라고도 일컬음. 본래 이름은 '지이산(智異山)'임.

*두꺼비 파리 채듯: 매우 빨리 행동함을 비유한 말. 두꺼비는 혀가 길어 앉아 있을 때 앞으로 날아가는 파리를 급히 혀만 내밀어 낚아챔.

*마파람: 남쪽에서 불어오는 바람.

*게 눈 감추듯: 매우 빨리 음식 먹는 것을 비유적으로 한 말. 게가 약간 센 바람에 눈을 잠시 감았다가 뜨는 것 같은 순간적인 행동을 말함.

*木鐸(목탁): 절에서 불공을 드릴 때나 염불을 할 때 치는 나무 방울. 나무로 둥글게 만들어 속을 파내어 울림공간을 만들고 손잡이가 달렸음.

*鼓手(고수): 노래나 창(唱)에 맞추어 북을 쳐 장단을 맞추는 사람.

*후드락 뚝딱: 어떤 일을 거침없이 시원하게 해치우는 모습.

<단중모리> "여보 마나님 그리 마오. 아씨 정곡 아니 잊고
마나님   *情曲

불원천리 오셨는디 대면박대는 못 허리다." 부엌으로 들어
*不遠千里   *對面薄待

가 먹던 밥 저리김치 냉수 떠 받쳐 들고, "여보 서방님,
*저리김치 冷水   書房

여보 서방님, 더운 진지 지을 동안 우선 요기나 허사이다."
書房   *진지   *于先 *療飢

<아니리>   어사또가 밥을 먹는디, 일부러 춘향모친에게
御史   春香母親

미운 체 허느라고, 휘모리로 따르르르르르 허니 장단을 맞
*휘모리   *따르르르르르   *長短

춰가며 밥을 먹는디, 꼭 이렇게 먹던 것이었다.

<휘모리>   원산 호랭이 지리산 넘듯, 두꺼비 파리 채듯,
*遠山   *地理山 넘듯 *두꺼비 파리 채듯

마파람에 게 눈 감추듯, 중 목탁 치듯, 고수 북 치듯, 후드
*마파람   *게 눈 감추듯   *木鐸   *鼓手   *후드

락 뚝딱. "어 참, 잘 먹었다."
락 뚝딱

*雜(잡)것: 인격이 고상하지 못한 잡스런 사람을 멸시해 내뱉는 소리인 방언.

*봤다: 보았다. 그런 경험을 많이 했다는 뜻.

*時方(시방): 지금 방금.

*총 놓고: 총을 쏘고. 총을 쏘는 것 같이 급하게 처리함을 뜻함.

*冊房(책방): 젊은이가 독서하는 글방.

*龍味鳳湯(용미봉탕): 진귀한 동물인 용과 봉을 잡아 삶아 만든 음식이란 말로, 여러 가지 값진 고급 재료로 만든 맛있는 음식이란 뜻.

*잣죽: 잣나무 열매에서 얻은 잣을 갈아 끓인 죽.

*滯氣(체기): 소화불량이 생겨 먹은 음식이 체하여 배가 아픔.

*속이 끌끌허더니: 뱃속이 끓어오르는 것 같이 뒤틀리고 아픔.

*形勢(형세): 살아가는 형편.

*무쇠토막: 무쇠의 짧은 덩어리. '무쇠'는 탄소 1.7%이상 함유한 철로, 흑연을 포함하고 있으며, 빛이 검고 물러 불에 잘 녹는 생철임. 무슨 음식이든 먹어 소화를 잘 시킨다는 말.

*시장: 배가 고파 허기가 짐.

*五臟團束(오장단속): 식사를 많이 하여 뱃속이 든든하고 편안해짐. '오장'은 간(肝) 심(心) 비(脾) 폐(肺) 신(腎) 등 다섯 내장. 곧 뱃속 허기를 채워 든든하게 되었다는 말.

*後園(후원): 집 뒤의 정원.

1. 옥중상봉—춘향의 사후 당부

<아니리>　　　　춘향모 어사또 밥 먹는 것을 물끄러미
　　　　　　　春香母　　御史또

바라보더니, "잡것! 밥 많이 빌어먹어 봤다. 자네 시방 밥
　　　　　　*雜것　　　　　　　　　　*봤다　　　　*時方

먹고 있는가? 밥 총 놓고 앉었제!" "내가 책방에 있을 때
　　　　　　　*총 놓고　　　　　　　　*冊房

는 용미봉탕에 잣죽만 먹어도 체기가 있어 속이 끌끌허더
　　*龍味鳳湯　　*잣죽　　　　　*滯氣　　　　*속이 끌끌허더

니, 아 형세가 이리 되고 보니, 그저 무쇠토막을 끊어 넣어
니　　*形勢　　　　　　　　　　　　*무쇠토막

도 춘삼월 얼음 녹듯 허네 그려. 아까 시장헐 때는 아무
　　春三月　　　　　　　　　　　　　　*시장

생각도 없더니, 오장단속을 허고 나니 춘향 생각이 나네
　　　　　　*五臟團束　　　　　　春香

그려." "뭣이 어쩌? 춘향이 죽고 없네." "아니, 아까 후원에
　　　　　　春香　　　　　　　　　　　　*後園

*壇(단) 묻고: 신령에게 제사할 높은 장소를 조성(造成)함.

*罷漏(파루): 새벽 5경(更) 3점(點)에 33번 쳐서 사람통행을 알리는 종. 저녁 2경에 28번 종을 쳐서 사람 통행을 금지한 인정(人定)을 해제하는 종임.

*節次(절차): 일의 순서나 방법.

*初更二更 三四五更(초경이경 삼사오경): 밤을 다음과 같이 5개 경(更)으로 나눈 것을 말함. 초경: 밤 7시~9시. 2경: 밤 9시~11시. 3경: 밤 11시~ 새벽 1시. 4경: 새벽 1시~3시. 5경: 새벽 3시~5시.

*玉漏 潺潺(옥루 잔잔): 고요한 시간의 흐름. '옥루'는 옥으로 장식한 물시계. '잔잔'은 밤새 물시계 물이 많이 내려 조용하게 고여 있는 모습을 나타냄.

*燈籠(등롱): 쪼갠 대로 만든 통에 종이나 비단을 씌우고 촛불을 넣은 등불.

*米飮(미음): 쌀이나 좁쌀을 많은 물을 부어 끓여서 체에 밭친 묽은 음식.

*寂寂(적적): 매우 고요함. / *人迹(인적): 사람의 자취.

*부욱 부욱: 밤에 우는 새인 올빼미 울음소리. / *도채비: 도깨비.

*지둥 치듯: 태풍이나 대포 소리 같이 매우 크고 요란한 소리가 남.

*我哭(아곡)을 汝哭(여곡)헐디: 내 죽음의 곡을 네가 울어주어야 할 터인데.

*汝哭(여곡)을 我哭(아곡)허니: 너에 대한 울음을 내가 울고 있으니.

*내 울음을 누가 울며: 내가 죽었을 때의 울음을 누가 울어줄 것이며.

*我葬(아장)을 汝葬(여장)헐디: 내 죽은 장사를 네가 장례해야 할 터인데.

*汝葬(여장)을 我葬(아장)허니: 네 죽은 장사를 내가 장례 지내게 되니.

*내 葬事(장사)를 누가 헐거나: 나의 죽음에 장례를 누가 치러줄 것이냐?
    ※위 '아곡 여곡'부터의 내용은, 조선 중기 시인 송순(宋純)이 아들 죽음에 지은 '곡자문(哭子文)'의, "너를 위한 곡을 내가 곡하니, 나를 위한 곡은 누가 울 것이냐?(汝哭我哭 我哭誰哭)" 하는 구절을 바탕으로 구성했음.

*獄門(옥문)거리: 감옥 문 앞거리. / *사정이: 옥쇄장이. 옥 지키는 병사.

*怨讐(원수): 해를 입어 원한에 사무쳐 있는 관계.

*鬪牋(투전): 돈을 걸고 하는 놀음의 한 가지. 여러 겹 붙인 빳빳한 한지를 손가락 넓이 되고 길이 5치 정도 되게 4,5십장 만듦. 그 각각 한 쪽 면에 새나 짐승 모양을 그려 1부터 10까지 숫자를 나타내고, 5장씩 돌려 3장으로 10단위 집을 짓고, 남은 2장의 끝수 높은 사람이 이김. 3장으로 10단 위 집을 못 지으면 낙방임. 이 놀음을 '짓고 땡이'라 함.

*獄刑房(옥형방): 옥에 갇힌 죄수를 관리하는 아전.

단 묻고 살려 달라 빌던 것은 춘향이가 아니고 무엇인가?"
*壇 묻고   春香

향단이 곁에 섰다, "서방님, 파루나 치거든 가사이다." "오
香丹   書房님 *罷漏

라, 파루를 쳐야 되느냐? 거 참 절차 많구나." 때마침,
  罷漏   *節次

<진양조> 초경이경 삼사오경이 되니 파루는 댕댕 치는디
     *初更二更 三四五更   罷漏

옥루는 잔잔이라. 향단이는 등롱을 들고 춘향모친은 미음
*玉漏   潺潺   香丹 *燈籠   春香母親 *米飲

그릇을 들고, 걸인 사위는 뒤를 따라 옥으로 내려갈 제, 밤
        *乞人 사위   獄

적적 깊었난디 인적은 고요허고 밤새소리는 부욱부욱 도채
*寂寂   *人迹   *부욱부욱 *도채

비들은 휘이휘이, 바람은 우루루루루루루 지둥 치듯 불고
비   *지둥 치듯

궂은비는 퍼붓는데, 사방에서 귀신소리가 들리난디 이히
           四方   鬼神

이히히히 이히 이히히히 아이고 아이고. 춘향모 더욱 기가
                    春香母   氣

막혀, "아이고 내 신세야. 아곡을 여곡헐디 여곡을 아곡
        身世 *我哭을 汝哭헐디 *汝哭을 我哭

허니 내 울음을 누가 울며, 아장을 여장헐디 여장을 아장
허니 *내 울음을 누가 울며 *我葬을 汝葬헐디 *汝葬을 我葬

허니 내 장사를 누가 헐거나." 그렁저렁 옥문거리를 당도
허니 *내 葬事를 누가 헐거나   *獄門거리 當到

허여, "사정이! 사정이!" 사정이가 대답이 없네. "아이고 이
    *사정이   對答

원수놈들 또 투전허러 갔구나. 옥형방! 옥형방!" 옥형방도
*怨讐 *鬪錢   *獄刑房 獄刑房 獄刑房

*아가: '아기'를 부르는 말이지만, 딸에 대한 애칭(愛稱)으로 '아기야'하는 호 칭으로 부른 것임. 시집가기 전의 딸이나 또는 갓 시집 온 며느리를 부를 때 흔히 사용함.

*칼머리: 널빤지 끝에 둥근 구멍을 뚫어 목에 씌우는 형벌 기구 '큰칼'에서 목 근처 판자를 베고 잠들었다는 뜻.

*忽然(홀연)히: 문득. 갑자기.

*非夢似夢間(비몽사몽간): 꿈인지 생신지 어렴풋하여 분간하기 어려운 상태.

*南山 白虎(남산 백호): 남산에 사는 털이 하얀 호랑이.

*獄(옥)담: 감옥을 둘러싸고 있는 담장.

*朱紅(주홍) 입: 호랑이가 입을 크게 벌려 입안이 벌겋게 주홍색으로 보인다 는 말.

*벌렁벌렁: 매우 크게 요동을 하여 몸이 흔들리는 상태.

*얼른얼른: 아련하여 보일락 말락 하는 상태.

*斟酌(짐작): 대강 어림쳐서 추측해 아는 것.

*조르지 말고: 자꾸만 못살게 굴어 위협하지 말라고 당부하는 말.

*萬一(만일): 만에 하나. 혹시 그러한 경우가 있는지를 의심하는 말.

*왔드라: '왔다' 하는 말을 간접적으로 표현하여 관심 없는 것처럼 하는 말.

*李書房(이서방)인지 李南方(이남방)인지: 이도령을 멸시해 한 표현임. '이서 방'의 '서방(書房)'을 음이 같은 '서방(西方)' 곧 '서쪽 지방'으로 하여, 거기 에 짝하여 '남쪽 지방'이란 '남방(南方)'을 결부시켜 비꼬아 멸시한 말임.

대답이 없네. "아가 어미 왔다 정신 차려라." 그때여 춘향이
對答   *아가   精神   春香

는 내일 죽을 일 생각허여 칼머리 베고 누웠다가 홀연히
   來日   *칼머리   *忽然히

잠이 들어 비몽사몽간에, 남산 백호가 옥담을 뛰어넘어 들
      *非夢似夢間   *南山 白虎   *獄담

어와 주홍 입 쩍, 으르르르르 어헝! 깜짝 놀래 깨달으니 무
    *朱紅 입

서운 마음이 솟구치고 몸에서 땀이 주루루루루루, 가슴이

벌렁벌렁, 부르는 소리가 얼른얼른 들리거늘 모친인 줄은
*벌렁벌렁   *얼른얼른   母親

모르고 귀신 소리로 짐작허고, "야, 이 몹쓸 귀신들아! 나를
      鬼神   *斟酌   鬼神

잡어 갈랴거든 조르지 말고 잡어가거라. 내가 무슨 죄 있느
            *조르지 말고   罪

냐? 나도 만일에 이 옥문을 못 나가고 이 자리에서 죽게
      *萬一   獄門

되면 저것이 모두 내 벗이로구나. 아이고 아이고 다리야,

아이고 허리야."

<아니리>   "아가, 어미가 왔다." "어머니, 이 밤중에 웬
                                            中

일이시오?" "오냐, 왔드라 왔어." "오다니 누가 와요? 한양
            *왔드라   漢陽

서 편지가 왔소? 날 다려 갈라고 가마가 왔소?" "오! 편지
   便紙   便紙

나 가마가 왔으면 오죽이나 좋겠느냐마는, 니가 이리 죽어

가면서도 '방 방' 허는 한양 이서방인지 이남방인지, 이런
                  漢陽 *李書房인지 李南方인지

＊애를 끓어: 걱정에 싸여 마음을 졸이며 간장을 끊는 것 같은 수심(愁心).

＊刑杖(형장): 죄인을 심문할 때 사용하는 나무 막대기.

＊뭉그적 뭉그적: 일어서지 못하고 앉아서 손으로 땅을 짚고 엉덩이를 조금씩 끌어 옮겨 이동하는 동작.

＊獄門(옥문) 설주: 옥의 문이 달린, 세로로 세워진 작은 기둥.

＊바드드드득: 단단하고 질긴 물건이 부딪쳐 나는 소리. 하체(下體)가 부실해 많은 힘을 쓰며 몸을 일으킬 때, 주위 물체와 뼈 관절에서 나는 소리.

＊潁川水(영천수): 중국 하남성 등봉현(登封縣)에서 흐르는 영수(潁水) 강.

＊巢父許由(소부허유): 중국 요(堯)임금 때의 은사(隱士). ‘허유’는 요임금이 벼슬을 주려고 하니 받지 않아, 뒤에 또 왕위를 물려주려니 허유는 더러운 소리를 들었다고 영수(潁水)에 와서 귀를 씻었음. 이때 송아지에게 물을 먹이려 왔던 ‘소부’가 그 얘기를 듣고, 더러운 소리를 들은 귀 씻은 물을 내 송아지에게 먹일 수 없다며, 상류로 끌고 가서 물을 먹였다는 고사.

＊尙山四皓(상산사호): 중국 옛날 진시황(秦始皇) 때 폭정을 피해, 동원공(東園公)·하황공(夏黃公)·녹리선생(甪里先生)·기리계(綺里季) 네 노인이 섬서성에 있는 ‘상산’으로 들어가 바둑 두며 숨어살았음. 이들 네 노인은 한(漢)이 건국된 뒤에도 나오지 않았으므로 세상에서 은사(隱士)로 추앙을 받았고, 머리와 수염이 모두 하얗게 세어서 ‘사호(四皓)’라 불리었음.

＊바돌을 뒤다: 바둑을 두면서 세월을 보냄.

＊春水滿四澤(춘수만사택): 봄철의 물은 사방 못에 가득함. 중국 진(晋) 도연명(陶淵明)의 시 ‘사시(四時)’의 봄 풍경을 읊은 첫째 구절임.

＊臥病人事絶(와병인사절): 병들어 누웠으니 사람들 소식이 끊어짐. 당(唐) 시인 송지문(宋之問)의 ‘별두심언(別杜審言)’ 시 첫 구절.

＊冊房(책방): 글공부하는 방.

＊軒軒丈夫(헌헌장부): 외모가 준수하고 늠름하게 잘 생긴 헌칠한 남자.

＊擧動(거동): 몸을 움직이는 행동.

＊대번: 망설임 없이 단번에.

＊換腸(환장): 마음이 이전에 비해 완연히 변하여 달라지는 모습.

거지 되어 여기 왔다.”

<창조>　　“서방님이 오시다니? 서방님이 오셨거든 나의
　　　　　書房　　　　　　　　書房
손에 잡혀주오. 아이고 서방님!”
　　　　　　　　書房

<중모리>　“어제 꿈에 보이던 임을 생시 보기 의외로구나.
　　　　　　　　　　　　　　生時　　　意外
향단아 등불 이만큼 밝히어라. 애를 끊어 보이는 임을 생시
香丹　　燈　　　　　　　　　*애를 끊어　　　　　生時
에나 다시 보자.”칼머리 들어 저만큼 옮겨놓고 형장 맞은
　　　　　　　　　　　　　　　　　　　　　　*刑杖
다리를 두 손으로 받쳐 들고 아픈 것을 참느라고, “아이고

아이고 다리야, 아이고 허리야.” 뭉그적뭉그적 나오더니
　　　　　　　　　　　　　　　*뭉그적뭉그적
옥문 설주 부여잡고 바드드드득 일어서며, “아이고 서방님!
*獄門 설주　　　*바드드드득　　　　　　　書房
어찌 이리 더디 왔소? 영천수 맑은 물에 소부허유와 놀다
　　　　　　　　*潁川水　　　　　*巢父許由
왔소? 상산사호 네 노인과 바둑을 뒤다 이제 왔소? 춘수는
　　　*商山四皓　　　　　*바둑을 뒤다　　　　　*春水
만사택이라더니 물이 깊어서 이제 왔소? 와병에 인사절이
滿四澤　　　　　　　　　　　　　*臥病　　人事絶
라, 병이 들어 이제 왔소? 책방에 계실 때는 그리도 곱던
　　病　　　　　　　　　*冊房
얼굴 헌헌장부가 다 되었네.” 춘향모친 이 거동을 보더니,
　　*軒軒丈夫　　　　　　春香母親　　*擧動
“아이고 저렇게 잘 되어온 것을 보고도 대번 미치고 환장
　　　　　　　　　　　　　　　　　*대번　　　*換腸

*郎君(낭군): 젊은 아내가 자기 남편을 사랑스럽게 부르는 말.

*高官大爵(고관대작): 높은 벼슬을 하고 큰 자리에 앉은 존귀한 사람.

*萬鍾祿(만종록): 매우 많은 녹봉(祿俸; 근무 대가로 받는 봉급). '종(鍾)'은 들이의 단위로 8곡(斛)이 1종이며 '1곡'은 '10말<斗>'임.

*配匹(배필): 부부. 부부의 좋은 짝.

*皮骨 相接(피골 상접): 몸이 말라 앙상하여 뼈와 살갗이 붙은 상태.

*本官(본관)사또: 한 고을의 주인인 관장 사또. '사또'는 백성들과 아전들이 관장을 공대(恭待)하여 부르는 말임.

*올리라고: 잡아 데리고 와 앞에 꿀리라고 함.

*칼머리: 널빤지 끝에 둥근 구멍을 뚫어 목에 씌우는 형벌 기구인 '큰칼'의 늘어뜨려진 끝부분 자락. 이동할 때는 곁에서 들어주며 함께 이동해야 함.

*쌌군: 삯군. 남의 일을 해주고 삯을 받는 일꾼.

*芙蓉堂(부용당): 춘향이 거처하던 별당. 연꽃이 있는 못 가에 있어서 붙인 이름임. '부용'은 '연꽃'의 다른 이름.

*속적삼: 여름철 윗도리로 입는 홑옷 저고리가 '적삼'이며, '속적삼'은 겉옷인 저고리 안에 받쳐 입는 얇은 천으로 된 적삼임.

*세 번 불러 祝願(축원): 죽은 사람 '초혼(招魂)'행사를 말함. 사람이 죽으면 즉시 죽은 사람의 속적삼을 가지고 지붕 위로 올라가 북쪽을 향해, 왼 손으로 그 적삼을 흔들며 '○○ 복(復: 돌아옴)'이라고 큰소리로 3번 외쳐, 혼백을 돌아오라고 부르는 행사를 '초혼'이라 함.

*머리 풀려: 땋은 머리를 풀어 늘어뜨림. 상주들이 입관 전에 하는 절차임.

*哭(곡) 시키고: 상주가 '아이고' 하는 소리를 내어 울음 우는 동작.

*天衾之衾(천금지금): '천금'은 시체를 관속에 넣고 관 뚜껑 덮기 전에 시체 위에 덮는 이불임. 서방님 헌옷을 '천금' 이불로 사용해 달라는 부탁임.

*淨潔(정결): 매우 곱고 깨끗함.

*守節寃死春香之墓(수절원사춘향지묘): "남편을 위해 절개를 지키다가 원통하게 죽은 춘향의 무덤"이라고 비석에 새겨달라는 부탁임.

*새겨주시면: 돌에 써서 정으로 글자 획을 파서 기록해 달라는 부탁임.

*餘恨(여한): 원통한 마음을 다 갖지 못해 죽어서까지 남아 있는 원한.

*喪輿(상여): 죽은 사람의 관을 얹어 실어 여러 사람이 어깨에 메고 가는 틀.

을 허네.”“어머니, 웬 말씀이요? 잘 되어도 내 낭군, 못 되

어도 저의 낭군, 고관대작 내사 싫고 만종록도 나는 싫소.

어머님이 정한 배필 좋고 글코 웬 말씀이오.” 어사또 이 거

동을 보더니 옥문 틈으로 손을 넣어 춘향 손길을 부여잡고,

“이애 춘향아! 내 예 왔다. 부드럽고 곱던 손길 피골이 상

접이 되었으니 니가 이게 웬일이냐?”“서방님! 나는 내 죄

로 이러거니와 귀중허신 서방님이 이 모양이 웬일이오. 내

일 본관사또 생신잔치 끝에 날 올리라고 명이 내리거든 칼

머리나 들어주고, 나 죽었다 허옵거든 서방님이 쌌군인 체

달려들어 나를 업고 물러나와, 우리 둘이 인연 맺던 부용당

에 날 뉘고, 내 속적삼 벗겨내어 세 번 불러 축원허고, 향

단이는 머리 풀려 내 앞에 곡 시키고, 서방님 헌 옷 벗어

천금지금으로 덮어주고, 나를 묻어주되 정결헌 곳 찾어가

서 깊이 파고 나를 묻어주되, ‘수절원사춘향지묘’라 여덟 자

만 새겨주시면 아무 여한이 없겠네다.” 어사또 기가 막혀,

“오냐, 춘향아 우지마라. 내일 날이 밝거드면 상여를 탈지

*가마를 탈지: 크게 출세하여 존귀한 사람이 타는 가마를 타고 영광을 누릴
  지 알 수 없다는 뜻을 암시(暗示)한 말.

*天崩又出穴(천붕우출혈): 하늘이 무너져도 또한 살아나갈 굴이 있음.

*궁기: 뚫어진 구멍. 굴.

*어허: 속마음을 시원하게 털어놓지 못해 답답하여 토하는 소리.

*氣(기)맥힌다. 기가 막힌다. 마음속 생각을 시원하게 풀어 설명하지 못해,
  숨을 못 쉴 정도로 가슴이 답답하고 막힘.

*그 말: '어허'라고 한 말. '어허'라는 소리에서 '어'란 소리를 강조해 한 말.

*오뉴월 단술 變(변)하듯: 매우 빨리 크게 변해 버림의 뜻. 한여름 더운 때
  단술을 만들어 밖에 두면 하루 사이에 맛이 쉬어 못 먹게 되는 현상.

*갈랑가: '갈려느냐?'의 방언. 갈려고 하느냐?

*吳寡守宅(오과수댁): 오씨(吳氏) 성을 가진, 남편이 사망하여 혼자 살고 있
  는 과부의 집. '과수(寡守)'는 '과부(寡婦)'라는 말에 대하여, 우리나라에서
  절개 지킴을 강조하는 의미로 수(守)를 붙여 우대해 불러주는 명칭임.

*집이시: '집일세'의 방언. '집이지' 하고 단정하는 상태를 나타냄.

*마나님: 마님. 아랫사람이 집안 부인을 높여 부르는 말.

*客舍(객사): 지방 각 고을에 임금을 상징하는 궐패(闕牌)를 모셔두고, 임금
  명령으로 지방을 여행하는 벼슬아치를 대접하여 묵게 하는 숙소. 벼슬이
  없는 일반 양반(兩班) 선비들도 묵어갈 수 있었음.

*洞大廳(동대청): 넓게 툭 트인 큰 마루.

*널널헌: '널찍한'의 방언.

*處所(처소): 머무는 곳. 거처하는 장소.

가마를 탈지 그 일이야 뉘가 알랴마는, 천붕우출혈이라 솟
*가마를 탈지　　　　　　　　　　　　　*天崩又出穴

아날 궁기가 있는 법이니라. 우지 말라면 우지를 마라."
　　　*궁기　　　　　法

<아니리> 떨치고 돌아서니.

<창조> "아이고 얘 향단아, 서방님 모시고 집으로 돌아가
　　　　　　　　香丹　　　書房

편히 쉬시게 허여라."
便

<아니리> 어사또 기가 막혀, "이애 춘향아! 오늘밤만 견디
　　　　　　御史　氣　　　　　　　　春香

어라. 내일 보자. 어허! 참 기맥힌다." 춘향모친 옆에 섰다,
　　　來日　　　*어허　　*氣맥힌다　春香母親

"얘 춘향아, 너 그 말 알아 듣겄느냐? 서울서 여기까지 '어
　　春香　　　*그 말

어 어 얻어먹고 왔다' 그 말이다." 집으로 돌아올 제, 춘향
　　　　　　　　　　　　　　　　　　　　　　　　春香

모가 오뉴월 단술 변허듯 허는디, "자네 어디로 갈랑가?"
母　*오뉴월　단술　變하듯　　　　　　　　　　*갈랑가

"어디로 가? 이 사람아, 자네 집으로 가제.""나 집 없네."

"아니, 아까 그 집은 뉘 집인가?""그 집은 오과수댁 집이
　　　　　　　　　　　　　　　　　　　　*吳寡守宅 *집이

시.""아, 과수댁 같으면 더욱 좋지. 이애 향단아, 너는 마나
시　　　寡守宅　　　　　　　　　　　　香丹　　　　*마나

님 모시고 집으로 돌아가거라. 나는 객사 동대청 널널헌 집
님　　　　　　　　　　　　　　　*客舍 *洞大廳 *널널헌

이 내 처소다." 향단이와 춘향 모친을 보낸 후에.
　　*處所　　香丹　　春香 母親　　　後

*平明 後(평명 후): 날이 밝은 뒤에. / *대단허구나: 매우 왕성함을 강조함.

*朱欄畵閣(주란화각): 붉게 칠한 난간과 그림으로 장식한 건물.

*碧空(벽공) *遮日帳幕(차일장막): 푸른 공중에, 햇볕 가리는 장막이 쳐짐.

*鬱陵島王(울릉도왕)골 細席(세석): 울릉도 산 고운 골 풀로 가늘게 짠 자리.

*雙鳳壽福(쌍봉수복): 화문석 자리에 새겨진 한 쌍의 봉황과 '壽·福' 글자.

*各色(각색) 卍字(완자): 여러 채색으로 된 완(卍; 본음 '만') 글자 연결무늬.

*紅樹脂(홍수지): '홍수'나무 껍질에서 채취한 진액(津液)의 붉은색 물감.

*十間大廳(십간대청) 맞게: 열 칸이나 되는 큰 마루에 화문석 하나로 맞춤.

*虎皮方席(호피방석): 호랑이 가죽으로 된 앉는 자리.

*花紋(화문) 보료: 꽃무늬가 있는, 앉을 자리에 깔아두는 두꺼운 요.

*紅緞白緞(홍단백단): 붉은색 비단과 흰색 비단.

*物色(물색) 좋은 *靑紗揮帳(청사휘장): 빛이 고운 푸른색 비단 장막.

*紅紗(홍사) 우통 靑紗초籠(청사초롱): 대 조각으로 뼈대를 만들고, 윗부분
〈웃통〉에 붉은 천을 붙인 푸른색 비단으로 둘러 싼, 촛불 넣은 등불.

*밀초: 벌꿀 거른 찌꺼기인 밀로 만든 초. / *沿頭(연두): 지나가는 길머리.

*龍(용)알 북춤: 궁중 포구락(抛毬樂)놀이. 궁중 연회에 기생들이 주악에 맞
춰 춤추고 노래하며, 칸막이인 포구문(抛毬門) 양쪽에 6명씩 늘어서, 차례
로 1명씩 나와 춤추면서 '용알'이란 나무 공을 포구문 중앙 작은 구멍으로
던져, 공이 통과하면 꽃을 주고 실패하면 얼굴에 먹칠을 하는 놀이.

*배따라기: 서경악부(西京樂府) 열두 춤의 하나. 기생들이 융복(戎服)을 입고
주악에 맞춰 채색한 배 앞에서 사신(使臣)들이 배타고 떠나는 광경을 나타
내 보이고, 어부사(漁父詞)와 월출곡(月出曲)을 노래하며 춤추고, 끝에는
이선악곡(離船樂曲)을 노래하는, 사신들이 배타고 출발하는 모습의 놀이.

*風流(풍류)헐 *機制(기제): 노래하고 춤추며 놀이할, 여러 기구와 시설물.

*歌客(가객): 입으로 노래 부르는 사람. '과객' 표기는 음운혼란에 의한 잘못.

*廣大(광대): 노래·춤·연극 등을 하는 사람.

*鼓人(고인): 북을 치는 사람. / *各邑守令(각읍수령): 여러 고을 관장.

*兼營將 雲峰營將(겸영장 운봉영장): 진영장(鎭營將)을 겸한 운봉의 관장.

*承旨堂上(당상승지): 당상관인 승지. / *年齒(연치) 높은: 나이가 많은.

*치리: 치레. 잘 꾸며 모양냄. '기생치레'는 고운 기생이 많아 자랑이란 뜻.

*豪奢(호사): 호화롭고 사치스러움. / *無事(무사)헌: 하는 일 없이 태평함.

2. 사또 생일잔치―어사의 작시

<자진모리> 이튿날 평명 후에 본관의 생신잔치 광한루
　　　　　　　*平明 後　本官　生辰　廣寒樓

차리는디 매우 대단허구나. 주란화각은 벽공에 솟았난디,
　*대단허구나 *朱欄畵閣 *碧空

구름 같은 차일장막 사면에 둘러치고, 울릉도 왕골 세석
　*遮日帳幕 四面　*鬱陵島 王골 細席

쌍봉수복 각색 완자 홍수지로 곱게 꾸며 십간 대청 맞게
*雙鳳壽福 *各色 卍字 *紅樹脂　*十間 大廳 맞게

펴고, 호피방석 화문보료 홍단백단 각색 방석 드문드문
펴고 *虎皮方席 *花紋보료 *紅緞白緞 各色 方席

드문드문 놓였으며, 물색 좋은 청사휘장 사면에 둘러치고,
　*物色 좋은 *靑紗揮帳 四面

홍사 우통 청사초롱 밀초 꽂아 연두마다 드문드문 걸었으
*紅紗 우통 靑紗초籠 *밀초 *沿頭

며, 용알 북춤 배따라기 풍류헐 각색 기제 다 등대 허였으
　*龍알 북춤 *배따라기 *풍류헐 各色 *機制 等待

며, 기생 과객 광대 고인 좌우로 벌렸난디, 각읍 수령이
　妓生 *歌客 *廣大 *鼓人 左右　*各邑 守令

들어온다.

<휘모리> 겸영장 운봉영장, 승지당상 순천부사, 연치
　　　　　　*兼營將 雲峰營將 *承旨堂上 順天府使 *年齒

높은 곡성현감, 인물 좋은 순창군수, 기생치리 담양부사,
높은 谷城縣監 人物　淳昌郡守 *妓生치리 潭陽府使

자리 호사 옥과현감, 부채치리 남평현령, 무사헌 광주목사,
　*豪奢 玉果縣監 부채치리 南平縣令 *無事헌 光州牧使

*米布(미포) 걱정: 쌀과 베 등 일상생활에 필요한 물자에 대한 근심.

*別輦(별연): 귀인이 타는 가마로, 사방(四方)의 문을 옆으로 뻗쳐 달아매는
것은 임금 타는 가마인 '연(輦)'과 같지만, 겉면에 화려한 장식이 없음.

*勸馬聲(권마성): 말을 채찍질하여 모는 소리.

*포꼭 뛰어: 폭죽이 터지면서 불꽃이 튀어 오르는 모습.

*爆竹(폭죽)소리: 가는 대롱에 화약을 쟁여 넣어 불을 붙여 터뜨리는 소리.

*日傘(일산): 살을 펼쳐 햇볕을 가리는, 긴 자루 달린 둥근 덮개.

*팟種子(종자) 배기듯: 파 줄기에 촘촘히 박힌 파 씨앗처럼 많이 모인 모습.

*行次 下人(행차 하인): 각 고을 관장들 나들이 길을 모시고 온 아랫사람들.

*서로 가리고: 사람이 너무 많아 서로 어깨에 가리어져 겹쳐 보이는 모습.

*通引(통인): 관장 옆에 붙어 명령을 전하는 하인.

*隨陪(수배): 관장의 행차에 수행하여 따라온 하인.

*員(원)님: 고을 관장을 아랫사람들이 높여 이르는 말.

*惹端(야단): 매우 떠들썩하고 시끄러움.

*一字(일자) *坐定(좌정): '한 일(一)' 글자처럼 한 줄로 자리 잡고 앉음.

*獻揚(헌양): 헌수<獻壽; 장수(長壽)축원)>와 칭양<稱揚; 선정(善政)찬양>의
술잔을 차례로 올려 경축하면서 웅장한 풍악을 울림.

*狼藉(낭자): 질펀하게 사방으로 널리 퍼짐.

*부시난 촛불 혜여: 눈이 부시게 밝은 촛불을 불붙여 켬.

*香風(향풍): 향기를 풍기는 바람.

*羽界面(우계면): 노래 성조의 우조(羽調)와 계면조(界面調). '우조'는 웅장
한 느낌의 노래이며, '계면조'는 처량하고 슬픈 느낌의 노래임.

*歌聲(가성): 노래하는 목소리.

*嚠喨(유량): 음악의 음색이 맑고 가늘며 선명하게 퍼져나감.

*半空(반공): 중간 하늘. 지상에서 그다지 높지 않은 하늘.

*下交床(하교상): 관장이 손님을 맞아 접대하는 처음 음식상. 잔치에서 처음
에 차려 내놓는 다양하고 푸짐한 음식상.

*茶啖床(다담상): 푸짐한 음식상 뒤에 차려 내놓는 다과 중심 차림의 음식상.

*潛行(잠행): 신분과 정체를 숨기고 다니면서 사정을 살피는 일.

*服色(복색): 의복의 차림새. / *使令(사령): 관아에서 일 하는 관속(官屬).

*及唱(급창): 관장 옆에서 심부름 하는 하인. / *酒肴(주효): 술과 안주.

미포 걱정 창평현령, 다 모두 들어올 제, 별연 앞의 권마성,
*米布 걱정 昌平縣令 *別輦 *勸馬聲

포꼭 뛰어 폭죽소리, 일산이 팟종자 배기듯 허고, 행차 하
*포꼭 뛰어 *爆竹소리 *日傘 *팟種子 배기듯 *行次 下

인들이 어깨를 서로 가리고, 통인 수배가 벌써 저의 원님
人 *서로 가리고 通引 *隨陪 *員님

찾느라고 야단이 났구나. 광한루 마루 위에 일자로 좌정
*惹端 廣寒樓 *一字 *坐定

허여 헌량을 헌 연후에, 낭자헌 풍류 속 선녀 같은 기생
*獻揚 然後 *狼藉 風流 仙女 妓生

들 온갖 춤 다 출제, 부시난 촛불 혜여 향풍에 휘날리고,
*부시난 촛불 혜여 *香風

우계면 불러갈 제, 가성은 유량허여 반공에 높이 떴다.
*羽界面 *歌聲 *嚠喨 *半空

<아니리>　　하교상 물리치고 다담상 올리랄 제, 그 때여
　　　　　*下交床　　　*茶啖床

어사또는 잠행하던 그 복색으로 광한루 마루 위에 우루루
御史　　*潛行　　　*服色　　　廣寒樓

루루 들어서니 사령들이 달려들어, "쉬!"
　　*使令

<휘모리>　"아뢰어라, 아뢰어라, 사령 아뢰어라. 여쭈어라,
　　　　　　　　　　　　使令

여쭈어라, 급창 통인 여쭈어라. 지나가는 과객으로 좋은
　　*及唱 通引　　　　　　過客

잔치 만났으니 주호나 얻어먹고 가자 여쭈어라."
　　*酒肴

<아니리>　사령들이 달려들어 옆 밀거니 등 밀거니, "어라
　　　　　使令

어라, 놔라. 나도 들어갈 양반이다. 가난한 양반 옷 찢는다,
　　　　　　　　　兩班　　　　　　兩班

*雲峰(운봉): 운봉영장(雲峰營將). '운봉'은 전라도의 작은 고을 '운봉현(雲峰縣)'이며, '영장'은 조선시대 군사적 요지(要地)에 설치되었던, 감영(監營) 병령(兵營) 수영(水營)에 딸린 '진영(鎭營)'의 우두머리 진영장(鎭營將)으로 종사품(從四品) 무관(武官)임. 그리고 운봉 현령(縣令)을 겸하고 있었음.

*襤褸(남루): 옷이 낡아 헤져 너덜너덜한 모습.

*行色(행색): 길 떠나면서 차리고 다니는 옷차림과 겉모습.

*雲峰下人(운봉하인): 운봉 고을 소속 하인으로서 영장을 모시고 온 하인.

*兩班(양반): 조선시대 귀족 계층인 동반 서반(東班 西班)을 의미하는 본뜻이 아니고, 점잖은 사람을 공대(恭待)로 불러주는 '어떤 사람'을 뜻함.

*座中(좌중): 여러 사람이 좌정하여 앉아 있는 속.

*首席(수석): 여러 사람이 앉은 좌석에서 모임의 우두머리가 되는 사람.

*厄禍(액화): 나쁜 액운으로 말미암아 입게 되는 재앙.

*慶宴(경연): 경사스러운 좋은 잔치.

*疎薄(소박): 차림이 좋지 못하여 보잘 것 없음.

*酒薄盛肴(주박성효): 술은 좋지 못해도 안주는 풍성해야 한다는 관용어.

*罐後入勸(관후입권): 큰 술잔은 뒤에 들어온 사람에게 권한다는 관용어.

*不時(불시): 미리 준비되지 않은 상태에서 갑자기 당하는 일.

*同是客(동시객): 피차 모두 함께 같은 손님으로 온 처지.

◇참고: 지방 수령의 품계(品階)

○부윤(府尹): 정이품(正二品).
○관찰사(觀察使): 종이품(從二品).
○부사(府使): 대도호부사(大都護府使)~정삼품(正三品).
　　　　　　 도호부사(都護府使)~종삼품(從三品).
○목사(牧使): 정삼품(正三品).　○군수(郡守): 종사품(從四品).
○현령(縣令): 종오품(從五品).　○현감(縣監): 종육품(從六品).
　　〈큰 고을의 縣〉　　　　　　〈작은 고을의 縣〉

놔라!" 운봉이 보시더니 의복은 남루허나 행색이 다른지라,
*雲峰 衣服 *襤褸 *行色

"네 운봉하인 게 있느냐? 저 양반 이리 모셔라." 어사또가
*雲峰下人 *兩班 御史

자리를 얻어 앉더니마는, "어허, 하마터면 내가 먼저 당할
當

뻔! 자, 좌중에 인사나 하옵시다. 저 수석에 않으신 분이 아
*座中 人事 *首席

마도 오늘 주인이신가 보오 그려." 액화를 당하려거든 대답
主人 *厄禍 當 對答

을 잘헐 리가 있겄느냐? "젊은 것이 얻어먹으랴면 한 쪽에
理

가만히 앉어 주는 대로 얻어먹고 갈 일이지, 인사는 무슨
人事

인사?" "아니, 다른 인사가 아니오라, 오늘 주인의 경연이
人事 人事 主人 *慶宴

시라는디, 날짜를 하도 잘 받었기에 그 인사 말씀이오. 여
人事

보 운봉, 내 앞에 술상 하나 갖다 주오." 어사또 앞에 술상
雲峰 床 床

을 들여 놨으되 소박하기 짝이 없것다. 어사또가 또 트집을
*疎薄

잡기로 드는디, "주박성효요 관후입권이란 말이 있는디, 내
*酒薄盛肴 *罐後入勸

상 보고 저 상을 보니 내 속에서 불이 나오 그려." 운봉이
床 床 雲峰

보시고, "우리는 먼저 오고 손님은 후에 오시어 불시에
後 *不時

차리느라 좀 부족한가 보오 그려. 잡수고 싶은 것 있거든
不足

내 상에서 같이 잡숩시다." "운봉도 동시객이니 허실 염려
床 雲峰 *同是客 念慮

제5장   235

*눈꼴: 아니꼽고 비위가 상하여, 보기 싫어하는 마음이 나타나는 눈 모습.

*擧床風流(거상풍류): 잔치나 큰손님의 접대에 좌정 후 처음 큰상을 받을 때 풍류와 가무로 한바탕 울려 흥을 돋우는 절차.

*치고: 풍악을 웅장하게 울리어 흥취를 돋움.

*勸酒歌(권주가): 술을 부어 술잔을 잡고 권하며 부르는 노래. 업적을 찬양하거나 무병장수를 비는 뜻을 담은 노래임.

*將進酒(장진주): 중국 당(唐)나라 이태백(李太白)이 지은, 음주를 찬양하는 내용의 고시(古詩). 조선시대에도 정철(鄭澈)의 사설시조인 권주가 '장진주사(將進酒辭)'가 있음.

*엇걸어져: 여러 가지가 한 데 섞여 어우러져 섞인 모습.

*한 꼭대기: 한 꼭지. 곧 '한 마디<일절(一節)>'를 뜻함. '꼭지'는 묶음으로 된 것을 세는 단위임.

*그 中(중): 여러 기생 속에서.

*雲峰令(운봉령): 운봉 관장(官長)인 운봉영장(雲峰營將)의 명령.

*拒逆(거역): 명령을 항거하여 따르지 않음.

*不得已(부득이): 어떻게 할 다른 방도가 없음.

*眞實(진실)로: 참되고 확실하게.

*빌어먹으리다: 거지가 되어 밥을 얻어먹고 살아갈 것이란 뜻.

*禮房(예방): 지방 고을 여섯 부서인 '이방·호방·예방·형방·병방·공방(吏房·戶房·禮房·刑房·兵房·工房)' 중 예방. 예방이 잔치 행사를 주관하고 있기 때문에 지시를 잘못 한다고 한 말임.

*十代(십대): 윗대부터 조상대대 내려오는 세대(世代)를 계산하여 10대까지 계승됨을 뜻함.

*座中(좌중): 여러 사람이 자리 잡고 앉아 있는 그 속의 사람들.

*當代(당대)씩만: 자신이 살고 있는, 각자 한 세대에만 해당되게 함.

*官長(관장)의 놀음: 관장이 중심이 되어 진행하는 행사(行事).

*本官(본관): 한 고을의 관장(官長).

아니오. 저 주인상하고 바꿔 먹었으면 꼭 좋겄소." 본관의
主人床　　　　　　　　　　　　　　　　本官

눈꼴이 오죽 허겄느냐? 거상풍류 길게 치고 아름다운 기생
*눈꼴　　　　　　*擧床風流　　*치고　　　　　妓生

들은 겹겹이 끼어 앉어 권주가 장진주로 엇걸어져 노닐 적
勸酒歌 *將進酒　*엇걸어져

에, 어사또 앞에는 기생 하나도 없거늘, "여보 운봉, 저 기
妓生　　　　　　　　雲峰　　妓

생 하나 불러 내 앞에 권주가 한 꼭대기 시켜주시오." 그
生　　　　　　　勸酒歌 *한 꼭대기　　　　　*그

중에 운봉영을 거역치 못 허여 부득이 나와 술을 권하는디.
中 *雲峰令 *拒逆　　　　*不得已　　　　勸

<시조창> "진실로 이 잔을 잡으시면 천만 년이나 빌어먹
*眞實로　　盞　　　　千萬　年　　*빌어먹

으리다."
으리다

<아니리> "에끼! 이 괘씸한 년 같으니라고. 너보다도 이

고을 예방이 더 죽일 놈이로구나. 자 이년이 날더러 천만
*禮房　　　　　　　　　　　　　　千萬

년이나 빌어먹으라 허였으니, 이 술을 나 혼자 먹고 보면
年

십대나 빌어먹어도 못다 빌어먹겄으니 좌중에 같이 나눠
*十代　　　　　　　　　　　　　*座中

먹고, 우리 당대씩만 빌어먹읍시다." 허고 술을 쫙 뿌려 놓
*當代씩만

으니, 이것은 관장의 놀음이 아니라 바로 과객의 놀음이 되
*官長의　놀음　　　　　　過客

었것다. 본관이 보다 못 허여, '어허, 젊은 것이 무식허리라'
*本官　　　　　　　　　　　　無識

*通(통)할: 모두에게 공통적으로 적용될 사항.

*吟詠(음영): 시를 지어 읊음.

*遺蹟(유적): 지나간 발자취가 뒷날까지 남아 있음.

*棍杖(곤장): 죄인에게 치는 매의 한 가지. 손잡이 부분은 둥글고 죄인 몸에 맞는 부분은 납작하게 만든 형구. 치는 규정이 다양하게 정해져 있음.

*出送(출송): 추방하여 내보냄.

*韻字(운자): 한시의 정해진 구절 끝에 놓이는 글자. '운'의 글자는 초성을 제외한 중성·종성의 소리로서 일정한 규칙에 맞게 놓아야 함. 5자4행시인 '오언절구(五言絶句)'는 제2·4행 끝에 운자를 놓고, 7자4행시인 '칠언절구(七言絶句)'는 제1·2·4행 끝에 운자를 놓음. 또한 5자8행시인 '오언율시(五言律詩)'는, 제2·4·6·8행 끝에 운자를 놓으며, 7자8행시인 '칠언율시'는 제1·2·4·6·8행 끝에 운자를 놓음.

*當到(당도): 바로 지금 도착함.

*一筆揮之(일필휘지): 능숙한 솜씨로 단번에 글씨를 모두 씀.

*오죽허리오마는: 여간하겠는가마는. 보통이 되지 못한다는 뜻.

*風月軸(풍월축): 시를 적은 두루마리의 한 부분.

*새놀놀: 너무 놀라 얼굴이 새파랗게 질렸다가는 또 노랗게 변하는 모습.

*金樽美酒千人血(금준미주천인혈): 빛나는 술독 좋은 술은 일천 사람 피요,

*玉盤佳肴萬姓膏(옥반가효만성고): 고운소반 좋은 안주 일만 백성 기름이라.

*燭淚落時民淚落(촉루락시민루락): 촛불 눈물 떨어질 때 백성 눈물 흘리고,

*歌聲高處怨聲高(가성고처원성고): 노래 소리 높은 곳에 원망 소리 높도다.

*첫서리 맞기 前(전): 제일 먼저 피해를 당하기 전에 대처해야 한다는 말.

*擾亂(요란): 매우 떠들썩하고 혼란스러운 상태.

허고, "자, 좌중에 통할 말씀이 있소. 우리 음영 한 수씩
　　　　座中　　*通할　　　　　　　　　　*吟詠　　首

지어 일후의 유적이 되게 하되, 만일 못 짓는 자 있으면 곤
　　日後　*遺蹟　　　　　　萬一　　　　　者　　　　*棍

장을 때려 출송허기로 헙시다." "그럽시다." 본관이 '운자'를
杖　　　*出送　　　　　　　　　　　　　　*韻字

부르는디.

＜창조＞ '기름 고' '높을 고'라.
　　　　　　膏　　　　高

＜아니리＞　차례로 글을 써 갈 제, 어사또 앞에 당도허여
　　　　　　　　　　　　　　　　　御史　　　　*當到

일필휘지 허여, 얼른 지어 운봉 주며, "과객의 글이 오죽허
*一筆揮之　　　　　　　雲峰　　　過客　　　*오죽허

리오마는, 자! 보시고 고칠 데가 있으면 고치시오." 운봉이
리오마는　　　　　　　　　　　　　　　　　　雲峰

그 글을 보시더니 풍월축 잡은 손이 흔들흔들, 곡성이 보시
　　　　　　　*風月軸　　　　　　　　　　谷城

더니 낯빛이 새놀놀 허여지며 글을 읊으는디.
　　　　　*새놀놀

＜창조＞　금준미주는 천인혈이요, 옥반가효만성고라.
　　　　　*金樽美酒　　千人血　　*玉盤佳肴萬姓膏

　　　　　촉루낙시민루낙이요, 가성고처원성고라.
　　　　　*燭淚落時民淚落　　　*歌聲高處怨聲高

＜아니리＞　"아이고, 이 글 속에 큰일 들었소. 첫서리 맞기
　　　　　　　　　　　　　　　　　　　*첫서리　맞기

전에 어서 떠납시다." 좌중이 요란헐 제.
前　　　　　　　　　座中　*擾亂

제5장　　**239**

*驛卒(역졸): 청파역에서 따라온 역졸. / *질廳(청): 아전들이 집무하는 곳.
*秘簡(비간): 어사 출도 알리는 글. / *竦動(송동): 놀라 소동이 일어남.
*出頭(출두) 채비: 암행어사가 신분을 드러내어 거동함에 대한 여러 대비책.
*工房(공방): 지방 관아 육방(六房) 중 하나로 각종시설의 책임을 맡음.
*사처: 하처(下處). 웃어른이 여행 중 묵는 집. / *團束(단속): 잘 보살핌.
*鋪陳(포진): 앉을 자리를 펼쳐 준비함. / *白布帳(백포장): 흰색 휘장.
*首奴(수노): 관노(官奴) 중 우두머리. / *轎軍(교군): 가마를 메는 가마꾼.
*藍輿(남여): 의자 모양의 덮개 없는 가마. / *虎皮(호피): 범 털가죽 깔개.
*執事(집사): 지방 관아의 군관(軍官).
*흉복: 戎服(융복). 군인들의 복장(服裝)인 군복.
*都軍(도군): 관아 군뢰(軍牢)의 우두머리. / *旗幟(기치): 행군 때의 깃발.
*都使令(도사령): 지방 관아에서 심부름하는 사람인 '사령'의 우두머리.
*羅卒等待(나졸등대): 관아 군뢰(軍牢)·사령들을 대기해 명령을 기다리게 함.
*及唱(급창): 관아 관장 명령을 전하는 사람. / *廳令(청령): 관장의 명령.
*申飭(신칙): 잘 경계하게 함. / *通引(통인): 관장을 가까이에서 돕는 사람.
*擧行(거행): 어떤 일을 집행함. / *肉(육)지기: 관아 고기를 마련하는 사람.
*大(대)초: 매우 큰 초. / *都監(도감): 관아 돈과 곡식을 관리하는 책임자.
*下交床(하교상): 관아에서 손님을 처음 접대할 때 잘 차려내는 큰상.
*別監(별감): 지방 향청(鄕廳)의 좌수 보좌. / *裨將(비장): 관장 수행비서.
*廳令廳(청령청): 명령을 듣는 장소. / *供養(공양)빗: 음식 접대하는 부서.
*驛人馬 供饋(역인마 공궤): 역졸들에게 음식을 주고, 역말에게 먹이를 먹임.
*都書員(도서원): 우두머리 서원. '서원'은 지방 관아 서리(胥吏) 밑의 사람.
*結簿(결부): 세금 장부. / *細細 調査(세세 조사): 자세히 살펴 검사함.
*軍摠(군총)을 대고: 군병(軍兵)의 총 수효를 장부에 맞게 잘 정리해 맞춤.
*木價 成冊(목가 성책) 보아라: 세금으로 바친 무명 장부를 잘 정리하게 함.
*首刑房(수형방): 관아 육방(六房) 중 형방의 우두머리.
*獄案訟事(옥안송사): 죄수 명부와 소송사건 판결. / 頉(탈): 잘못이 생김.
*軍器(군기) *鍊冶(연야): 군대 무기를 잘 불리어 날카롭게 연마함.
*文書(문서) 있고: 기록문서는 있느냐? / *衙前(아전): 지방 관아 종사자.
*使令(사령)빗 내어라: 사령 집무부서 마련함. '빗'은 '부서'의 뜻이 '色'.
*妓生行首(기생행수): 기생의 우두머리. / *吩咐(분부): 윗사람이 내린 명령.

3. 어사출도—관장들과 사령들 소동

<자진모리> 뜻밖에 역졸 하나 질청으로 급히 와서 '어사또
*驛卒　　　　*질廳　　急

비간이오.' 붙여노니, 육방이 손동헌다. 본관의 생신잔치 갈
*秘簡　　　　　　六房　*悚動　　本官　　生辰

데로 가라 허고 출도 채비 준비헐 제, "공방을 불러 사처를
*出頭　채비　準備　　*工房　　*사처

단속, 포진을 펴고 백포장 둘러라. 수노를 불러 교군을 단
*團束 *鋪陳　*白布帳　　*首奴　　*轎軍　　團

속, 냄여 줄 고치고 호피를 얹어라. 집사를 불러 흉복을 차
束 *藍輿　　　*虎皮　　*執事　　*흉복

리고, 도군도 불러 기치를 내어라. 도사령 불러 나졸을 등
*都軍　　*旗幟　　*都使令　　*羅卒　等

대, 급창을 불러 청령을 신칙하라. 통인을 불러 거행을 단
待 *及唱　*廳令 *申飭　*通引　　*擧行　團

속, 육지기 불러 너는 살찐 소 잡고, 대초를 지어라. 도감!
束 *肉지기　　　　　　*大초　　　*都監

상 내어 하교상 차리고, 별감! 상 많이 내어! 비장 청령청
床　　*下交床　*別監 床　　*裨將 聽令廳

착실히 보아라. 공양빗 내어 역인마 공궤, 도서원 불러 결
着實　　　*供養빗　*驛人馬 供饋 *都書員　　*結

부를 세세 조사케 차려라. 도군을 불러 군총을 대고, 목가
簿 *細細 調査　　都軍　　*軍摠을 대고 *木價

성책 보아라. 수형방 불러 옥안송사 탈이나 없느냐? 군기
成冊 보아라 *首刑房　*獄案訟事 *頉　　*軍器

불러 연야가 옳으냐? 문서 있고? 수삼 아전 골라내어 사령
*鍊冶　　*文書 있고 數三 *衙前　　*使令

빗 내어라. 예방을 불러 기생행수에게 은근히 분부허되, 어
빗 내어라 禮房　*妓生行首　　*吩咐　　御

*模樣(모양): 생긴 모습.

*揖事戲道(읍사희도): 절을 해 인사 올리는 일과 사사로이 접해 받드는 도리.

*奮發(분발): 마음과 힘을 크게 떨침.

*谷城(곡성): 곡성고을 관장인 '곡성현감'.

*草瘧直(초학직)날: 학질병이 발병하여 춥고 열이 나는 바로 그날. 학질은
  이틀에 한 번 정도로 열이 나고 오한을 느끼며 그 시간이 지나면 안정됨.

*가봐야것소: '가봐야겠소'의 방언. 가야겠다고 요청하는 말.

*草瘧方文(초학방문): 학질 병을 낫게 하는 의원 처방의 약방문(藥方文).

*重難(중난): 매우 크게 어려움.

*醫員 待接(의원 대접): 약방문(藥方文)을 내어 학질 고쳐준 의원을 접대함.

*霜降(상강): 1년 24절기 중, 가을 10월 23·24일경의 절기.

*關王廟(관왕묘): 중국 삼국시대 촉한(蜀漢) 유비(劉備) 휘하 장수 관우(關羽)
  의 사당. 임진왜란에 명(明) 구원병이 왜적을 물리친 것은 관우의 정기(精
  氣)를 받았기 때문이라 하여 건립했음. 남원 관왕묘는 탄보묘(誕報廟)로
  되어 있음. '탄보'는 '큰 은혜에 대한 보답'이란 뜻임.

*祭官(제관): 제사의 주도 인물. / *公門(공문): 공공기관에 관련된 일.

*올란지: 올 것인지. / *封庫(봉고): 관장을 파면시킬 때 창고를 봉쇄함.

*令監(영감) 小室(소실): '영감'은 연세 많은 사람의 존칭. '소실'은 첩(妾).

◇참고: 전국에 건립된 관왕묘

건조연대	건조지역	현판명칭	주관자
선조30(1597)	康津 古今島 (강진 고금도)	誕報廟(탄보묘)	明將 陳璘(명장 진린)
선조30(1597)	慶尙 星州 (경상 성주)	關王廟(관왕묘)	明將 第國器 (명장 제국기)
선조31(1598)	서울 南大門밖	南關王廟<南廟> (남관왕묘, 남묘)	明將 陳寅(명장 진인)
선조31(1598)	慶尙 安東 (경상 안동)	關王廟(관왕묘)	明將 薛孝臣 (명장 설효신)
선조32(1599)	全羅 南原 (전라 남원)	誕報廟(탄보묘)	明將 劉健(명장 유건)
선조35(1602)	서울 東大門밖	東關王廟<東廟> (동관왕묘, 동묘)	황제 명으로 巡撫使 萬歲德(순무사 만세덕)

사또 허신 모양 서울 사신 양반이라 기생을 귀히허니, 읍사
史   *模樣   兩班   妓生 貴   *揖事

희도 탈이 없이 착실히 가르쳐라.” 이리 한참 분발헐 제 이
戲道 頉   着實   *奮發

때에 곡성이 일어서며, “내가 이리 떨리는 것이 아마도 오
    *谷城

늘이 초학직날인가 싶으오. 어서 가봐야겠소.” 어사또 대답
    *草瘧直날   御史   對答

허되 “내가 시골을 오래 다녀 초학방문을 잘 알지요. 아 거
              *草瘧方文

소하고 입을 맞추면 꼭 낫지요.” “그 약 중난허오마는 허여
                          藥 *重難

보지요.” “수이 찾어갈 것이니 의원 대접이나 착실히 허오.”
                    *醫員 待接   着實

운봉이 일어서며, “나도 고을 일이 많은 사람이라. 부득이
雲峰   不得已

왔삽더니 어서 가봐야겠소.” 어사또 대답허되, “갔다 왔다
              御史   對答

허기 괴롭겠소.” “아니, 무엇허러 또 오겠소? 상강의 관왕
                              *霜降 *關王

묘 제관이나 당하면 오지요.” “공문 일을 알 것이요? 내일
廟 *祭官   當   *公門   來日

또 올란지.” 이 말은 남원 봉고란 말이로되 본관이 알 수가
    *올란지   南原 *封庫   本官

있겠느냐? 순천부사가 일어서며, “나도 처의 병이 대단허여
          順天府使   妻 病

부득이 왔삽더니 어서 가봐야겠소.” 본관 말할 틈 없이 어
不得已   本官   御

사또가 또 주인노릇을 허기로 드는디, “영감이 소실을 너무
史   主人   *令監 小室

어여삐 허신가보오 그려.” “소실을 사랑치 아니한 사람이
            小室

*或(혹): 혹시. / *수이: 쉽게. 얼마 지나지 않아.

*喚仙亭(환선정): 순천 동문 밖에 있었던 정자. 『문헌비고(文獻備考)』에 의하면 순천 동문 밖에 '우선교(嗅仙橋)'와 '우선정(嗅仙亭)'이 나타나 있음. 동문 밖에 두 정자가 있었는지, 글자에 의한 착오인지 미상(未詳)임.

*노름: 즐겁게 놀이하는 '놀음'의 연음(連音) 발음을 그대로 표기한 것.

*順天(순천): 순천 고을 관장인 순천부사를 일컬음.

*出頭(출두): 출도, 출또. 암행어사가 정체를 드러내고 업무를 개시함. 원음이 '출두'지만 민간에서 '출도' '출또'라 읽음.

*先生下問(선생하문): 생도가 선생 질문에 배운 것을 유창하게 대답하는 것.

*欠致(흠치): 부족한 결점. / *關東御史(관동어사): 강원도 지방 암행어사.

*八景樓臺(팔경누대): 강원도 지역 8가지 경치인 관동팔경(關東八景) 속에 있는 풍치 좋은 누각(樓閣)과 정자(亭子)들. 관동팔경은 청간정(淸澗亭)·경포대(鏡浦臺)·삼일포(三日浦)·죽서루(竹西樓)·낙산사(洛山寺)·총석정(叢石亭)·망양정(望洋亭)·월송정(越松亭) 등 여덟 곳임.

*부채 피고: 접이부채를 펼쳐듦. / *助從(조종): 보조하여 따라 온 역졸.

*擧動(거동): 활동하는 행동. / *六(육)모 방망이: 여섯 모가 진 몽둥이.

*소리 좋은: 외치는 목소리가 우렁차고 듣기 좋음.

*靑坡驛卒(청파역졸): 서울 청파 역에서부터 어사를 따라온 병졸들.

*다 모아 묶어 질러: 여러 사람이 목소리를 한데 모아 같은 소리를 냄.

*暗行御史 出頭(암행어사 출두): 임금의 특명으로 몸을 숨겨 특정 지역에 파견된 어사가 여러 정보를 입수한 다음 신분을 드러내고 행차해 처리를 함.

*딥쑥: 갑자기 위에서 덮치는 모습. / *독담: 돌을 재료로 쌓은 담장.

*張飛(장비)의 호통: 『삼국지연의(三國志演義)』에서 촉한(蜀漢) 유비(劉備) 휘하 장수 '장비'가 장판교(長坂橋) 다리 위에서, 조조(曹操)의 수많은 군사 앞에 버티고 서서 호통 쳐 물리친 것처럼, 큰 소리로 호령해 소리침.

*유월의 서리바람: 더운 여름의 찬 서리처럼 갑자기 무섭게 부딪는 위협.

*各邑守令(각읍수령): 여러 고을 관장들. / *避身(피신): 몸을 피함.

*壯觀(장관): 웅장해 볼만한 광경. / *首陪(수배): 관장 수행원의 우두머리.

*員(원)님: 지역 관장을 높여 이르는 명칭.

*印櫃(인궤): 관장 신분을 증명하는 도장을 넣은 상자.

*수박燈(등): 겉모양을 수박처럼 둥글게 만들어 안에 촛불을 넣은 등불.

어디 있겠소?" "혹 이 좌중에도 있는 줄 어찌 알아요? 수
　　　　　*或　　　座中　　　　　　　　　　　　*수

이 찾어갈 것이니 환선정 노름이나 한번 붙여주오." 순천
이　　　　　*喚仙亭 *노름　　　　　　　　　*順天

생각에 어사또가 와서 출도헐까 염려되어 선생하문을 흠치
　　御史　　　　　*出頭　　念慮　　　*先生下問　*欠致

없이 내시는디, "내가 관동어사를 지냈기로 팔경누대를 많
　　　　　*關東御史　　　　　　　*八景樓臺

이 보았으나 환선정만헌 데는 없습디다. 오시면 잘 노시게
　　喚仙亭

허옵지요." 어사또 생각허되, '어허, 이리 허다가는 이 사람

들 다 놓치것다.' 마루 앞에 썩 나서서 부채 피고 손을 치
　　　　　　　　　　　*부채 피고

니 그때여 조종들이 구경꾼에 섞여 섰다 어사또 거동보고
　　　　*助從　　　　　　　　　　御史　*擧動

벌떼같이 모여든다. 육모 방망이 둘러메고 소리 좋은 청파
　　　　　　*六모 방망이　　　　*소리 좋은 *靑坡

역졸 다 모아 묶어 질러, "암행어사 출도여! 출도여! 암행어
驛卒 *다 모아 묶어 질러　*暗行御史　出頭　出頭　　暗行御

사 출도허옵신다." 두세 번 외는 소리 하늘이 덥쑥 무너지
史　出頭　　　　　　　　　　　　　　　*덥쑥

고 땅이 툭 꺼지난 듯, 수백 명 구경꾼이 독담이 무너지듯
　　　　　　　　　　　　數百　名　　*독담

물결같이 흩어지니,　장비의 호통소리 이렇게 놀랍던가?
　　　　　　　　　*張飛의　호통

유월의 서리바람 뉘 아니 떨 것이냐? 각읍수령 정신 잃고
*유월의　서리바람　　　　　　　　　*各邑守令　精神

이리저리 피신헐 제, 하인 거동 장관이라.　수배들은 갓 쓰
　　　　*避身　　　下人 擧動 *壯觀　　*首陪

고 저의 원님 찾고,　통인은 인궤 잃고 수박등 안았으며,
　　*員님　　　　通引 *印櫃　　*수박燈

*수젓집: 수저 넣는 주머니. / *칼자: 지방 관아에서 음식 만드는 하인.

*피리 줌치: 피리를 넣어두는 주머니. '줌치'는 주머니의 방언.

*大也(대야): 물을 담아서 낯이나 손발을 씻는데 쓰는 둥글넓적한 그릇.

*洗手筒(세수통): 세숫물을 담아두는 작은 통.

*網(망): 가는 새끼나 실로 그물처럼 얽어 주머니처럼 만들어 끈을 단 기구.

*油衫筒(유삼통): '유삼'은 기름에 결은 한지로 만들어 비나 눈 등을 막기 위
   해 옷 위에 덧입는 겉옷. 유삼을 넣는 작은 통이 '유삼통'임.

*洋琴(양금): 사다리꼴 모양의 넓적한 상자 통 위에 받침을 세우고 14개의
   놋쇠로 된 줄을 설치해, 대나무 채로 쳐서 연주하는 악기(樂器).

*日傘(일산): 긴 자루 달린 햇볕가림 덮개. / *步從(보종): 걸어 따르는 종.

*우무: 우뭇가사리를 가공하여 묵 같이 만든 한천(寒天).

*들대: 우무장사들이 우무를 담은 2개의 통을, 양 끝에 매달아 메는 막대기.

*負袋(부대): 종이나 천, 가죽 등으로 큰 자루 같이 만든 물건 넣는 기구.

*卜馬馬夫(복마마부): 물건을 실어 나르는 말을 모는 말몰이꾼.

*왕잿섬: 벼 껍질인 왕겨를 담은 '왕겨 섬'. '섬'은 짚을 엮어 만든 기구임.

*步轎(보교): 사람이 메는 가마. / *轎軍(교군): 가마를 메는 사람.

*빈 줄: 가마꾼이 가마는 잃고, 맨몸으로 어깨에 걸치고 있는 가마 메는 줄.

*앉은뱅이 員(원): 하체를 움직이지 못하여 업고 이동해야 하는 고을 관장.

*杖鼓筒(장고통): 타악기인 장구의 양쪽 가죽이 없는 가운데 둥근 부분.

*腰折(요절): 중간부분이 꺾여 부러짐. / *북筒(통): 북의 둥근 통.

*雷鼓(뇌고): 틀에 6개 북을 6면으로 둘러매단 장치로 하늘제사에 사용함.

*제금: 져김. 바라(哱喇) 모양이나 조금 작음. 둥근 놋쇠 판 두 짝을 가운데
   구멍을 내고 줄을 꿰어 고리를 만들어, 각각 양손에 갈라 잡고 마주치는
   타악기. 서양 악기 '심벌즈'를 일컫는 '제금(提金)'과 상호 혼용하는 말임.

*젓대: 옆으로 부는 목관악기인 저<적(笛)>.

*火(화)젓가락: 화로에 꽂아두는 부젓가락. / *吹手(취수): 나발 부는 사람.

*喇叭(나발): 쇠붙이로 위가 가늘고 끝이 퍼지게 만든 긴 대롱 모양의 악기.

*大砲手(대포수): 대포 쏘는 사람. / *입放砲(방포): 입으로 대포소리를 냄.

*工房(공방): 지방 관아 육방(六房) 중 하나. 시설물 설치를 맡고 있음.

*炎天(염천): 몹시 더운 날씨. / *개가죽: 앉을 방석용의 털 달린 개가죽.

*자리: 방이나 마루에 까는 깔개. / *찌고: '끼고'의 방언. 옆구리에 낌.

수젓집 잃은 칼자 피리줌치 빼어 들고, 대야 잃은 저 방자
*수젓집　　*칼자 *피리줌치　　　　　　*大也　　　　　房子

세수통을 망에 넣고, 유삼통 잃은 하인 양금 빼어 짊어지고
*洗手筒　*網　　*油衫筒　　　　　*洋琴

일산 잃은 보종들은 우무장사 들대 들고, 부대 잃은 복마마
*日傘　　　*步從　　*우무　*들대　　　*負袋　　*卜馬馬

부 왕잿섬을 실었으며, 보교 벗은 교군들은 빈 줄만 메고
夫　*왕잿섬　　　　*步轎　　*轎軍　　*빈 줄

오니 원님이 호령허되, "윗따, 이 죽일 놈들아! 내가 앉은뱅
員님　號令　　　　　　　　　　　　　*앉은뱅

이 원이더냐?" 밟히나니 음식이요 깨지나니 북장구라. 장고
이 員　　　　　　　飮食　　　　　　　　*杖鼓

통이 요절나고, 북통은 차 구르며, 뇌고소리 절로 난다.
筒　*腰折　　*북筒　　　　*雷鼓

제금 줄 끊어지고, 젓대 밟혀 깨어지고, 기생은 비녀 잃고
*제금　　　　　　*젓대　　　　　　妓生

화젓가락 질렀으며, 취수는 나발 잃고 주먹 대고 홍앵홍앵,
*火젓가락　　　　　*吹手 *喇叭

대포수 포를 잃고 입방포로 쿵! 이마가 서로 닿쳐 코 터지
*大砲手 砲　　　　*입放砲

고 박 터지고, 피 죽죽 흘리난 놈, 발등 밟혀 자빠져서 아

이고 아이고 우는 놈, 아무 일 없는 놈도 우루루루루 다름

박질, "어허, 우리 고을 큰 일 났다." 서리 역졸 늘어서
　　　　　　　　　　　　　　　　胥吏　驛卒

공방을 부르난디, "공방! 공방!" 공방이 기가 막혀, 유월 염
*工房　　　　　　工房　工房　　工房　氣　　　　　　*炎

천 그 더운디 개가죽을 등에 얹고, 자리 말아 옆에 찌고
天　　　*개가죽　　　　　　*자리　　　*찌고

슬슬슬슬슬 기어 들어오니, 역졸이 우르르르르르 후닥 딱!
　　　　　　　　　　　驛卒　　　　　　　　후닥 딱

*五代 獨身(오대 독신): 위로 5대 선조(先祖)에서 자기 대에 이르기까지 형제 없이 외아들로 이어져 온 남자.

*어깨죽: 어깨 죽지. 팔이 어깨에 붙은 부분. 몽둥이를 들고 너무 많은 사람을 내리쳐 때려, 어깨 죽지에 지나친 힘이 가해져 아프다는 뜻.

*先大監(선대감): 앞서 남원부사로 계시던 이도령의 부친.

*부리시던 下人(하인): 함께 거느리면서 업무를 집행하게 하던 아랫사람.

*斗護(두호): 보호하여 도와줌.

*喧譁(훤화): 시끄럽게 떠들고 소란을 피움.

*改服(개복): 옷을 바꾸어 입음. 지금까지의 미행하던 누더기 옷을 벗고, 어사의 정식 복장인 수의(繡衣)로 갈아입는다는 뜻.

*東軒(동헌): 지방 고을 관아에서 관장이 집무하는 공당(公堂).

*坐起(좌기): 동헌에 정식으로 자리 잡고 앉아 업무를 수행함.

*物色(물색): 사물의 모습과 풍경.

*宛然(완연): 변함없이 그대인 완전한 모습.

*吏鄕(이향): 고을의 아전들과 향소(鄕所)에서 일보는 사람들.

*貪婪之慾(탐람지욕): 지나친 욕심을 가지고 부당하게 많은 재물을 착취하려는 마음가짐.

*囚徒案 詳考(수도안 상고): 옥에 갇힌 죄인들 명부를 자세히 고찰해 유죄무죄를 분명히 밝힘.

*鎖匠(쇄장): 옥에 갇힌 사람을 지키는 옥졸(獄卒). 우리말로 '사장이' 또는 '옥사장이'라 함.

*獄(옥)쇠: 감옥 문의 자물쇠를 여는 열쇠.

*모두와: 여러 개를 한 데 모아 가짐.

*三門(삼문): 대궐이나 관아 앞에 있는 정문. 한가운데 큰문이 있고, 왼쪽에 동협문(東夾門)과 오른 쪽에 서협문(西夾門) 등 조금 작은 두 문이 함께 있어서 '삼문'이라 일컬음.

*繡衣(수의)사또: 암행어사를 일컫는 말. 임금이 내린 수놓은 비단옷을 입고 정체를 드러내어 업무를 처리하기 때문에 일컫는 말임.

*올리란다: 올리라고 한다. 데리고 나와 대령(待令)시키라는 명령이 내렸다는 말.

"아이고, 나는 오대 독신이요. 살려주오." "이놈! 오대 독신
　　　　　　＊五代　獨身　　　　　　　　　　　　　　五代　獨身

이 쓸 데가 있느냐?" 동에 번듯허고 서에 번듯허며 보이는
　　　　　　　　　　　東　　　　　　　　西

놈마다 어찌 때려 놓았던지, 어깨죽이 무너졌구나.
　　　　　　　　　　　　　　　　＊어깨죽

4. 춘향 출옥 해칼─굳은 절개 확인

<아니리> 그때여 어사또는 선대감께서 부리시던 하인들이
　　　　　　　御史　　＊先大監　　　＊부리시던　下人

니 어찌 두호가 없겠느냐? 훤화 금해 놓니 매질은 그쳤구
　　　＊斗護　　　　　　　＊喧譁　禁

나. 어사또는 광한루에서 개복허시고 동헌에 들어가 좌기
　　御史　　　廣寒樓　　＊改服　　＊東軒　　　　　＊坐起

허여 사면을 살펴보니, 도련님 때 보던 옛 물색이 완연허구
　　　　四面　　　　　　　　　　　　　　＊物色　＊宛然

나. 이향을 불러들여 본관의 탐람지욕 낱낱이 다짐 받고,
　　＊吏鄕　　　　　　　本官　　＊貪婪之慾

수도안 상고 후에, "다른 죄인은 다 석방허고, 춘향 하나만
＊囚徒案　詳考　後　　　　　　　罪人　　　釋放　　　春香

빨리 불러들여라!" 영을 내려 노니.
　　　　　　　　　　令

<중모리> 사정이 옥쇠를 모두와 들고 덜렁거리고 나간다.
　　　　　　＊鎖匠　＊獄쇠　＊모두와

삼문 밖에 잠긴 옥문을 쨍그렁 청 열떠리고, "춘향아! 나오
＊三門　　　　　　獄門

너라, 나오너라. 수의사또 출도 후에 다른 죄인은 다 석방
　　　　　　　＊繡衣사또　出頭　後　　　　　罪人　　　釋放

허고 너 하나만 올리란다." 춘향이 기가 막혀, "아이고 여보
　　　　　　＊올리란다　春香　　氣

*乞人(걸인): 돈이나 음식을 빌어 얻어먹고 사는 거지.

*乞人(걸인)캥이는: 걸인은커녕. '캥이는'은 '그런 것은 고사하고'라는 뜻을 갖는 '커녕'의 방언.

*갈매기는 어디 가고: 중요한 일에 꼭 있어야 할 사람이 어디 가고 없을 때 쓰는 관용어.

*물 드는 줄: 바닷물의 들어오고 나가는 조수(潮水)에서 물이 들어오는 밀물을 말함. 밀물이 파도처럼 굽을 이루며 밀려들어올 때 물고기들이 펄쩍 펄쩍 뛰면서 휩쓸려 함께 들어오므로, 갈매기들이 이 물고기를 잡으려고 많이 모여드는데, 갈매기가 이때 날아들어 물고기를 잡지 않으면 기회를 놓친다는 것에 비유하여 말하는 속담임.

*沙工(사공)은 어디 가고: 배가 떠나려고 하는데, 배를 저어갈 뱃사공이 어디로 가고 보이지 않는다는 말. 위 갈매기 이야기와 같은 비유임.

*羅卒(나졸): 관아에 소속된 군뢰(軍牢)와 사령(使令)들.

*解(해)칼: 죄인의 목에 씌워 잠가놓은 큰칼을 풀어 해체하라는 말.

*一介賤妓(일개천기): 하나의 미천한 기생 신분. / *女息(여식): 딸자식.

*凌辱(능욕): 능멸하여 업신여기고 모욕을 줌.

*守廳(수청): 지방 관아의 기생이 관장과 잠자리를 함께 하며 받드는 일.

*罪當萬死無惜(죄당만사무석): 지은 죄가 일만 번 죽어도 애석함이 없는 무거운 죄를 지었다는 말.

*暫時 暫間(잠시 잠간): 일시적인 짧은 시간 동안. '잠깐'은 '잠간'의 방언.

*繡衣房守(수의방수): 암행어사인 수의사또에게 수청(守廳)을 들어 잠자리를 함께 하며 받드는 일.

*四肢(사지): 두 팔과 두 다리.

*惶悚(황송): 두려워 어쩔 줄을 모름.

*杖下(장하): 형벌의 매를 심하게 맞아 사망에 이르는 상태.

*柱石之臣(주석지신): 나라의 주춧돌이 되는 중요한 신하.

*臣子(신자): 임금을 받드는 신하의 몸이라는 뜻.

사정이!" "왜 그러나?" "옥문 밖에나 삼문 밖에나 걸인 하
　　　　　　　　　獄門　　　　　　　三門　　　　　*乞人

나 아니 섰소?" "걸인캥이는 얻어먹는 사람도 없네. 이 사
　　　　　　*乞人캥이는

람아! 아, 이 통에 누가 누군 줄 안단 말인가? 어서 나오

게." "아이고, 이 일을 어쩔거나? 갈매기는 어디 가고 물
　　　　　　　　　　　　　　*갈매기는　어디 가고　*물

드는 줄을 모르고, 사공은 어디 가고 배 떠난 줄을 모르고,
드는　줄　　　　　*沙工은　아디　가고

우리 낭군 어디 가서 내가 죽는 줄을 모르신고?" 사정에게
　　　郎君

붙들리어 동헌을 들어가니 나졸들이 달려들어, "춘향 잡어
　　　　　東軒　　　　　　　*羅卒　　　　　　　　春香

들였소!"

<아니리>　　"춘향 해칼 하여라!" "예이, 춘향 해칼 하였
　　　　　　　春香 *解칼　　　　　　　　　　春香　解

소." 어사또 분부허시되, "춘향이 듣거라! 일개천기의 여식
　　　　　　吩咐　　　　春香　　　　　　*一介賤妓　*女息

으로 본관을 능욕허고 수청 아니 드는 것은　죄당만사무석
　　本官　*凌辱　*守廳　　　　　　　　　　*罪當萬死無惜

이려니와,　잠시 잠깐 지내가는　수의방수도 못 들겄느냐?
　　　　*暫時　暫間　　　　　　*繡衣房守

아뢰어라!"

<창조>　　춘향이 이 말 듣고 사지를 벌벌벌벌 떨며 아뢰
　　　　　春香　　　　　　*四肢

난디, "수의사또라 하오니 아뢰옵기 황송하오나, 이제 장하
　　　繡衣　　　　　　　　　*惶悚　　　　　　　*杖下

에 죽을 년이 무슨 말을 못하오리까? 주석지신이요 신자의
　　　　　　　　　　　　　　　*柱石之臣　　　*臣子

*民間漂迫(민간표박): 일반 백성들이 거처를 잃고 떠돌며 방황함.

*善惡 區別(선악 구별): 착한 행동과 악한 행동을 분명하게 구분 지어 명백하게 밝히는 일.

*同心(동심): 모두 같은 마음.

*먹은 名官(명관): 같은 생각을 하고 있는 이름난 관원(官員). 실제의 뜻인 '유명하여 존경받는 관원'이란 뜻이 아니고, 그 반대를 말하는 반어법(反語法) 표현으로, 나쁜 관원이란 뜻을 강조하는 말.

*紅爐(홍로): 불이 벌겋게 달아 있는 화로.

*묻은 불: 화로에 담긴 재의 속에 묻어 놓은 불덩어리.

*七尺劍(칠척검): 7자나 되는 길고 날이 날카로운 칼.

*魂飛魂行(혼비혼행): 죽은 영혼이 멀리 날아감.

*송장 임자: 죽은 사람의 시체를 거두어 가지고갈 사람.

*行首(행수): 어떤 집단의 우두머리. 여기서는 기생의 우두머리인 행수기생.

*錦囊(금낭): 비단 천으로 기운 주머니.

*指環(지환): 손가락에 끼는 가락지.

*臺上(대상): 높게 만들어진 층계의 위 마루.

도리로 민간표박과 선악을 구별허러 다니시는 어사옵지,
道理 *民間漂迫 *善惡 區別 御史

한 낭군 섬기려는 춘향 잡으러 오신 사또시오? 마음은 본
郎君 春香 本

관과 동심허여."
官 *同心

<중모리> "똑같이 먹은 명관들이요? 죽여주오, 죽여주오.
*먹은 名官

홍로의 묻은 불로 사르거든 어서 사르시고, 칠척검 드는 칼
*紅爐 *묻은 불 *七尺劍

로 어서 급히 죽여주시면, 혼비혼행 둥둥 떠서 우리 서방님
*魂飛魂行 書房

을 따라 갈라요. 송장 임자가 문밖에 섰으니 어서 급히 죽
*송장 임자 門 急

여주오."

5. 춘향의 신표 확인—일희일비 속 환희

<아니리> 어사또 이 말 들으시고, "열열열 열녀로다. 이리
烈烈烈 烈女

오너라! 행수 부르라." 행수가 들어오니 금낭의 지환을 내
*行首 行首 *錦囊 *指環

어 주며, "이걸 갖다 춘향 주고 얼굴을 들어 대상을 살피라
春香 *臺上

하여라." 행수 기생이 지환을 받어 들고 내려가, "춘향이!
行首 妓生 指環 春香

이걸 자세히 보고 얼굴을 들어 대상을 살피라 허시네."
仔細 臺上

*情表(정표): 서로의 애정을 잊지 말자는 표시로 주고받는 물건.

*一喜一悲(일희일비): 한 편으로 기뻐하고 다른 한 편으로는 슬퍼함.

*듣거니 맺거니: 눈물이 떨어지기도 하고 맺혀 있기도 함.

*무뚜뚜룸이: 아무 생각 없이 정신 나간 사람처럼 물끄러미 보고 있는 모습.

*潛行(잠행): 남이 알아보지 못하게 변장하여 몰래 행동함.

*其妻不識(기처불식): 그 아내도 남편을 알아보지 못함. 중국 춘추시대 진(晉)의 예양(豫讓)은 처음에 범중행씨(范中行氏)를 상관으로 받들며 섬겼지만 범중행씨가 그를 잘 대접하지 않으니, 예양은 그에게서 떠나 지백(智伯)을 섬겨서 총애를 받았음. 이때 지백이 조양자(趙襄子)와 싸워 잡혀 죽으니, 예양은 상전인 지백의 원수를 갚으려고 몸에 검정 칠을 하고 숯불을 입에 머금어 혀를 굳게 하여 벙어리가 되니, 그 아내도 남편을 알아보지 못했음. 이렇게 하여 조양자가 지나는 다리 밑에 숨어 있다가 갑자기 나와 칼로 찔렀는데 실패해 잡혔음. 이에 예양은 조양자에게, 옷을 벗어주면 그 옷에 복수하고 죽겠다 했음. 곧 웃옷을 벗어주니 예양은 칼로 그 옷을 3번 내리치고 자결했음. 예양의 아내가 변장한 남편을 알아보지 못 했음을 비유해 말한 것임.

*史記(사기): 중국 한(漢)나라 때 학자 사마천(司馬遷)이 편찬한 역사책. 중국 고대 전설상의 제왕부터 한나라 건국 초기까지의 역사를 기전체(紀傳體)로 서술했음.

*요만큼만: 손가락 끝의 손톱을 가리키며, 이것만큼 적은 양을 나타내는 말.

*通情(통정): 일의 사정(事情)과 내용을 알아볼 수 있게 암시하는 일.

*生時(생시): 정신이 맑게 살아 있는 동안.

<창조>　춘향이 지환을 받아들고 보니 이별시에 정표로
　　　　　春香　　指環　　　　　　　　　　離別時　　＊情表

주었던 지환이 분명쿠나. "아이고, 내 지환아! 어디를 갔다
　　　　指環　　分明　　　　　　　　　　指環

이제 나를 찾어왔느냐?"

<아니리>　얼굴을 들어 대상을 살펴보니, 어젯밤 옥문 밖
　　　　　　　　　　　臺上　　　　　　　　　　　　獄門

에 걸인으로 왔던 서방님이 분명쿠나. 그 일이 어찌 될 일
　　乞人　　　　　書房　　分明

이냐?

<창조>　춘향이 일희일비로 두 눈에 눈물이 듣거니 맺거
　　　　　春香　　＊一喜一悲　　　　　　　　　＊듣거니　맺거

니　대상을 무뚜뚜룸이 바라보더니, "아이고, 서방님!"
니　臺上　　＊무뚜뚜룸이　　　　　　　　　　　書房

<중모리>　"마오마오, 그리 마오! 아무리 잠행인들 그다지
　　　　　　　　　　　　　　　　　　＊潛行

도 속이셨소? 기처불식이란 말은 사기에도 있지마는, 내게
　　　　＊其妻不識　　　　　＊史記

조차 그러시오? 어제 저녁 옥문밖에 오셨을 제, 요만큼만
　　　　　　　　　　　　獄門　　　　　　　　＊요만큼만

통정을 허였으면 마음 놓고 잠을 자지. 지나간 밤 오늘까지
＊通情

살아 있기 뜻밖이네. 이것이 꿈이냐? 이것 생시냐? 꿈과
　　　　　　　　　　　　　　　　　　　　＊生時

생시 분별을 못허것네." 두 손으로 무릎 짚고 바드드드득
生時　　分別

일어서며, "얼씨구나, 얼씨구나 좋네!　지화자 좋을시고!

*項鎖手鎖(항쇄수쇄): 목에 큰칼을 씌워 잠근 것과 손에 수갑을 채워 잠근 것을 말함. '쇄'는 자물쇠 또는 쇠사슬.

*南門前(남문전): 남쪽 대문 앞.

그런데 사설에 따라서는 '남훈전(南薰殿)'으로 표기된 예도 있음. 중국 고대 순(舜)임금이 백성들을 생각해 오현금(五絃琴)을 연주하면서 남풍시(南風詩)를 읊었음. 그 내용이, "남풍이 훈훈하게 부니 우리 백성 노여움을 풀어주네. 남풍이 때맞춰 부니 우리 백성 재산을 불어나게 하네(南風之薰兮 可以解吾民之慍兮 南風之時兮 可以阜吾民之財兮)."라는 내용임. 뒷날 당(唐)나라 때 궁궐을 짓고 순임금을 기리어, '남풍시' 첫 구절 '남풍지훈혜(南風之薰兮)'의 '南·薰' 두 글자를 따서 '남훈전'이라 이름 붙였음.

*碧空歌(벽공가): 둥근 달이 떠 있는 텅 빈 하늘을 읊은 노래.

*秋節(추절): 나뭇잎이 떨어지는 가을철.

*떨어지게가: '떨어지게'를 강조하는 표현. '가'는 뜻을 강조하기 위해 붙인 접미어(接尾語)임.

*李花春風(이화춘풍): 오야 꽃이 만발한 정원을 스쳐오는 봄바람. 이몽룡의 성씨가 '이씨(李氏)'여서, '이화(李花)'와 연관을 지었음.

*三門間(삼문간): 문이 셋 달린 관아 정문 안쪽 공간.

*억세냐: 거만하고 위협적인 행동을 하느냐고, 비꼬아 꾸짖는 말.

*行次(행차): 지체 높은 귀인(貴人)이 거동하는 것을 높여 이르는 말.

*굳이: 굳게. 튼튼하게.

항쇄수쇄를 끌렀으니 종종종 걸음도 걸어보고, 동헌대청
*項鎖手鎖   東軒大廳

너룬 뜰에 두루두루 다니며 춤을 추고, 남문전 달이 솟아오
                                              *南門前

니 벽공가로만 놀아보세. 외로운 꽃 춘향이가 남원옥중
    *碧空歌   春香   南原獄中

추절이 들어 떨어지게가 되었더니, 동헌에 새봄이 들어
*秋節   *떨어지게가   東軒

이화춘풍이 날 살렸네. 얼씨구나 좋구나, 지화자자 좋구나,
*李花春風

지화 지화자자 좋을씨구! 우리 어머니는 어디를 가시고

이런 경사를 모르신고?"
    *慶事

6. 어사 장모 출도 희열—어사 업무 마감처리

<자진모리> "어디 가야? 여기 있다. 아니 요새도 삼문간
                                              *三門間

이 그리 억세냐? 에이 사령아, 날 모셔라. 어사 장모님
      *억세냐   使令   御史 丈母

행차 허신다. 암행어사 장모 출도여!"
*行次   暗行御史 丈母 出頭

<중중모리> "얼씨구나 절씨구 얼씨구나 절씨구, 얼씨구

좋구나 지화자 좋네! 얼씨구나 절씨구, 남원부중 여러분들
                                    南原府中

나의 한 말 들어보소. 내 딸 어린 춘향이가 옥중에 굳이
                              春香   獄中 *굳이

*命在頃刻(명재경각): 금방 숨이 끊어져 죽을 지경에 이름.

*不重生男重生女(부중생남중생녀): 남자아이 낳기를 힘쓰지 말고 딸아이 낳기를 힘쓰다. 당(唐) 현종(玄宗)이 양귀비를 총애해, 미천하던 양귀비 친정 가족이 관직을 얻어 세력을 떨치니, 주변 사람들이 아들보다 딸이 낫다고 비꼰 것을, 백낙천(白樂天)이 '장한가(長恨歌)'에서 이 사실을 읊은 구절임.

*대뜰: 지붕 추녀물이 떨어지는 곳과 마루 사이 조금 높게 쌓은 좁은 뜰.

*사위兩班(양반): '양반'은 조선시대 동반(東班, 文班)과 서반(西班, 武班)의 높은 신분을 뜻하지만, 남자를 존칭으로 일컫는 명칭으로 사용했음.

*天機漏泄(천기누설): 매우 중요한 기밀을 소문내어 퍼뜨림.

*짐짓: 실제 마음과 다르게 표현하는 말. / *恝視(괄시): 업신여기고 깔봄.

*七年 羑里獄(칠년 유리옥)에 갇힌 文王(문왕): '유리옥'은 은(殷)나라 때 하남성 탕음현(湯陰縣)에 위치한 감옥. 중국 은나라 끝 임금 주(紂)가 포악한 정치를 하는 동안, 서백(西伯)인 문왕(文王)이 어질어 제후들이 많이 그를 따르므로, 은나라 주 임금이 위협을 느껴 유리옥에 구금한 사실.

*岐周(기주): 주(周)나라 문왕의 조부 태왕(太王)이 처음 자리 잡은 곳으로 섬서성 기산(岐山) 밑 지역임. 남쪽에 주원(周原) 평원과 연접해 있어서 나라 이름을 '주'라 했음. 더 앞서 공유(公劉)가 서역 빈곡(豳谷)에 자리 잡았다가, 태왕 때 북적(北狄) 침입을 받아 이곳으로 이동해 왔음.

*靈德殿(영덕전) *上梁文(상량문): 명나라 구우(瞿佑) 편찬의 소설집 『전등신화(剪燈新話)』 '수궁경회록(守宮慶會錄)'에 나오는 이야기. 남해 용왕이 '영덕전' 궁궐을 짓고 원(元)나라 조주(潮州) 선비 여선문(余善文)을 초빙해 가서 상량문을 짓게 한 내용을 말하고 있음.

*제格(격): 어떤 사실과 잘 어울리는 격식.

*岳陽樓 重修 後(악양루 중수 후) *風月(풍월)귀: '악양루'는 중국 호남성 악양현 성곽 서문(西門) 문루(門樓)로, 동정호(洞庭湖)가 바라보이는 경치 좋은 누각임. 송(宋)나라 때 등종량(滕宗諒)이 악주(岳州) 관장이 되어 낡은 악양루를 중수하고, 당나라 이후의 악양루 관련 시들을 현판에 새겨붙이고, 당시 정계와 학계에 큰 이름을 떨친 범중암(范仲淹, 字 希文)에게 부탁, '악양루기(岳陽樓記)'를 짓게 해 붙였음. 이 새로 중수한 악양루에 새겨 붙인 글귀들이 제 품격에 꼭 맞는다는 표현임.

*風月(풍월)귀: 악양루에 새겨 붙인 여러 시인의 시 구절 글귀들.

갇혀 명재경각이 되었더니 동헌에 봄이 들어 이화춘풍이
*命在頃刻　　　　　東軒　　　　　　李花春風

내 딸을 살리니 어찌 아니 좋을손가? 얼씨구 얼씨구 절씨

구, 부중생남중생녀 날로 두고 이름이로구나. 얼씨구나 절
*不重生男重生女

씨구, 남원부중 여러분들 나의 발표헐 말 있소. 아들 낳기
南原府中　　　　　　　發表

힘을 쓰지 말고 춘향 같은 딸을 나서 서울 사람이 오거들
春香

랑 묻도 말고 다 사위 삼소. 얼씨구나 절씨구.”대뜰 위에
*대뜰

올라서서 “아이고 여보 사위양반! 어제 저녁 오셨을 제 어
*사위兩班　　　　　　　　　　御

사 헌 줄은 알았으나, 천기누설 될까 허여 내가 짐짓 알고
史　　　　　*天機漏泄　　　　　　*짐짓

도 그리 허였제. 노여 마오, 노여 마오. 아무리 그리 헌들

자기 장모를 어이 허리? 본관사또 괄시 마소. 본관이 아니
自己　丈母　　　　　　本官　　*恝視　　　　本官

거든 내 딸 열녀가 어디서 날거나. 얼씨구나 절씨구, 칠년
　　　　　烈女　　　　　　　　　　　　*七年

유리옥에 갇힌 문왕 기주로 돌아갈 제, 반가운 마음이 이
羑里獄에 갇힌　文王 *岐周

같으며, 영덕전 새로 짓고 상량문이 제격이요, 악양루 중수
　　*靈德殿　　　　*上梁文　　*제격　　*岳陽樓　重修

후에 풍월귀가 제격이요, 열녀춘향이 죽게 될 제 어사 오기
後　*風月귀　　格　　　　烈女春香　　　　　　御史

가 제격이로다. 얼씨구 얼씨구 절씨구. 이 궁둥이를 두었
　　格

다가 논을 살거나 밭을 살거나. 흔들대로 흔들어 보자.

*情談(정담): 다정한 여러 이야기.

*이 길: 이번에 여기 오게 된 계기(契機).

*奉命(봉명): 임금의 지시명령을 받들어 받음.

*事處(사처): 어떤 업무를 처리하는 원리원칙.

*出頭路文(출두노문): 암행어사가 신분을 드러내고 처리해야 할 과정(過程)을 순서대로 적은 글. '노문(路文)'은 관리(官吏)가 공적인 일로 지방으로 파견될 때, 지나는 경로의 지역 관아(官衙)에 미리 알려 숙식(宿食)과 여행의 편의를 제공하도록 하는 공문. 파견되는 관리도 이 노문을 지참했음.

*書啓 別單(서계 별단): 본문의 '세기'는 발음 혼란에 의한 '서계'의 오류. '서계'는 신하가 임금으로부터 받은 명령 내용인 '봉명서(奉命書)'를 집행하고, 그 결과를 글로 올려 보고하는 '복명서(復命書)'임. 그리고 '별단'은 따로 보고할 부수되는 여러 특수 사항을 기록한 문건임.

*우에서: 임금으로부터.

*卿(경): 임금이 이품(二品) 이상의 신하에게 일컫는 말.

*翰林(한림): 예문관(禮文館) 검렬(檢閱) 벼슬. 이도령의 어사되기 전의 벼슬.

*伏地奏曰(복지주왈): 땅에 엎드려 아룀.

*春香來歷(춘향내력): 춘향에 대한 사건의 자세한 내용.

*從頭至尾(종두지미): 처음부터 끝까지 모든 내용.

*稟告(품고): 웃어른에게 보고하여 아뢰는 일.

*表彰(표창): 공로나 선행을 널리 드러내어 찬양하는 일.

*貞烈夫人(정렬부인): 정조나 지조가 굳은 부인에게 내리던 품계(정3품).

*封(봉): 황제가 제후에게 한 지역을 정해 내려주는 일. 임금이 신하에게 벼슬이나 품계를 내려주는 경우에도 사용함.

*雲峰(운봉): 운봉 고을의 관장인 운봉영장(雲峰營將).

*昇職(승직): 관리의 직품을 올려주는 일.

*左水使(좌수사): 좌수군절도사(左水軍節度使), 정3품 무관.

*南原(남원) 골: 남원부의 고을.

*歲役(세역): 매년 일정하게 실시되는 부역. 곧 해마다 제공하는 일정 노역.

*千千萬萬歲(천천만만세): 천만 년이나 계승되라는 뜻으로 축원하는 외침.

얼씨구나 절씨구, 얼씨구나 어얼씨구 절씨구, 지화자 좋네,

얼씨구나 절씨구!"

<아니리> 그때여 어사또는 동헌에서 일 다 보시고, 춘향
御史　　　東軒　　　　　　　　　　春香

집으로 들어가서 오육일간 정담을 허였구나. 어사또 춘향
五六日間　*情談　　　　　　御史　春香

다려 말씀허시되, "이 길은 봉명의 길이라, 너를 데려가기
*이 길　*奉命

사처에 부당허니, 내가 먼저 올라가서 너를 올라오게 헐 터
*事處　不當

이니, 너는 너의 노모와 향단이 데리고 올라오도록 하여
老母　　香丹

라." 이렇듯 말허여 놓고.

<엇중모리> 그때여 어사또는 이골 저골 다니시며 출도노
*出頭路

문 돈 연후에, 서울로 올라가서 세기 별단 올리오니, 우에
文　　然後　　　　　　　　　*書啓 別單　　　*우에

서 칭찬허사, "나라에 깊은 걱정 경이 가서 막고 오니 국가
서　稱讚　　　　　　　　　　*卿　　　　　　國家

의 충신이라." 한림이 복지주왈, 남원의 춘향내력 종두지미
忠臣　　　*翰林　*伏地奏曰　南原　*春香來歷　從頭至尾

를 품고허니, 춘향을 올려다가 열녀로 표창허여 정열부인
*稟告　　　春香　　　　　烈女　*表彰　　　*貞烈夫人

을 봉하시고, 운봉은 승직허여 좌수사로 보내시고, 남원 골
*封　　　*雲峰　*昇職　*左水使　　　　　*南原 골

백성들은 일시 세역을 없앴으니, 천천만만세를 부르더라.
百姓　　　　　*歲役　　　　*千千萬萬歲

*虛妄(허망)해: 헛되고 거짓이라고 무시해 버림.

*本(본)을 받어: 본을 받아. 본보기인 교훈으로 삼음.

*千秋遺傳(천추유전): 일천 년이나 계승되어 전해지게 함.

*더질 더질: 판소리 마지막에 붙는 말.

어화 여러 벗님네들, 이 소리를 허망해 듣지 말고 열녀춘향
                        *虛妄해   烈女春香

본을 받어 천추유전 허옵시다.   그 뒤야 뉘가 알랴? 그만
*本을 받어 *千秋遺傳

더질 더질.
*더질 더질

<춘향가 마침>

박녹주제 흥 보 가

　박녹주제 흥보가는 박송희 명창께서 전수받아 판소리 흥보가 무형문화재로 지정되셨다. 흥보가 박녹주 바디는 멀리 거슬러 올라가, 남원 구례를 중심으로 하는 동편제의 대가이신 송홍록 명창으로부터 출발하여 송만갑 명창에게로 이어졌고, 이어 박녹주 명창의 스승이신 김정문 명창에게로 전수되었다. 박녹주 명창은 경북 선산 출신으로, 젊은 시절 경성에 들어와서 많은 문인들과 사업가, 그리고 정치가와도 교류하면서 왕성하게 음악 활동을 전개한 명창이다.

　김정문 명창께서 박녹주 명창에게 흥보가를 전수하시면서, 놀보박타령은 여성에게 적합하지 않다고 하여 가르치지 않아, 박녹주제 흥보가에는 놀보박타령이 제외되어 있다. 이를 전수 받은 박송희 명창께서는 원래 있었던 놀보박타령이 제외된 것을 안타깝게 여기고 그 보충에 노력하시여, 박봉술 명창의 사설을 참고해 조화롭게 복원해, 새로운 박송희류 흥보가를 만들어 일평생 동안 공연하셨다. 이 책에서의 흥보가 사설도 박녹주제를 전수받아 재구성하신 박송희 명창 사설을 중심으로 하였다.

목 차 ―[박녹주 바디 흥보가]

◇ **인생백년(人生百年)**: 박송희 명창의 스승 박녹주 명창께서 내용을 구성
하여 즐겨 창으로 부르셨고, 이어 박송희 명창께서도 역시 연세가 많으
신 때 자주 구연하신 사설임.

제 1 장
〈아나 밥! 아나 돈! 아나 쌀!〉

제 2 장
〈보은(報恩)표 박씨〉

제 3 장
〈놀보 제비가 들어온다〉

인생백년(人生百年)

　인생백년 꿈과 같네. 사람이 백년을 산다고 하였지만 어찌
　人生百年　　　　　　　　　　百年

하여 백년이랴! 죽고 사는 것이 백년이랴? 날 적에도 슬프고
　　　百年　　　　　　　　　　百年

가는 것도 슬퍼라. 날 적에 우는 것은 살기를 걱정해서 우는

것이요.　갈 적에 우는 것은 내 인생을 못 잊고 가는 것이
　　　　　　　　　　　　　　人生

서러 운다. 인생백년이 어찌 허망하랴! 엊그제 청춘홍안이
　　　　　人生百年　　　　虛妄　　　　　청春紅顔

오늘 백발이 되고 보니 죽는 것도 설지마는 늙는 것은 더욱
　　　白髮

섧네. 인생백년 벗은 많지마는 가는 길에는 벗이 없네. 장차
　　　人生百年　　　　　　　　　　　　　　　　　將次

이 몸을 뉘게 의탁하리? 차라리 이 몸도 저 폭포수에 의탁
　　　　　　　依託　　　　　　　　　　瀑布水　　依託

하였으면 저 물고기와 벗이 되련마는. 그러나 서러마라 가는

길 오는 세월 인생무상을 탓하리요?　어와 세상 벗님네들
　　　歲月　人生無常　　　　　　　　　　　世上

이내 한 말 들어보소. 청춘세월을 허망히 말고,　헐 일을
　　　　　　　　　　青春歲月　　虛妄

허면서 지내보세.

*我東方(아동방): 대륙의 동쪽지방에 있는 우리나라.

*君子之國(군자지국): 예의 바른 군자 나라라고 중국에서 일컬어 온 말.

*禮義之邦(예의지방): 예절이 바르고 도덕률을 중시하는 나라.

*十室之邑(십실지읍): 집이 열채 밖에 안 되는 작은 마을.

*七歲之(칠세지) 아이: 일곱 살 나이의 어린이.

*不良(불량)헌: 어질지 못함.

*어름: 물체와 물체의 사이.

*놀보: 보통 '놀부'라 하지만, '甫(사나이 보)'를 붙여 좋게 이르는 말.

*心術(심술): 온당하지 못하고 고집스러운 나쁜 마음씨.

*허것다: '그렇게 하는 것이었다'를 엄숙한 표현으로 한 말.

[상감청자무늬, 국립중앙박물관 소장]

◇ 아나 밥 ! 아나 돈 ! 아나 쌀 !

1. 초입, 흥보 쫓겨남

<아니리> 아동방이 군자지국이요 예의지방이라. 십실지읍
*我東方   *君子之國   *禮義之邦   *十室之邑

에도 충신이 있고 칠세지 아이도 효도를 일삼으니 어찌
忠臣   *七歲之 아이   孝道

불량헌 사람이 있으리오마는, 경상 전라 충청 삼도 어름에
*不良헌   慶尙 全羅 忠淸   三道 *어름

놀보 형제가 사는디, 놀보는 형이요 흥보는 아우라. 놀보란
*놀보 兄弟   兄

놈이 본대 심술이 사나운 데다가, 그 착한 동생을 쫓아내
      *心術

야 되겠는디 어찌해야 쫓아낼꼬? 그 착한 동생을 쫓아낼

생각으로, 밤낮 집안에 들어 앉어 심술 공부를 허는디,
                      心術 工夫

꼭 이렇게 허것다.
      *허것다

*大將軍方 伐木(대장군방 벌목): 대장군 방위에서 나무 베는 일. 음양설(陰陽說)에, 여덟 장신(將神)이 방위의 길흉을 맡아 도는 '팔장신(八將神)' 설이 있음. 이 중 첫째 신령이 '태세신(太歲神)'이며 벌목(伐木) 관련 신으로, 민간에서 '태세대장군(太歲大將軍)'이라 함. 이 신은 목성(木星)을 상징하며, 그 해 해당 지지(地支: 子·丑·寅…) 글자의 방위에 위치하고 있음. 이 신령이 머무는 방위에 있는 큰 나무를 베면 재앙을 입는다고 알려져 있음.

*三煞方(삼살방): 점술(占術)에서 말하는 불길한 방위, 그 해의 지지(地支) 글자 방위에 따라 겁살(劫煞) 세살(歲煞) 재살(災煞) 등 3방위가 결정됨. 예를 들어 을미(乙未) 해라고 할 때, '미(未)'의 방향인 서쪽 지역, 곧 '신·유·술(申酉戌)' 세 방향이 삼살방이 됨. 〈다음 면 표 참조〉.

*五鬼方(오귀방): 귀(鬼)별자리의 다섯 번째 별. 지지 '자(子)'해에 '진(辰)' 방향에서 출발하여, 시계바늘 반대 방향으로 12방향을 해마다 돌아 다시 '진' 자리로 돌아옴. 이 별이 있는 방향에 집을 지으면 재앙을 입게 됨.

*호박에다 말뚝 박고: 자라는 호박에 말뚝을 박으면 못 자라고 떨어짐.

*過客兩班(과객양반): 길가는 손님. '양반'은 상대를 높여 이르는 말.

*재울듯기: 잠을 재워 줄듯이, 잘 맞이하는 것처럼 함.

*초라니 *딴 낯 짓고: 나례(儺禮)나 놀이 때 쓰는 특수한 여자 얼굴인 초라니 탈을 다른 얼굴로 변형시켜서 못 쓰게 만든다는 뜻.

*居士(거사): 일반적으로 벼슬하지 않은 선비를 말하나, 여기서는 놀이집단인 사당패를 거느리고 다니면서 여러 가지 놀이를 제공하고 돈을 받는 사당패 우두머리인 걸사(乞士)를 지칭함.

*小鼓(소고): 자루 달린 작은 북으로 손에 들고 춤출 때 사용함.

*큰애기 劫奪(겁탈): 시집갈 나이가 된 처녀의 정조를 강제로 빼앗음.

*守節寡婦(수절과부) 謀陷(모함): 남편이 사망하고 절조를 지키며 혼자 사는 부인을, 나쁜 소문을 퍼뜨려 헐뜯어서 곤경에 빠뜨림.

*祭酒瓶(제주병): 제사 술병. / *蛇酒瓶(사주병): 뱀을 넣어 담근 약술 병.

*砒霜(비상): 비석(砒石)을 가열해 만드는 독약, 사람이 조금만 먹어도 죽음.

*網巾(망건) 편자: '망건'은 이마에서 머리 뒤로 두르는 망 달린 띠. '편자'는 망건이 이마에 닿는 망(網) 부분 아래쪽 가장자리 도톰한 언저리를 말함.

*땀띠: "물건 위에 올려 덮어놓은 언치"를 '땀띠'라 하는데, 갓의 경우 위로 솟은 갓모자의 상부에 평평하고 둥글게 덮어 붙인 면을 말함.

<자진모리> 대장군방 벌목허고, 삼살방에 이사 권고, 오귀
　　　　　*大將軍方　伐木　　　　　*三煞方　　移徙　勸告　*五鬼

방에다 집을 짓고, 불 붙는디 부채질, 호박에다 말뚝 박고,
方　　　　　　　　　　　　　　　　　*호박에다　　말뚝 박고

길가는 과객양반 재울듯기 붙들었다 해가 지며는 내어 쫓
　　　　*過客兩班 *재울듯기

고, 초라니 보며는 딴 낯 짓고, 거사 보면 소구 도적, 의원
　　*초라니　　　　*딴 낯 짓고 *居士　　　*小鼓 盜賊　醫員

보면 침 도적질, 양반 보며는 관을 찢고, 다 큰 큰애
　　針　盜賊　　　兩班　　　　　冠　　　　　　　*큰애

기 겁탈, 수절과부는 모함 잡고, 우는 애기 발가락 빨리고,
기　劫奪 *守節寡婦　　謀陷

똥 누는 놈 주저앉히고, 제주 병에 오줌 싸고, 사주 병
　　　　　　　　　　　*祭酒　瓶　　　　　　*蛇酒 瓶

비상 넣고, 새 망건 편자 끊고, 새 갓 보며는 땀띠 떼고,
*砒霜　　　　　*網巾 편자　　　　　　　　　　*땀띠

◇참고: 삼살방(三煞方)과 12방위표

해당되는 해 지지(地支)	겁살방 (劫煞方)	재살방 (災煞方)	세살방 (歲煞方)
寅, 午, 戌	亥	子(正北)	丑
申, 子, 辰	巳	午(正南)	未
巳, 酉, 丑	寅	卯(正東)	辰
亥, 卯, 未	申	酉(正西)	戌

*태견: 한 발로 상대편 다리를 차서 넘어뜨리는 운동경기의 한 가지.

*허방: 땅에 구덩이를 파고 위를 나무 가지 등으로 얽어 그 위에 얇게 흙으로 덮어 보통 평지처럼 보이게 해 속여서 밟으면 빠지게 한 함정.

*甕器廛(옹기전): 도자기와 항아리 등을 파는 점포. 옹기를 여러 개 높이 쌓아 놓은 곳에, 옆에서 말을 달리면 울려 무너져 파손됨을 뜻함.

*三綱(삼강): 인간 윤리의 세 강령. 임금은 신하의 벼리가 되고<군위신강(君爲臣綱)>, 아버지는 아들의 벼리가 되며<부위자강(父爲子綱)>, 남편은 아내의 벼리가 됨<부위부강(夫爲婦綱)>. '벼리<綱>'는 지탱해 주는 중심요소.

*五倫(오륜): 인간 윤리의 다섯 가지 조항. 곧 아버지와 아들 사이는 친근함이 있어야 하고<부자유친(父子有親)>, 임금과 신하 사이는 의리가 있어야 하고<군신유의(君臣有義)>, 부부사이는 분별이 있어야 하고<부부유별(夫婦有別)>, 어른과 아이 사이는 차례가 있어야 하고<장유유서(長幼有序)>, 친구 사이에는 신의가 있어야 함<붕우유신(朋友有信)>.

*제기를 붙을 놈: 윤리도덕을 모르는 짐승 같은 놈이란 뜻의 욕.

*兄弟倫(형제윤)긴 들: '형제윤기인들'의 줄임 말. 형제간에는 우애(友愛)가 있어야 하는 윤리도덕 기강도 말할 것 없이 모두 모른다는 뜻.

*와가리 聲音(성음): 왜가리 목소리. 논이나 습지에 날아오는 왜가리는 다리와 목이 길고 흰색 깃을 가졌음, 그 울음소리는 목쉰 소리로 듣기 흉함.

*곁말: '곁'은 '옆'이란 뜻. '말'은 치마나 바지의 허리 닿는 부분에 따로 붙이는 납작한 천인 '치마말'과 '바지말'. 곧 겨울에 허리 양 옆 바지말 속에 손을 넣어 따뜻하게 함을 뜻하는데, 팔꿈치가 옆으로 굽어서 보기 흉함.

*서리 맞은 구렁이: 큰 뱀인 구렁이가 초가을에 미처 동면에 들지 못하고 첫서리를 맞게 되면 힘이 없고 동작이 매우 느려 설설 기어 다님.

*內房出入(내방출입): 안방을 드나들어 아내와 잠자리를 자주한다는 뜻.

*돼아지 이 몰듯: '돼아지'는 '돼지'의 방언. 돼지는 몸에 이가 있어 가려우면 벽에 몸을 대고 문질러 이를 한쪽으로 몰아서 다시 반대쪽 몸을 벽에 대고 힘껏 문질러 이를 모두 죽게 함. 곧 한쪽으로 많이 모은다는 뜻으로, 자식을 많이 몰아 낳음을 말함.

*퍼 낳듯: 퍼서 내 놓듯. 한꺼번에 퍼내어 많이 쏟아 놓음.

앉은뱅이는 태껸,   곱사등이는 뒤집어 놓고,   봉사는 똥칠
　　　*태껸

허고,   애 밴 부인은 배를 차고,   길가에 허방 놓고,   옹기
　　　　　　　　　　　　*허방　　　　　　*甕器

전에다 말 달리기, 비단전에다 물총 놓고. 이놈의 심사가
廛　　　　　　　緋緞廛　　　　　　　　　心思

이래노니,   삼강을 아느냐 오륜을 아느냐?   이런 제기를
　　　*三綱　　　　*五倫　　　　　　*제기를

붙을 놈이.
붙을 놈

<아니리>   삼강도 모르고 오륜을 몰라놓니, 어찌 형제윤긴
　　　　三綱　　　　　五倫　　　　　*兄弟倫긴

들 알 리가 있겠느냐? 하루는 비오는 날 와가리 성음을 내
들　　　　　　　　　　　　*와가리　聲音

어, "야, 흥보야! 너도 늙어가는 놈이 곁말에 손 넣고 서리
　　　　　　　　　　　　*곁말　　　　　*서리

맞은 구렁이 모양으로 슬슬 다니는 꼴 보기 싫고, 밤낮으로
맞은 구렁이

내방출입만 하야 자식새끼만 돼아지 이 몰듯 퍼 낳듯 허고
*內房出入　　　　子息　　　*돼아지 이 몰듯 *퍼 낳듯

날만 못 살게 구니 보기 싫어 살 수 없다.   그러니 너도 오

늘부터 나가 살아봐라."

<창조>   흥보가 이 말을 듣더니마는 "아이고 형님, 한 번
　　　　　　　　　　　　　　　兄

만 용서하시오." "잔소리 말고 썩 나가거라."
　　容恕

<중모리>   나가란 말을 듣더니마는 "아이고 여보 형님,
　　　　　　　　　　　　　　　兄

제1장　275

*嚴冬雪寒風(엄동설한풍): 몹시 추운 겨울철 차가운 눈바람이 불어오는 때.

*地理山(지리산): 경상도와 전라도 사이에 있는 산. 우리나라 삼신산(三神山) 중의 하나. 원래 산 이름은 '지이산(智異山)'임.

*伯夷叔齊(백이숙제) 주려 죽던 首陽山(수양산): 주(周) 무왕(武王)이 황제가 되자 불의(不義)의 나라 곡식을 안 먹겠다고 하며 수양산에 들어가 고사리 를 캐 먹고 살다가 굶어 죽었음.

*令(영): 명령.

*身世(신세): 몸이 현재 당하고 있는 처지. 흔히 가련하거나 외롭거나 가 난할 때 자신의 처지를 한탄하여 하는 말.

*볼짝시면: '볼 것 같으면'의 옛말 표현.

*好衣好食(호의호식): 좋은 옷 입고 좋은 음식 먹으며 편안히 잘 사는 것.

*世上分別(세상분별): 세상 살아가는 여러 가지 처리능력과 판단력.

*一朝(일조): 하루아침에. 어느 순간 갑자기.

*아서라: '그만 두어라'의 뜻. 어떤 일을 단념할 때 쓰는 말.

*山中(산중): 산 속.

◇참고: 백이숙제 설명

백이(伯夷) 숙제(叔齊) 형제는 중국 은(殷) 시대 고죽국(孤竹國)이란 작은 나 라의 두 왕자임. 부왕(父王)이 늙어, 재주 있는 아우 숙제에게 왕위를 물려 주고 싶어 하니, 숙제는 의리상 장남인 형 백이를 두고 왕이 될 수 없다고 하면서 이웃나라로 도망쳤음. 이에 백이도 부친의 마음에 어긋나는 왕위 계승을 할 수 없다면서 역시 아우 있는 곳으로 도망쳤음. 뒤에 형제 함께 주(周)나라 문왕(文王)의 신하가 되었는데, 문왕 사망에 그 아들 무왕(武王)이 포악한 은나라 황제 주(紂)를 쳐 없애려 군사를 일으키니, 백이숙제는 "부친 사 망에 삼년상(三年喪) 전에 전쟁을 일으키니 불효(不孝)요, 제후(諸侯)로서 황제 를 공격하는 것은 불충(不忠)"이라 말하고 왕의 말고삐를 잡고 출전을 막았음. 주위신하들이 죽이라고 외치니, 이때 강태공(姜太公)이 나와 의인(義人)이니 죽 이지 말고 추방하라고 권해 국외로 추방했음. 기어이 무왕이 은나라를 멸망시 키고 주(周) 황제가 되니, 두 사람은 '불효불충'을 하여 세운 불의(不義)의 나라 곡식을 안 먹겠다고 하고, 수양산(首陽山)에 들어가 고사리를 캐 먹고 살다가 굶어 죽었음.

동생을 나가라고 허니 어느 곳으로 가오리까? 갈 곳이나

일러주오. 이 엄동설한풍에 어느 곳으로 가면 살 듯하오.
*嚴冬雪寒風

지리산으로 가오리까? 백이숙제 주려 죽던 수양산으로 가
*地理山   *伯夷叔齊   주려 죽던 首陽山

오리까?"이놈, 내가 너를 갈 곳까지 일러주랴. 잔소리 말

고 나가거라." 흥보가 기가 막혀 안으로 들어가며 "아이고
                        氣

여보 마누라, 형님이 나가라고 허니 어느 영이라 거역허며,
              兄   *令   拒逆

어느 말씀이라고 안 가겠소. 자식들을 챙겨보오. 큰자식아
                        子息   子息

어디 갔나? 둘째 놈아 이리 오너라!" 이삿짐을 챙겨지고 놀

보 앞에 가 늘어서서, "형님! 갑니다. 부디 안녕히 계옵시
              兄   安寧

요." "오냐, 잘 가거라." 흥보 신세 볼짝시면 울며불며 나
                        *身世 *볼짝시면

가면서, "아이고 아이고 내 신세야, 내 신세는 웨 이런고?
                        身世   身世

부모님이 살아 계실 적에는 니 것 내 것이 다툼 없이 평생
父母   平生

의 호의호식, 먹고 입고 쓰고 남고, 쓰고 먹고도 입고 남어,
  *好衣好食

세상분별을 내가 모르더니마는, 흥보 놈의 신세가 일조에
*世上分別   身世 *一朝

이리 될 줄을 귀신인들 알겠느냐? 여보게 마누라, 어느
          鬼神

곳으로 갈까? 아서라, 산중으로 가자. 전라도난 지리산,
          *아서라 *山中   全羅道   地理山

제1장   277

*百物(백물): 생활에 필요한 온갖 물건들.

*都坊(도방): 사람들이 많이 사는 도시 지역.

*元山 江景 抱州 法聖里(원산 강경 포주 법성리): 살기 좋다고 이름난 곳
을 나열한 것임. '원산'은 함경도 동해안에 있는 지명. '강경'은 충청도
임천군에 있는 지명. '포주'는 평안도 의주에 있는 지명. '법성리'는 전
라도 영광군에 있는 지명. '일이삼사'는 4곳을 말하면서 붙인 번호임.

*비린내 찌우어: 사람이 많이 모여살고 또한 기름진 음식을 자주 먹기 때문
에, 비린 악취가 사방에 배여 절어있는 상태를 말함.

*涇渭(경위): 어떤 일의 옳고 그름을 가려냄, '涇'과 '渭'는 중국의 강 이름으
로, 경수(涇水) 물은 흐리고 위수(渭水) 물은 맑아, 두 강물을 보면 바로
맑고 흐림을 분명히 알 수 있음에서 온 말.

*따구: 사람 얼굴의 귀 언저리 뺨.

*兩班(양반): 문반(文班)과 무반(武班)의 존귀한 계급 사람. 충청도 사람들이
점잖다고 예부터 '양반'이라 일컬어져 온 것을 말한 것임.

*聖賢洞 福德村(성현동 복덕촌): "성현이 사는 동네로 행운과 은덕이 가
득한 마을"이라는 뜻으로, 끌어온 말이며 고유한 마을 이름이 아님.

*當到(당도): 어떤 지점에 도착함.

*滋甚(자심): 매우 심함. 점점 심해짐.

*各心(각심): 여러 사람의 각각 자기 마음.

*고동부살이 목 聲音(성음): '고등부살이'는 힘이 세어서 코를 뚫어 코뚜레를
꿰어야 제어할 만큼 자란 수송아지. '목 성음'은 목소리. 곧 다 자란 수송
아지의 목쉬고 걸걸한 목소리를 낸다는 말. 사춘기의 변성음(變聲音)임.

*不寐症(불매증): 밤에 잠이 오지 않는 병. '불면증(不眠症)'과 같은 말.

*설움: 슬픈 일. 괴로워하는 일.

경상도로는 태백산, 산중으로 가 살자 허니 백물이 없어서
慶尙道　　　太白山　　山中　　　　　　　　　　　　*百物

살 수 없고, 아서라 도방으로 가 살자 허니, 일 원산 이
　　　　　　*都坊　　　　　　　　　　　　*一 元山 二

강경 삼 포주 사 법성리. 도방으로 가 살자 허니 비린내
江景 三 抱州 四 法聖里　都坊　　　　　　　　*비린내

찌우어 살 수 없고,　아서라 서울 가서 살자. 서울 가서
찌우어

살자 허니 경위를 모르니 따구만 맞고. 충청도 가 살자 허
　　　*涇渭　　　　*따구　　　　忠淸道

니 양반들이 억세어서 살 수가 없으니, 어느 곳으로 가면
　*兩班

살듯 허오?"

<아니리> 그렁저렁 성현동 복덕촌 당도하야 고생이 자심
　　　　　　*聖賢洞　福德村 *當到　　　苦生　*滋甚

할 제.

<창조>　철모르는 자식들은 음식 노래로 조르난듸, 떡
　　　　　　子息　　　飮食

달라는 놈, 밥 달라는 놈, 엿을 사 달라는 놈, 각심으로
　　　　　　　　　　　　　　　　　　　　*各心

조를 적에, 흥보 큰 아들이 나앉으며, "아이고 어머니!" "이

자식아, 너는 어째 요새 고동부살이 목 성음이 나오느냐?"
　子息　　　　　　*고동부살이　목 聲音

"어머니, 밤이나 낮이나 불매증으로 잠 안 오는 설움 있소."
　　　　　　　　　　*不寐症　　　　　　*설움

<아니리>　"니 설움이 무엇이냐?　말을 해라 들어보자.

나는 배고픈 것이 제일 섧더라."
　　　　　第一

*共論(공론): 함께 의논함.

*바뻐서: 바빠서. 시급하기 때문에.

*엇다: '아아' 하고 감탄하는 말.

*形勢(형세): 집안 사정과 형편. 남에게 자랑할 만한 넉넉한 집안 형편.

*장개: '장가'의 방언.

*重(중): 중요한.

*家長(가장): 남편.

*멕이고: '먹이고'의 방언. 잘 먹도록 맛있는 음식을 마련해 줌.

*벗기겠느냐: 옷을 제대로 해 입히지 못하고 헐벗게 내버려두겠느냐 하고 한 탄하는 말.

*肝腸(간장): 몸속의 내장. 생각하는 마음 속.

*財數(재수): 재물에 관한 운수. 일반적으로 재물과 상관없이 보통 좋고 나쁜 일이 생기는 운수를 일컫는 말.

*邑內(읍내): 고을 관장이 머무는 번화한 도시.

*還子(환자): 고을 관아 창고에 보관하고 있는 곡식을 봄철 춘궁기에 백성들 에게 꾸어주었다가 가을 추수한 다음 이식 붙여 거두어들이는 제도.

*戶房(호방): 지방 관아 여섯 부서인 육방(六房) 우두머리 아전 중의 하나. '육방'은 '이·호·예·병·형·공(吏·戶·禮·兵·刑·工) 등 육방으로, 이 중 호방은 세금 관련 업무를 맡은 책임자임.

*還子(환자) 섬: 환자로 꾸어 올 곡식 '한 섬 정도'.

*救(구): 어려움을 구제하여 정상적인 생활을 하게 함.

*내라도: 나일지라도. 내가 호방(戶房) 자리에 있을지라도.

*九死一生(구사일생): 아홉 번 죽을 고비에 한 번쯤 살아남는다는 뜻으로, 매우 위급하고 어려운 상황을 일컫는 말.

<창조> "어머니 아버지, 공론허고 나 장가 좀 드려주오.
*共論

내가 장가가 바뻐서 그런 것이 아니라, 가만히 누워 생각
*바뻐서

허니 어머니 아버지 손자가 늦어 갑니다."
孫子

<진양조> 흥보 마누라 이 말을 듣더니마는, "엇다 이놈아,
*엇다

야 이놈아 말 들어라. 내가 형세가 있고 보면, 니 장개가
*形勢   *장개

여태 있으며, 중한 가장을 못 멕이고 어린 자식을 벗기
*重   *家長   *멕이고   子息   *벗기

겄느냐? 못 멕이고 못 입히는 어미 간장이 다 녹는다."
겄느냐   *肝腸

2. 매품팔이

<아니리>   흥보가 들어오며, "여보 마누라, 없이 사는

살림에 날마다 눈물만 짜니 무슨 재수가 있겠소. 나 오늘
*財數

읍내 좀 갔다 오리다." "읍내는 뭣하러 가실라요?" "환자
*邑內   邑內   *還子

맡은 호방한테 환자 섬이나 얻어야 굶어가는 어린 자식
*戶房   *還子 섬   子息

들을 구하지 않겠소." "내라도 안 줄 테니, 가지 마시요."
*救   *내라도

"구사일생이지 누가 믿고 가나? 내 갓 좀 내 오요."
*九死一生

"갓은 어데다 두었소?" "굴뚝 속에 두었지." "갓은 어째

*辛卯年 國喪時(신묘년 국상시): 고종28년(1891) 조대비(趙大妃)의 장례 때. 조대비는 조선 23대 순조의 세자 익종(翼宗: 즉위 전에 사망해 추존됨)비(妃)이며, 24대 헌종 모친 신정왕후(神貞王后)로 조만영(趙萬永)의 딸임. 25대 철종이 후사 없이 사망하니, 왕대비(王大妃)로서 흥선대원군(興宣大院君) 아들 고종(高宗)을 즉위시키고 섭정하다가 고종 27년(1890) 4월에 사망함. 국상(國喪)은 온 국민이 상복 입는 왕실 초상으로, 조대비 장례가 사망 이듬해 고종 28(1891)년 신묘 해에 치러졌음.

*白笠(백립): 흰 베로 만든 갓. 국상(國喪) 때 국민이 모두 '백립'을 씀. 부모상의 대상(大祥)이 끝난 후에도 한 동안 이 백립을 쓰고 슬픔을 표함.

*갓양: 갓의 옆으로 빙 둘러 넓게 퍼진 부분. 그리고 그 양 둘레를 둥글게 두르고 있는 단단한 테를 '철대'라고 함.

*끄름: 그을음. 굴뚝이나 아궁이에 묻어 있는, 연기로 생긴 까만 먼지.

*끄실려: 그으러, 연기를 씌워 그을음을 묻혀 검게 만든다는 뜻.

*道服(도복): 도포(道袍)를 일컬음. 도포는 소매가 넓고 뒤에 딴 폭을 댄, 선비들 겉옷으로, 외출할 때는 항상 이 도포를 입었음.

*欌(장): 옷이나 그릇을 넣어두는 나무 상자.

*달구장: 닭장. 닭을 마당에 풀어놓아 기를 때 밤에 들어가 잠자도록 한 통. 대나무를 쪼개어 둥글게 엮어 만든 상자.

*治裝(치장): 몸을 꾸미는 일. / *질廳(청): 길청. 지방 관아 아전들 집무처.

*치레: 치장. 몸을 꾸미며 치장하는 일.

*철대: 갓철대. 갓양 가장자리에 둘러진 테. / *破笠(파립): 부서진 헌 갓.

*버릿줄: 벌이줄. 물건을 버티어서 얽어매는 줄. 실을 꼬아서 만듦.

*조새: 초사(草絲)의 방언. 짚이나 풀을 꼬아 만든 끈임.

*網巾(망건): 상투 있는 사람이 머리털이 흩어지지 않도록 이마에서 뒤로 둘러서 매는, 앞쪽이 말총 그물로 된 납작한 띠.

*갓풀 貫子(관자): '관자'는 망건의 양쪽 귀 위부분에 붙는 구멍 뚫린 둥근 장식. 이 관자 구멍으로 망건 끈을 꿰어 뒤로 묶어 상투에 동여매게 되어 있음. '갓풀'은 나무판자를 이어 붙이는 아교풀인데, 값진 보석으로 된 관자 대신, 갓풀을 녹여 둥글게 만들고 가운데 구멍을 뚫어 사용했다는 뜻.

*종이 당줄: 망건에 붙어 있는 4개의 줄을 '당줄'이라 함. 한지 종이를 길게 잘라 말아 비벼 꼬아 만든 종이끈으로 당줄을 달았다는 뜻.

굴뚝 속에 두었소?" "다른 게 아니라, 신묘년 국상시에
*辛卯年　國喪時

쓰던 백립, 갓양이 단단하다 하야 돈 없어 칠은 못 허고,
*白笠　*갓양

끄름에 끄실려 쓸라고 굴뚝 속에 두었지." "내 도복 좀 내
*끄름　*끄실려　　　　　　　　　　　　*道服

오요." "도복은 어데다 두었소?" "장 안에 두었지." "아니,
道服　　　　　　　　　　*欌

우리 집에 무슨 장이 있단 말이요?" "아, 이 사람아 달구
欌　　　　　　　　　　　　　　　*달구

장은 장이 아닌가." 흥보가 치장을 채리고 질청을 들어가
장　欌　　　　　*治裝　　　*질廳

는디.

<자진모리>　　　흥보가 들어간다. 흥보가 들어간다. 흥보

치레를 볼짝시면, 철대 떨어진 헌 파립　버릿줄 총총 매여
*치레　　　　　*철대　　　　　*破笠　*버릿줄

조새 갓끈을 달아 써, 떨어진 헌 망건 갓풀 관자 종이 당줄
*조새　　　　　　　　　　*網巾　*갓풀　貫子　*종이 당줄

◇참고: 관망(冠網)의 각부 명칭

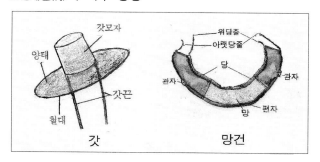

갓　　　　　　　　　　망건

*뒤통 나게: 두통(頭痛)이 날 정도로 힘껏. 망건을 단단히 동여매어 머리가 조여서 아픔을 느낄 정도를 말함. 그렇다고 실제 두통이 나는 것은 아님.

*실띠: 도포 위에 겨드랑 밑으로 둘러매는, 실로 짠 술 달린 띠.

*총총 이어: 여러 군데를 이어 연결한 낡은 술띠.

*고픈 배: 굶어서 홀쭉해진 배 부분.

*곱돌 조대: '곱돌'은 납석(蠟石)이란 암석. 칼로 깎을 수 있고 문지르면 광택이 남. '조대'는 길이가 짧은 담뱃대로 담배 담는 통이 곱돌이란 뜻.

*여덟 八字(팔자) 걸음: 발을 '팔(八)' 글자처럼 옆으로 놓으며 걷는 걸음.

*으식비식이: 몸을 옆으로 흔들며 팔(八)자 걸음으로 걷는 모습.

*瞥眼間(별안간): 갑자기, 눈 깜짝할 사이.

*窮手男兒(궁수남아): 수중에 아무 것도 가진 것 없는 백수(白手) 남자.

*潘南 朴哥(반남 박가): 본관(本貫)이 반남인 박씨(朴氏) 성 가진 양반 남자.

*戶房(호방): 지방 관아 여섯 부서인 육방(六房) 중 '호방'의 우두머리. 지방 관아 아전들은 양반이 아니어서, 양반이 말을 존대하지 않음.

*허게를 허나: 상대방에게 말끝을 '그리하게'라고 낮춰 말해야 할지 의문임.

*아서라: 그만두어라. / *끝을 짓지 말고: 말끝을 얼버무려 분명히 안 함.

*닦을 수: 어떤 일을 수행하여 마무리함.

*道理(도리): 어떤 일의 이치나 원리. 일의 처리 방도.

*朴生員(박생원): 박씨 성의 선비. '생원'은 초시(初試) 합격자를 뜻하나, 보통 선비들에게 존칭으로 성씨 밑에 붙여 사용함.

*糧道(양도): 먹을 식량. 양식이 쓰이는 계통이란 말.

*품이나 하나 팔아: 삯을 받고 일을 해주는 품팔이 한 가지를 하라는 말.

*골: '고을'의 준말.

*座首(좌수): 지방 관아(官衙)에 부속된 조직인 향청(鄕廳)의 우두머리.

*兵營營門(병영영문): 병마절도사(兵馬節度使)가 머물고 있는 관아. '영문'은 관찰사(觀察使)가 머무는 감영(監營)이나 병영(兵營)을 뜻함.

*棍杖(곤장): 죄지은 사람에게 벌을 가하여 매를 치는 기구, 또는 곤장으로 매를 치는 형벌. 곤장은 손잡이 부분이 둥글고 죄인 몸에 맞는 부분은 납작하게 되었음. 형벌의 경중에 따라 치는 숫자와 크기가 다름.

*兩(량): 금전 단위. 1냥의 10분의 1이 '1돈', 100분의 1이 '1푼'임.

*꼽아 논: 꼽아놓은. 손가락으로 꼽아 계산해놓은 자기 돈과 같다는 뜻.

뒤통 나게 졸라매고, 떨어진 헌 도포 실띠로 총총 이어
*뒤통 나게   *道袍 *실띠   *총총 이어

고픈 배 눌러 띠고, 한 손에다가 곱돌 조대를 들고, 또 한
*고픈 배   *곱돌 조대

손에다가는 떨어진 부채 들어, 죽어도 양반이라고 여덟
                           兩班   *여덟

팔자 걸음으로 으식비식이 들어간다.
八字 걸음   *으식비식이

<아니리> 흥보가 들어가다 별안간 걱정이 생겼지. "내가
                    *瞥眼間

아무리 궁수남아가 되었을망정 반남박가 양반인디, 호방을
    *窮手男兒   *潘南朴哥 兩班   *戶房

보고 허게를 허나 존경을 허나? 아서라, 내가 말은 허되,
    *허게를 허나 尊敬   *아서라

끝은 짓지 말고 웃음으로 닦을 수밖에 도리가 없지."
*끝을 짓지 말고   *닦을 수   *道理

질청을 들어가니 호방이 문을 열고, "박생원 들어오시요."
질廳   戶房   門   *朴生員

"호방 뵌 지 오래군 하하하하." "어찌 오셨소?" "양도가
  戶房   *糧道

부족해서 환자 한 섬만 꾸어 주면 가을에는 착실히 갚을
不足   還子   著實

테니, 호방 생각은 어떨런지… 하하하하." "박생원, 품이나
    戶房   朴生員 *품이나

하나 팔아 보시요." "돈 생길 품이라면 팔고말고 해?"
  하나 팔아

"우리 골 좌수가 병영영문에 잡혔는데 대신 가서 곤장 열
    *골 *座首   *兵營營門   代身   *棍杖

대만 맞으면, 한 대에 석 냥씩, 서른 냥은 꼽아 논 돈이요.
           *兩   兩 *꼽아 논

*馬(마)삯: 말을 타고 갈 때 그 말을 빌리는 값.

*除之(제지): 따로 제외하여 책정해 놓음.

*이만허고: 멀리만치에서 관심 없는 듯이 바라보고 서있는 모습.

*정강말: 다리 정강이의 말이란 뜻으로, 말을 타지 않고 걸어간다는 뜻.

*나를 주자: 나에게 주자<달라>. 자기를 제삼자로 하는 간접표현 방법임.

*衙前(아전): 지방 관아에서 관장 명령을 집행하는 아랫사람.

*櫃門(궤문): 나무로 된 상자 문.

*질廳(청): 길청. 지방 관아의 아전들이 집무하는 청사.

*三綱五倫(삼강오륜): 사람이 지켜야할 윤리도덕의 규범. '삼강'은 세 가지 강령으로, 임금은 신하의 벼리(사물을 지탱하는 중심요소)가 되고<군위신 강(君爲臣綱)>, 아버지는 아들의 벼리가 되며<부위자강(父爲子綱)>, 남편 은 아내의 벼리가 됨<부위부강(夫爲婦綱)>. '오륜'은 인간 도리의 다섯 가 지 윤리. 곧 아버지와 아들 사이는 친함이 있어야 하고<부자유친(父子有 親)>, 임금과 신하 사이는 의리가 있어야 하고<군신유의(君臣有義)>, 부부 사이는 분별이 있어야 하고<부부유별(夫婦有別)>, 어른과 아이 사이는 차 례가 있어야 하고<장유유서(長幼有序)>, 친구 사이에는 신의가 있어야 함 <붕우유신(朋友有信)>.

*紙貨(지화): 종이로 된 화폐.

*끊어져도: 삼강오륜 윤리가 지켜지지 않더라도 사람들은 돈을 따른다는 말.

*分(푼): 화폐의 단위로 '한 냥(兩)'의 10분의 1이 '한 돈'이며, 한 돈의 10 분의1이 '한 푼'임. 곧 1푼은 1냥의 100분의 1로, 엽전 1개가 1푼임.

*죽통: 죽을 담은 통을 말하나 여기서는 사람의 배를 말함.

*빼뜨리고: 앞으로 내밀어 튀어나오게 함.

*葉錢(엽전): 쇠나 놋쇠로 둥글게 되었으며, 가운데 네모 구멍이 뚫렸음.

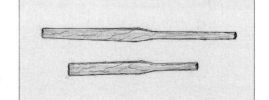

◇참고: 곤장(棍杖) 모양

마삯까지 닷 냥 제지 했으니, 그 품 하나 팔아 보시오.”
*馬삯　　　　兩　*除之

흥보가 이만허고 서있더니, “매 맞으러 가는 놈이 말 타고
　　　　*이만허고

갈 것 없고, 정강 말로 다녀올 테니 그 돈 닷 냥 나를
　　　　*정강 말　　　　　　　　　　　兩　*나를

주자.”
주자

<중모리>　　　저 아전 거동을 보아라. 궤문을 쩔꺽 열고
　　　　　*衙前　舉動　　　　　*櫃門

돈 닷 냥을 내어주니 흥보가 받아들고, “다녀오리다.” “평안
　　兩　　　　　　　　　　　　　　　　　　　　平安

히 다녀오오.” 박흥보 좋아라고 질청 밖으로 썩 나서서,
　　　　　　　　　　　　　*질廳

“얼씨구나 좋구나. 돈 봐라 돈! 돈 봐라 돈돈돈돈돈, 돈 봐

라 돈! 이 돈을 눈에 대고 보면 삼강오륜이 다 보이고,
　　　　　　　　　　　*三綱五倫

조금 있다 나는 지화를 손에다 쥐고 보면, 삼강오륜이 끊어
　　　　　*紙貨　　　　　　　　　　三綱五倫　*끊어

져도 보이난 건 돈 밖에 또 있느냐? 돈돈돈 돈 봐라 돈!”
져도

떡국 집으로 들어를 가서 떡국 한 푼어치를 사서 먹고,
　　　　　　　　　　　　　　　*分

막걸리 집으로 들어를 가서 막걸리 두 푼어치를 사서 먹고,
　　　　　　　　　　　　　　　　分

어깨를 느리우고 죽통을 빼뜨리고 “대장부 한 걸음에 엽전
　　　　　*죽통　*빼뜨리고　大丈夫　　　　*葉錢

서른 닷 냥이 들어를 온다. 얼씨구나 돈 봐라!” 저의 집
　　　兩

으로 들어가며, “여보 마누라, 집안 어른이 어딜 갔다가

*迎接(영접): 맞이함.   /   *唐突(당돌): 거리낌 없이 당당하게 행동하는 모습.
*坐而不動(좌이부동): 가만히 앉아 움직이지 않음.
*놓아두어라: 가만히 있으란 말.   /   *根本(근본): 어떤 일의 기본 되는 내용.
*孟嘗君(맹상군): 중국 전국시대 제(齊) 사람 전문(田文). 각지 불량배를 수
  용해 식객(食客)이 수천 명에 달했음. 세력이 큰 진(秦) 소왕(昭王)이 그를
  초빙하여 구금하고 죽이려 하니, 맹상군이 부하를 시켜 소왕이 총애하는
  후궁에게 선물을 주고 석방교섭을 했음. 후궁은 맹상군의 진귀한 갖옷인
  호백구(狐白裘; 여우 겨드랑이 흰털 달린 가죽 옷)를 주면 가능하다고 함.
  그런데 호백구는 이미 소왕에게 선물로 바친 뒤여서, 부하 중 개로 위장해
  도적질하는 구도(狗盜)가 있어서 궁중 창고로 잠입해 호백구를 훔쳐내 후
  궁에게 바치고 석방되었음. 맹상군은 소왕이 후회하여 추격할 것으로 믿고
  밤새 수레를 달려 진나라 국경관문 진관(秦關), 곧 함곡관(函谷關)에 이르
  니, 관문은 아침 첫닭이 울어야 열리게 되어 있어서 아직 닫혀 있음. 또
  부하 중 닭울음소리 잘 하는 사람이 있어 닭장 아래에서 닭울음소리를 내
  니, 시간이 덜 되었는데도 일제히 닭이 울어 관문이 열리고 무사히 탈출했
  음. 이 맹상군 수레바퀴처럼 둥글어, 가만히 있지 않고 계속 돌고 돈다는
  뜻으로 연관시켜 한 말임.
*술래바퀴: 수레바퀴.   /   *生殺之權(생살지권): 사람을 살리고 죽이는 권한.
*富貴功名(부귀공명): 부자가 되고 존귀한 지위에 올라 많은 공을 세워 명성
  을 크게 떨치는 일. 옛날 남자의 최고 이상이었음.
*아나: '여봐라', '이보시오' 등과 같이 어떤 말을 하려고 부르는 말.
*팔고: 돈을 주고 물건을 사는 것. 주로 곡식을 돈 주고 살 때 사용함.
*肉粥(육죽): 소 돼지 닭 등의 짐승고기를 넣고 끓인 죽.
*누그름하게: 물기가 많아 물렁하게 된 상태.
*먹어노니: 먹어놓으니. 먹고 난 후의 상태를 말함.
*食困症(식곤증): 식사를 많이 하여 배가 거북하고 졸음이 오는 증상.
*고자백이: 나무 벤 밑둥치. 안 움직이고 가만히 있음.   /   *말국: 맑은 국물.
*燒酒 後酒(소주 후주): 소주는 술을 가열해 증류시켜 흘러내리는 액체를
  그릇에 받은 술임. 이 소주가 다 흘러나온 다음, 남은 소주 방울이 한 방
  울 두 방울 조금씩 떨어지고 있는 상태를 말함.
*댕강댕강: 액체방울이 대롱대롱 매달려 떨어지려는 모습.

집안이라고 들어오면, 우루루루루 쫓아 나와서 영접허는
*迎接

게 도리 옳지, 계집이 이 사람아, 당돌이 앉아서 좌이부동
道理 　　　　　　　　　　*唐突 　　　　　　　*坐而不動

이 웬일인가. 에라 이 사람 몹쓸 사람!"

<중중모리> 　　　흥보 마누래 나온다, 흥보 마누래 나온다.

"어디 돈, 어디 돈, 돈 봅시다, 돈 봐!" "놓아두어라 이 사람
*놓아두어라

아! 이 돈 근본을 자네 아나? 잘난 사람 돈, 못난 사람 돈,
*根本

못난 사람도 잘난 돈, 맹상군의 술래바퀴처럼 둥굴둥굴
*孟嘗君 *술래바퀴

생긴 돈, 생살지권을 가진 돈, 부귀공명이 붙은 돈, 이놈의
*生殺之權 　　　　　　　　　*富貴功名

돈아! 아나 돈아, 어디 갔다 이제 오느냐? 얼씨구나 절씨구.
*아나

돈돈 돈돈, 돈돈돈 돈 봐라!"

<아니리> 　"여보 마누라, 이 돈 가지고 쌀 팔고 고기 사서,
*팔고

육죽을 누그름하게 열한 통만 쑤소." 아이도 한 통, 어른도
*肉粥 *누그름하게 　　　　　桶 　　　　　　　　　　桶

한 통, 각기 한 통씩을 먹어노니 식곤증이 나서, 앉은 자리
桶 各其 　　桶 　　*먹어노니 *食困症

에서 고자백이 잠을 자는디, 죽 말국이 코끝에서 소주 후주
*고자백이 　　　　　　　*말국 　　　　　*燒酒 後酒

내리듯 댕강댕강 허것다. 　흥보 마누라가 "여보 영감, 이
*댕강댕강 　　　　　　　　　　　　　　　令監

*돈속: 돈이 어디에서 나왔는지의 그 속 내용.

*營門(영문): 병마절도사(兵馬節度使)나 관찰사(觀察使)가 주둔하는 병영(兵營)과 감영(監營)의 정문(正門). 그러나 반드시 드나드는 '정문'을 뜻하는 것이 아니고, 보통은 병영이나 감영 자체를 일컬음.

*잽혔는디: '잡혔는데'의 방언. 죄를 지어 구금되었다는 말.

*棍杖(곤장): 죄지은 사람에게 벌을 가하여 매를 치는 기구, 또는 곤장으로 매를 치는 형벌. 곤장은 손잡이 부분이 둥글고 죄인 몸에 맞는 부분은 납작하게 되었음. 형벌의 경중에 따라서 크기와 치는 숫자가 다름.

*삯錢(전): 노역을 제공하고 대가로 받는 돈.

*令監(영감): 남편(男便). 옛날 정삼품과 종이품 벼슬에 있는 사람을 일컫는 말이었으나, 민간에서는 나이 많은 노인(老人)이나 또는 남편을 높여 이르는 말로 사용되어왔음.

*重(중): 귀중하고 존귀함.

*古今天地(고금천지): 옛날부터 지금까지, 하늘과 땅 온 세상.

*天不生無祿之人(천불생무록지인): 하늘은 먹고살 복록(福祿)이 없는 사람은 출생시키지 않았음.

*地不長無名之草(지부장무명지초): 땅은 이름 없는 풀은 내놓아 자라게 하지 않았음.

*궁기: '구멍'의 방언.

*德分(덕분): 남에게 어질고 고마운 일을 베푸는 은덕.

*終身(종신): 늙어 죽도록 한 평생 동안.

*골病(병): 너무 힘들게 일하거나 다쳐 병이 몸속 깊이 들어 겉으로 나타나지 않는 숨은 병. '골'은 깊이 파진 곳을 뜻하는 말임.

*기우: '거위'의 방언.

*兵營(병영): 각 도에 1명 또는 2명 배치되었던, 종이품 무관(武官)인 병마절도사(兵馬節度使)가 주둔하고 있는 관아.

돈이 웬 돈이요? 돈속이나 좀 압시다." "이 돈속 알면 일낼
*돈속

돈일세. 우리 골 좌수가 영문에 잽혔는디, 대신 가서 곤장
座首 *營門 *잽혔는디 代身 *棍杖

열 대만 맞으면 한 대에 석 냥씩 서른 냥을 준다기에 삯전
兩 兩 *삯錢

으로 받아온 돈일세."

<창조> 흥보 마누라가 이 말을 듣더니마는, "아이고 여보

영감, 중한 가장 매품 팔아 먹고산다는 말은 고금천지 어디
*令監 *重 *家長 *古今天地

서 보았소."

<진양조> "가지마오 가지마오. 불쌍한 영감 가지를 마오.
令監

천불생무록지인이요 지부장무명지초라, 하날이 무너져도
*天不生無祿之人 *地不長無名之草

솟아날 궁기가 있는 법이니, 설마 헌들 죽사리까?" 제발
*궁기 法

덕분에 가지 마오. 병영영문 곤장 한대를 맞고 보면 종신
*德分 兵營營門 棍杖 *終身

골병이 된답디다. 영감, 불쌍한 우리 영감 가지를 마오."
*골病 令監 令監

<아니리> 이놈의 자식들이 저의 어머니 울음소리를 듣더
子息

니, 물소리 들은 기우 모양으로 고개만 들고, "아버지, 병영
*기우 *兵營

가시오?" "오냐 병영 간다." "아버지 병영 갔다 오실 때 나
兵營 兵營

*후리아들놈: 후레아들 놈. 제멋대로 자라 버릇이 없고 인륜도덕에 벗어난 행동을 하는 사람을 욕하는 말.

*風眼(풍안): 바람이나 먼지가 눈에 들어가지 않게 만들어진 안경.

*각시: 젊은 여자.

*못 여워주니: 못 여의어주니. 결혼시켜주지 못함의 뜻. '여의다'는 말은 본래 딸을 결혼시켜 시집보냄의 뜻인데, 남자에게도 적용시켜 '결혼하다'의 의미로 사용되었음.

*허유허유: 어슬렁어슬렁 힘없이 걷는 모습.

*身世自歎(신세자탄): '신세'는 자신이 당하고 있는 가련한 처지. 자기 신세를 스스로 한탄함.

*八字(팔자): 타고난 운명. 태어난 해와 달과 날과 시에 해당하는 간지(干支; 天干, 地支)의 '8개 글자'를 가지고, 술수가(術數家)들이 사람의 길흉(吉凶)을 점치므로 '팔자(八字; 8개 글자)'라 함.

*富貴榮華(부귀영화): 부자가 되고 또한 존귀한 지위에 올라 영광과 번영을 누리고 사는 삶.

*地境(지경): 현재 당하고 있는 처지.

*골: '고을'의 준말.

*大將旗(대장기): 군대 주둔지에 대장 상징으로 세우는 큰 깃발.

*나려 굽어보니: 아래로 내려 굽혀 밑을 바라봄.

*肅靜牌(숙정패): 병영(兵營)에서 군령(軍令)을 시행할 때 시끄럽게 떠들지 말고 정숙하라고, '肅靜' 또는 '肅'자나 '靜'자를 써서 세워놓는 팻말.

*深山猛虎(심산맹호): 깊은 산속에 사는 사나운 호랑이.

*威嚴(위엄): '우염'은 '위엄'의 방언. 엄격하고 무섭게 보이는 장엄함.

*勇字(용자) 붙인: 병영에서 군무(軍務)에 종사하는 사람은 '勇(사나울 용)' 글자 패를 모자 앞면에 붙이고 있으므로, 그들을 보고 이르는 말.

*軍奴(군노): 병영에서 노역에 종사하는 사람들.

*使令(사령): 지방 관아에서 관장의 명령에 따라 일을 처리하는 사람.

*숫헌 사람: 세상 물정을 잘 모르는 순진한 사람.

담뱃대 하나만 사다 주시오." "야, 이 후리아들놈 같으니라
*후리아들놈

구." 또 한 놈이 나앉으며, "아버지 병영 갔다 오실 때 나
兵營

풍안 하나만 사다주시오." "풍안은 뭣 헐래?" "뒷동산에가
*風眼   風眼

나무할 때 쓰고 하면 눈에 먼지 한 점 안 들고 참 좋답디
點

다." 흥보 큰아들이 나앉으며, "아이고 아버지!" "이 자식아,
子息

너는 왜 또 부르느냐?" "아버지 병영갔다 오실 때 나 각시
兵營   *각시

하나만 사다주시오." "각시는 뭣 헐래?" "아버지 재산 없어
財産

날 못 여워주니 데리고 막걸리장사 할라요."
*못 여워주니

<중모리> 아침밥을 지어먹고 병영 길을 나려간다. 허유
兵營   *허유

허유 나려를 가며 신세 자탄 울음을 운다. "아이고 아이고
허유   *身世 自歎

내 신세야. 어떤 사람 팔자 좋아 부귀영화로 잘 사는디,
身世   *八字   *富貴榮華

이놈의 신세는 어이하여 이 지경이 웬 일이냐?" 병영 골을
身世   *地境   兵營 ·골

당도허여 치어다보느냐 대장기요, 나려 굽어보니 숙정패로
當到   *大將旗 *나려 굽어보니 *肅靜牌

구나. 심산맹호 우염같은 용자 붙인 군로 사령이 이리가고
*深山猛虎 *威嚴   *勇字 붙인 *軍奴 *使令

저리 갈 제, 그 때여 박흥보난 숫헌 사람이라 벌벌벌 떨면
*숫헌 사람

서 서 있구나.

*방울이 덜렁: 병영에서는 방울을 울려 업무지시를 하므로, 방울이 울리는 소리가 나면 사령들이 큰소리로 대답을 하고 놀란 듯이 바삐 움직이며 왔다 갔다 함.

*三門(삼문): 관아나 궁궐의 정문. 관아나 궁궐 정문은 가운데 큰 문이 있고 좌우에 협문(夾門)이 각각 있어서 문이 3개이므로 이렇게 일컬음.

*兵營排判之後(병영배판지후): 병영을 개설하여 여러 가지 기구를 배열하고 업무를 보게 된 그 이후로. 곧 '병영이 생기고 처음으로'의 뜻.

*볼기 廛(전): '전'은 가게에서 물건을 팔기 위해 진열판 위에 물건을 펼쳐 나열해 놓는 것을 말하며, 흥보가 볼기를 까고 엎드렸으니 그 볼기를 팔기 위해 펼쳐놓은 물건에 비유하여 재담(才談)으로 일컬은 말.

*朴生員(박생원): 박씨 성을 가진 생원. '생원'은 초시(初試) 생원과(生員科) 과거에 급제한 사람을 지칭하지만, 일반적으로 양민 선비들의 성씨 뒤에 붙여 존칭으로 사용함.

*곪았소: '곪다'는 말은 피부 종기에 고름이 들어 부어올랐거나, 또는 계란의 내부가 썩어 못 먹게 된 상태를 말하는데, 일의 처리에서 시간이 지연되었거나 착오가 생겨, 기회를 놓친 경우를 나타내는 말로 사용함.

*九尺(구척): 아홉 자. 매우 큰 키를 나타냄.

*꾀쇠애비: '꾀쇠'는 꾀 많은 남자를 일컬음. 그런 꾀 많은 아이 애비란 뜻.

*발등거리: 남이 하려는 일을 먼저 앞질러 하는 행동. 상대방의 발등을 걸어 넘어뜨려 못 달리게 해 놓고, 먼저 달려가 이익을 취하는 행동.

*番手(번수): 관아(官衙)의 사령(使令)들이나 군노(軍奴)들은 당번을 정하여 교대로 출근해 업무를 처리하는데, 관아에 나올 당번이 되어 나와서 업무 처리를 하고 있는 사람이란 뜻.

*그리헌가: '그렇게 되었구나.' 하고 수긍하는 말.

*守番(수번): 업무 볼 당번으로서 나와 수행하는 업무.

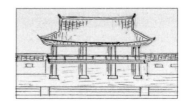

◇참고: 삼문(三門)

<아니리>　　방울이 덜렁, 사령이 "예이!" 야단났지. 흥보가
　　　　　　*방울이 덜렁　　使令

삼문간을 들여다보니 죄인들이 볼기를 맞거늘, 흥보 숫한
*三門間　　　　　　　　　　罪人

마음에 저와 같이 매 맞고 돈 벌러 온 줄 알고, "저 사람들

은 나 먼저 와서 돈 수백 냥 번다. 나도 볼기를 까고 엎져
　　　　　　　　　　數百　兩

볼까?" 삼문간에서 볼기를 까고 엎져노니, 사령 한 쌍이 나
　　　　　三門間　　　　　　　　　　　　　使令　　雙

오더니 "병영배판지후에 볼기 전 보는 놈이 생겼구나. 당신
　　　　*兵營排判之後　　*볼기 廛

박생원 아니시오?" "알아 맞췄소." "당신 곯았소." "곯다니?
*朴生員　　　　　　　　　　　　　　　*곯았소

계란이 곯지 사람이 곯아?" "박생원 대신이라고 와서 곤장
鷄卵　　　　　　　　　　　　朴生員　代身　　　　　　　棍杖

열 대 맞고 돈 서른 냥 받아 가지고 벌써 갔소."
　　　　　　　兩

<창조>　　흥보가 이 말을 듣더니마는, "아이고 그 놈이 어

떻게 생겼던가?" "키가 구척이요, 기운 좋습디다." "아이고
　　　　　　　　　　*九尺　　　氣運

이를 어쩔거나. 어젯밤 우리 마누라가 가지 마오, 못 가지

요. 밤새도록 울더니마는 옆집 꾀쇠애비란 놈이 발등거리
　　　　　　　　　　　　*꾀쇠애비　　　　　　　*발등거리

를 허였구나."

<중모리>　"번수네들 그리헌가. 나는 가네 나는 가네. 수번
　　　　　*番手　　*그리헌가　　　　　　　　　　　*守番

*건들지 마라: 건드리지 말라. 화가 나서 손을 대어 만지거나 말을 걸어 귀찮게 하지 말라고 내뱉는 소리.

*妖妄(요망): 요사스럽고 망령된 행동.

*魔轉(마전): 재앙을 불러오는 마귀로 전환되어 일이 잘 못됨.

*葉錢(엽전): 돈의 한 종류로, 쇠나 놋쇠로 만들어졌고 둥글고 납작하게 생겼으며, 끈에 꿸 수 있게 가운데 네모 구멍이 뚫어져 있는 돈.

*人事不省(인사불성): 사람의 도리를 살피어 지키지 못함.

*쇠아들 놈: 소의 아들놈. 곧 사람구실을 못하는 송아지 같은 인간.

*좋아라: 좋아라고. 좋다고 하면서 기뻐하는 모습.

*兵營(병영): 각 도에 1명 또는 2명 배치되었던, 종이품 무관(武官)인 병마절도사(兵馬節度使)가 주둔하고 있는 관아.

*절굿대 춤: 절구질 할 때 절구 공이 잡은 손이 오르내리고 허리를 굽혔다 폈다 하는 동작처럼 아무렇게나 흥겹게 마구 추는 춤.

이나 평안히 허소. 내 집이라 들어가면 엿 달라고 우는 놈
　　平安

은 떡 사주마고 달래놓고, 떡 달라고 우는 놈은 밥해 주마

고 달랬는디, 돈이 있어야 말을 허지.” 그렁저렁 당도허니.
　　　　　　　　　　　　　　　　　　　　　　　當到

<아니리> 흥보 마누라가 나오며 “여보 영감! 얼마나 맞었
　　　　　　　　　　　　　　　　　令監

소? 맞은 상처나 좀 봅시다.” “날 건들지 마라. 요망한 계
　　　傷處　　　　　　　　*건들지 마라　*妖妄

집이 밤새도록 우더니마는 그것이 마전되어 엽전 한 푼 못
　　　　　　　　　　　　　　　*魔轉　　*葉錢

벌고, 매 한 차례를 맞았으면 인사불성 쇠아들 놈이여.”
　　　　　　　　　　　　　　　*人事不省　*쇠아들 놈

<중중모리> 흥보 마누래 좋아라, 흥보 마누래 좋아라, “얼
　　　　　　　　　　　　　　　*좋아라

씨구나 절씨구. 영감이 엊그저께 병영 길을 떠날 때, 부디
　　　　　　　　　　　　*兵營

매를 맞지 말고 무사히 돌아오시라 하나님 전에 빌었더니,
　　　　　　　　無事　　　　　　　　　　　　前

매 아니 맞고 돌아오시니 어찌 아니 즐거운가. 얼씨구나 절

씨구, 옷을 헐벗어도 나는 좋고, 굶어죽어도 나는 좋네. 얼

씨구나 절씨구. 어어어어어 얼씨구 얼씨구, 얼씨구 절씨구.”

3. 형님 댁 방문

<아니리> 흥보도 어찌 좋았던지 절굿대춤을 한 번 췄것다.
　　　　　　　　　　　　　　*절굿대춤

*娚叔(시숙): 여자가 시집의 남편 형제를 이르는 말.

*多少 錢穀間(다소 전곡간): 많고 적음에 상관없이 돈이나 곡식 중 한 가지.

*보리: 매를 맞음. 매 맞는 것을 민간에서 '보리 탄다'라고 함. 보리는 알갱이가 달린 보릿대를 땅에 깔아놓고 도리깨로 두드려 쳐 낟알이 떨어지게 하기 때문에, 이처럼 마구 쳐 때린다는 뜻에서 이루어진 말임.

*몽둥이 보리: 보리타작 할 때 보릿대처럼, 몽둥이로 얻어맞는 것을 뜻함.

*倫紀(윤기): 삼강오륜과 같은 윤리도덕의 기강. / 치레: 치장. 꾸밈새.

*철대: 갓의 옆으로 넓게 펴진 부분이 '갓양'이며, 이 갓양 둘레에 빙 둘러진 딱딱한 테를 '철대'라 함.

*破笠(파립): 낡아 부서진 헌 갓. / *버릿줄: 물건을 버티어 매는 실끈.

*총총매여: 여러 토막을 단단하게 이어서 연결해 맺음.

*草絲(초사): 풀이나 짚을 꼬아 만든 끈. 본문에 '조사'로 표기된 것은 발음상의 혼란에 의한 것임. 여러 곳에 '초사' '조사'가 혼동되어 쓰이고 있음.

*갓끈: 갓이 머리에 고정되도록 두 귀 언저리로 내려 턱밑에서 매는 끈.

*갓풀 貫子(관자): '관자'는 망건 양쪽 천으로 된 부분에 달린 구멍 뚫린 둥근 장식임. 원래 금이나 옥 등 고급 보석으로 만들어지는데, 가난해 목재를 이어붙일 때 쓰는 '갓풀'을 녹여 둥글게 만들었다는 뜻.

*종이 당줄: '당줄'은 망건 양쪽에 달린 4개의 끈. 고급 실을 엮어 만드는데, 가난하여 한지 종이를 길게 잘라 말아 꼰 끈으로 대신했다는 뜻.

*頭痛(두통) 나게: 머리에 통증을 느낄 정도로 단단히 묶어 매는 것을 말함.

*道袍(도포): 옛날 남자들의 통상 예복으로, 소매가 넓고 뒤에 딴 폭을 댄 긴 겉옷으로서 '도복(道服)'이라고도 함.

*실띠: 도포에는 끝에 술이 달린 '술띠'를 겨드랑이 밑으로 둘러매는데, 술띠는 고급 실을 엮어 만들지만 가난하여 보통 실을 꼬아 만든 실띠란 뜻.

*고픈 배: 음식을 굶어 홀쭉해진 배.

*곱돌조대: '조대'는 짧은 담뱃대. '곱돌'은 칼로 깎을 수 있으며 문지르면 광택이 나는 납석(蠟石)이란 암석. 곱돌을 깎아 만든 '조대'라는 뜻.

*작지: 막대기. 지팡이. / *서리아침: 서리 내린 추운 아침.

*옆걸음 쳐: 힘이 없어 발을 좌우 옆으로 어슷비슷 어정어정 걸음을 걸음.

흥보 마누라가 "여보 영감! 이러지 말고 건너 마을 시숙님
令監   *媤叔

댁에 건너가면, 죽게 된 자식들 사정을 여쭈오면 다소 전곡
宅   子息   事情   *多少 錢穀

간에 줄 터이니 건너가 보시오." "글씨, 만일 건너갔다가 쌀
間   萬一

을 주면 좋지마는 보리를 주면 어쩌나?" "보리라도 많이만
                *보리

주면 좋지요." "야. 이 사람아! 먹는 보리가 아니라 몽둥이
                                            *몽둥이

보리 말일세." "형제간에 윤기가 있으매, 그럴 리 없으니 어
보리   兄弟間 *倫紀   理

서 건너가 보시오." 흥보가 자기 마누라 말이 옳다 허고 형
                        自己   兄

님 댁으로 건너가는디.
   宅

<자진모리> 흥보가 건너간다, 흥보가 건너간다. 흥보 치레
                                                *치레

를 볼작시면, 철대 떨어진 헌 파립 버릿줄 총총 매여 조사
        *철대   *破笠 *버릿줄 *총총 매여 *草絲

갓끈을 달아서, 떨어진 헌 망건 갖풀 관자 종이 당줄
*갓끈   網巾 *갖풀 貫子 *종이 당줄

뒤통나게 졸라매고, 떨어진 헌 도포 실띠로 총총 이어
*頭痛나게   *道袍 *실띠 *총총 이어

고픈 배 눌러 띠고, 한 손에다가 곱돌조대를 들고 또 한 손
*고픈 배   *곱돌조대

에다가는 부러진 작지 짚고, 서리아침 찬바람에 옆걸음 쳐
        *작지   *서리아침   *옆걸음 쳐

손을 불며 이리저리 건너간다.

*書房(서방)님: 본래 남편을 일컫는 말. 시동생을 부르는 칭호로도 사용하며, 또 벼슬 없는 선비를 아랫사람이 높여 불러주는 호칭으로 사용됨. 여기에서는 하인인 마당쇠가 주인 형제를 일컫는 호칭으로 사용했음.

*祭享(제향): 제사 모시는 일을 높여 일컫는 말.

*犒軍(호군): 군대에서 전쟁 직전 또는 승리를 기리며 군사들에게 음식을 마련하여 배부르게 먹도록 하는 행사. 그래서 제사나 잔치 때, 음식을 풍성하게 마련하여 일꾼과 종들에게 한바탕 배부르게 먹도록 하는 것에 끌어 붙여 사용한 말임. 호궤(犒饋)라고도 함.

*代錢(대전): 돈으로 물건을 대신함. 제사 음식 대신에 그 음식 값을 종이에 써서 돈과 함께 접시에 올려놓는 것을 말하고 있음.

*猪肉(저육): 돼지고기. '제육'은 속음(俗音)임.

*片肉(편육): 쇠고기나 돼지고기를 삶아 납작하게 썬 음식.

*標紙(표지): 증거를 표시하는 글을 쓴 종이쪽지.

*닭만 울면: 귀신은 닭이 울면 떠나간다고 생각했으므로, 밤중에 제사를 모시고 새벽 첫닭이 울면 차렸던 음식을 거두어 나누어 먹었음.

*통: 경우. 어떤 일이 벌어진 그 순간.

*舍廊(사랑)채: 가정에서 남자들이 거처하는 건물로, 중문(中門) 밖에 있는 바깥채.

*뉘宅(댁): 누구 집의 사람. 모르는 사람에게 인사하며 누구시냐고 묻는 말. '댁'은 모르는 상대방을 존대하여 불러주는 말.

◇참고: 조대 모양

※왼쪽: 곱돌로 만든 조대.   ※오른쪽: 대마디로 만든 조대

<아니리> 흥보가 건너가다 놀보 하인(下人) 마당쇠를 만났지.

"아이고요, 작은 서방님(*書房님) 아니시오. 그 동안 안녕(安寧)하셨습니까?" "오냐, 너도 잘 있었으며 큰 서방님(書房)께서도 안녕(安寧)하시냐? 그런디 요새 큰 서방님(書房) 성질(性質)이 어떠시냐?" "말씀 마십시오. 작은 서방님(書房) 계실 적에는 제향(*祭享)을 모시면 음식(飲食)을 많이 많이 장만하야 호군(*犒軍)을 시키시더니, 작은 서방님(書房) 가신 후(後)로는 제향(祭享)을 모시면 대전(*代錢)으로 바친답니다." "그게 무슨 소리냐?" "접시에다 제육(*猪肉)이다 편육(*片肉)이다 표지(*標紙)를 써 붙이고 엽전(葉錢)을 놨다가 닭만 울면(*닭만 울면) 싹 걷어 들인데요. 그러니 이 통(*통)에 들어 가셨다가는 엽전(葉錢) 한 푼 못 얻고 매만 실컷 얻어맞을 테니 그냥 건너가 보십시오." "그렇지만 내가 여기까지 왔다가, 형님(兄)을 안 뵙고 간 데서야 말이 되겠느냐? 인사(人事)나 드리고 갈란다." 흥보가 놀보 사랑채(*舍廊채)를 당도(當到)하야 대문(大門) 안을 들어서니 어찌 겁(怯)이 났던지, "형님(兄) 소인(小人) 놈 문안(問安)이요!"

<창조> "예, 성씨(姓氏)가 뉘댁(*뉘宅)이시오?" "아이고 형님(兄), 동생

제1장 301

*五代次 獨身(오대차 독신): 5대째 조상부터 계속 형제 없이 외동으로 계승
된 사람.

*合掌(합장): 소원을 빌 때처럼, 두 손바닥을 합쳐 공손한 모습을 함.

*점도록: 저물도록. 하루가 온통 지나 날이 어두워질 때까지.

*문드러미: 힘이 없어 눈을 멀건이 뜨고 몸을 가누기 어려운 상태.

*人命 在天(인명 재천): 사람의 목숨은 하늘에 달려 있어, 죽고 사는 문제는
사람의 힘으로 어떻게 할 수 없음.

*살거지다: "살았으면 합니다." 하고 애원하는 말. '지다'는 고어(古語)로 '그
렇게 되기를 바라는' 뜻의 어미.

*이맹기: '이맥(耳麥)'의 방언. 귀리. 비탈 밭에서 자라며 가축 사료로 쓰이는
곡식의 일종. 흉년에는 그 낟알을 갈아 죽을 끓여 먹음.

*싸래기: '싸라기'의 방언. 벼를 찧을 때 낟알이 부서져 잘게 된 쌀 토막.

*兩端間(양단간): 두 가지 중에 어느 것이나 하나.

*千石君(천석군): 일 년에 벼 일천 섬을 생산하는 부자.

*德分(덕분): 덕택. 어질고 고마운 마음을 베푸는 일.

*過去(과거)를 꽉꽉 대노니: 지난날 겪었던 일들을 차곡차곡 증거삼아 제
시하여 증명해 설명함.

*뗄 수가 없지: 잡아떼어 부정할 도리가 없음.

흥보를 모르시오?" "나는 오대차 독신으로 아우가 없는
*五代次　獨身

사람이요." 흥보가 이 말을 듣더니마는.

<진양조>　두 손 합장 무릎을 꿇고, "비나니다 비나니다,
*合掌

형님 전의 비나이다. 살려주오 살려주오. 불쌍한 동생을
兄　　前

살려주오. 그저께 하루를 굶은 처자가 어제 점도록 그저
妻子　　　　　　*점도록

있고, 어저께 하루를 문드러미 굶은 처자가 오늘 아침을
*문드러미　　　　妻子

그저 있사오니, 인명이 재천이라, 설마한들 죽사리까마는,
*人命　　在天

여리 끼니를 굶사오면 하릴없이 죽게가 되니 형님 덕택에
兄　　德澤

살거지다. 벼가 되거든 한 섬만 주시고, 쌀이 되거든 닷 말
*살거지다

만 주시고, 돈이 되거든 닷 냥만 주옵시고, 그도 저도 정
兩

주기가 싫거든 이맹기나 싸래기나 양단간의 주옵시면 죽게
*이맹기　*싸래기　*兩端間

된 자식을 살리겄소. 과연 내가 원통하오. 분하여서 못 살
子息　　　果然　　寃痛　　忿

겄소. 천석군 형님을 두고 굶어 죽기가 원통합니다. 제발
*千石君　兄　　　　　　　　　寃痛

덕분에 살려 주오오."
*德分

<아니리>　과거를 꽉꽉 대노니 뗄 수가 없지. "오, 이제
*過去를　꽉꽉　대노니　*뗄 수가 없지

*마당쇠: 놀보 집에서 일하는 하인 이름.

*行廊(행랑): 대문간에 붙은 방. 하인들이 거처하는 방.

*地理山(지리산): 경상도와 전라도 사이에 위치한 산. 우리나라 삼신산(三神山)의 하나. 두류산(頭流山) 방장산(方丈山) 등의 다른 이름이 있음.

*乾木(간목) 쳐온: 마른 나무 가지를 잘라 가져옴. <乾: 마를 간, 하늘 건>.

*박달 홍두깨: 박달나무로 만든 홍두깨. '홍두깨'는 옷감을 감아 다듬이질하는 둥글고 긴 막대기. 박달나무는 결이 매우 단단함.

*伏(복)날 개 잡듯: '복'은 여름철 가장 더운 때인 삼복(三伏). 복날에는 영양 보충을 위해 개를 잡아먹던 민간 습속이 있어, 개를 목걸이 하여 나무에 달아매고 몽둥이로 때려잡던 모습처럼, 몽둥이로 때리는 행동을 말함.

*八字(팔자): 타고난 운명. / *다물다물: 한 무더기씩 차곡차곡 쌓인 모습.

*錢穀間(전곡간): 돈이든 곡식이든 둘 중 한 가지.

*天祿房(천록방): 하늘에서 내려준 복록을 쌓아두는 방. 곧 창고 방을 말함.

*金櫃(금궤): 돈을 넣어두는 상자. 금고(金庫).

*圜(환)을 지어: 엽전 1백 개를 끈에 꿰어 묶은 것이 1냥이며 1꿰미임. 10꿰미<10냥>를 단단히 포장하여 1쾌라 하며, 창고에 보관할 때에는 이 쾌를 만들어 쌓아 보관함. 이렇게 한 덩어리로 포장해 묶어놓은 돈을 말함.

*떼돈: 십이나 백처럼 단위 숫자에 꼭 맞추어 보관한 돈을 뜻함.

*櫃(궤)돈: 조목조목 계산하여 정리해 돈궤 안에 깊이 보관한 돈.

*찌겡이: '술지게미'의 방언. 술을 거르고 남은 찌꺼기.

*궂은 우리: 깨끗하지 못한 돼지우리. 곧 돼지우리란 말.

*떼돼아지: '돼아지'는 돼지의 방언. 떼를 지어 자라고 있는 많은 돼지.

*돝: '돼지'의 다른 이름. / *싸래기: '싸라기'의 방언. 부서진 쌀 토막.

*黃鷄 白鷄(황계 백계): 노란색 털을 가진 닭과 흰색 털을 가진 닭.

*턱턱하고: 수탉이 소리 내어 울려고 날개를 벌려 펄럭이는 소리.

*좁은 골 벼락 치듯: 좁은 골짜기에 벼락이 떨어지는 것 같음. 곧 주변이 울리고 흔들리며 요란한 속에서 급박하게 몰아 매를 때리는 것 같이 함.

*강짜 싸움에 계집 치듯: 자기 아내의 행동을 꾸짖어서 이유도 묻지 않고 억지로 몰아 몽둥이로 때리는 행동처럼 한다는 말.

*담에 걸친 구렁이 치듯: 구렁이가 담을 넘어갈 때 몽둥이로 때려죽이는 것 같이 함. 담에 걸친 구렁이는 노출되어 몽둥이를 바로 맞아 쉽게 죽음.

보니 니가 흥보로구나. 심심하던 중에 잘 왔다. 이애 마당
中 *마당

쇠야! 대문 걸고, 아래 행랑 동편 처마 끝에 지리산에서
쇠 大門   *行廊 東便   *地理山

건목 쳐온 박달 홍두깨 있느니라. 이리 가져오너라. 이런
*乾木 쳐온 *박달 홍두깨

놈은 복날 개 잡듯 해야 하느니라."
*伏날 개 잡듯

<자진모리> 놀보놈 거동 봐라. 지리산 몽둥이를 눈 위에
擧動   地理山 몽둥이

번듯 들고, "네 이놈 흥보놈아! 잘살기 내 복이요, 못살기도
福

네 팔자 굶고 먹고 내 모른다. 볏섬 주자 헌들 마당의 뒤주
*八字

안에 다물다물이 들었으니 너 주자고 뒤주 헐며, 전곡간 주
*다물다물   *錢穀間

자 헌들 천록방 금궤 안에 가득가득이 환을 지어 떼돈이
*天祿房 *金櫃   *圜을 지어 *떼돈

들었으니, 너 주자고 궤돈 헐며, 찌겡이 주자 헌들 궂은
*櫃돈   *찌겡이   *궂은

우리 안에 떼돼아지가 들었으니 너 주자고 돝 굶기며, 싸래
우리 *떼돼아지   *돝   *싸래

기 주자 헌들 황계 백계 수백 마리가 턱턱하고 꼬꼬 우니,
기   *黃鷄 白鷄 數百   *턱턱하고

너 주자고 닭 굶기랴."몽둥이를 들어 메고 "네 이놈 강도
强盜

놈."좁은 골 벼락 치듯, 강짜 싸움에 계집 치듯, 담에 걸친
*좁은 골 벼락 치듯 *강짜 싸움에 계집 치듯 *담에 걸친

구렁이 치듯 후다딱철떡. "아이고 형님, 박 터졌소.""이놈!"
구렁이 치듯   兄

*후닥닥: 크게 한 대 때리는 소리.

*계집: 여자. 아내를 낮추어 일컫는 말로 사용되었음.

*厚(후): 너그러운 인정을 베푸는 마음씨.

*多少 錢穀間(다소 전곡간): 많고 적음에 상관없이 얼마간의 돈이나 곡식 둘 중 한 가지를 내어줌.

*心術(심술)보: 남을 해코자 하는 마음가짐의 보자기란 말로, 심술을 부리고 남을 미워하는 마음이 든 공간이 몸속에 하나 더 따로 있다는 말.

*있것다: '있다'를 강조하여 표현하는 고어.

*中門(중문): 집의 바깥채에서 안채로 들어가는 사이에 달린 문.

*아지뱀: '아주버님'의 방언. 시집에서 남편과 같은 항렬의 남자를 일컫는 경칭(敬稱)임. 방언 '아지뱀'의 끝에 붙은 '뱀' 음을 이용하여, '도마뱀'에 연관시켜 끌어와 꾸짖는 말에 이용하고 있음.

*동아뱀: '도마뱀'의 방언. 멸시하는 뜻을 강조하기 위해 '도마뱀'을 끌어왔음. '도마뱀'은 몸이 둥글고 꼬리가 길며 네 개의 짧은 다리가 달렸음.

*아나 밥: '아나'는 무엇을 줄 것처럼 부르는 말. 곧 불러 밥과 돈과 쌀을 줄 것처럼 말을 하면서 실제로는 주지 않고 놀리는 말임.

*때려놓니: 때려놓으니.

*如反掌(여반장): 손바닥을 뒤집는 것 같이, 쉽고 대수롭지 않은 일.

*시아제: '시아주버니'의 방언. 시집에서 남편과 같은 항렬(行列)의 남자.

후닥닥. "아이고 다리 부러졌소, 형님!" 흥보가 기가 막혀,
*후닥닥   兄   氣

몽둥이를 피하랴고 올라갔다가 내려갔다가, 대문을 걸어놓
            避   大門

니 날도 뛰도 못 허고 그저 퍽퍽 맞는데, 안으로 쫓겨 들어

가며, "아이고 형수씨! 사람 좀 살려주오. 아이고 형수씨,
              兄嫂氏   兄嫂氏

날 좀 살려주오."

<아니리>   이러고 들어가거든 놀보 계집이라도 후해서
                              *계집   *厚

다소 전곡간에 주었으면 좋으련만, 놀보 계집은 놀보보다
*多少 錢穀間

심술보 하나가 더 있것다. 밥 푸던 주걱을 들고 중문에 딱
*心術보   *있것다.   *中門

붙어 섰다가, "아지뱀이고 동아뱀이고 세상에 귀찮아 못 살
              *아지뱀   *동아뱀   世上

겄소. 언제 나한데 전곡을 갖다 맡겼던가? 아나 밥! 아나
                  錢穀   *아나 밥

돈! 아나 쌀!"

<창조>   하고, 뺨을 때려놓니 형님한테 맞은 것은 여반장
                  *때려놓니   兄   *如反掌

이요 형수한테 뺨을 맞아놓니, 하늘이 빙빙 돌고 땅이 툭
      兄嫂

꺼지난 듯.

<진양조> "여보 형수씨 여보여보 아주머니, 형수가 시아제
                  兄嫂氏   兄嫂 *시아제

*古今天地(고금천지): 예부터 지금까지, 하늘과 땅 모든 세상.

*殺之(살지): 죽이는 것.

*衝之(충지): 무기로 찔러서 죽임.

*陵遲(능지): 능지처참(陵遲處斬)의 준말. 사람의 몸체를 각각 잘라 찢어 죽이는 형벌.

*撲殺(박살): 무거운 물건으로 내리쳐 때려죽임.

*閻羅國(염라국): 불교에서 말하는 죽은 뒤의 저세상. 염라대왕(閻羅大王)이 있어 사람이 죽어서 가면, 이 세상에서의 행동을 심판하여 극락(極樂)으로도 보내고 지옥(地獄)으로도 보내는 것으로 알려져 있음.

*細細原情(세세원정): 마음속에 맺힌 원한의 세밀하고 자세한 사정.

*마누라: 아내. 늙은 여자를 지칭. 본래 '말루하(抹樓下)'에서 온 말.

*빗돌길: '비탈길'의 방언. 비탈져서 비스듬히 빙 돌아가는 산기슭 길.

*작지: 막대기. 지팡이.

*성싶지: '그런 것 같음'의 뜻. 주관적으로 추측하여 헤아려 그럴 것 같음을 나타내는 말.

*날: '나를'의 준 말.

*兩主(양주): 두 어르신, 부부.

*厚(후): 인정이 매우 두터움.

*錢穀間(전곡간): 돈이나 곡식 중 어느 것이나.

*江亭(강정): 강가에 있는 정자.

빰을 치는 법은 고금천지 어디서 보았소. 나를 치지 말고,
法   *古今天地

살지 충지 능지를 허여 아주 박살 죽여주오. 아이고 하나
*殺之 *衝之 *陵遲   *撲殺

님, 박흥보를 벼락을 때려 주면 염라국을 들어가서 부모님
*閻羅國   父母

을 뵈옵는 날은 세세원정을 아뢰련마는 어이허여 못 죽는
*細細原情

거나.” 매운 것 먹은 사람처럼 후후후 불며 저의 집으로

건너간다.

<아니리>   그때에 흥보 마누라는 막내둥이를 안고 밖을
*마누라

나와 보니, 먼 산 빗돌길에서 작지 짚고 절뚝절뚝하고 오
*빗돌길   *작지

는 모양이 돈과 쌀을 많이 얻어오는 성싶지. 흥보가 당도
模樣   *성싶지   當到

허니, “여보 영감! 얼마나 얻었소? 어디 좀 봅시다.”“날 건
*令監   *날

드리지 말어!” “당신 맞았소?”“여보 내 말을 들어보오. 형
兄

님 댁을 건너갔더니 두 양주분이 어찌 후하시든지, 전곡
宅   *兩主   *厚   *錢穀

간에 한 짐 주시기에 짊어지고 오다가, 요 넘어 강정 모퉁
間   *江亭

이에서 도적놈 만나 모조리 다 빼앗기고 매만 실컷 맞고
盜賊

왔소.”

*家貧 思賢妻(가빈 사현처): 집이 가난하면 현명한 아내를 생각함. 현명한 아내는 가난한 집안을 노력하여 일으킨다는 뜻.

*國亂 思良相(국란 사양상): 나라가 어지러우면 훌륭한 재상을 생각함. 훌륭한 재상은 어지러운 나라를 바로 세운다는 뜻.

*의젓허면: 언행이 점잖고 무게 있음. 곧 앞에 '얼마나'라는 말이 있어서 "의젓한 정도가 얼마이기에"라고, 자신이 무능하여 '의젓하지 못함'을 반어법(反語法)으로 나타낸 말.

*서까래: 집의 지붕 아래 용마루에서 들보 사이를 경사지게 촘촘히 걸쳐 연결하여 지붕을 지탱하게 하는 긴 통나무.

*퍼버리고: 다리를 죽 뻗고 맥없이 앉아 있는 모습.

*惹端(야단): 시끄럽고 떠들썩한 상황. 원래 뜻은 "옳고 그름의 시초 실마리를 찾아 끌어냄"이란 뜻인 '야기요단(惹起鬧端)'의 준말.

*道僧(도승): 도를 닦아 진리를 깨달은 스님. 도덕 높은 스님.

*헐디헌 중: 매우 낡아 헤어진 승복을 입은 스님.

*송낙: 송라(松蘿; 소나무겨우살이)를 재료로 하여 만든 스님들의 모자. 주로 여승들이 쓰지만 늙은 남자스님도 씀. '소나무겨우살이'는 깊은 산중의 큰 소나무 높은 가지에 붙어 기생하는 식물임.

*요리 송치고 저리 송치고: 송낙을 엮은 줄이 낡아 닳아, 끊어진 부분을 이쪽으로 접어 얽어매고 저쪽으로 접어 얽어매어 잘 손질했다는 말.

◇참고: 송낙 모습

<창조> 흥보 마누래가 이 말을 듣더니마는 힘없이 물끄러미 바라보며.

<중모리> "그런데도 내가 알고 저런데도 내가 아요. 가빈
*家貧
에는 사현처요. 국란에는 사양상이라. 내가 얼마나 의젓허
思賢妻 *國亂 思良相 *의젓허
면, 중한 가장 못 먹이고 어린 자식들을 벗기것소. 차라리
면 重 家長 子息
내가 죽을라요." 밖으로 우루루루루루 뛰어나가 서까래에
*서까래
목을 매고 죽기로만 작정을 허니, 흥보가 달려들어 "아이고
作定
여보 마누라, 그대가 죽고 내가 살면 어린 자식들을 어이
子息
헐거나? 차라리 내가 죽을라네." 둘이 서로 부여잡고 앉아
서 퍼버리고 울음을 우니, 자식들도 모두 설리 운다.
*퍼버리고 子息

4. 도승 집터 정하기

<아니리> 이리 한참 말리고 울고 야단났을 적에, 그 때에
*惹端
도승이 흥보를 살리려고 내려오것다.
*道僧

<엇모리> 중 나려온다, 중 하나 나려온다. 저 중의 거동
擧動
을 보소. 헐디헌 중, 다 떨어진 송낙 요리 송치고 저리
*헐디헌 *송낙 *요리 송치고 저리

*노닥노닥 지은: 낡은 옷 헤진 곳을 헝겊을 대고 정성껏 기워 꿰맸다는 뜻.

*長衫(장삼): 검은 삼베로 길이가 길고 소매를 넓게 만든 스님의 웃옷,

*실띠: 실로 짠 띠. 장삼 위에 실띠를 겨드랑 밑으로 둘러매었다는 뜻.

*念珠(염주): 둥근 알 108개를 구멍 뚫어 끈으로 꿰어 목걸이처럼 만든 것.

*短珠(단주): 짧은 염주. 54개 이하의 알맹이로 된 염주. 팔찌처럼 팔목에 꿰기도 하고, 염불할 때 손에 쥐고 손가락으로 알맹이를 돌리며 세기도 함.

*瀟湘斑竹(소상반죽): 중국 소상강(瀟湘江) 언덕의 무늬 있는 대나무. 옛날 순(舜)임금이 남쪽 순시 중 사망하니, 두 부인 아황(娥皇) 여영(女英)이 장례를 치르고 소상강 절벽에서 피눈물 뿌리며 몸을 던져 자결했음. 이때 두 부인의 흘린 피눈물이 근처 대나무에 묻어 무늬가 생겼으며, 이 무늬는 후대의 대나무에도 계속 남아 있어 이를 '반죽(斑竹; 얼룩무늬 대)'이라 하고 귀하게 여겨, 이 대로 수저도 만들고 지팡이도 만들었음.

*열두 마디: 소상반죽 대나무로 된 지팡이의 대마디가 12마디란 뜻.

*龍頭(용두)새김: 대 뿌리부분을 지팡이 머리로 하여 용머리 모양을 새김.

*六環杖(육환장): 도덕 높은 스님이 짚는 지팡이로, 여섯 개 주석 고리가 달려 땅에 짚을 때 철렁철렁 소리를 냄. 이 소리에 곤충들이 피하란 뜻임.

*彩(채)고리: 고와 빛나는 둥근 고리. 햇빛에 번쩍번쩍 반사되는 고리.

*처절철철철: 육환장으로 땅을 짚을 때 주석 고리의 흔들리는 소리.

*흐늘거리고: 가슴을 벌리고 몸을 옆으로 흔들며 걷는 모습.

*念佛(염불): 아미타불 명호(名號)를 부르며 부처님의 공덕을 깊이 새김.

*南無阿彌陀佛(나무아미타불): 아미타불 부처에게 돌아가 귀의한다는 뜻으로, 불가(佛家)에서 항상 소리 내어 외우는 염불.

*觀世音菩薩(관세음보살): 대자대비(大慈大悲) 표상의 부처. 모든 중생(衆生)이 괴로울 때 이 이름을 외우면 관세음보살이 소리를 듣고 구제해 준다고 함. 천수관음(千手觀音), 백의관음(白衣觀音) 등이 있음.

*向來所修功德海(향래소수공덕해): 지금까지 살면서 닦으며 쌓아온 바의 바다 같이 넓고 많은 공덕. 이 공덕을 쌓는 것이 신불(信佛)의 기본취지임.

*回向三千悉圓滿(회향삼천실원만): 온 세상 삼천세계로 닦은 내 공덕을 되돌려 주니, 모두 원만하고 행복하도다. '회향'은 첫째 닦은 내 공덕을 남에게 돌려 부처님 과업을 완수한다는 뜻과, 둘째로 공덕을 쌓아 죽은 사람 명복을 빌어 극락왕생하게 한다는 뜻이 있음. 여기에서는 첫째의 의미임.

송치고 흠뻑 눌러쓰고, 노닥노닥 지은 장삼 실띠를 띠고,
송치고   *노닥노닥 지은 *長衫 *실띠

염주 목에 걸고 단주 팔에 걸어, 소상반죽 열두 마디 용두
*念珠   *短珠   *瀟湘斑竹 *열두 마디 *龍頭

새김 육환장, 채고리 길게 달아, 처절철철철 흔들흔들 흐늘
새김 *六環杖 *彩고리   *처절철철철   *흐늘

거리고 나려오며, 염불하고 나려온다. "아아아허 허어나, 나
거리고   *念佛   *南

무아미타불 관세음보살, 상래소수공덕해요 회향삼천실원만.
無阿彌陀佛   *觀世音菩薩   *向來所修功德海   *回向三千悉圓滿

◇참고: 불교(佛敎)와 저승

통도사 극락보전(極樂寶殿) 안

*奉位(봉위): 받들어 모셔진 자리. 임금의 어좌(御座)를 말함.

*主上殿下壽萬歲(주상전하수만세): "지금 임금 주상전하께서는 그 수한(壽限; 연세)을 영원히 일만 년까지 누리옵소서." 하고 축원하는 염불.

*王妃殿下壽齊年(왕비전하수제년): 왕비전하께서도 그 수한을 전하와 나란히 <일만 년까지> 누리옵소서.

*世子殿下壽千秋(세자전하수천추): 세자전하의 수한도 일천 년까지나 길게 누리옵소서. '萬'에 대해 한 단계 낮춘 표현이며, 숫자적인 의미는 없음.

*國泰民安法輪轉(국태민안법윤전): 나라가 태평하고 백성이 편안하니 부처님 가르침이 널리 돌고 돌아 퍼짐.

*동냥: 스님이 부처님께 공양할 시주를 얻으러 다니는 일. 한자어 '동령(動鈴: 방울을 울리고 염불함)'에서 온 말.

*서발 장대를 휘둘러도: 사람 키 3배의 긴 막대를 가로로 잡고 빙 돌리며 휘둘러도. 가난하여 집안에 부딪치는 물건이 하나도 없음.

*小僧(소승): 스님이 자신을 낮추어 이르는 말.

*乞僧(걸승): 떠돌아다니면서 부처님께 공양할 시주를 동냥하는 스님.

*宅 門前(댁 문전): 그대 집 대문 앞. '댁'은 상대방이나 상대방의 집을 높여 이르는 말.

*生死(생사)가 未判(미판): 사람의 살고 죽음에 대한 판단이 확실하지 않음. 곧 집안에서 곡성이 나고 있으니 집안에 사람이 혹시 죽었는지 알 수가 없어서 방문했다는 뜻.

*緣故(연고): 사유, 까닭.

*眷率(권솔): 딸린 가족.

*多率(다솔): 가족을 많이 거느리고 있음.

*大師(대사): 도덕이 높은 스님.

*모롱: 산모롱이. 산이 막혀 있는 곳의 꼬부라진 길.

*明堂(명당): 풍수지리설에서 말하는, 복을 가져다준다는 좋은 터전.

*天下之第一江山(천하지제일강산): 천하에서 가장 아름답기로 이름나 있는 지역.

봉위 주상전하수만세요　왕비전하수제년，　세자전하수천추，
*奉位 *主上殿下壽萬歲　　　*王妃殿下壽齊年　　　*世子殿下壽千秋

국태민안법윤전 나무아미타불. 흥보 문전을 당도하여 개
*國泰民安法輪轉　南無阿彌陀佛　　　　門前　　　當到

쿼겅컹 짖고 나니, "이 댁에 동냥 왔소." 흥보가 깜짝 놀래
　　　　　　　　　　　宅 *동냥

"여보 마누라 우지 마오. 밖에 중이 왔으니 우지를 마오."

<아니리>　흥보가 밖을 나와 보니 중이 왔거늘, "여보, 내

집을 둘러보오. 서발 장대를 휘둘러도 거칠 물건이 하나도
　　　　　　　*서발 장대를 휘둘러도

없는 집이요." 저 중이 대답허되, "소승은 걸승으로 댁 문전
　　　　　　　　　　對答　　*小僧　*乞僧　　　*宅 門前

을 당도허니 곡소리가 나거날, 생사가 미판이라. 무슨 연고
　　當到　　　哭　　　　　*生死가　未判　　　　*緣故

가 계시오니까?" 흥보가 대답허되, "권솔들은 다솔하고 먹
　　　　　　　　　　　對答　　*眷率　　*多率

을 것이 없어, 죽기로써 우는 길이요." "불쌍허오. 복이라
　　　　　　　　　　　　　　　　　　　　　　福

하는 것은 임자가 없는 것. 너무 그리 서러워 마시고 소승
　　　　　　　　　　　　　　　　　　　　　　　小僧

의 뒤를 따라오시면 집터 하나를 잡아드리리다."

<진양조>　박흥보가 좋아라고 대사 뒤를 따러간다. 이 모롱
　　　　　　　　　　　*大師　　　　　　　*모롱

을 지내고 저 고개를 넘어서서, 한곳을 당도하여 그 자리에
　　　　　　　　　　　　　　　當到

가 우뚝 서더니마는, "이 명당을 알으시오? 천하지제일강산
　　　　　　　　　　*明堂　　　　　*天下之第一江山

제1장　　315

*岳陽樓(악양루): 중국 호남성 동정호(洞庭湖) 동쪽에 있는 누각. 동정호의 동편 지역에 악양현(岳陽縣)이 있고, 그 악양현의 성곽 서쪽 문루(門樓)가 악양루임. 정면으로 동정호를 바라보는 경치가 아름다워 널리 이름이 났는데, 당(唐) 시인 두보(杜甫)의 '등악양루(登岳陽樓)' 시가 있어 더욱 유명해졌음.

*성주: 집을 지켜주는 신령인 성조(成造)를 우리말로 그렇게 일컬음. 처음 집을 지을 때 한지 종이를 접어 대들보 사이에 끼워서 '성조신령'으로 모시기 때문에, 새집을 짓는다는 뜻으로 쓰이고 있음.

*壬坐丙向 午門(임좌병향 오문): 24방위 표시에서, '임(壬: 정북에서 서쪽으로 15도 치우친 방향)' 방위를 뒤로 등지고, '병(丙: 정남에서 동쪽으로 15도 치우친 방향)' 방위를 앞으로 향하게 집을 앉힘. 그리고 '오(午)' 방위인 정남(正南)으로 대문을 낸다는 뜻. <남쪽을 향해 앉았을 때, '坐'는 앉아 있는 뒤편을 나타내고 '向'은 앉아 있는 앞쪽을 나타냄>.

*億十萬金(억십만금): 10만이 1억 개나 되는, 헤아릴 수 없을 만큼 많은 돈.

*長者(장자): 지체가 높은 사람, 또는 큰 부자 사람.

*三代進士(삼대진사): 3대에 걸쳐 자손들이 진사급제를 함. '진사'는 소과(小科) 과거에 급제한 사람을 지칭함.

*五代及第(오대급제): 5대에 걸쳐 자손들이 대과(大科) 과거에 급제함.

*兵監司(병감사): 병마절도사(兵馬節度使; 종2품 무관)와 관찰사(觀察使; 종2품 문관)를 겸하여 일컬은 말.

*的實(적실): 조그마한 차질도 없이 꼭 들어맞음.

*손을 꼽아: 엄지손가락으로 다른 손가락의 마디를 짚는 행위를 말함. 이렇게 손가락을 짚어 육갑(六甲)과 결부시켜, 사람의 길흉을 알아보는 술수가(術數家)의 이론에 따른 것임.

*因忽不見(인홀불견): 그러고는 문득 곧 사라지고 보이지 않음.

악양루 같은 명당이니, 이 명당에다 대강 성주를 허시되,
*岳陽樓　　　　明堂　　　　　明堂　　　　　　*성주

임좌병향 오문으로 대강 성주를 허게 되면, 명년 팔월
*壬坐丙向　午門　　　　　　　　　　　　　　明年　八月

십오일에는 억십만금 장자가 되고, 삼대진사 오대급제, 병
十五日　　　*億十萬金　*長者　　　　　*三代進士　*五代及第　*兵

감사가 날 명당이 적실 허니, 그리 알고 잘 지내오." 한두
監司　　　　明堂　*的實

말을 마친 후에 눈을 들어 사면을 둘러보고, 손을 꼽아 무
　　　　　後　　　　　　　四面　　　　　　　*손을 꼽아

엇을 생각더니 인홀불견 간 곳이 없다.
　　　　　　　　*因忽不見

◇참고: 24방위표

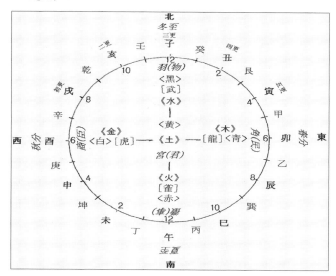

*道僧(도승): 천문 지리에 밝고 도술을 행사하는 스님.

*집터 글자를 붙여본 즉: 집터와 관련하여 좋은 일과 관계있는 글자들을 연결해 본 결과. 집터가 명당인 것 같아 기뻐서 앞으로 올 일에 대하여 좋은 일들을 생각하며, 봄에 관련된 한자(漢字)를 나열해 본 것임.

*三月(삼월) 삼진: 삼월 삼짇날. 제비가 날아온다는 음력 3월3일.

*杏花紛紛(행화분분): 살구꽃이 아름답게 활짝 피어 꽃잎이 날림.

*桃花(도화): 복숭아 꽃.

*梨花滿地不開門(이화만지불개문): 배꽃은 정원에 가득 피었는데, 문은 닫혀서 열리지 않고 있도다. 당(唐) 시인 유방평(劉方平)의 '춘원(春怨)' 시 끝구절임.

*실실: '슬슬'의 방언. 바람이 부드럽게 부는 모습.

*東風(동풍): 동쪽에서 불어오는 따뜻한 봄바람.

*수리루: 새가 날면서 공기와 마찰되어 나는 소리.

◇ 보은(報恩)표 박씨

1. 박씨 물고 온 흥보 제비

<아니리> 홍보가 그제야 도승인 줄 짐작허고, 있던 집을
　　　　　　　　　　*道僧　　　　斟酌

헐어다가　그 자리에다가 집을 짓고 살아갈 제, 차차 차차

살림이 나아지거늘, 하루는 집터 글자를 붙여본 즉.
　　　　　　　　　　　*집터 글자를 붙여본 즉

<중중모리> "겨울 동자 갈 거자, 삼월 삼진에 올 래자, 봄
　　　　　　　　冬字　　　　去字 *三月 三진　　　來字

춘자가 좋을시구. 행화분분 도화요, 이화만지 불개문하니
春字　　　　　　　*杏花紛紛 *桃花　 *梨花滿地　 不開門

실실 동풍에 꽃 화자, 나비 접자 펄펄 춤출 무자가 좋을시
*실실 *東風　　　花字　　　蝶字　　　　　　舞字

구. 꾀꼬리 수리루 날아 노래 가자가 좋을시구. 기는 건 짐
　　　　　　*수리루　　　　　　歌字

생 수, 나는 것은 새 조라. 쌍쌍이 왕래허니 제비 연자가
　　獸　　　　　　　　鳥　 雙雙　往來　　　　　　燕字

좋다."

*高樓巨閣(고루거각): 높고 큰 누각과 웅장한 건물.

*窮僻江村(궁벽강촌): 한쪽으로 치우친 먼 시골의 강가 마을.

*움幕(막): 땅을 파고 그 위를 나무막대로 얽어 지붕을 만들거나 또는 거적으로 덮어 만든 구조. 움막처럼 매우 보잘 것 없는 작고 험한 집이란 뜻.

*奇特(기특): 기이하고 특이하게 아름다움.

*깠것다: '까놓았다'를 감탄어조로 일컫는 표현.

*明太(명태) 껍질: 말린 북어 껍질을 벗긴 것. 북어 살을 찢어 반찬으로 만들 때는 그 껍질을 벗겨야 하는데, 옛날에는 벗긴 북어 껍질을 버리지 않고 개에게 주거나, 또는 아이들이 불에 살짝 구워서 먹었음. 또한 상처에 된장을 바르고 명태껍질을 붙여 싸매어 낫게 하기도 했음.

*唐絲(당사)실: 중국에서 수입한 가늘고 고은 명주실.

*萬里 江南(만리 강남): 1만 리나 멀고먼 중국 양자강 남쪽 따뜻한 지방.

*微物(미물)의 짐생: 보잘 것 없는 작은 짐승. '짐생'은 '짐승'의 방언.

*九萬長天(구만장천): 9만 리 먼먼 하늘. '9만 리'는 매우 먼 거리를 나타내는 말로, 옛사람들은 하늘을 9만 리나 먼 곳에 덮여있다고 생각했음.

*居中(거중): '거지중천(居之中天; 중천에 자리 잡음)'의 준 말. 가까운 중간 하늘에 있다는 뜻.

*古(고) 적: 옛적. 옛날 시대.

*孫臏(손빈): 중국 전국시대 제(齊)나라 장수로 병법(兵法) 책을 저술했음. 『손자병법(孫子兵法)』을 후세에 남긴 손무(孫武)의 후손임. 손빈이 젊었을 때 방연(龐涓)과 함께 귀곡선생(鬼谷先生) 밑에서 병법을 공부했는데, 뒤에 방연이 위(魏)나라 대장이 되어 손빈의 능력이 자기보다 뛰어남을 시기해 죄를 씌워 그의 두 다리를 잘라버렸음. 이때 제(齊)나라 순우곤(淳于髡)이 업고 가서 제나라 위왕(威王)의 스승으로 삼게 했음. 뒷날 제나라가 위나라를 정벌할 때 손빈은 수레에 앉아 계책을 세워 위나라 군사를 대패시켰음. 그 뒤, 위나라가 한(韓)나라를 공격하니, 한나라는 제나라에 구원병을 요청해, 이때 손빈이 제나라 군사를 거느리고 나가 방연 장군을 좁은 골짜기로 유인, 복병으로 기습 공격하게 하니 방연은 패하여 자결했음.

*兩足(양족): 두 다리.

*齊(제)나라: 중국 전국시대 7국 중 대륙의 동부 지역 황해에 접해 있던 나라 이름.

<아니리>　하루는 제비 한 쌍이 날아들거날, 흥보가
좋아라고 "반갑다 저 제비야, 고루거각 다 버리고 궁벽
　　　　　　　　　　　　　*高樓巨閣　　　　　*窮僻
강촌 박흥보 움막을 찾아오니 어찌 아니 기특허랴."
江村　　　　*움幕　　　　　　　　　*奇特
수십일 만에 새끼 두 마리를 깠것다. 먼저 깐 놈은
數十日　　　　　　　　　*깠것다
날아가고 나중 깐 놈이 날기 공부 힘을 쓰다 툭 떨어져
　　　　　　　　　　　　　　工夫
다리를 부러뜨렸다. 흥보가 명태 껍질을 얻고 당사실을
　　　　　　　　　*明太 껍질　　　　　*唐絲실
구하여 부러진 다리를 동여 제 집에 넣어주며, "부디
求
죽지 말고 살아, 멀고 먼 만리 강남을 부대 평안히 잘
　　　　　　　*萬里　江南　　　　　　平安
가거라." 미물의 짐생이라도 흥보 은혜 갚을 제비거든 죽을
　　　　　*微物의　짐생　　　　　恩惠
리가 있겠느냐?　수십일 만에 부러진 다리가 나아, 날기
理　　　　　　　數十日
공부 힘을 쓰는디.
工夫

<진양조> 떴다 보아라, 저 제비가 둥그렇고 둥그렇게 구
　　　　　　　　　　　　　　　　　　　　　　*九
만장천의 높이 떠, 거중으로 둥둥 펄펄 날거늘 흥보가 보
萬長天　　　　　　　*居中
고서 좋아라고, "반갑구나 내 제비야, 부러진 다리를 원망
　　　　　　　　　　　　　　　　　　　　　怨望
을 말어라. 고 적의 손빈이도 양족이 없었으되 제나라 가서
　　　　*古 적　*孫臏　*兩足　　　　　*齊나라

제2장　　321

楚漢(초한) 적: 중국 초한 시절. 전국시대 7국을 통일한 진(秦)나라를 공격하
기 위해 초(楚)의 항우(項羽)와 한(漢)의 유방(劉邦)이 병력을 일으켜 진
나라를 멸망시킨 다음, 항우와 유방 사이에 갈등이 생겨 싸운 8년 전쟁을
한 시기를 말함. 이 전쟁에서 유방이 이겨 통일된 한(漢)나라를 건국했음.
*韓信(한신): 항우와 유방이 싸울 때, 유방 휘하의 우두머리 장군.
*一肢手(일지수): 한쪽 팔과 손.
*大將壇(대장단) 높이 앉아 *一軍皆驚(일군개경): 높게 만든 대장 단상에
한신(韓信)이 올라앉으니, 모든 군사들이 다 놀랐다는 말. 유방(劉邦) 신하
소하(蕭何)가 유방에게 한신을 천거하여, 별로 알려지지 않은 그를 대접해
높은 대장단을 만들어 앉히고 대장 임명행사를 크게 벌이니, 군사들이 모
두 놀라고 환호했다는 이야기임.
*섭섭하여라고: 섭섭하다고 여기어서. 섭섭한 모습을 보이면서.
*무엇이라고 對答(대답)을 허: 제비가 지저귀는 소리를, 흥보가 잘 가라고
전송하는 말에 호응하여 대답 소리로 받아들였다는 말.
*江南杜鵑(강남두견): 중국 양자강 남쪽인 강남에 있는 두견새.
*祖宗之望帝(조종지망제): 옛날 왕실의 망제임금. 고대 중국 촉(蜀) 지역의
임금 망제(望帝)가 신하에 의해 쫓겨나 산속에 살면서 돌아가기를 바라다
가 죽어, 그 원한의 혼백이 두견새로 되어 '귀촉도 불여귀(歸蜀道 不如歸:
촉으로 돌아가고 싶다)'라고 슬피 운다는 고사. 그 두견새를 강남 제
비의 왕으로 설정한 것임.
*百鳥(백조): 온갖 종류의 새들.
*點考(점고): 인원을 명부(名簿)와 대조하여 하나하나 점을 찍으면서 점검함.
*中原(중원): 중국의 한수(漢水)를 중심으로 하는 지역.
*명맥이: 제비와 비슷하나 몸이 조금 작으며, 날개가 뾰족해 '칼새'라 함.
*나오: 여러 나라로 나갔던 제비들을 부른 다음, 마지막으로 조선 나갔던 제
비를 부르니, 흥보 제비가 '나갑니다'라고 가볍게 대답하는 소리.
*봉통아리: 상처나 종기가 나은 뒤에 한참동안 불룩하게 튀어 올라서 가라
앉지 않고 부어 있는 부분을 말함.
*顫動(전동)거리고: 흔들거려 움직이거나 다리를 절뚝거리며 저는 모습.
*小鳥(소조): 새가 높은 사람 앞에서 자기 자신을 낮추어 일컬은 말.
*運數不吉(운수불길): 타고난 운명이 좋지 못함. / *대번: 한 번에 바로.

대장이 되고, 초한 적 한신이도 일지수가 없었어도 대장단
大將　　　*楚漢 적　*韓信　　*一肢手　　　　　*大將壇

높이 앉어 일군개경을 허였으니, 멀고 먼 만리 강남을 부디
높이 앉어　*一軍皆驚　　　　　　　　　萬里 江南

평안히 잘 가거라." 제비 저도 섭섭하여라고 빨래 줄에 가
平安　　　　　　　　　*섭섭하여라고

내려 앉더니마는 무엇이라고 대답을 허고, 구만장천에 높
　　　　　*무엇이라고　對答을　허고　九萬長天

이 떠서 이리저리 노니난 거동은 아름답고 반가워라. "잘
　　　　　　　　　　　擧動

가거라 내 제비야." 만리 강남을 훨훨 날아 들어간다.
　　　　　　　　　萬里 江南

<아니리>　　　강남 두견은 조종지망제라. 백조들을 점고를
　　　　　　　*江南 杜鵑　　*祖宗之望帝　　*百鳥　　　*點告

허는디, "미국 들어갔던 분홍제비, 독일 들어갔던 초록제비,
　　　　　美國　　　　　*분홍제비　獨逸

중원 나갔던 명맥이. 만리 조선 나갔던 흥보 제비." "나오!"
*中原　　　　*명맥이　萬里 朝鮮　　　　　　　　　　*나오

<중중모리>　　　흥보 제비가 들어온다, 박흥보 제비가 들어

온다. 부러진 다리가 봉통아리가 져서 전동거리고 들어와,
　　　　　　　　　*봉통아리　　　　　*顫動거리고

"예!" 제비 장수 호령을 허되, "너는 왜 다리가 봉통아리가
　　　　將帥　號令

졌노?" 흥보 제비 여짜오되, "소조가 아뢰리다. 소조가 아
　　　　　　　　　　　　　　*小鳥　　　　　小鳥

뢰리다. 만리 조선을 나가 태어나 소조 운수 불길하야,
　　　　萬里 朝鮮　　　　　　　　　小鳥 *運數 不吉

뚝 떨어져 대번에 다리가 짝깍 부러져 거의 죽게 되었더니,
　　　　*대번

*德分(덕분): 은혜를 베풀어 줌. / *洞燭(통촉): 잘 밝혀 헤아려 처리함.

*내 슈(영)을 어기더니: 떠나갈 때 나의 명령을 거역했다는 말.

*明春(명춘): 돌아오는 이듬해 봄. / *出行(출행): 먼 여행길을 출발함.

*三冬(삼동): 추운 겨울 석 달 동안. / *方長(방장): 방금 한창 왕성해 짐.

*報恩(보은)표 박씨: 은혜 갚는 표시(表示)가 새겨진 박씨. 이 경우 '표'는 '표(表)'가 됨. 다르게 '보은표(報恩瓢)'로 표기하기도 함. <瓢: 박 표>.

*黑雲(흑운) *白雲(백운): 시커먼 뭉게구름과, 옅게 낀 흰 구름.

*居中(거중): 거지중천(居之中天). 높지 않은 중간 하늘에 자리 잡음.

*西蜀 咫尺(서촉 지척): 중국 서쪽 사천성 촉(蜀) 지역이 매우 가까이 보임.

*東海 滄茫(동해 창망): 중국 동쪽의 황해바다가 멀리 아득히 출렁이어 보임.

*祝融峰(축융봉) *朱雀(주작)이 넘논 듯: 중국 오악(五嶽) 중 남악(南嶽)인 호남성의 '형산(衡山)'에는 72봉우리가 있고, 그 중 가장 높은 봉우리가 '축융봉'임. '축융'은 남쪽을 맡은 신령이름. 공작새 모습을 한 상상의 새 '주작(朱雀)'이 남쪽 상징 새이므로, 여기를 넘논다고 결부시켜 표현했음.

*黃牛土(황우토) *黃牛灘(황우탄): 중국 호북성에 있는 '황우산(黃牛山)' 지역을 '황우토'라 했음. 이 산은 험악하여 온통 절벽으로 되어있고, 산 아래 협곡에는 물살이 거센 강인 '황우탄'이 흐름. 이 강 절벽 위에는 검은 옷 입은 사람이 '누런 황소'를 몰고 가는 형상을 한 바위가 있어서, 그 아래 강을 '황우탄'이라 일컬음.

*烏鵲橋(오작교): 음력 7월 7일 밤, 하늘의 은하수에 까치가 다리를 만들어, 직녀성(織女星)과 견우성(牽牛星)이 만나게 한다는 고사에서 생긴 다리 이름임. 황우산의 '황소 끌고 가는 사람' 형상 바위가 곧 하늘의 견우(牽牛: 소를 끌고 감) 별에 비교되어, 황우탄 다리를 오작교라 한 것임.

*吳楚東南(오초동남): 오와 초가 동남으로 펼쳐져 있음. 중국 호남성 악양현(岳陽縣)의 서쪽 성문 위 건물인 문루(門樓)가 '악양루'이며, 정면에는 동정호(洞庭湖)가 바로 보여 경치가 매우 아름다움. 당 시인 두보(杜甫)사 악양루에 올라 지은 시 '등악양루(登岳陽樓)' 셋째구절 글귀임.

> 옛날에 동정호 경치 아름답단 말을 듣고,   (昔聞洞庭湖; 석문동정호)
> 지금에야 악양루에 올라와 보니,   (今上岳陽樓; 금상악양루)
> <u>오나라와 초나라가 동남쪽으로 열려 있고,</u>   (吳楚東南坼; 오초동남탁)
> 온 세상이 밤낮 늘 둥둥 떠 있는 것 같구려.(乾坤日夜浮; 건곤일야부)

어진 흥보씨를 만나 죽을 목숨이 살았으니 어찌허면은 은
恩

혜를 갚소리까? 제발 덕분에 통촉허오.”
惠   *德分   *洞燭

<아니리> “그러기에 너의 부모가 내 영을 어기더니 그런
父母   *내 令을 어기더니

변을 당하였구나. 명춘에 나갈 적에는 출행 날짜를 내가
*變   當   *明春   *出行

받어 줄 테니 꼭 그날 나가거라.” 삼동이 다 지나고 삼춘월
*三冬   春三月

이 방장커날, 흥보 제비가 보은표 박씨를 입에다 물고 만리
*方長   *報恩표 박씨   萬里

조선을 나오는데, 이렇게 나오는 것이었다.
朝鮮

<중중모리> 흑운 박차고 백운 무릅쓰고, 거중에 둥둥 높이
*黑雲   *白雲   *居中

떠 두루 사면을 살펴보니, 서촉 지척이요 동해 창망허구나.
四面   *西蜀 咫尺   *東海 滄茫

축융봉을 올라가니 주작이 넘논 듯, 황우토 황우탄 오작교
*祝融峰   *朱雀이 넘논 듯 *黃牛土 *黃牛灘 *烏鵲橋

바라보니 오초동남 가는 배는 북을 둥둥 울리며,
*吳楚東南

◇참고: 송(宋) 화가 송적(宋迪)의 그림 '소상팔경(瀟湘八景)'

○平沙落雁(평사낙안): 평평한 모래밭에 내려앉는 기러기. ○遠浦歸帆(원포귀범):
멀리 강어귀로 돌아드는 돛단배. ○山市晴風(산시청풍); 산에서 불어오는 맑고
시원한 바람. ○江天暮雪(강천모설); 강물 위에 가만가만히 내려앉는 저녁 눈.
○洞庭秋月(동정추월); 동정호를 비치는 은은한 가을 달빛. ○瀟湘夜雨(소상야
우); 소상강에 내리는 고요한 밤비. ○煙寺晩鐘(연사만종); 연기 어린 절에서의
저녁 종소리.○漁村夕照(어촌석조); 어촌을 비치는 늦은 오후 저녁 햇빛.

*遠蒲歸帆(원포귀범): 먼 포구로 돌아드는 돛단배. 양자강 남쪽 동정호 부근은 강과 산이 많고, 경관 좋은 소상강(瀟湘江)이 7백리에 걸쳐 흘러 동정호로 흘러들어옴. 순임금의 두 부인 아황 여영이 사망한 남편을 따라 이 강 언덕에서 몸을 던져 자결하여 그 사당 황릉묘(皇陵廟)가 있고, 두 부인의 뿌린 피눈물로 무늬가 생긴 대나무 반죽(斑竹)이 숲을 이룸. 송(宋) 화가 송적(宋迪)이 이곳 경치를 8폭 병풍에 그린 그림 '소상팔경(瀟湘八景)'으로 더욱 유명해졌음. '원포귀범'은 그 '소상팔경' 병풍의 둘째 폭 그림임. 이어서 첫째 폭 그림인 '기러기 사뿐히 내려앉는 모습'의 '평사낙안(平沙沙落雁)' 그림을 인용하면서, 당(唐) 시인 전기(錢起)의 시 '귀안(歸雁)'에 연관시켜 나타내었음. '귀안' 시는 겨울에 여기 왔다 봄에 북쪽으로 돌아가는 기러기를 읊으면서, 황릉묘 아황 여영 영혼의 슬픔을 결부시키고 있음. 이 시의 4행 중 3개 행을 본문에서 인용하고 있으므로, 먼저 시 전체를 인용 해석하면서 해당 구절을 지적해 설명하기로 함.

"소상강은 어찌 아무 일 없는 듯 유유히 돌아 흐르는고(瀟湘何事等閒回; 소상하사등한회), ①푸른 물 맑은 모래 양쪽 언덕엔 이끼뿐이로구나(水碧沙明兩岸苔; 수벽사명양안태), 황릉묘의 두 부인, ②스물다섯 줄의 거문고를 달밤에 연주하여(二十五絃彈夜月; 이십오현탄야월), 그 처량한 소리에 돌아가던 저 기러기, ③맺힌 원한 못 이기어 물러가다 다시 날아와 드는구려(不勝淸怨却飛來; 불승청원각비래)".

*水碧沙明兩岸苔(수벽사명양안태): 위 전기의 '귀안' 시 ①둘째 구절. 밑줄 친 해석에서 보는 바와 같이 모래밭 양쪽 언덕 이끼를 묘사하고 있음.

*不勝淸怨却飛來(불승천원각비래): 위 '귀안' 시 ③넷째 구절임. 기러기가 이 비(二妃)의 한을 차마 못 떨쳐 가다가 다시 돌아듦을 나타냈음.

*一點 二點(일점 이점): 기러기가 모래밭에 한 마리씩 두 마리씩 계속 이어 내려앉는 모습임. '소상팔경' 그림의 첫폭 '평사낙안'을 표현한 것임.

*平沙落雁(평사낙안): 송나라 송적(宋迪)의 '소상팔경' 첫째 폭 그림. 모래밭에 사뿐히 내려앉는 기러기 모습을 위 시 두 구절과 연관 지었음.

*白鷗 白鷺(백구 백로): 흰 갈매기와 흰 해오라기.

*靑坡上(청파상): 푸른 언덕 위.

*夕陽天(석양천)이 거의노라: 저녁노을 내려깔리는 황혼이 가까웠구려. '소상팔경' 그림의 끝 폭인 '어촌석조(漁村夕照)'와 연관 지어 나타낸 표현임.

어기야 어야 저어가니 원포귀범이 이 아니냐? 수벽사명양
　　　　　*遠蒲歸帆　　　　　　　　　　*水碧沙明兩

안태 불승청원각비래라, 날아오른 저 기러기 갈대를 입에
岸苔 *不勝淸怨却飛來

물고 일점 이점에 떨어지니 평사낙안이 이 아니냐? 백구
　　*一點 二點　　　　　　　　*平沙落雁　　　　　*白鷗

백로 짝을 지어 청파상에 왕래허니 석양천이 거의노라.
白鷺　　　　　　*靑坡上 往來　　　*夕陽天이 거의노라

◇참고: 흥보 제비 중국 노정도(路程圖)

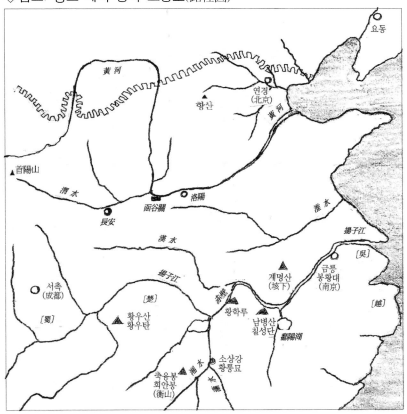

*回雁峰(회안봉): 중국 오악(五嶽) 중 남악(南嶽)인, 호남성에 있는 형산(衡山) 72봉 속 한 봉우리. 가을에 기러기가 내려와 여기에서 겨울을 나고 봄에 '북쪽으로 돌아간다'고 하여 '회안(기러기 돌아감)'이라 이름 붙였음. 또, 봉우리 생긴 모습도 기러기가 빙 도는 형상을 하고 있음.

*皇陵廟(황릉묘): 순임금의 두 부인 아황(娥皇) 여영(女英)의 사당(祠堂).

*二十五絃彈夜月(이십오현탄야월): 스물다섯 줄의 거문고를 달밤에 연주함. 위에서 인용한 '귀안' 시 ②셋째 구절임. 달빛 아래 황릉묘 두 부인 혼백이 눈물 젖어 한을 실어 퉁기는 거문고소리가 귀에 들림을 상상해 읊었음.

*斑竹(반죽): 아황 여영이 자결할 때 뿌린 피눈물이 묻어 생긴 소상강 가의 무늬 있는 대나무 숲. 영원히 한(恨)의 무늬가 없어지지 않고 나타나 있음.

*杜鵑聲(두견성): 고대 촉(蜀) 지역 임금 망제(望帝)가 신하에 의해 쫓겨나 돌아가기를 바라다 죽어, 그 혼백이 이 새가 되었다는 고사. 그래서 두견새는 '귀촉도 불여귀(歸蜀道 不如歸; 촉나라 길로 돌아감이여, 돌아가고 싶구려)'라고 운다고 하여 '촉혼조(蜀魂鳥)'라 함. 그리고 뒷날 전국시대 말기 초(楚) 회왕(懷王)이 진(秦) 소왕(昭王)의 속임에 빠져 동맹을 맺으려 무관(武關)에 갔다가 돌아오지 못하고 죽었음. 그런 뒤 한식(寒食)날 달밤 산속에서 초나라 멸망을 탄식하는 시를 읊는 사람이 있어, 이를 초혼(楚魂) 곧 회왕의 혼백이라 생각했으며, 한식날 달밤 슬피 우는 두견새를 회왕의 넋이라 하여 '초조(楚鳥) 초혼조(楚魂鳥)'라고도 함.

*鳳凰臺(봉황대): 중국 강소성 남경(南京)에 있는 누대(樓臺).

*鳳去臺空江自流(봉거대공강자류): "봉황은 떠나고 봉황대만 남아 강물만 스스로 흐르는구나." 당(唐) 시인 이백(李白)이 금릉(金陵)의 봉황대에 올라 읊은 '등금릉봉황대(登金陵鳳臺)' 시 둘째 구절임.

*黃鶴樓(황학루): 중국 호북성 황학산에 있는 누각.

*黃鶴一去不復返, 白雲千載空悠悠(황학일거불부반, 백운천재공유유): 당 시인 최호(崔顥)의 황학루 전설을 이용한 '황학루' 시 셋째와 넷째 구절.

*金陵(금릉): 중국 양자강 하루의 가장 번화한 도시 남경(南京).

*酒肆村(주사촌): 술을 파는 가게가 많은 마을. 남경 근처 진수(秦水)와 회수(淮水) 두 강가의 환락가(歡樂街)에 죽 늘어선 술집 마을.

*空宿窓外桃李開(공숙창외도리개): 혼자 쓸쓸히 잠자는 밤 창문 밖에는 복숭아꽃 오야 꽃이 만발했구려. 꽃피는 봄밤의 외로운 잠자리를 표현함.

회안봉을 넘어 황릉묘 들어가, 이십오현탄야월에 반죽가지
*回雁峰　　　*皇陵廟　　　　　*二十五絃彈夜月　　*斑竹

쉬어 앉아 두견성을 화답허고, 봉황대 올라가니 봉거대공
　　　*杜鵑聲　　和答　　　*鳳凰臺　　　　*鳳去臺空

의 강자류. 황학루를 올라가니, 황학일거불부반 백운천재
　江自流　*黃鶴樓　　　　　*黃鶴一去不復返　　白雲千載

공유유라. 금릉을 지내여 주사촌 들어가, 공숙창외도리개라
空悠悠　　　*金陵　　　　*酒肆村　　　　*空宿窓外桃李開

춘정을 더하는구나.
春情

◇참고: 황학루 전설과 최호(崔顥)의 '황학루(黃鶴樓)' 시

　　옛날 한 노파가 이곳에 주점을 여니, 한 선비가 늘 와서 술을 외상으로
마시고 감. 술값이 많이 밀리니 하루는 귤껍질을 꺼내 방 벽에 노란색 학을
그려주며, 노래를 부르면 이 황학이 나와 춤을 출 것이라고 함. 이후 손님
들이 술을 마시며 노래를 부르면 과연 벽의 황학이 나와 춤을 추었고, 이
소문이 나서 노파는 큰돈을 벌었음. 하루는 선비가 황학을 거두어 타고 하
늘로 올라가니 벽의 황학이 없어졌음. 노파는 번 돈으로 그 자리에 황학루
를 지었다는 고사임. 당(唐) 시인 최호(崔顥)가 이 사실을 다음과 같이 '황
학루' 시로 읊었음.

　옛사람 이미 황학 타고 떠나가니,　（昔人已乘黃鶴去; 석인이승황학거）
　이곳엔 텅 빈 황학루만 남았구려.　（此地空餘黃鶴樓; 차지공여황학루）
　한번 간 황학 다시 돌아오지 않고,　（黃鶴一去不復返; 황학일거불부반）
　흰 구름만 일천 년 유유히 떠도네.　（白雲千載空悠悠; 백운천재공유유）
　맑은 물에 한수 북산 숲들 역력하고,（晴川歷歷漢陽樹; 청천역력한양수）
　앵무주 섬에는 꽃다운 풀 무성하네.　（芳草萋萋鸚鵡洲; 방초처처앵무주）
　날 저문데 고향은 어디 메 있는고,　（日暮鄕關何處是; 일모향관하처시）
　강물 위 어린 안개 근심만 더하네.　（煙波江上使人愁; 연파강상사인수）

*落梅花(낙매화) *舞筵(무연): '낙매화'는 "매화꽃을 떨어뜨림." '무연'은 "춤
추는 자리". 기생들을 배에 싣고 노래하고 춤추는 뱃놀이 광경을, 당 시인
두보(杜甫)가 읊은 시 '성서파범주(城西陂泛舟)'에서, 제비와 관련이 있는
제6행을 풀어 쓴 것임. "제비는 발길질하여 꽃을 날려 춤추는 자리에 떨
어뜨리도다(燕蹴飛花落舞筵; 연축비화락무연)"에, 매화를 삽입해 나타냈음.
*二水(이수): 중국 남경 서남쪽의 양자강에 있는 백로주(白鷺洲) 양쪽을 흐르
는 두 물줄기. 당(唐) 시인 이백(李白)의 '등금릉봉황대(登金陵鳳凰臺)' 시
제6행에, "두 물줄기는 백로주에 의해 나뉘어 흐르구려(二水中分白鷺洲;
이수중분백로주)"라고 읊은 구절을 인용한 것임.
*鷄鳴山(계명산): 중국 안휘성의 해하(垓下)에 있는 산. 진(秦)나라 멸망 직
후의 한초전(漢楚戰) 때, 항우(項羽)가 한군(漢軍)에 의해 쫓겨 해하에 이
르러 포위당했음. 이때 장자방(張子房)이 계책을 세워 한나라 군사에게 달
밤에 항우 고향 초(楚)나라 민요인 '계명가(鷄鳴歌)'를 계속 합창하게 했음.
그리고 장자방 자신은 뒷산에 올라가 계명가에 맞추어 옥퉁소를 슬프게
부니, 항우는 패배를 자인하고 우미인을 자결케 한 다음, 탈출했다가 오강
(烏江)에 이르러 자신도 자결했음.
*張子房(장자방): 이름은 '양(良)'이며 한초전 때 유방의 책사(策師)였음.
*南屛山(남병산) *七星壇(칠성단): 남병산은 중국 강서성(江西省)에 있는
산. 제갈량이 '칠성단'을 설치해 동남풍을 빌었던 곳임.
*燕趙之間:(연조지간): 전국시대 북쪽 연(燕)나라와 조(趙)나라 경계지역.
*長城(장성): 중국이 북방 오랑캐를 막으려고 쌓은 긴 성곽인 '만리장성'.
*碣石山(갈석산): 하북성 소재의 갈석산. 중국 각지에 이 이름의 산이 있음.
*燕京(연경): 지금의 북경. 전국시대 연(燕)나라 수도여서 '연경'이라 함.
*皇極殿(황극전): 연경에 있는 정전(正殿)인 황제 집무 궁전.
*萬戶長安(만호장안): 1만호나 되는 많은 사람이 사는 수도(首都). '장안'
은 한·당(漢·唐) 시대 수도였으므로, 후대에 '나라 수도'라는 뜻으로 쓰임.
*正陽門(정양문): 정남문(正南門)이란 뜻. 북경 내성(內城)의 남쪽 정문.
*暢達門(창달문): 북경 외성(外城)의 정문. 북경의 남쪽 제일 바깥 성문임.
*東澗(동간): 북경 동편으로 흐르는 강.
*산 彌勒(미륵)이 百(백)이로다: 살아 있는 것 같은 미륵 부처가 매우 많
음. 정교하게 새긴 수많은 미륵부처가 죽 세워져 있음을 표현한 말.

낙매화를 툭 쳐 무연에 펄렁 떨어지고, 이수를 지내여 계명
*落梅花   *舞筵   *二水   *鷄鳴

산을 올라 장자방은 간 곳 없고, 남병산 올라가니 칠성단이
山   *張子房   *南屛山   *七星壇

빈 터요. 연조지간을 지내여 장성을 지내여, 갈석산을 넘어
*燕趙之間   *長城   *碣石山

연경을 들어가 황극전에 올라앉어 만호장안 구경허고, 정
*燕京   *皇極殿   *萬戶長安   *正

양문 내달아 창달문 지내, 동간을 들어가니 산 미륵이 백이
陽門   *暢達門   *東澗   *산 彌勒   百

로다.

◇참고: 이백(李白)의 '등금릉봉황대(登金陵鳳凰臺)' 시

옛날 봉황대 위에는 봉황이 놀았는데,   (鳳凰臺上鳳凰遊; 봉황대상봉황유)
봉황은 가고 누대도 비어 강물만 홀로 흐르누나.(鳳去臺空江自流; 봉거대공강자류)
꽃피었던 오나라 궁궐 황폐한 오솔길에 묻혔고, (吳宮花草埋幽徑; 오궁화초매유경)
진나라 화려한 문화 황폐한 언덕으로 변했구려. (晋代衣冠成古丘; 진대의관성고구)
세 산 푸른 하늘 밖 멀리 반쯤 아련히 보이고, (三山半落靑天外; 삼산반락청천외)
이수는 백로주를 가운데로 하여 나뉘었구려. (二水中分白鷺洲; 이수중분백로주)
온통 뜬구름에 밝은 태양 가리었으니, (總爲浮雲能蔽日; 총위부운능폐일)
임금 있는 서울 볼 수 없어 이내 근심 더하누나.(長安不見使人愁; 장안불견사인수)

*遼東 七百里(요동 칠백리): 요동지역에서 압록강까지 7백리쯤 되는 길.

*純熟(순숙): 순수하고 익숙하게. 매우 익숙하여 쉽게 처리하는 모습.

*寧古塔(영고탑) *統軍亭(통군정): '영고탑'은 청(淸)나라가 처음 건국된 만주 영안(寧安)의 뾰족한 산. '통군정'은 평안도 의주(義州)에 있는 정자. 제비 가 이미 압록강을 건넜으므로 실제 영안의 '영고탑'을 말하는 것이 아니고, 이 산처럼 가파른 의주의 산꼭대기에 있는 '통군정' 정자를 지칭함. 『영고 탑기략(寧古塔紀略)』에 의하면, '영고특(寧古特)'이라고도 하며, '영고'는 만 주어로 '여섯<6>'이란 뜻이고 '특'은 '앉다'의 뜻임. 청 태조 건국 작업 때, 아들 6명이 늘 영안의 한 뾰족하고 높은 산에 올라앉아 부친 도울 계책을 세웠기 때문에, 이 산 언덕을 '영고탑'이라 일컬었고, 뒤에 영안의 도시 이 름이 되었음. 의주의 뾰족한 산을 비유하여 '영고탑 통군정'이라 한 것임.

*안 南山(남산) *밖 南山(남산): 의주 성안의 남산과 성 밖의 남쪽 산.

*石壁江(석벽강): 의주와 용천(龍川) 고을 사이에 있는 강.

*龍川江(용천강): 평안도 용천 고을에 있는 강으로 경치가 아름다움.

*左右嶺(좌우령): 왼쪽과 오른쪽에 있는 높은 산 고개.

*부산 擺撥(파발): 매우 바쁜 파발꾼. '부산'은 '부산하게 바삐 움직이는' 의 뜻. '파발'은 관아 공문을 급히 보내기 위해 설치한 역참(驛站) 군졸.

*換馬(환마)고개: 파발꾼들이 말을 바꾸어 타던 고개. 각 지방 역참(驛站) 에는 파발마(擺撥馬)와 파발꾼을 두었었고, 평안도 위원군(渭原郡)에 파발 령(擺撥嶺) 고개가 있어 여기서 말을 바꾸어 탔음.

*江東(강동)다리: 평안도 강동군(江東郡)의 대동강 중류에 있는 다리.

*練光亭(연광정): 평양 대동강 가에 있는 경치가 아름다운 정자.

*浮碧樓(부벽루): 평양 대동강 가에 있는 경치가 아름다운 누각.

*長林(장림): 남쪽에서 평양 대동강으로 들어가는 입구에 있는 긴 숲.

*松都(송도): 고려의 도읍지 개성(開城)의 옛 이름.

*滿月臺(만월대): 개성의 옛날 고려 왕궁 터. 고려왕궁 계단 위를 지칭했음.

*觀德亭(관덕정): 개성에 있는 정자이름.

*朴淵瀑布(박연폭포): 경기도 개풍군(開豊郡) 천마산 기슭에 있는 폭포.

*時刻(시각): 시간의 한 순간. 짧은 시간.

*三角山(삼각산): 서울 북쪽의 나라를 지키는 진산(鎭山)인 북한산(北漢山).

*地勢(지세): 땅이 생긴 형세.

요동 칠백 리를 순숙히 지내여, 압록강을 건너 의주를
*遼東 七百 里 *純熟 鴨綠江 義州

다달아 영고탑 통군정 올라 앉어 사면을 둘러보고, 안 남산
*寧古塔 *統軍亭 四面* 안 南山

밖 남산 석벽강 용천강 좌우령을 넘어, 부산 파발 환마고개
*밖 南山 *石壁江 *龍川江 *左右嶺 *부산 *擺撥 *換馬고개

강동다리 건너, 평양은 연광정 부벽루를 구경허고, 대동강
*江東다리 平壤 *練光亭 *浮碧樓 大同江

장림을 지내, 송도로 들어가 만월대 관덕정 박연폭포를 구
*長林 *松都 *滿月臺 *觀德亭 *朴淵瀑布

경허고, 임진강을 시각에 건너, 삼각산에 올라가 앉어 지세
臨津江 *時刻 *三角山 *地勢

를 살펴보니,

◇**삼각산**(三角山): 북한산(北漢山)으로 백운대(白雲臺) 국망봉(國望峰) 인수봉(仁壽峰) 등 세 봉우리가 삼각형을 이루고 있어 '산각산'이라 불림. 북한산성(北漢山城) 성곽이 있으며 성문 13개가 달려 있음. 성 안에는 행궁(行宮)과 문수봉(文殊峰)의 석굴(石窟), 순수비(巡狩碑) 등 고적이 있음.

◇참고: 북한산 산맥도

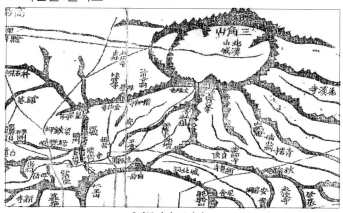

[대동여지도(김정호, 1861) 국립중앙도서관 장]

*天龍(천룡): "북두칠성과 직녀성 사이에 뱀처럼 길게 벋은 별자리"를 의미하는 말로서, 기본 바탕에서 뻗어 내려온 산줄기를 비기어 지칭함. 풍수지리설에서, "상대(上代)의 조상 묘에서 아래로 흘러 내려오는 중심산줄기"를 '내룡(來龍)'이라 함. 서로 같은 의미로 사용하는 용어임.

*大元脈(대원맥): 으뜸을 이루는 큰 산맥의 줄기.

*中嶺(중령): 으뜸 산맥에서 뻗어 내려온 중간 봉우리.

*흘리쳐: 흘러내려 뻗어 굽이쳐 내림.

*金華(금화): 북악산에서 양쪽으로 갈라진 봉우리 중, 서쪽으로 뻗어진 인왕산(仁王山) 쪽을 말함. '서쪽' 상징의 산이 '화산(華山)'임.

*金仙(금선): 원문에 '금성'으로 표기되었으나 신선(神仙)을 의미하는 '금선(金仙)'임. 도성을 둘러싼 산맥 중 동쪽 산줄기인 '타락산(駝酪山)'을 지칭함. 서울 동북쪽 혜화문 밖에 '삼선평(三仙坪)'이 있고, 타락산 뒤에 '옥녀봉(玉女峰)'이 있어서 세 신선이 내려와 옥녀와 놀았다는 전설이 전해짐.

*分開(분개): 나뉘어서 양쪽으로 벌어짐.

*春塘(춘당): 도성 안 지도에서, 백악(白岳)을 중심으로 서쪽 인왕산과 동쪽 타락산으로 둘러싸인 안에, 동남 편으로 창덕궁과 비원 및 창경궁이 모여 있는 산줄기를 뜻함. 곧 현재 창경궁 안 '춘당대(春塘臺)' 지역임.

*迎春(영춘): 서울 도성 안 서쪽 지역 백악(白嶽) 남쪽으로 뻗어 내려온 산줄기임. 현재 경복궁이 길게 자리 잡고 있는 지역으로, 백악에서 민민한 산등성을 이루어 흘러 내려온 산줄기임. 지금은 많은 궁궐 건물이 자리 잡고 있어서 산등성이 같은 느낌이 안 들지만, 양쪽의 냇물 줄기로 보아 제법 높았던 산줄기로 추정됨.

*道峰(도봉): 서울 북동쪽에 있는 도봉산.

*望月臺(망월대): 경기도 광주(廣州) 서쪽 10리 몽촌(夢村)에 있는 망월산.

*文物(문물): 인간이 사는 문화 발전과 풍부한 물산(物産)들.

*彬彬(빈빈): 번성하여 빛나고 아름다움.

*風俗熙熙(희희): 사람들이 살아가는 습관과 버릇이 조화롭게 아름답고 빛남.

*萬萬世之金湯(만만세지금탕): 1만년이나 오래도록 계승될 튼튼한 성곽의 방비. '금탕'은 금성탕지(金城湯池)의 준말로, '쇠로 된 것처럼 튼튼한 성곽과 성곽 주변에 끓는 물로 채워진 것 같이 깊고 넓은 해자(垓字)'가 있어, 적의 침범이 불가능한 요새지역이란 뜻.

천룡의 대원맥이   중령으로 흘리쳐   금화 금성 분개허고,
*天龍   *大元脈   *中嶺   *흘리쳐   *金華 *金仙 *分開

춘당 영춘이 회돌아 도봉 망월대 솟아있고, 삼각산이 생겼
*春塘 *迎春   *道峰 *望月臺   三角山

구나. 문물이 빈빈허고 풍속이 희희하야 만만세지금탕이라.
*文物   *彬彬   *風俗   熙熙   *萬萬世之金湯

◇참고: 한성부내도(漢城府內圖)

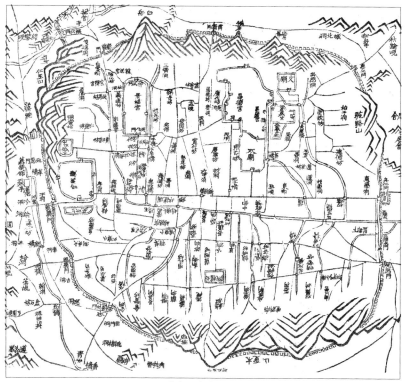

[대동여지도(김정호, 1861), 국립중앙도서관 장]

*얼 품: 서로 연결되어 어우러진 사이.

*居中(거중): '居之中天(중천에 자리잡음)'의 준 말. 곧 높지 않은 공중.

*七牌 八牌(칠패 팔패): 서울 남대문 밖 북편에 있던 마을 이름. 어영청 주변 7번 8번째 구역이란 뜻. 지금 칠패길 옆에 칠패 장터 표시가 있음.

*배다리: 물이 많은 내에 교각 대신 배를 띄워 통나무를 걸쳐 건너가게 만든 다리로 '주교(舟橋)'라고도 함. 전국 여러 곳에 배다리가 있었으며, 청파(靑坡)로 건너가는 배다리이므로 '청파배다리'라고 했음.

*애고개: 서울 남대문에서 내려가 이태원으로 넘어가는 고개.

*洞雀江(동작강) *越江(월강): 한강 동작강의 나루에서 강을 건너 감.

*僧房(승방): 서울 사당동 남쪽의 마을. 지금 '승방길' 도로가 있음.

*南太嶺(남태령): 사당동 남쪽에서 과천(果川)으로 넘어가는 고개.

*쪽지: 날개 죽지. 날개가 몸통에 붙은 부분. 빨리 날 때 날개를 몸에 붙임.

*제비 말로 운다: 제비 울음소리를 한자말로 표현한다고 생각하여 표현했음.

*知之知之(지지지지) *主之主之(주지주지): "알고 압니다. 주인님 주인님!" 하고 지저귄다고 생각했음. <'之'자는 뜻 없이 넣은 것임>.

*去之年之(거지연지) *又之拜(우지배): 지난해 왔었는데, 또 와서 인사드림.

*落之脚之(낙지각지) *折之連之(절지연지); 땅에 떨어져서 다리가 부러진 것을 연결해 주셨지요.

*恩之德(은지덕) *酬之次(수지차): 은혜 입은 큰 덕, 갚으려 하는 길입니다.

*唧之匏之(함지포지) *來之拜(내지배): 박씨를 입에 물고, 와서 절 올립니다.

*堂上堂下 飛去飛來(당상당하 비거비래): 집 위로 집 아래로 날아갔다 날아왔다 하는 모습.

◇참고: 칠패시장(七牌市場)터 표시

[서울중구봉래동1가, 칠패 길 북변 소재]

경상도는 함양이요 전라도는 운봉이라, 운봉 함양 두 얼 품
慶尙道　　　咸陽　　　全羅道　　　雲峰　　　雲峰 咸陽　　*얼 품

에 흥보가 사는 지라. 저 제비 거동을 보아! 박씨를 입에
　　　　　　　　　　　　　　　舉動

물고 거중에 둥실 높이 떠, 남대문 밖 썩 내달아 칠패 팔패
　　*居中　　　　　　　　南大門　　　　　*七牌　八牌

배다리 지내, 애고개를 얼른 넘어 동작강 월강, 승방을 지
*배다리　　*애고개　　　　　*洞雀江 *越江 *僧坊

내여 남타령 고개 넘어, 두 쪽지 옆에 끼고 거중에 둥둥 높
　　*南太嶺　　　　　*쪽지　　　　　居中

이 떠 흥보 집을 당도, 안으로 필펄 날아들어 들보 위에
　　　　　　當到

올라 앉어 제비 말로 운다. 지지지지 주지주지, 거지연지
　　　*제비 말로 운다 *知之知之　*主之主之　*去之年之

우지배요, 낙지각지 절지연지, 은지덕 수지차로 함지포지
*又之拜　　*落之脚之 *折之連之 *恩之德 *酬之次　*啣之飽之

내지배요, 빼애 드드드드드드득. 흥보가 보고서 좋아라, "반
*來之拜

갑다 내 제비, 어디를 갔다가 이제와?" 당상당하 비거비래,
　　　　　　　　　　　　　　*堂上堂下　飛去飛來

◇참고: 남대문 밖 모습 〔대동여지도〕

1. 배다리<舟橋: 주교>에 청파(靑坡)가 병기되어 있음.
2. 순동(巡洞)지역에 도성 지키는 순청(巡廳)이 있었음.

*翩翩(편편)이 노는 擧動(거동): 즐겁게 펄펄 날고 있는 행동의 모습.

*北海 黑龍(북해 흑룡): 북쪽 바다에 사는 흑색 용.

*如意珠(여의주): 용이 물고 있는 구슬로, 이것을 가지면 사람이 원하는 것을 마음대로 얻을 수 있다고 믿어왔음.

*彩雲間(채운간): 아름다운 무늬가 있는 구름 사이. 보통 용이나 신선이 날아다닐 때 따르는 구름임.

*丹山 鳳凰(단산 봉황) *竹實(죽실) *梧桐(오동): 붉은 색 물인 단수(丹水)가 흐르는 '단산'에는 금(金)과 옥(玉)이 많고, '봉황'이라는 신령스러운 새가 산다고 함. 봉황의 모습은 닭과 비슷하고 5색 무늬가 있으며 수컷을 봉, 암컷을 황이라 함. 봉황은 '오동'나무에만 깃들이며 대나무열매인 '죽실'만 먹음. 그래서 봉황은 기불탁속(飢不啄粟; 배가 고파도 곡식을 쪼아 먹지 않음)이라는 숙어로 일컬어지고 있음.

*芝谷靑鶴(지곡청학): 지초가 자라는 상서로운 산골짜기에서 노는 청초한 학. '청학'은 푸른색의 학이 아니고 '청초(淸楚)하고 아름다운 학'이란 의미임.

*松柏間(송백간): 소나무와 잣나무 숲 사이.

*折骨兩脚(절골양각): 뼈가 부러졌던 두 다리.

*怪(괴)히 여겨: 괴상하게 여기어. 괴이(怪異)하게 생각했다는 말.

*五色 唐絲(오색 당사): 고급의 아름다운 색채인 실. 다섯 가지 색깔의 명주실로 꼬아 만든 아름답고 고운 색실.

*어찌 아니가 내 제비: 어찌 내 제비가 아니냐? 내 제비임을 강조한 표현.

*報恩(보은)표 박씨: 은혜 갚는다는 표시가 있는 박의 씨앗. '보은표'는 '은혜 갚는 박'이란 뜻으로 '보은표(報恩瓢)'로 나타내기도 함.

*兩主(양주): 두 주인, 곧 가정의 주인인 부부를 뜻함.

*白雲間(백운간): 옅게 깔린 흰 구름 사이.

*蓮實(연실): 연꽃이 진 다음에 맺히는 씨앗.

*열렸것다: '열렸다'를 엄숙한 고체(古體)로 표현한 말.

*가난打令(타령): '타령'은 광대가 부르는 노래의 총칭. 원래의 뜻에서 발전하여, 어떤 사물이나 사정을 계속 이야기하거나 뇌까리는 것을 일컬음. '가난타령'은 가난을 계속 노래하듯 한탄한다는 뜻임.

*怨讐(원수) 년: '년'은 여자를 멸시하거나 낮추는 말. 흥보 부인이 가난한 자기 운명을 원수처럼 밉다고 하여 자신을 낮추어 표현한 말임.

편편이 노는 거동은 무엇을 같다고 이르랴? 북해 혹룡이
*翩翩　　　　　　　舉動　　　　　　　　　　　　　　　　　*北海　黑龍

여의주를 물고 채운간으로 넘논 듯, 단산봉황이 족실을
*如意珠　　　　*彩雲間　　　　　　　　*丹山鳳凰　　*竹實

물고 오동 속으로 넘논 듯, 지곡청학이 난초를 물고
　　　*梧桐　　　　　　　　　　*芝谷靑鶴　　蘭草

송백간으로 넘논 듯, 방으로 펄펄 날아들 제, 흥보가 보고
*松柏間　　　　　　　房

괴히 여겨 찬찬히 살펴보니, 절골양각이 완연 오색당사로
*怪히 여겨　　　　　　　　　*折骨兩脚　　宛然 *五色唐絲

감은 흔적이 아리롱 아리롱 하니, 어찌 아니가 내 제비. 저
　　　痕迹

제비 거동을 보아! 보은표 박씨를 입에다 물고 이리저리
舉動　　　　　*報恩표　박씨

넘놀다 흥보 양주 앉은 앞에 뚝 때그르르르르 떨쳐놓고 백
　　　　*兩主　　　　　　　　　　　　　　　　　　　*白

운간으로 날아간다.
雲間

<아니리>　　흥보 마누라가 박씨를 주워들고, "여보 영감,
　　　　　　　　　　　　　　　　　　　　　　　　　　令監

제비가 연실을 물고 왔소." 흥보가 보더니 "그게 연실이
　　　*蓮實　　　　　　　　　　　　　　　　　蓮實

아니라 박씨로세." 동편 처마 끝에 심었더니, 수십일 만에
　　　　　　　　東便　　　　　　　　　　　　數十日

박 세 통이 열렸것다. 팔월 추석은 당하고 먹을 것이 없어,
　　　　*열렸것다　八月　秋夕　當

흥보 마누라는 어린 자식들을 데리고 가난타령으로 우는디.
　　　　　　　　　子息　　　　　　*가난打令

<중모리> "가난이야 가난이야 원수 년의 가난이야. 복이라
　　　　　　　　　　　　　　*怨讐 년　　　　　　　福

*北斗七星(북두칠성): 북극성에서 약 30도 위치에 있으며, 7개의 별이 국자 모양을 이루었다고 하여 두(斗: 국자 모양인 자루 달린 그릇)라 함. 국자 자루 모양의 반대쪽 제일 끝별이 중심별로 '천추(天樞)'임. 이 천추를 중심으로 나머지 6개의 별들이 하루에 360도 회전함. 북두칠성은 음양(陰陽)의 근본이며 4방위와 4계절, 및 오행(五行)을 조절한다고 믿었음. 또 북쪽 하늘의 중심에 있어서 민간에서는 인간의 길흉화복(吉凶禍福)과 운명을 관장하는 신성(神聖)으로 여겨 복을 빌고 받들었음.

*三神帝王(삼신제왕): '삼신'은 아기를 낳도록 점지해주는 세 신령으로, 높여 받들어서 '삼신제왕' '삼신상제(三神上帝)'라고 일컬음.

*집자리으 떨어질 적: 아기를 해산(解産)할 때 '태어나는 아이가 집 방안의 자리에 최초로 닿는 순간'이란 뜻. 운명론에서 이 최초 착지(着地) 시각의 연월일시(年月日時) 간지(干支) 여덟 글자를 조합해 운명을 점친 결과를 '팔자(八字)'라 함. 이 팔자에 의한 가난이냐고 한탄한 것임.

*命(명): 목숨, 곧 사람이 사는 기간인 수명을 말함.

*壽福(수복): 사람이 사는 수명과, 누리는 행복을 합쳐 일컫는 말.

*點指(점지): 원래의 뜻은 "신령스러운 부처님이 아이를 낳게 지정해주는 것"을 말하는데, 일반적으로 신령이 사람에게 수명이나 복록을 지정하여 결정해 주는 뜻으로 사용함.

*身世(신세): 한 몸의 처지. 흔히 가난하거나 외롭거나 가련하게 된 상태.

*퍼버리고 앉아서: 두 다리를 죽 뻗고 힘없이 가엾게 앉아있는 모습.

*박속은 끓여먹고: 박은 성숙하기 전에는 통째 그대로 썰어 나물로 만들어 먹을 수 있지만, 다 성숙하면 반으로 타던지(쪼개던지) 또는 구멍을 뚫어 하얀 박속을 긁어내어 씨 부분을 버리고 삶아 나물로 만들어 먹음. 그리고 껍질부분은 살짝 삶아 말려 바가지를 만들어 그릇으로 사용함.

*于先(우선): 맨 먼저.

*시르르르렁 실건: 톱으로 박을 켜 쪼갤 때 나는 톱 소리.

*당거주소: '당기어주소'의 방언. 옛날 톱은 양쪽에서 잡고 한쪽에서는 밀고 한쪽에서는 당기고 하여 작업을 했음.

*抱恨(포한): 원한을 가슴 속에 품음.

*맞소: 앞소리에 맞추어 상대가 되게 뒷소리를 맞아 소리해달라는 뜻.

허는 것은 어찌허며는 잘 타는고? 북두칠성님이 복 마련을
　　　　　　　　　　　*北斗七星　　　　福

하시는가? 삼신제왕님이 집자리으 떨어질 적에 명과 수복
　　　　*三神帝王　　　*집자리으　떨어질 적　　*命 *壽福

을 점지허느냐? 몹쓸 년의 팔자로다. 이년의 신세는 어이
　*點指　　　　　　　　八字　　　　　　*身世

허여 이 지경이 웬 일이란 말이냐?” 퍼버리고 앉아서 설
　　　　地境　　　　　　　　　　*퍼버리고 앉아서

리 운다.

2. 흥보 박타기(1)—쌀, 돈 출현

<아니리> 흥보가 들어오며, “여보 마누라, 그리 울지만 말

고 저 지붕 위에 있는 박을 따다가 박속은 끓여먹고, 바가
　　　　　　　　　　　　　　　　*박속은 끓여먹고

지는 부잣집에 팔아다가 어린 자식들을 살리면 될 것이 아
　　　　富者　　　　　　　　　　　子息

니요.” 흥보가 박 세 통을 따다 놓고, 우선 먼저 한 통을
　　　　　　　　　　　　　　　　　*于先

타는디.

<진양조> “시르르르렁 실건 당거주소. 헤이여어루 당거
　　　　　*시르르르렁 실건 *당거주소

주소. 이 박을 타거들랑은 아무 것도 나오지를 말고 밥 한

통만 나오너라. 평생의 포한이로구나. 헤이여루 당기어라
　　　　　　　平生　　*抱恨

톱질이야. 여보게 마누라, 톱 소리를 어서 맞소.”“톱 소리
　　　　　　　　　　　　　　　　　*맞소

를 내가 맞자고 허니 배가 고파서 못 맞겠소.”“배가 정

*박속을랑: 박의 속은. 강조하는 표현임.

*保命(보명): 죽지 않고 목숨을 보전함.

*江上(강상): 강물 위. / *지가: '제가'의 방언. 자기 자신이.

*톡 케: '톡'은 박이 벌어지면서 나는 소리. '케'는 '켜'의 방언. 톱으로 잘라 쪼개는 상황을 말함. 곧, 톡 소리가 나면서 박이 벌어지는 모습.

*횡: 아무 것도 없이 텅 빈 상태를 나타내는 말.

*無福者(무복자) *鷄卵有骨(계란유골): "복 없는 사람은 달걀 속에도 뼈가 있다"는 속담. 복 없는 사람은 모처럼 달걀을 얻었는데도 그 달걀이 모두 썩어 굳어 못 먹게 되었다는 이야기로, 조선 초기 학자 서거정(徐居正)이 엮은 설화집『태평한화골계전(太平閑話滑稽傳)』에 실려 있는 설화임.

　　조선 초기 강용(姜日用)이 너무 가난해 임금이 구제해 주려고 어느 하루를 지정해, "도성 4대문으로 들어오는 모든 물자를 강일용에게 주라" 하고 명령했음. 그런데 그날은 새벽부터 큰비가 내려 종일 아무 물자도 들어오지 않다가, 해질 무렵에 계란 몇 꾸러미가 들어와서 강일용에게 주었더니, 그 계란이 모두 썩어 속이 굳어 먹을 수 없었다는 이야기임.

*祖上櫃(조상궤): 옛날 풍습에, 집안에 가묘(家廟)가 없는 서민의 경우는, 조상의 영혼을 안방구석 높은 곳에 모셔놓고 집안에 무슨 일이 있을 때마다 거기에 빌었음. 이때 그 조상 영혼의 상징으로 항아리나 상자에 쌀을 담아 뚜껑을 덮어 모셨는데, 이를 '조상단지' 또는 '조상궤'라 했음.

◇참고: 북두칠성 신령(神靈)

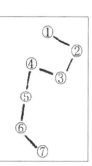

① 천추(天樞), 천(天)상징, 양덕(陽德: 혜택)을 맡음.
② 선(璇), 지(地)상징, 음형(陰刑: 형벌)을 맡음.
③ 기(璣), 인(人)상징, 장해(狀害; 죽임)를 맡음.
④ 권(權), 시(時)상징, 벌무도(伐無道: 불법 처벌)를 맡음.
⑤ 형(衡), 음(音)상징, 주살(誅殺: 악인 죽임)을 맡음.
⑥ 개앙(開陽), 율(律)상징, 오곡(五穀: 곡식 자람)을 맡음.
⑦ 요광(搖光), 성(星)상징, 전쟁(戰爭: 서로 다툼)을 맡음.

고프거들랑은 허리띠를 졸라를 매소. 헤이여루 당거주소."

작은 자식은 저리 가고 큰 자식은 내한테로 오너라. 우리가
　　　　　子息　　　　　　　　　　子息

이 박을 타서 박속을랑 끓여먹고 바가지일랑은 부잣집에다
　　　　　*박속을랑　　　　　　　　　　　　　富者

가 팔어다가 목숨 보명 살아나세, 당거주소. 강상의 떴난
　　　　　　　*保命　　　　　　　　　　　*江上

배가 수천 석을 지가 실고 간들, 저회만 좋았지 내 박 한
　　　數千 石　　*지가

통을 당헐 수가 있느냐? 시르르르렁 실건 시르르르르렁
　　當

실건, 시르렁 실건 당기어라 톱질이야.

<휘모리>　　시르렁 시르렁 시르렁, 시르렁 시르렁 시르렁,

식삭 톡 케.
　　*톡 케

<아니리> 딱 쪼개노니 박속이 휑, 무복자는 계란에도 유골
　　　　　　　　　　　　*휑 *無福者　　*鷄卵　　　　有骨

이라더니, 박속은 어느 도적놈이 다 가져가고, 난데없는 웬
　　　　　　　　　　盜賊

조상궤를 갖다 놨네요.　흥보 마누라가 "여보 영감, 한번
*祖上櫃　　　　　　　　　　　　　　　　令監

열어나 봅시다." "글세, 이걸 열어 봐서 좋은 것이 나오면은

좋지마는, 궂은 것이 나오면 어떡허제?" "하여튼 한번 열

어나 봅시다."　흥보가 자기 마누라 말을 듣고 열고 보니

쌀이 하나 수북, 또 한 궤를 열고 보니 돈이 하나 가득,
　　　　　　　　　　　　櫃

*비어 떨어: 비우고 떨어내어. 곧 상자에 든 돈과 쌀을 비워서 떨어내어 아무 것도 남아 있지 않게 함.

*一萬 九萬 石(일만 구만 석): 일만 섬에서 구만 섬까지 매우 많다는 뜻. '석'은 들이의 단위로 10말을 1석이라 함.

*보릿대춤: 손을 올렸다 내렸다 하며 아무렇게나 추는 춤. 보릿대로 춤추는 것 같이 만들어 놀이하던 것에서 유래함. 크고 작은 보릿대 두 토막을 잘라, 칼로 오린 구멍에 벌어진 두 날개를 꿰어, 오르내리게 하면 날개가 움직이는 모습이 두 팔을 벌리고 춤추는 것 같이 보이는 놀이임.

*꿰: 쾌. 엽전 열 꿰미, 곧 10냥 묶음을 말함. 엽전 1백 개를 끈에 꿰어 묶은 것을 한 '꿰미'라고 하며 1냥(兩)임. 그리고 10꿰미를 묶은 10냥 덩이가 1쾌임. 또한 명태 20마리를 한 꼬챙이에 꿴 것도 한 쾌라 함.

◇참고: 보릿대 춤 만들기

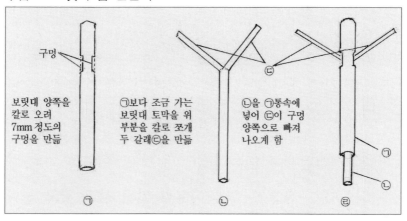

○완성된 ㉣에서 ㉠을 잡고, ㉡을 올렸다 내렸다 하면 위쪽 두 날개 ㉢이 오르내리면서 두 팔을 벌리고 상하로 저으며 춤추는 것 같이 움직임.

흥보가 좋아라고 돈과 쌀을 한번 비어 떨어 보는디.
*비어 떨어

<휘모리> 흥보가 좋아라고, 흥보가 좋아라고, 궤 두 짝을
櫃
떨어 붓고 나면 도로 하나 수북, 톡톡 털고 돌아섰다 돌아
보면 도로 하나 가득허고, 돌아섰다 돌아보면 도로 하나 가
득허고, 돌아섰다 돌아보면 도로 하나 가득, 돌아섰다 돌아
보면 도로 하나 가득. "아이고 좋아 죽겄다. 일년 삼백
一年 三百
육십일을 그저 꾸역꾸역 나오너라.
六十日

<아니리> 어찌 털어 부어 놨던지 쌀이 일만 구만 석이요.
*一萬 九萬 石
돈이 일만 구만 냥이라. 흥보가 좋아라고, "여보 마누라,
一萬 九萬 兩
돈과 쌀을 이렇게 놓고 보니 밥을 안 먹어도 배가 저절로
부르오 그려. 우리 춤이나 한번 추어봅시다.""나는 춤을 출
줄 알아야지오.""보릿대춤이라도 한번 추어봅시다." 흥보가
*보릿대춤
돈 한 퀘를 들고 노난디.
*퀘

<중중모리> "얼씨구나 절씨구, 얼씨구나 절씨구, 돈 봐
라, 돈 봐라. 잘난 사람도 못난 돈, 못난 사람도 잘난 돈,

*孟嘗君(맹상군): 중국 전국시대 제(齊) 사람 전문(田文). 각지 불량배들을 수용해 식객(食客)이 수천 명에 달했음. 세력이 큰 진(秦) 소왕(昭王)이 그를 초빙해 구금하고 죽이려 할 때, 식객들의 여러 재능으로 탈출해 밤새 수레를 달려 탈출에 성공했음. 이렇게 빨리 잘 달린 둥글고 튼튼한 그의 수레바퀴처럼, 모양도 둥글고 유통되어 회전하는 돈을 연관시켜 표현했음.

*生殺之權(생살지권): 사람을 살리고 죽이고 하는 권한.

*富貴功名(부귀공명): 돈 많은 부자와 존귀한 지위에 오르며, 공을 세워서 명성을 날리고 영광을 차지함.

*慶事(경사): 축하할 좋은 일. / *藉勢(자세): 세력을 믿고 잘난 체 뽐냄.

*恨(한): 마음속에 맺힌 원한.

*門前乞食(문전걸식): 남의 집 대문을 돌며 밥을 빌어먹음.

*可憐(가련): 가엾고 안타까운 신세.

*饑民(기민)을 줄란다: '기민'은 굶주리는 백성. '기민 먹이다' '기민 주다'라고 하면, "굶주리는 백성에게 관아나 개인이 곡식을 거저 나누어주는 일"이란 뜻임. '줄란다'는 '주려고 한다'의 방언.

◇옛날 중국 수레의 바퀴 모양

맹상군의 수레바퀴처럼 둥글둥글 생긴 돈, 생살지권을 가
*孟嘗君   *生殺之權

진 돈, 부귀공명이 붙은 돈, 이놈의 돈아, 아나 돈아, 어디
      *富貴功名

갔다 이제 오느냐? 얼씨구나 절씨구. 여보아라 큰자식아,
                                              子息

건넌 마을 건너가서 너의 백부님을 오시래라. 경사를 보아
                  伯父   *慶事

도 우리 형제 보자. 얼씨구, 절씨구 절씨구. 여보시오
      兄弟

여러분들, 나의 한 말 들어보소. 부자라고 자세를 말고 가
                            富者   *藉勢

난타고 한을 마소. 엊그저께까지 박흥보가 문전걸식을 일
      *恨   *門前乞食

삼더니, 오늘날 부자가 되었으니 이런 경사가 어디가
            富者   慶事

있느냐? 얼씨구나 절씨구, 불쌍허고 가련한 사람들 박흥보
                        *可憐

를 찾아오소. 나도 오늘부턴 기민을 줄란다. 얼씨구나
                        *饑民을 줄란다

절씨구, 얼씨구 좋구나 지화자 좋네, 어허! 얼씨구 절씨구.

3. 흥보 박타기(2)—온갖 비단 출현

<아니리> 한참 이렇게 놀더니, "여보 마누라, 이 박통 속
에서는 쌀과 돈이 많이 나왔으니, 저 박을 또 한 번 타 봅
시다. 그 박통 속에서는 무엇이 나오나 보게." 흥보가 또
한 통을 갖다 놓고 타는디.

*銀金寶貨(은금보화): 은과 황금 같은 보배로운 재물.

*嚴冬雪寒(엄동설한): 매우 추운 눈바람 치는 겨울철.

*驅迫(구박): 협박하여 몰아서 내쫓음.

*槨(곽): 본래의 뜻은, 판자로 된 관(棺) 밖에 흙과 닿는 부분에 크고 둥근 통나무를 반으로 켠 조각으로 관 사방을 둘러싸, 관에 흙이 직접 닿지 않게 하는 외곽(外槨)을 뜻함. 그러나 일반적으로 '시체를 넣은 관(棺)'의 뜻으로, 관과 곽을 혼용하고 있음.

*계집: 보통은 여자를 낮추어 일컫는 말이나, 여기서는 '아내'라는 뜻임.

*上下衣服(상하의복): 아래의 바지와 위의 저고리. 곧 사람이 입는 옷.

*一身手足(일신수족): 몸뚱이에 연결되어 있는 팔과 다리.

  ※<계집은 상하의복……> 이 대목은 『명심보감(明心寶鑑)』의, "형제는 수족이 되고 부부는 의복이 되느니, 의복은 못 입게 되면 다시 새 옷을 얻을 수 있지만, 수족이 끊어진 곳은 연결하기가 어려우니라(莊子曰 兄弟爲手足 夫婦爲衣服 衣服破時 更得新 手足斷處 難可續)."라는 대목을 우리말로 풀어서 인용한 것임.

*톡 케: '톡'은 박이 벌어지면서 나는 소리. '케'는 '켜'의 방언. 톱으로 잘라 쪼개는 것을 뜻함. 곧, 톡 소리가 나면서 박이 켜져 벌어지는 모습.

*왼갖: '온갖'의 방언. 각종 여러 가지라는 뜻.

◇참고: 옛날 톱 모습

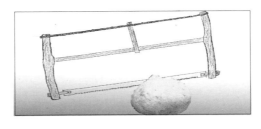

<진양조>　　　"시르렁 시르렁 당거주소. 헤이어루 당기여라

톱질이야,　이 박을 타거들랑은 아무 것도 나오지를 말고

은금 보화만 나오너라. 은금 보화가 나오게 되면　형님 갖
　*銀金 寶貨　　　　　　　　銀金 寶貨　　　　　　　兄

다가 드릴란다." 흥보 마누래 기가 막혀, "나는나는 안 탈라
　　　　　　　　　　　　　　　　氣

요. 여보 영감! 형제간이라 잊었소? 엄동설한 추운 날에
　　　令監　兄弟間　　　　　　　*嚴冬雪寒

구박을 당허며 나오던 일은　곽 속에 들어도 못 잊겠소."
*驅迫　當　　　　　　　　　*槨

흥보가 화를 내며 "갑갑허구나 이 사람아, 계집은 상하의복
　　　　　　　　　　　　　　　　*계집　*上下衣服

과 같고 형제는 일신수족이라. 의복은 떨어지면 해 입기가
　　　兄弟　*一身手足　　衣服

쉽거니와,　형제 일신수족은 아차 한번 뚝 떨어지면 다시
　　　　　兄弟　一身手足

잇지는 못 허는 법이라. 시르르렁 실건, 시르렁 실건, 시르
　　　　　　法

렁 시르렁 실건, 당기여라 톱질이야."

<휘모리>　시르렁 시르렁 시르렁,　시르렁 시르렁 시르렁

식싹 톡 케.
　*톡 케

<아니리>　딱 쪼개노니, 이 박통 속에서는 왼갖 비단이
　　　　　　　　　　　　　　*왼갖 *緋緞

나오던 것이었다.

*遙看扶桑 三百尺(요간부상 삼백척): 동해의 '해 뜨는 나무'인 '부상(扶桑)'
 을 멀리 바라보니 삼백 척이로구나. 옛날은 아침 해가 동해의 '부상'에
 서 떠서, 저녁때 서쪽의 '함지(咸池)'란 연못으로 들어간다고 생각했음.
*번 떴다: 해가 번듯이 높이 떠올라 햇빛이 밝게 비치는 같이 빛남의 뜻.
*日光緞(일광단): 동해에 떠오르는 햇빛처럼 아름답게 번쩍이는 비단.
*姑蘇臺(고소대): 중국 강소성 고소산(姑蘇山) 위의 누대(樓臺). 춘추시대 오
 (吳)왕 부차(夫差)가 월왕(越王) 구천(句踐)이 바친 미인 서시(西施)와 즐기
 기 위해, 고소산 위에 지은 크고 화려한 누각과 돈대.
*岳陽樓(악양루): 중국 호남성 악양현 서쪽 성문 문루(門樓) 건물. 정면의 동
 정호(洞庭湖) 경치가 아름다워 크게 이름난 곳임.
*赤城(적성): 중국 사천성에 있는 산. 남쪽으로 아미산(峨眉山)에 접해 있
 고 산 위에 임고대(臨高臺)가 있어서 햇빛과 달빛이 매우 아름다움. 당(唐)
 시인 왕발(王勃)의 '임고대' 시에, "적성의 아침 햇빛 비치니(赤城映朝日:
 적성영조일)"라고, 아침 햇빛의 아름다움을 읊었음.
*峨眉(아미): 중국 사천성에 있는 산. 당 시인 이백(李白)이 이 산에 올라
 지은 '아미산월가(峨眉山月歌)'에, "아미산의 반달 둥실 솟은 가을에(峨眉
 山月半輪秋: 아미산월반륜추)라고 달빛의 아름다움을 읊고 있음.
*月光緞(월광단): 위에 인용한 고소대·악양루·적성산·아미산 네 산을 비추는
 아름다운 달빛처럼, 은은하고 고운 빛깔의 비단.
*西王母(서왕모): 중국 곤륜산(崑崙山)에 살고 있는 여자신선.
*瑤池宴 進上 天桃紋(요지연 진상 천도문): 요지연 잔치에서 황제께 바쳤던
 천도복숭아 무늬 비단. 서왕모가 곤륜산 '요지' 연못에서 주(周) 목왕(穆王)
 에게 잔치를 베풀었음. 그러나 이때 '천도'를 바치지 않았으며, 뒤에 서왕
 모가 한(漢) 무제(武帝)를 방문해 천도를 대접한 사실을 혼합 결부했음.
*天下九州(천하구주) *地圖紋(지도문): 옛날 중국은 전국이 9주로 되어 있
 었으며, 그 9주의 모든 지역을 그린 지도 무늬가 새겨진 비단이란 뜻.
*登泰山小天下(등태산소천하) *孔夫子(공부자) *大緞(대단): "태산에 올라보
 니 중국 천하가 작다"라고 말한 공자의 큰 포부 같이 좋은 비단인 '대단'.
 '대단'은 중국에서 생산되는 질 좋은 비단이며 한단(漢緞)이라고도 함.
*南陽草堂(남양초당) *景(경) *臥龍緞(와룡단): 중국 삼국 때 유비(劉備) 책
 사(策士) 제갈량(諸葛亮)의 초당 경치 같은 아름다운 용무늬 비단.

＜중중모리＞　　왼갖 비단이 나온다. 왼갖 비단이 나온다.
　　　　　　　　緋緞　　　　　　　　　　　緋緞

요간부상어 삼백 척,　번 떴다 일광단,　고소대 악양루으
*遙看扶桑　三百 尺　*번 떴다 *日光緞　*姑蘇臺 *岳陽樓

적성 아미가 월광단,　서왕모 요지연으 진상허던 천도문,
*赤城 *峨眉 *月光緞　*西王母 *瑤池宴　進上　　天桃紋

천하구주 산천초목 그려내던 지도문,　등태산소천하에 공
*天下九州　山川草木　　　　　*地圖紋　*登泰山小天下　*孔

부자으 대단,　남양초당으 경 좋은디 천하영웅 와룡단,
夫子　*大緞　*南陽草堂　*景　　　　天下英雄 *臥龍緞

◇참고: 서왕모·공자·제갈량

서왕모(西王母)　　　공자(孔子)　　　제갈량(諸葛亮)

*四海(사해) *紛紛擾亂(분분요란) *攂鼓喊聲(뇌고함성): "온 세상 어지러운 때 요란하게 북 울리고 크게 소리치며 내닫는" 영웅 같은 모습의 비단.

*英綃緞(영초단): 중국 생산의 질 좋은 비단. '英'자 때문에 영웅에 결부시킴.

*風振(풍진) *太平乾坤(태평건곤) *大元緞(대원단): 풍악이 울리는 태평천하의 세월과 같은, 폭 넓고 아름다운 비단인 '대원단'. '크고 아름다운 으뜸 세상'이란 뜻의 '대원'에, 태평한 세월을 결부시켜 표현했음.

*念佛打令(염불타령) 치어놓고: 절에서 염불하는 일들은 거두어 멈추게 함.

*長緞(장단): 길게 이어진 비단인 '장단'. 비단인 '장단(長緞)'과 노래 가락에 맞추어 치는 '장단(長短)'의 음이 같음을 이용한 표현임.

*가루다지: 방과 방 사이의 칸막이 문. 밀어 열고 닫는 미닫이 문임.

*菊花(국화)새긴 *卍字紋(완자문): '卍'은 '萬'과 같은 글자로 중국 음이 '완'이어서 '완'이라 하며, '卍'자를 이어붙인 것 같은 모양의 창살문과, 동일한 무늬의 비단을 연관시켜 표현한 말임. 그리고 완자(卍字) 모양의 창살문 중에 가운데 국화무늬를 만들어 넣은 문(門)이 '국화 새긴 완자문(卍字門)' 임. 이 국화 들어간 완자문(卍字門) 창살 같은 무늬가 새겨진 비단이란 뜻.

*草堂前 花階上(초당전 화계상): 따로 떨어진 별채에 꽃이 만발한 계단 위.

*머루 다래 *葡萄紋(포도문): 넝쿨 식물인 머루 다래 포도 무늬가 섞인 비단.

*花爛春城 滿化方暢(화란춘성 만화방창) *蜂蝶紛紛(봉접분분): 꽃이 활짝 만발한 봄철, 세상만물이 한창 펼쳐져 일어나는 좋은 때, 벌과 나비가 어지럽게 꽃을 찾아 날고 있는 무늬가 새겨짐.

*花草緞(화초단): 봄철 온갖 꽃과 풀, 벌 나비들 무늬가 혼합된 화려한 비단.

*접가지 *넌출紋(문): 겹겹으로 된 나무 가지와 여러 넝쿨이 얽힌 무늬 비단.

*統營漆玳瑁盤(통영칠대모반) *安城鍮器(안성유기) 대접紋(문): 통영에서 만든, 대모거북 껍질을 얇게 깎아 박아 옻칠을 한 대모소반 위에, 경기도 안성 생산의 놋그릇인 아가리 넓은 대접을 올려놓은 무늬 새겨진 비단.

*康衢煙月 擊壤歌(강구연월 격양가) *배부르다 咸布緞(함포단): '함포단'은 함경도 생산의 질 좋은 베. 이 '함포(咸布)'와 요(堯)임금 때 '격양가' 관련 '함포(含哺: 입안에 고기를 넣고 씹음)'가 음(音)이 같아 결부시켰음. 옛날 요임금이 흐릿한 달빛거리인 '강구연월(康衢煙月)'에 나가 미행을 하니, 한 노인이 "고기를 씹으며 부른 배를 두드리고(含哺鼓腹; 함포고복)", "땅을 구르며 노래(擊壤歌; 격양가)"하기에 안심했다는 얘기에서 온 내용임.

사해가 분분 요란허니 뇌고함성어 영초단.   풍진을 시르르
*四海   *紛紛 擾亂   *攂鼓喊聲   *英綃緞   *風振

릉 치니 태평건곤 대원단, 염불타령 치어놓고 춤추기 좋은
       太平乾坤 *大元緞   *念佛打令 치어 놓고

장단, 큰방 골방 가루다지, 국화 새긴 완자문, 초당전 화계
*長緞   *가루다지 *菊花 새긴 *卍字紋 *草堂前 花階

상으 머루 다래 포도문,   화란춘성 만화방창 봉접분분에
上   *머루 다래 葡萄紋 *花爛春城   滿花方暢 *蜂蝶紛紛

화초단,   꽃수풀 접가지에 얼크러졌다 넌출문,   통영칠
 *花草緞   *접가지   *넌출紋   *統營漆

대모반어 안성유기 대접문, 강구연월 격양가으 배부르다
玳瑁盤   *安城鍮器 대접紋 *康衢煙月 擊壤歌 *배부르다

함포단,
咸布緞,

◇참고: 완자문(卍字門)

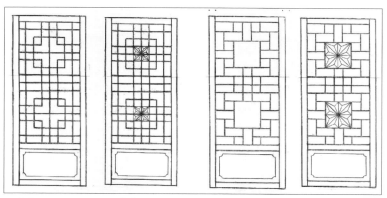

완자문(卍字門)　국화새김완자문　아자문(亞字門)　국화새김아자문
〈○민간에서는 완자문과 아자문 명칭을 정확한 구분 없이 혼용해 사용함.〉

*가겨주: 가 계셔주시어. 떠나가시어서. 떠났다는 말을 존칭으로 한 말.

*道理不遂(도리불수): 어떤 방법을 수행할 수 없음. 손을 쓸 방법이 없음.

*獨守空房(독수공방) *相思緞(상사단): 여자가 남편 없이 혼자 쓸쓸한 밤을 지키며, 정든 사람을 잊지 못하고 그리워한다는 이름의 상사단.

*秋月寂寞 貢緞(추월적막 공단): 가을 달밤 외롭고 쓸쓸한 텅 빈 마음 같은 공단. 바탕이 두껍고 무늬 없는 비단인 '공단'을 '공단(空單; 텅 빈 곳에 혼자임)'과 음이 같아 '추월적막'과 결부시켰음.

*深深窮谷 松林間(심심궁곡 송림간) *虎皮緞(호피단): 깊고 궁벽한 산골 소나무 숲속에 사는 호랑이의, 털 달린 가죽을 가공한 호피 비단.

*凉太紋(양태문): 갓의 갓양태 바탕 무늬처럼 얇고 은은한 비단.

*銀紬紗(은주사): 명주실로 짠 번쩍이는 얇은 비단. 그런데 음이 같은 '은혜롭고 멋있는 남자'라는 말인 '은주사(恩主事)'와 결부시켰음.

*富貴多男 福壽緞(부귀다남 복수단): 부자 되고 존귀해지고 아들 많고 또한 장수(長壽)함을 상징하는, '福·壽' 글자 새겨진 비단.

*飽食過客 宮綃緞(포식과객 궁초단): '궁초단'은 얇고 고운 비단. '가난한 사람'이란 뜻의 '궁초(窮肖)'와 음이 같아, '굶주린 길손에게 배부르게 먹여준다'는 말인 '포식과객'과 결부시켜 표현했음.

*行實不足 苦草緞(행실부족 고초단): '고초단'은 고추 무늬가 새겨진 비단. '고초'를 방언 발음인 '꾀초'로 보아, 잔꾀 부리고 게으르며 '행실이 좋지 못한 사람'이란 말인 '행실부족'과 연관 지었음.

*節槪 松竹緞(절개 송죽단): 절개를 상징하는 소나무와 대나무 무늬가 새겨진, 품격 높은 분위기를 풍기는 비단.

*서부렁섭적 細(세)발浪綾(낭릉): '세발'은 천을 짠 실이 매우 가늚을 뜻함. '낭릉'은 물결무늬 얇은 비단. '세발'을 가늘고 예쁜 발인 '세발<세족; 細足>'과 관련지어, 가볍게 발을 올리는 동작인 '서부렁섭적'과 결부시켰음.

*노방紬(주): 중국에서 생산되는, 여름 옷감으로 사용되는 깔깔한 비단.

*靑紗(청사) *紅紗(홍사): 푸르고 붉은 색의 사(紗) 비단. '사'는 얇고 구름무늬가 있는 비단임.

*通絹(통견): 얇고 조밀하지 않게 짜진 비단. 발음상 '통경'이라 나타냈음.

*白浪綾(백낭릉) *黑浪綾(흑낭릉): 백색과 흑색의 낭릉 비단. '낭릉'은 가는 실로 짠 물결무늬가 있는 얇은 비단.

알뜰 사랑 정든 님이 나를 버리고 가겨주,   두 손길 덥썩
　　　　情　　　　　　　　　　　*가겨주

잡고 가지 말라 도리불수, 임 보내고 홀로 앉어 독수공방으
　　　　　　*道理不遂　　　　　　　　　*獨守空房

상사단, 추월적막 공단이요, 심심궁곡 송림간에 무섭다 호
*相思緞　*秋月寂寞　貢緞　　　*深深窮谷　松林間　　　　　*虎

피단, 쓰기 좋은 양태문, 인정 있는 은주사, 부귀다남 복수
皮緞　　　　*凉太紋　人情　　*銀紬紗　*富貴多男　福壽

단, 포식과객에 궁초단, 행실 부족으 꾀초단, 절개있난 송죽
緞　*飽食過客　　宮綃緞 *行實　不足　　苦草緞 *節槪　　松竹

단, 서부렁섭적 세발낭릉, 노방주, 청사, 홍사, 통경이며,
緞　*서부렁섭적　細發浪綾　*노방紬　*靑紗 *紅紗 *通絹

백낭릉, 흑낭릉,
*白浪綾 *黑浪綾

*月下紗幮 唐布(월하사주 당포): 달빛 아래 창가에 아련하게 쳐진 비단휘장으로 쓰이는, 폭이 넓고 톡톡한 중국산 모시. 당저(唐苧)라고도 함.

*絨布(융포): 털실로 짠 모직물.

*細涼布(세량포): 가는 삼이나 고운 모시 실로 짠 얇은 베.

*수수 胴衣紬(동의주): 화려하지 않고 수수한, 남자의 저고리나 조끼 감으로 쓰이는 명주. '동의'는 남자들의 조끼이며, 방언으로 '통오'라 함.

*慶尙道 黃苧布(경상도 황저포): 경상도에서 생산되는, 삼의 껍질을 긁어낸 고운 삼실로 짠 삼베. '계추리'라고 함.

*賣買(매매)흥정 甲紗(갑사): '갑사'는 얇고 고은 비단. '갑사'의 음이 물건 사고 팔 때 값이 싸다는 '값 싸'와 비슷해, 매매 때 흥정하는 것과 결부시킴.

*紫紬(자주): 해주와 대구 등지에서 생산되는 자줏빛 명주.

*細麻布(세마포): 가늘고 고운 삼베.

*極上細木(극상세목): 최고로 가늘고 고운 무명베.

*韓山 細(한산 세)모시: 충청도 한산에서 생산되는 가늘고 고운 모시.

*생사(사): '서양사(西洋紗)'의 준말. 가는 무명실로 폭을 넓게 짠 천. 서양사와 비슷하게 일본에서 폭을 넓게 짠 고운 무명을 '광목(廣木)'이라 함.

*三八(삼팔): 중국에서 생산되는 고급 명주.

*갑진 庫紗(고사): 값이 비싼, 두껍고 깔깔하고 윤택 있는 비단.

*官紗(관사): 중국에서 생산되는 고운 비단.

*靑貢緞·紅貢緞·白貢緞·黑貢緞(청공단·홍공단·백공단·흑공단): 각각 청색·홍색·백색·흑색으로 염색된, 두껍고 무늬가 없으면서 반질반질하게 윤기가 있는 공단비단.

*松花色(송화색): 소나무의 꽃가루 색깔. 붉은색이 섞인 노란색.

*뭐시: '무엇이'의 방언.

*三回裝(삼회장): '회장'은 액자의 그림이나 글씨 둘레에 두르는 장식을 일컬음. 여자 저고리 중에 깃, 소매부리, 겨드랑이 등 3부분에 동일한 색깔의 헝겊을 회장처럼 따로 붙여 꾸미는 저고리를 '삼회장저고리'라 함. 고름까지도 3부분과 같은 색으로 하며, 보통민간에서는 '삼호장'이라 함.

*恩功(은공): 은혜 끼쳐준 공로.

*껌지 않는: 완전히 새까만 흑색이 아니고 조금 옅은 흑색.

*黑貢緞(흑공단): 검정색의, 조금 두꺼우면서 무늬 없이 윤기 있는 비단.

월하사주 당포, 융포, 세양포, 수수 통오주, 경상도 황저포,
*月下紗紬 唐布 *絨布 *細涼布 *수수 胴衣紬 *慶尙道 黃苧布

매매 흥정으 갑사로다. 해주 원주 공주 옥구 자주, 길주
*賣買 흥정   甲紗   海州 原州 公州 沃溝 *紫紬   吉州

명천 세마포, 강진 나주 극상세목이며, 한산 세모시, 생수,
明川 *細麻布 康津 羅州 *極上細木   *韓山 細모시 *생紗

삼팔, 갑진 고사, 관사, 청공단 홍공단 백공단 흑공단, 송화
*三八 *갑진 庫紗 *官紗 *靑貢緞 紅貢緞 白貢緞 黑貢緞 *松花

색까지 그저 꾸역꾸역 나오너라.
色

<아니리> 어찌 많이 나왔던지 흥보가 좋아라고, "여보 마

누라, 마누라는 수년 의복이 그리웠으니 마음껏 골라 입어
        數年 衣服

보오. 뭐시 좋은가?" "나는 평생소원이 송화색 삼호장
     *뭐시   平生訴願   松花色 *三回裝

저고리가 제일 좋습디다. 영감은 뭣이 좋소?" "나는 제비
        第一   令監

은공을 생각해서라도 껌지 않는 흑공단이 제일 좋데."
*恩功   *껌지 않는 *黑貢緞   第一

"그럼, 영감 먼저 한번 꾸며 보시오." 흥보가 흑공단으로
       令監   黑貢緞

한번 꾸며 보는디.

◇참고: 삼회장저고리

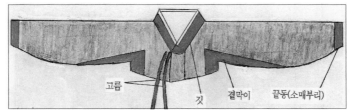

*網巾(망건): 상투 있는 사람이 머리털이 흩어지지 않도록, 앞쪽에는 말총으로 그물처럼 엮어 짜고 옆과 뒤쪽은 천으로 마감하여, 납작하게 머리를 둘러 매는 관.

*갓끈: 갓이 머리에 붙어 있게, 양 뺨을 지나 턱 밑에 매는 끈.

*두루막: 두루마기. 예복처럼 외출할 때 저고리와 바지(여자는 치마) 위에 입는, 우리나라 특유의 소매가 좁고 몸을 빙 두르는 긴 겉옷. 겨울에는 추위를 막기 위한 겹두루마기, 솜두루마기 등이 있음.

*行纏(행전): 헝겊으로 소매부리처럼 만들고 위쪽에 끈을 달아 바지 입은 정강이에 꿰어서 무릎 아래에 끈으로 동여매는 의류. 바지의 넓은 가랑이를 펄럭이지 않고 단정하게 함.

*버선: 발에 꿰어 발목까지 둘러 덮이는 의류.

*대님: 바지의 가랑이 끝을 발목에 묶는 납작한 끈.

*手巾(수건): 베의 천을 폭보다 조금 길게 잘라, 손과 얼굴 몸 등의 물기나 땀을 닦는데 사용하는 천. 이마에 두르거나 머리를 덮어 쓰기도 하며, 보통 평민들이 먼 길을 떠나거나 들일을 할 때 필수적으로 손에 들고 다님.

*댕기: 여자들이 머리를 뒤로 땋을 때, 땋은 머리 중간부분에 끼워 넣는 납작한 끈.

*單衣(단의): 홑으로 된 옷. 안에 입는 속곳.

*고쟁이: 여자 속옷으로 속곳 위에 입으며 가랑이가 넓음.

*속속곳: 여자들의 하의로, 가장 안에 입는 속옷.

*零落(영락)없는: 조금도 틀림이 없는 모습.

*꾀꼬리: 몸이 노란색이며 날개 끝과 꼬리 부분이 검정색인 새. 집 근처 숲속에 서식하면서 예쁜 소리로 울어 문인들의 사랑을 받는 새임.

*하릴없는: 틀림없는. 어쩔 수 없는.

*金堤 萬頃(김제 만경): 전라도 김제의 만경 지역 넓은 평야.

*오배미뜰: 김제 만경평야의 오범위(五範圍) 넓은 들판. '배미'는 한자말 '범위(範圍)'에서 발전한 말로 일정한 한계 안을 뜻함. 벽골제(碧骨堤)의 5개 물길이 만경 들판 물을 대주어 가뭄 걱정이 없는 논임.

*素沙(소사)뜰: 충청도 직산(稷山) 고을 지역의 곡식이 잘 자라는 들판. 충청도와 경기도 지역을 걸쳐 흐르는 소사천(素沙川) 유역 들판.

*富益富(부익부): 부자에 더하여 더욱 부자가 됨.

<중중모리> 흑공단 망건, 흑공단 갓끈, 흑공단 저고리,
黑貢緞 *網巾 黑貢緞 *갓끈 黑貢緞

흑공단 두루막, 흑공단 바지, 흑공단 행전, 흑공단 버선,
黑貢緞 *두루막 黑貢緞 黑貢緞 *行纏 黑貢緞 *버선

흑공단 댄님, 흑공단으로 수건을 들고, "어떤가? 내 맵시."
黑貢緞 *댄님 黑貢緞 *手巾

흥보 마누라도 꾸민다. 송화색 댕기, 송화색 저고리, 송화색
松花色 *댕기 松花色 松花色

허리띠, 송화색 치마, 송화색 단의, 송화색 고쟁이, 송화색
松花色 松花色 松花色 *單衣 松花色 *고쟁이 松花色

속속곳, 송화색 버선, 송화색으로 수건을 들고, "어떻소?
*속속곳 松花色 松花色 手巾

내 맵시."

<아니리> "마누라는 영락없는 꾀꼬리 같소 그려." "영
*零落없는 *꾀꼬리 令

감은 하릴없는 제비 같소 그려."
監 *하릴없는

4. 흥보 박타기(3)—목수 나와 집짓기

<중모리> 또 한통을 드려놓고, "시리렁 실근 톱질이야,

시르렁 시르렁 실건 실건 실건 톱질이야, 이 박속에 나오

는 보화는, 짐개 만경 오배미뜰을 억십만금을 주고 사자.
寶貨 *金堤 萬頃 *오배미뜰 *億十萬金

충청도 소새뜰을 수만금을 주고 사면 부익부가 되겠구나.
忠淸道 *素沙뜰 數萬金 *富益富

시리렁 실근 톱질이야."

*大(대)짜구: 큰 자귀. 두 손으로 자루를 잡고 큰 나무를 쪼아낼 때에 쓰는 목공 연장. 자루가 길고 자귀의 날이 안으로 향해 있음.

*小(소)짜구: 작은 자귀. 작은 나무를 다듬는 연장으로서 자루가 짧고 날은 안으로 향해 있음.

*끌: 망치로 쳐 나무에 구멍 뚫는 연장. / *호미: 나무에 홈을 파는 연장.

*몽치: 큰 나무토막에 구멍을 뚫어 자루를 박은 망치.

*가래: 넓적한 몸체에 날이 끼워져 있으며 긴 자루가 달린 연장.

*동산: 집안 한적한 곳에 나무나 꽃을 심는 널따란 공간.

*壬坐丙向(임자병향): 24방위표에서 '임(정북에서 서쪽으로 15도 치우침)' 방향을 뒤로 등지고, '병(정남에서 동쪽으로 15도 치우침)' 방향을 앞으로 향해 집터를 정하는 일.

*八卦(팔괘)를 놓아: 중국 고대 제왕 복희씨(伏羲氏)가, 황하에서 용마(龍馬)의 등에 새기고 나온 55개 점무늬인 하도(河圖)를 중심으로 만들었다는 '팔괘' 방위를 따라 잘 맞추어 집을 세웠다는 말. 팔괘는 건·태·이·진·손·감·간·곤(乾☰·兌☱·離☲·震☳·巽☴·坎☵·艮☶·坤☷) 8개임. 이 팔괘는 각기 해당 방위가 따로 정해져 있음.

*윈담: 집 둘레를 빙 두른 담장.

*朱欄畵閣(주란화각): 붉은 난간과 아름다운 단청(丹靑)을 올린 건물.

*안밖 重門(중문): 집의 안과 바깥 출입문들이 겹겹으로 되어 있는 구조.

*소소리 大門(대문): 솟을 대문. 대문의 지붕이 양옆의 행랑채 지붕보다 더 높게 솟아오른 대문으로, 세력 있는 집안의 대문을 뜻함.

*風磬(풍경): 집 건물 네 모퉁이 처마 끝에 매달아, 바람에 흔들려 소리가 나는 종 모양의 경쇠.

*千石(천석)지기 밭文書(문서): 한 해 1천 섬의 곡식 씨앗을 뿌릴 만한 넓이의 밭을 소유한 증명 서류.

*萬石(만석)지기 논文書(문서): 한 해 1만 섬의 곡식 씨앗을 뿌릴 만한 넓이의 논을 소유한 증명 서류.

*百家口(백가구) 종文書(문서): 1백 개 가정의 노비를 소유하는 증명 서류.

*치리: '치레'의 방언. 잘 꾸며 모양을 내 놓은 모습.

*샛별 같은 純金(순금) 대와: 샛별처럼 반짝반짝 빛나는 순금의 세수 대야.

*다문담숙: 질서 있게 높고 많이 층층이 쌓아놓은 모습.

<휘모리> 시르렁 시르렁 시르렁 시르렁. 박이 반쯤 벌어

진다. 박통 속에서 사람 소리가 수군수군. 대짜구 든 놈,
　　　　　　　　　　　　　　　　　　　　　　半
　　　　　　　　　　　　　　　　　　*大짜구

소짜구 든 놈, 끌 든 놈, 호미 든 놈, 몽치 든 놈, 가래 든
*小짜구　　　　*끌　　　　*호미　　　　*몽치　　　　*가래

놈이 그저 꾸역 꾸역 꾸역 나오더니 흥보 집을 짓난디.

<진양조> 동산 앞 너룬 터에 임좌병향 터를 다져 팔괘를
　　　　　*동산　　　　　　　*壬坐丙向　　　　　*八卦를

놓아 왼담을 치고, 주란화각을 좌우로 세웠난디, 안밖 중문,
놓아 *왼담　　　　*朱欄畵閣　　　左右　　　　*안밖 重門

소소리 대문, 풍경 소리가 더욱 좋다. 천석지기 밭문서와
*소소리 大門　*風磬　　　　　　　　　*千石지기　밭文書

만석지기 논문서와 백가구 종문서가 가득 담뿍 들어있고,
*萬石지기　논文書　　*百家口　종文書

안방 치리 볼짝시면 큰 평풍 작은 병풍, 샛별 같은 순금
*안방 치리　　　　　屛風　　　 屛風　*샛별 같은 純金

대와 다문담숙 놓였으니, 흥보가 보고 좋아헌다.
대와 *다문담숙

◇참고: 팔괘방위도(八卦方位圖)

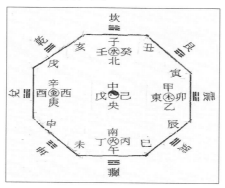

*舍廊(사랑): 집의 바깥채로서 바깥주인이 거처하며 손님을 접대하는 곳.

*各張粧板(각장장판): '각장'은 하나하나 떨어진 각각의 낱장. '장판'은 무늬를 새겨 장식한 나무판자. 마루나 방의 소란반자 천정을 꾸미기 위해 재료로 만든 사각형의 무늬 판자임.

*소래반자: 소란(小欄) 반자. '반자'는 마루나 방의 천정을 막아 평평하게 만든 시설을 뜻하고, '소란'은 넓은 천정을 자잘한 사각형으로 나누어 각목을 붙이고, 그 여러 사각형 칸마다 다듬어 장식한 판자인 장판(粧板)을 각목보다 조금 위로 들어가게 턱을 만들어 붙인 것을 말함.

*卍字(완자) 밀창: 창살을 '卍'자 모양으로 만든 미닫이 문. '밀창'이라 표현했지만 '밀창문'이란 뜻으로, 창문이 아닌 출입문임.

*樺榴文匣(화루문갑): 붉은 빛을 띠고 결이 곱고 단단한 나무인 자단(紫檀)나무로 만들어진, 옆으로 기다란 상자를 말함. 앞면에 여러 개의 서랍이 달려 있어서 문서나 책을 넣어 보관하는 상자임.

*玳瑁冊床(대모책상): 대모거북 껍질을 박아 무늬를 새기고 옻칠을 한 탁자.

*詩傳·書傳·周易(시전·서전·주역): 유학(儒學)의 삼경(三經)인 시경(詩經)·서경(書經)·역경(易經) 등 3가지 경서. '전(傳)'을 붙인 것은 송(宋)나라 주희(朱熹)가 해석한 경전이란 뜻임.

*李白杜詩(이백두시): 당(唐) 시인 이태백(李太白)과 두보(杜甫)의 시집.

*通史略(통사략): 중국 역사서인 '통감(通鑑)'과 '사략(史略)'. '통감'은 '자치통감(資治通鑑)'의 준 말로 편년체(編年體)의 고대 중국 역사책이며, '사략'은 중국 고대부터 송나라까지의 역사를 간략하게 뽑아 엮은 역사책. 모두 옛날 우리나라 서당(書堂)의 교재였음.

*말: '마을'의 준말. / *좀도 좋네: 좋기도 좋네. 매우 좋음을 강조한 말.

*이리렁성 저리렁성: 이렇게 저렇게 조리 있게 잘 처리함.

*흐트러진 근심일랑: 복잡한 근심과 걱정은 다 떨어버림. 끝에 붙을 말인, '다 떨어버리고'를 생략하고, 딱 잘라 끊어 뜻을 강하게 한 표현임.

*거드렁거리고: 거드름거리고. 거만하고 잘난체하는 행동 모습.

*성허냐: 아무 일 없이 건강하게 잘 지내느냐고 묻는 말.

*밤이슬을 맞는다제: 밤에 도적질을 하고 다니니까, 밤이슬을 맞고 다니는 것으로 생각된다고 추궁하는 말.

<중모리>　사랑 치리 볼짝시면, 각장장판 소래반자, 완자
　　　　*舍廊　　　　*各張粧板　　*소래반자　*卍字

밀창으, 화류문갑 대모책상까지 놓여있고, 시전 서전 주역
밀창　　*樺榴文匣　*玳瑁冊床　　　　　　*詩傳　書傳　周易

이며,　이백두시 으흐으으,　통사략을 좌우로 좌르르르르
　　　*李白杜詩　　　　　*通史略　　左右

벌였난디. 박흥보가 좋아라고 "얼씨구나, 여보아라 큰자식
　　　　　　　　　　　　　　　　　　　　　　　子息

아 건넌 말 건너가서 너의 큰아버지를 오시래라. 경사를 보
　　　*말　　　　　　　　　　　　　　　　　　慶事

아도 우리 형제 볼란다. 얼씨구나 좀도 좋네." 이리렁성
　　　　兄弟　　　　　　*좀도 좋네　*이리렁성

저리렁성 흐트러진 근심일랑. 마누라와 같이 모여 앉어서
저리렁성　*흐트러진　근심일랑

거드렁거리고 지낼 적에.
*거드렁거리고

5. 놀보 질투, 제비 후리기

<아니리>　　그때여 놀보가 흥보 부자 되었단 말을 듣고
　　　　　　　　　　　　　　　　富者

건너왔제. "야, 이놈이 정말로 부자가 되았네. 거 집 한번
　　　　　　　　　　　　　　富者

거드렁스럽게 잘 지섰다.""여봐라, 흥보야!"하고 불러놓니,
*거드렁스럽게

흥보가 자기 형님 소리를 듣고 깜짝 놀래 나오며, "형님,
　　　　自己　兄　　　　　　　　　　　　　　　　　兄

건너 오셨습니까?""오냐, 너 요새 성허냐? 그런디 니가 요
　　　　　　　　　　　　　　*성허냐

새 밤이슬을 맞는다제?""형님, 그 밤이슬이 뭣이오니까?"
　　*밤이슬을　맞는다제　　兄

*官家(관가): 관아(官衙). 지방의 고을 행정을 처리하는 곳으로, 관장이 주재하고 있는 곳.

*銀金寶貨(은금보화): 은이며 금이며 여러 가지 보배로운 재물.

*舍廊(사랑): 가정의 바깥채로, 바깥주인이 거처하며 남자손님을 받아 접대하는 곳.

*媤叔(시숙): 시집의 남편 형제들을 일컫는 말. 시아주버니.

*驅迫(구박): 협박하여 몰아냄.

*四肢(사지): 사람 몸의 두 팔과 두 다리.

*벌렁벌렁: 몸을 안정시킬 수 없을 정도로 몸이 떨리고 불안정한 상태.

*家長(가장): 집안의 어른, 곧 남편.

"니가 도적질을 해 가지고 이렇게 부자가 되었다고,
　　　盜賊　　　　　　　　　　　　　　　　　富者

관가에서 너를 잡으러 다니니, 니 집과 재산을 나한테 인계
*官家　　　　　　　　　　　　　　　　財産　　　　引繼

허고 먼 곳으로 가서, 십년만 있다 오니라. 니 집은 내가
　　　　　　　　　　　　十年

잘 봐주마." "형님 그게 아니올시다." "그럼, 어째서 이렇게
　　　　　　　兄

부자가 되었어?" "그런 게 아니라 제비 다리 부러진 것을
富者

동여 살려 보냈더니, 그 이듬해 그 제비가 박씨를 물어다

주어서 동편 처마 끝에 심었더니 박 세통이 열려, 박통 속
　　　　　東便

에서 은금보화가 나와 부자가 됐지, 도적질은 무슨 도적질
　　　*銀金寶貨　　　　　富者　　　　盜賊　　　　　　盜賊

이오니까?" "야, 그 부자 되기 천하 쉽구나." 흥보가 자기
　　　　　　　　　富者　　　天下　　　　　　　　　　自己

형님을 사랑에 모셔놓고 안으로 들어가, "여보 마누라, 건
兄　　*舍廊

넌 마을 시숙님이 건너오셨으니, 나와 인사나 드리시오."
　　　　　*媤叔　　　　　　　　　　　　人事

<창조> 흥보 마누래가 시숙한테 구박 당하던 일을 생각
　　　　　　　　　　　　媤叔　　*驅迫　當

허면 사지가 벌렁벌렁 떨리나, 가장의 명령을 거역 못허여
　　*四肢　　*벌렁벌렁　　　　*家長　　命令　　拒逆
나오는디.

<중모리> 흥보 마누래가 나온다. 흥보 마누래가 나온다.

전일에난 못 먹고 못 입고 굶주리던 일을 생각허면, 지금
前日

*韓山(한산) 細(세)모시: 충청도 한산에서 생산되는 가늘고 고은 모시.

*唐靑華(당청화) 물: 중국에서 수입한 열은 파란색의 물감.

*포로소롬하게: 너무 진하지 않고 은은한 푸른색을 나타내는 색채를 말함.

*주름: 여자 치마의 허리부분 치마말 아래의 주름.

*잘게 잡고: 치마 주름을 자잘하게 많이 하여 예쁘게 보이도록 한 것.

*말: 바지나 치마의 허리 닿는 부분에 빙 둘러 딴 천을 붙인 것.

*널리 달아: 치마 말을 넓은 천으로 붙였다는 뜻. 우리나라 여자 저고리는 길이가 짧아, 치마 말이 좁으면 겨드랑이 밑의 맨살이 노출됨.

*媤叔(시숙): 여자가 남편 형제를 일컬음.

*弟嫂氏(제수씨): 남자가 남동생의 아내를 일컫는 말.

*미꾸라지 龍(용): 지위가 낮은 사람이 갑자기 출세했을 때 비꼬는 속담.

*安城鍮器(안성유기): 경기도 안성에서 생산되는 질 좋은 놋그릇.

*統營漆盤(통영칠반): 경상도 통영에서 생산되는 옻칠을 한 고운 소반. '반' 을 우리말로 '판'이라 표현한 것임.

*天銀(천은): 잡물이 섞이지 않은 질 좋은 순수한 은.

*匙箸(시저): 숟가락과 젓가락. 한자음으로 '시저'이지만, 우리나라 말로 변화 되어 '수저'라 함.

*구리 箸(저): 구리로 만든 젓가락. 은수저는 유황 성분이 있는 음식에 사용 하면 색깔이 변하므로, 구리 젓가락을 함께 상에 올림.

*十里 胥吏(십리 서리): 십리나 길게 늘어선, 관아에서 일보는 관속들.

*數(수)벌이듯: 지방 관아에서 상관을 맞이할 때, 많은 숫자의 하인들이 길 게 줄지어 늘어서서 영접하는 모습을 일컫는 말.

*꽃 그렸다: 꽃그림이 그려져 있음을 뜻함.

*烏竹盤(오죽반): 검정색 대나무 껍질을 떠서 조각내어 붙여 만든 소반.

*玳瑁陽刻(대모양각): 나무판에 그림을 그린 다음, 그 그림 모양대로 파서 대모거북 껍질을 다듬어 바닥보다 조금 튀어나오게 박아 옻칠을 한 무늬.

*唐畵器(당화기): 중국에서 수입한, 채색 그림이 새겨진 고급 그릇들.

*얼기설기 송편: 송편은 둥글둥글하여 곱게 쌓아올릴 수 없으므로 불규칙하 게 이리저리 높게 쌓은 모습을 말함.

*네 귀 번듯 正(정)절편: 둥글고 긴 가래떡을 무늬가 새겨진 나무판인 절편 판으로 눌러 납작하게 하여 네모가 반듯하게 썬 절편을 똑 바르게 쌓음.

이야 비단이 없나, 돈이 없나 쌀이 없나, 은금보화가 없나,
　　　緋緞　　　　　　　　　　　　　　　　　　銀金寶貨

녹용인삼이 없느냐? 며느리들을 호사를 많이 시키고, 흥보
鹿茸人蔘　　　　　　　　　　　　豪奢

마누라도 한산 세모시다가 당청아 물을 포로소롬하게 놓아
　　　　*韓山　細모시　　*唐靑華　물　　*포로소롬하게

주름은 잘게 잡고 말은 널리 달아 아장거리고 나오더니.
*주름　*잘게 잡고 *말　*널리　달아

<아니리> 시숙께 인사를 드리면 그대로 받는 것이 아니라,
　　　　　*媤叔

"야, 흥보야! 제수씨가 쫓겨날 때 보고 지금 보니 미꾸라지
　　　　　　*弟嫂氏　　　　　　　　　　　　　*미꾸라지

가 용 되얏구나." 흥보 마누라 들은 척도 아니 허고 안으로
　　龍

들어가 음식을 채리는디.
　　　飮食

<휘모리>　음식을 차리는디, 안성유기 통영칠판 천은 수저
　　　　　飮食　　　　　　　*安城鍮器　*統營漆盤 *天銀 *匙箸

구리 저, 십리 서리 수벌이듯 주루루루루 벌여놓고, 꽃 그
*구리 箸　*十里 胥吏　*數벌이듯　　　　　　　　　　*꽃 그

렸다 오족판, 대모양각 당화기, 얼기설기 송편, 네 귀 번듯
렸다 *烏竹盤　*玳瑁陽刻 *唐畵器　*얼기설기　송편　*네 귀 번듯

정절편,
*正절편

*糝皮(삼피)떡: 쌀가루를 반죽해 뭉쳐, 그 겉에 껍질 채 삶은 팥을 둘러싸 붙여서 쪄낸 떡.

*苹果(평과): 사과. / *眞淸(진청): 잡물이 섞이지 않은 순수한 벌꿀.

*生淸(생청): 벌집에서 바로 채취한, 가공되지 않은 벌꿀.

*鳥卵散炙(조란산적): 쇠고기를 길쭉한 토막으로 썰어 꼬챙이에 꿰어, 새의 알을 깨어 풀어 묻혀서 구워낸 음식.

*무침 쳐: 꼬챙이에 꿴 고기에 양념이나 새의 알 액체가 고루 잘 묻게 함.

*胖膾(양회): 초식(草食) 동물인 소나 양의 위(胃)로 만든 회.

*천엽: 소나 양의 위(胃) 4개 주머니 중 3번째 위. 안쪽에 많은 육엽(肉葉: 튀어나온 돌기)이 있어 '천엽(千葉)'이라 하며, 우리말로 '처녑'임.

*淸團(청단): 수수나 찹쌀가루를 둥글게 뭉쳐 쪄 낸 경단에 꿀을 묻힌 것.

*水團(수단): 쌀가루나 밀가루를 반죽해 젓가락 크기로 빚어 마르기 전에 짤막하게 썰어 꿀물에 넣고, 실백(實柏: 껍질 깐 잣)을 띄운 음식.

*잣배기: 찹쌀가루를 반죽해 납작하게 만들어 기름에 튀겨 꿀을 바르고, 밥 풀 튀긴 것을 겉에 바른 '유밀과(油蜜果)'에 잣을 쪼개 붙인 과자.

*人蔘(인삼) 채 도라지 채: 인삼과 도라지를 잘게 썰거나 찢어 만든 음식.

*낙지 軟脯(연포): 낙지 살을 양념해 말린 고기. / *콩기름: 콩나물.

*山菜(산채) 水芹(수근): 산에서 캐 온 산나물과, 물에서 자란 미나리.

*綠豆菜(녹두채): 녹두 싹을 길러 자라게 한 줄기로 만든 나물.

*靑銅火爐(청동화로): 청동으로 만든 숯불 피우는 그릇.

*白炭(백탄) 숯: 참나무로 만든 숯.

*영鷄(계)찜: 어린 닭을 잡아 내장 빼고 양념하여 삶은 음식. '영계'는 '연계 (軟鷄, 㹆鷄)'의 발음이 변하여 된 말.

*오도독 포도독: 메추리가 날개를 펴서 펄럭일 때 나는 소리.

*메초리 湯(탕): 메추리 고기를 넣어 국물이 넉넉하게 끓인 음식.

*손 뜨건디 쇠箸(저) : 음식을 만들 때 쇠 젓가락을 쓰면 손이 매우 뜨거움.

*過夏酒(과하주): 여러 가지 약재를 넣어 담근 약주에 소주를 부어 오랫동안 숙성시켜 두었다가 먹는 약술. 여름에 체력이 떨어질 때에 주로 마심.

*畵盞(화잔): 아름다운 채색 무늬가 새겨진 술잔.

*薄酒(박주): 보잘 것 없는 술이란 뜻. 손님 접대에 자기 술을 낮추는 말.

*藥酒(약주): 약용으로 마시는 술. 보통 술을 점잖게 일컫는 말.

주루루루 엮어 삼피떡과,　평과 진청 생청 놓고,　조란산적
　　　　　*穄皮떡　　　*苹果 *眞淸 *生淸　　　　*鳥卵散炙

무침 쳐, 양회 간 천엽 콩팥 양편에다 벌여놓고, 청단 수단
*무침 쳐 *胖膾 肝 *천엽　　　兩便　　　　　*淸團 *水團

잣배기며,　인삼 채 도라지 채,　낙지 연포 콩기름에 갖인
*잣배기　　*人蔘 채　도라지 채　*낙지 軟脯 *콩기름

양념 모아놓고.　산채 고사리 수근 미나리 녹두채,　맛난
　　　　　*山菜　　　　*水芹　　　　*綠豆菜

장국 주루루루루 들여 붓고 청동화로 백탄 숯 부채질 활활,
　　　　　　　　　　*靑銅火爐 *白炭　숯

계란을 톡톡 깨어 웃딱지를 띠고 길게 늘이워라. 꼬꼬 울었
鷄卵

다 영계찜, 오두둑 포두둑 메초리 탕, 손 뜨건디 쇠저 말고
　*영鷄찜　*오도독　포도독 *메초리 湯 *손 뜨건디 *쇠箸

나무저를 드려라. 고기한 점을 덥벅 무쳐,　맛난 기름에
　　箸　　　　　　　　　點

간장국에다가 풍덩 들이쳐, 피이이.

<아니리> 가하주 좋은 술을 화잔에 가득 부어, "옛소 시숙
　　　　*過夏酒　　　　　*畵盞　　　　　　　媤叔

님, 박주오나 약주 한 잔 드시지요."
　*薄酒　*藥酒　　盞

*小大祥(소대상): 부모상을 당해, 사망 1주년에 모시는 '소상(小祥)' 제사와 사망 2주년에 모시는 '대상(大祥)' 제사를 합쳐 이르는 말. 실제로 만 2년 이지만, 햇수가 3년에 걸쳤으므로 3년 상이라 함.

*勸酒歌(권주가): 손님에게 술을 권할 때 술잔을 잡고 수복(壽福)을 비는 뜻을 담아 부르는 노래. 주로 기생을 시켜 술을 권하며 부르게 함.

*매꼬꼬롬허게 꿔민: 매끈하고 예쁘게 화장을 하고 고운 옷으로 아름답게 치장하여 미인 모습으로 보이도록 꾸며 모양을 냄.

*古今天地(고금천지): 옛날부터 지금에 이르기까지 온 세상에.

*至誠(지성)이면 感天(감천): 정성이 지극하면 하늘이 감동하여 행운을 가져다준다는 속담.

*錢穀 藉勢(전곡 자세): 돈과 곡식이 많음을 빙자하여 남을 멸시하는 행동.

*嚴冬雪寒(엄동설한): 매우 추운 겨울 매섭게 눈바람 치는 때.

*驅迫(구박): 핍박하고 협박해 몰아냄.

*槨(곽)속으: 관(棺) 속에. '곽'의 본뜻은, 판자로 된 관 밖에 흙과 닿는 부분에 통나무를 반으로 켜서 사방을 둘러 관을 보호하는 것인데, 그러나 일반적으로 '관'의 뜻으로 혼용하고 있음.

*속을 채리면: 자기 잇속만 차리고 남을 배려함이 없이 거만하게 행동함.

*이만허고: 멀리만치에서 관심 없는 듯이 바라보고 있는 모습.

제수가 주는 술이거든, 그대로 먹는 것이 아니라, "여봐라.
弟嫂

흥보야! 너는 내 형제간이라 내 속을 잘 알제? 내가 남의
兄弟間

소대상에 가서 술을 먹어도, 술잔 끝에 권주가 없이 술 안
*小大祥   *勸酒歌

먹는 줄 너 잘 알제? 권주가 하나 시켜라.""형님, 권주가
勸酒歌   兄   勸酒歌

헐 사람이 있어야지요?""야, 이놈아, 니 예편네 매꼬꼬롬
*매꼬꼬롬

허게 뀌민 김에 권주가 하나 시켜! 이놈아."
허게 뀌민   勸酒歌

<창조> 흥보 마누래가 이 말을 듣더니 마는.

<진양조> "여보시오 시숙님, 여보 여보 아주버님! 제수더
媤叔   弟嫂

러 권주가 하란 말씀은 고금천지 어디서 보았소. 지성이면
勸酒歌   *古今天地   *至誠이면

감천이라, 나도 이제는 쌀과 돈이 많이 있소. 전곡 자세를
感天   *錢穀 藉勢

그만 허오. 엄동설한 취운 날으 자식들을 앞세우고 구박을
*嚴冬雪寒   子息   *驅迫

당하여 나오던 일을 곽속으 들어도 못 잊겠소. 보기 싫소!
當   *槨속으

어서 가시오. 속을 채리면 뭣 허러 내 집에 왔소. 안 갈라
*속을 채리면

면 내가 먼저 들어 갈라요."떨쳐바리고 안으로 들어간다.

<아니리> 놀보가 이만허고 보더니마는, "여봐라, 흥보야!
*이만허고

*니 계집: 너의 아내. '계집'은 보통 여자란 뜻이며 '아내'의 낮춤말로 쓰임.
*當場(당장): 지금 당하고 있는 이 상황에서 바로.
*處分(처분): 처리하여 매듭지음.
*花草欌(화초장): 옷이나 기물을 넣는 장으로서, 문짝에 붙은 유리에 여러
  가지 꽃과 풀 그림을 그려 장식한 장롱.
*도라: '달라'는 말의 방언.
*그란 해도: '그렇지 않아도'를 줄여 표현한 방언.
*除籍(제적): 정해진 규범에서 제외하여 따로 분리해 놓은 것.
*갈란다: '가려고 한다'의 방언.
*씩씩잖은: 씩씩하지 않은. 일을 과감하고 결단성 있게 처리하지 못함.
*每事(매사)는 不如(불여)튼튼: 모든 일은 튼튼하게 하는 것만 같지 못 하
  다. 두 상황을 비교하는 말을 '不如'의 앞과 뒤에 각각 놓아, 뒤의 것이 더
  좋다는 뜻으로 사용하는 한문 문형임.
*훑어부러: 훑어버려라. 곧 단번에 쉬운 말로 알아듣게 말하라는 뜻.

◇참고: 화초장 전면(前面)<국립민속박물관 소장>

[화초장(찬장)]　　　　　　　[화초장(옷장)문유리 십장생그림]

니 계집 못 쓰겠으니 당장에 버려라. 내가 새장가 보내주
*니 계집   *當場

마.” “형님, 처분대로 허옵시요.” “그런디, 저 웃목에 있는
          兄   *處分

게 뻘건 것이 무엇이냐?” “화초장이올시다.” “그 속에 뭐
                    *花草欌

들었느냐?” “은금보화가 들었습지요.” “그것 날 도라.” “그
          銀金寶貨   *날 도라   *그

란 해도 형님 드릴라고 은금보화 담뿍 넣서 제적해 났습니
란 해도   兄   銀金寶貨   *除籍

다.” “이리 내놔라. 내가 짊어지고 갈란다.” “형님 건너가시
              *갈란다   兄

면 내일 하인에게 지워 보낼 데니 그냥 건너가십시오.”
   來日 下人

“얘, 이 씩씩잖은 놈, 나 간 뒤에 좋은 보물을 다 빼내고
      *씩씩잖은   寶物

빈 궤만 보낼랴고? 아니다. 매사는 불여튼튼이라 허였으니
   櫃   *每事는 不如튼튼

내가 그냥 손수 짊어지고 갈란다. 이리 내놔라.” 놀보가

화초장을 짊어지고 가면서 금방 잊어버렸제. “흥보야 내 등
花草欌   今方

에 짊어진 것이 뭣이제?” “예 화자 초자 장자올시다.” “이
                        花字 草字 欌字

놈아, 유식한 체라고 자자 자자 허지 말고 그냥 훑터부러
      有識   字字 字字   *훑어부러

이놈아!” “예 화초장이올시다.” “알았다, 어서 들어가거라.”
          花草欌

이놈이 잊어 버릴까봐 외고 가는디.

<중중모리> “화초장 화초장 화초장, 화초장 하나를 얻었다.
          花草欌   花草欌 花草欌   花草欌

*또랑: 도랑. 물이 흐르는 작은 개울.

*醋醬(초장): 간장에 초를 타고 깨소금이나 잣가루를 뿌린 양념장의 한 가지.

*房帳(방장): 방안에 치는 휘장. 여름철 방안에 쳐서 모기를 막는, 엉성하게 짜진 천으로 만든 휘장인 '모기장'을 말함.

*天障(천장): 방이나 마루 위를 평평하게 덮은 천정(天井)을 다르게 이른 말.

*송장: 죽은 사람의 시체.

*구들장: 방 온돌에서, 아궁이에 불을 때어 불기운과 연기가 지나가도록 굴을 만들 때, 그 굴 위를 덮는 넓적한 돌을 말함. 이 구들장을 덮고 그 위에 흙을 얇게 펴서 다진 다음, 진흙이나 시멘트를 바르고 장판지를 발라 완성함.

*꺼꾸로: '거꾸로'의 방언. 반대 되게 하는 것.

*모르것다: 모르겠다. '모른다'를 다지어 나타내는 표현.

*갑갑허여서: 무엇을 잘 몰라 가슴이 막힌 것 같이 묵직하고 답답함.

*저그: '저의, 자기(自己)의'라는 말의 방언.

*迎接(영접): 공손히 맞이해 들임.

*道理(도리): 사람이 마땅히 행동으로 옮겨야 할 바른 길.

*坐而不動(좌이부동): 앉아서 움직이지 않음. 일반적으로 일어나서 예의를 표해야 할 상황에 일어나지 않고 앉은 채 움직이지 않는 것을 비판하여 하는 말.

*묻것다: '묻는 것이었다'를 엄숙하게 표현한 말.

*임자: '주인(主人)'이란 뜻인데, 부부가 서로 상대방을 가리키는 호칭으로 사용하는 말. 또 상호간에 '너·자네'라고 하기 거북한 사이에 호칭으로 사용하기도 함.

*親庭(친정): 시집간 여자가 자기 친부모가 사는 집을 일컬음.

*그런디: '그러던데'의 방언. '그렇게 말하던데'라는 뜻.

얻었네 얻었네, 화초장 하나를 얻었다.” 또랑을 건너뛰다,
花草欌   *또랑

“아차 내가 잊었다. 초장 초장? 아니다. 방장 천장? 아니다.
        *醋醬 醋醬   *房帳 *天障

고추장 된장? 아니다. 송장 구들장? 아니다.”이놈이 꺼꾸
    醬   醬   *송장 *구들장   *꺼꾸

로 붙이면서도 모르것다! “장화초 초장화 아이고 이거 무엇
로   *모르것다 欌花草 草欌花

이냐? 갑갑허여서 내가 못 살겄다. 아이고 이거 무엇이냐?”
    *갑갑허여서

저그 집으로 들어가며, “여보게 마누라, 집안 어른이 어디
*저그

갔다가 집안이라고서 들어오면, 우루루루루루 쫓아 나와서

영접허는 게 도리가 옳제. 좌이부동이 웬 일인가? 에라 이
*迎接   *道理   *坐而不動

사람 몹쓸 사람!” 놀보 마누래 나온다, 놀보 마누래 나와.

“영감 오신 줄 내 몰랐소. 영감 오신 줄 내가 몰랐소. 이리
令監   令監

오시요 이리 와.”

<아니리> 화초장을 짊어지고 들어가면서 저의 마누라더러
        花草欌

묻것다. “여보 마누라, 내 등에 짊어진 것이 무엇이요?”
*묻것다

“영감은 무엇이요?”“아, 나는 알제 마는 임자가 알아 맞춰
令監   *임자

보란 말이여.” “우리 친정에서 그런디, 그걸 화초장이라 합
        *親庭 *그런디   花草欌

디다.”놀보가 어떻게 좋았던지, “얼씨구 내 딸이야!”“아니

*부질러: '부러뜨려'의 방언.

*여나문: 10개 남짓한. 10개를 조금 넘는 것을 나타내는 말.

*분질러: '부러뜨려'의 방언.

*巨富長者(거부장자): 큰 부자로서 큰 소리 치며 사는 사람.

*딱개: '뚜껑' '덮개'란 말의 방언. 오목한 덮개처럼 생겨 벽에 딱 붙은 제비 집을 나타낸 말.

*처마: 건물에서 지붕의 서까래가 도리 밖으로 내민 부분.

*씨름 했것다: 씨름을 하는 것이었다. 씨름할 때는 반드시 넘어져야 승패가 나므로, '쓰러지다'라는 뜻으로 쓴 말임.

*죽을 제비: 놀보가 제비를 잡아 다리를 부러뜨리려고 작정을 하고 있으므로 이렇게 표현한 것임.

*기달다 못해: 기다리다 못하여. 참고 기다리지 못하고 조급해 하는 성품을 표현한 말.

*후리러: 휘둘러 몰려고. 막대기 같은 것으로 휘둘러 새나 짐승을 한 쪽으로 몰아가는 것을 뜻함.

*春節相却(춘절상각): 봄철이 서로 멀리 물러감.

*夏四月(하사월) 초파일: 여름철인 음력 4월 8일 날, 곧 석가여래 탄신일. 음력으로는 4월부터 여름이 시작됨.

*燕子(연자): 제비를 한자(漢字)이름으로 일컫는 말.

*垂楊(수양): 버드나무의 한 종류로, 가지가 실처럼 축 늘어진 버들.

*제 이름을 제 불러: 자기의 이름을 자기가 부름. 자기의 이름과 같은 소리로 운다는 말. 새 이름이 '꾀꼬리'인데 울음소리도 '꾀꼴꾀꼴' 하고 운다는 말로, 원래 새 이름을 울음소리에 맞추어 지은 것임.

*伏羲氏(복희씨): 중국 고대 전설상의 황제. 그물을 만들어 어업 기초를 마련한 것으로 알려져 있음. 황하에서 용마(龍馬)의 등에 새기고 나온 무늬인 하도(河圖)를 얻어, 거기에 나타난 55개 점으로 팔괘(八卦)를 만들었다고 전해짐.

*에후리쳐: 둥글게 휘둘러 내리치는 모습을 나타낸 말.

*方丈山(방장산): 지리산(地理山)의 다른 이름. 삼신산(三神山)의 하나. '방당산'으로 표기된 것은 발음상의 혼동에 의한 것임.

여보! 마누라 보고 딸이란 데가 어데 있단 말이요?" "급할

때는 이리도 쓰고 저리도 쓰제." "그런디 그 화초장은 어디
花草欌

서 났소?" "흥보 집을 갔더니 흥보가 과연 부자가 됐데.
果然 富者

제비 다리 부러진 것을 동여 살려 보냈더니, 그 제비가 박

씨를 물어다 주어 심어, 박 세 통이 열려, 박통 속에서 은
銀

금보화가 나와 부자가 되었다네. 그 놈은 한 마리를 부질러
金寶貨 富者 *부질러

보내 부자가 되었지만, 우리는 제비 여나문 마리만 분
富者 *여나문 *분

질러 살려 보내면 거부장자가 될 것이 아닌가?" 그 날부터
질러 *巨富長者

제비 딱개 수천 개를 만들어서, 동편 처마 끝에 달았더니
*딱개 數千 個 東便 *처마

집이 동편으로 씨름 했것다. 아무리 제비를 기다려도 죽을
東便 *씨름 했것다 *죽을

제비가 들어 올 리 있겠느냐? 하루는 기달다 못해 그물을
제비 理 *기달다 못해

메고 제비를 후리러 나가는디.
*후리러

<중중모리> 제비 몰려 나아간다. 제비를 후리러 나아간다.

이때 춘절 삼각 하사월 초파일, 연자 나비는 펄펄, 수양버
*春節 相却 *夏四月 초파일 *燕子 *垂楊

들에 앉인 꾀꼬리 제 이름을 제 불러. 복희씨 맺은 그물을
*제 이름을 제 불러 *伏羲氏

에후리쳐 들어 메고 제비를 후리러 나간다. 방당산으로
*에후리쳐 *方丈山

*右頭峰(우두봉) *左頭峰(좌두봉): 오른쪽 산봉우리와 왼쪽 산봉우리.

*건넌 峰(봉) 맞은 峰(봉): 골짜기 건너편 산봉우리와 맞은편 산봉우리.

*層層(층층): 겹겹이 쌓인 모습. '칭칭'은 '층층'의 방언 발음.

*아아 이루어: 그물 막대를 들어 내리치면서 내는 소리.

*덤풀: '덤불'의 방언. '덤불'은 어수선하게 우거진 숲.

*짓둘러: 사방을 밟아 다니며 헤매는 모습.

*鳶飛戾天(연비려천): 솔개가 하늘을 거슬러 높이 날다. 『시경(詩經)』에서 "솔개가 하늘을 거슬러 날고(鳶飛戾天), 물고기가 못에서 뛰놀다(魚躍于淵; 어약우연)"라고 읊어, 훌륭한 군자의 덕화(德化)가 널리 퍼져 평온함을 찬양한 구절에서 인용했음.

*소리개: 솔개. 매우 사나운 날짐승인 매.

*南飛烏鵲(남비오작): 남쪽으로 날아가는 까마귀. 『삼국지연의』에서, 위(魏)의 조조(曹操)가 적벽강에 진을 치고 결전(決戰)에 앞서 달밤에 잔치를 베풀었을 때, 까마귀가 울며 남쪽으로 날아가는 것을 보고, "달이 밝으니 별빛이 희미하고(月明星稀; 월명성희), 까마귀는 남쪽으로 날아가네(烏鵲南飛)"라고 읊은 구절을 인용함.

*春日黃鶯(춘일황앵): 봄날에 아름답게 우는, 노란 황금색의 꾀꼬리.

*層巖絶壁(층암절벽): 높이 층층을 이루고 있는 험준한 바위의 낭떠러지.

*天火日(천화일): 하늘에서 불이 난다는 날. 이날 집을 지어 상량을 올리면 그 집은 화재를 만난다고 하는 음양가(陰陽家)의 이론에 따라 꺼리는 날. 음력 1·5·9월은 지지(地支)에 '자(子)'가 들어가는 날, 2·6·10월은 '묘(卯)'의 날, 3·7·11월은 '오(午)'의 날, 4·8·12월은 '유(酉)'의 날임.

*火及棟樑(화급동량): 불이 일어나 기둥과 들보를 모두 태움.

*身數不吉(신수불길): 타고난 운수가 좋지 못함.

*성주: 집을 지켜주는 신령. 한자로 성조(成造)라고 씀. 처음 집을 지을 때 한지 종이를 접어 상량(上樑) 나무와 동자기둥의 연결 틈에 끼워서 '성조신령'으로 모시고, 항상 거기에 빌어 가정의 평안을 기원했음. 집을 처음 지을 때 성주를 모시므로 '새 집 지음'이란 뜻으로 사용됨.

*멋氣(기): 품위 있는 기상. / *거이: '것이'의 방언. 그렇게 하는 것.

*까거라이: 알을 많이 낳아 새끼를 많게 하라는 부탁 말의 방언 표현.

*歇之揚之(헐지양지): 앉아 쉬기도 하고 떨쳐 날기도 함. 제비의 생활 표현.

나간다. 이 편은 우두봉 저 편은 좌두봉, 건넌 봉 맞은 봉,
便 *右頭峰   便 *左頭峰 *건넌 峰 맞은 峰

좌우로 칭칭 둘렀난디.   아아 이루어 덤풀을 툭 쳐, 후여
左右   *層層   *아아 이루어 *덤풀

허허허차 저 제비, 방당산에 짓둘러 덤풀을 툭 쳐, 후여
方丈山   *짓둘러

허허허 떴다 저 제비 어느 곳으로 행하나?   연비여천의
行   *鳶飛戾天

소리개 보아도 제비인가 의심, 남비오작의 까치만 보아도
*소리개   疑心 *南飛烏鵲

제비인가 의심, 춘일황앵 꾀꼬리만 보아도 제비인가 의심,
疑心 *春日黃鶯   疑心

층암절벽에 비둘기 보아도 제비인가 의심, "저기 가는 저
*層巖絶壁   疑心

제비야! 그 집으로 들어가지 마라. 천화일으 지은 집이로다,
*天火日

화급동량이라. 내 집으로 들어오너라. 이이히이 이리와."
*火及棟樑

<아니리> 하루는 신수 불길한 제비 한 쌍이 놀보 집 처마
*身數 不吉   雙

끝에다 성주를 허니, 놀보 보고 좋아라고, "얼씨구, 내 제비
*성주

왔구나! 그렇지, 저 제비가 멋기가 있는 제비로구나. 좋은
*멋氣

집 다 버리고 내 집에 와서 성주를 허는 거이 참 고맙다.
*거이

어서 어서 새끼 많이 까거라이." 저 제비 거동을 보아라,
*까거라이   擧動

홀지양지 허더니마는 알을 낳기 시작허는디, 놀보란 놈이
*歇之揚之

제2장   379

*草席(초석) 노: 짚자리를 엮어 만들 때 쓰는 노끈. 삶은 삼을 꼬아 만듦.

*비빔시롱: '부비면서'의 방언. 신령에게 소원을 빌 때 두 손바닥을 모아 부비면서 비는 동작. 제비집에 매단 노끈을 두 손바닥 사이에 끼우고 부비며 비는 동작으로, 비는 정성이 줄을 통해 전달될 것이라는 뜻임.

*어디 時調(시조)란지: 어느 지역 시조인지 (모르겠지만). '시조'는 고려 말 시작되어 조선시대 널리 전파되었던 시가로 '3장 6구' 형태의 정형시(定型詩)임. 시조창은 장단과 곡조가 정해져 있는데, 놀보가 시조창처럼 소리하며 비는 것이, 정해진 장단과 곡조에 맞지 않음을 비꼰 말임.

*美國長短(미국장단) *淸國時調(청국시조): 미국이나 중국에는 시조창이 없는데, 놀보가 빌면서 시조창처럼 소리하지만 사설과 장단이 전혀 형식에 맞지 않아, 국적 없는 시조창이라 비꼰 말임. '청국'은 중국 근세 청(淸)나라.

*制(제): 제도. 형식. 판소리에서 '바디'라고 하는 말과 같음.

*낳는 쪽쪽: 낳아놓은 것 마다. '쪽쪽'은 계속 잇달아 있는 모습을 나타냄.

*點考(점고): 숫자가 다 있는지를 확인하려고 장부와 대조하여 점을 찍으면서 맞추어 고찰하는 일. 점고하듯이 제비 알 숫자를 세어본다는 뜻.

*만저쌌던지: '계속 만지고 또 만지고 하므로'의 방언. 계속 많이 만지는 행위에 대하여 못 마땅해 하는 표현임.

*爪毒(조독): 손톱의 독. 손톱으로 긁은 자리에 균이 들어가 염증이 생긴 것을 말함. 손으로 너무 많이 만져 주물러서 내용물이 흔들려 변질 되거나 상하는 경우를 말함.

*싹 다: 통틀어 모두 다.

*골아빠져: 속이 썩어 상함. 새의 알이나 과일의 열매가 잘 성숙되지 못 하고 중간에 속이 썩거나 말라 딱딱하게 되는 경우를 말함.

*파딱파딱허니: 어떤 동작을 하려고 계속 움직이는 모습.

*失物(실물): 물건을 잃어버림. 기회를 놓쳐 손해를 봄.

*自將作技(자장작기): 자기 스스로 어떤 기능을 행사해 일을 해결함.

*수: 방법. 도리.

*물팍: 무르팍. 다리의 무릎 간절 바깥 부분.

*된장 떠다: 메주를 소금물에 담가두었다가 숙성 된 후 간장을 떠낸 찌꺼기인 된장을 떠 옴. 옛날에는 피부의 상처나 부어오른 곳에 된장을 붙여 동여매어 낫게 하는 것이 관행이었음

제비 집 밑에다가 초석 노를 딱 달아놓고 비빔시롱, 어
*草席 　노 　　　　　　　　　　　　*비빔시롱 *어

디 시조란지 미국장단에다가 청국시조를 썩 내 가지고, 그
디 時調란지 *美國長短 　　　　*淸國時調

제로 이놈이 제비 알 낳는 쪽쪽 점고를 허는디, "아아아아
*制 　　　　　　　　*낳는 쪽쪽 *點考

제비 알을 만져보자. 이이이 옳다 하나 깠구나! 어흐이이

옳다 또 하나 깠구나." 어찌 만저쌌던지 조독이 올라서 싹
　　　　　　　　　　*만저쌌던지 *爪毒 　　　　　*싹

다 골아빠져 버리고, 다만 한 마리 남은 것이 날기 공부
다 *골아빠져 　　　　　　　　　　　　　　工夫

허느라고 파닥파닥허니, 놀보가 보고 "떨어지거라 떨어지거
　　　　*파닥파닥허니

라!" 도로 부르르 기어올라 가제. "에께! 이놈을 내가 그

냥 두었다가는 실물을 당할 테니, 내가 자장작기 헐 밖에
　　　　　　*失物 　當 　　　　　　*自將作技

수가 없다." 제비 새끼를 잡아내어, 물팍에다가 대고 다리
*수 　　　　　　　　　　　　*물팍

를 작신 부질러놓니, "짹짹짹짹!" "짹이고 멋이고," 마당에다
　　　*부질러놓니

훅 집어던져 놓더니, 우르르르 쫓아 내려가서 제비새끼

주서 들고, "아이고 불상타 내 제비야. 여보 마누라여! 제비

다리가 부러졌네. 우리 제비 다리 이어 주세." 된장 떠다
　　　　　　　　　　　　　　　*된장 떠다

붙이고 헝겊으로 칭칭 동여서 제비 집에다 넣어주며, "어서

어서 죽지 말고 살아나서 박씨 하나만 물어 오너라 잉."

*居中(거중): '居之中天'의 준 말. 많이 높지 않은 중간하늘 가운데에 자리
    잡고 있음의 뜻.
*九萬長天(구만장천): 높고 먼 하늘. 옛사람들은 하늘을 9만 리 밖의 먼 공
    중에 덮여 있다고 생각했음.
*배도 쏙 스쳐보고: 두 날개를 짝 벌리고 옆으로 날면서, 하얀 배를 나무
    가지나 빨랫줄 같은 물체에 살짝 부딪치며 스쳐 날아가는 동작을 말함.
*성헌 다리: 상처가 없는 멀쩡한 다리.
*부지러: '부러뜨려'의 방언.
*萬里 江南(만리 강남): 1만 리나 떨어진 멀고먼 강남. 강남은 중국 양자강
    남쪽의 따뜻한 지역을 말함.

저 제비 거동을 보아라, 놀보 원수 갚을 제비어든 죽을 리
　　　擧動　　　　　　　　怨讐
가 있겠느냐? 수일이 되더니 다리가 나아서, 날기 공부를
　　　　　　　數日　　　　　　　　　　　　　　工夫
허는디.

<진양조>　떳다! 저 제비 거동을 보아라. 거중으로 둥둥
　　　　　　　　　舉動　　　*居中
떠 이리저리 날아보고 구만장천에 높이 떠서 배도 쓱 스쳐
　　　　　　　*九萬長天　　　　　　*배도 쓱 스쳐
보고, 빨랫줄에 가 날아 앉더니 한들한들 놀아보니, 놀보가
보고
보고 좋아라고, "얼씨구 내 제비 살았구나! 박씨 하나만 물
어다 주면, 성헌 다리도 마저 부지러 주마." 저 제비 거동
　　　　　*성헌　다리　　　　*부지러　　　　　　　舉動
을 보아라, 무엇이라고 지지지지 허더니 마는, 만리 강남을
　　　　　　　　　　　　　　　　　　　　　*萬里　江南
훨훨 날아 들어간다.

*江南之杜鵑(강남지두견) *祖宗之望帝(조종지망제): 강남의 두견새는 옛날 왕조의 '망제'라는 임금이었다. 이 말에는 두견새에 얽힌 설화가 결부되어 있음. 고대 중국 촉(蜀) 지역 임금 망제(望帝)가 신하에 의해 쫓겨나 산 속에 살며 돌아가기를 바라다가 죽어, 그 원한의 혼백이 이 새가 되었다는 고사. 그래서 두견새는 '귀촉도 불여귀(歸蜀道 不如歸; 촉나라 길로 돌아감이여, 돌아가고 싶구나)'라는 소리로 운다고 하며, 이 새를 '촉혼조(蜀魂鳥)'라 일컫게 되었음. 이 두견을 강남의 새들 장수로 설정했음.

*百鳥(백조): 모든 많은 새들.

*點考(점고): 숫자가 다 있는지를 확인하려고 장부와 대조하여 점을 찍으면서 맞추어 점검하는 일.

*나오: 호명하는 점고를 맞아 나오면서 '나왔습니다' 하고 대답하는 말.

*명매기: 제비와 비슷하게 생겼고 검은색에 흰색 무늬가 있는 새. '호연(胡燕)' 또는 '칼새'라고도 함.

*봉통이: 상처나 종기가 치료된 뒤에도 불룩하게 부어오른 흔적이 남아 있는 응어리.

*顫動(전동)거리고: 흔들거려 움직이며 절뚝이는 모습.

*將帥(장수): 전쟁을 지휘하는 대장. 우두머리라는 뜻으로 사용되었음.

◇ 놀보 제비가 들어온다

1. 놀보 제비 물고 온 수풍 박씨

<아니리> 강남지두견은 조종지망제라. 백조들을 점고를
　　　　*江南之杜鵑　　*祖宗之望帝　　*百鳥　　*點考

허는디, "일본 들어갔던 초록제비!" "나오!" "중국 들어갔던
　　　　日本　　　　草綠　　*나오　　中國

명매기!" "나오!" "미국 들어갔던 분홍제비!" "조선서 태어난
*명매기　　　　美國　　　　粉紅　　　　朝鮮

놀보 제비!"

<중중모리> 놀보 제비가 들어온다. 놀보 제비가 들어온다.

부러진 다리가 봉통이 져서 전동거리고 들오며, "예!" 제비
　　　　　*봉통이　　　*顫動거리고

장수 호령허되, "너는 왜 다리가 저리 봉통이 졌느뇨?"
*將帥 號令

*小鳥(소조): 새를 의인화(擬人化)하여, 자기 자신을 낮추어 이르는 말.

*不測(불측)헌: 마음이 음흉하고 좋지 못함. 너무 심하여 헤아릴 수 없음.

*쥔: 주인. 제비가 그 집에 집을 짓고 살았으므로 그 집이 주인집인 셈임.

*天幸(천행): 매우 다행한 일. / *德分(덕분): 덕택. 어떤 혜택을 입혀줌.

*洞燭(통촉): 잘 살펴 옳고 그름을 밝혀 배려해 줌.

*心術(심술): 옳지 못하고 고집스러운 마음가짐. / *明春(명춘): 이듬해 봄.

*날 적: 나가는 때에. 곧 겨울을 지나고 고국으로 돌아가는 때를 말함.

*讐風(수풍): 원수 갚는 조화를 지닌 신기한 바람.

*三冬(삼동): 겨울 석 달 동안. 음력으로 10,11,12월 3개월 동안.

*三春(삼춘): 봄 석 달 동안.

*方長(방장): 바야흐로 한창 왕성하게 일어남.

*왼갖: 온갖. 여러 가지의 일. / *모도: 모두 다.

*還國(환국): 고국으로 돌아감.

*路程記(노정기): 여행길에서 지나가는 경로를 적은 글.

*달키는 달튼가 보더라: "다르기는 다르던가 보더라"의 축약표현.

*蜀國(촉국): 옛날 중국 촉나라 지역. 지금의 사천성(四川省) 성도(成都) 지역으로 중국 중원에서 들어가는 길이 험악함.

*蜀山東(촉산동): 촉 지역으로 넘어가는 곳에 있는 높은 산맥의 동쪽지역. 곧 한수(漢水)를 중심으로 한 중원(中原)지역 일대. '촉산'은 고유한 산 이름이 아니고 '촉 지역으로 넘어가는 산악지역'을 뜻함. 백낙천(白樂天)의 '장한가(長恨歌)'와 두목(杜牧)의 '아방궁부(阿房宮賦)'에도 이 '촉산'을 언급해 읊고 있음.

*洛陽山(낙양산): 중국 호남성에 있는 산. 이 산 아래에 깊이를 알 수 없는 동굴이 있고, 두 강이 합쳐지는 곳으로 일대의 경관이 매우 아름다움.

*瀟湘江(소상강): 중국 호남성을 흐르는 강. 소강(瀟江)과 상강(湘江)이 합쳐져서 북쪽으로 흘러 동정호(洞庭湖)로 들어감. 소상강이 흐르는 7백리 연안 경치가 아름다워 문학작품에 많이 등장함. 옛날 순(舜)임금의 두 부인 아황(娥皇)과 여영(女英)이 순임금 서거 후 이 강 언덕에서 떨어져 자결했음. 두 부인의 사당 황릉묘(皇陵廟)와 피눈물이 묻어 무늬가 생긴 대나무 반죽(斑竹)이 있음.

"예 소조 아뢰리다. 조선국서 태어나 날기 공부 힘을 쓸 적
　　*小鳥　　　　　　朝鮮國　　　　　　　　工夫

에, 불칙헌 놀보 쥔 놈이 소조 다리를 부질러서 거의 죽게
　　*不測헌　　*쥔　　小鳥

되었더니, 천행으로 다리가 나아서 이렇게 왔사오나, 어찌
　　　　　*天幸

하면은 그 놈의 원수를 갚소리까? 제발 덕분에 통촉허오."
　　　　　　怨讐　　　　　　　*德分　*洞燭

<아니리> 제비 장수 들으시고, "어, 불칙한 놀보놈 심술은
　　　　　　　將帥　　　　　　　　不測　　　*心術

강남까지도 유명헌 놈이로구나. 명춘에 날 적에 수풍이란
江南　　　有名　　　　　　*明春　*날 적　*讐風

박씨 하나만 물어다주면 네 원수는 다 갚느니라." 삼동이
　　　　　　　　　　　怨讐　　　　　　　*三冬

지나고 삼춘, 삼춘이 방장허니, 왼갖 날짐생들이 모도 고국
　　*三春　三春　*方長　*왼갖　　　　　　*모도　故國

을 찾아 환국을 허는 때라. 놀보 제비가 나오는디, 이 제비
　　*還國

노정기가 좀 달키는 달튼가 보더라.
*路程記　　　*달키는 달튼가 보더라

<중중모리>　　　앞 남산 지내고 밖 남산을 지내, 촉국을
　　　　　　　　　　南山　　　　　　南山　　　*蜀國

지내고 촉산동 이천 리, 낙양산 오백 리, 소상강 칠백 리,
　　*蜀山東　二千 里　*洛陽山　五百 里　*瀟湘江　七百 里

제3장　　387

*洞庭湖(동정호): 중국 호남성 양자강 중류 남쪽에 있는 중국 제일의 호수로, 소상강(瀟湘江)이 흘러 들어오며, 동쪽에 악양루(岳陽樓)가 있음.

*金陵(금릉): 중국 강소성에 있는 도시로 지금 남경(南京)의 옛 이름임.

*岳陽樓(악양루): 중국 호남성 악양현(岳陽縣) 성 서쪽 문루(門樓). 정면에 동정호(洞庭湖)가 바로 보여 주변 경치가 매우 아름다움. 당(唐) 시인 두보(杜甫)의 '등악양루(登岳陽樓)' 시로 더욱 널리 알려짐.

*姑蘇臺(고소대): 중국 강소성에 있는 고소산 위의 호화로운 누대. 춘추시대 말기 오(吳)나라 왕 부차(夫差)는 월(越)나라 왕 구천(句踐)이 바친 미녀 서시(西施)를 위해 이 고소대를 짓고 행락에 빠져 나라를 그르쳐서, 마침내 쳐들어온 월왕 구천에게 잡혔다가 자결했음.

*五嶽 衡山(오악 형산): 중국 국가에서 제사를 모시던 다섯 산인 '오악' 중에 남악인 호남성의 '형산'. 이 산 속에는 72개 봉우리가 있음. 중국 오악(五嶽)은 '형산'과 함께, 동악인 태산(泰山), 서악인 화산(華山), 북악인 항산(恒山), 중악인 숭산(嵩山) 등임.

*九頂 摩塔(구정 마탑): '구정'은 중국 사천성에 있는 산으로 그 속에 9개의 봉우리가 있어 아름다움. 이 산 아래의 능운사(凌雲寺) 절에 당(唐) 해통(海通) 스님이 산의 바위를 뚫어 큰 미륵(彌勒)을 조각했음. 이어 미륵 주위에 7층의 높고 뾰족한 탑 건물을 지어 덮었음. 이 건물이 탑처럼 뾰족하고 높으며, 그 속에 미륵을 품고 있어서 '마탑(摩塔)'이라 일컬음.

*司馬城(사마성): 중국 산서성 사마진(司馬鎭) 주위의 성. 송(宋) 때 『자치통감(資治通鑑)』을 편찬한 학자인 사마온공<司馬溫公; 성명은 사마광(司馬光)>이 머물었으므로 여기를 '사마진(司馬鎭)' '온공진(溫公鎭)'이라 함.

*越德城(월덕성): 옛날 월(越)나라와 그 남쪽지역을 뜻함. 삼국시대 오(吳)나라는 월 남쪽 안남(安南) 북쪽인 광서(廣西) 지역에 구덕군(九德郡)을 설치했고, 남북조시대 남조의 양(梁)나라 때에 이 지역을 '덕주(德州)'로 고쳐, 이후 수당(隋唐)까지 모두 '덕주'라 했음. 따라서 '월덕성(越德城)'은 곧 옛날 월나라 지역을 넓게 일컫는 말임.

*姑蘇城(고소성): 중국 강소성 고소산에 있는 성곽. 춘추시대 오(吳)나라 수도로 지금의 소주(蘇州)임. 춘추시대 말엽, 오왕(吳王) 부차(夫差)에게 패한 월왕(越王) 구천(句踐)이, 미인 서시를 부차에게 바치고, 재상 범려(范蠡)와 함께 국력을 길러 공격해 마침내 부차를 사로잡고 이 성을 함락시켰음.

동정호 팔백 리, 금릉 육백 리라. 악양루 고소대, 오악 형산
*洞庭湖 八百 里 *金陵 六百 里   *岳陽樓 *姑蘇臺 *五嶽 衡山

구경허고 구정마탑 육십 리에 사마성이 삼십 리라. 월턱성
        *九頂摩塔 六十 里   *司馬城   三十 里   *越德城

돌아들고 고소성 바래보니,
        *姑蘇城

◇참고: 놀부 제비 중국 노정도(路程圖)[흥보 제비 노정도에 추가함]

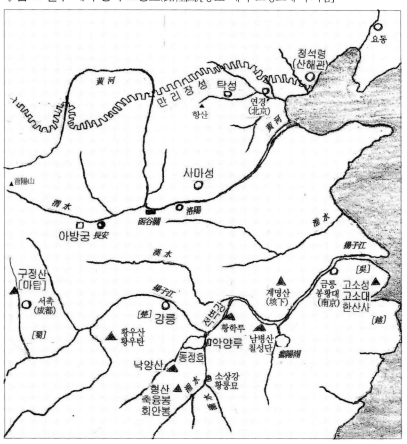

*寒山寺(한산사): 중국 강소성 고소산(姑蘇山) 북쪽 '한산(寒山)' 자락의 '풍교(楓橋)' 다리 근처에 있는 절. 당(唐) 시인 장계(張繼)가 배를 타고 풍교 근처에서 하룻밤 지내며 '풍교야박(楓橋夜泊)' 시를 지어 널리 알려졌음.

*阿房宮(아방궁): 중국 섬서성 장안(長安) 서북에 위치한 크고 웅장한 궁궐. 진시황(秦始皇)이 건립했으며 뒤에 항우(項羽)가 불태웠다고 함.

*萬里長城(만리장성): 중국 북쪽에 있는 긴 성. 서쪽의 감숙성(甘肅省) 안서현(安西縣)에서 동쪽의 요령성(遼寧省) 산해관(山海關)에까지 이름.

*洞仙嶺(동선령): 위치가 불분명함. '동선'은 동굴 속 신선으로, 중국 도처에 동선이 사는 굴과 산이 있음. 추정하면, 중국 섬서성 장안(長安)의 남산(南山)인 '진령(秦嶺)' 북쪽 자락에 남전산(藍田山)이 있고, 아래에 남교(藍橋) 다리가 있으며 그 안 옥봉동(玉峰洞)에 '동선(洞仙)'이 살고 있다고 전해짐. 당(唐) 때 배항(裵航)이 선녀 운영(雲英)을 만나 옥봉동으로 들어가 신선이 된 소설『배항전』이 전함. 이 '진령'을 '동선령'이라 일컫은 것으로 추정됨. 우리나라는 황해도 황주(黃州) 절산(岊山)에 동선령이 있음.

*三南(삼남): 우리나라 남부에 있는, 경상 전라 충청 세 도.

*포기포기: 여기저기 떼 지어 있는 모습. '포기'는 '떨기' 또는 '무더기'.

*江陵(강릉): 중국 호북성 양자강 중류 남안(南岸)에 접해 있는 고을.

*赤壁江(적벽강): 호북성 양자강 중류 남안(南岸) 적벽산 아래의 강. 옛날 조조(曹操)가 많은 전함으로 진을 쳤다가 오·촉한 군에게 크게 패한 곳임.

*蘇東坡(소동파): 중국 송(宋) 때 시인 소식(蘇軾). 적벽강에 배를 띄우고 '적벽대전'을 연상하며 유람하고 '적벽부(赤壁賦)'를 지었음.

*曹孟德(조맹덕): 중국 삼국시대 위(魏)의 조조(曹操). '맹덕'은 자(字)임.

*而今 安在哉(이금 안재재): 그런데 지금 어디에 있느냐? 소동파의 '전적벽부(前赤壁賦)'에서, "진실로 한 세대의 영웅이지만, 그러나 지금은 어디에 있느냐?(固一世之雄也 而今安在哉)"라고 읊은 구절에서 인용했음.

*靑石嶺(청석령): 만주 요령성(遼寧城)의 산. 여기에 산해관(山海關)이 있음.

*玉河館(옥하관): 중국 하북성 북경 서쪽 사하(沙河)의 옥하교 다리 근처에 있던, 우리나라에서 가는 사신의 숙소.

*瀋陽江(심양강): 만주 요령성(遼寧省) 심양에 있는 강인 '심수(瀋水)'.

*定州(정주) *順安(순안): 평안도 서부지역 북쪽과 남쪽에 있는 두 고을.

*順川(순천): 평안도 평양의 북동쪽에 있는 고을.

한산사 거룩허고,   아방궁 육십 리에 만리장성 돌아드니
*寒山寺   *阿房宮 六十 里   *萬里長城

일만 오천 리, 동선령 날아드니 천하 제비가 다 모아 각국
一萬 五千 里 *洞仙嶺   天下   各國

으로 흩어질 제, 삼남으로 오는 제비 포기포기 떼를 지어
            *三南   *포기포기

서로 짖어 언약헌다. 금년 구월 보름날 이곳에 와서 상봉
            言約   今年 九月   相逢

허자. 약속을 정한 후에, 중천에가 높이 떠 강릉을 구경허
        約束   定 後   中天   *江陵

고,   적벽강 돌아드니 소동파 조맹덕은 이금에 안재재요?
        *赤壁江   *蘇東坡 *曹孟德 *而今   安在哉

청석령 오백 리를 순식간에 당도허니 옥하관이 여기로다.
*靑石嶺 五百 里   瞬息間   當到 *玉河館

심양강 칠백 리에, 정주 를 지내 순안 순천 칠십 리에, 바
*瀋陽江 七百 里 *정주를 지내 *順安 *順川 七十 里

라보니 평양이로구나.
        平壤

◇참고: 당(唐) 시인 장계(張繼)의 '풍교야박(楓橋夜泊)' 시

> 달 지고 까마귀 울어 서리 차가운 하늘에, (月落烏啼霜滿天; 월락오제상만천)
> 강물 위 단풍, 고깃배 불빛, 잠자리 괴롭히네.(江楓漁火對愁眠; 강풍어화대수면)
> 고소성 밖에 있는 한산사 절에서, (姑蘇城外寒山寺; 고소성외한산사)
> 한밤중의 종소리 나그네 배에 와 닿는구려. (夜半鐘聲到客船; 야반종성도객선)

*練光亭(연광정): 평양의 대동강 가에 있는 정자.

*一隅長安(일우장안): '한쪽으로 치우쳐 있는<一隅>' 수도(首都). 곧 서경
 (西京)인 평양을 '나라 한 모퉁이에 있는 수도'라 표현한 것임.

*巡畢望族 而孝子烈女家家在(순필망족 이효자열녀가가재): 덕망 있는 가문
 <望族>을 두루 돌아 마치니<巡畢>, 효자와 열녀가 집집마다 있음.

*送客亭(송객정): 평양 서쪽에 있는 정자.

*水雲間(수운간): 물과 구름 사이 아득한 곳.

*開城府中(개성부중): 개성도호부의 성안.

*王太祖(왕태조): 고려 태조 왕건(王建). / *古史蹟(고사적): 옛날 역사 흔적.

*滿月臺(만월대): 개성의 송악산 남쪽 기슭에 있는 옛날 고려 왕궁 터. 본
 래 고려 왕궁의 정전(正殿) 앞 계단이 만월대였음.

*무악재: 서울 서쪽에 있는 '무악(毋嶽)' 고개. '안현(鞍峴)'이라고도 함.

*楊州郡(양주군): 서울 동북부 경기도의 고을 이름.

*億萬勢力(억만세력) *應(응): 북쪽에서 흘려 내려온 산맥 세력이 무악과 양
 주군으로 이어져, 수많은 정기(精氣)를 응집(應集)하여 수도 서울을 옹위
 (擁衛)하고 있음을 나타낸 말.

*第一三角(제일삼각): 삼각산의 제일 높은 봉우리인 백운대(白雲臺).

*長安(장안): 서울 한양(漢陽). '장안'은 중국 섬서성 위수(渭水) 남쪽에 있는
 고대 한·당(漢·唐)시대 수도였음. 후인들이 '각 나라의 수도'라는 뜻으로
 사용하고 있음.

*千年山(천년산): 1천년이나 오래도록 나라를 지켜줄 산.

*萬年水(만년수): 1만년이나 오래도록 나라를 지켜줄 강물.

*文物彬彬(문물빈빈): 문화와 사람의 활동이 빛나고 아름다움.

*風俗熙熙(풍속희희): 사람 사는 습속과 마음가짐이 빛나고 아름다움.

*萬萬歲之金湯(만만세지금탕): 오래도록 영원히 지켜갈 튼튼한 도성. '금탕'
 은 '금성탕지(金城湯池; 쇠처럼 튼튼한 성곽과, 끓는 물 같은 성 둘레 못인
 해자<垓字>)'의 준말로, 견고하며 방비가 튼튼한 성곽을 뜻함.

*얼 품: 서로 연결되어 어우러진 사이.

*讐風(수풍): 원수 갚는 조화를 지닌 신기한 바람.

*七牌 八牌(칠패 팔패): 서울 남대문 밖 북편에 있던 마을. 조선시대 어영청
 주변 7번 8번째 구역이란 뜻. 현재 칠패 시장터가 표시되어 있음.

연광정 높이 날아 일우장안을 구경허고, 순필망족 이효자
*練光亭　　　　　　　*一隅長安　　　　　　　*巡畢望族　而孝子

열녀 가가재라. 송객정 수운간을 지내, 살같이 빨리 날아
烈女　家家在　　*送客亭 *水雲間

개성 부중을 들어가니, 왕태조 고사적은 만월대 뿐이요,
*開城　府中　　　　　　　*王太祖 *古史蹟　　*滿月臺

무악재 양주군 억만 세력을 응하였고, 제일 삼각 올라 앉어
*무악재 *楊州郡 *億萬 勢力　　*應　　　　*第一 三角

장안을 가만가만 둘러보니, 남산은 천년 산 한강은 만년수
*長安　　　　　　　　　　　南山　*千年　山　漢江　*萬年水

라. 문물이 빈빈허고 풍속은 희희하야 만만세지금탕이라.
　　*文物　彬彬　　　*風俗　熙熙　　*萬萬歲之金湯

전라도는 운봉이요 경상도는 함양인디, 운봉 함양 두 얼 품
全羅道　雲峰　　　慶尙道　咸陽　　　　雲峰　咸陽　*얼 품

에 놀보가 그 곳에 사는지라. 저 제비 거동을 보라, 수풍이
　　　　　　　　　　　　　　　　　舉動　　*讐風

박씨를 입에다 물고 남대문 밖 썩 내달라, 칠패 팔패,
　　　　　　　　　南大門　　　　　　　*七牌 八牌

*靑坡(청파)배다리: 서울 남대문 밖에서 청파로 건너가는 배다리. 물이 많은 내에 교각 대신 배를 띄워 그 위에 통나무를 걸쳐 건너가게 한 다리로 '배다리' 또는 '주교(舟橋)'라고 함. 각지에 배다리가 있어, 앞에 지역 이름을 붙임. '청파'를 '청패'라 한 것은 '칠패 팔패'를 따라서 발음한 것임.

*아야고개: 애 고개. 서울 남대문 밖에서 나가 이태원으로 넘어가는 고개.

*洞雀江 越江(동작강 월강): 서울 이태원 지역에서 한강인 동작강 나루를 건넘. 옛날 문헌에 '동작(洞雀)'으로 표기되어 있음.

*僧房(승방): 서울 사당동 남쪽의 승방골 마을. 지금 '승방길' 도로가 있음.

*南太嶺(남태령): 서울 사당동 남쪽에서 과천(果川)으로 넘어가는 고개.

*쭉지 쩍 벌리고: '쭉지'는 '죽지'의 방언. 팔이나 날개가 몸에 붙은 부분. 제비가 날개를 온통 크게 벌리고 나는 모습을 말함.

*全羅監營(전라감영): 전라도 관찰사(觀察使)가 머물러 업무를 수행하는 관아. 전주(全州)에 자리 잡고 있었음.

*完山七峰(완산칠봉): 전주에 있는 일곱 개 산봉우리. 주봉인 장군봉을 중심으로 내칠봉(內七峰)과 외칠봉(外七峰)이 있지만 보통은 외칠봉을 '완산칠봉'이라 함. 곧, 장군봉(將軍峰), 검무봉(劍舞峰), 선인봉(仙人峰), 모란봉(牧丹峰), 금사봉(錦絲峰), 매화봉(梅花峰), 도화봉(桃花峰) 등 7봉.

*짓쳐 달라: 깃을 쳐 달리어. 날개깃을 힘껏 움직여 빨리 날아감.

*廣寒樓(광한루): 전라북도 남원에 있는 누각. 춘향 이야기의 바탕이 된 곳.

*女(여)재: '연재'는 '여재'의 발음 혼란에 의한 방언. 남원에서 운봉으로 넘어가는 산 고개이며, 한자로 '여원현(女院峴)'임. 이 고개 아래 운봉 쪽에 옛날 숙소(宿所)인 '여원(女院)'이 있어서, 산 고개에 붙여진 이름임.

*一刻(일각)이 如三秋(여삼추): 한 시각이 삼년과 같이 길게 느껴짐.

*天道之道(천도지도): 우주 원리인 천도(天道)가 어김없이 운행되는 도리. 계절의 바뀜이 어김없어 봄이 되어 제비가 옛집을 찾아온 것을 이름.

*兩主(양주): 집의 두 주인, 곧 부부.

*有識(유식): 사리판단의 지식을 풍부하게 갖추고 있음.

*怨讐 讐字(원수 수자) *바람 風字(풍자): 한자 '讐'와 '風' 글자의 의미인 훈(訓)과 음(音)을 나타낸 것.

*괭헌게: '괴이(怪異)하니까'의 방언. 이상하게 생각되니까.

*속: 자세한 사정의 깊은 내용.

청패배다리 아야고개를 얼른, 동작강 월강, 승방을 지내여
*靑坡배다리 *아야고개   *洞雀江 越江 *僧坊

남태령 고개 넘어, 두 쭉지 쩍 벌리고 번뜻 수루루 펄펄
*南太嶺   *쭉지

날아, 전라 감영을 당도하야 완산칠봉을 구경허고, 거기서
      *全羅 監營   當到 *完山七峰

짓쳐 달라 남원 광한루를 구경허고, 운봉 연재를 얼른 넘어
*짓쳐 달라 南原 *廣寒樓   雲峰 *女재

놀보 집을 당도, 놀보가 보고서 좋아라, "얼씨구 내 제비
        當到

왔구나, 얼씨구나 내 제비, 너를 내가 보내놓고 일각이 여
                                    *一刻   如

삼추 기다렸더니 이제 나를 찾아오니 천도지도가 반갑다.
三秋   *天道之道

저 제비 거동을 보라, 수풍이 박씨를 입에 물고 이리 저리
        擧動   讐風

넘놀다, 놀보 양주 앉은 앞에다가 박씨를 뚝 던져놓고 백운
        *兩主   白雲

간으로 날아간다.
間

<아니리> 놀보가 박씨를 딱 주워 들고, "여보소 마누라,

제비가 박씨를 물어 왔네여." 놀보 마누라는 놀보보다 유식
                                        *有識

허든가, "여보 영감 박씨는 틀림없는 박씨요마는 박씨에다
        令監

가 글이 씌었소. 원수 수자 바람 풍자 굉헌게 심지 말고 내
        *怨讐 讐字 *바람 風字 *굉헌게

버립시다." 놀보가 가만히 생각을 허더니마는 "자네가 속을
                                        *속

*文章(문장): 한문(漢文) 지식이 풍부한 사람인 학자들. 본래 뜻은 "낱말을 연결해 뜻이 통하게 한 글"을 나타내는 말이지만, '문장가(文章家)'라는 뜻을 가짐.

*비단 繡(수): 한자 '繡' 글자의 음과 훈을 나타냄. 비단, 또는 수놓은 무늬.

*뒤집어 허느니: 뜻이 반대되게 나타내기도 한다는 뜻.

*신짝 넣고: 호박이나 박을 심을 때는 땅에 깊은 구덩이를 파고 낙엽과 낡은 짚신 등을 넣은 다음에, 고여 있는 오물을 퍼다 부어 며칠 두었다가, 잘 썩은 퇴비 거름을 넣고는 그 위에 흙을 덮어, 씨앗을 세워 꽂아 심음. 낡은 짚신은 그대로는 잘 썩지 않아 호박이나 박 구덩이에 넣어 썩여서 거름이 되게 하는 것임.

*박筍(순): 땅에서 돋아나는 박 씨앗의 싹. 한자로 '筍, 笋' 등으로 씀.

*북채만: 북을 치는 막대기 정도의 크기. 끝에 붙은 '만'은 '그 정도의 크기'를 나타내는 말로, 다음의 '홍두깨, 기둥' 등에 붙은 것도 같은 표현임.

*홍두깨: 둥글게 다듬은 막대기로, 옷감을 감아서 다듬는 데에 사용함.

*지둥: '기둥'의 방언.

*잎삭: '잎사귀'의 방언.

*해가고: '그만한 정도 크기로 되어감'의 뜻임.

*넝출: '넝쿨'의 방언.

*왼 洞里(동리): 온 동네.

*그때 돈: 그 당시의 시가(時價)로 계산한 피해(被害) 금액.

*數 數百 兩(수 수백 량): 여러 수백 냥이란 뜻. 일정 금액이 아니고 많은 돈이라는 뜻으로 사용한 말임.

*물었든가: '물어 주었던가'. 보상을 해주었다는 말.

*딱 妖妄(요망)스럽게: 매우 정말로 요사스럽고 망령스러움.

*당체: '당초에'의 방언. '처음부터, 도무지, 영영'의 뜻.

*안 따 낼 래: '따내지 않겠느냐?' 하고 위협하는 말.

*샌님: '생원(生員)님'을 줄여 표현한 말. 지체 낮은 사람이 선비를 존칭으로 부르는 말.

*病身(병신): 몸에 병이 있거나 신체가 온전하지 못한 사람.

모르는 말이여. 강남에 문장들이 글을 뒤집어 허느니, 비단
江南 *文章 *뒤집어 허느니 *비단

수자 쓴다는 것이 붓대가 잘 못 돌아가서 원수 수 되고,
繡字 *怨讐 讐

풍년 풍자 쓴다는 것이 잘못 되어 바람 풍자 되었으니
豊年 豊字 風字

걱정 말고 심세." 동편 처마 담장 밑에다 구덩이를 크게 파
東便

고, 신짝 넣고 거름 넣고, 따둑따둑 단단히 잘 심었제. 박순
*신짝 넣고 *박筍

이 올라오는디 북채만, 홍두깨만, 지둥만, 박 잎삭이 삿갓만
*북채만 *홍두깨 *지둥 *잎삭

씩 해가고, 이놈의 넝출이 왼 동리로 막 뻗어 나가는디, 박
*해가고 *넝출 *왼 洞里

넝출이 턱 걸친 집은 찌그러지고 상해가지고, 그때 돈으로
傷 *그때 돈

도 집값을 수 수백 냥 물었든가 보더라. 하로는 이웃집 노
*數 數百 兩 *물었든가 老

인 한 분이 썩 오더니마는, "네 이놈 놀보야! 이놈, 밤이면
人

지붕 우에 박통 속에서, 똥 당지당지당동 찡찡 동지동지동,

딱 요망스럽게, 당체 잠을 못 자겄어. 네 이놈, 박 안 따 낼
*딱 妖妄스럽게 *당체 *안 따 낼

래?" 이놈 놀보가 가만히 생각을 허더니, 은금보화가 변화
래 銀金寶貨 變化

해서 그런 줄 알고, "샌님, 오늘 박 따 낼라요." "썩 따내라
*샌님

이놈!" 그날부터 놀보가 박탈 삿군을 얻어 들이는디, 어쩐
*삿군

일인지 이렇게 꼭 병신들만 얻어 들이것다.
*病身

*물어본깨: '물어보니까'의 방언.

*銀金寶貨(은금보화): 은과 황금 같은 보배로운 재물.

*성헌: 몸의 어느 부분에도 불구이거나 결점이 없는 사람을 말함.

*役軍(역군): 돈을 받고 남의 일을 하는 일꾼.

*三時(삼시) 먹고: 하루 세끼 식사를 제공받고.

*댓 兩(량) 줌세: 다섯 냥 정도의 보수를 주겠음. '냥'은 옛날 화폐 단위임. 구리로 둥글게 만든 엽전(葉錢) 1개를 '한 잎'이라 하며 곧 '1푼'임. 그리고 10푼이 '1돈'으로 '1전(錢)'이라고도 하며, '10돈'이 '1냥'임. 곧 엽전 1백 개가 '1냥'이며, 이것을 끈에 꿰어 묶은 것을 '1꿰미'라 함.

*청보: 언청이. 옛날은 언청이를 놀려 입이 찢어졌다고 하여 '째보'라 했고, '멀쩡한'이란 뜻의 접두어 '청(靑)'을 붙여 '청째보'라고도 했음. 이 '청째보'를 줄여 '청보'라고 표현한 것임.

*혼야: '오냐' 하고 대답하는 소리. 입술이 바르지 않아 발음이 정확하지 못한 상태를 나타낸 말.

*맞어라: 노래를 할 때 주고받고 하는 상화가(相和歌)에서, 앞소리에 맞추어 흥을 돋우는 뒷소리를 노래하라는 말임.

*홉질: '톱질'이라고 한 말의 발음이, 부정확하게 나타난 상태.

2. 놀보 박타기(1)—상전양반 출현

<아니리>　모다 이런 병신들만　얻어 들였는디, 어째서
病身

그러냐고 놀보 보고 물어본깨, 박을 툭 타서 은금보화가 와
*물어본깨　　　　　　　*銀金寶貨

쏟아지면 성헌 사람들은 모다 주워가지고 달아난다고, 그
*성헌

래서 이렇게 병신들만 얻어 들였것다. "여보소 역군들 삼시
病身　　　　　　　　　　*役軍　*三時

먹고 댓 냥 줌세. 어서 가 박 따오소." 박을 따다 놓고 톱
먹고　*댓 兩 줌세

을 걸고 한번 타 보는디.

<진양조>　"시르렁 실건 톱질이로구나. 헤이여루 당그여라

톱질이야. 흥보란 놈 박통에서는 쌀과 돈이 많이 나왔으되,

내 박은 은금보화만 나오너라. 헤이여루 당그여라 톱질이
銀金寶貨

야. 여봐라 청보야." "혼야." "힘을 써서 어서 톱 소리 맞어
*청보　　　*혼야　　　　　　　　　　　　　*맞어

라." "헤이여루 홉질이야." "네 이놈아, 홉질이야 허지 말고
라　　　　　　*홉질

톱질이야 해라 이놈아. 여보소 이 사람들 내 말 듣소, 은금
銀金

보화가 나오거들랑 숨김없이 주서주소. 시르렁 실건 당그
寶貨

여라 톱질이야."

*『孟子(맹자)』라: 서당에서 책 첫 부분을 읽을 때, 그 책 이름을 읽고 본문을 읽게 되어 있음. 그래서 『맹자』책을 읽으려고 '맹자라' 하고 읽은 것임.

*孟子見梁惠王(맹자견양혜왕)이 허신다: 『맹자』의 첫 구절로, "맹자께서 '양'의 혜왕을 만나셨음. '양'은 춘추시대 위(魏)의 수도 이름 '대량(大梁)'임. 끝에 붙은 '이 허신다'는, 한문을 읽을 때 우리말 구결(口訣; '토')을 넣어 읽은, '하신대'를 재담으로 재미있게 표현한 것임.

*王曰 叟不遠千里而來(왕왈 수불원천리이래) 하시니: 혜왕이 가로되, 노인께서 천리를 멀다 않고 오셨으니. 끝에 붙은 '하시니'는 역시 구결임.

*두루박 이마빡: '두루박'은 둥글고 큰 바가지. 둥근 바가지 겉면같이 둥글게 튀어나온 벗겨진 이마. '이마빡'은 이마의 낮춤말인 '이마빼기'의 방언.

*송곳 턱: 송곳 같이 뾰족하고 날카롭게 튀어나온 턱.

*주먹상투: 주먹을 쥔 것처럼 우묵하게 둥글고 큰 상투.

*빈대 코: 빈대처럼 납작한 콧날.

*똥오줌을 팔팔 싸: 고지식한 늙은 선비들은 늘 방안에 들어앉아 있어, 힘이 약해 대소변이 수시로 나와 옷에 묻어서 구린내가 풍김을 말함.

*振動(진동): 사방으로 울리어 퍼짐.

*正月(정월)쇠: 옛날 남자종에게 첫째란 뜻으로 붙여준 이름.

*二月宅(이월댁): '정월쇠'의 대칭으로 그 아내 여종에게 붙여준 이름.

*마당쇠: 집안에서 일하는 젊은 하인에게 붙여 부르던 이름.

*四月宅(사월댁): 순서에 의해 네 번째란 뜻으로 여종에게 붙여준 이름.

*世代(세대): 조상 대대로 이어져 내려오는 혈통.

*종일러니: 종이었음. 자기 집 노비였다는 말.

*丙子年(병자년): 조선 인조(仁祖)14년(1636) 병자호란 때임. 임진왜란과 병자호란 때 사회 질서가 무너진 틈을 이용해, 대갓집 많은 종들이 흩어져 멀리 도망을 갔음. 이들이 신분을 숨기고 건장한 노동력을 바탕으로 가문을 일으켜, 양반 행세를 하면서 살고 있었던 사실을 연관 지은 것임. 뒷날 노비들의 주인 후손이 찾아가서 종 값을 받아오는 일을 추노(推奴)라 함.

*逃亡(도망)허애: '도망하여'의 방언. / *不知去處(부지거처): 간 곳을 모름.

*계집 子息(자식): 아내와 아들딸. 곧 처자(妻子)를 낮추어 한 말.

*上典(상전): 노비들의 소유권을 가진 주인을 일컫는 말.

*다리몽둥이: 사람 다리를 막대기에 비유하여 낮추어 일컫는 말.

\<휘모리\>   실건 실건 실건 실건, 설건 실건 슥삭, 시르렁

시르렁 슥삭. 박이 반쯤 벌어가니 박통 속에서, 맹자라.
              半   *孟子라

맹자견양혜왕이 허신다, 왕왈 수불원천리이래 허시니.
*孟子見梁惠王   *王曰 叟不遠千里而來

\<아니리\>   이거 박통 속이 아니라 서당 속이시여. 박이 쩍
                          書堂

벌어져놓니, 박통 속에서 노인 한 분이 나오는디.
                    老人

\<휘모리\>   두루박 이마빡, 송곳 턱, 주먹 상투, 빈대 코,
          *두루박 이마빡 *송곳 턱 *주먹 상투 *빈대 코

똥오줌을 팔팔 싸 구린내가 진동헌디. "네 이놈 놀보놈아!
*똥오줌을 팔팔 싸   *振動

네 할애비는 정월쇠, 네 할미는 이월댁이, 네 애비는 마당
          *正月쇠   *二月宅   *마당

쇠, 네 에미는 사월댁이, 세대로 각각 종일러니, 병자년에
쇠   *四月宅이 *世代   各各 *종일러니 *丙子年

도망허애 부지거처 몰랐더니, 강남서 들은 즉 여기서 산다
*逃亡허애 *不知去處   江南

기로, 네 놈을 만나러 내 왔으니, 네 계집 자식 당장 상전
                            *계집 子息 當場 *上典

님 전에 인사 못 시키겠느냐? 이 때려죽일 놈아! 이놈아,
   前   人事

그리고 오늘부터 상전으로 안 모셨다가는 다리몽둥이를 작
            上典   *다리몽둥이

신 꺾어 놀 것이다."

*先代 證據(선대 증거): 조상 대대로 이어오는 전통 가문의 족보(族譜) 기록을 통한 양반입증 증거. 그리고 만약에 옛날 남의 노비였다면 노비신분에서 벗어났음을 증명하는 속량(贖良) 문서 같은 증거서류 등을 말함.

*하릴없이: 영락없이. 어쩔 수 없이.

*代錢(대전): 돈으로 대신 지불함.

*贖良(속량): 노비 신분의 사람이 돈이나 또는 어떤 공적 등으로 몸값을 지불하고 노비 신분에서 벗어나 양민 신분을 획득하는 것.

*드려라: 들여라. 곧, 가지고 와서 나에게 들여 놓아 바치라는 말.

*多少(다소): 많고 적음. '얼마 정도'라는 뜻으로 쓰이는 말임.

*아나: 무엇을 주려고 할 때 '여기 있다 보아라.' 하는 뜻으로 부르는 말.

*錢穀間(전곡간): 돈이나 곡식이나 둘 중 어느 것이나.

*末年(말년): 나이 많은 늙은 시기를 뜻함.

*귀찮다: '귀(貴)하지 아니하다'를 줄여 일컫는 말. 별로 중요하지 않아 크게 애착을 갖지 않는다는 뜻.

*不過(불과) 두서너 되: 2되나 3되 정도에 지나지 않음.

*不過 四五十 兩(불과 사오십 냥): 40냥이나 50냥 정도에 지나지 않는 돈.

<아니리>　놀보 기가 막혀 곰곰이 생각을 해 보니, 선대의
　　　　　　　氣　　　　　　　　　　　　　　*先代

증거가 없으니, 상전 아니라고 헐 수도 없고 하릴없이 상전
證據　　　　　上典　　　　　　　　　*하릴없이　上典

님 전에 비는디.
　前

<중모리>　"비나니다 비나니다 상전님 전에 비나니다. 선대
　　　　　　　　　　　　　　上典　前　　　　　　先代

의 증거가 없으니 낸들 알 수 있나니까? 대전으로 바칠 테
　證據　　　　　　　　　　　　　*代錢

니 아주 속량시켜주오."
　　　*贖良

<아니리>　"네 이놈, 그러면 얼마나 바칠래?""오백 냥 드
　　　　　　　　　　　　　　　　　　　　　　五百　兩

리지요.""이놈, 오백 냥 갖고 네 같은 종놈 사겠느냐? 만
　　　　　五百　兩　　　　　　　　　　　　　　　　萬

냥만 드려라.""아이고 그러면 천 냥만 드리지요.""어라, 너
兩　*드려라　　　　　　　　千　兩

같은 종놈을 데리고 다소를 다투겠느냐?" 주머니를 내어
　　　　　　　　　*多少

주며, "아나! 전곡 간에 무엇으로 채우던지 이 주머니만 채
　　　　*아나　*錢穀　間

워 오너라. 많이 준대도 늙어 말년에 가지고 가기도 귀찮허
　　　　　　　　　　　　*末年　　　　　　　　*귀찮허

다."놀보가 주머니를 받아들고 본 즉, 쌀이 되면 불과 두
다　　　　　　　　　　　　　　　　　　　　*不過 두

서너 되쯤 들게 생겼고, 돈이 되면 불과 사오십 냥쯤 들게
서너　되　　　　　　　　　　　*不過　四五十　兩

생겼으니.

<중모리>　놀보가 보더니 좋아라고, 주머니를 추켜들고,

*櫃(궤): 물건이나 돈을 넣어두는 나무 상자.

*휑: 텅 비어 아무 것도 없는 상태를 나타내는 말.

*두지: '뒤주'의 방언. 쌀이나 곡식을 넣어두는 상자.

*뻥: 막히지 않고 환히 뚫어져 있는 모습.

*百石(백석): 일백 섬. '석'은 들이의 단위로 10말을 1석이라 함. 또 짚을 엮어 만든, 곡식을 담는 그릇인 '섬'을 한자어로 '석'이라 하며, 역시 10말이 들어가는 크기를 표준으로 삼음.

*헛간: 문짝이 달리지 않은 광으로, 여러 가지 허드레 물건을 넣어두는 곳.

*家産 等物(가산 등물): 가정 재산이나 그 밖의 여러 세간사리 물건 등등.

*샌님: '생원(生員)님'을 줄여 이른 말. '생원'은 지체 낮은 사람이 선비를 높여 일컫는 말.

*오냐: 아랫사람에 대하여 '그렇다'라고 단정하여 답하는 말.

*능청囊(낭): 능청스럽게 속이는 주머니. 곧 얄밉게 슬그머니 속이고 모르는 체하는 요술주머니란 뜻.

*傷(상)허게: 손해를 입히거나 몸을 손상되게 하는 행동을 함.

*맹글고: '만들고'의 방언.

*어라어라: 그만두라고 말리는 말.

*種種(종종): 시간 날 때마다 자주자주.

*심심하면: 할 일이 없거나 재미있는 일이 없어 무료할 때.

*채워도라 잉: '채워 달라 응!' 하고 당부하는 말의 방언.

*因忽不見(인홀불견): 그러고는 갑자기 사라져 보이지 않음.

*어이없어: 너무 실망해 어처구니없어 기가 막히는 상태.

돈 궤 앞에 가 앉아서 닷 냥을 넣어도 횡, 백 냥을 넣어도
*櫃 　　　 兩 　　　 *횡 百 兩

간 곳이 없고, 오백 냥을 넣어도 간 곳이 없으니, "아이고
五百 兩

이 주머니가 새는구나." 쌀 두지로 쫓아가서, 열 말을 집어
*두지

넣어도 뻥, 백석을 넣어도 간 곳이 없고, 오백 석을 넣어도
*뻥 *百石 　　　　　　　　　 五百 石

간 곳이 없으니, 헛간으로 쫓아가서 살림살이 가산 등물을
*헛간 　　　　　　　　　 *家産 等物

집어넣는 대로 간 곳이 없으니, 놀보가 기가 막혀 주머니를
氣

추켜들고 벌벌 떨면서 말을 헌다.

<아니리> "아이고 샌님, 이 주머니가 웬 주머니요?" "오
*샌님 　　　　　　　　　　　　　　 *오

냐, 그것 능청낭이라고 허는 주머니이니라." "아이고 이 주
냐 　　 *능청囊

머니가 사람 많이 상허게 생겼소." "아니야, 그 주머니가 잘
*傷허게

된 사람은 더 잘되게 맹글고, 못된 놈만 꼭 상하는 주머니
*맹글고 　　　　　　　　　　　 傷

이니라. 어라어라, 너무 많이 가져 왔는가 보다, 또 올 것
*어라어라

인디." "샌님 언제 또 오실라요?" "오냐, 나 갔다가 종종 심
*種種 *심

심하면 이렇게 한 번씩 찾아 올 터이니, 올 때마다 이렇게
심하면

좀 채워도라 잉?" 주머니를 들고 두어 걸음 나가더니 인홀
*채워도라 　잉 　　　　　　　　　　　　　 *因忽

불견 간 곳이 없제. 역군들이 어이없어 우두커니 섰으니,
不見 　　　　　　　 役軍 　 *어이없어

*志氣(지기): 의지와 기개. 마음가짐의 상태.

*떠보느라고: 슬그머니 몰래 알아보는 동작을 말함.

*三時(삼시) 먹고 댓 兩(량) 줌세: 하루 세 끼 식사 제공하고 다섯 냥 정도
　의 돈을 삯으로 주겠다는 말.

*주서주소: '주워주시오'의 방언. 흩어진 것을 집어 올려 숨기지 말고 모두
　갖다 달라는 당부의 말.

*청보: 언청이. 언청이를 뜻하는 '청째보'를 줄여 '청보'라고 표현한 것임.

*혼야: '오냐' 하고 대답하는 소리. 발음이 정확하지 못한 상태를 나타냄.

*맞어라: 앞소리에 맞추어 흥을 돋우는 뒷소리를 하라는 뜻.

*홉질: '톱질'이라고 한 말인데 발음이 부정확한 상태를 나타냄.

*呼名(호명)허나 부다: 이름을 부른다고 생각함. 곧 어떤 사람 이름이 '홉질'
　이어서, 그 '홉질'이란 사람을 부르려고 '홉질이야!'하고 소리쳐 외치는 것
　으로, 모두들 생각한다는 농담임.

"여보소 역군들, 그 노인이 상전이 아니라, 은금보화가 변
　　　　役軍　　　　老人　　　上典　　　　　　銀金寶貨　　變

화해서 나를 지기 떠보느라고 그런 것이니, 둘째 통에는 틀
化　　　　　*志氣 *떠보느라고

림없이 은금보화가 들었으니 염려 말고 박 따오소." 역군들
　　　　銀金寶貨　　　　　　　念慮　　　　　　　　役軍

이 달려들어 또 한 통을 따다 놓고 타는디.

3. 놀보 박타기(2)—상여 출현

<중모리> "시르렁 실건 톱질이야. 헤이여루 당거주소. 은
　　　　　　　　　　　　　　　　　　　　　　　　　　　銀

금보화가 변화되면 그런 법도 있다더라. 시르렁 실건 당거
金寶貨　　變化　　　　　　法

주소. 여보소 역군네들 내 말을 듣소. 삼시 먹고 댓 냥 줌
　　　　　役軍　　　　　　　　　　*三時 먹고 댓 兩 줌

세. 은금보화가 나오거든 숨김없이 주서주소. 여봐라 청보
세　銀金寶貨　　　　　　　　　*주서주소　　　*청보

야." "혼야." "힘을 써서 어서 톱소리 맞어라." "에이여루 홉
　　*혼야　　　　　　　　　　　*맞어라　　　　　　*홉

질이야." "윘다 이놈아! 니가 홉질이야 허여노니, 모도다 호
질　　　　　　　　　　　　　　　　　　　　　　　　*呼

명허나 부다. 시르렁 실건 시르렁 실건 시르렁 당겨주소."
名허나 부다

<휘모리>　　실건 실건 실건 실건, 실건 실건 실건 슥삭,

시르렁 시르렁 시르랑 슥삭. 박이 반쯤 버러지니, 박통 속
　　　　　　　　　　　　　　　　　　　半

에서 땡그랑 땡그랑 땡그랑 땡그랑.

*인자: '이제는'의 방언.

*金飯床器(금반상기) *銀飯床器(은반상기): 황금과 은으로 만들어진, 격식을 갖춘 밥상 하나를 차리게 구성된 한 벌의 그릇들. 반상기는 주발(밥그릇) 1개, 탕기(국그릇) 1개, 대접(숭늉, 냉수 그릇) 2개, 보시기(김치 그릇) 3개, 조칫보(찌개, 찜 그릇) 1개, 종지(간장, 초장 그릇) 3개 등을 기본으로 하고, 쟁첩(높이가 낮은 기타 반찬 그릇)을 첨가한 것을 한 벌로 하며, 대접 이외 그릇은 모두 뚜껑이 있음. 쟁첩의 수효에 따라 3첩 반상, 5첩 반상, 7첩 반상, 9첩 반상 등으로 구분되며, 임금 밥상은 12첩이 원칙임.

*나달아: 계속 달려 나옴. / *物色(물색): 빛깔 곱고 아름답게 장식된 모습.

*喪輿(상여): 죽은 사람의 관을 실어 여러 사람이 메고 운반하는 사각형 상자 모양의 틀. 사방 겉면과 위를 아름다운 휘장과 꽃으로 장식하고, 관이 올리어지는 아랫부분의 '상여 틀'은 양 옆쪽으로 밧줄을 연결하여 여러 사람이 그 밧줄을 어깨에 얹어 멜 수 있게 되어 있음.

*틀: 어떤 짜임으로 된 물건을 세는 단위. 어떤 물건의 바탕이 되는 판.

*땡그랑 땡그랑, 어 넘차 너화너: 방울을 흔들며 상여를 메고 가는 소리.

*萬里 江南(만리 강남): 1만 리나 먼 중국 양자강(揚子江) 남쪽 따뜻한 지역.

*北邙山川(북망산천): '북망'은 중국 하남성 낙양(洛陽) 북쪽에 있는 산. 낙양이 후한(後漢)·진(晉)·수(隋) 등 나라의 수도였으므로, 역대 제왕과 존귀한 사람들의 무덤이 이 북망산에 많이 있어서, 사람이 죽어서 가는 지역으로 일컬어지게 되었음. '山川'은 산과 강의 펼쳐진 자연환경이란 뜻.

*어디메뇨: '어디에 있느냐?'라고 묻는 뜻의 고어(古語) 표현.

*明堂(명당): 원 뜻은 "임금이 조회를 받는 정전(正殿)", 또는 "무덤 아래의 평지". 민간에서는 좋은 집터나 발복(發福)이 된다는 묏자리를 뜻함.

*뫼를 쓰자: 묘(墓)인 무덤을 만들자는 말.

*生員(생원): 나이 많은 선비를 대접해 불러주는 말. 원래 뜻은 공부한 사람이 제일 먼저 보는 과거인 소과(小科)에 급제한 사람을 일컬음. 이 과거는 각 지역 향교(鄕校)에서 실시하며, 경서(經書)를 외우는 시험임.

*移職(이직): 어떤 일을 맡아보는 직분이 옮겨짐. 앞서 나와 『맹자』 읽던 생원님이 죽어서 이 박의 신령 직분을 맡아 옮겨왔다는 말.

*遺言(유언): 죽을 때 남기는 말. / *못 뜯것은깨: '뜯지 못하겠음'의 방언.

*代錢(대전): 돈을 지급하여 대신 처리함.

<아니리> 놀보가 듣더니마는, "옳다 인자 금반상기 은반상
*인자 *金飯床器 *銀飯床

기가 막 나달아 온다." 박이 쩍 벌어져 노니 박통 속에서,
器   *나달아

물색 좋은 상여 한 틀이 썩 나오는디.
*物色   *喪輿   *틀

<중모리> 땡그랑 땡그랑 땡그랑 땡그랑, 어 넘차 너화너.
*땡그랑 땡그랑   *어 넘차 너화너

만리 강남 먼먼 길에 놀보 집 오기가 멀고도 멀구나, 어 넘
*萬里 江南

차 너화너. 북망산천이 멀다더니 놀보놈 집구석이 북망이
*北邙山川   北邙

로구나, 어 넘차 너화너. 놀보놈 집구석이 어디메뇨? 그놈
*어디메뇨

의 집터가 명당이라 허니 어서 집을 뜯고 뫼를 쓰자, 어허
*明堂   *뫼를 쓰자

넘차 너화너.

<아니리>   놀보 기가 맥혀, "대체 이거 웬 상여요?" "오!
氣   大體   喪輿

니가 놀보냐? 먼저 박통 속에서 나오셨던 생원님이 돌아가
*生員

셔서 이 박통으로 이직을 허셨는디, 네 집터가 명당이라고
*移職   明堂

유언을 허고 돌아가셨으니, 얼른 집 뜯어라." 놀보가 집터
*遺言

명당이란 말을 듣더니 죽어도 집은 안 뜯기로 들것다. "아
明堂

이고 여보시오, 집은 내가 죽어도 못 뜯것은깨 대전으로
*못 뜯것은깨 *代錢

*상열랑: '상여(喪輿)일랑'을 줄인 말. '이 상여는' 하고 강조하는 말.

*運喪(운상): 상여를 운반해 감.

*그래 부러라: '그렇게 해버려라'의 방언 표현. '그렇게 해도 좋다' 하고 허락
  하는 말.

*因忽不見(인홀불견): 그러고 문득 사라져 보이지 않음.

*役軍(역군): 삯을 받고 일하는 사람.

*싹: 완전히 모두. '싹 쓸어'를 줄여 한 말.

*날: 나를.

*志氣(지기) 떠보자고: 의지와 기개를 미리 시험해 알아보려고. 사람 마음
  속 결단성과 용기 등을 시험하여 그 사람의 됨됨이를 짐작하는 일.

*들었은깨: '들었으니까'의 방언. '들어 있음'을 강조하는 뜻임.

*念慮(염려): 근심과 걱정.

*청보: '언청이'를 다르게 일컫는 말.

*혼야: '오냐' 하고 대답하는 소리. 발음이 정확하지 못한 상태를 나타냄.

받어 가시고, 이 상열랑은 제발 다른 데로 운상 허옵소서.”
*상열랑   *運喪

“네 이놈, 그럼 얼마나 바칠래?”“한 오백 냥 드리지요.”
                              五百 兩

“어라 이놈, 오백 냥 가지고 네 집 같은 이런 명당 사겠느
          五百 兩   明堂

냐? 만 냥만 들여라.”“아이고 그럼 천 냥만 드리지요.”“그
    萬 兩   千 兩   *그

래부러라.”그러고 돈을 발아 들더니 인홀불견 간 곳이 없
래부러라   *因忽不見

제. 역군들이 어이없어 모두 박을 안 타고 싹 가기로 드니,
    *役軍   *싹

“여보소 이 사람들아, 둘째 통까지는 날 지기 떠보자고
                              *날 *志氣 떠보자고

그런 거이고, 셋째 통에는 틀림없이 은금보화가 들었은깨,
                              銀金寶貨   *들었은깨

염려 말고 박 타세. 어서 가 박 따오소.”박을 또 따다 놓
*念慮

고 타는디.

4. 놀보 박타기(3)─사당패 출현

<중모리>   “시르렁 실건 톱질이야, 헤이여루 당거주소.

여보소 역군네들, 염려 말고 박을 타세. 망허여도 내 망허
          役軍   念慮   亡   亡

고 흥허여도 내가 흥헐 것이니, 걱정을 말고 박을 타세.
    興   興

시르렁 실건 시르렁 실건, 시르정 실건 당거주소. 청보야!”

*맞어라: 앞소리에 맞추어 흥을 돋우는 뒷소리를 하라는 뜻.

*혼이야: '오냐'라고 대답하는 말을 흥겹게 '오이야' 하고 대답한 것임.

*홉질: '톱질'이라고 한 말인데 발음이 부정확한 상태를 나타냄.

*男寺黨(남사당) *女寺黨(여사당): 조선 후기 젊은 사람들이 패를 지어 다니면서 노래와 춤을 보여주고 돈을 받아 살아가던 무리를 '사당패(寺黨牌)'라 함. 이들 중 남자들을 '남사당', 여자들을 '여사당'이라 함.

*居士(거사): 사당패들을 거느리고 각지로 돌면서 노래와 춤을 제공하고 돈을 받는 사당패 대표 남자를 '걸사(乞士)'라 했으며, 이 '걸사'라는 말이 '거사'와 결부된 것임. 원래 '거사'의 본뜻은 집을 나가 불교 법명(法名)을 가지고 절에 들어가지 않은 채 떠도는 사람, 또는 도덕과 학문이 높으면서 초야에 묻혀 사는 선비를 지칭하는 말임.

*牌(패): 떼 지어 다니는 무리. 또 다른 의미로는, 신분을 표시한 작은 나무 조각이나 작은 금속판.

*却說(각설)이: 장타령(場打令)하는 무리. '각설'은 지금까지의 이야기를 끝내고 다른 이야기가 시작되는 것을 뜻함. 거지가 시장 가게 문 앞에서 동냥을 얻기 위해 부르는 노래를 '장타령'이라고 하며, '장타령'은 여러 가지 각각의 단편적인 잡가(雜歌)를 이어 붙여 노래하기 때문에 '각설이타령'이라고도 함. 이 각설이타령 하는 무리를 '각설이' 또는 '각설이패'라 함.

*초란이牌(패): 초라니 무리. 음력 섣달 그믐날 밤 잡귀신을 쫓는 나례(儺禮) 행사 때, 구성원은 모두 여러 모습의 가면을 썼음. 그 중 괴상하고 특이한 여자 모습 가면을 쓰고 붉은 저고리와 파랑 치마를 입은 여자가 '초라니'임. 이 초라니 모습을 하고 사당패와 함께 다니면서 춤을 추고 재주 부리는 무리를 '초란이패'라 함.

*小人 問安(소인 문안): 아랫사람이 상전에게 안부 드리는 인사의 말.

*바뿐던지: 바쁜던지. 여기에서는 일이 많아 바쁜 것이 아니고, 놀라서 마음이 다급하여 다른 생각할 여유가 없음을 뜻함.

*느그가: '너희들이'의 방언.

*샌님: '생원(生員)님'의 준 말. 지체 낮은 사람이 선비를 부르는 말.

*慰勞(위로): 수고한 노고에 대하여 격려하고 위안을 주는 일.

*行下(행하): 상전이 아랫사람에게 위로하는 뜻으로 주는 하사금(下賜金).

*윗따: 놀랄 일이 있는 때에 소리치는 말의 방언.

"혼야." "어서 이 녀석, 톱 소리 맞어라." "혼이야 맞는다 홉
질이야" "에끼 이놈아. 홉질이야 허지 말고 톱질이야 해라
이놈아. 시르렁 실건 시르렁 실건, 시르렁 실건 당거주소."

<휘모리>   실건 실건 실건 실건, 실건 실건 실건 슥삭,

시르렁 시르렁 시르렁 슥삭.

<아니리> 박이 탁 쪼개져 놓니, 박통 속에서 남사당, 여사
당, 거사, 이곳저곳으로 다니면서 춤과 노래와 재주를 피워
서 돈을 벌던 패들, 각설이, 초란이패, 이런 것이 모두 나와
서 놀보 마당에가 죽 늘어서더니마는, 놀보를 보고, "소인
문안이요. 소인 문안이요. 소인 문안이요."   놀보가 어찌
바뿌던지 "마오 마오 마오 마오, 대체 느그가 무엇들이냐?"
"예, 우리가 저 강남서 놀보 샌님 박 탄다는 소문을 듣고
위로헐라고 남사당 여사당 거사 초란이패 각설이패, 이런
것들이 모두 나왔습니다." "야 거 나오던 중, 그중 낫다마는
그럼 어디 한번 놀아봐라." "여기서 우리가 한 번 노는디
행하가 천 냥이 올시다." "뭣이? 천 냥이여? 윗따 이놈들아!

제3장 413

*마당쇠: 집에서 부리는 남자 하인 이름에 주로 사용하는 말.

*아따: '아참' 하며 못마땅해 내뱉는 말.

*己往(이왕): 이미 지나간 일.

*그래쌌소: "왜 그렇게 계속 말합니까?"의 방언. 계속 반대에 불평하는 말.

*그려: '그런가?' 하고 가벼운 의문을 표시하면서 동의하는 말.

*줄을 고르는디: 악기 줄을 조정하여 연주준비를 한다는 뜻. 곧 놀이를 시작
  하고 있음을 뜻함.

*부르래 뚱땅: 각종 악기 연주하는 소리.

*奚笛(해적): 해금(奚琴)과 저<笛>.

*지가: '자기(自己)가'의 방언.

*도시는디: 한자어로 '흥기(興起)시킴'의 방언. 흥취를 돋우는 모습.

*지워갖고: '지어 가지고'의 방언. 어떤 조직을 만든다는 뜻.

*멕이면: '메기면'의 방언. '메기다'는 두 편이 서로 주고받으면서 노래할 때,
  한 편에서 먼저 앞소리로 노래하는 것을 말함. 그러나 본문에서 뒷소리 받
  는 것을 '뒷소리 멕이고'라고 사용하고 있음. 이처럼 노래를 서로 이어
  주고받는 것을 공통으로 '메기다'라고 일컫기도 함.

*뒷소리 멕이고: 앞소리를 받아 맞추어 이어 노래함을 뜻함. 앞소리에 맞추
  어 받아 부르는 노래는 '받아, 받다'로 표현함이 원칙임.

*恝視(괄시): 얕보고 업신여김.

*水碧沙明兩岸苔 不勝淸怨却飛來(수벽사명양안태 불승청원각비래): "물은 푸
  르고 모래 맑은데 양쪽 강 언덕엔 이끼로구나.""맺힌 한을 이기지 못하는
  저 기러기 물러가다 다기 날아들고 있구려." 중국 호남성 소상강(瀟湘江)
  가에서 겨울을 나고 봄에 돌아가는 기러기를 보고 읊은, 당대(唐代) 시인
  전기(錢起)의 '귀안(歸雁)' 시 둘째와 넷째 구절. 아황(娥皇) 여영(女英) 두
  부인의 사당 황릉묘(皇陵廟)에서 이십오현(二十五絃) 거문고 소리가 들려
  오는 것 같은 한 맺힌 슬픔을 느끼면서, 기러기도 슬퍼 떠나지 못하고 되
  돌아오는 것처럼 보이는 정경을 읊은 시임.

*金(금)바우: '아름다운 바위'라는 뜻.

*몰랑: '산꼭대기'의 방언.

*쏙소리: 속소리나무. 참나무 과에 속하는 키 큰 나무로, 잎이 넓어 참나무
  잎과 흡사함.

너무 비싸다." 마당쇠가 듣더니마는, "아따 샌님도 이왕
*마당쇠   *아따   *已往

없어진 살림, 뭐이 아까와서 그래쌌소? 천 냥 주고 한번
        *그래쌌소   千 兩

재미있게 놉시다." "그려? 그럼 어디 한번 노는 구경이나
        *그려

해보자, 한번 놀아봐라." 이놈들이 각기 멋대로 줄을 고르
                        各其   *줄을 고르

는디, 부르래 뚱땅 부르래 뚱땅, 부르래 뚱땅 한참 놀 적에.
는디 *부르래 뚱땅

해적 든 놈이 지가 제 멋에 반해가지고 도시는디, 가가
*奚笛   *지가   *도시는디

가기구가 가가 가기구가, 아아아아아아아아아 이이, 이렇게

도시고 나니, 이제는 남사당패 허고 여사당패 허고 짝을
              男寺黨牌   女寺黨牌

지워갖고 노는디, 여사당들이 앞에 곱게 꾸며갖고 나와서
*지워갖고   女寺黨

예쁘게 한마디 멕이면, 또 남사당들이 뒤에 섰다가 앞으로
          *멕이면   男寺黨

달려들면서 왔다 갔다 뒷소리 멕이고 한번 놀던가 보더라.
              *뒷소리 멕이고

<양산도>　　나는 가네, 나는 간다.　저 님을 따라서 내가

돌아가는구나. 헤 마라마라 그리를 말어라, 사람의 괄세를
                                        *恝視

니가 그리 말라, 수벽사명양안태요 불승청원각비래로고나
        *水碧沙明兩岸苔   不勝淸怨却飛來

야. 헤에 마라마라 마라 그리를 말어라, 사람의 괄세를 니
                                        恝視

가 그리 말어라, 금바우 몰랑에 쏙소리 나뭇잎 펄펄 제멋에
        *金바우 *몰랑   *쏙소리

*다 떨어지는구나: 무성한 나뭇잎도 서리 맞아 지듯이 인생무상을 나타냄.

*인자: '이제, 지금'의 방언.

*場打令(장타령): 시장바닥을 떠도는 각설이패가 가게 문 앞에서 동냥을 얻기 위해 부르는 노래로 '각설이타령'을 다르게 일컫는 말.

*全羅道制(전라도제): 전라도에서 발전된 민요형식. '제'는 제도, 바디, 형식.

*들어간다: 장타령은 시장바닥의 가게 앞에서 노래하므로, 가게 문으로 들어가며 타령을 시작한다는 뜻의 노랫말임.

*却說 春秋(각설 춘추): '각설'은 지금까지의 말을 그치고 다른 말을 한다는 뜻으로, 떠돌며 이것저것 노래하는 '각설이'를 말함. '춘추'는 공자(孔子)가 중국 고대 여러 나라가 다투던 춘추시대 역사를 엮은 책으로, 이 '춘추'처럼 잡다한 내용을 많이 섞어 노래한다는 뜻으로 한 말임.

*윘다: '아 참' 하고 놀라는 말.

*順德(순덕): 온순하고 후덕하단 뜻으로 여자아이에게 붙인 이름.

*느그: '너의'란 말의 방언.

*三間 草堂(삼간 초당): 기둥과 기둥 사이인 한 칸이 셋으로 된 초가집. 곧 '초가삼간(草家三間)'과 같은 말.

*獨書堂(독서당): 훈장(訓長)을 따로 모셔 옆에 붙여서 글을 가르치는 독선생(獨先生)의 글방. 조선시대 대과 급제한 사람 중에 학문이 뛰어난 사람을 뽑아 업무 없이 독서에만 전념하게 한 연구실을 일컫는 '독서당(讀書堂)'과는 음만 같은 다른 말임.

*이애미: '의암(義巖)이'. 진주 기생 논개(論介)를 지칭함. 실제로는 바위 이름으로, 진주 촉석루(矗石樓) 아래 강가 넓은 반석 옆에 강물 가운데 따로 떨어진 작은 바위가 의암임. 임진왜란 때 진주성이 함락되어, 논개가 이 바위에서 왜장을 껴안고 물에 뛰어들어 함께 죽어, 이 바위를 '의암'이라 일컬었지만, 뒷사람들이 바위 이름을 논개의 호(號)로 사용했음.

*倭將 淸正(왜장 청정): 임진왜란 때 침입한 왜장 가등청정(加藤淸正). 함경도로 진격해 피난 갔던 우리 왕자들을 잡아 괴롭혔으며, 진주 싸움에 가담했지만 진주에서 죽지는 않았음. 임진왜란 때 지독한 악행을 자행하여 미워서 논개에 의해 죽은 것으로 끌어 붙인 것임.

*萬歲遺傳(만세유전): 1만 년이나 오래도록 후세까지 길이 전해짐.

*품바품바: 악기 연주 소리를 흉내 낸 것.

겨워서 다 떨어지는구나. 헤에 마라마라 마라 그리를 말어
*다 떨어지는구나

라, 사람의 괄세를 니가 그리 말어라.
恝視

<아니리> 이렇게 놀고 나니, 인자 각설이들이 썩 나서더
*인자 却說이

니마는 장타령을 허는디 전라도제로 허것다.
*場打令   *全羅道制

<동살풀이> 허, 절시구나 들어간다, 각설 춘추가 들어간
*들어간다 *却說 春秋

다. 웠따 여봐라 순덕아, 이 내 말을 들어봐라. 느그 부모가
*웠다   *順德   *느그 父母

너를 나, 우리 부모가 나를 나, 고이나 곱게 잘 길러, 삼간
父母   *三間

초당에다 집을 짓고 독서당에다 앉혔네. 진주나 기생 이애
草堂   *獨書堂   晋州   妓生 *이애

미 왜장 청정 목을 안고 진주나 남강에 떨어져, 만세 유전
미 *倭將 淸正   晋州   南江   *萬歲 遺傳

에 빛났네. 품바품바 잘 헌다.
*품바품바

◇참고: 따로 떨어져 있는 진주 의암 바위<촉석루에서 내려다 본 모습>

*허고난깨: '하고나니까'의 방언.

*메기던가: 주고받는 노래에서 앞서서 먼저 인도해 노래함을 뜻함.

*왼갓 親切(친절): 많은 여러 가지 정답고 가깝게 느끼도록 하는 행동.

*梧桐欌籠(오동장롱): 오동나무로 만든 옷장. 특수한 장롱 이름이 아니고 장롱의 재료가 오동나무란 뜻임. 오동나무 장롱은 옷에 습기가 차지 않고 좀도 번식하지 않아 호평을 받았음.

*깨끼欌籠(장롱): 가께 장롱. 보통 '가께수리'라 하며 일본에서 들어온 왜농(倭籠)임. 앞쪽에 문짝이 둘 달리고, 장문 안에는 서랍이 여러 개 있으며, 옷을 걸 수 있게도 되어 있고, 이불도 넣게 되어 있는 장롱임.

*靑(청)깨골: 청개구리. 몸이 작고 푸른색을 띤 개구리.

*깨골애기: 개구리아기. 개구리를 의인화하여 다정하게 불러준 말.

*아랫토리: 몸 다리부분 바지의 가랑이 아래 쪽.

*따달탈 걷고: 모두 통틀어 털어서 말아 걷어 올린 모습. 물에 들어갈 때에 바지의 가랑이 먼지를 털고, 걷어 올려 옷이 젖지 않게 함을 말함.

*마나리 江(강): 채소인 미나리가 자라는 습지인 논. 농부들은 보통 미나리 자라는 논을 '미나리 강'이라 일컬음.

*居士(거사): 사당패들을 거느리고 각지로 돌면서 노래와 춤을 제공하고 돈을 받는 남자를 '걸사(乞士)'라 함. 이 '걸사'라는 말이 '거사'와 결부된 것임. 원래 '거사'는 집을 나가 불교 법명(法名)을 가지고서 절에는 들어가지 않은 채 떠도는 사람, 또는 도덕과 학문이 높으면서 초야에 묻혀 사는 선비를 일컫는 말임.

*상토: 상투. 남자가 결혼하면 땋았던 머리를 풀어 머리 위로 올려 매어 둥글게 꼬아 맺는 장치. 어른남자의 상징으로 생각했기 때문에, '거사 상투'라고 한 말은, 자신들을 거느리는 절대적인 권위를 말한 것임.

*귀찮허다: '귀(貴)하지 아니하다'의 준 말. 좋지 않게 여긴다는 뜻.

*인자: '지금 현재'의 방언.

<아니리>　이렇게 허고 난깨 또 한 놈이 썩 나서더니마는,
*허고 난깨

이놈은 경상도제로 메기든가 보더라.
慶尙道制　*메기던가

<동살풀이>　허, 절시구나 들어간다, 절시구나 들어간다.

얼시구나 들어간다, 절시구나 나오신다. 왼갓 친절이 들어
*왼갓　親切

간다. 오동장농 깨끼장농 둘이나 볼라구 두었더니 혼자 보
*梧桐欌籠　*깨끼欌籠

니 웬 일이야. 품바품바 잘헌다.

<아니리>　한참 이러고 나니, 초란이패가 썩 불거지더니
牌

마는.

<자진모리>　깨골 깨골 청깨골아, 깨골애기 집을 찾으려면
*靑깨골　*깨골애기

아랫토리를 따달탈 걷고 미나리 강으로 들어라. 어허이야
*아랫토리　*따달탈 걷고　*미나리　江

어허야, 어허 어허이 어허야 어허야, 이놈 저놈 저놈 이놈,

거사 상토가 제일이요.
*居士 *상토　第一

<아니리>　한참 이러고 나니 놀보 기가 맥혀, "아이고 이
氣

놈들아. 귀찮허다. 인자 그만 허고 가거라.
*귀찮허다　*인자

*貴字 根本(귀자 근본): '귀'자가 들어간 말의 내력을 타령으로 노래한다는 뜻임. 앞의 '귀찮허다'는 말에서 '귀'자를 따 와 '귀자타령'을 하는 것임.

*돌조귀: '돌쩌귀'의 방언. 여닫이문에서 문이 문설주에 붙어 움직이게 하는 쇠. 상하 암수로 되어 문에는 꼭지 달린 수컷을 박아 붙이고 문설주에는 암컷을 박아 붙여 꼭지가 구멍에 꿰어 돌며 움직이게 하는 장치임.

*퉁노귀: 둥근 노구솥. 놋쇠나 구리를 재료로 하여, 이동하면서 사용할 수 있게 만든 작은 솥임. 발이 셋 달려 있으며 일본에서 들어왔으므로 '왜솥'이라 함.

*당나귀: 말과 비슷하지만 몸집이 작고 귀가 쫑긋하며 몸에 흰 점이 있음. 중국에서 들여왔으며 체질이 강잉하여 옛날 양반들이 타고 다녔음.

*貴字(귀자) 머리: 귀하게 여기는 것의 제일 첫째가는 우두머리.

*놀보 心思(심사): 욕심과 심술로 가득 찬 놀보의 마음가짐.

*後生(후생): 죽은 뒤의 세상.

*뭣이 될랑고: '무엇이 되려는고?'의 방언. 즉 욕심과 심술의 업보(業報)를 받아 저 세상에 가서 어떤 모습이 될지 알 수 없다는 뜻.

*지가: '자기가'의 방언.

*쪼깨: '조금'의 방언.

*달랑깨: '달라니까'의 방언.

*行下(행하): 상전이 아랫사람에게 위로하는 뜻으로 주는 하사금(下賜金). 곧 음악 연주에 대한 수고비를 뜻함.

*因忽不見(인홀불견): 인하여 문득 보이지 않음. 갑자기 없어졌다는 뜻.

*바래다: 바라다가. 원하다가.

*形勢(형세): 현재의 형편과 당면한 사정.

◇참고: 돌쩌귀와 노구솥

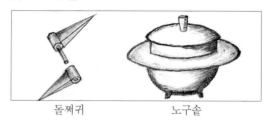

돌쩌귀   노구솥

<자진모리> "귀찮허단 말이 웬 말이오? 귀자근본을 들어
*貴字根本

보오. 한 발 달린 돌조귀, 두 발 달린 까마귀, 세 발 달린
*돌조귀

퉁노귀, 네 발 달린 당나귀, 귀자 머리는 놀보 심사 후생에
*퉁노귀   *당나귀   *貴字 머리   *놀보 心思 *後生

는 뭣이 될랑고? 또리동땅 똥딱궁 똥딱궁, 노세 노세 노세
*뭣이 될랑고

지가 노세. 돈이나 쪼깨 달랑깨 안 주고, 얼른 행하 주
*지가   *쪼깨 *달랑깨   *行下

시오."

<아니리> "마당쇠야! 어라 귀찮다. 얼른 행하 줘서 보내라.
行下

내 정신이 하나도 없다." 돈 받아 들더니 또 인홀불견 간
精神   *因忽不見

곳이 없제. 놀보 기가 맥혀 우두거니 보고 있을 적에.

<중모리> 놀보 마누라 기가 맥혀, 우루루루루 달려들어

박통 우에 가서 걸터 엎지더니, "타지 마오! 타지 말어, 타

지 마시오! 은금보화가 나오기를 바래다, 있던 형세가 다
銀金寶貨   *바래다   *形勢

망해 가네. 나를 이 박과 같이 탔으면 탔제, 살려 두고는
亡

못 타리다. 타지 마시오."

*上(상)멱: 목 앞쪽 목 줄기의 가장 위 부분.

*같은이라고: '같은 것임'을 강조한 말. / *울: '울타리'의 준말.

*들도 놓도 못할: 들고 있지도 놓고 있지도 못할 지경. 이러지도 저러지
  도 못하여 고통 속에 빠져 있는 형편.

*궁그러: '굴러'의 방언. 떼굴떼굴 구르는 모습.

*將帥(장수): 군사를 거느리는 장군. 여기 등장하는 장수의 표현은 『적벽가
  (赤壁歌)』에 등장하는 장비(張飛) 모습을 나타내고 있음.

*먹장 낯: 먹물로 칠한 것처럼 시커멓게 검은 얼굴.

*고리 눈: 눈동자 둘레에 흰 테가 하나 더 둘러진 눈.

*다박 수염: 얼굴에 더부룩하게 아무렇게나 많이 나 있는 수염.

*거사려: 수염이 아래로 가지런히 드리우지 않고, 위와 옆으로 뻗친 모습.

*黑驄馬(흑총마): 말의 털이 푸른색을 띠고 갈퀴가 검정색을 띤 천리마.

*집터타고: 잡아타고. 거만하고 웅장하여 무섭게 보이는 모습을 나타낸 말.

*蛇矛長槍(사모장창): 독사의 머리처럼 세모로 된 창날에, 창날 세 모서리가
  모두 날카로운 칼날로 되고 긴 자루가 달린 창.

*心術(심술): 온당치 못하고 고집스런 마음. / *고약하야: 괴팍하고 이상함.

*驅迫出門(구박출문) 허애: 협박해 밖으로 몰아내는 행동을 하여. '허애'는
  '하여'의 방언.

*짐생: '짐승'의 방언. / *성헌: 아무 결점이 없이 멀쩡한 모습.

*부질러: '분질러'의 방언. / *百穀(백곡): 여러 가지 종류의 곡식.

*功(공): 어떤 업적을 이루어 그 대가로 얻는 공명이나 이익.

*아득허애 없어: 아득하여 정신이 없음. 정신 나간 것처럼 흐릿해진 모습.

*魂不附身(혼불부신): 놀라서 넋이 몸에 붙어 있지 않고 나간 상태.

◇참고: 장군 장비(張飛)의 그림

5. 굴러와 벌어진 박—장군 출현, 개과천선

<아니리> 놀보란 놈 화가 상멱까지 찼제. "에이 빌어먹
*上멱

을 놈의 박통 같은이라고!" 박통을 집어서 울 넘에다 휙
*같은이라고   *울

집어던져 놓니, 박통 속에서 은금보화가 와 쏟아져서, 동네
銀金寶貨

사람들이 싹 다 주워가 버리제. 놀보란 놈 들도 놓도 못할
*들도 놓도 못할

즈음에, 마저 남은 박통 하나가 제 손수, 뚜굴 뚜굴 뚜굴

뚜굴 궁그러 가다가, 놀보 앞에 와 쩍 버러지더니.
*궁그러

<엇모리> 한 장수 나온다. 한 장수 나온다. 저 장수 거동
*將帥   將帥   將帥 擧動

봐라, 먹장 낯 고리 눈에 다박 수염을 거사려, 흑총마 집터
*먹장 낯 *고리 눈 *다박 수염 *거사려 *黑驄馬 *집터

타고 사모장창 들고, 놀보 앞에 가 우뚝 서며, "네 이놈
타고 *蛇矛長槍

놀보야! 강남서 들은 즉, 네놈 심술이 고약하야, 어진 동생
江南   *心術 *고약하야

을 구박출문 허애 쫓아내고, 제비라 허는 짐생은 백곡에 해
*驅迫出門 허애   *짐생 *百穀 害

가 없는디, 성헌 다리를 부질러 공 받고자 헌 일이니, 그
*성헌   *부질러 *功

죄로 죽어보라."
罪

<아니리> 놀보 정신이 하나도 아득허애 없어, 혼불부신이
精神   *아득허애 없어 *魂不附身

제3장 423

*엎져 퍼져: 엎어져 사지가 펑퍼짐하게 퍼진 모습.

*風便(풍편): 바람결. 소문.

*魂歸故鄉(혼귀고향): 죽은 혼백이라도 고향으로 돌아감.

*呼呼萬歲(호호만세): 1만년이나 영원히 만수무강을 빌어 부르짖음.

*感心(감심): 마음에 감동을 느낌.

*此後(차후): 이 이후. 지금부터 앞으로 살아가는 세상.

*改過遷善(개과천선): 지금까지의 잘못을 니우치고 착한 행실로 옮아감.

*허럇다: '해야 한다'를 위엄 있게 다짐하여 나타낸 고어(古語)표현.

*因忽不見(인홀불견): 인하여 문득 사라져 보이지 않음.

*맥이고: '먹이고'의 방언. 먹게 함.

*일어내겨노니: '일어나 겨시게 하여놓으니'를 줄여 쓴 말.

*困辱(곤욕): 곤란을 당하고 욕된 경험을 함.

*前時(전시): 지나간 시절.

되어 죽은 듯이 나붓이 엎져 퍼져 있을 적에, 그때 흥보가
　　　　　　*엎져 퍼져

풍편에 이 소문을 듣고 쫓아와서, 장군님 전에 비는디.
*風便　　　所聞　　　　　　　　　將軍　前

<중모리>　"비나니다 비나니다,　장군님 전에 비나니다.
　　　　　　　　　　　　　將軍　前

우리 형님 지은 죄를 아우 제가 대신 받겠사오니, 형님을
　　兄　　　罪　　　　　　代身　　　　　兄

부디 살려주오. 만일 형님이 죽거드면 동생 저 혼자 살아서
　　　　　　萬一 兄

뭣 허리까? 우리 형님 살려주오. 우리 형님 살려주면 높고
　　　　　　　兄　　　　　　　　兄

높은 장군 은혜 혼귀고향 돌아가서 호호만세를 허오리다."
　　將軍 恩惠 *魂歸故鄕　　　*呼呼萬歲

장군이 감심허여 "네 이놈 놀보야! 네 죄상을 생각허면 당
將軍 *感心　　　　　　　　　罪狀　　　　當

장에 죽이고 갈 일이로되, 너의 동생 어진 마음으로 보아
場

살려두고 가거니와, 차후는 개과천선을 허렸다." 두어 말을
　　　　　　*此後 *改過遷善 *허렸다

이르더니 인홀불견 간 곳 없다.
　　　　*因忽不見

<아니리>　흥보가 형님한데 물을 떠다 맥이고 사지를 주
　　　　　　　　兄　　　　　　*맥이고 四肢

물러서 겨우 일어내겨노니, 놀보가 그제야 정신을 차려,
　　　*일어내겨노니　　　　　　　精神

"아이고 동생!" "형님 곤욕이 심하셨지요?" "아이고 동생,
　　　　　　兄 *困辱 甚

내가 전시에 모든 잘못된 일을 동생 부디 용서허소." "형님,
　*前時　　　　　　　　　　　容恕　　兄

*半分(반분): 절반으로 나눔.

*之後(지후): 그러한 뒤. 위의 말 '개과천선'을 붙여서, '개과천선지후(改過遷 善之後)'라는 한문 문장을 풀어 쓴 것임.

*千秋萬歲(천추만세): 1천년 1만년이나 영원한 세월 동안.

*더질더질: 판소리를 끝마칠 때 끝에 붙이는 말.

그게 무슨 말씀이요? 모두 제가 부족허여 그리 된 일이
不足

지요. 형님 제 살림이 많사오니 서로 절반씩 반분허여 한
兄   折半   *半分

집에서 우애허고 삽시다 형님!" "그러세 마는, 동생 볼 면목
友愛   兄   面目

도 없고 제수씨 볼 면목도 없네."
弟嫂氏   面目

<엇중모리>   그때 박놀보는 개과천선을 헌 지후에 흥보
改過遷善   *之後

살림 반분허여 형제간에 화목허고, 대대로 자식들을 교훈
半分   兄弟間 和睦   代代 子息   敎訓

시켜 나라에 충성허고 부모에게 효도허고, 형제간에 화목
忠誠   父母   孝道   兄弟間   和睦

험을 천추만세 전허더라. 그 뒤야 뉘가 알리, 더질더질.
*千秋萬歲 傳   *더질더질

<흥보가 마침>